ANNE RICE es una autora estadounidense nacida en Nueva Orleans en 1941. Cursó el Máster de Artes en Lengua Inglesa y Escritura Creativa, así como una licenciatura en Ciencias políticas, ambas por la San Francisco State University. Aunque Rice ha vivido la mayor parte de su vida en California, considera Nueva Orleans su verdadero hogar, lo que explica que la mayoría de sus obras estén ambientadas en ese entorno. Su prolífica obra ha alcanzado los primeros puestos de las listas de ventas.

www.annerice.com

Serie Crónicas vampíricas
Entrevista con el vampiro
Lestat el vampiro
La reina de los condenados
El ladrón de cuerpos
Memnoch el diablo
Armand el vampiro
Merrick
Sangre y oro
El santuario
Cántico de sangre
El Príncipe Lestat
El Príncipe Lestat y los reinos de la Atlántida
La Comunidad de la Sangre

Serie Nuevas historias de vampiros
Pandora
Vittorio el vampiro

Papel certificado por el Forest Stewardship Council®

MIXTO
Papel procedente de
fuentes responsables
FSC® C117695
www.fsc.org

Penguin
Random House
Grupo Editorial

Título original: *Taltos. Lives of he Mayfair Witches*

Primera edición en B de Bolsillo: febrero de 2010
Primera edición con esta cubierta: marzo de 2019
Primera reimpresión: enero de 2022

© 1994, Anne O'Brien Rice
© 1995, 2010, 2019, Penguin Random House Grupo Editorial, S. A. U.
Travessera de Gràcia, 47-49. 08021 Barcelona
© 1995, Camila Batlles, por la traducción
Diseño de la cubierta: Penguin Random House Grupo Editorial / Andreu Barberan
Imagen de la cubierta: © Win-Initiative / Getty Images

Printed in Spain – Impreso en España

ISBN: 978-84-9070-780-7
Depósito legal: B-2.245-2019

Impreso en Prodigitalk, S. L.

BB 0 7 8 0 A

Las Brujas de Mayfair III
Taltos

ANNE RICE

Traducción de Camila Batlles

*Dedicado con cariño a Stan,
Christopher y Michele Rice,
John Preston, y Margaret
y Stanley Rice, Sr.*

EL JARDÍN DEL AMOR

Fui al jardín del Amor,
y vi lo que jamás había visto:
una capilla construida en medio del prado
donde yo solía jugar.

Las puertas de la capilla estaban cerradas,
y en ellas habían escrito: Prohibido entrar.
Entonces contemplé el Jardín del Amor,
donde crecían multitud de perfumadas flores.

Y vi que estaba lleno de tumbas
y lápidas allí donde debía haber flores.
Y sacerdotes con negras sotanas caminaban por los senderos
y ataban con zarzas mis deseos y alegrías.

Cantos de experiencia
WILLIAM BLAKE

1

Había nevado durante todo el día. Mientras anochecía y rápidamente todo quedaba sumido en una densa oscuridad, él permaneció ante la ventana contemplando las pequeñas figuras que patinaban en Central Park. Las farolas proyectaban unos círculos perfectos de luz sobre la nieve. Los patinadores se deslizaban sobre el helado lago, aunque él sólo distinguía sus siluetas. Los coches circulaban lentamente a través de las calles oscuras.

A derecha e izquierda se erguían los rascacielos que poblaban el centro de la ciudad. Pero nada se interponía entre él y el parque, excepto una selva de edificios más bajos, unas azoteas con jardines, unas gigantescas máquinas negras y algunos tejados de dos aguas.

Le entusiasmaba esa vista y no dejaba de sorprenderle que otros la encontraran tan singular, que un operario que acudía a reparar uno de los aparatos de la oficina dijera que jamás había contemplado Nueva York desde semejante perspectiva. Era una lástima que no existiera una torre de mármol para todo el mundo, una serie de atalayas desde las cuales la gente pudiera admirar el extraordinario paisaje urbano.

Él levantaría unas torres cuya única función sería la de constituirse en jardines flotantes para el disfrute de la gente. Utilizaría los mármoles que tanto le gustaban. Quizá lo hiciese este mismo año. Sí, probablemente lo haría este año. Y unas bibliotecas. Construiría más bibliotecas, lo cual le obligaría a viajar. Deseaba hacerlo cuanto antes. Después de todo, los parques estaban casi terminados y había fundado pequeñas escuelas en siete ciudades. También había dotado de tiovivos a veinte poblaciones. Los animales estaban hechos de material sintético, pero cada uno de ellos era una meticulosa e indestructible reproducción tallada a mano de una célebre obra de arte europea. A la gente le encantaban los tiovivos. Pero había llegado el momento de pensar en otros proyectos. El invierno le había sorprendido soñando despierto...

A lo largo del último siglo había conseguido dar forma a un centenar de ideas, y los pequeños triunfos de este año eran muy alentadores. En el interior de este edificio había construido un tiovivo antiguo, con caballos, leones y otros animales que eran réplicas exactas de los originales. El museo de coches de época se alojaba en una planta del sótano. Todos los días acudía un gran número de visitantes para admirar los Modelo T, los Stutz Bearcats, los MG-TD con ruedas de radios metálicos.

Además, en unas estancias espaciosas y bien iluminadas que ocupaban dos plantas sobre el vestíbulo se hallaban los museos de muñecas, el orgullo de la compañía, en los cuales se exponían los ejemplares que él había adquirido en todos los rincones del mundo. También estaba el museo privado, formado por las muñecas de su colección particular y que sólo se abría al público de vez en cuando.

A veces bajaba para observar a la gente, confundido entre los grupos de visitantes. Nunca pasaba inadvertido, pero tampoco sabían quién era.

Es imposible pasar inadvertido cuando mides más de dos metros de altura. Sin embargo, en los últimos doscientos años había sucedido algo muy curioso: la estatura de los seres humanos había aumentado y, pese a sus más de dos metros, ya no destacaba tanto entre los demás. Algunos lo miraban con curiosidad, pero no les infundía miedo.

A veces entraba en el edificio alguien más alto que él y sus empleados se apresuraban a comunicárselo, creyendo que le complacía que le informaran de ello. Les parecía divertido. A él no le importaba. Le gustaba ver a la gente sonriente y feliz.

«Señor Ash, ha aparecido un tipo altísimo. Cámara cinco.»

Él se volvía hacia el conjunto de pequeños monitores para observar al individuo. Netamente humano. Por lo general, se daba cuenta enseguida. Algunas veces, aunque pocas, no estaba seguro de ello. Entonces bajaba en el rápido y silencioso ascensor y se acercaba con disimulo al individuo para constatar a partir de una serie de detalles si se trataba exclusivamente de un ser humano.

Otro de sus sueños era construir pequeños edificios de juguete, exquisitamente realizados con modernos plásticos. Imaginaba pequeñas catedrales, castillos, palacios —reproducciones perfectas de las grandes maravillas arquitectónicas—, todos ellos fabricados en serie y muy «rentables», como dirían los miembros de la junta de administración. Habría estructuras de distintos tamaños, desde unas casitas de muñecas hasta otras en las que cabrían los propios niños. Fabricaría también unos caballitos de tiovivo, en resina de madera, al alcance de casi todos los bolsillos. Donaría centenares de caballitos de juguete a escuelas, hospitales y otras instituciones similares. También deseaba crear unas maravillosas muñecas, irrompibles y fáciles de lavar, para los niños pobres. Era una idea que venía acariciando desde principios de siglo.

En los últimos cinco años venía fabricando unas muñecas cada vez más económicas, superiores en calidad a las anteriores, hechas con nuevos materiales químicos, bonitas y resistentes; pero los niños pobres no podían adquirirlas. Este año quería presentar un producto novedoso... Había diseñado un par de prototipos muy interesantes. Quizá...

Mientras pensaba en esos proyectos experimentó una profunda sensación de alegría, pues sabía que tardaría varios años en ejecutarlos. Tiempo atrás o, como suele decirse, en tiempos remotos, había soñado con monumentos: grandes círculos de piedras que todos pudieran contemplar, una danza de gigantes sobre la tupida hierba de la planicie. Incluso las torres de proporciones más modestas le obsesionaban desde hacía décadas, y durante siglos se había deleitado examinando y estudiando la escritura de hermosos tomos.

Pero esos juguetes del mundo moderno, esos muñecos, esas pequeñas imágenes de seres adultos —no de niños, pues los muñecos nunca se parecen a los niños— constituían una extraña y persistente obsesión.

Los monumentos eran para quienes podían viajar con el fin de admirarlos. Las muñecas y los juguetes que él perfeccionaba y fabricaba llegaban a todos los rincones del mundo. Las máquinas modernas habían conseguido que un sinfín de maravillosos objetos estuvieran al alcance de personas de todos los países, ricas y pobres, gentes necesitadas de ayuda, comida y techo, o que se hallan en hospitales y asilos de los que jamás saldrán.

Su empresa había sido su salvación; gracias a ella había conseguido llevar a la práctica sus proyectos más ambiciosos. Él no comprendía por qué otras empresas de juguetes eran tan poco innovadoras, por qué sus estantes estaban repletos de muñecas monótonas e inexpresivas, por qué no aprovechaban las ventajas que ofrecían las nuevas tecnologías para crear productos nuevos y originales. A diferencia de sus aburridos colegas, cada triunfo le había animado a correr nuevos riesgos.

No le divertía eliminar a sus colegas del mercado. No, la competencia era algo que sólo entendía en el plano intelectual. Estaba convencido de que el número de posibles compradores en el mundo actual era ilimitado. En el mercado había sitio para todo aquel que propusiera algo novedoso y original. Y dentro de estos muros, dentro de esta gigantesca y peligrosa torre de acero y cristal, él gozaba de sus triunfos en un estado de felicidad que no podía compartir con nadie.

Absolutamente con nadie. Tan sólo con las muñecas. Las muñecas que ocupaban unas repisas de cristal a lo largo de los muros de mármol o unas peanas que se hallaban en las esquinas, o que se apiñaban sobre su amplio escritorio de madera. Su Bru, su reina, su belleza francesa de un siglo de antigüedad, había sido el testigo más fiel de innumerables vivencias. No pasaba un día sin que él bajara al segundo piso del edificio para visitar a Bru, una muñeca de noventa centímetros de estatura impecablemente concebida, una auténtica obra maestra, con sus rizos de mohair intactos, su rostro exquisitamente pintado, sus piernas y torso de madera tan perfectos como cuando el fabricante francés la lanzó al mercado parisiense hacía ya más de cien años.

Su encanto radicaba precisamente en el hecho de ser una muñeca que podían disfrutar miles de niños. Era una perfecta pieza de artesanía, fabricada en serie. Incluso su ropa de seda constituía una obra de arte, no para ser admirada por una sola persona sino por muchas.

Años atrás, cuando viajaba por el mundo, solía llevarla consigo. Con frecuencia la sacaba de la maleta para contemplar sus ojos de cristal y revelarle sus pensamientos, sus sentimientos, sus sueños. Por las noches, en la triste y solitaria habitación de hotel veía brillar una luz en los perspicaces ojos de la muñeca. Actualmente se hallaba expuesta en una vitrina de cristal, junto a otras muñecas Bru antiguas. A veces, sentía deseos de llevársela arriba y colocarla sobre una repisa en su dormitorio. ¿A quién podía importarle? ¿Quién se atrevería a hacer un comentario impertinente? La riqueza rodea a quien la posee de un silencio privilegiado; la gente se siente obligada a pensárselo dos veces antes de abrir la boca. De ese modo, podría hablar con la muñeca cuando lo deseara. En el museo, separados por una vitrina de cristal, no podían conversar. Ella, la humilde inspiración de su empresa, aguardaba pacientemente a que la rescatara.

Su empresa, ese «imperio», como solía denominarlo la prensa, se basaba en el desarrollo de una matriz industrial y mecánica que hacía sólo trescientos años que existía. ¿Y si una guerra llegaba a destruirla? Las muñecas y los juguetes le proporcionaban tanta satisfacción y alegría que no concebía la vida sin ellos. Aunque una guerra redujera el mundo a un montón de escombros, él seguiría creando figuritas de madera o arcilla que pintaría con sus propias manos.

En ocasiones se veía solo entre un montón de ruinas. Imaginaba Nueva York tal como aparecería en una película de ciencia-ficción, muerta y silenciosa, sembrada de columnas, frontones y cristales destrozados. Se veía a sí mismo sentado en una escalera derruida, fabricando una muñeca con unos palos y unos pedazos de tela arrancados respetuosamente del vestido de seda de una mujer que había muerto.

¿Quién iba a suponer que acabaría aficionándose a esas cosas? ¿Quién hubiese podido pensar que un día, hacía un siglo, mientras caminaba por París bajo un frío invernal, se detendría ante el escaparate de una tienda y se tropezaría con la mirada de cristal de su Bru, enamorándose perdidamente de ella?

Por supuesto, los de su especie siempre habían sido bien conocidos por su disposición al juego, a apreciar las cosas y disfrutar de ellas, razón por la que, después de todo, su afición quizá no fuera tan sorprendente. Sin embargo, estudiar una especie siendo uno de los pocos supervivientes de ésta resultaba complicado, sobre todo para alguien incapaz de apasionarse por la filosofía o la terminología médica y cuya memoria era buena pero no sobrenatural; además, su sentido del pasado solía limitarse a una inmersión propiamente infantil en el presente, y a cierto pánico a pensar en términos de milenios o siglos, o como los comunes mortales denominaran los grandes períodos de tiempo que él mismo había presenciado y a través de los cuales había vivido y luchado para, finalmente, acabar olvidándolos gracias a esta empresa que se adaptaba perfectamente a sus escasas pero singulares habilidades.

No obstante, le gustaba estudiar a sus congéneres y tomaba minuciosas notas sobre sí mismo. Lo de predecir el futuro no se le daba bien, al menos eso creía.

De pronto percibió un leve murmullo. Provenía de los serpentines que había bajo el suelo de mármol y que caldeaban suavemente la habitación. Casi le pareció sentir el calor que emanaba del suelo y atravesaba la suela de sus zapatos. Nunca hacía demasiado frío o demasiado calor en su torre; los serpentines se ocupaban de mantener la temperatura ideal. Le habría gustado que todo el mundo disfrutara de un confort semejante, de abundante comida, de calor. Su empresa invertía millones de dólares en ayuda humanitaria para gentes que vivían en remotos desiertos y selvas, pero él no estaba seguro de quién recibía ese dinero ni a quiénes beneficiaba.

Cuando se inventó el cine y, más tarde, la televisión, supuso que aquello acabaría con las guerras, que desaparecería el hambre del mundo. La gente no soportaría contemplar esas catástrofes en la pantalla. Pero se equivocaba. Ahora había más guerras y más hambre que nunca. En todos los continentes las tribus luchaban entre sí; millones de personas morían de hambre. Todavía quedaba mucho por hacer. ¿Por qué limitarse a unos pocos proyectos? ¿Por qué no hacerlo todo?

Había empezado a nevar de nuevo, unos copos tan pequeños que apenas los distinguía. Al aterrizar en las oscuras calles parecían derretirse, pero no podía estar seguro porque las calles se hallaban unos sesenta pisos más abajo. Junto a las aceras y en las azoteas había unas pilas de nieve medio derretida. En poco rato todo volvería a aparecer blanco , y desde esta habitación cálida y hermética resultaba fácil imaginar que la ciudad estuviera muerta y en ruinas debido a una plaga que no destruyera los edificios pero sí matara a los seres de sangre caliente que vivían en ellos, como las termitas en unos muros de madera.

El cielo estaba negro. Lo que menos le gustaba de la nieve era que le impedía ver el cielo. Y a él le encantaba el cielo sobre Nueva York, el cielo abierto que las personas en las calles no alcanzaban nunca a ver.

«Torres, les construiré torres —se dijo—. Un gran museo flotante, rodeado de terrazas, para que la gente suba en unos ascensores de cristal hasta el cielo y contemple…»

Unas torres destinadas al placer, entre todas esas otras que los hombres habían construido para el comercio y las ganancias.

De pronto se le ocurrió una curiosa idea que se repetía con machacona insistencia y le obligaba a meditar. Los primeros escritos que aparecieron en el mundo consistían en unas listas comerciales de productos que se vendían y compraban. Eso era lo que contenían las tablas cuneiformes de Jericó, unos inventarios... Igual que en Micenas.

En aquellos tiempos nadie consideraba importante plasmar por escrito sus ideas o pensamientos. Los edificios eran muy distintos de los actuales. Las estructuras más imponentes correspondían a los lugares sagrados, como templos o grandes zigurats de ladrillos de barro, revestidos de piedra caliza, por los que trepaban los hombres para realizar sacrificios a sus dioses. El círculo de monolitos de Salisbury Plain.

Ahora, siete mil años después, los edificios más imponentes eran los dedicados a las transacciones comerciales y ostentaban nombres de bancos, grandes corporaciones o inmensas empresas privadas como la suya. Desde su ventana veía brillar esos nombres en grandes y toscas letras iluminadas, a través del oscuro cielo, a través de una oscuridad que en realidad no era tal.

En cuanto a los templos y lugares sagrados, eran meras reliquias. Más abajo, distinguía las torres de San Patricio. Pero se trataba más bien de un monumento al pasado que de un dinámico centro del espíritu religioso comunitario y tenía un aire pintoresco, allí entre los elevados y anodinos edificios que lo rodeaban. Sólo ofrecía un aspecto majestuoso desde la calle.

Pensó que los escribanos de Jericó habrían comprendido el gigantesco cambio que se había producido.

O quizá no. En el fondo, ni él mismo acababa de entenderlo, aunque las implicaciones parecieran más importantes y fantásticas de lo que nadie pudiera imaginar. El comercio, esta infinita multiplicidad de objetos hermosos y útiles, podía salvar al mundo a condición de que... Ciertas estrategias, como la destrucción masiva de artículos de la temporada pasada, el afán de conseguir que los diseños de otros quedaran obsoletos, eran fruto de una lamentable falta de visión, de unas absurdas teorías comerciales. La auténtica revolución no consistía en un ciclo basado en la creación y la destrucción, sino en la inventiva y la constante expansión. Era preciso acabar con las viejas dicotomías: La salvación residía en su adorada Bru, con sus piezas fabricadas en serie, y en las diminutas calculadoras que millones de personas llevaban en el bolsillo, en el trazo ligero y perfecto de un bolígrafo, en las biblias de cinco dólares y en aquellos bonitos juguetes que se vendían en los pequeños comercios por unos pocos centavos.

Debía meditar seriamente en el asunto, analizarlo, elaborar unas teorías comprensibles para todo el mundo...

—Señor Ash... —interrumpió una voz con suavidad.

No era necesario decir nada más. Ash tenía bien entrenados a sus empleados: «No hagáis ruido al abrir y cerrar las puertas; hablad en voz baja, pues os oigo perfectamente.»

La voz pertenecía a Remmick, un hombre gentil por naturaleza, un inglés con unas gotas de sangre celta, aunque él mismo no lo supiese, un mayordomo que se había hecho indispensable durante la última década, aunque no tardaría en llegar el momento en que, por motivos de seguridad, debería ser apartado de su cargo.

—Señor Ash, ha llegado la joven.

—Gracias, Remmick —contestó él, con una voz aún más suave que la de su sirviente.

Si se concentraba, podía ver reflejada en el oscuro cristal de la ventana la imagen de Remmick, un hombre de aspecto corriente, con unos ojos azules pequeños y relucientes. Tenía los ojos demasiado juntos, pero su rostro no era desagradable. Mostraba siempre tal expresión de serena devoción hacia su señor que éste le había tomado gran cariño.

Había muchas muñecas en el mundo con los ojos demasiado juntos —sobre todo las muñecas francesas fabricadas años atrás por Jumeau, Schmitt e Hijos, Huret o Petit y Demontier—, con unos rostros redondos y ojos brillantes junto a sus naricitas de porcelana, con unas bocas diminutas como capullos de rosa y labios prominentes, como si una abeja les hubiera clavado el aguijón. Todo el mundo amaba esas muñecas; esas reinas de labios abultados.

Cuando uno amaba las muñecas y se dedicaba a estudiarlas, también empezaba a querer a todo tipo de personas, pues distinguía en sus expresiones distintas cualidades y advertía que cada rasgo estaba minuciosamente esculpido y encajado, de forma que algunos semblantes resultaban verdaderas obras maestras. En sus paseos por Manhattan, a veces Ash observaba los rostros de la gente en un intento de imaginar las diversas fases de su creación, la forma en que habían sido modeladas las orejas, la nariz, hasta la más pequeña arruga.

—He ofrecido a la joven una taza de té, señor. Estaba aterida de frío.

—¿Acaso no enviamos un coche a recogerla, Remmick?

—Sí, señor, pero hoy hace mucho frío.

—Pero en el museo hace una temperatura ideal,

¿no? Supongo que la ha conducido directamente allí.

—Sí, señor. Está muy nerviosa.

Ash se volvió y, dirigiendo a Remmick una radiante sonrisa, le indicó que se apartara con un gesto casi imperceptible. Luego se encaminó hacia la puerta del despacho anexo por el suelo de mármol de Carrara y miró hacia otra estancia con el mismo tipo de pavimento, como todas las habitaciones, donde se hallaba sentada la joven frente a una mesa. Estaba de perfil. Parecía muy inquieta. Ni siquiera se atrevía a coger la taza de té que le había servido Remmick. No sabía qué hacer con las manos.

—Permítame que le arregle el cabello, señor —dijo Remmick, tocándole levemente el brazo.

—¿Es preciso?

—Sí, señor.

Remmick sacó un pequeño cepillo de esos que suelen utilizar los hombres y le alisó rápidamente el pelo, que, según el mayordomo, necesitaba un buen corte porque le caía de forma desordenada sobre el cuello de la chaqueta.

Remmick dio un paso atrás para contemplar su obra.

—Perfecto —dijo, alzando las cejas y sonriendo—. Aunque está demasiado largo, señor.

—¿Temes que la asuste? —inquirió éste en tono burlón pero afectuoso—. No creí que te importara lo que esa joven pudiera pensar.

—Lo único que me interesa es que usted presente siempre un aspecto impecable.

—Lo sé —le respondió Ash con suavidad—. Te lo agradezco de veras.

Luego se dirigió hacia la joven. Al acercarse carraspeó ligeramente para anunciar su presencia. Ella volvió la cabeza y levantó los ojos. Al verlo, se quedó pasmada.

Él avanzó hacia ella con los brazos extendidos.

La joven se levantó, sonriendo, y le estrechó ambas manos con calor y firmeza. Luego observó sus desmesurados dedos.

—¿La he sorprendido, señorita Paget? —preguntó él, mostrándole su sonrisa más cordial—. Acabo de cepillarme el pelo para causarle buena impresión. ¿No le gusta mi aspecto?

—Su aspecto es fabuloso, señor Ash —se apresuró a contestar la joven con un acento típicamente californiano—. No supuse que… No creí que fuera tan alto, aunque todo el mundo me lo había dicho.

—¿Le parece que tengo un aspecto amable, señorita Paget? También dicen eso de mí. —Ash hablaba pausadamente. Muchos americanos no comprendían su acento inglés.

—Oh, sí, señor Ash —respondió ella—. Muy amable. Me encanta su pelo. Me gustan los hombres con el pelo largo.

La escena era realmente divertida. Ash confiaba en que Remmick estuviera escuchando. La riqueza hace que la gente se abstenga de juzgarte por tus actos y busque la sabiduría en tus decisiones, tu estilo. No es que se muestre servil, sino más comprensiva y tolerante. Por lo menos, a veces.

Se notaba que la joven era sincera. Sus ojos lo examinaban detenidamente, lo cual llenó a Ash de satisfacción. Tras estrecharle las manos con delicadeza, se separó de ella y ocupó su sillón al otro lado de la mesa.

Ella se sentó de nuevo, sin apartar los ojos de él. Tenía el rostro delgado y lleno de arrugas, pese a ser tan joven. Sus ojos eran de un tono azul violáceo. Era una muchacha de una belleza peculiar: cabello rubio ceniza, desaliñada pero elegante, vestida con una ropa exquisitamente vieja y arrugada.

«No hay por qué tirar las prendas viejas —pensó él—, pueden venderse a una tienda de ropa de segunda mano, reciclarlas mediante unas puntadas y un buen planchado; el destino de los objetos manufacturados reside en su durabilidad y versatilidad: la seda arrugada debajo de una luz fluorescente, un vestido viejo pero elegante con unos botones de plástico de colores inconcebibles, acompañado de unas medias de nailon tan resistente que podrían servir como cuerda si la gente no las tirara a la basura. Había tantas cosas que hacer y ver… Si pudiera hacerme con el contenido de todos los cubos de basura de Manhattan, ganaría otro billón con el material que encontraría allí.»

—Admiro su trabajo, señorita Paget. Me alegro de conocerla personalmente —dijo señalando la superficie de su mesa, atestada de grandes fotografías en color de las muñecas que diseñaba la joven.

¿Es posible que ella no se hubiera fijado en las fotos? La muchacha se ruborizó. Quizá se sintiera algo enamoriscada de él, de su estilo, de sus modales. No estaba seguro. Tenía el don de hacer que la gente se enamorara de él, a veces sin pretenderlo siquiera.

—Hoy es uno de los días más importantes de mi vida, señor Ash —dijo la joven, como si no pudiera creer lo que le estaba sucediendo. Luego calló, avergonzada, temiendo haberse excedido.

Él sonrió con amabilidad, ladeando un poco la cabeza —una costumbre que solía desconcertar a sus interlocutores—, de forma que parecía mirar a la joven de abajo arriba aunque él fuese mucho más alto que ella.

—Quiero sus muñecas, señorita Paget —dijo Ash—.

Todas. Me gusta cómo trabaja los nuevos materiales. Sus muñecas son originales, distintas. Es justamente lo que quiero.

La joven sonrió con timidez. Era un momento muy importante para ambos. Él estaba encantado de verla tan feliz.

—¿Le han explicado mis abogados los términos del contrato? ¿Está de acuerdo con ellos?

—Sí, señor Ash. Me lo han explicado todo de forma detallada, y acepto su oferta. Es mi sueño.

La joven pronunció la última palabra con vehemencia, sin balbuceos y sin sonrojarse.

—Es usted demasiado sincera, señorita Paget, necesita a alguien que la ayude a negociar un contrato comercial —dijo Ash en tono de reproche—. Pero jamás he estafado a nadie, al menos que yo recuerde. En caso de haberlo hecho, me gustaría que me lo recordasen a fin de subsanar mi error.

—Soy suya, señor Ash —dijo la joven. Tenía los ojos relucientes, pero no a causa de las lágrimas—. Los términos son generosos. Los materiales, estupendos. Los métodos… —La muchacha se encogió levemente de hombros—. La verdad es que desconozco los métodos de fabricación en serie, aunque conozco sus muñecas. He visitado varias tiendas para examinar los productos de la marca Ashlar. Sé que nuestra asociación funcionará.

Como tanta otra gente, la joven había comenzado fabricando sus muñecas en la cocina de su casa y después se instaló en el taller de un garaje, donde utilizaba un rudimentario horno para cocer las figuras de arcilla. Recorría los mercadillos en busca de tejidos; se inspiraba en personajes de películas y novelas. Sus obras eran exclusivas, «ediciones limitadas», como solían subrayar en las tiendas elegantes de juguetes y las galerías de arte. Había ganado varios premios, grandes y pequeños.

Sin embargo, sus moldes podían utilizarse para algo totalmente distinto: medio millón de maravillosas reproducciones de una muñeca, de otra y de otra más, en un vinilo trabajado de forma tan exquisita que parecería porcelana, con unos ojos pintados y centelleantes como el cristal.

—Hay algo que no comprendo, señorita Paget. ¿Por qué no pone nombre a sus muñecas?

—Las muñecas no tienen nombre para mí, señor Ash —respondió la joven—. Prefiero que los elija usted.

—¿Se da cuenta de que pronto será rica, señorita Paget?

—Eso me han dicho —contestó ella. En aquel momento parecía frágil y vulnerable.

—Tendrá que reunirse a menudo con nosotros para dar su conformidad a cada fase de la fabricación. De todos modos, no le ocupará mucho tiempo.

—Me encantará participar en el proceso de fabricación. Deseo...

—Quiero que me enseñe de inmediato todas las muñecas que vaya diseñando. Póngase en contacto con nosotros.

—De acuerdo.

—No esté tan segura de que le encantará participar en el proceso de fabricación. Como habrá observado, la fabricación en serie no se parece en nada a la producción artesanal, a la creación. Bueno, sí se parece, pero la gente no lo ve así. Los artistas no suelen ver la fabricación en serie como su aliada.

No era necesario que él le expusiera sus viejas teorías acerca de las obras únicas o las ediciones limitadas y que lo único que le interesaba era fabricar unas muñecas accesibles para todo el mundo. Utilizaría los moldes creados por ella para fabricar miles de muñecas, año tras año, variando algunos rasgos cuando lo considerara oportuno.

Todo el mundo sabía que a él no le interesaban los valores o conceptos elitistas,

—Si desea formularme alguna pregunta sobre nuestros contratos, señorita Paget, no dude en hacerlo.

—Ya he firmado los contratos, señor Ash —contestó la joven, soltando una carcajada espontánea y juvenil.

—Lo celebro, señorita Paget. Prepárese para ser famosa —dijo él, apoyando las manos en la mesa y enlazando los dedos.

—Sé que es usted un hombre muy ocupado, señor Ash —concluyó la joven, observando sus inmensas manos con curiosidad—. Me dijeron que no podría dedicarme más de quince minutos.

Él hizo un gesto con la cabeza para darle a entender que eso carecía de importancia, que prosiguiera.

—Quisiera saber por qué le gustan mis muñecas, señor Ash. Quiero decir...

Tras reflexionar unos instantes, él respondió:

—Lógicamente, me gustan porque son originales, como usted misma ha dicho. Pero lo que más me gusta, señorita Paget, es que sonríen incluso con los ojos; sus rostros transmiten vida y alegría. Tienen unos dientes blancos y resplandecientes. Casi me parece oírlas reír.

—Ése era el riesgo, señor Ash —contestó la joven, soltando otra carcajada. En aquellos momentos parecía tan feliz como las criaturas que diseñaba.

—Lo sé, señorita Paget. Confío en que no se le ocurra crear unas muñecas tristes.

—No sé si sabría hacerlo.

—Haga lo que haga, cuenta con mi apoyo. Pero no diseñe unas criaturas tristes. Eso déjelo para otros artistas.

Ash se levantó despacio, dando por finalizada la entrevista, y la joven, educadamente, se apresuró a ponerse en pie.

—Muchas gracias, señor Ash —le dijo, estrechando su enorme mano—. Cómo puedo expresarle…

—No es necesario.

Ash dejó que le estrechara la mano. Algunas personas no deseaban tocarlo una segunda vez. Era como si supieran que no era humano. No era su rostro lo que les repelía, sino sus desproporcionados pies y manos. O puede que, en su subconsciente, comprendieran que su cuello era demasiado largo, sus orejas demasiado estrechas. Los seres humanos reconocen inmediatamente a sus congéneres, a su tribu, clan o familia. Una gran parte del cerebro humano está organizado con el fin de reconocer y recordar diferentes tipos de fisonomías.

Pero a ella no le repelía el aspecto de Ash. Era una joven a la que abrumaba y ponía nerviosa tener que firmar un contrato comercial.

—A propósito, señor Ash, no se ofenda, pero me encantan sus canas. Espero que no se las tiña nunca. A los hombres jóvenes les sientan divinamente las canas.

—¿Por qué dice eso, señorita Paget?

La joven volvió a ruborizarse.

—No lo sé —contestó, soltando una risita nerviosa—. Tiene el cabello tan blanco para ser tan joven… No imaginé que fuera usted tan joven. Me ha sorprendido…

La joven se detuvo, turbada. Ash decidió poner fin a la entrevista antes de que la señorita Paget cometiera una de sus imaginarias torpezas.

—Gracias, señorita Paget —dijo Ash—. Ha sido usted muy amable. Celebro haber hablado con usted. —Su tono era tranquilizador, contundente, memorable—. Confío en volver a verla pronto y deseo que sea muy feliz.

De inmediato apareció Remmick para acompañar a la joven hasta la puerta. Ella se despidió murmurando unas cálidas palabras de gratitud, expresando su confianza en que no la abandonaran las musas de la inspiración y su deseo de complacer a todo el mundo. O algo por el estilo. Él le dirigió una última sonrisa antes de que la joven abandonara la estancia y se cerraran tras ella las puertas de bronce.

Una vez en su casa, la señorita Paget sacaría unas viejas revistas y se pondría a hacer unos cálculos aritméticos, utilizando quizás una calculadora. Comprendería que él no podía ser tan joven como había imaginado y llegaría a la conclusión de que había pasado los cuarenta, que iba ya camino de los cincuenta.

¿Cómo resolvería este inconveniente a la larga?, se preguntó Ash. El tiempo siempre era un problema. Llevaba una vida que le satisfacía plenamente, pero era preciso realizar algunos ajustes. En cualquier caso, no quería pensar en algo tan desagradable. ¿Y si su cabello se volvía completamente blanco? Sería una ventaja, sin duda. Pero ¿qué significaba el cabello blanco? ¿Qué era lo que revelaba? En estos momentos se sentía demasiado feliz para pensar en esas cosas. Demasiado feliz para pensar en algo que le infundía pavor.

Se dirigió de nuevo hacia la ventana para contemplar la nieve que seguía cayendo. Desde este despacho divisaba Central Park con tanta nitidez como desde los otros. Apoyó la mano en el cristal. Estaba helado.

La pista de patinaje aparecía desierta. La nieve cubría todo el parque y el tejado del edificio de enfrente. De pronto observó algo muy curioso que le hizo sonreír.

Se trataba de la piscina instalada en la azotea del hotel Parker Meridien. La nieve caía acompasadamente sobre el tejado transparente de la azotea mientras, debajo de éste, un hombre nadaba en el agua verde y límpida de la piscina que se hallaba cincuenta pisos por encima del nivel de la calle.

«Esto es ser rico y poderoso —musitó Ash—. Nadar bajo el cielo mientras nieva.»

Construir piscinas flotantes era otro de los proyectos destacables.

—Señor Ash —le interrumpió Remmick.

—¿Qué hay? —respondió Ash distraídamente, observando las largas brazadas del nadador, un hombre de edad avanzada y de extrema delgadez. En otros tiempos lo habrían tomado por una víctima del hambre; pero se notaba que estaba sano y en forma. Probablemente se tratara de un hombre de negocios que se había visto atrapado en el crudo invierno neoyorquino por circunstancias económicas, y había decidido nadar un rato en la impoluta piscina climatizada del hotel.

—Una llamada telefónica para usted, señor.

—No me interesa, Remmick. Estoy cansado. Es la nieve. Hace que sienta deseos de tumbarme en la cama y dormir. Voy a acostarme. Sólo me apetece tomarme una taza de chocolate caliente y dormir, dormir y dormir.

—El hombre que está al teléfono me ha asegurado que usted querría hablar con él, que le dijera...

—Todos dicen lo mismo, Remmick —replicó Ash.

—Se llama Samuel, señor.

—¡Samuel!

Ash se volvió bruscamente y observó el plácido rostro de su mayordomo, que no reflejaba ningún juicio ni opinión. Tan sólo afecto y sumisión.

—Dijo que le avisara de inmediato, señor Ash. Supuse que...

—Has hecho bien. Déjame solo unos minutos.

Ash se sentó ante su mesa. Cuando se cerraron las puertas del despacho, levantó el auricular y oprimió un pequeño botón rojo.

—Samuel —murmuró.

—Ashlar —respondió la voz de su interlocutor, con tanta nitidez como si se encontrara junto a él—, llevo quince minutos esperando que te pongas al teléfono. Parece que te has convertido en un personaje muy importante.

—¿Dónde estás, Samuel? ¿En Nueva York?

—No, en Donnelaith. Me alojo en la posada.

—Teléfonos en el valle... —murmuró Ash. Su interlocutor le hablaba desde Escocia, desde el valle.

—Así es, amigo mío, teléfonos en el valle. Y otras cosas. Ha aparecido un Taltos, Ash. Lo he visto con mis propios ojos. Un auténtico Taltos.

—Un momento. ¿He oído bien?

—Perfectamente. No te excites, Ash. Está muerto. Era un niño, un bebé. Es una historia muy larga en la que había un gitano implicado, un gitano muy listo llamado Yuri, miembro de la orden de Talamasca. De no ser por mí, estaría muerto.

—¿Estás seguro de que el Taltos ha muerto?

—Me lo dijo el gitano. La orden de Talamasca está atravesando momentos difíciles. Ha ocurrido una tragedia. Todo parece indicar que quieren matar al gitano, pero él está decidido a regresar a la casa matriz. Debes venir cuanto antes.

—Me reuniré contigo mañana en Edimburgo, Samuel.

—No, ve directamente a Londres. Se lo prometí al gitano. Pero ven enseguida, Ash. Si sus hermanos de Londres averiguan dónde se encuentra, lo matarán.

—Es una historia increíble, Samuel. Los de Talamasca son incapaces de matar a nadie, y menos aún a uno de los suyos. ¿Estás seguro de que ese gitano no te ha mentido?

—Es un asunto relacionado con el Taltos. ¿Puedes partir inmediatamente, Ash?

—Sí.

—¿No me fallarás?

—No.

—Debo hacerte una advertencia. Lo leerás en los periódicos en cuanto aterrices en Inglaterra. Han estado excavando en Donnelaith, en las ruinas de la catedral.

—Lo sé, Samuel. Ya hemos hablado de ello en otras ocasiones.

—Han levantado la tumba de san Ashlar. Vieron el nombre grabado en la lápida. Lo leerás en la prensa. Han acudido unos expertos de Edimburgo. También hay unas brujas implicadas en esta historia. El gitano te lo contará todo. Voy a colgar, la gente me está mirando.

—Eso no es ninguna novedad, Samuel. Espera un momento…

—Vi tu fotografía en una revista, Ash. ¿Es verdad que tienes canas? En fin, da lo mismo.

—Sí, el pelo se me está poniendo blanco. Pero es un proceso bastante lento. Con relación a lo demás, no he envejecido. Aparte de las canas, tengo el mismo aspecto que la última vez que nos vimos.

—Vivirás hasta el fin del mundo, Ash. Tú serás quien acabe destruyéndolo.

—¡No digas eso!

—Nos veremos en Londres, en el Claridge's. Nosotros partiremos de inmediato hacia allí. Es un hotel donde podrás encender un magnífico fuego en la chimenea y dormir en una espaciosa y acogedora habitación revestida con chintz y terciopelo de color verde musgo. Te espero allí, Ash. La factura del hotel corre de tu cuenta. Llevo dos años en el valle.

Tras estas palabras, Samuel colgó.

—Está loco —murmuró Ash, colgando a su vez el teléfono.

Ni siquiera parpadeó cuando se abrieron las puertas de su despacho. Apenas distinguió la figura que acababa de entrar. No pensaba en nada, tan sólo repetía mentalmente las palabras «Taltos» y «Talamasca».

Al alzar la vista vio a Remmick, que sostenía una jarra de plata maciza y le sirvió una taza de chocolate. El vapor del humeante líquido ascendía hacia el rostro paciente y fatigado del sirviente. Estaba repleto de canas. «Yo no tengo tantas», se consoló Ash.

En realidad, sólo tenía canas en las sienes y en las patillas, y unas pocas en el pecho. Al mirar sus muñecas descubrió que también había unos pelos blancos entre el vello negro que cubría sus brazos.

¡Taltos! Talamasca. El mundo se derrumbará…

—¿Hice bien en pasarle la llamada? —preguntó Remmick con esa voz típicamente británica, casi inaudible, que tanto complacía a su señor. Algunas personas lo habrían criticado por mascullar entre dientes.

Dentro de poco partiría hacia Inglaterra, donde la gente es amable y educada. Inglaterra, el país donde reina un frío polar, visto desde las costas de la tierra perdida, un misterio de impenetrables bosques y montañas coronadas de nieve.

—Sí, Remmick. Quiero que me pases todas las llamadas de Samuel. Parto hacia Londres de inmediato.

—Entonces debo apresurarme, señor. El aeropuerto de La Guardia ha permanecido cerrado todo el día. Va ser muy difícil…

—No hables más y date prisa.

Ash se bebió el chocolate a sorbos, paladeándolo. No existía nada con un sabor tan dulce y exquisito como el chocolate, excepto la leche fresca y sin adulterar.

—Otro Taltos —murmuró, depositando la taza sobre la mesa—. La orden de Talamasca está atravesando momentos difíciles…

Pero no acababa de creerse esa historia.

Remmick había desaparecido. Las puertas estaban cerradas; el hermoso bronce relucía como chocolate caliente. En el suelo de mármol se reflejaba un haz de luz procedente del techo, como el reflejo de la luna sobre el mar.

—Otro Taltos, un varón.

En su mente se agolpaban numerosos pensamientos y emociones, confundiéndole. Durante unos momentos temió estallar en sollozos, pero no lo hizo. Lo que sentía era rabia, una profunda rabia al enterarse de esa noticia que hacía que su corazón latiera aceleradamente, que le obligaba a viajar a Inglaterra para informarse sobre ese Taltos, un varón, que había muerto.

Así que Talamasca estaba atravesando momentos difíciles… Era inevitable. Pero ¿qué podía hacer él? ¿Por qué tenía que verse envuelto de nuevo en esos asuntos? En cierta ocasión, hacía siglos, había llamado a sus puertas. Pero ¿quién iba a acordarse de aquello?

Conocía los rostros y los nombres de todos los miembros de la Orden. El temor que le infundían lo obligaba a mantenerse informado sobre sus andanzas. A lo largo de los años, no habían cesado de ir al valle. Alguien sabía algo, pero nada había cambiado.

¿Por qué debía interceder por ellos y tratar de ayudarlos?, se preguntó Ash. Porque una vez le habían abierto sus puertas, le habían escuchado, le habían pedido que permaneciera allí, no se habían reído de sus historias y habían prometido guardar el secreto. Al igual que él, la orden de Talamasca era muy vieja. Tan vieja como los árboles de los bosques milenarios.

¿Cuánto tiempo hacía de eso? Mucho, antes de que fundaran la casa de Londres, cuando todavía iluminaban el viejo palacio de Roma con velas. Le habían prometido que no constaría en los archivos, en reciprocidad a lo que él les había revelado… Una historia impersonal, anónima, a caballo entre la leyenda y la realidad, unos hechos acaecidos hacía muchos años. Agotado, se había quedado dormido bajo su techo; ellos le habían ayudado. Sin embargo, en último extremo no eran más que simples mortales dotados de una extraordinaria curiosidad, unos individuos normales y corrientes, unos eruditos, alquimistas, coleccionistas, que se sintieron impresionados por él.

Sea como fuere, no le interesaba que la Orden se viera en aprietos, tal como le había informado Samuel, teniendo en cuenta lo que sabían y lo que ocultaban en sus archivos. Era peligroso. Ash se compadecía del gitano del valle. Por otra parte, el asunto del Taltos, de las brujas, había despertado su curiosidad.

El mero hecho de pensar en brujas hizo que se estremeciera.

Remmick regresó con un abrigo forrado de piel.

—Hace mucho frío, señor —dijo, colocándoselo sobre los hombros—. Parece que se ha resfriado.

—Estoy perfectamente —respondió Ash—. No es

necesario que me acompañes. Quiero que envíes dinero al hotel Claridge's de Londres. Es para un hombre llamado Samuel. No tendrán ninguna dificultad en identificarlo. Es un enano, deforme, pelirrojo y con la cara llena de arrugas. Ocúpate de que le entreguen el dinero. Le acompaña un individuo, un gitano al que desconozco.

—De acuerdo, señor. ¿Su apellido?

—Lo ignoro, Remmick —contestó Ash, arrebujándose en el abrigo—. Conozco a Samuel desde hace tantos años…

Al subirse en el ascensor comprendió que acababa de decir una estupidez. De un tiempo a esta parte decía muchas estupideces. Hacía unos días, Remmick comentó que le encantaba el mármol que revestía estas estancias y él contestó: «Sí, yo me enamoré del mármol desde el primer momento que lo vi», lo cual sonaba absurdo.

El viento resonaba en la caja del ascensor mientras descendían a una velocidad vertiginosa. Era un sonido que sólo se percibía en invierno y que aterraba a Remmick, aunque Ash lo encontraba divertido.

Al llegar al garaje subterráneo vio que el coche estaba dispuesto, con el motor en marcha y despidiendo un potente chorro de humo blanco. Un sirviente cargaba las maletas en el maletero. Junto al vehículo se hallaban Jacob, el piloto nocturno, el copiloto, cuyo nombre desconocía, y el chófer del turno de noche, un joven rubio y discreto que apenas despegaba los labios.

—¿Está seguro de que desea partir esta noche, señor? —preguntó Jacob.

—¿Acaso no vuelan otros aviones? —replicó Ash, deteniéndose y apoyando su mano en la manecilla del coche. Del interior del vehículo brotaba un aire cálido y reconfortante.

—Por supuesto, señor.

—Entonces, ¿por qué no vamos a volar nosotros? Si tienes miedo, Jacob, puedes quedarte en tierra.

—Yo voy a donde vaya usted, señor.

—Gracias, Jacob. En una ocasión me aseguraste que nuestro avión era capaz de volar a través de las tormentas en condiciones más seguras que un reactor comercial.

—En efecto, señor, lo recuerdo perfectamente.

Tras instalarse en el asiento de cuero negro, Ash apoyó los pies en el que había frente a él, cosa que un hombre de estatura normal no habría conseguido en aquella limusina gigantesca. Una oportuna mampara lo separaba del chófer. Los demás le seguían en otro coche, y sus escoltas ocupaban el vehículo que le precedía.

La elegante limusina subió por la rampa, girando a una velocidad peligrosa pero emocionante, y salió del garaje. La nieve seguía cayendo con fuerza. Menos mal que habían rescatado a los mendigos de las calles. Ash había olvidado preguntar por los mendigos. Seguramente los habían conducido al vestíbulo del edificio, donde les habrían ofrecido una bebida caliente y un camastro donde acostarse.

Atravesaron la Quinta Avenida y se dirigieron hacia el río. La nieve caía en un silencioso torrente de hermosos y diminutos copos, que se derretían al contacto con los oscuros ventanales o las húmedas aceras. Ash observó los copos de nieve, que caían entre los anodinos edificios como si se precipitaran a través de profundos desfiladeros.

¡Taltos!

Durante unos instantes se sintió deprimido, como

si la alegría hubiera desaparecido de su mundo, de sus triunfos y sus sueños. Se representó mentalmente a la joven californiana que diseñaba muñecas, vestida con un arrugado traje de seda morado. Yacía muerta sobre su lecho, en un baño de sangre, y su vestido aparecía empapado.

Por supuesto, él no permitiría que sucediera algo así. Hacía mucho tiempo que no ocurría nada semejante; ni siquiera recordaba qué se sentía al abrazar el cálido cuerpo de una mujer o al saborear la leche de una madre.

Imaginó el lecho, la sangre, el cuerpo inerme y frío de la joven con los párpados lívidos, al igual que la carne debajo de sus uñas e incluso su rostro. Imaginó esa escena para ahuyentar otros pensamientos. Su brutalidad le servía de freno, le permitía controlar sus impulsos.

«No le des más vueltas. Era un varón. Está muerto.»

De pronto comprendió que iba a ver a Samuel, a reunirse de nuevo con él, y dejó que ese pensamiento lo inundara de felicidad. Ash era un experto en evocar pensamientos y sensaciones que le producían satisfacción.

Hacía cinco años que no veía a Samuel. ¿O eran más? No estaba seguro. Habían hablado varias veces por teléfono. A medida que los sistemas telegráfico y telefónico se fueron perfeccionando, mantuvieron un contacto cada vez más frecuente. Pero hacía años que no se veían.

En aquellos tiempos Ash sólo tenía unas pocas canas. Ahora, en cambio, el pelo se le estaba volviendo completamente blanco. Por supuesto, Samuel había hecho un comentario respecto a sus canas, a lo que Ash respondió: «No te preocupes, desaparecerán.»

Durante unos momentos se alzó el velo, la coraza

protectora que lo había salvado numerosas veces de un insoportable dolor.

Vio el valle, el humo; oyó el temible sonido de las espadas y vio unas figuras que corrían hacia el bosque. El humo brotaba de los cobertizos y las timoneras... ¡Era imposible que hubiera sucedido!

Cambiaron las armas y las normas, pero las matanzas proseguían. Hacía setenta y cinco años que vivía en este continente —al que siempre regresaba al cabo de un par de meses de haber partido— por varias razones, entre otras porque no deseaba hacerlo cerca de las llamas, el humo, el dolor, la devastación de la guerra.

El recuerdo del valle no lo abandonaba. Había otros recuerdos relacionados con él, imágenes de verdes campos, flores silvestres, miles de florecillas azules. Se vio navegando por el río en una pequeña embarcación mientras los soldados se hallaban apostados en las almenas. Qué cosas tan extrañas hacían esos seres, colocando una piedra encima de otra para construir inmensas montañas. Pero ¿qué significaban los monumentos que habían erigido en su honor, los grandes monolitos que centenares de hombres habían transportado a través de la planicie para construir el círculo?

Vio también la cueva, de forma tan nítida como en una fotografía. Luego se vio a sí mismo bajar apresuradamente la cuesta, tropezando y casi perdiendo el equilibrio, cuando de pronto apareció Samuel.

—Vámonos, Ash —le dijo éste—. ¿Qué has venido a hacer aquí? ¿Qué pretendes descubrir en este lugar?

Ash vio a unos Taltos con el cabello blanco.

«Los sabios, los bondadosos, los conocedores de nuestra historia y nuestras costumbres», decían de ellos. No los llamaban «viejos». Esa palabra no se empleaba en aquellos tiempos, cuando el agua de los manantiales de la isla era tibia y las frutas caían de los árboles. Incluso cuando acudían al valle, nunca utilizaban la palabra «viejo», aunque todo el mundo supiese que vivían más tiempo que los otros. Los de cabello blanco conocían unas historias muy interesantes.

—Ve a escuchar la historia.

En la isla, eras tú mismo quien elegías a los individuos de cabello blanco a los que deseabas acercarte, pues ellos no te elegían a ti, y te sentabas para oírles cantar, hablar, o recitar versos y relatar todo cuanto recordaban. Había una mujer de cabello blanco que cantaba con una voz muy dulce y mantenía siempre los ojos fijos en el mar. A Ash le gustaba mucho oírla cantar.

¿Cuánto tiempo, cuántas décadas pasarían antes de que su propio pelo se tornara completamente blanco?

Quizás ocurriera antes de lo que imaginaba. En aquella época el tiempo no significaba nada. Había muy pocas hembras de cabello blanco, porque debido a los partos solían morir jóvenes. Nadie hablaba nunca de ello, pero todo el mundo lo sabía.

Los machos de pelo blanco eran vigorosos, apasionados, glotones y excelentes adivinos. Pero la mujer de cabello blanco era muy frágil, debido a los numerosos partos.

Era horrible recordar de golpe esas cosas con tanta nitidez. ¿Existía acaso otro secreto mágico relacionado con el cabello blanco, otro que hiciera que uno recordara lo sucedido desde el principio? No, no era eso, sino tan sólo que durante los años en que ignoraba cuánto tiempo tardaría en envejecer y morir imaginó que acogería a la muerte con los brazos abiertos. Pero ahora había cambiado de opinión.

La limusina atravesó el río y se dirigió hacia el aeropuerto. Era grande y sólida y se agarraba bien al asfalto resbaladizo, resistiendo los embates del viento.

Los recuerdos seguían agolpándose en su mente. Él ya era viejo en los tiempos en que los soldados cabalgaban por la llanura. Era ya viejo cuando vio a los romanos apostados en las almenas de la muralla de Antonino, cuando contempló desde las puertas del monasterio de Columba los elevados acantilados de Jonia.

Guerras… ¿Por qué tenía siempre esas imágenes grabadas en la memoria, junto con los dulces recuerdos de los seres que había amado, de los bailes y la música en el valle? Veía a los jinetes cabalgando por la pradera, una masa oscura extendiéndose como la tinta sobre un apacible cuadro, y acto seguido percibía las gigantescas nubes de polvo que se alzaban de sus corceles.

Ash se despertó sobresaltado.

El pequeño teléfono que se hallaba frente al asiento sonó con insistencia. Ash descolgó bruscamente el auricular.

—¿Señor Ash?

—¿Qué hay, Remmick?

—Supuse que le interesaría saberlo. En el Claridge's conocen perfectamente a su amigo Samuel. Han dispuesto la *suite* que él suele ocupar, en una esquina de la segunda planta, con chimenea. Esperan su llegada, señor. A propósito, en el hotel tampoco conocen el apellido de su amigo Samuel. Al parecer, no lo utiliza nunca.

—Gracias, Remmick. Reza para que tengamos un buen viaje. Hace un tiempo infernal.

Ash colgó antes de que Remmick empezara a recitar su acostumbrada letanía de consejos. No debí decirle que hacía mal tiempo, pensó.

Era increíble que en el Claridge's conocieran a Samuel, que se hubieran acostumbrado a su presencia. La última vez que Ash lo vio, su pelo rojo parecía un nido de pájaros y su cara tenía tantas arrugas que sus ojos apenas resultaban visibles; tan sólo brillaban de vez en cuando a modo de pedacitos de ámbar incrustados en la carne fláccida y rubicunda de su rostro. En aquellos días Samuel iba cubierto de harapos y llevaba una pistola en el cinturón, como un pirata, lo cual hacía que la gente se apartara apresuradamente de su lado.

—Todos me tienen miedo, no puedo seguir aquí —le había dicho a Ash—. Fíjate cómo me miran, inspiro más miedo ahora que años atrás.

No obstante, en el Claridge's se habían acostumbrado a su presencia. ¿Acaso encargaba ahora sus trajes a un sastre de Savile Row? ¿Habría sustituido sus viejos y sucios zapatos por unos nuevos? ¿Habría renunciado a llevar una pistola en el cinturón?

Cuando el coche se detuvo, el viento casi le impidió abrir la puerta. El chófer lo ayudó a apearse mientras la nieve caía sobre él.

La nieve era hermosa, ¡y estaba tan limpia antes de posarse sobre el pavimento! Ash se enderezó y notó las piernas un poco entumecidas; se protegió los ojos con la mano para impedir que la nieve lo cegara.

—No se preocupe, señor —dijo Jacob—. Saldremos de aquí en menos de una hora. Le ruego que suba inmediatamente al avión.

—Gracias, Jacob —respondió Ash.

Antes de subir al avión se detuvo unos instantes. La nieve cubría su abrigo oscuro y él notaba cómo los copos se derretían sobre su pelo. Sacó del bolsillo un pequeño juguete, un caballito de madera, y se lo entregó a Jacob.

—Es para tu hijo. Se lo prometí.

—Me sorprende que se haya acordado de eso en una noche tan infame, señor.

—No tiene importancia, Jacob. Seguro que tu hijo también se acuerda.

Era un juguete insignificante, un simple caballito de madera; el niño merecía algo mejor. Sí, le regalaría un juguete de más calidad.

Ash atravesó la pista a grandes zancadas, con tanta rapidez que el chófer apenas pudo seguirlo en un intento de protegerlo con el paraguas.

Al cabo de unos momentos se instaló en la cálida cabina de su reactor, que le producía cierta claustrofobia.

—He conseguido la pieza musical que me pidió, señor Ash.

Conocía perfectamente a la joven, pero no recordaba su nombre. Era una de sus mejores secretarias. Lo había acompañado en su último viaje a Brasil. Ash se avergonzó de no recordar su nombre.

—Te llamas Evie, ¿verdad? —preguntó a la joven, sonriendo y arrugando levemente el ceño como si le pidiese disculpas.

—No, señor, Leslie —respondió ella, perdonándolo al instante.

Parecía una muñeca de porcelana, con las mejillas y los labios pintados de un sutil tono rosado, y sus pequeños ojos oscuros y vivarachos. La joven aguardó tímidamente.

Cuando él tomó asiento en la amplia butaca de cuero hecha a su medida, más larga que las otras, la joven le entregó el programa de música.

En él constaba la selección habitual —Beethoven, Brahms, Shostakovich—, más la pieza que había solicitado, el *Requiem* de Verdi, pero no podía escucharla ahora. Si se dejaba atrapar por aquellos solemnes acordes y voces, los recuerdos acabarían abrumándole.

Ash apoyó la cabeza en el respaldo del asiento, indiferente al espectáculo invernal que se le ofrecía a través de la ventanilla. «Trata de dormir, estúpido», se dijo sin mover los labios.

Pero sabía que no podría conciliar el sueño. Sabía que no haría más que pensar en Samuel y en las cosas que éste le había dicho, dándoles vueltas y más vueltas, hasta que volvieran a encontrarse. Recordaría el olor de la casa matriz de Talamasca y el aspecto de clérigos que presentaban sus miembros, así como una mano humana sosteniendo una pluma de ave mientras escribía con grandes letras: «Anónimo. Leyendas de la tierra perdida. De Stonehenge.»

—¿Desea descansar, señor? —preguntó la joven Leslie.

—No, pon la Quinta sinfonía de Shostakovich. Me hará llorar, pero no me hagas caso. Tengo hambre. Tráeme un poco de queso y leche.

—Sí, señor, lo tengo todo preparado.

Leslie empezó a recitar los nombres de los cremosos quesos que mandaban traer de Francia, Italia y otros países. Él aprobó el surtido con un movimiento de cabeza, deseando zambullirse en el sonido de la música, en la divina y estremecedora calidad de aquel sofisticado sistema electrónico que le haría olvidar la tormenta de nieve y el hecho de que pronto atravesarían el océano en dirección a Inglaterra, a la planicie, a Donnelaith, hacia un infinito dolor.

2

Después del primer día, Rowan no volvió a pronunciar palabra. Se pasaba el día sentada bajo la encina en un sillón de mimbre blanco, con los pies apoyados en un cojín, o simplemente sobre la hierba. Miraba el cielo, moviendo los ojos como si contemplara una procesión de nubes en vez de un cielo primaveral despejado, y la pelusilla que volaba en el aire.

Contemplaba la tapia, las flores o los tejos. Jamás miraba el suelo.

Quizás había olvidado que justo debajo de sus pies, había una sepultura doble, cubierta de una espesa hierba que crecía rápidamente gracias a las abundantes lluvias y al potente sol primaveral de Louisiana.

Comía aproximadamente una cuarta parte de lo que le servían. Al menos, eso dijo Michael. No parecía pasar hambre. Pero estaba pálida y sus manos temblaban cuando las movía.

Toda la familia acudió a verla. Atravesaron el césped en grupos y se detuvieron a unos pasos de distancia, como si temieran hacerle daño. Tras saludarla, le preguntaron cómo se encontraba. Le dijeron que estaba muy guapa; lo cual era cierto. Luego, renunciaron a arrancarla de su mutismo y se marcharon.

Mona observó la escena.

Por las noches Rowan dormía, según Michael, como si estuviera agotada, como si hubiera trabajado mucho durante todo el día. Se bañaba sola, aunque él temía que sufriera un percance. Siempre se encerraba en el baño, y cuando él trataba de hacerle compañía, Rowan permanecía sentada en el taburete, con la mirada fija en el vacío, sin hacer ni decir nada. Entonces él se retiraba, y al salir la oía echar el cerrojo de la puerta.

Cuando le hablaban prestaba atención, al menos al principio. De vez en cuando, cuando Michael le suplicaba que dijera algo, Rowan le apretaba la mano como para tranquilizarlo o rogarle que tuviera paciencia. Era muy triste.

Michael era la única persona a quien tocaba o dedicaba una pequeña caricia, aunque por lo general lo hacía sin que se produjera el más mínimo cambio en su expresión ausente y sin mover sus ojos grises.

El pelo le había crecido bastante y mostraba unos reflejos dorados debido a las horas que pasaba sentada al sol. Durante el tiempo que permaneció en coma, su cabello presentaba el color de los trozos de madera a merced de las turbias aguas de un río. Ahora parecía lleno de vida, aunque según creía recordar Mona el pelo es una estructura muerta, por más que uno lo peine, lo cepille y le aplique todo tipo de champús y cremas.

Por las mañanas, Rowan se despertaba ella sola. Bajaba lentamente la escalera, agarrando la barandilla con la mano izquierda y apoyándose con la derecha en un bastón. Parecía tenerle sin cuidado el hecho de que Michael la ayudara; tampoco manifestaba la menor reacción cuando Mona la cogía del brazo.

De vez en cuando Rowan se detenía ante su tocador antes de bajar, para pintarse los labios.

Mona siempre se fijaba en eso. En ocasiones, aguardaba a Rowan en el pasillo y la observaba; era un detalle muy significativo.

Michael también hacía algún comentario al respecto. Según el tiempo que hiciera, Rowan se ponía un juego de camisón y bata o un salto de cama. La tía Bea le compraba numerosos camisones, que el mismo Michael se encargaba de lavar pues recordaba que antes de estrenar una prenda Rowan siempre la lavaba. Luego, colocaba el camisón sobre el lecho de Rowan.

Mona estaba segura de que no se trataba de un estado catatónico de estupor. Los médicos así lo habían dicho, aunque tampoco sabían qué le ocurría realmente a Rowan. En cierta ocasión uno de ellos, un idiota según palabras de Michael, le había clavado un alfiler en la mano y Rowan se limitó a cubrírsela con la otra. Michael se puso furioso, pero Rowan no miró al médico ni dijo nada.

—Ojalá hubiera estado presente —dijo Mona.

Mona no dudó de la palabra de Michael. Los médicos eran capaces de eso y de mucho más. Puede que de regreso al hospital se dedicaran a clavar alfileres en una muñeca parecida a Rowan, una especie de acupuntura vudú. A Mona no le hubiera extrañado en absoluto.

¿Qué sentía Rowan? ¿Qué era lo que recordaba? Nadie lo sabía con certeza. Sólo sabían por Michael que al despertarse del coma estaba perfectamente lúcida, que había hablado con él durante varias horas, que era consciente de todo, que mientras estuvo en coma había oído y comprendido todo cuanto sucedía a su alrededor. Algo terrible ocurrió el día en que Rowan despertó del coma, otra tragedia. Y los dos cadáveres enterrados debajo de la encina.

—No debí permitir que lo hiciera —había repetido Michael a Mona cien veces—. El hedor que emanaba de esa fosa, el espectáculo… Debí impedírselo.

Mona le había preguntado a menudo qué aspecto tenía el otro, quién había transportado los restos y qué había dicho Rowan.

—Le lavé las manos, que estaban llenas de barro —dijo Michael a Mona y Aaron—. Rowan no hacía más que mirarse las manos. Supongo que a los médicos no les gusta ensuciárselas; los cirujanos siempre se están lavando las manos. Rowan, me preguntó cómo estaba yo, quería…. —En aquel momento Michael se detuvo, embargado por la emoción, tal como le había sucedido las dos veces que relató la historia—. Quería tomarme el pulso. Estaba preocupada por mí.

¡Ojalá hubiera visto lo que habían enterrado! ¡Ojalá me lo hubieran dicho!

Era una extraña sensación eso de ser rica ahora, de ser nombrada heredera de un importante legado a los trece años, disponer de un chófer y un coche —de hecho, una imponente limusina negra con reproductor de discos compactos y casetes, televisión en color y un mueble bar repleto de hielo y coca-colas *light*—, de una cartera forrada de billetes de veinte dólares como mínimo, montones de ropa nueva y un ejército de operarios encargados de reparar la vieja casa en la esquina de St. Charles con Amelia que le enseñaban muestras de seda salvaje o papel pintado a mano para revestir las paredes.

Pero ella quería saber, formar parte de aquello, comprender los secretos de esa mujer y ese hombre, de esta casa que algún día sería suya. Había un fantasma enterrado debajo del árbol. Bajo las lluvias primaverales yacía una leyenda. Y en sus brazos, otro cadáver. Era como volver la espalda al deslumbrante fulgor del oro para coger unas míseras baratijas ocultas en un pequeño y tenebroso escondrijo. ¡Era mágico! Ni siquiera la muerte de su propia madre había impresionado tanto a Mona.

Mona pasaba muchos ratos hablándole a Rowan. Entraba en la casa utilizando su propia llave, puesto que era la heredera de la propiedad y, además, Michael se lo había autorizado. Michael, ya no la miraba de forma lujuriosa; prácticamente podría decirse que la había adoptado.

Entonces se dirigía a la parte posterior del jardín a través del césped, dando un rodeo para evitar la tumba, se sentaba ante la mesa de mimbre e iniciaba su charla con un: «Buenos días, Rowan.» Luego seguía hablando sin cesar.

Le contó a Rowan que ya habían elegido el terreno para el Mayfair Medical, que habían decidido instalar un fantástico sistema geotérmico para calentar y refrigerar las instalaciones y que los planos estaban muy adelantados.

—Tu sueño no tardará en hacerse realidad —dijo a Rowan—. La familia Mayfair conoce esta ciudad mejor que nadie. No necesitamos estudios de viabilidad ni esas cosas. Construiremos el hospital que tú deseabas.

Rowan no respondió. ¿Acaso ya no le importaba el gran complejo médico que iba a revolucionar la relación entre los pacientes y sus familiares, en el que unos nutridos equipos de enfermeras y asistentes sanitarios atenderían incluso a los pacientes anónimos?

—He encontrado tus notas —dijo Mona—. No estaban encerradas en un cajón, por lo que no creí que fueran confidenciales.

Rowan seguía sin responder. Las gigantescas ramas negras de la encina se movían levemente. Las hojas del plátano se agitaban junto a la tapia.

—Un día me planté en la puerta del Hospital Touro y pregunté a todas las personas que entraban y salían de allí cuál era su hospital ideal.

Ninguna reacción.

—Mi tía Evelyn está ingresada en Touro —dijo

Mona con voz queda—. Sufrió un ataque cerebral. Deberían trasladarla a casa, pero ella no se da cuenta de nada.

Mona no quiso seguir hablando de la tía Evelyn porque se echaría a llorar. Tampoco deseaba hablar de Yuri. No dijo que hacía tres semanas que no recibía una carta ni una llamada telefónica suyas. No dijo que ella, Mona, estaba enamorada de un hombre misterioso, de piel y cabello oscuros, encantador, con modales ingleses, que le doblaba la edad.

Unos días atrás, Mona explicó a Rowan que Yuri había venido de Londres para ayudar a Aaron Lightner. Le explicó que Yuri era un gitano y que comprendía cosas que ella también comprendía. Incluso le contó que habían estado juntos en su habitación la noche antes de que Yuri regresara a Inglaterra. «Me preocupa que le suceda algo malo», le dijo Mona.

Rowan ni siquiera la miró entonces.

Pero ¿qué podía decir ahora? ¿Que anoche tuvo una terrible pesadilla referente a Yuri, pero no recordaba nada?

—Claro que es un hombre hecho y derecho —dijo Mona—. Quiero decir que tiene más de treinta años y sabe cuidarse solito, pero temo que alguien de Talamasca pueda hacerle daño.

«Basta, contrólate», se dijo Mona a sí misma.

Quizá no debía hacer esto. Era demasiado sencillo arrojar ese montón de palabras sobre una persona que no podía o no quería responder.

Sin embargo, Mona hubiera jurado que Rowan se daba cuenta de que ella estaba allí, quizá porque Rowan no parecía enojada por su presencia o absorta en sus propios pensamientos.

Mona no tenía la sensación de que se sintiera molesta.

Escrutó el rostro de Rowan. Mostraba una expresión muy seria. Mona estaba convencida de que su cerebro seguía funcionando. Tenía mucho mejor aspecto que cuando estaba en coma, y se había abrochado la bata. Michael aseguró a Mona que, él no lo hacía. Rowan se había abrochado los tres botones, mientras que el día anterior sólo se había abrochado uno.

Sin embargo, Mona sabía que la desesperación puede inundar por completo una mente, hasta el punto de que tratar de adivinar sus pensamientos es como intentar leer a través de una densa humareda. ¿Era desesperación lo que sentía Rowan?

El último fin de semana habían recibido la visita de Mary Jane Mayfair, la joven chiflada de Fontevrault. Según propia confesión, era una aventurera, una bucanera, una exploradora y un genio, además de pretender ser al mismo tiempo una venerable anciana y una muchacha alegre y despreocupada a la tierna edad de diecinueve años y medio. Se había descrito a sí misma como una poderosa y temible bruja.

—Rowan está perfectamente —declaró Mary Jane después de examinarla detenidamente. Luego empujó su sombrero vaquero hacia atrás, de forma que le quedó colgando del cuello, y añadió—: Es cuestión de paciencia. Tardará algún tiempo en recuperarse, pero se da cuenta de todo.

«¿Quién es esta loca», había preguntado Mona, sintiendo una profunda lástima por aquella criatura, aunque Mary Jane tenía seis años más que ella. Parecía una noble salvaje vestida con una falda vaquera que le llegaba a medio muslo y una blusa blanca barata excesivamente ceñida que ponía de relieve sus egregios pechos. La chica no sólo no disimulaba su pobreza, sino que hacía ostentación de ella.

Como es lógico, Mona sabía quién era Mary Jane. Mary Jane Mayfair vivía en las ruinas de la plantación de Fontevrault, en la región de los pantanos. Aquélla era la legendaria tierra de cazadores furtivos que se dedican a matar hermosas garzas de cuello blanco tan sólo para devorarlas, caimanes capaces de volcar una embarcación y zamparse a tu hijo, y jóvenes chifladas Mayfair que no habían logrado alcanzar Nueva Orleans ni los escalones de madera de la célebre casa situada en la esquina de St. Charles con Amelia.

Mona se moría de ganas de visitar ese lugar, Fontevrault, una mansión que se erigía sobre doce columnas, aunque el primer piso estuviese sumergido en medio metro de agua. Pero de momento tenía que contentarse con ver a su ocupante, Mary Jane, una prima que había regresado hacía poco de «algún lugar», y que tras amarrar su piragua al poste del espigón tenía que atravesar un resbaladizo charco de lodo para alcanzar la furgoneta que utilizaba para hacer sus compras en la ciudad.

Todo el mundo hablaba de Mary Jane Mayfair. Y, dado que Mona tenía trece años y era la heredera y única persona relacionada con el legado que se dignaba a hablar con la gente y reconocer su presencia, todos pensaron que a Mona le parecería muy interesante hablar con su rústica prima, una joven «brillante», dotada de poderes sobrenaturales, que a su vez también sentía curiosidad por conocer a Mona.

Diecinueve años y medio. Hasta el momento en que Mona vio a su ingeniosa prima, no había considerado que una persona de esa edad fuera adolescente.

Mary Jane constituía el hallazgo más interesante que habían hecho desde que empezaron a someter a todos los miembros de la familia Mayfair a unas pruebas genéticas. Era lógico que al final se toparan con un personaje como Mary Jane. Mona se preguntó si aparecería alguna otra extraña criatura surgida de los pantanos.

Resultaba increíble imaginar una suntuosa mansión neoclásica hundiéndose lentamente en las turbias aguas mientras el yeso de sus muros caía a pedazos y unos peces nadaban a través de la balaustrada de la escalera.

—¿Y si la casa se derrumba sobre ella? —había preguntado Bea—. Está construida sobre el agua. Esa chica no puede permanecer allí. Debemos obligarla a venir a Nueva Orleans.

—Son aguas pantanosas, Bea —contestó Celia—. No se trata de un lago ni de la corriente del Golfo. Además, si a esa chica no se le ha ocurrido marcharse de allí y llevarse a la anciana a un lugar seguro…

La anciana.

Mona tenía presentes esos comentarios el último fin de semana, cuando apareció Mary Jane en el jardín y se unió al pequeño grupo que rodeaba a la silenciosa Rowan como si se tratara de una merienda campestre.

—Os conozco a todos de oídas —declaró Mary Jane dirigiéndose a Michael, que estaba de pie junto al sillón de Rowan. Ambos se miraron fijamente—. De veras. El día que os casasteis —prosiguió, señalando a Michael y a Rowan— observé la fiesta desde el otro lado de la calle.

Al final de cada frase Mary Jane alzaba el tono, aunque no se trataba de una pregunta, como buscando un gesto o una palabra de aprobación.

—Nos hubiera gustado que entraras —dijo Michael con amabilidad, pendiente de cada sílaba que pronunciaba la joven.

Lo malo de Michael era que sentía debilidad por la pulcritud pubescente. Su breve aventura con Mona no se debió a un capricho de la naturaleza o un acto de brujería. Y Mary Jane Mayfair era un bocado muy suculento, pensó Mona. Incluso llevaba el pelo rubio recogido en dos trenzas sobre la cabeza y unos inmundos zapatos de charol blanco con una tira en el empeine, como los que llevan las niñas. El hecho de tener la piel olivácea y tostada le confería la apariencia de un humano frívolo.

—¿Qué dicen los resultados de las pruebas que te han hecho? —preguntó Mona—. Supongo que habrás venido para que te hagan unas pruebas, ¿no?

—No lo sé —respondió el genio, la poderosa bruja de los pantanos—. En esa clínica llevan tal despiste que no se enteran de nada. Primero me confunden con Florence Mayfair y luego con Ducky Mayfair. Al final me cansé y le dije a un tipo: «Me llamo Mary Jane Mayfair, tal como figura en ese papel que tiene delante de sus narices.»

—Mal asunto —murmuró Celia.

—Pero me dijeron que estaba perfectamente, que me fuera a casa y que si tenía algo malo ya me lo comunicarían. Supongo que estoy llena de genes de bruja. A propósito, jamás había visto tantos Mayfair juntos como en ese edificio.

—Es nuestro —contestó Mona.

—Los reconocí a todos de inmediato —dijo Mary Jane—. Había un pagano, de otra casta mejor dicho, un mestizo. ¿Os habéis fijado en los distintos tipos Mayfair que existen? Muchos carecen de barbilla, tienen la nariz ligeramente aguileña y los ojos almendrados. Otros son idénticos a ti —añadió, dirigiéndose a Michael—. Típicamente irlandeses, con las cejas pobladas, el pelo rizado y unos ojos grandes de mirada intensa.

—Pero si yo no soy un Mayfair —protestó Michael en vano.

—… y luego están los pelirrojos, como ella, aunque ella es mucho más guapa que los otros. Tú debes de ser Mona. Tienes el aire de alguien que acaba de heredar toneladas de dinero.

—Mary Jane, querida —terció Celia, incapaz de ofrecer un prudente consejo o formular una pregunta intrascendente.

—¿Qué se siente al ser tan rica? —insistió Mary Jane, sin apartar los ojos de Mona—. Me refiero aquí dentro —añadió, dándose unos golpecitos con el puño sobre el escote de su blusa barata e inclinándose hacia delante para que todos pudieran ver el canalillo entre sus pechos, incluso alguien tan bajito como Mona—. Da lo mismo, ya sé que no debo hacer esas preguntas. He venido a verla a ella, porque Paige y Beatrice me dijeron que debía hacerlo.

—¡Menuda ocurrencia! —soltó Mona.

—Calla, cariño —replicó Beatrice—. Mary Jane es una Mayfair de pies a cabeza. Querida Mary Jane, debes traer aquí a tu abuela sin demora. Te lo digo en serio. Nos gustaría mucho que vinierais. Poseemos una larga lista de casas donde podríais alojaros temporal y permanentemente.

—Entiendo perfectamente lo que quiere decir —intervino Celia. Estaba sentada junto a Rowan y era la única que se atrevía a enjugar de vez en cuando el rostro de Rowan con un pañuelo blanco—. Me refiero a los Mayfair que no tienen barbilla. Mary Jane se refiere a Polly. Se ha colocado una prótesis. No nació con esa barbilla.

—Pues si ha hecho tal cosa debe de tener una barbilla bastante visible, ¿no? —observó Beatrice.

—Sí, pero tiene los ojos almendrados y la nariz un poco aguileña —contestó Mary Jane.

—Exactamente —contestó Celia.

—¿Os asusta eso de los genes adicionales? —preguntó Mary Jane de improviso, arrojando la pregunta como un lazo para captar la atención de los presentes—. ¿A ti también, Mona?

—No lo sé —respondió Mona, aunque lo cierto era que no sentía el menor miedo.

—No existe la más remota posibilidad de que sea cierto —afirmó Bea—. Es un asunto puramente teórico. ¿Es necesario que hablemos de ello? —preguntó, mirando a Rowan.

Rowan siguió con la vista clavada en la tapia. Quién sabe, quizás observaba los rayos de sol que se reflejaban sobre ella.

Mary Jane continuó resueltamente:

—No creo que vuelva a suceder nada semejante en la familia. Este tipo de brujerías están desfasadas, en esta época se utilizan otras artes mágicas…

—Cariño, en realidad no nos tomamos muy en serio eso de la brujería —dijo Bea.

—¿Conoces la historia de la familia? —preguntó Celia en tono solemne.

—¿Que si la conozco? Mejor que vosotros. Sé cosas que me contó mi abuela, que a su vez se las había oído al viejo Tobias, cosas que todavía están escritas en las paredes de esa casa. De niña solía sentarme en las rodillas de la anciana Evelyn. Una tarde Evelyn me contó muchas historias. Las recuerdo perfectamente.

—Pero el documento sobre nuestra familia, el documento elaborado por los de Talamasca… ¿No te lo enseñaron en la clínica? —preguntó Celia.

—Claro, me lo enseñaron Bea y Paige —contestó Mary Jane—. Me pincharon aquí —dijo, indicando un apósito que llevaba en el brazo, idéntico a otro que lucía en la rodilla—. Me sacaron suficiente sangre para ofrecérsela al diablo. Comprendo perfectamente la situación. Algunos de nosotros poseemos unos genes adicionales. Si se unen dos personas emparentadas que poseen una dosis doble de la doble hélice, puede que nazca un Taltos. Es posible, pero no seguro. Al fin y al cabo, muchos primos se han casado entre sí y no ha pasado nada, hasta que… Tienes razón, creo no deberíamos hablar de esto delante de ella.

Michael le dirigió una pequeña sonrisa de gratitud.

Mary Jane miró a Rowan, hizo un globo con el chicle que mascaba, lo aspiró y luego lo hizo explotar.

—Un buen truco —dijo Mona, riéndose—. Yo no sé hacerlo.

—Mejor —intervino Bea.

—Entonces ¿has leído el documento? —insistió Celia—. Es muy importante que conozcas todos los detalles.

—Sí, lo he leído de cabo a rabo —confesó Mary Jane—, aunque había unas palabras que no comprendía y tuve que buscarlas en el diccionario —añadió, dándose una palmada en su tostado muslo y soltando una carcajada—. En vista de que todos queréis ayudarme, lo mejor que podéis hacer es pagarme unos estudios. Lo peor que me sucedió fue que mi madre me sacara de la escuela. Claro que de pequeña no quería asistir a la escuela. Me divertía más en la biblioteca pública, pero…

—Creo que tienes razón sobre lo de los genes adicionales —dijo Mona— y también sobre la conveniencia de que tengas unos estudios.

Muchos miembros de la familia poseían los cromosomas adicionales capaces de producir monstruos, pero no había nacido ninguno dentro del clan hasta aquel trágico momento.

¿Y el fantasma que había sido un monstruo durante mucho tiempo, aquel capaz de hacer enloquecer a jóvenes mujeres y ensombrecer la casa de la calle Primera con una nube de espinas y tinieblas? Había algo poético en los cadáveres que yacían aquí, a los pies de la encina, bajo la hierba que en estos momentos pisaba Mary Jane, con su faldita vaquera de algodón y un apósito de color carne en la rodilla, las manos apoyadas en sus estrechas caderas como una campesina, los zapatos de charol blanco cubiertos de barro y los sucios calcetines caídos.

Puede que las brujas de los pantanos fueran unas estúpidas, pensó Mona. Se plantan sobre la tumba de un monstruo y ni siquiera se dan cuenta. Claro que tampoco lo sabían las otras brujas de la familia; sólo la mujer que se negaba a hablar y Michael, el atlético y seductor guaperas de sangre céltica que estaba de pie junto a Rowan.

—Tú y yo somos primas segundas —le dijo Mary Jane a Mona, tratando de congraciarse con ella—. Qué curioso, ¿verdad? Tú aún no habías nacido cuando yo iba a casa de la anciana Evelyn y me daba un helado casero que ella misma hacía.

—No recuerdo que la anciana Evelyn hiciera helados caseros.

—Eran los mejores que he probado jamás. Mi madre me llevaba a Nueva Orleans para que…

—Te confundes de persona —interrumpió Mona.

Puede que esta chica fuera una impostora, pensó Mona. Quizá ni siquiera fuera una Mayfair. No, por desgracia era prima suya. Había algo en sus ojos que le recordaban a la anciana Evelyn.

—No me confundo de persona —insistió Mary Jane—. Íbamos a casa de Evelyn para comer los riquísimos helados que hacía. Enséñame las manos. Son normales.

—¿Y qué?

—Trata de ser más amable, Mona —dijo Beatrice—. Tu prima se expresa de forma sencilla y desenvuelta.

—Fíjate en mis manos —dijo Mary Jane—. Cuando era pequeña tenía un sexto dedo en ambas manos. Un dedo pequeñito. Precisamente por eso mi madre me llevó a ver a la anciana Evelyn, ya que ella también tenía seis dedos.

—¿Crees que no lo sé? —contestó Mona—. Me crié con la anciana Evelyn.

—Ya lo sé. Lo sé todo sobre ti. Tranquila, mujer. No pretendo ofenderte. Soy una Mayfair, como tú, tenemos los mismos genes.

—¿Quién te ha hablado de mí? —inquirió Mona.

—Mona —dijo Michael suavemente.

—¿Cómo es que no nos conocíamos? —preguntó Mona—. Soy una Mayfair de Fontevrault. Prima segunda tuya, tal como has dicho. ¿Entonces por qué hablas con acento de Mississippi cuando se supone que has vivido muchos años en California?

—Es una larga historia. También viví un tiempo en Mississippi, en la granja Parchman, una experiencia que no se la aconsejo a nadie —respondió Mary Jane sin inmutarse. Era imposible conseguir que esa chica perdiera la paciencia—. ¿Hay té helado?

—Por supuesto, querida. Enseguida te lo traigo —respondió Beatrice.

Celia sacudió la cabeza avergonzada. Incluso Mona se sentía incómoda, y Michael se apresuró a disculparse.

—No te molestes, yo misma iré a buscarlo —dijo Mary Jane.

Pero Bea ya había desaparecido. Mary Jane siguió

mascando el chicle y haciendo estallar un globito tras otro.

—Es espantoso —observó Mona.

—Como te he dicho, todo tiene su explicación. Podría explicarte cosas terribles de la época que pasé en Florida. Sí, he estado allí, y también en Alabama. Tuve que trabajar para conseguir suficiente dinero para regresar aquí.

—No me digas —soltó Mona.

—No seas sarcástica, Mona.

—Ya nos habíamos visto antes —dijo Mary Jane, continuando como si nada hubiera pasado—. Recuerdo cuando tú y Gifford Mayfair fuisteis a Los Ángeles para trasladaros desde allí a Hawai. Fue la primera vez que pisé un aeropuerto. Tú estabas dormida junto a la mesa, tumbada sobre dos sillas, y Gifford Mayfair nos invitó a comer. Fue una comida estupenda.

No hacía falta que se molestase en describirla, pensó Mona. Recordaba vagamente aquel viaje, y haberse despertado con el cuello entumecido en el aeropuerto de Los Ángeles, conocido por el gracioso nombre de LAX. Gifford le había dicho a Alicia que algún día debían llevar de vuelta a la casa a «Mary Jane».

Sin embargo, Mona no recordaba haber visto a una niña en el aeropuerto. Así que ésta era Mary Jane. Y ya estaba aquí. Debía de ser cosa de Gifford, que había obrado un milagro desde el cielo.

Bea regresó con el té helado.

—Aquí tienes, con mucho limón y azúcar, tal como te gusta, ¿verdad, cariño?

—No recuerdo haberte visto en la boda de Michael y Rowan —dijo Mona.

—Me quedé fuera —contestó Mary Jane, quitándole de las manos a Bea la taza de té en cuanto ésta se puso a su alcance y bebiéndose la mitad de un trago. Acto seguido se limpió la barbilla con el dorso de la mano. Llevaba las uñas pintadas de color violeta como la lisimaquia, pero la laca estaba desportillada.

—Te invité a venir —dijo Bea—. Te llamé tres veces y dejé un recado para ti en la tienda.

—Lo sé, tía Beatrice, sé que hiciste todo lo posible para que mamá y yo acudiéramos a la boda. Pero no tenía zapatos ni vestido ni sombrero. ¿Ves estos zapatos? Los encontré por casualidad. Hacía diez años que no me calzaba un par de zapatos decentes. Siempre llevaba zapatillas deportivas. Además, lo vi todo desde el otro lado de la calle. Y oí la música. Te felicito por la música que sonó en tu boda, Michael Curry. ¿Estás seguro de no ser un Mayfair? Pareces un Mayfair; posees al menos siete rasgos típicos de los Mayfair.

—Gracias, bonita, pero te aseguro que no lo soy.

—Eres un Mayfair de corazón —terció Celia.

—Desde luego —respondió Michael sin apartar ni un instante los ojos de la joven, aunque le dirigieran la palabra.

¿Qué es lo que verán los hombres en ese tipo de chicas?, se preguntó Mona.

—Cuando yo era pequeña —prosiguió Mary Jane— apenas teníamos nada, tan sólo una lámpara de queroseno, una nevera de hielo y una mosquitera en el porche. Mi abuela encendía cada noche la lámpara y...

—¿No teníais electricidad? —preguntó Michael—. ¿Cuánto tiempo hace de eso? Debe de hacer pocos años.

—Se nota que no conoces esa zona, Michael —dijo Celia. Bea asintió.

—Éramos unos «ocupas», Michael —contestó Mary Jane—. Nos ocultamos en Fontevrault. La tía

Beatrice puede decírtelo. De vez en cuando se presentaba el sheriff y nos echaba de allí. Cogíamos nuestros bártulos y nos conducía a Napoleonville. Luego regresábamos y el sheriff nos dejaba tranquilas durante unos días, hasta que pasaba por allí el vigilante de un parque o alguien así en una embarcación y venía a fisgonear. En el porche habíamos instalado una colmena para conseguir miel. Podíamos pescar desde los escalones traseros de la casa. Teníamos numerosos árboles frutales, antes de que la glicina los devorara, como una gigantesca boa constrictor, y moras. Cogía todas las que me apetecía allí mismo, junto a la bifurcación del camino. Teníamos de todo. Además, ahora ya tengo corriente eléctrica. Hice la instalación yo misma, conectándola al tendido de la carretera, al igual que hice con la televisión por cable.

—¿De veras lo hiciste? —preguntó Mona.

—Eso es ilegal, querida —dijo Bea.

—Por supuesto que lo hice. Mi vida es lo suficientemente interesante, como para no tener que contar mentiras. Además, siempre he tenido más valor que imaginación. —Mary Jane bebió ruidosamente otro sorbo de té, derramando unas gotas—. Está riquísimo. Me gusta muy dulce. Le habéis echado un edulcorante artificial, ¿verdad?

—Sí —contestó Bea, entre horrorizada y avergonzada. Le había dicho que contenía mucho limón y «azúcar». Por otra parte, detestaba a la gente que comía y bebía sin guardar las formas.

—Parece mentira —dijo Mary Jane, pasándose de nuevo el dorso de la mano por la boca para limpiársela luego en la falda de algodón—. Este producto es cincuenta veces más dulce que cualquier otro tipo de edulcorante que se haya descubierto en la tierra hasta el momento. Por eso he decidido invertir en un edulcorante artificial.

—¿Cómo dices? —preguntó Mona.

—Tengo un asesor financiero que se ocupa de invertir mi dinero, aunque yo misma elijo las acciones que deseo adquirir. Tiene el despacho en Baton Rouge. He invertido veinticinco mil dólares en bolsa. Cuando me haga rica, repararé Fontevrault. Quedará como nueva. Tenéis ante vosotros a un futuro miembro de la lista de multimillonarios que publica *Fortune*.

Entonces Mona pensó que quizá no estuviera tan chiflada.

—¿Cómo conseguiste veinticinco mil dólares? —requirió Mona.

—No debes jugar con la electricidad, podrías haber sufrido un accidente mortal —le recriminó Celia.

—Gané cada centavo trabajando durante el viaje de regreso a casa, lo cual me llevó un año, pero no me preguntes cómo. Me metí en un par de negocios, pero ésa es otra historia.

—Podrías haber muerto electrocutada —insistió Celia—. ¡A quién se le ocurre manipular los cables del tendido eléctrico!

—Cariño, no estás ante un tribunal —intervino Bea.

—Mira, Mary Jane —dijo Michael—, si necesitas que alguien te ayude con la instalación eléctrica de tu casa, no dudes en decírmelo. Lo haré encantado.

¿Veinticinco mil dólares?

Mona miró a Rowan. Ésta observaba las flores con el entrecejo levemente arrugado, como si las flores le hablaran en una lengua silenciosa y misteriosa.

A continuación Mary Jane les ofreció una detallada descripción de cómo había procedido, encaramándose a los cipreses del pantano, averiguando qué cables debía manipular y cuáles evitar. Les aseguró que se había puesto unos guantes gruesos y unas botas de goma. Puede que esa chica fuera realmente un genio, pensó entonces Mona.

—¿Qué otras acciones posees? —le preguntó a Mary Jane.

—No supuse que a una niña de tu edad le interesara el mercado bursátil —replicó Mary Jane, dando muestras de una supina ignorancia.

—Pues claro que me interesa —respondió Mona, imitando el tono de Beatrice—. Siempre me ha fascinado el mundo de la bolsa. Opino que los negocios son un arte. Todo el mundo sabe que soy muy aficionada a esas cosas. Pienso fundar un día mi propia sociedad inversora inmobiliaria. Supongo que sabes a qué me refiero.

—Por supuesto —contestó Mary Jane, soltando una divertida carcajada.

—Durante las últimas semanas me he dedicado a planificar mi propia cartera de acciones —dijo Mona.

De pronto se detuvo, como si se hubiera dado cuenta de que había caído en una trampa. Mary Jane ni siquiera la escuchaba. No le importaba que se burlaran de ella en Mayfair y Mayfair —aunque no se burlarían por mucho tiempo—, pero le fastidiaba que esa palurda le tomara el pelo.

Mary Jane miró a Mona y dejó de utilizarla como vehículo para su propio lucimiento. De vez en cuando, entre frase y frase miraba a Michael de hurtadillas.

—¿De veras? ¿Qué opinas del canal del consumidor en televisión? —le preguntó Mary Jane a Mona—. Creo que va a tener un éxito imponente. He invertido diez mil dólares en él. ¿A que no adivinas lo que ha pasado?

—Que la cotización de las acciones casi se ha doblado en los últimos cuatro meses —respondió Mona.

—Así es. ¿Cómo lo sabes? Eres una niña muy extraña. Pensé que serías una de esas jovencitas remilgadas de la alta burguesía, ya sabes, de esas que llevan lazos en el pelo y asisten al Sagrado Corazón. Supuse que ni siquiera te dignarías a hablar conmigo.

En aquel momento Mona sintió una leve punzada de dolor, dolor y compasión por esa chica, por cualquiera que se sintiera marginado, rechazado. Mona jamás había experimentado ese tipo de sensación, y se vio obligada a reconocer que aquella chica era muy interesante, pues había sido capaz de salir adelante con muchos menos recursos de los que disponía ella misma.

—Por favor, queridas, dejemos el tema de Wall Street —señaló Beatrice—. ¿Cómo está tu abuela, Mary Jane? No nos has dicho una palabra sobre ella. Son las cuatro y debes marcharte pronto. No conviene que conduzcas de noche.

—La abuela está muy bien, tía Beatrice —respondió Mary Jane sin dejar de mirar a Mona—. ¿Sabes lo que le sucedió a la abuela cuando mamá vino a buscarme para llevarme a Los Ángeles? Yo tenía entonces seis años. ¿Has oído la historia?

Todo el mundo conocía esa historia. A Beatrice todavía le incomodaba recordarla. Celia miró a la chica como si fuera un mosquito gigante. El único que no parecía estar al corriente era Michael.

La historia era la siguiente: la abuela de Mary Jane, Dolly Jean Mayfair, tuvo que irse a vivir a la casa parroquial cuando su hija se marchó con la pequeña Mary Jane. Ahora hacía un año que les fue comunicado que Dolly Jean había muerto y había sido enterrada en la tumba familiar. Entonces se celebró un funeral por todo lo alto, porque cuando alguien llamó a Nueva Orleans para notificar lo ocurrido, todos los Mayfair se desplazaron a Napoleonville para entonar el *mea culpa* y lamentarse de haber dejado que la pobre anciana, Dolly Jean, acabara sus días en la casa parroquial. La mayoría de ellos ni siquiera habían oído hablar de ella.

La anciana Evelyn conocía a Dolly Jean, pero nunca había abandonado la casa de la calle Amelia para asistir a un funeral en el campo, y a nadie se le ocurrió preguntarle lo que opinaba al respecto.

Cuando Mary Jane llegó a la ciudad, ahora hacía un año, y oyó decir que su abuela estaba muerta y enterrada, soltó una carcajada ante las mismas narices de Bea.

—¡Qué va a estar muerta! —había dicho Mary Jane—. Se me apareció en un sueño y dijo: «Ven a buscarme, Mary Jane. Quiero regresar a casa.» He decidido ir a Napoleonville y quisiera que me dierais la dirección de esa casa parroquial.

Había repetido toda la historia para poner a Michael al corriente. Éste la escuchaba con una expresión de asombro involuntariamente cómica.

—¿Por qué Dolly Jean no te comunicó en el sueño dónde se hallaba la casa parroquial? —preguntó Mona.

Beatrice le dirigió una mirada de reproche.

—No sé, el caso es que no lo hizo. Es un tema interesante. Yo tengo una teoría sobre las apariciones y el motivo de que a veces se confundan.

—Vaya novedad —soltó Mona.

—No te pases, Mona —dijo Michael.

Ahora me trata como si fuera su hija, pensó Mona indignada. Cierto que no le había quitado ojo de encima a Mary Jane, pero se lo había dicho de forma afectuosa.

—¿Qué sucedió, bonita? —inquirió Michael.

—Las personas ancianas no siempre saben dónde se encuentran —prosiguió Mary Jane—, pero sí saben de dónde proceden. Esto es justamente lo que pasó. Entré en la residencia de ancianos y vi en la sala de recreo, o como lo llamen, a mi abuela. Ella me reconoció enseguida, aunque había transcurrido un montón de años, y me preguntó: «¿Dónde te habías metido, Mary Jane? Llévame a casa, querida. Estoy cansada de esperar que alguien venga a buscarme.»

La persona a la que habían enterrado no era su abuela.

Dolly Jean Mayfair estaba vivita y coleando, y todos los meses recibía un cheque de la Seguridad Social, aunque no llegara a verlo, dirigido a nombre de otra persona. Entonces se había efectuado una investigación para demostrarlo, tras la cual Dolly Jean Mayfair y Mary Jane Mayfair regresaron a la ruinosa casa de la plantación. Algunos miembros de la familia Mayfair les habían llevado comida y otros artículos de primera necesidad, pero Mary Jane los acogió disparando unos cartuchos contra unas botellas de refresco en el jardín y afirmando que eran perfectamente capaces de cuidar de sí mismas. Había ganado unos dólares, según dijo, y no quería que nadie se entrometiera en su vida.

—¿De modo que dejaron que tu abuela viviera contigo en esa casa inundada y medio derruida? —preguntó Michael de forma ingenua.

—Después de lo que le hicieron en aquella residencia de ancianos, confundiéndola con otra mujer que acababa de morir y grabando su nombre en una lápida, ¿qué derecho tenían a decirme lo que debía hacer? ¿Sabes lo que hizo el primo Ryan? ¿El primo Ryan de Mayfair y Mayfair? Se presentó en Napoleonville y formó un escándalo monumental.

—No me extraña —respondió Michael.

—Fue culpa nuestra —dijo Amelia—. Debimos ocuparnos de ellas.

—¿Estás segura de que no te criaste en Mississippi o Texas? —preguntó Mona—. Tu acento es una curiosa amalgama de todos los acentos del sur.

—¿Qué es una amalgama? En eso me llevas ventaja. Has recibido una buena educación. Yo, en cambio, me he educado a mí misma. Hay un mundo de diferencia entre nosotras. Existen algunas palabras que no me atrevo a pronunciar, y no sé descifrar los símbolos del diccionario.

—¿Te gustaría asistir a la escuela, Mary Jane? —preguntó Michael, cada vez más atraído por la joven y sin poder dejar de darle un apresurado repaso cada cuatro segundos con sus seductores e inocentes ojos azules.

Era demasiado listo para detenerse en sus pechos y caderas, ni incluso en su redondeada cabecita, la cual no es que fuese desproporcionada respecto al resto de su cuerpo, sino que resultaba atractivamente menuda. En última instancia, la impresión que producía Mary Jane era la de una joven ignorante, chiflada, brillante, desaliñada y atractiva.

—Sí, me gustaría mucho —contestó Mary Jane—. Cuando sea rica tendré un tutor particular como tiene Mona desde que se ha convertido en una rica heredera, alguien realmente preparado que sepa el nombre de todos los árboles, quién fue nombrado presidente diez años después de la Guerra Civil, cuántos indios había en Bull Run y que me explique la teoría de la relatividad de Einstein.

—¿Cuántos años tienes? —preguntó Michael.

—Diecinueve y medio, si te interesa saberlo, guapo —contestó Mary Jane, hincando sus blancos dientes en el labio inferior al tiempo que alzaba una ceja y le guiñaba un ojo.

—¿Es cierta esa historia sobre tu abuela? ¿De veras fuiste a recogerla y...?

—Claro que es cierta —terció Celia—. Ocurrió tal como dice Mary Jane. Creo que deberíamos entrar en la casa. Rowan parece disgustada.

—No sé —dijo Michael—. Puede que nos esté escuchando. No tengo ganas de entrar. ¿Puedes atender tú sola a tu anciana abuela?

Beatrice y Celia se miraron preocupadas. Si Gifford hubiera estado viva, también se habría sentido preocupada. «No está bien que la abuela viva en esa casa», había dicho Celia en repetidas ocasiones.

Ambas habían prometido a Gifford que se ocuparían del asunto. Mona lo recordaba perfectamente. Uno de los días en que Gifford se sintió con la obligación de preocuparse por los parientes que vivían desperdigados en distintos lugares, Celia le aseguró: «Descuida, iremos a visitarla con frecuencia.»

—Así es, Michael Curry, todo sucedió tal como lo he contado. Me llevé a mi abuela a casa y al llegar vimos que la terraza del piso superior estaba tal como la habíamos dejado. Aunque habían pasado trece años la radio, la mosquitera y la nevera seguían en el mismo sitio.

—¿En los pantanos? —preguntó Mona—. Un momento…

—Así es, cielo.

—Es cierto —confesó Beatrice con timidez—. Por supuesto, les proporcionamos sábanas y toallas nuevas y otras cosas. Queríamos instalarlas en un hotel o en una casa…

—Era nuestro deber —apostilló Celia—. Desgraciadamente, todo el mundo se enteró de esta historia. Por poco aparece publicada en la prensa. A propósito, querida, ¿has dejado a tu abuela sola en casa?

—No, está con Benjy, un trampero que vive en una chabola hecha con trozos de hojalata, cartón y ventanas que sacó de una casa abandonada. Le pago menos del sueldo mínimo para que vigile a la abuela y conteste a los teléfonos, pero no es deducible.

—¿Y qué? —desafió Mona—. Es un trabajador autónomo.

—Ya lo sé, ¿acaso crees que soy tonta? —replicó Mary Jane—. No os escandalicéis, pero Benjy ha descubierto la forma de ganar dinero fácilmente en el barrio francés vendiendo los atributos que Dios le ha dado.

—¡Dios mío! —exclamó Celia.

Michael se echó a reír y preguntó:

—¿Cuántos años tiene ese tal Benjy?

—En septiembre cumplirá doce —contestó Mary Jane—. Es un chico muy majo. Su gran sueño es vender droga en Nueva York; el mío, es que estudie medicina en Tulane.

—¿Qué significa que le pagas para que conteste a los teléfonos? ¿Cuántos teléfonos hay en la casa? ¿Qué es exactamente lo que haces allí?

—Bueno, hice unos trabajillos para comprar unos teléfonos que me resultaban imprescindibles para hablar con mi asesor financiero. Además, tenemos una línea que utiliza la abuela para llamar a mi madre, que está en un hospital en México.

—¿En un hospital en México? —preguntó Bea, atónita—. Pero si hace dos semanas me dijiste que había fallecido en California.

—Lo hice por educación, para ahorraros el disgusto y las molestias.

—Pero ¿y el funeral? —preguntó Michael, acercándose a Mary Jane para echar un vistazo al escote de su blusa de poliéster—. Me refiero a la anciana que enterraron. ¿Quién era?

—Eso es lo peor —contestó Mary Jane—. Nadie lo

sabe. No te preocupes por mi madre, tía Bea, ella cree que se encuentra en el plano astral. A lo mejor es cierto. De todos modos, tiene los riñones hechos polvo.

—Eso no es exactamente cierto, me refiero a la mujer que enterraron —dijo Celia—. Creen que se trata…

—¿Es que no lo saben seguro? —preguntó Michael.

Puede que unos grandes pechos fueran una referencia para alcanzar el poder, había pensado Mona mientras observaba cómo Mary Jane se inclinaba hacia delante y reía histéricamente al tiempo que señalaba a Michael.

—Ese asunto de la mujer que enterraron, confundiéndola con tu abuela, es lamentable —dijo Beatrice—. Dame el teléfono del hospital donde está ingresada tu madre, Mary Jane.

—Yo no veo que tengas un sexto dedo —dijo Mona.

—No, ya no —contestó Mary Jane—. Mi madre hizo que un médico en Los Ángeles me lo amputara. Iba a decírtelo. También se lo amputaron a…

—Basta, niñas —protestó Celia—. Estoy preocupada por Rowan.

—No sabía… —dijo Mary Jane—. Me refiero…

—¿A quién te refieres? —preguntó Mona.

—Me encanta tu acento. Ojalá supiera, expresarme con tanta elegancia como tú.

—Todo llegará —respondió Mona—. Todavía te queda mucho por aprender.

—Señoras y señores, la función ha terminado —declaró Bea—. Voy a llamar a tu madre, Mary Jane.

—Te arrepentirás de haberlo hecho, tía Bea. ¿Sabes qué clase de médico me amputó el sexto dedo en Los Ángeles? Un curandero haitiano que practicaba el vudú. Lo hizo sobre la mesa de la cocina.

—Pero ¿por qué no desentierran el cadáver de esa

pobre anciana para aclarar de una vez por todas su identidad? —insistió Michael.

—Es que sospechan que… —empezó a decir Celia.

—¿Qué? —preguntó Michael.

—Que tiene algo que ver con los cheques de la Seguridad Social —intervino Beatrice—. De todos modos, no es asunto nuestro. Por favor, Michael, olvídate de esa mujer.

¿Cómo es posible que Rowan no se diera cuenta de lo que sucedía a su alrededor? Michael estaba encandilado con Mary Jane, se la comía con los ojos. Si eso no hacía reaccionar a Rowan, no lo conseguiría ni un terremoto.

—Según parece, llevaban bastante tiempo llamando a esa anciana Dolly Jean —dijo Mary Jane, dirigiéndose a Michael—. Yo creo que en ese geriátrico estaban todos locos. Por lo que he podido deducir, una noche acostaron a mi abuela en la cama de la otra anciana, y ésta falleció en la cama de mi abuela; y de ahí todo el lío. Enterraron a una extraña en la tumba de los Mayfair.

En aquel momento Mary Jane miró a Rowan y exclamó:

—¡Nos está escuchando! Estoy segura. Oye todo lo que decimos.

Si eso era cierto, Mary Jane era la única que lo había advertido. Rowan mantenía los ojos clavados en la tapia del jardín, indiferente a las miradas que se clavaron en ella. Michael enrojeció, como si se sintiera turbado por el comentario de Mary Jane. Celia escrutó el rostro de Rowan, dudando de que ésta fuera capaz de entender lo que decían.

—A Rowan no le sucede nada malo —afirmó Mary Jane—. Ya se le pasará. Hablará cuando desee hacerlo. Yo también puedo permanecer callada durante días como si estuviera muda.

Mona hubiera deseado preguntar: «Por qué no lo haces ahora?», pero en el fondo prefería creer que Mary Jane tenía razón. Quizá fuera una poderosa bruja. De todos modos, aunque no lo fuera Mona estaba segura de que saldría adelante.

—No os preocupéis por mi abuela —dijo Mary Jane, ya dispuesta a marcharse. Más tarde sonrió y se palmeó el muslo desnudo—. A lo mejor ha sido una suerte que sucediera eso.

—¿Qué quieres decir? —preguntó Bea.

—Durante el tiempo que estuvo en el geriátrico, según dijeron apenas despegaba los labios, sólo hablaba consigo misma y se comportaba como si viera gente que en realidad no estaba allí. Pero ella sabe quién es. Habla conmigo y le gusta ver en la tele los seriales y programas como *La rueda de la fortuna*. Creo que le emocionó regresar a Fontevrault y encontrar las cosas en el ático tal como ella las dejó. Todavía es capaz de subir la escalera. De veras, no os preocupéis, no le pasa nada. De camino a casa compraré queso y galletas, y veremos una película en la tele o conectaré el canal de música *country*, que también le gusta. Se sabe de memoria la letra de muchas canciones. No os preocupéis, está perfectamente.

—Sí, querida, pero…

Por unos momentos, a Mona incluso le cayó bien su prima; admiraba a una chica capaz de cuidar de una anciana y componérselas a diario entre apósitos y cables de alta tensión.

Mona la acompañó hasta la puerta, la vio subirse a la furgoneta, de cuyo asiento trasero asomaban unos muelles, y partir envuelta en una densa humareda azul.

—Debemos ocuparnos de ella —dijo Bea—. Debemos sentarnos y hablar con calma del tema Mary Jane.

Mona estuvo de acuerdo. El «tema Mary Jane» definía perfectamente la situación.

Aunque esa chica no había demostrado estar en posesión de unos poderes sobrenaturales, ofrecía un aire interesante.

Mary Jane era una joven muy decidida, y la idea de invertir dinero de los Mayfair en vestirla y educarla resultaba irresistible. ¿Por qué no podía estudiar con este tutor que iba a liberar a Mona para siempre del tedio de asistir a la escuela? Beatrice se había empeñado en comprarle ropa antes de que abandonara la ciudad, y sin duda le había estado enviando ropa de segunda mano pero en perfecto estado.

Había otro pequeño motivo secreto por el que a Mona le había caído bien Mary Jane, uno que nadie imaginaría. Mary Jane se había presentado con un sombrero vaquero. Era pequeño y de paja, y al cabo de pocos minutos se lo empujó hacia atrás para que le colgara sobre la espalda. Pero antes de arrancar en aquella furgoneta desvencijada, se lo había encasquetado de nuevo.

Un sombrero vaquero. Mona siempre había soñado con lucir uno sobre todo cuando fuera rica y poderosa y viajara por el mundo en su avión privado. Durante años había imaginado que se convertía en un magnate con sombrero vaquero que entraba en fábricas, bancos y... Bueno, el caso es que Mary Jane Mayfair tenía un sombrero vaquero. Con sus trenzas recogidas sobre la cabeza y su ceñida falda de algodón, presentaba un aspecto de lo más interesante. A pesar de todo, tenía aire de triunfadora. Incluso la desportillada laca de uñas color violeta le daba un toque encantador.

En cualquier caso, no sería difícil constatarlo.

—Tiene unos ojos preciosos —comentó Beatrice

cuando entraron de nuevo en el jardín—. Es una chiquilla adorable. ¿Te has fijado en ella? No sé cómo pude… Esa mujer, su madre, siempre ha estado un poco loca, no debimos permitir que se fugara con la niña. La culpa de todo la tiene la enemistad que ha reinado siempre entre los Mayfair de Fontevrault y nosotros.

—No puedes cuidar de todos, Bea —le dijo Mona para tranquilizarla—, como tampoco pudo hacerlo Gifford.

Pero procuraría hacerlo, y si ella y Celia no lo conseguían, lo haría Mona. Ésta había sido una de las revelaciones más asombrosas de aquella tarde, el hecho de que ella, Mona, formaba parte de un equipo; no permitiría que esa chica no alcanzara sus sueños, no mientras le quedara un soplo de vida en su joven cuerpo.

—Es una muchacha encantadora, a su estilo —reconoció Celia.

—Sí, estaba muy graciosa con ese esparadrapo en la rodilla —murmuró Michael en voz alta sin darse cuenta—. Qué muchacha. Estoy de acuerdo con lo que dijo sobre Rowan.

—Yo también —dijo Beatrice—. Pero…

—¿Pero qué? —preguntó Michael, impaciente.

—¿Y si Rowan se encierra para siempre en su mutismo?

—¡Qué ocurrencia! —exclamó Celia, dirigiendo a su hermana una mirada de reproche.

—¿Te parecía sexy ese esparadrapo, Michael? —preguntó Mona intencionadamente.

—Pues sí, toda ella tenía un aire bastante sexy —respondió Michael—. Pero ¡a mí qué me importa!

Parecía sincero, y cansado. Quería regresar junto a Rowan. Cuando aparecieron los otros en el jardín estaba sentado junto a Rowan, leyendo un libro.

A partir de aquella tarde, Mona habría jurado que Rowan tenía un aspecto distinto, los ojos más abiertos, una mirada más perspicaz, como si se estuviera formulando una pregunta a sí misma. A lo mejor las palabras de Mary Jane la habían beneficiado. Quizá le deberían pedir a Mary Jane que regresara, o puede que regresara sin que nadie se lo pidiera. Mona tenía ganas de volver a verla. Podía decirle al nuevo chófer que preparara la imponente limusina, que llenara los compartimientos de cuero con hielo y bebidas y la llevara a la casa inundada. Puesto que el coche era suyo, no había ningún problema. Lo cierto es que Mona aún no se había acostumbrado a esas cosas.

Durante dos o tres días Rowan pareció haberse recuperado un poco. Mostraba siempre el entrecejo levemente arrugado, lo cual, después de todo constituye una expresión facial.

Pero ahora, en esta apacible, solitaria y calurosa tarde veraniega…

Mona tuvo la sensación de que Rowan había empeorado. Ni siquiera el calor parecía afectarla. Permanecía inmóvil en aquella húmeda atmósfera, con la frente perlada de sudor, sin la presencia de Celia para enjugárselo y sin que ella hiciera el menor ademán para secarse la frente.

—Por favor, Rowan, di algo —le rogó Mona en un tono franco, casi infantil—. No quiero ser la heredera del legado si tú no lo apruebas. —Luego se apoyó en un codo, dejando que su melena pelirroja formara un velo entre ella y la verja del jardín. Así quedaban al resguardo de miradas indiscretas—. Vamos, Rowan. Ya oíste lo que dijo Mary Jane Mayfair. Sé que puedes oírme. Venga, haz un esfuerzo. Mary Jane dijo que nos estabas escuchando.

Mona alzó la mano para ajustarse el lazo del pelo.

Pero no llevaba ningún lazo. No había vuelto a ponerse un lazo desde que murió su madre. Ahora llevaba el pelo sujeto con un pasador decorado con perlitas, que la estaba molestando. Al quitárselo, el cabello le cayó sobre los hombros.

—Mira, Rowan, si quieres que me vaya no tienes más que hacer un gesto, el que sea, y desapareceré sin más.

Rowan permaneció con la mirada fija en el muro del jardín, contemplando la lantana, el seto recubierto de florecillas marrones y anaranjadas. O puede que contemplara los ladrillos del muro.

Mona lanzó un suspiro, en un pequeño y petulante gesto de impaciencia. Lo había intentado todo, excepto pegarle cuatro gritos. Quizá fuera eso lo que le convenía a Rowan.

Pero no podía hacerlo.

Al cabo de unos minutos se levantó, se acercó a la tapia, arrancó dos ramitas de lantana y se las ofreció, como si Rowan fuera una diosa que estuviera sentada bajo una encina atendiendo las súplicas de la gente.

—Te quiero, Rowan —dijo Mona—. Te necesito.

Durante unos instantes los ojos se le empañaron de lágrimas. El verde intenso del jardín parecía cubierto por un velo. Mona sintió el latido de sus sienes y un nudo en la garganta. Luego experimentó una sensación de angustia, más desagradable que un ataque de llanto, como si de golpe recordara todas las cosas terribles que habían sucedido.

Esa mujer estaba herida, quizá de forma irreparable. Y ella, Mona, la heredera del legado, debía tener un hijo para que la cuantiosa fortuna de los Mayfair pasara un día a manos de éste. ¿Qué futuro aguardaba a Rowan? Seguramente no podría volver a ejercer la medicina, pero a ella no parecía importarle nada ni nadie.

De repente Mona se sintió sola, huérfana de cariño, como una intrusa. Tenía que marcharse de allí cuanto antes. Era una vergüenza que hubiera permanecido tanto tiempo en aquella casa, sentada a esa mesa, pidiendo perdón por haber tenido una aventura con Michael, por ser joven, rica, atractiva y capaz de parir hijos, por haber sobrevivido cuando su madre, Alicia, y su tía Gifford, dos mujeres a las que a la vez quería, odiaba y necesitaba, habían muerto.

Era una egoísta.

—No pretendía robarte a Michael —dijo en voz alta, dirigiéndose a Rowan—. Pero ¡basta, no hablemos más de ese tema!

Nada, ni la menor reacción. Sin embargo, los ojos grises de Rowan no mostraban una expresión ausente, no estaba soñando. Tenía las manos apoyadas en el regazo, una encima de la otra, en un pulcro gesto. La alianza de oro era tan fina que hacía que sus manos parecieran las de una monja.

Mona deseaba acariciarle una mano, pero no se atrevió. Podía pasarse media hora hablándole, pero no podía tocarla, no debía forzar un contacto físico con Rowan. Ni siquiera se atrevía a depositar las ramitas de lantana en sus manos. Hubiera sido un gesto demasiado íntimo, como si se aprovechara de su silencio.

—No temas, no te tocaré. No te cogeré la mano para acariciarla o intentar averiguar a través de su tacto tu estado de ánimo. No te tocaré ni te besaré, porque si yo estuviera en tus condiciones no me gustaría que una cría pecosa y pelirroja lo hiciera.

Pelirroja, con pecas, ¿qué importancia tiene eso si no es para reconocer que aunque me haya acostado con tu marido tú eres la mujer misteriosa, poderosa, la mujer que él ama y siempre ha amado? Yo no significo nada para él. Tan sólo soy una jovencita que consiguió embaucarlo y acostarse con él. Y que aquella noche no tomó ninguna precaución. Pero no te preocupes, no es la primera vez que se me retrasa la regla. Él me miraba tal como lo hizo esta tarde con esa chica, Mary Jane. Era algo puramente sexual, eso es todo. Estoy segura de que dentro de unos días me vendrá la regla, como de costumbre, y mi médico me largará otro sermón.

Mona cogió las ramitas de lantana que yacían sobre la mesa, junto a la taza de porcelana, y se alejó.

Por primera vez, al observar cómo las nubes se deslizaban sobre las chimeneas del edificio principal, se dio cuenta de que hacía un día espléndido.

Michael estaba en la cocina, preparando unos zumos, o mejor dicho el «brebaje», como solían llamarlo, una combinación de zumo de papaya, coco, pomelo y naranja. Lo había ensuciado todo de líquido y de unos indefinibles trozos de pulpa.

Mona pensó, aunque trató de no analizarlo, que Michael tenía un aspecto más saludable y atractivo cada día. Había estado haciendo gimnasia arriba, por consejo médico. Había engordado unos siete kilos desde que Rowan se despertó del coma y se levantó de la cama.

—A ella le gusta mucho —dijo Michael, como si hubieran estado hablando de su «brebaje»—. Lo sé. Bea comentó un día que era demasiado ácido, aunque no da la impresión de que Rowan lo considerase así. Quién sabe —añadió, encogiéndose de hombros.

—Creo que ha dejado de hablar por culpa mía —dijo Mona.

Mona miró a Michael y sintió que los ojos se le llenaban de lágrimas. No quería romper a llorar delante de él. No quería dar un espectáculo. Pero se sentía muy triste. ¿Qué demonios pretendía de Rowan? Apenas la conocía. Era como si necesitara sentirse querida y protegida por la heredera del legado que había perdido la capacidad de perpetuar el linaje.

—No, tesoro —contestó él, sonriendo con suavidad para tranquilizarla.

—Le conté lo nuestro, Michael —dijo Mona—. No quería hacerlo. Fue la primera mañana que hablé con ella. Temí decírtelo. Creí que guardaba silencio porque estaba cansada. No supuse… No quise… Después de contárselo, no volvió a pronunciar palabra, ¿no es cierto, Michael? Se encerró en su mutismo el mismo día de mi llegada.

—Cariño, no te tortures —respondió Michael, pasando un trapo por la mesa. Hablaba con tono pausado, tranquilizador, pero estaba demasiado cansado para discutir, y Mona se sintió avergonzada—. Rowan dejó de hablar el día antes de que tú llegaras. Ya te lo dije. Debes prestar más atención. —Michael sonrió como burlándose de sí mismo y continuó—: En aquel momento no me di cuenta de que había dejado de hablar. Bueno, ahora viene el gran dilema —dijo, removiendo el zumo—. Echar o no echar un huevo.

—¿Un huevo? No puedes echarle un huevo a un zumo de frutas.

—¿Por qué no? Se nota que no has vivido en el norte de California, cariño. Es una receta riquísima y muy sana. Lo malo es que los huevos crudos pueden producir *salmonella*. La familia no se pone de acuerdo sobre el asunto del huevo crudo. El domingo, cuando vino a vernos Mary Jane, debí pedirle su opinión.

—¡Mary Jane! —exclamó Mona, haciendo un gesto despectivo con la cabeza—. ¡Al cuerno con la familia!

—No estoy de acuerdo contigo en absoluto —respondió Michael—. Beatrice piensa que los huevos crudos son peligrosos, y tiene razón. Por otro lado, cuando jugaba al fútbol en la escuela secundaria cada mañana me tomaba un batido con un huevo crudo. Pero Celia dice que…

—Bendito sea el Señor —dijo Mona, imitando a la perfección a Celia—. ¿Qué sabe la tía Celia sobre huevos crudos?

Estaba tan harta de que la familia se pasara el día hablando sobre lo que le gustaba y le disgustaba a Rowan, sobre los glóbulos rojos de Rowan, o el color de Rowan, que si volvía a verse mezclada en una absurda e inútil discusión de ese tipo se echaría a gritar.

O quizás estuviera harta del revuelo que se había organizado desde que le comunicaron que ella era la heredera. La gente no paraba de darle consejos, de preocuparse de su salud, como si ella fuera la inválida. Había escrito unos divertidos titulares en su ordenador:

A UNA JOVEN LE CAE ENCIMA UN MONTÓN DE DINERO, PROVOCÁNDOLE UNA CONMOCIÓN CEREBRAL. O, UNA HUÉRFANA HEREDA BILLONES, ANTE LA INQUIETUD DE SUS ABOGADOS.

La palabra «inquietud» resultaba algo desfasada, pero le gustaba.

De pronto se sintió tan deprimida mientras estaba ahí en la cocina, charlando con Michael, que se echó a llorar como una criatura.

—Mira, tesoro, Rowan dejó de hablar el día antes de que tú llegaras, te lo aseguro —insistió Michael—. Recuerdo la última frase que pronunció. Estábamos sentados ante esa mesa. Rowan se tomó varias tazas de café. Dijo que se moría de ganas de beber café al estilo de Nueva Orleans, y yo se lo preparé. Habían pasado unas veinticuatro horas desde que despertó del coma y aún no había dormido nada. Estábamos charlando. Parecía cansada. De pronto dijo: «Me apetece salir al jardín. No, quédate Michael, quiero estar sola un rato.»

—¿Estás seguro que eso fue lo último que dijo?

—Segurísimo. Yo quería llamar a todos para informarles de que Rowan estaba perfectamente. Puede que eso la asustara. En todo caso, yo soy el culpable. A partir de aquel momento no volvió a decir palabra.

Michael cogió un huevo, lo cascó en el borde de la batidora, retiró la cáscara y depositó la clara y la yema en el vaso.

—No creo que tus palabras le hicieran daño, Mona. De veras, lo dudo mucho. Naturalmente, preferiría que no le hubieras contado que seduje a su prima menor de edad en el sofá del salón. Las mujeres tenéis la manía de contar siempre esas cosas —dijo Michael, dirigiéndole una mirada de reproche. El sol brillaba en sus ojos—. No os gusta que nosotros lo hagamos, pero vosotras siempre os vais de la lengua. En cualquier caso, no creo que oyera lo que le dijiste. Parece como si... todo le importara un comino.

Michael se detuvo, emocionado. El líquido que contenía el vaso tenía un aspecto más bien repugnante.

—Lo siento, Michael.

—No te preocupes, tesoro.

—No tengo ningún derecho a quejarme; yo estoy bien, la que está mal es ella. ¿Quieres que le lleve eso? Es una porquería, Michael. Me da náuseas.

Mona observó la espuma y el extraño color de la bebida.

—Tengo que batirlo —contestó Michael, colocando la tapa de goma en el vaso. Al oprimir el botón, sonó el desagradable ruido de las hojas al girar mientras el líquido saltaba dentro de la batidora.

Quizás hubiese sido mejor no saber que contenía un huevo crudo.

—Esta vez he añadido zumo de brécol —dijo Michael.

—Dios mío, no me extraña que se niegue a bebérselo. ¡Zumo de brécol! ¿Acaso quieres matarla?

—Se lo beberá de un trago, ya lo verás. Le encanta. Le gustan todos los zumos que le preparo. No recuerdo exactamente lo que contiene éste. Ahora, escúchame. Aunque Rowan no oyera tu confesión, no estoy seguro de que la hubiera sorprendido. Mientras permaneció en coma oía todo lo que se decía. Ella misma me lo dijo. Oyó las cosas que decían las enfermeras cuando yo no estaba presente. Por supuesto, nadie sabía lo de nuestra pequeña transgresión.

—¡Por el amor de Dios, Michael, no bromees! Esto es muy serio. Si en este estado existe el delito por violación de menores, te recomiendo que te pongas inmediatamente en contacto con su abogado. La edad de consentimiento mutuo entre primos probablemente sea los diez años, y quizás exista una ley especial que la rebaje a ocho en el caso de unos Mayfair.

—No te hagas ilusiones, cariño —respondió Michael, sacudiendo la cabeza—: Pero volviendo al tema anterior, supongo que Rowan oyó las cosas que tú y yo dijimos cuando nos hallábamos junto a su cama. Estamos hablando de brujas, Mona, no lo olvides.

Michael se quedó serio y pensativo. Mona lo observó. Estaba más guapo, atractivo e interesante que nunca.

—No se trata de lo que dijera nadie —prosiguió Michael al cabo de unos momentos. Se le veía triste, profundamente abatido, como suele sucederles a los hombres de su edad cuando se deprimen. Mona se asustó un poco—. Es por todo lo que padeció Rowan. Quizá lo último fue lo que...

Mona asintió. Trató de visualizar de nuevo la escena, tal como él se la había contado. La pistola, el disparo, el cuerpo que se desploma. El terrible secreto de la leche.

—No se lo habrás dicho a nadie, ¿verdad? —preguntó Michael, preocupado.

«Si se enterara de que se lo había dicho a alguien sería capaz de matarme en este mismo momento», pensó Mona.

—No, jamás se lo diré a nadie —contestó—. Sé guardar un secreto, pero...

—No me dejó tocar el cadáver —prosiguió Michael—. Insistió en transportarlo ella misma, aunque apenas podía dar un paso. Jamás olvidaré aquella escena. Lo demás, no sé, puedo asumirlo, pero ver a una madre arrastrar el cadáver de su hija...

—¿Fue eso lo que te afectó? ¿Que se tratara de su hija?

Michael no respondió, y se mantuvo con la mirada perdida en el infinito mientras el dolor y la preocupación desaparecían poco a poco de su rostro. Al cabo de unos minutos se mordió el labio y casi sonrió.

—No se lo cuentes jamás a nadie —murmuró—. Jamás. Nadie debe saberlo. Es posible que algún día Rowan desee hablar de ello. Quizá fuera eso lo que la llevó a encerrarse en su mutismo.

—Descuida, jamás se lo revelaré a nadie —contestó Mona—. No soy una niña, Michael.

—Lo sé, tesoro, lo sé —dijo él, mirándola con afecto. Durante unos breves instantes pareció más animado.

Luego volvió a sumirse en sus pensamientos, olvidándose de ella, olvidándose de ellos dos y del enorme vaso de zumo que había preparado. Parecía haber abandonado toda esperanza, como si estuviera tan desesperado que nadie, ni siquiera Rowan, fuera capaz de ayudarlo.

—Por el amor de Dios, Michael, no debes hundirte. Rowan se pondrá bien, estoy segura.

Michael guardó silencio durante unos instantes. Luego murmuró con voz entrecortada:

—Se sienta en ese lugar, no sobre la tumba, sino junto a ella.

Mona temió que Michael rompiese a llorar. Deseaba acercarse a él y abrazarlo; pero lo habría hecho para consolarse a sí misma, no para ayudarle a él.

De pronto Mona se dio cuenta de que Michael estaba sonriendo, sin duda para tranquilizarla.

—Tendrás una vida plena y fructífera —dijo Michael, sonriendo con afabilidad—, pues los demonios han sido aniquilados, y alcanzarás el edén. —Luego se encogió de hombros con aire de resignación y añadió—: En cuanto a ella y a mí, nos llevaremos a la tumba los remordimientos por lo que hicimos o dejamos de hacer, o debimos hacer, o no hicimos el uno por el otro.

Michael suspiró, cruzó los brazos y se apoyó en la mesa, contemplando el sol, el jardín, las hojas verdes que se agitaban suavemente y la primavera.

Su discurso parecía haber finalizado.

Ahora volvía a ser el Michael de siempre, filosófico pero no vencido por la derrota.

Al cabo de unos momentos se incorporó, cogió el vaso y lo limpió con una vieja servilleta blanca.

—Eso es lo más agradable de ser rico —dijo.

—¿El qué? —preguntó Mona.

—Disponer de una servilleta de hilo cuando te apetece —respondió—. Y de pañuelos de hilo. Celia y Bea siempre los usan. Mi padre se negaba a utilizar pañuelos de papel. Hummm. Hacía tiempo que no pensaba en eso.

Luego se volvió hacia ella y le guiñó el ojo. Mona sonrió. Qué tontería. Pero ¿qué otra persona era capaz de guiñarle el ojo de esa manera? Nadie.

—¿Sabes algo de Yuri? —le preguntó Michael.

—No —contestó Mona. Le dolía oír pronunciar el nombre de Yuri.

—¿Le has dicho a Aaron que hace tiempo que no tienes noticias de él?

—Cientos de veces; esta mañana, tres. Tampoco él sabe nada. Está muy preocupado. Pero está decidido a no regresar a Europa, pase lo que pase. Vivirá aquí, con nosotros, hasta el fin de sus días. Siempre me recuerda que Yuri es increíblemente listo, como todos los investigadores de Talamasca.

—¿Crees que le ha sucedido algo malo?

—No sé qué pensar —contestó Mona con tristeza—. Quizá se haya olvidado de mí.

No deseaba ni pensar en esa posibilidad. Era demasiado espantosa. Pero uno tenía que afrontar las cosas. Yuri era un hombre de mundo.

Michael observó el zumo. Quizá Mona tuviese razón, pero en vez de arrojarlo por el fregadero cogió una cuchara y empezó a removerlo.

—Es posible que ese brebaje haga que Rowan recupere el habla —dijo Mona—. Cuando se haya bebido la mitad, dile lo que le has echado.

Michael soltó una carcajada profunda y seductora. Luego cogió la jarra del zumo y llenó un vaso grande.

—Acompáñame. Vamos a verla.

Mona dudó unos instantes.

—Prefiero que no nos vea juntos —dijo.

—Usa tus artes mágicas, tesoro. Ella sabe que seré su esclavo hasta el día que me muera.

La expresión de Michael se trastocó de nuevo. Miró a Mona con calma, casi fríamente, y ella volvió a comprender que estaba desesperado.

—Sí, desesperado —dijo Michael, esbozando una sonrisa que casi parecía una mueca. Y sin decir más, cogió el vaso y se dirigió hacia la puerta—. Vamos a hablar con ella, a ver si somos capaces de adivinar lo que piensa. Puede que entre los dos logremos descifrar su estado de ánimo. Quizá deberíamos volver a hacer el amor, tú y yo, sobre la hierba. Puede que eso la hiciera reaccionar.

Mona se quedó paralizada. ¿Es posible que hablara en serio? No, ésa no era la cuestión: lo desconcertante es que fuera capaz de decir semejante cosa.

Mona no contestó, pero supo lo que él sentía. Al menos, eso pensaba. Sin embargo, también sabía que no podía tener una certeza absoluta. Las experiencias dolorosas afectan a los hombres de la edad de Michael de forma distinta a como pueden afectar a una joven como ella. Mona lo sabía, con independencia de que mucha gente se lo hubiese explicado más o menos. Era una cuestión no tanto de humildad como de lógica.

Mona siguió a Michael a través del jardín hasta llegar a la parte trasera. Él llevaba unos vaqueros muy ceñidos y tenía una forma de caminar muy sexy. «¿Te parece bonito pensar en esas cosas?», se dijo Mona. El polo también se adhería a su cuerpo, resaltando la musculatura de sus hombros y espalda.

«No puedo dejar de pensar en ello; ojalá no se le hubiera ocurrido eso de hacer el amor sobre la hierba», pensó Mona. Estaba muy excitada. Los hombres siempre se quejaban de sentirse muy alterados ante la presencia de una mujer sexy. Pues bien, a ella le excitaban tanto las palabras como las imágenes: sus ceñidos vaqueros y las eróticas imágenes que invadieron su mente después del absurdo comentario que él había hecho.

Rowan se hallaba sentada junto a la mesa, en la misma posición en que Mona la había dejado. Las ramitas de lantana seguían allí encima, algo desordenadas, como si Rowan las hubiera movido con un dedo.

Rowan tenía el ceño ligeramente fruncido, como si meditara sobre algo muy serio. Mona pensó que era una buena señal, pero decidió no decir nada para no infundirle falsas esperanzas a Michael. Rowan parecía no haberse percatado de la presencia de ambos. Permanecía con la mirada fija, contemplando las flores que crecían junto a la tapia.

Michael se inclinó y la besó en la mejilla. Luego depositó el vaso sobre la mesa. Rowan no se inmutó. La brisa agitaba un mechón que le caía sobre la frente. Michael cogió su mano derecha y la ayudó a sujetar el vaso.

—Bébetelo, tesoro —dijo Michael, en el mismo tono que había empleado con Mona, a la vez brusco y cariñoso.

Tesoro, tesoro, «tesoro» significaba Mona, Rowan o Mary Jane, o tal vez cualquier otra hembra. ¿Hubiera llamado también «tesoro» al cadáver que estaba enterrado en el agujero junto al de su padre? ¡Cómo hubiera deseado verlos Mona, por lo menos a uno de ellos! Todas las mujeres de la familia Mayfair que se habían topado con él mientras huía lo pagaron con sus vidas. Excepto Rowan...

De pronto, Rowan levantó el vaso y se lo llevó a los labios. Mona la observó, temerosa, mientras Rowan bebía el zumo sin apartar los ojos de las flores de la tapia; únicamente se apreciaba en ella un parpadeo natural y pausado, pero nada más. Todavía tenía el entrecejo levemente fruncido, como si estuviera enfrascada en sus pensamientos.

Michael también la observó, con las manos en los bolsillos, y de repente hizo algo muy extraño. Se refirió a ella en voz alta, como si Rowan no pudiera oírle. Fue la primera vez que hacía semejante cosa.

—Cuando el médico habló con ella —le explicó Michael a Mona—, cuando le dijo que debía someterse a unas pruebas, ella se levantó y se largó. Reaccionó como si un extraño se hubiera sentado junto a ella en un banco del parque y le hubiera dicho alguna impertinencia. Estaba aislada, sola por completo.

Michael cogió el vaso, que presentaba un aspecto aún más repugnante que antes. A decir verdad, seguramente Rowan hubiera bebido cualquier cosa que él le hubiera dado.

El rostro de Rowan permaneció impasible.

—Podría llevarla al hospital para que le hicieran las pruebas. Estoy seguro de que no se resistiría. Siempre hace lo que le pido.

—¿Y por qué no la llevas?

—Porque cuando se levanta por las mañanas se pone un camisón y una bata. A veces le preparo ropa de calle, pero no quiere ponérsela. Sólo quiere el camisón y la bata. Supongo que prefiere quedarse en casa —respondió Michael con brusquedad.

Tenía las mejillas coloradas y los labios apretados, como si estuviera de malhumor.

—De todos modos, los análisis no la ayudarán a recuperarse —prosiguió—. Lo que le conviene es tomar muchas vitaminas. Los análisis sólo servirían para confirmar ciertas cosas. Tal vez no merezca la pena hacérselos.

Michael miró a Rowan. Hablaba con voz tensa, como si su enojo fuera en aumento.

De pronto depositó el vaso sobre la mesa, apoyó las manos a ambos lados de la misma y se inclinó hacia delante, con su mirada fija en Rowan. Ésta no se movió.

—Te lo suplico, Rowan —murmuró Michael—. Regresa a mí.

—No la atosigues, Michael —protestó Mona.

—¿Por qué no? Rowan, te necesito. ¡Te necesito! —gritó Michael, golpeando la mesa con los puños.

Rowan parpadeó, pero fue el único movimiento que hizo.

—¡Rowan! —gritó de nuevo Michael, extendiendo los brazos como si quisiera agarrarla por los hombros y zarandearla para obligarla a reaccionar, pero no lo hizo.

Al cabo de unos instantes cogió el vaso, dio media vuelta y se marchó.

Mona se quedó inmóvil, atónita. Pero así era Michael. Mona sabía que había obrado de buena fe, aunque había sido una escena dura y desagradable.

Mona permaneció todavía un rato allí. Se sentó en la silla al otro lado de la mesa, frente a Rowan, el mismo lugar que había ocupado todos los días.

Lentamente, se fue serenando. No sabía con seguridad por qué se había quedado allí, pero le parecía un gesto de lealtad. Quizá no deseaba dar la impresión de ser la aliada de Michael. El remordimiento la invadía.

Rowan estaba muy guapa, si se prescindía del hecho de que no hablaba. Llevaba el cabello largo, casi hasta los hombros. Se la veía hermosa y ausente. Lejana.

—Sabes —dijo Mona—, probablemente seguiré viniendo aquí hasta que me indiques que no quieres verme más. Sé que eso no me absuelve, ni tampoco justifica mi insistencia. Pero puesto que sigues encerrada en tu mutismo, obligas a la gente a actuar, a tomar decisiones. Lo que quiero decir es que no podemos simplemente dejarte sola. Es imposible. Sería injusto.

Mona respiró hondo, sintiéndose más relajada.

—Soy demasiado joven para saber ciertas cosas —prosiguió—. No voy a decir que comprenda lo que te ha sucedido; sería una estupidez por mi parte.

Mona miró a Rowan; sus ojos parecían verdes, como si reflejaran el color del brillante césped primaveral.

—Pero... me preocupa lo que nos está sucediendo a todos, o a casi todos. Sé muchas más cosas que nadie, excepto Michael y Aaron. ¿Te acuerdas de Aaron?

Qué pregunta tan tonta. Claro que Rowan recordaría a Aaron, suponiendo que no hubiera perdido la memoria.

—Bueno, lo que quiero decir es que existe un hombre llamado Yuri. Ya te hablé de él. Creo que no lo has visto nunca; de hecho, estoy segura de ello. Se ha marchado y no sé nada de él. Estoy preocupada, y Aaron también. Es como si todo se hubiera paralizado... tú aquí, en el jardín, sin decir palabra, aunque las cosas nunca detienen su curso.

Mona se detuvo. Este sistema era peor que el otro. Resultaba imposible saber si esta mujer sufría. Mona suspiró, apoyó los codos en la mesa y observó a Rowan. Habría jurado que Rowan la había mirado con disimulo y había apartado rápidamente la vista.

—Te pondrás bien, Rowan —murmuró Mona.

Luego contempló la verja de hierro, la piscina y el césped que cubría la parte delantera del jardín. La lisimaquia había florecido. Cuando Yuri se fue, las ramas estaban peladas.

Recordaba el día en que Yuri y ella estuvieron charlando en voz baja en el jardín.

«Pase lo que pase en Europa —le había dicho Yuri—, regresaré junto a ti.»

Mona no se había equivocado, Rowan la estaba mirando. La miraba directamente a los ojos.

Mona estaba tan asombrada que no pudo hablar ni moverse. Temía hacer un gesto y que Rowan apartara la vista. Deseaba creer que esto era una buena señal, que significaba que Rowan la perdonaba. Por lo menos, había conseguido captar su atención.

Mientras Mona la observaba, la preocupación de Rowan fue desapareciendo poco a poco y su expresión se tiñó de una elocuente e inconfundible tristeza.

—¿Qué te pasa, Rowan? —preguntó Mona.

Rowan emitió un pequeño sonido, como si carraspeara.

—No es Yuri —murmuró Rowan. Luego frunció de nuevo el ceño y sus ojos reflejaron temor, pero no retiró la mirada.

—¿Qué ocurre? —preguntó Mona—. ¿Qué es lo que has dicho sobre Yuri?

Mona tuvo la impresión de que Rowan seguía hablando, sin darse cuenta de que no emitía ningún sonido.

—Háblame, Rowan —murmuró Mona—. Rowan...

Mona se detuvo, como si no tuviera valor para continuar.

Rowan seguía mirándola. Al cabo de unos instantes levantó la mano derecha y se alisó su rubio cabello. Un ademán natural, normal, pero su mirada no lo era. Parecía esforzarse en transmitir a través de sus ojos lo que pensaba.

De pronto Mona oyó un sonido que la distrajo. Era la voz de Michael y la de otro hombre. Luego oyó el alarmante sonido de una mujer que no se sabía bien si lloraba o reía.

Mona se giró y vio a la tía Beatrice dirigirse precipitadamente hacia ellas por el camino empedrado que bordeaba la piscina, cubriéndose la boca con una mano y agitando la otra como si temiera caer de bruces y buscara un apoyo. Era ella a quien había oído llorar hacía unos instantes. Se le había deshecho el moño y el pelo le caía en greñas sobre la cara. Su vestido de seda estaba manchado de agua.

Michael y un hombre vestido con un traje oscuro seguían a Beatrice, caminando de forma apresurada y hablando entre ellos.

Beatrice sollozaba desconsoladamente. Sus tacones se clavaban en el césped, impidiéndole avanzar.

—¿Qué pasa, tía Bea? —preguntó Mona, levantándose.

Rowan se levantó también y observó a Beatrice avanzar torpemente por el césped; de pronto se torció un tobillo y estuvo a punto de caer. Al llegar junto a ellas, se dirigió directamente a Rowan.

—Es horrible —balbuceó Bea, jadeante—. Lo han matado. Lo ha atropellado un coche. Lo he visto con mis propios ojos.

—¿A quién han matado, Bea? —preguntó Mona—. No te estarás refiriendo a Aaron…

—Sí —respondió Bea, asintiendo frenéticamente. Tenía la voz ronca y apenas era audible. Mona y Rowan se acercaron a ella mientras Bea seguía moviendo la cabeza como un autómata—. Lo han matado. Yo lo vi. El coche dobló la esquina de la avenida de St. Charles. Le dije a Aaron que iría a buscarlo, pero contestó que prefería venir dando un paseo. El coche lo embistió y pasó tres veces sobre su cuerpo.

Cuando Michael se acercó a ella y la abrazó, Bea se desplomó como si hubiera perdido el conocimiento. Michael la sostuvo para impedir que cayera al suelo y Bea apoyó la cabeza contra su pecho, llorando suavemente. El pelo le caía sobre el rostro y sus manos temblaban como pajarillos incapaces de remontar el vuelo.

El hombre del traje oscuro era un policía —Mona observó que llevaba una pistola debajo de la chaqueta—, un chino americano con un rostro sensible y muy expresivo.

—Lo lamento —dijo con marcado acento de Nueva Orleans. Mona nunca había oído hablar a un chino con ese acento.

—¿Lo han matado? —preguntó Mona en voz baja, mirando al policía y a Michael, quien trataba de consolar a Bea besándole la frente y acariciándole el cabello.

Mona jamás había visto a Bea llorar de ese modo. De pronto cruzaron su mente dos ideas: que Yuri debía de estar muerto y que Aaron había sido asesinado, lo cual probablemente significaba que todos corrían peligro. En cualquier caso, la muerte de Aaron representaba una terrible tragedia para Bea.

Rowan se dirigió al policía y le habló con calma, aunque tenía la voz ronca y apenas se la oía en medio de la confusión y excitación de aquellos momentos.

—Quiero ver el cadáver —dijo Rowan—. ¿Puede acompañarme al depósito? Soy médico. Deseo verlo. Sólo tardaré unos minutos en vestirme.

Michael y Mona se quedaron atónitos. Sin embargo, la odiosa Mary Jane ya lo había dicho: «Nos está escuchando. Hablará cuando desee hacerlo.»

Gracias a Dios que Rowan había reaccionado por fin, recuperando el habla en aquellos dramáticos momentos.

Pese a su frágil aspecto y la voz ronca y forzada, su mirada era clara y firme. Rowan miró a Mona, sin hacer caso de la amable respuesta del policía, quien indicó que tal vez fuera preferible que no viera el cuerpo, dado que lo había atropellado un coche y se hallaba muy desfigurado.

—Bea necesita a Michael —dijo Rowan, sujetando firmemente a Mona por la muñeca—. Y yo te necesito a ti. ¿Quieres acompañarme?

—Desde luego —contestó Mona—. Iré contigo.

3

Había prometido a aquel pequeño hombre que entraría en el hotel al cabo de unos minutos. «Si entras conmigo todos se fijarán en ti —le había dicho Samuel—. No te quites las gafas de sol.»

Yuri estuvo de acuerdo. No le importaba esperar sentado en el coche unos minutos, observando a la gente pasar frente a las elegantes puertas del Claridge's. Tras el valle de Donnelaith, Londres era como un bálsamo.

El largo viaje hacia el sur en compañía de Samuel, conduciendo de noche por unas autopistas que hubiesen podido hallarse en cualquier lugar del mundo, le había puesto nervioso.

El recuerdo del siniestro valle seguía grabado en su memoria. ¿Qué le hizo pensar que era prudente ir allí solo, en busca de información sobre los diminutos seres y los Taltos? Por supuesto, había hallado justamente lo que andaba buscando. Y de paso alguien le había disparado una bala del calibre 38, que le alcanzó el hombro.

El incidente le causó un fuerte impacto emocional. Jamás lo habían herido de un disparo. Pero lo que más le impresionó fueron los enanos.

Sentado en el asiento posterior del Rolls, recordó de nuevo la inquietante escena: la noche encapotada, el pálido reflejo de la luna a través de las espesas nubes y el sonido fantasmagórico de los tambores y las gaitas que se propagaba a través de los riscos.

De pronto vio a los enanos formando un círculo y cantando, aunque las palabras que entonaban con sus voces de barítono le resultaban incomprensibles.

Yuri no estuvo seguro de que existieran hasta aquel momento.

Bailaban sin cesar, agitando sus cuerpos deformes al ritmo de sus cánticos, alzando sus cortas piernas y balanceándose de un lado a otro. Algunos bebían en jarras, otros en botellas. Llevaban las cartucheras sobre los hombros. De vez en cuando disparaban sus pistolas contra la oscura y ventosa noche mientras reían de forma histérica como salvajes. Los disparos sonaban sofocados, como unos petardos. El insistente batir de los tambores contrastaba con la melodía apagada y melancólica de las gaitas.

Cuando le alcanzó la bala Yuri supuso que le había disparado uno de esos misteriosos hombrecillos, tal vez un centinela. Pero se equivocaba.

Al cabo de tres semanas abandonó el valle.

Ahora se encontraba frente al hotel Claridge's. Dentro de un rato llamaría a Nueva Orleans para hablar con Aaron y Mona y explicarles el motivo de su prolongado silencio.

En cuanto al riesgo que corría en Londres debido a la proximidad de la casa matriz de Talamasca y de quienes trataban de matarlo, Yuri se sentía infinitamente más seguro ahí que en el valle, donde una bala le hirió el hombro.

Había llegado el momento de subir para encontrarse con el misterioso amigo de Samuel, que ya había llegado y cuyo aspecto Yuri desconocía. Había llegado el momento de hacer lo que el pequeño hombre le había pedido. Le había salvado la vida y le había ayudado a recobrar la salud, y ahora deseaba que Yuri conociera a su amigo, quien al parecer desempeñaba en este complejo drama un papel de gran importancia.

Yuri se apeó del coche y el amable portero del hotel se apresuró a ayudarlo.

De pronto sintió un agudo dolor en el hombro. ¿Cuándo aprendería a utilizar la mano izquierda? Lo había intentado varias veces, sin éxito.

Soplaba un aire helado pero Yuri apenas tuvo tiempo de sentirlo, pues entró inmediatamente en el inmenso y cálido vestíbulo del hotel. A continuación se dirigió hacia la amplia escalinata que había a su derecha.

Se escuchaban los suaves acordes de un cuarteto de cuerda que procedían del bar. El ambiente apacible del hotel serenó a Yuri, haciendo que se sintiera a salvo y feliz.

La cortesía de esos ingleses no dejaba de asombrarlo —el portero, el botones, el amable caballero con el que se cruzó en la escalera—; parecían no fijarse en su jersey viejo ni en sus sucios pantalones negros. Yuri pensó que eran demasiado educados.

Atravesó el segundo piso hasta alcanzar la puerta de la *suite* ubicada en la esquina, que Samuel le había descrito minuciosamente. Al ver que la puerta estaba abierta se adentró en un pequeño y acogedor recibidor, semejante al de una elegante mansión; que daba acceso a una estancia más grande, tan lujosa como había dicho el pequeño hombre.

Samuel estaba arrodillado, colocando unos troncos en la chimenea. Se había quitado la chaqueta de mezclilla, y la camisa blanca ponía de relieve sus brazos deformes y su joroba.

—Pasa, Yuri —indicó el enano sin levantar la vista.

Yuri se detuvo en el umbral. Junto a Samuel se hallaba el otro hombre, su amigo.

Éste presentaba un aspecto tan extraño como el del enano, pero en un sentido por completo distinto. Era extremadamente alto, aunque dentro de una normalidad. Tenía la tez pálida y el pelo oscuro y largo, lo cual contrastaba con el impecable traje de paño negro, la elegante camisa blanca y la corbata roja que llevaba. Tenía un aire decididamente romántico. Pero ¿qué significaba eso? Yuri no estaba seguro y, sin embargo, ésa fue la palabra que acudió de inmediato a su mente. El extraño no tenía un aspecto atlético —no era uno de esos gigantes del deporte que destacan en los juegos olímpicos televisados o en los ruidosos campos de baloncesto—, sino romántico.

Yuri lo miró a los ojos. Pese a su estatura, no le inspiraba temor. Su rostro era suave y juvenil, de rasgos casi afeminados, con largas y espesas pestañas y unos labios finamente perfilados. Sólo sus canas le daban cierto aire de autoridad, aunque su talante era amable y cordial. Sus ojos, grandes y castaños, observaron a Yuri con curiosidad. En general, presentaba un aspecto distinguido, a excepción de sus manos, excesivamente grandes. Yuri jamás había visto dedos tan largos y delgados como aquéllos.

—De modo que tú eres el gitano —dijo el hombre. Tenía una voz profunda y sensual, muy distinta al cáustico tono de barítono de Samuel.

—Entra y siéntate —indicó el enano con impaciencia mientras atizaba el fuego—. He pedido que nos suban algo de comer, pero cuando llegue el camarero quiero que te metas en el dormitorio. Prefiero que no te vea nadie.

—Gracias —respondió Yuri en voz baja.

De pronto se dio cuenta de que aún llevaba puestas las gafas oscuras. Al quitárselas, la iluminación de la estancia lo deslumbró. Estaba decorada al estilo clásico, con terciopelo de color verde oscuro y cortinas floreadas. Era una habitación agradable, en la que se advertía la impronta de sus diferentes ocupantes.

El célebre hotel Claridge's. Conocía los hoteles más importantes del mundo, pero nunca había estado en el Claridge's. Las otras veces que estuvo en Londres se alojó en la casa matriz de la Orden.

—Mi amigo me comentó que te han herido —dijo el extraño, acercándose a Yuri y mirándolo con afecto.

Pese a su imponente estatura, Yuri no sintió el menor temor. De pronto, el hombre alzó las manos y extendió sus largos dedos, como si quisiera enmarcar el rostro de Yuri para examinarlo en detalle.

—Estoy perfectamente. Me hirieron de un disparo, pero su amigo me extrajo la bala. De no ser por él, estaría muerto.

—Eso me ha dicho. ¿Sabes quién soy?

—No.

—¿Sabes qué es un Taltos? Eso es lo que soy yo.

Yuri no respondió. Jamás lo hubiera sospechado, como tampoco podía sospechar que existieran unos extraños y diminutos seres como los que había visto en el valle. Taltos significaba Lasher, un asesino, un monstruo, una amenaza. Se quedó atónito, incapaz de articular palabra. Observó el rostro del extraño pensando que, a excepción de las manos, nada hacía pensar que no fuera simplemente un gigante humano.

—Por el amor de Dios, Ash —dijo el enano—, sé más discreto. —El espléndido fuego ardía con vigor. Después de limpiarse los pantalones, el enano se sentó en un amplio sillón, un tanto deforme, que parecía muy cómodo. Sus pies no alcanzaban el suelo.

Era imposible adivinar la expresión de su arrugado

semblante. ¿Estaba realmente enojado? Su voz era lo único que reflejaba el estado de ánimo del enano, que rara vez dejaba traslucir a través de su mirada lo que pensaba o sentía. El intenso color rojo de su cabello confirmaba el tópico sobre el carácter colérico e impaciente de los pelirrojos. El enano comenzó a tamborilear con sus pequeños dedos sobre los brazos del sillón.

Yuri se dirigió al sofá y se sentó en un extremo del mismo, consciente de que el extraño se había acercado a la chimenea y contemplaba el fuego. Yuri no quería cometer la descortesía de observarlo fijamente.

—Un Taltos —dijo Yuri con una voz aceptablemente serena—. Un Taltos. ¿Por qué desea hablar conmigo? ¿Por qué quiere que le ayude? ¿Quién es usted, y por qué ha venido aquí?

—¿Has visto al otro? —preguntó el extraño, mirando a Yuri con una curiosa mezcla de franqueza y timidez. De no haber sido por sus desproporcionadas manos, cuyos nudillos eran demasiado prominentes, ese hombre podría haber representado el modelo ideal de belleza masculina.

—No, no llegué a verlo —contestó Yuri.

—Pero ¿estás seguro de que ha muerto?

—Sí.

El gigante y el enano. Yuri se contuvo para no soltar una carcajada. Los defectos del extraño le daban cierto atractivo, mientras que los defectos del enano le conferían a éste un aspecto maléfico. Era injusto, una broma de la naturaleza, una cuestión que sobrepasaba lo que Yuri consideraba comprensible.

—¿Tenía ese Taltos una compañera? —preguntó el extraño—. ¿Una hembra Taltos?

—No, su compañera era una mujer llamada Rowan Mayfair. Ya se lo conté a su amigo. Era su madre y al mismo tiempo su amante. Es lo que en Talamasca llamamos una bruja.

—Nosotros también —terció el enano—. En esta historia aparecen muchas brujas poderosas, Ashlar. Pero deja que este hombre te cuente la historia.

—Ashlar. ¿Es ése su nombre? —preguntó Yuri, sorprendido.

Cuatro días antes de abandonar Nueva Orleans, Aaron le había resumido la historia de Lasher, el demonio del valle. San Ashlar... Había repetido varias veces ese nombre. San Ashlar.

—Sí —dijo el extraño—. Ash es la versión abreviada, y que prefiero, de mi nombre. No pretendo ser descortés, pero puesto que prefiero el nombre de Ash, cuando me llaman Ashlar no suelo responder —añadió amablemente pero con firmeza. El enano soltó una carcajada y dijo:

—Yo lo llamo Ashlar para fastidiarlo y obligarle a prestar atención.

El extraño no hizo caso de ese comentario y siguió calentándose las manos ante el fuego. A la luz de las llamas, con los gigantescos dedos extendidos, ofrecía un aspecto depravado.

—¿Te molesta la herida? —preguntó el hombre, volviéndose hacia Yuri.

—Sí, aunque procuro disimularlo. Me hirieron en el hombro y cada vez que muevo el brazo me duele. Permítame que me recline en el sofá, así estaré más cómodo. Me siento desconcertado. ¿Quién es usted?

—Ya te lo dicho —respondió el extraño—. Prefiero que me hables de ti. Cuéntame tu historia.

—Ya te he explicado que este hombre es mi mejor amigo y confidente, Yuri —terció el enano con impaciencia—. Te he dicho que conoce la orden de Talamasca. Es más sabio que ningún otro ser vivo. Confía en él. Cuéntale lo que desea saber.

—Confío en usted —dijo Yuri—. Pero ¿por qué desea conocer la historia de mi vida? ¿Para qué quiere esa información?

—Para ayudarte, por supuesto —respondió el extraño con un leve movimiento de cabeza—. Samuel me ha dicho que los hombres de Talamasca tratan de asesinarte. Me resulta difícil aceptarlo. Siempre he sentido gran afecto por la orden de Talamasca. Procuro protegerme de ella, como de todo lo que pueda limitar mis actuaciones. Pero los hombres de Talamasca no son mis enemigos... al menos no lo han sido durante mucho tiempo. ¿Quién te ha atacado? ¿Estás seguro de que se trata de miembros de la Orden?

—No, no estoy seguro —contestó Yuri—. Cuando me quedé huérfano, los de Talamasca me acogieron. Aaron Lightner es la persona que más me ayudó. Samuel lo conoce.

—Yo también —dijo el extraño.

—Durante toda mi vida he servido a la Orden, viajando por el mundo, cumpliendo misiones cuyo significado muchas veces desconocía. Por lo visto, aunque yo lo ignoraba, mis votos se basaban en mi lealtad hacia Aaron Lightner. Cuando Aaron se marchó a Nueva Orleans para investigar a una familia de brujas, las cosas se complicaron. Las brujas pertenecen a la familia Mayfair. Leí su historia en los archivos de la Orden antes de que me vedaran el acceso a ellos. El Taltos es hijo de Rowan Mayfair.

—¿Quién era el padre? —preguntó el extraño.

—Un hombre.

—¿Un ser mortal? ¿Estás seguro?

—Totalmente, pero existen otras consideraciones

no menos importantes. Esa familia se ha visto perseguida durante muchas generaciones por un espíritu al mismo tiempo bondadoso y maléfico. El espíritu, que asistió al insólito parto, se apoderó de la criatura que llevaba Rowan Mayfair en su vientre. El Taltos nació completamente desarrollado y poseía el alma de ese espíritu. Le pusieron el nombre de Lasher. Que yo sepa, es su único nombre. Como le he dicho, ese ser ha muerto.

El extraño sacudió la cabeza, perplejo. Luego se sentó en un sillón, se volvió cortésmente hacia Yuri y cruzó sus largas piernas. Mantenía la espalda erguida, como si no lo turbara ni avergonzara su estatura.

—El hijo de dos brujos —murmuró el extraño.

—Sin duda —respondió Yuri.

—¿Por qué dices eso? —preguntó el extraño—. ¿Qué significa?

—Existen numerosas pruebas genéticas que así lo confirman. Los de Talamasca poseen esas pruebas. Algunos miembros de las distintas ramas de esa familia de brujas poseen unos genes extraordinarios. Los genes de los Taltos, que normalmente no son activados por la naturaleza, en este caso —bien a través de la brujería o de la posesión demoníaca— crearon un Taltos.

El extraño sonrió. Yuri observó que la sonrisa imprimía a su rostro una expresión más cálida y afectuosa, como si se sintiera satisfecho.

—Te expresas como todos los miembros de Talamasca —dijo el extraño—. Hablas como los sacerdotes de Roma, como si no pertenecieras a esta época.

—Me formé en sus textos, en latín —respondió Yuri—. La historia de ese ser, Lasher, se remonta al siglo XVII. La he leído de cabo a rabo, junto con la historia de esa familia, la cual posee una gran fortuna y poder, y sus tratos secretos con ese espíritu, Lasher. He leído centenares de documentos sobre ellos.

—¿De veras?

—No he leído nada sobre los Taltos, si a eso se refiere —replicó Yuri—. La primera vez que oí esa palabra fue en Nueva Orleans, cuando fueron asesinados dos miembros de la Orden al tratar de liberar a ese Taltos, Lasher, del hombre que lo mató. Pero no puedo revelarle esa historia.

—¿Por qué? Deseo saber quién lo mató.

—Se lo diré cuando le conozca mejor, cuando se haya sincerado conmigo, tal como he hecho yo.

—¿Qué puedo decirle? Me llamo Ashlar. Soy un Taltos. Hace siglos que no veo a otro miembro de mi especie. Sé que existen, he oído hablar de ellos, he procurado dar con ellos y en ocasiones casi lo conseguí. Pero al final siempre fallaba algo. Hace siglos que no toco a un ser de mi propia especie.

—Entonces debe de ser muy viejo —observó Yuri—. La vida de los seres humanos se cuenta por años, no por siglos.

—Sí, debo de ser muy viejo —contestó el extraño—. Tengo algunas canas, como habrás podido comprobar. Pero ¿cómo puedo saber los años que tengo, ni qué aspecto tendré cuando sea viejo o los años que tardaré en convertirme en un ser decrépito e inútil? Cuando vivía feliz entre mis congéneres, era demasiado joven para aprender todo lo que iba a necesitar para este largo y solitario viaje. Dios no me concedió el don de una memoria sobrenatural. Como cualquier hombre normal y corriente, recuerdo algunas cosas con toda claridad; otras se han borrado de mi memoria.

—¿Le conocen los de Talamasca? —preguntó Yuri—. Debo saberlo. La orden de Talamasca era mi vocación.

—¿Era? Explícate.

—Como le he dicho, Aaron Lightner fue a Nueva Orleans. Aaron es un experto en brujos. Nosotros estudiábamos a los brujos.

—No divagues —terció el enano—. Continúa.

—No seas grosero, Samuel —dijo el extraño suavemente pero con firmeza.

—No seas imbécil, Ash, este gitano se está enamorando de ti.

El Taltos miró a Samuel indignado. Durante unos instantes la ira se reflejó en su hermoso rostro, luego sacudió la cabeza y cruzó los brazos como quitando importancia al comentario del enano.

Yuri se quedó de una pieza. Le escandalizaba la falta de discreción y educación que imperaba hoy en día. Se sintió humillado porque era cierto que experimentaba cierta atracción hacia el extraño, muy distinta al sentimiento, más intelectual, que le inspiraba Samuel.

Yuri volvió la cabeza, dolido. No tenía tiempo de contar la historia de su vida, de cómo había caído bajo el dominio de Aaron Lightner y la fuerza y el poder que los hombres de acusada personalidad ejercían sobre él. Deseaba decir que no se trataba de nada erótico. Pero sí lo era, en la medida en que todo en la vida se basa en el erotismo.

El Taltos observó con frialdad al enano.

Yuri prosiguió:

—Aaron Lightner acudió a ayudar a las brujas Mayfair en sus incesantes batallas con Lasher. Aaron Lightner no llegó a averiguar de dónde procedía el espíritu. Sólo se sabía que en el año 1665 fue invocado por una bruja en Donnelaith.

»Cuando el espíritu asumió una apariencia mortal, después de causar la muerte de numerosas brujas, Aaron Lightner lo vio y supo de su propia boca que era el Taltos, que había habitado con anterioridad en un cuerpo humano, en tiempos del rey Enrique, y que había muerto en Donnelaith, el valle donde la bruja invocó su nombre.

»Esos datos no constan en los archivos de Talamasca que yo conozco. Apenas han transcurrido tres semanas desde que ese ser fuera asesinado. Sin embargo, es posible que se hallen en unos archivos secretos que alguien conoce. Cuando los de Talamasca supieron que Lasher se había reencarnado, por decirlo de alguna manera, lo persiguieron a fin de aniquilarlo. Es posible que asesinaran a varias personas inocentes. Lo ignoro. Sólo sé que Aaron no tuvo nada que ver con aquello y que se sintió traicionado por sus colegas. Por eso debo preguntarle a usted si ellos le conocen, si sus datos están en sus archivos secretos.

—Sí y no —respondió el extraño—. No parece que seas un mentiroso.

—No digas cosas extrañas, Ash —protestó el enano.

Estaba repantigado en el sillón, con sus cortas y deformes piernas extendidas, las manos enlazadas sobre su chaleco de lana y el cuello de la camisa desabrochado. En sus ojillos se reflejaba una curiosa luz.

—No era más que un comentario, Samuel. Ten un poco de paciencia —contestó el extraño, lanzando un suspiro—. En todo caso, eres tú quien dice cosas extrañas.

Ash parecía irritado. Tras unos instantes, se volvió hacia Yuri.

—Permíteme que responda a tu pregunta, Yuri —dijo, pronunciando su nombre con simpatía y familiaridad—. Probablemente los actuales miembros de Talamasca no sepan nada sobre mí. Sólo un genio sería capaz de desenterrar todas las historias sobre nosotros que se conservan en los archivos de Talamasca, suponiendo que esos documentos existan. Jamás he comprendido la importancia o el significado de esos documentos, los archivos de la Orden. Una vez, hace siglos, leí unos manuscritos y no pude evitar reírme. En aquellos tiempos el lenguaje escrito se me antojaba muy ingenuo. Actualmente, algunos escritos me producen la misma sensación.

Aquellas palabras sorprendieron a Yuri. El enano tenía razón; Yuri se sentía profundamente atraído hacia el extraño. Había perdido su habitual y prudente renuencia a confiar en los demás. Cuando uno se enamora se despoja de todo sentimiento de alienación y desconfianza, de forma que la aceptación del otro constituye una experiencia intelectualmente orgásmica.

—¿Existe algún lenguaje que no le parezca cómico? —preguntó Yuri.

—El argot moderno —contestó el extraño—, el realismo de las obras de ficción y el periodismo, rebosante de coloquialismos. Por lo general carecen de cualquier atisbo de ingenuidad; han perdido formalidad y se basan en una intensa condensación. Lo que se escribe hoy en día parece el chirriante sonido de un silbato comparado con las canciones que se solían cantar antiguamente:

Yuri se echó a reír y dijo:

—Tiene razón. Pero no es el caso de los documentos de Talamasca.

—No. Tal como he dicho, son melódicos y divertidos.

—De todas formas, hay documentos y documentos. ¿Está seguro de que no saben que usted existe?

—Cada vez estoy más convencido de ello. Pero continúe. ¿Qué fue de ese Taltos?

—Trataron de secuestrarlo, pero sus raptores murieron en el intento. El hombre que asesinó al Taltos mató también a los hombres de Talamasca. Antes de morir, esos hombres confesaron que disponían de un Taltos hembra, que hacía siglos que trataban de conseguir la unión entre un macho y una hembra de esa especie. Según dijeron, ése era el fin primordial de la Orden. El propósito oculto y clandestino. Esta revelación desmoralizó profundamente a Aaron Lightner.

—Lo comprendo.

Yuri prosiguió:

—Lasher, el Taltos, no pareció asombrarse ante esa noticia. Durante su primera encarnación, los de Talamasca habían tratado de llevárselo de Donnelaith, probablemente con la intención de obligarlo a unirse con la hembra. Pero Lasher no se fiaba de ellos y se negó a acompañar al hombre que pretendía secuestrarlo. En aquel tiempo era un sacerdote. Todos lo consideraban un santo.

—San Ashlar —apostilló el enano. Su voz pareció brotar no de entre las arrugas de su rostro, sino de su pesado tronco—. San Ashlar, que siempre aparece de nuevo.

El extraño inclinó levemente la cabeza mientras sus oscuros ojos castaños examinaban la alfombra como si tratasen de descifrar el complicado diseño oriental. Luego miró a Yuri, sin alzar la cabeza, de forma que sus pobladas cejas mantenían ocultos sus ojos.

—San Ashlar —dijo con melancolía.

—¿Es usted ese hombre?

—No soy un santo, Yuri. Espero que no te importe que te llame Yuri. Pero, por favor, no hablemos de santos.

—Por supuesto que puedes llamarme Yuri. ¿Me permites que te llame Ash y te tutee? Pero no has respondido a mi pregunta. ¿Eres el hombre que consideraban un santo? Hablas de cosas que sucedieron hace siglos mientras nosotros estamos sentados en esta habitación, junto al fuego, esperando que el camarero nos traiga unos refrescos. Contesta. No puedo protegerme de mis hermanos de la Orden si no me ayudas a entender lo que ocurre.

Samuel se levantó apresuradamente y se dirigió hacia la puerta de la habitación.

—Métete en el dormitorio, Yuri —dijo—. Vamos, desaparece.

Yuri se levantó, sintiendo por unos instantes un intenso dolor en el hombro, entró en el dormitorio y cerró la puerta tras él. La habitación estaba en penumbra; las elegantes cortinas filtraban la tenue luz matutina. Yuri descolgó rápidamente el teléfono, pulsó un número para obtener línea con el exterior y luego marcó el prefijo de Estados Unidos.

De pronto se detuvo, incapaz de contarle a Mona las mentiras que debía decir para protegerse. Deseaba también hablar con Aaron e informarle de lo que sabía, pero temió que el gigante y el enano le impidieran hablar con ellos.

En varias ocasiones, durante el trayecto desde Escocia, Yuri había intentado telefonear desde una cabina pública, pero el enano le había instado a subir de nuevo al coche para proseguir el viaje.

¿Qué podía decirle a su joven amada? ¿Qué podía revelarle a Aaron durante los escasos momentos de que dispondría para hablar con él?

Yuri marcó apresuradamente el prefijo de Nueva Orleans y el número de la casa de los Mayfair en la esquina de St. Charles con Amelia, y aguardó. De repente se dio cuenta de que en América era ya de noche.

Un error imperdonable, a pesar de las circunstancias. Al cabo de unos minutos respondió la voz de una mujer que Yuri conocía pero no logró identificar.

—Disculpe, llamo desde Inglaterra. Deseo hablar con Mona Mayfair —dijo—. Espero no haber despertado a toda la casa.

—¿Es usted Yuri? —preguntó la mujer.

—Sí —confesó él, sin asombrarse de que ésta hubiera reconocido su voz.

—Aaron Lightner ha muerto —dijo la mujer—. Soy Celia, la prima de Beatrice. La prima de Mona. Han matado a Aaron.

Se produjo una larga pausa durante la cual Yuri permaneció inmóvil, incapaz de pensar o visualizar nada. Sintió pánico, pánico de lo que significaban las palabras de Celia; jamás volvería a ver a Aaron, no volvería a hablar con él, Aaron y él... Aaron había desaparecido para siempre.

Trató de decir algo, pero no consiguió articular palabra. Impotente, Yuri se limitó a pellizcar el cable del teléfono, un pequeño y absurdo gesto.

—Lo lamento, Yuri. Estábamos muy preocupados por usted, sobre todo Mona. ¿Dónde está? ¿Puede llamar a Michael Curry? Le daré su número.

—Estoy bien —respondió Yuri en voz baja—. Ya tengo su número.

—Mona está allí, en casa de Michael Curry. Querrán saber dónde está, si se encuentra bien y cómo ponerse en contacto con usted.

—Aaron... —musitó Yuri, desesperado, pero no pudo continuar. Hablaba con un hilo de voz, abrumado por las tremendas emociones que le nublaban la vista y comprometían su equilibrio, el sentido de su propia identidad—. Aaron...

—Fue atropellado de forma intencionada por un coche con un hombre al volante. Aaron acababa de salir del hotel Pontchartrain, donde había dejado a Beatrice con Mary Jane Mayfair. Él y Beatrice habían acompañado a Mary Jane al hotel. Beatrice se disponía a bajar al vestíbulo cuando oyó el ruido. Ella y Mary Jane presenciaron el accidente. El coche pasó varias veces sobre el cuerpo de Aaron.

—Entonces fue un asesinato —dijo Yuri.

—Sí. Han arrestado al individuo que lo hizo. Un asesino a sueldo. Fue contratado para atropellar a Aaron, pero afirma ignorar la identidad del hombre que lo contrató. Recibió cinco mil dólares en efectivo por el trabajo. Llevaba una semana intentándolo. Se había gastado la mitad del dinero.

Yuri sintió deseos de colgar el auricular. No podía seguir hablando. Al cabo de unos instantes, se pasó la lengua por el labio superior y dijo:

—Celia, le agradecería que diera un recado a Mona Mayfair y a Michael Curry de mi parte. Dígales que estoy en Inglaterra, que estoy bien. Me pondré en contacto con ellos muy pronto. Transmita mi pésame a Beatrice Mayfair. Transmítales a todos mi... afecto.

—Descuide, así lo haré.

Yuri colgó. Si Celia añadió algo más, él no lo oyó. El teléfono se quedó silencioso. Los colores pasteles de la habitación lo ayudaron a serenarse. La luz se reflejaba de forma tenue en el espejo. Los aromas de la habitación eran frescos y limpios.

Yuri experimentó una profunda sensación de enajenación, de falta de confianza en el futuro y en los demás. Roma. Su encuentro con Aaron. Aaron había desaparecido, no del pasado, pero sí del presente y del futuro.

Yuri permaneció inmóvil. Por unos momentos había perdido la noción del tiempo.

Al cabo de un rato comenzó a reaccionar. Tuvo la sensación de que llevaba horas plantado ante el tocador. Se dio cuenta de que Ash, el gigantesco extraño, había entrado en la habitación, pero no para alejarlo del teléfono.

De pronto la cálida y amable voz del extraño intensificó de forma dolorosa la angustia que sentía Yuri.

—¿Por qué lloras, Yuri? —preguntó Ash, con la pureza de un niño.

—Aaron Lightner ha muerto —respondió Yuri—. No quise llamarlo para informarle de que habían tratado de asesinarme. Debí decírselo. Debí prevenirlo...

La voz ligeramente corrosiva de Samuel, que se hallaba junto a la puerta, le interrumpió.

—Él lo sabía, Yuri. Tú mismo me dijiste que Aaron te aconsejó que no fueras al valle, te advirtió que andaban tras él.

—Sí, pero...

—No debes culparte por lo ocurrido —dijo Ash.

Yuri notó cómo las inmensas manos del extraño se posaban suavemente sobre sus hombros.

—Aaron... era mi padre —dijo Yuri con voz inexpresiva—. Aaron era mi hermano. Mi amigo.

Yuri experimentó una mezcla de remordimientos y dolor, junto al insoportable pavor que le inspiraba la muerte. En aquellos momentos le pareció imposible que Aaron hubiera desaparecido de su vida, pero sabía que con el tiempo acabaría aceptando la fría e implacable realidad.

De pronto se sintió como si fuera de nuevo un niño y se encontrara en la aldea de su madre, en Yugoslavia, junto a su lecho de muerte. Fue la última vez que había experimentado un dolor como el que sentía ahora. Yuri apretó los dientes, temiendo perder el control y echarse a llorar o a gritar.

—Lo mataron los de Talamasca —afirmó—. ¿Quién pudo ser sino ellos? Lasher, el Taltos, ha muerto. Ellos son los culpables de todos los asesinatos. El Taltos mató a las mujeres, pero no a los hombres. Fueron los de Talamasca.

—¿Fue Aaron quien mató al Taltos? —preguntó Ash—. ¿Era él su padre?

—No. Pero amaba a una mujer de Nueva Orleans, que supongo estará destrozada por su muerte.

Yuri sintió deseos de encerrarse en el baño, aunque no sabía muy bien con qué objeto. Quizá para sentarse en el suelo de mármol, apoyar la cabeza en las rodillas y llorar.

Pero el enano y el gigante se lo impidieron. Alarmados y preocupados, le obligaron a regresar a la salita de la *suite*. Mientras el gigante le ayudaba a sentarse en el sofá, procurando no lastimarle el hombro, el enano se apresuró a ofrecerle una taza de té y unos pastelitos; un tentempié frugal pero apetitoso.

Yuri contempló el fuego, el cual parecía consumirse rápidamente. Admitió que se le había acelerado el pulso y que estaba sudando. Se quitó bruscamente el grueso jersey, lastimándose el hombro y olvidando que no llevaba nada debajo, y permaneció sentado con el torso desnudo, el jersey entre las manos.

De golpe oyó un leve ruido junto a él. Al volverse el enano le entregó una camisa blanca, envuelta en el papel de la lavandería. Yuri la desabrochó y se la puso. Le quedaba demasiado grande y supuso que pertenecía a Ash. Se arremangó las mangas y se abrochó varios botones, agradecido de que Samuel le hubiera dado algo con qué cubrirse. Se sentía cómodo con aquella camisa holgada. El jersey yacía a sus pies, sobre la alfombra. Yuri observó que tenía adheridas unas briznas de hierba, unas hojas y un poco de tierra.

—¡Y yo que creí que había sido un rasgo generoso por mi parte no comunicar a Aaron lo sucedido! —se reprochó Yuri con amargura—. No quería alarmarlo. Decidí esperar a que la herida cicatrizase y yo me sintiese recuperado del todo antes de ponerme en contacto con él y confirmarle que me encontraba perfectamente.

—¿Por qué pretendían los de Talamasca matar a Aaron Lightner? —inquirió Ash.

Había vuelto a su sillón y estaba sentado con las manos juntas, entre las rodillas, y la espalda tiesa como una vara. Era sin duda un hombre muy apuesto.

Yuri se sintió como si hubiera perdido el conocimiento y contemplara la escena por primera vez. Observó la sencilla correa negra y el reloj digital de oro en la muñeca de Ash. El enano pelirrojo se hallaba de pie junto a la ventana, que había abierto para airear la habitación. Yuri notó la gélida corriente de aire y vio que el fuego de la chimenea se avivaba.

—¿Por qué, Yuri? —repitió Ash.

—No lo sé. Confiaba en que estuviéramos equivocados, y que los de Talamasca no tuvieran nada que ver en este asunto, que no hubieran asesinado a unas personas inocentes, que fuera mentira que disponían de un Taltos hembra para obligarla a unirse con un macho de su especie. Me costaba creer que se propusieran cometer semejante barbaridad. Disculpa, no pretendo ofenderte...

—... por supuesto.

—Supuse que las aspiraciones de la Orden eran más nobles, que su trayectoria era absolutamente pura y transparente; unos eruditos consagrados al estudio y a sus archivos, que se abstenían de intervenir en lo que observaban; unos estudiosos de los fenómenos sobrenaturales. ¡Qué estúpido fui! Mataron a Aaron porque descubrió la verdad. Y por eso tienen que matarme a mí. La Orden debe proseguir su labor como si nada hubiera sucedido. Imagino que me estarán vigilando desde la casa matriz, para impedirme a toda costa la entrada. Supongo que tendrán los teléfonos controlados. Aunque quisiera no podría llamar allí, ni a Amsterdam ni a Roma. Si trato de enviar un fax lo interceptarán. Jamás bajarán la guardia ni dejarán de vigilarme hasta que haya muerto.

»De ese modo nadie podrá delatarlos, revelar a sus hermanos y hermanas el terrible secreto de esa Orden maléfica… lo cual parece confirmar las viejas máximas de la Iglesia católica: todo aquello que es sobrenatural y no proviene de Dios es diabólico. Su propósito de encontrar un macho Taltos para hacer que se una con la hembra…

Yuri levantó la vista. Ash estaba triste y pensativo. Samuel, apoyado en la ventana, que había vuelto a cerrar, también demostraba a través de las profundas arrugas de su rostro tristeza y preocupación. «Cálmate —pensó Yuri—, mide bien tus palabras. No te dejes llevar por la histeria.»

—Hablas de siglos como otros hablan de años —dijo Yuri, dirigiéndose a Ash—. La hembra de los Talamasca probablemente habría vivido siglos. Sin duda, ése era el propósito de la Orden: tejer una tela de araña tan pérfida y diabólica que ni el hombre moderno hubiese sido capaz de concebir semejante atrocidad. Es muy sencillo. Esos estúpidos hombres y mujeres aguardaban el momento de atrapar un Taltos, una criatura capaz de procrear con su compañera de modo tan rápido y eficaz que su especie no tardaría en dominar el mundo. Me pregunto a qué se debe que los invisibles y anónimos Mayores de la Orden se sientan tan seguros de sí mismos, tan convencidos de que no...

Yuri se detuvo bruscamente. No se le había ocurrido pensar en ello. ¡Por supuesto! ¿En cuántas ocasiones había estado en la misma habitación con un ser de aspecto mortal que no era humano? Ésta era la primera vez. Quién sabe cuántos seres de esa especie vivían en nuestro cómodo mundo y se paseaban tranquilamente como si fueran humanos mientras perseguían sus fines inconfesables. Taltos. Vampiros. El viejo enano, con su propio reloj, sus rencores y sus historias.

El enano y el gigante lo observaban en silencio. ¿Acaso habían acordado secretamente dejarlo hablar para que les revelara lo que ellos deseaban averiguar?

—¿Sabéis lo que me gustaría hacer? —preguntó Yuri.

—No —respondió Ash.

—Ir a la casa matriz de Amsterdam y matar a todos los Mayores. Pero seguramente no los encontraría allí. Quizá no hayan estado nunca en la casa matriz de Amsterdam. No sé quiénes son. Quiero que cojas el coche, Samuel. Debo ir a ver a mis hermanos y hermanas que se encuentran aquí, en Londres.

—No vayas —contestó Samuel—. Te matarán.

—No creo que en estos momentos se hallen todos en la casa. Es mi última esperanza; nos hemos dejado engañar por un puñado de canallas. Quiero que me lleves en coche a la casa matriz que está en las afueras de Londres. Entraré rápidamente y, antes de que descubran mi presencia, hablaré con mis hermanos y hermanas y les obligaré a escucharme. ¡Debo hacerlo! Debo prevenirles, informarles de que han matado a Aaron.

Yuri se detuvo, perplejo, al comprobar que había alarmado a sus extraños amigos. El enano, con sus cortos y deformes brazos cruzados sobre su amplio pecho, presentaba un aspecto grotesco. Tenía el ceño fruncido. Ash se limitaba a observar a Yuri en silencio, pero visiblemente preocupado.

—¿Qué te importa lo que pueda pasarme? —inquirió Yuri dirigiéndose al enano—. En una ocasión me salvaste la vida, cuando me dispararon en el valle, pero nadie te pidió que lo hicieras. ¿Por qué? ¿Qué significo para ti?

Samuel soltó un pequeño gruñido, dando a entender que su pregunta no merecía respuesta.

—Quizás ambos seamos gitanos como tú, Yuri —dijo Ash suavemente.

Yuri no respondió; no creía en los sentimientos que describía el extraño. No creía absolutamente en nada, excepto en que Aaron había muerto. Imaginó a Mona, su pequeña bruja. Vio con toda nitidez su carita y su espléndida melena pelirroja. Vio sus ojos. Pero no podía sentir nada por ella. En aquellos momentos deseó con todas sus fuerzas tener a Mona junto a él.

—No tengo nada —murmuró.

—Escúchame, Yuri —dijo Ash—. Talamasca no fue fundada para investigar a los Taltos. Créeme. Aunque no conozco a los actuales Mayores de la Orden, antiguamente conocí a algunos y te aseguro que no eran unos Taltos, ni tampoco creo que los de ahora lo sean. ¿Qué imaginas que son, Yuri, unas hembras de nuestra especie?

Ash se expresaba con tono suave y pausado, pero enérgico.

—Las hembras Taltos son tan caprichosas e infantiles como los machos —apuntó Ash—. Una hembra, cansada de vivir entre otras hembras, se habría arrojado de inmediato a los brazos de ese ser, Lasher. ¿Qué sentido tiene que enviaran a unos hombres mortales a capturar ese trofeo y ese enemigo? Ya sé que desconfías de mí, pero quizá te sorprenda oír las historias que podría relatarte. Tranquilízate, tus hermanos y hermanas no han sido engañados por la Orden. Pero creo que tu tesis es acertada. No fueron los Mayores quienes empañaron el espíritu inicial de Talamasca, a fin de capturar a esa criatura llamada Lasher. Fue un pequeño grupo de miembros, que descubrió los secretos de esa antigua especie.

Ash se detuvo; parecía como si de pronto hubiera dejado de sonar una música en la estancia. Ash observó a Yuri con ojos francos y pacientes.

—Confío en que tengas razón —respondió Yuri con suavidad—. No soportaría que estuvieras equivocado.

—Nosotros tres conseguiremos descubrir la verdad —prosiguió Ash—. Sinceramente, aunque me caíste bien en cuanto te conocí y decidí ayudarte por una cuestión de solidaridad, de simpatía, ahora deseo ayudarte por otra razón. Recuerdo cuando no existía Talamasca. Recuerdo cuando sólo había un hombre. Las catacumbas entonces albergaban una biblioteca de una extensión no mayor que la de esta habitación. Luego los miembros pasaron a ser dos, tres, y más tarde cinco, diez. Recuerdo a sus fundadores. Sentía gran afecto hacia ellos. Mi propio secreto, mi propia historia, se oculta en sus archivos, esos archivos que han sido traducidos a lenguas modernas y almacenados electrónicamente.

—Lo que intenta decir Ash —intervino Samuel con un tono seco, tratando a la vez de contener su impaciencia—, es que no debemos permitir que subviertan y alteren la naturaleza de Talamasca. Los de Talamasca saben demasiado sobre nosotros y sobre otras muchas cosas. En mi caso no se trata de lealtad, sino de querer que me dejen en paz.

—Yo sí lo hago por lealtad —replicó Ash—. Por cariño y gratitud. Por múltiples razones.

—Es evidente —dijo Yuri.

Sintió que se apoderaba de él un profundo cansancio, el inevitable resultado de un tumulto emocional, el inevitable rescate, la imperiosa necesidad de dormir.

—Si este pequeño grupo de miembros de la Orden supiera que existo —dijo Ash en voz baja—, me perseguiría igual que hizo con Lasher. Tampoco es la primera vez que los seres humanos persiguen a los de mi especie. Las bibliotecas que guardan grandes secretos son muy peligrosas. Alguien puede penetrar en ellas y robarlos.

Yuri comenzó a llorar, en silencio, sin derramar una lágrima. Miró la taza de té. No había tomado ni un sorbo, y el té se había enfriado. Cogió la servilleta de hilo, la desdobló y se secó los ojos. Tenía un tacto áspero, pero no le importó. Estaba hambriento y le apetecía comerse uno de aquellos pastelillos, pero dadas las circunstancias le pareció una frivolidad.

—No pretendo ser el ángel guardián de Talamasca —continuó Ash—. Nunca lo pretendí. Pero la Orden se ha visto amenazada en varias ocasiones y no consentiré que nadie la perjudique o la destruya.

—Existen varias razones por las que una pequeña banda de renegados de Talamasca desearía atrapar a Lasher —dijo Samuel, dirigiéndose a Yuri—. Sería un magnífico trofeo. Puede que los humanos deseen capturar a un Taltos por motivos muy distintos de los que cabría imaginar. Quizá no sean unos hombres dedicados a la ciencia, a la magia ni a la religión; ni siquiera unos eruditos. Quizá sólo deseen contemplar a ese raro e indescriptible ser, hablar con él, estudiarlo y observar cómo se reproduce.

—O puede que decidan hacerlo pedazos —terció Ash—. O clavarle unas agujas para oírlo gritar de dolor.

—Es posible —dijo Yuri—. Quizá se trate de un complot fraguado fuera de la Orden por unos renegados o unas personas ajenas a la misma. Estoy cansado. Deseo acostarme en una cama. No sé por qué os he dicho cosas tan terribles.

—Yo sí —contestó el enano—. Tu amigo ha muerto. Yo no estaba allí para salvarlo.

—¿Mataste al hombre que trató de asesinarte, Yuri? —preguntó Ash.

—No, lo maté yo —respondió el enano—. En realidad, no pretendía hacerlo. Comprendí que si no lograba abatirlo volvería a disparar contra el gitano. Confieso que lo hice por diversión, dado que Yuri y yo no habíamos intercambiado aún palabra. Me enfurecí al ver que ese hombre le apuntaba con la pistola. El cadáver está en el valle. ¿Quieres ir a verlo? Probablemente los enanos lo dejaron en el mismo sitio donde cayó.

—De modo que así fue como sucedió —dijo Ash.

Yuri guardó silencio. Comprendió vagamente que debió ir en busca del cadáver de ese hombre y examinar sus documentos de identidad. Pero la herida del hombro y el accidentado terreno se lo impidieron. Le preocupaba la posibilidad de que el cadáver de ese hombre se perdiera para siempre en el valle de Donnelaith, que los enanos dejaran que se descompusiera.

Los enanos.

Antes de caer bajo el impacto de la bala, Yuri había contemplado el espectáculo de aquellos diminutos seres que bailaban sobre la hierba del valle como unos modernos gnomos deformes y maléficos. La luz de sus antorchas fue lo último que había visto antes de perder el conocimiento.

Cuando abrió los ojos vio a Samuel, su salvador, sosteniendo la pistola y la cartuchera. Su rostro era tan viejo y estaba tan arrugado como las raíces enmarañadas de un vetusto árbol. «Han venido a matarme —pensó Yuri—. Pero los he visto. Quisiera decírselo a Aaron. He visto a los enanos…»

—Es un grupo ajeno a Talamasca —dijo Ash, despertando bruscamente a Yuri de su pesadilla y atrayéndolo de nuevo hacia el pequeño círculo formado por los tres hombres—. No tiene nada que ver con la Orden.

«El Taltos —pensó Yuri—, he visto al Taltos. Estoy en una habitación con un individuo que afirma ser uno.»

De no ser porque el honor de la Orden había sido mancillado, y porque el dolor que sentía en el hombro le recordaba la violencia y la traición de que había sido objeto, Yuri se habría sentido profundamente impresionado por haber visto al Taltos. Pero ése era el precio que uno tenía que pagar por contemplar esas visiones. Todo tenía un precio, según le había dicho Aaron. Desgraciadamente, ya nunca podría contárselo.

—¿Cómo sabes que se trata de un grupo ajeno a Talamasca? —preguntó Samuel un tanto mordaz.

El enano presentaba un aspecto muy distinto al que tenía la noche en que se conocieron, vestido con un jubón raído y unos pantalones viejos. Sentado junto al fuego, parecía un horripilante sapo mientras contaba sus balas, llenaba los espacios vacíos de su cartuchera, bebía whisky y ofrecía la botella con insistencia a Yuri. Aquella noche Yuri se emborrachó como jamás lo había hecho. Necesitaba calmar su dolor.

«Eres como un gnomo maléfico...», le había dicho Yuri.

«Puedes llamarme así si lo deseas —le contestó entonces el enano—. Me han dicho cosas peores. Pero mi nombre es Samuel.»

«¿En qué idioma cantan?», había preguntado Yuri. El persistente sonido de las voces y los tambores le enervaban.

«En nuestra lengua. ¡Cállate y déjame contar las balas!», replicó el enano.

Ahora, el enano se encontraba cómodamente instalado en un civilizado sillón y vestido con ropa civilizada, mientras contemplaba al prodigioso gigante, Ash, que seguía sin responder a la pregunta que le había formulado Samuel.

—Sí, ¿por qué crees que se trata de un grupo ajeno a la Orden? —preguntó Yuri, tratando de olvidar el frío, la oscuridad, los tambores y el intenso dolor producido por el disparo.

—Su torpeza —contestó Ash—. El disparo de la pistola. El coche que atropelló a Aaron Lightner. Existen métodos más sencillos para matar a una persona. Los miembros de Talamasca lo saben bien; lo aprendieron estudiando a brujas, hechiceros y otros príncipes de lo maléfico. Nunca dispararían contra un hombre en el valle como si fuera un animal. Es inconcebible.

—Pero si la pistola es el arma del valle, Ash —indicó Samuel con tono burlón—. ¿Por qué no habrían de utilizarlas los brujos si las utilizan los enanos?

—Es el juguete del valle —respondió Ash sin perder la calma—. Lo sabes perfectamente, Samuel. Los hombres de Talamasca no son unos monstruos espiados y perseguidos que se ocultan en la selva y se dedican a aterrorizar a la gente. El peligro no proviene de los Mayores de la Orden. Se trata de un pequeño grupo de individuos ajenos a Talamasca, que descubrieron cierta información y decidieron considerarla muy valiosa. Libros, discos de ordenadores… ¿Quién sabe? Quizá fueron unos sirvientes quienes les vendieron esos secretos.

—Deben de creer que nos comportamos como niños —dijo Yuri—. Deben de tenernos por curas y monjas dedicados a archivar documentos y secretos en unos bancos de datos.

—¿Quién es el padre del Taltos? ¿Quién mató a éste? —preguntó de repente Ash—. Prometiste decírmelo si yo te revelaba lo que deseabas saber. ¿Qué más quieres? He sido más que franco contigo. ¿Quién es ese brujo capaz de prohijar un Taltos?

—Se llama Michael Curry —respondió Yuri—. Probablemente también intenten matarlo.

—No, no creo que lo hagan —dijo Ash—. Por el contrario, tratarán de que vuelva a procrear un Taltos. La bruja, Rowan…

—No puede tener más hijos —respondió Yuri—. Pero existen otras brujas en la familia. Una de ellas es tan poderosa que…

Yuri notó que lo vencía el cansancio. Se pasó la mano derecha por la frente para despejarse, pero tenía la mano caliente. Al inclinarse hacia delante se sintió muy mareado, de modo que volvió a reclinarse en el sofá, lentamente, procurando no lastimarse el hombro, y cerró los ojos. Luego sacó del bolsillo del pantalón el billetero y lo abrió.

Yuri extrajo del billetero una pequeña fotografía escolar de Mona, en colores muy vivos. Su amada aparecía sonriendo, mostrando su blanca dentadura, el rostro enmarcado por su abundante cabellera pelirroja. Una bruja adolescente, simpática y cariñosa, pero una bruja al fin.

Yuri se limpió los ojos y los labios. La mano le temblaba de tal forma que el bello rostro de Mona parecía estar desenfocado.

Ash cogió la fotografía por el borde con sus largos dedos. El Taltos se hallaba de pie junto a Yuri, con una mano apoyada en el respaldo del sofá y la otra sosteniendo la fotografía mientras la examinaba en silencio.

—¿Pertenece a la misma rama familiar que la madre? —preguntó Ash suavemente.

Yuri le arrebató bruscamente el retrato y lo oprimió contra su pecho. Luego se inclinó de nuevo hacia delante, mareado, presa de un lacerante dolor en el hombro.

Ash se retiró con discreción y se dirigió hacia la chimenea. El fuego casi se había apagado. Apoyó las manos en la repisa de la chimenea y mantuvo la espalda erguida, en una postura casi militar, su oscuro y largo cabello cubriéndole el cuello. Desde el lugar donde se hallaba sentado, Yuri no distinguía sus canas, sólo su cabello castaño oscuro.

—Supongo que intentarán secuestrarla —dijo Ash, sin volverse, alzando la voz para que Yuri le oyera—. O quizás intenten secuestrar a otra bruja de la familia.

—Sí —contestó Yuri, ofuscado. ¿Cómo pudo pensar que no la amaba? ¿Cómo es posible que la sintiera tan lejos de él?—. ¡Tratarán de raptarla! ¡Dios mío! ¡Les hemos dado ventaja! —exclamó—. ¡Ordenadores! ¡Archivos! ¡El mismo sistema que utiliza la Orden!

Yuri se levantó apresuradamente. Sintió un intenso dolor en el hombro, pero no le importó. Seguía estrechando la fotografía de Mona contra su pecho.

—¿A qué te refieres? —preguntó Ash, volviéndose hacia él. El resplandor de las llamas iluminaba su rostro de forma que sus ojos parecían verdes como los de Mona y su corbata una mancha de sangre.

—¡A las pruebas genéticas! —respondió Yuri—. Toda la familia se ha sometido a unas pruebas para evitar que vuelva a nacer un Taltos. ¿No lo comprendes? En la clínica están compilando unos historiales médicos en los que constan datos genéticos y ginecológicos. Por medio de estos documentos esos canallas sabrán quién es una bruja y quién no. Estarán mejor informados que el estúpido Taltos. Dispondrán de un arma de la que él carecía. El Taltos intentó aparearse con numerosas mujeres de la familia y las mató. Todas ellas murieron sin darle lo que él deseaba, una hija. Pero...

—¿Me permites ver de nuevo la fotografía de la joven bruja pelirroja? —preguntó Ash con timidez.

—No —contestó Yuri.

Le latían las sienes y sintió que por su brazo se deslizaban unas gotas de sangre. Se le había abierto la herida.

—No —repitió, mirando a Ash.

Ash guardó silencio.

—No me pidas eso —dijo Yuri—. Te necesito. Necesito que me ayudes, pero no me pidas que te enseñe ahora su rostro.

Ambos se miraron y Ash asintió.

—Muy bien —dijo—. No te lo pediré. Pero te advierto que es muy peligroso amar a una bruja con tanta vehemencia. Supongo que lo comprendes, ¿no?

Yuri no respondió. Durante unos momentos lo entendió todo: que Aaron había muerto, que Mona corría peligro, que le habían arrebatado casi todo cuanto él amaba, que apenas le quedaban esperanzas de alcanzar algún día la felicidad, que se sentía demasiado cansado y dolorido para pensar con claridad, que deseaba tumbarse en la cama del dormitorio, la primera que veía desde que lo habían herido. Comprendió que jamás debió haber enseñado la fotografía a ese extraño que lo observaba con fingida amabilidad e infinita paciencia. Y también comprendió que él, Yuri, estaba a punto de derrumbarse.

—Vamos, Yuri —intervino Samuel de forma repentina pero amable, encaminándose hacia él con su torpe andar y extendiéndole su mano gruesa y deforme—. Debes dormir un rato. Cuando te despiertes te tendremos preparada una suculenta cena.

Yuri dio unos pasos pero se detuvo, resistiéndose a que el enano, que tenía tanta fuerza como cualquier hombre de estatura normal, lo condujera hacia el dormitorio. Yuri se volvió y miró a Ash, que permanecía junto a la chimenea.

Luego entró en el dormitorio y se desplomó sobre el lecho, y el enano le quitó los zapatos.

—Lo siento —dijo Yuri.

—No te preocupes —contestó el enano—. ¿Quieres que te cubra con la colcha?

—No, hace calor. Me siento cómodo, seguro.

Yuri oyó cómo se cerraba la puerta, pero no abrió los ojos. Notó que empezaba a sumirse en un profundo sueño que lo iba alejando de la realidad. De pronto vio a Mona sentada a los pies de la cama, invitándolo a aproximarse, a abrazarla. El vello que tenía entre las piernas era de un tono rojizo aún más oscuro que el de su cabello. Yuri abrió los ojos. Durante unos instantes sólo fue consciente de la oscuridad que lo rodeaba, una inquietante ausencia de luz. Luego advirtió que Ash estaba de pie junto a la cama, observándolo. Un temor instintivo lo obligó a permanecer inmóvil, con los ojos fijos en el abrigo de paño de Ash.

—Descuida, no te robaré la fotografía mientras duermes —murmuró Ash—. He venido a decirte que esta noche partiré hacia el norte para visitar el valle. Nos veremos mañana, cuando regrese.

—He cometido un error —respondió Yuri—. No debí enseñarte la fotografía. ¡Cuán estúpido he sido!

Yuri siguió contemplando el paño oscuro del abrigo. De pronto, ante su rostro vio los blancos dedos de la mano derecha de Ash. Yuri giró la cabeza lentamente y alzó la vista. La proximidad del rostro del gigante le horrorizó, pero no emitió ningún sonido. Miró sus ojos vidriosos, que lo observaban con curiosidad, y sus voluptuosos labios.

—Creo que me estoy volviendo loco —dijo Yuri.

—No —contestó Ash—, pero a partir de ahora procura ser más perspicaz. Duerme. No temas, estás a salvo. Samuel se quedará contigo hasta que yo regrese.

4

El depósito de cadáveres era pequeño, sucio, y consistía en unas pequeñas habitaciones con el suelo y los muros revestidos de baldosas blancas, unas tuberías oxidadas y unas mesas metálicas desvencijadas.

Rowan, pensó que sólo en Nueva Orleans podía existir algo semejante. Sólo allí dejarían que una joven de trece años se acercara al cadáver para verlo y rompiera a llorar.

—Espérame fuera, Mona —dijo Rowan—. Quiero examinar el cuerpo de Aaron.

Las piernas le temblaban casi tanto como las manos. Era como el viejo chiste: Un hombre está sentado en un banco, presa de violentos tics, y cuando alguien le pregunta a qué se dedica contesta: «Soy neuro… neuro… neurocirujano.»

Con la mano izquierda apoyada en la mesa para sostenerse, levantó la sábana ensangrentada. El coche no había desfigurado su rostro; era Aaron.

Aquél no era lugar para rendirle homenaje, para recordar su bondad y sus vanos intentos de ayudarla. Sin embargo, en su mente conservaba una luminosa imagen capaz de borrar la suciedad, el hedor, la ignominia del cuerpo de un noble ser humano tendido sobre una mesa mugrienta.

Aaron Lightner en el funeral de su madre; Aaron Lightner tomándola del brazo y ayudándola a avanzar entre una multitud de parientes lejanos para aproximarse al féretro de su madre, consciente de que eso era lo que ella deseaba y debía hacer: contemplar el hermoso, maquillado y perfumado cadáver de Deirdre Mayfair.

Ningún cosmético le había sido aplicado al rostro de este hombre que yacía aquí, indiferente a cuanto le rodeaba, con su cabello blanco lustroso como de costumbre, símbolo de su sabiduría y extraordinaria vitalidad. Sus pálidos ojos estaban entornados, pero inconfundiblemente muertos. Su boca mostraba una expresión amable y relajada, testimonio de una existencia vivida sin apenas amargura, odio o sarcasmo.

Rowan apoyó la mano sobre su frente y movió la cabeza de Aaron hacia un lado. Calculó que la muerte se había producido hacía menos de dos horas.

Tenía el pecho aplastado. La camisa y la chaqueta estaban empapadas de sangre. La muerte debió de ser instantánea. Tenía los pulmones destrozados y, probablemente, también el corazón.

Rowan le tocó suavemente los labios, separándolos como una amante que se dispusiera a besarlo. Notó que tenía los ojos húmedos y de repente experimentó una intensa sensación al recordar los aromas del funeral de Deirdre, la abrumadora presencia de flores blancas y perfumadas. Aaron tenía la boca llena de sangre.

Rowan observó sus ojos sin vida. «Te quiero», murmuró, inclinándose sobre él. Sí, había muerto instantáneamente a causa de las lesiones del corazón, no del cerebro. Rowan le cerró los párpados con suavidad.

¿Quién, en este agujero de mala muerte, podría practicar una autopsia? El hedor que brotaba de los cajones de cadáveres era insoportable.

Irritada, Rowan retiró la sábana con brusquedad. La pierna derecha estaba destrozada. Por lo visto, el extremo inferior del pie se había separado del resto y lo habían vuelto a introducir dentro del pantalón. La mano derecha mostraba sólo tres dedos; los otros dos habían sido amputados brutalmente. ¿Habría recogido alguien los dedos que faltaban?

Rowan oyó un chirrido de pasos. Era el detective chino que acababa de entrar. Las losas del suelo estaban tan sucias como el resto de la habitación.

—¿Se encuentra bien, doctora? —preguntó el detective.

—Sí —respondió ella—. Casi he terminado.

Rowan se dirigió al otro extremo de la mesa y apoyó la mano sobre la frente y el cuello de Aaron mientras pensaba, escuchaba y palpaba.

Aaron había muerto a causa del accidente de tráfico; así de simple y brutal. Si había padecido, su expresión no lo manifestaba. Si había luchado para no morir, Rowan tampoco podía adivinarlo. Beatrice lo vio cómo intentaba esquivar el coche. Según dijo Mary Jane: «Trató de evitar que éste lo atropellara, pero no lo consiguió.»

Rowan se apartó. Quería lavarse las manos, pero no sabía dónde hacerlo. Al fin se dirigió al lavabo, abrió el oxidado grifo y se las enjuagó. Luego cerró el grifo, se metió las manos en los bolsillos de su chaqueta de algodón, salió de la habitación seguida del policía y entró en la pequeña antesala donde se hallaban los cajones con los cadáveres que nadie había reclamado.

Michael la estaba esperando allí, con un cigarrillo en la mano y el cuello de la camisa desabrochado. Parecía abrumado por el dolor y los problemas de una vida fácil.

—¿Quieres verlo? —preguntó Rowan. Todavía le dolía la garganta, pero no le preocupaba—. Su rostro está intacto, pero no mires el resto de su cuerpo.

—Prefiero no hacerlo —contestó Michael—. Jamás me he encontrado en una situación semejante. Si dices que está muerto, que el coche lo atropelló y que no se puede hacer nada, no quiero verlo.

—Lo comprendo.

—Este olor me produce náuseas. Mona se ha mareado.

—Yo ya estoy acostumbrada —contestó Rowan.

Michael se acercó a ella, la agarró por la nuca con su mano grande y curtida y la besó de forma torpe y brusca, muy diferente a cómo la besaba durante las semanas que ella permaneció en coma. Rowan se estremeció, separó sus labios y lo besó y abrazó con toda la fuerza de que era capaz.

—Tengo que salir de aquí —dijo Michael.

Rowan retrocedió unos pasos y dirigió la vista hacia el ensangrentado cadáver que yacía en la otra habitación. El policía chino había vuelto a cubrirlo con la sábana por respeto, o quizá simplemente por costumbre. Michael observó las hileras de cajones alineados de la pared que había frente a él. El insoportable hedor se debía a los cadáveres que contenían. Rowan advirtió que un cajón estaba medio abierto, quizá porque no pudieron cerrarlo. De él asomaban el rostro moreno de un cadáver y los rosados pies de otro que yacía sobre el primero. El rostro estaba cubierto de verdín, pero eso no era lo más espantoso, sino el hecho de que los dos cadáveres se hallasen apilados en un cajón, en una postura tan íntima como si fueran dos amantes.

—No soporto... —dijo Michael.

—Lo sé, vámonos —contestó Rowan.

Cuando subieron al coche, Mona ya había dejado de llorar. Permanecía silenciosa, mirando por la ventanilla y absorta en sus pensamientos, sin ganas de hablar. De vez en cuando se giraba para ver a Rowan y ésta le devolvía la mirada, sintiendo su fuerza y calor. Durante las tres semanas que había estado escuchando las confidencias de aquella adolescente —unas hermosas y poéticas declaraciones que a veces Rowan ni siquiera oía debido a su estado de ensoñación—, había acabado cogiéndole cariño.

La heredera, la que parirá el hijo a cuyas manos pasará el legado. Una adolescente dotada de un útero y las pasiones de una mujer experimentada. Una adolescente entre cuyos brazos había gozado Michael y que, en su generosidad e ignorancia, se olvidó de que éste padecía del corazón y podía morir de un ataque cardíaco en cualquier momento de frenesí sexual. Pero Michael no había muerto. Había abandonado su estado de invalidez y se había preparado para recibir a su esposa tras una larga ausencia. Los remordimientos abrumaban a Mona, haciendo que se sintiera desorientada, confundida.

Nadie pronunció ni una sola palabra mientras circulaban por la autopista.

Rowan iba sentada junto a Michael, apoyada en él, resistiendo los deseos de dormir, de dejarse arrastrar por unos pensamientos que fluían de forma ágil e imperturbable como las aguas de un río, unos pensamientos como los que la habían rondado durante varias semanas y a partir de los cuales irrumpían suavemente las palabras y las acciones. Unas voces que le hablaban a través del murmullo del agua.

Rowan sabía lo que debía hacer. Sería otro duro golpe para Michael.

Ninguno de ellos se sorprendió al ver la casa llena de gente y rodeada de policías. Tampoco hizo falta que nadie explicara a Rowan lo ocurrido. Nadie sabía quién había contratado al asesino a sueldo que acabó con la vida de Aaron Lightner.

Celia había acudido con el fin de tranquilizar a Bea, y dejó que ésta llorara y se desahogase en el cuarto de huéspedes que solía ocupar Aaron en el segundo piso. Ryan Mayfair también se hallaba presente, como siempre vestido de forma impecable, ya fuese para asistir a un baile o la iglesia, advirtiéndoles sobre las medidas que debían adoptar.

Todos se volvieron para mirar a Rowan. Ella había visto sus rostros junto a su lecho. Los había visto desfilar ante ella mientras permanecía sentada en el jardín, inmóvil y silenciosa.

Se sentía incómoda con aquel vestido que Mona le había ayudado a elegir, y que no recordaba haber visto antes. Pero eso era lo de menos. Rowan estaba desfallecida de hambre y miró complacida el espléndido buffet al estilo Mayfair que habían dispuesto en el comedor.

Michael se apresuró a llenarle el plato antes de que lo hicieran otros. Rowan, sentada a la cabecera de la mesa, observó mientras comía los pequeños grupos que deambulaban a su alrededor. Se bebió con avidez un vaso de agua helada. Nadie le dirigía la palabra, por respeto o debido a un sentimiento de impotencia. ¿Qué podían decirle? La mayoría de ellos apenas estaban informados de lo ocurrido. Jamás llegarían a comprender su secuestro, como ellos lo llamaban, su cautividad o las agresiones que había sufrido. Eran buenas personas. La querían y se preocupaban por ella, pero no podían hacer nada, salvo dejarla en paz.

Mona estaba sentada junto a ella. De pronto, se inclinó hacia Rowan y la besó en la mejilla. Fue un gesto pausado, deliberado. Rowan pudo habérselo impedido, pero no lo hizo. Por el contrario, la asió de la muñeca, la atrajo hacia sí y le devolvió el beso, sintiendo el suave tacto de su piel y pensando vagamente cuánto debió gozar Michael al contemplar, acariciar y poseer esa piel.

—Voy a acostarme un rato —dijo Mona—. Si quieres algo estoy arriba.

—Te quiero a ti —contestó Rowan.

Lo dijo en voz tan baja que seguramente Michael no lo oyó. Michael estaba sentado a su derecha, entretenido con un plato colmado de comida y una cerveza helada.

—Bueno, voy a acostarme —repitió Mona. Su rostro reflejaba cansancio, tristeza y temor.

—Nos necesitamos mutuamente —dijo Rowan, con una voz tan queda que apenas resultaba audible.

Ambas se miraron fijamente, en silencio.

Mona asintió con un movimiento de cabeza y se marchó, sin ni siquiera despedirse de Michael.

«Una delicadeza, fruto del remordimiento», pensó Rowan.

De golpe oyó una sonora carcajada. Los Mayfair, con independencia de las circunstancias, siempre reían. Mientras ella agonizaba y Michael lloraba junto a la cabecera de su cama, Rowan había oído a menudo risas. Recordó que había pensado de forma fría y desapasionada, como si nada tuviera que ver con ella, en el contraste entre ambos sonidos. La risa es un sonido más perfecto que el llanto; fluye de forma espontánea y violenta, siempre melodiosa. El llanto suele ser un sonido reprimido, sofocado, humillante.

Michael se terminó el rosbif, el arroz y la salsa y apuró la cerveza. Alguien se apresuró a colocar junto a su plato otra lata de cerveza, y Michael se bebió la mitad de un trago.

—¿Crees que le conviene a tu corazón? —preguntó Rowan.

Michael no contestó.

Rowan miró su plato, que también estaba vacío. Eran unos glotones.

Arroz con salsa. Comida típica de Nueva Orleans. Rowan hubiese querido decirle a Michael cuánto la había conmovido que él mismo le diera de comer durante las semanas que permaneció en coma. Pero ¿de qué hubiera servido?

El hecho de que él la amara era tan prodigioso como todo cuanto le había sucedido a ella misma y a la gente de esta casa. Sí, todo había sucedido en esta casa. Sentía que pertenecía a este lugar con tanta intensidad como jamás lo había sentido con relación a ningún otro, ni siquiera al *Sweet Christine* que navegaba a través del Golden Gate. Estaba segura de que éste era su hogar, de que nunca dejaría de serlo, y mientras miraba su plato recordó el día en que Michael y ella recorrieron juntos la casa, cuando abrieron un armario en la cocina y encontraron esta maravillosa vajilla de porcelana y cubertería de plata.

Sin embargo, todo esto podía desaparecer, podía serle arrebatado a ella y a los demás, por un remolino de aire caliente surgido de la boca del infierno. ¿Qué fue lo que le había dicho su nueva amiga, Mona Mayfair, pocas horas antes? «Esto no se ha terminado, Rowan.»

No, no se había terminado. ¿Y Aaron? ¿Habían llamado a la casa matriz para comunicar a sus viejos amigos lo sucedido? ¿O acaso iban a enterrarlo entre sus nuevos amigos y parientes políticos?

Los candelabros alumbraban la estancia desde la repisa de la chimenea. Aún no había oscurecido del todo. A través de los laurocerasos Rowan contempló el legendario color púrpura del cielo. Los murales mostraban sus reconfortantes colores en la penumbra de la habitación, y las cigarras cantaban en las magníficas encinas, unas encinas que ofrecían consuelo y refugio; el aire tibio de la primavera penetraba en la habitación a través de las ventanas abiertas, aquí y en el salón, y quizás a través de las ventanas posteriores que daban a la enorme piscina desierta y a la tumba del jardín, donde yacían los cadáveres de sus únicos hijos.

Michael apuró su segunda cerveza, estrujó la lata y la depositó sobre la mesa con cuidado, como si temiera que fuera a caerse. No miró a Rowan. Observaba los laureles, cuyas ramas rozaban las columnas del porche y los cristales de las ventanas de la parte superior de la casa. Quizá miraba el cielo violáceo. Quizá escuchaba los cantos de los estorninos, que aparecían en grandes bandadas para devorar a las cigarras. Todo estaba traspasado por la muerte, ese baile, esas cigarras que revoloteaban de un árbol a otro, aquellas bandadas de pájaros que atravesaban el cielo al atardecer, sólo por la muerte, una especie que devoraba a otra.

«Así es», había dicho Rowan el día que despertó, con el camisón, las manos y los pies manchados de barro, junto a la tumba recién cavada donde reposaban sus hijos. «Así es, Emaleth. Una cuestión de supervivencia, hija mía.»

Por una parte, deseaba regresar junto a la tumba del jardín, a la mesa de hierro forjado que había debajo del árbol, a la danza macabra de los pájaros que invadían el cielo violáceo con sus maravillosos cantos. Por otra parte, no se atrevía. Temía que si volvía a sentarse a aquella mesa abriría los ojos y comprobaría que había pasado una noche, o quizá más… La espantosa y trágica muerte de Aaron la pillaría por sorpresa y le diría: «Despierta, te necesitan. Ya sabes lo que debes hacer.» ¿O acaso fue el mismo espíritu de Aaron el que le había susurrado al oído? No, no había sido nada tan claro o personal.

Rowan miró a su marido. El hombre sentado con la espalda encorvada, estrujando una lata de cerveza hasta convertirla en un objeto redondo y casi plano, con la mirada fija en las ventanas.

Un hombre al mismo tiempo maravilloso y terrible, increíblemente atractivo a sus ojos. El horrible y vergonzoso hecho era que su amargura y sufrimiento lo habían vuelto aún más atractivo; lo habían marcado maravillosamente. Ya no parecía tan inocente como antes, tan diferente del hombre que era en realidad. Su verdadero yo afloraba a través de su hermosa piel y modificaba la textura de todo su ser, confiriéndole a su rostro cierta ferocidad, junto a numerosos y sutiles matices.

Unos colores apagados. Michael le había hablado una vez sobre los colores «apagados», en los días felices de recién casados, antes de descubrir que su hijo era un duende. Michael le explicó que en la época victoriana pintaban las cosas con colores «apagados». Eso significaba oscurecer un poco los tonos para hacerlos más sombríos, matizados y complejos. Todas las casas victorianas de América estaban pintadas en esos tonos. Eso fue lo que le había dicho Michael. A él le encantaban aquellos rojos marronáceos, el verde oliva y el gris plomizo, pero no sabía qué palabra emplear para describir el gris del atardecer o el verde profundo de las sombras, los tonos de la oscuridad que se cernía sobre la casa violeta con sus alegres postigos.

Quizá Michael se sintiera «apagado». ¿Era eso lo que le había ocurrido? ¿O no era ésa acaso la palabra que definía la expresión melancólica de sus ojos, o la forma en que su rostro revelaba tan poco, a primera vista, sin por ello mantener una expresión mezquina y cruel?

Michael la miró. Sus ojos cambiaban constantemente de expresión y hasta de color. Cuando se volvían azules, casi parecían sonreír. «Hazlo otra vez —pensó Rowan—. Mírame otra vez con esos ojos grandes y azules y deslumbrantes.» ¿Era quizás un inconveniente tener unos ojos como los de Michael?

Rowan extendió la mano y le acarició la incipiente barba que cubría su rostro, barbilla y cuello. Luego acarició su fino cabello negro y las escasas canas, de tacto más áspero, hundiendo los dedos en sus rizos.

Michael se inclinó bruscamente hacia delante, como sobresaltado, volvió la vista de forma lenta y cautelosa, sin mover la cabeza, y la miró.

Rowan retiró la mano al mismo tiempo que se levantaba, y él también se puso en pie.

Michael la tomó del brazo y Rowan advirtió que le temblaba la mano. Luego le apartó la silla y ella dejó que sus cuerpos se rozasen al pasar junto a él.

Subieron la escalera en silencio y con rapidez.

El dormitorio presentaba el mismo aspecto de siempre, sereno, cálido, tal vez en exceso. La cama estaba destapada para que ella pudiera acostarse en el momento que lo deseara.

Rowan cerró la puerta y echó el pestillo. Michael se quitó la chaqueta. Ella se desabrochó la blusa, se la quitó y la dejó caer al suelo.

—Supuse que la operación que te practicaron… —dijo él.

—No, estoy bien. Quiero hacerlo.

Michael se acercó y la besó en la mejilla, haciendo que girase la cabeza. Rowan sintió su barba áspera, sus rudas manos estirándole del pelo mientras la obligaba a echar la cabeza hacia atrás. Ella le tiró de la camisa.

—Quítatela —dijo.

Al desabrocharse la falda, ésta cayó al suelo. Estaba muy delgada, pero no le importaba su aspecto. Quería verlo a él. Michael estaba desnudo, con el pene erecto. Rowan le acarició el vello negro y rizado del pecho y le pellizcó los pezones.

—Me haces daño —murmuró él, estrechándola entre sus brazos y aplastando sus pechos contra el suyo. Ella introdujo la mano entre sus piernas y le acarició el miembro, duro, dispuesto para penetrarla.

Rowan se encaramó sobre la cama, avanzando por ella de rodillas, y se tumbó sobre la sábana de algodón. Al cabo de unos segundos sintió el peso de él, sus grandes huesos aplastándola, su cabello, el dulce olor de su cuerpo y su perfume, sus uñas arañándole la piel, sus movimientos bruscos y excitantes.

—Hazlo rápido —exigió ella—. La segunda vez lo haremos más despacio. Vamos, quiero sentirte dentro de mí.

Pero él no necesitaba ningún otro estímulo.

—¡Hazlo con fuerza! —murmuró ella, apretando los dientes.

Michael la penetró. El tamaño del miembro la sorprendió, y le produjo dolor. Pero era un dolor exquisito, perfecto. Rowan intentó retener el pene, pero los músculos de su vagina estaban débiles y doloridos y no obedecieron. Su maltrecho cuerpo la había traicionado.

No importaba. Michael la embistió con fuerza hasta conseguir que alcanzara el orgasmo, súbitamente, sin gritos ni suspiros. Rowan se hallaba fuera de sí, con el rostro enrojecido, los brazos extendidos sobre la sábana, intentando abrazarle el pene con la vagina sin importarle el dolor, al tiempo que él seguía agitándose con fuerza, rítmicamente, hasta que se corrió entre movimientos espasmódicos que parecían querer arrancarlo de sus brazos; luego se desplomó sobre ella, húmedo, satisfecho e intensamente amado. Michael.

Se tendió junto a ella. No podría volver a hacerle el amor hasta pasado un rato. Era lógico. Tenía el pelo húmedo, pegado a la frente. Rowan permaneció inmóvil, destapada, sintiendo el aire que le secaba el sudor, observando el lento movimiento de las aspas del ventilador que se hallaba instalado en el techo.

El ventilador se movía muy despacio, como si quisiera hipnotizarla. «Deténte», ordenó Rowan a su cuerpo, a su sexo, a sus órganos internos. Temió rememorar en sueños los momentos que había pasado entre los brazos de Lasher, pero afortunadamente ya no le importaban; puede que éste hubiera sido un dios salvaje y apasionado, pero el ser con el que acababa de hacer el amor era un hombre, un hombre brutal con un corazón inmenso y generoso. Había sido una experiencia divina, feroz, deslumbrante, dolorosa y simple.

Michael se levantó de la cama. Rowan supuso que dormiría un rato, aunque ella misma no podía conciliar el sueño.

Él empezó a vestirse, con la ropa limpia que había sacado del armario del baño. Estaba de espaldas a ella, y cuando se volvió la luz del baño iluminó su rostro.

—¿Por qué lo hiciste? ¿Por qué te fuiste con él? —gritó Michael.

—No levantes la voz —contestó Rowan, llevándose un dedo a los labios—. Acudirán todos corriendo. Comprendo que me odies...

—¿Odiarte? ¿Cómo puedes decir eso, cuando todos los días te repetía que te amaba? —Michael se acercó, apoyó las manos en la barandilla del pie de la cama y la miró furioso, tremendamente atractivo—. ¿Cómo fuiste capaz de abandonarme? ¿Por qué lo hiciste?

Luego se acercó a ella y la agarró del brazo, clavándole los dedos en su desnuda carne.

—¡No lo hagas! —exclamó ella, procurando no alzar la voz, consciente de que ésta sonaba ronca y asustada—. No me pegues, te lo advierto. Eso es lo que hacía él, pegarme continuamente. ¡Si me pegas te mataré!

Rowan se soltó, se levantó de la cama y corrió hacia el baño. El frío mármol de las baldosas le quemaba los pies.

¡Matarlo! ¡Dios Santo, si no se controlaba era capaz de matar a Michael con sus poderes sobrenaturales!

Cuántas veces había intentado matar a Lasher, escupiéndole a la cara el odio que sentía hacia él, tratando de aniquilarlo. Él se había reído. Pero Michael moriría si ella proyectaba sobre él su invisible rabia. Moriría como todos aquellos otros a quienes ella había matado; eran tantos los repugnantes y atroces asesinatos que habían configurado su vida, que la habían llevado hasta esta casa, en estos momentos.

Rowan sintió terror ante el angustioso silencio de la habitación. Se volvió lentamente y miró a través de la puerta entreabierta. Michael estaba de pie junto a la cama, observándola.

—Debería temerte —dijo Michael—. Pero no te temo. Sólo me da miedo una cosa: que no me quieras.

—Claro que te quiero —respondió ella—. Siempre te he querido. Siempre.

Michael la miró con tristeza durante unos instantes, unos segundos, y luego le dio la espalda. Estaba herido, pero jamás volvería a aparecer tan vulnerable como hacía unos momentos. Había dejado de ser el hombre tierno y amable de siempre.

Había una silla junto al ventanal que daba a la terraza, y Michael se sentó en ella, de espaldas a Rowan.

«Voy a herirte de nuevo», pensó Rowan.

Deseaba acercarse a él, hablarle, abrazarlo. Conversar con él como hicieron el día en que ella despertó del coma y enterró a su hija —la única hija que tendría— bajo la encina. Deseaba expresarle su amor con la misma alegría que sintió entonces, su amor infinito, absurdo, total, incondicional.

Pero aquello le costaba tanto como le había costado pronunciar las primeras palabras tras recobrar la conciencia.

Rowan se pasó las manos por el pelo. Luego, en un gesto mecánico, abrió los grifos de la ducha.

Mientras se duchaba empezó a pensar con mayor claridad. El sonido y la tibieza del agua la ayudaron a serenarse.

Había allí tanta ropa que no sabía qué elegir. No recordaba tener tantos vestidos colgados en los armarios. Al fin eligió un pantalón de lana, un viejo pantalón que había comprado hacía años en San Francisco, y un holgado jersey de algodón.

Había refrescado. Era una noche típica de primavera. Rowan se sintió a gusto vestida con el tipo de prendas que solía usar. ¿Quién habría comprado todos aquellos vestidos?

Se cepilló el pelo, cerró los ojos y pensó: «Vas a perderlo, y con razón, si no hablas ahora mismo con él, si no te sinceras, si no tratas de superar tu temor instintivo a las palabras y hablas con él.»

Dejó el cepillo sobre el tocador. Michael se encontraba de pie junto a la puerta. Ella había dejado la puerta abierta mientras se duchaba y vestía.

Al verlo y observar su expresión serena, resignada, Rowan se tranquilizó. Casi rompió a llorar. Pero semejante comportamiento hubiera sido estúpido y egoísta.

—Te quiero, Michael —dijo—. Te quiero mucho. Jamás he dejado de quererte. Lo hice por vanidad y arrogancia; en cuanto al silencio, fue una debilidad del espíritu, incapaz de sanar y recuperarse, o quizás el inevitable refugio que buscaba el espíritu impulsado por su egoísmo.

Michael la escuchó con atención, el ceño ligeramente arrugado, y una expresión sosegada pero no inocente como antaño. Tenía los ojos húmedos, pero su mirada era dura y estaba traspasada por la tristeza.

—No comprendo cómo fui capaz de lastimarte hace un rato —dijo Michael—. No me lo explico.

—Michael, no…

—Déjame decirlo. Sé lo que has pasado. Sé lo que él te hizo. No entiendo cómo he podido culparte por lo sucedido, enfurecerme y herirte de ese modo.

—Lo sé, Michael —respondió ella—. No sigas, me vas a hacer llorar.

—Yo lo destruí, Rowan —dijo Michael, reduciendo su voz a un murmullo casi imperceptible tal como suele hacer la gente cuando se refiere a la muerte—. Lo destruí, pero no es suficiente. Yo… yo…

—No sigas. Perdóname, Michael, perdóname por el daño que te he hecho a ti y a mí misma. Perdóname.

Rowan se inclinó hacia delante y lo besó con fuerza para acallar su respuesta.

Michael la abrazó con ternura, como si quisiera protegerla, y la hizo sentirse a salvo, como cuando habían hecho el amor.

Puede que existiera algo más hermoso que abandonarse en sus brazos y sentir la unión de sus cuerpos, pero Rowan no fue capaz de imaginar qué era; en cualquier caso, no sería la violencia de la pasión. Ese goce también existía, naturalmente, pero lo que sentía ahora jamás lo había sentido con ningún otro ser humano.

Al cabo de unos minutos Michael se apartó, le cogió las manos y se las besó, esbozando aquella pícara sonrisa que Rowan temía no volver a contemplar nunca. Luego le guiñó el ojo y dijo con voz ronca, emocionado:

Me alegra saber que todavía me amas.

—Me enamoré de ti hace años —contestó Rowan—, y siempre te amaré. Ven, acompáñame hasta la encina. Quiero permanecer un rato junto a ellos. No sé por qué. Tú y yo somos los únicos que sabemos que están enterrados juntos.

Bajaron por la escalera trasera y cruzaron la cocina. El guardia que se hallaba junto a la piscina les saludó con un gesto de la cabeza. El jardín estaba oscuro. Cuando alcanzaron la mesa de hierro forjado Rowan le tendió los brazos al cuello y Michael la abrazó con fuerza. «Me querrás durante un tiempo —pensó Rowan—, pero luego me odiarás.»

«Sí, me odiarás, estoy convencida de ello.» Rowan le besó el cabello, la mejilla, restregando el rostro contra su barba. Oyó a Michael suspirar suavemente, un suspiro profundo que le brotaba del pecho.

«Sé que me aborrecerás», pensó ella. Pero ¿qué otra persona sería capaz de perseguir a los hombres que mataron a Aaron?

5

El avión aterrizó en el aeropuerto de Edimburgo a las once de la noche. Ash dormitaba con la cara apoyada en la ventana. Observó los faros de los coches que avanzaban hacia él, negros, de marca alemana, unos sedanes que lo trasladarían a él y a su pequeño séquito por las estrechas carreteras hasta Donnelaith. Ya no era necesario hacer el viaje a caballo. Ash se alegraba de ello, no porque no hubiera disfrutado durante esos periplos a través de las escarpadas montañas sino porque quería llegar cuanto antes al valle.

«La vida moderna hace que nos volvamos impacientes», pensó Ash. ¿Cuántas veces en su larga vida había emprendido el camino de Donnelaith, decidido a visitar el lugar de sus más trágicas pérdidas y revisar de nuevo su destino? En ocasiones había tardado varios años en atravesar Inglaterra y alcanzar las tierras altas del norte; otras, sólo unos meses.

Actualmente realizaba el trayecto en cuestión de horas, lo cual era una ventaja. El viaje no era lo más problemático, sino la estancia en el valle.

Ash se levantó del asiento mientras Leslie, la joven y solícita ayudante con la que había hecho el viaje desde América, iba en busca de su abrigo, una manta y una almohada.

—¿Tienes sueño, querida? —le preguntó Ash con un leve tono de reproche. Esas jóvenes hacían a veces cosas muy raras. No le habría sorprendido que se hubiera puesto un camisón.

—Son para usted, señor Ash. El viaje dura casi dos horas. Supuse que así estaría más cómodo.

Ash sonrió y se dirigió hacia la salida. ¿Qué sentía esta chica cada vez que él la obligaba a emprender un vuelo nocturno hacia un lugar situado en el otro extremo de la Tierra? Escocia no era sino uno de los numerosos lugares a los que solían viajar. Nadie podía adivinar lo que esto significaba para él.

Cuando bajó por la escalerilla del avión, le asombró la fuerza con que soplaba el viento. Hacía más frío allí que en Londres. Su viaje le había llevado de un círculo de hielo a otro y a otro. Nada más apearse del avión deseó haber permanecido en el cálido y acogedor hotel londinense, una reacción un tanto pueril. Pensó en el gitano que yacía en el dormitorio, esbelto y con la piel morena, una boca cruel y unas cejas y unas pestañas negras, largas y rizadas como las de un niño.

¿Por qué tenían los niños unas pestañas tan largas? ¿Por qué se les caían más tarde? ¿Acaso necesitaban de pequeños esa protección? ¿Tenían también los Taltos unas pestañas largas y rizadas cuando eran pequeños? Ash no recordaba haber tenido infancia, aunque también existía ese período en la vida de los Taltos.

«La memoria perdida...» Había escuchado esas palabras en innumerables ocasiones.

Era terrible este regreso, negarse a avanzar sin mantener antes una amarga consulta con el alma.

El alma. «Tú no tienes alma», al menos eso han dicho.

A través del cristal que separaba la parte delantera de la posterior Ash observó cómo la joven Leslie ocupaba el asiento que tenía frente a él. Se alegraba de disponer de todo el compartimiento posterior y de que hubieran enviado dos coches para conducirlo a él y a su pequeño séquito hacia el norte. Hubiera resultado insoportable sentarse junto a un ser humano, escuchar el parloteo de los humanos, percibir el olor de una hembra humana, joven y dulce.

Escocia. El olor de los bosques; el olor del mar transportado por el viento.

El coche circulaba suavemente, manejado por un experto conductor. Menos mal. Habría sido intolerable verse zarandeado de un lado a otro hasta llegar a Donnelaith. Durante unos instantes advirtió tras él el resplandor de los faros del coche de su escolta, que lo seguía a todas partes. De repente sintió una terrible premonición. ¿Por qué someterse a ese trago tan amargo? ¿Por qué había decidido ir a Donnelaith? ¿Por qué se disponía a subir a la montaña y visitar los lugares de su pasado? Ash cerró los ojos y durante unos segundos vio el brillante cabello rojo de la pequeña bruja de la que Yuri estaba enamorado como un escolar. Vio sus ojos verdes, de mirada fría, que contrastaban con el infantil lazo que llevaba en el pelo. ¡Cuán estúpido era Yuri!

El chófer pisó el acelerador.

Ash no veía nada a través de los cristales tintados. Era lamentable. Intolerable. Los automóviles de su propiedad no tenían cristales tintados. Nunca se había preocupado de proteger su intimidad. Contemplar el mundo en sus colores naturales era para él tan imprescindible como respirar.

Decidió dormir un rato, confiando en que no le perturbaran los sueños.

De pronto oyó una voz, la de la joven Leslie, por el equipo de megafonía que se hallaba instalado en el techo del automóvil.

—He llamado a la posada, señor Ash, y he comunicado nuestra llegada. ¿Quiere que nos detengamos unos momentos?

—No, deseo llegar cuanto antes. Trataré de dormir un rato. Es un viaje muy largo.

Pensó de nuevo en el gitano, en su rostro delgado y moreno, en su deslumbrante dentadura blanca y perfecta, la dentadura de un hombre moderno; tal vez fuera un gitano rico. Era evidente que la bruja era rica, según pudo deducir de la conversación que mantuvo con Yuri. Imaginó que le desabrochaba un botón de la blusa que lucía en la fotografía. Deseaba contemplar sus pechos. Tenía los pezones rosados, y tocó las venitas azules que se transparentaban bajo la piel. Ash suspiró, dejando escapar un silbido, y volvió la cabeza.

El deseo era tan intenso y doloroso que se vio obligado a borrar esas imágenes de su mente. Luego se le apareció de nuevo la imagen del gitano. Vio su brazo largo y moreno extendido sobre la almohada. Aspiró el olor de los bosques y el valle que emanaba de él. «Yuri», murmuró en su fantasía, inclinándose sobre el joven y besándolo en la boca.

La situación se estaba poniendo al rojo vivo. Ash se incorporó, apoyó los codos en las rodillas y se cubrió la cara con las manos.

«Un poco de música», murmuró. Se reclinó en el asiento, y apoyó la cabeza en la ventanilla, tratando de ver el paisaje a través de aquellos desagradables cristales ahumados; y entonces empezó a tararear con voz de falsete una canción que nadie comprendería salvo Samuel, y quizá ni siquiera él.

Eran las dos de la mañana cuando Ash, le ordenó al conductor que se detuviera. No podía continuar. Tras los cristales oscuros del coche se hallaba el mundo que él estaba impaciente por contemplar.

—Casi hemos llegado, señor.

—Lo sé. La ciudad se encuentra a unos pocos kilómetros. Ve allí directamente. Espérame en la posada. Avisa a mis escoltas. Diles que te sigan. Quiero estar solo.

Ash no esperó a que se produjeran los inevitables argumentos y protestas.

Se apeó apresuradamente del coche y cerró la portezuela antes de que el conductor pudiera bajarse para ayudarlo. Tras despedirse de él con un ademán, echó a caminar por el arcén hacia el bosque frondoso y frío.

El viento había amainado. La luna, oculta entre las nubes, emitía una luz sutil e intermitente. Ash aspiró el aroma de los pinos escoceses, la tierra oscura y fría, las primeras e intrépidas briznas de hierba primaveral, el leve perfume de las flores primaverales.

Sintió el agradable tacto de la corteza de los árboles bajo sus dedos.

Caminó durante un buen rato, a través de la oscuridad, tropezando de vez en cuando y apoyándose en los gruesos troncos de los árboles. No quería detenerse para descansar. Conocía bien el terreno. Conocía las estrellas que brillaban en lo alto, aunque las nubes tratasen de ocultarlas.

El espectáculo del cielo sembrado de estrellas le produjo una emoción extraña y dolorosa. Al fin se detuvo sobre un promontorio. Las piernas le dolían un poco, cosa que le pareció normal. Sin embargo, al detenerse en aquel lugar sagrado, que significaba para él más que ningún otro del mundo, recordó la época en que habría podido subir corriendo la colina sin que sus piernas se resintieran ni tener que detenerse para recobrar el aliento.

Pero ¿qué importaba que le dolieran un poco las piernas? Eso le permitía comprender mejor el dolor y sufrimiento de los demás. Los seres humanos sufrían mucho. Ash pensó de nuevo en el gitano que dormía en su cálido lecho, mientras soñaba con su bruja. El dolor era dolor, ya fuera físico o psicológico. Ni siquiera el más sabio de los Taltos sabría decir cuál era peor, si el del corazón o el de la carne.

Al cabo de un rato continuó trepando por la escarpada colina, avanzando con cautela y sosteniéndose con ayuda de las gruesas ramas que colgaban de los árboles.

Soplaba un ligero viento. Ash notó que tenía las manos y los pies fríos, pero no le molestó. El frío más bien le tonificaba.

Gracias a Remmick, había cogido su abrigo forrado de piel y tuvo la precaución de ponerse unas prendas de lana; y gracias al cielo, el dolor que sentía en las piernas no había aumentado, aunque le molestaba bastante.

Algunos tramos del terreno eran peligrosos, pero los altos árboles formaban una barrera que le impedía despeñarse y le permitía avanzar sin mayores dificultades.

Al cabo de un rato giró y echó a andar por un sendero que conocía bien, el cual serpenteaba entre dos pequeñas colinas cubiertas por unos vetustos árboles que habían permanecido intactos durante siglos, al abrigo de los intrusos.

El sendero descendía hacia un pequeño valle sembrado de grandes piedras que le lastimaban los pies y lo hacían tropezar continuamente. Luego, Ash comenzó a trepar de nuevo por una empinada colina, jadeante pero convencido de que su voluntad conseguiría superar su cansancio.

Al fin llegó a un pequeño claro, sin perder de vista

la cima que se erguía ante él. La frondosa vegetación le impidió hallar el sendero o un camino practicable, y continuó avanzando por entre los matorrales. Al girar hacia la derecha, pudo observar, a los pies de un profundo precipicio, las aguas del lago en las que se reflejaba la pálida luz de la luna, y más allá las gigantescas ruinas de una catedral.

Ash se detuvo, impresionado. Ignoraba que hubieran reconstruido una gran parte de la catedral. Divisó la nave de la iglesia, numerosas tiendas de campaña y cobertizos y unas diminutas luces, apenas mayores que la cabeza de un alfiler. Ash se apoyó en la roca y contempló ese panorama, sintiéndose entonces seguro, sin peligro de resbalar o caer al vacío.

Sabía lo que se sentía al precipitarse en un abismo, intentando agarrarse a algo y gritando de terror, incapaz de frenar la caída, mientras el cuerpo adquiere cada vez más peso y velocidad.

Se había desgarrado el abrigo y tenía los zapatos húmedos debido a la nieve.

Durante unos instantes se sintió abrumado por los intensos aromas de aquella tierra y notó que un placer erótico le invadía el cuerpo.

Cerró los ojos y dejó que la suave e inocua brisa le acariciara el rostro y le refrescara las manos.

«Estás muy cerca. Sólo tienes que subir un poco más y girar al llegar a esa roca gris que aparece iluminada por la luna. Dentro de un momento las nubes volverán a tapar la luna, pero te será muy fácil dar con la roca.»

De pronto percibió un sonido lejano. Por unos instantes creyó haberlo imaginado, pero al cabo de un rato oyó el batir de tambores y el sonido melancólico de unas gaitas, sombrío y desprovisto de ritmo y melodía, que lo llenó de angustia. El sonido se hizo cada vez más intenso, o al menos él lo iba percibiendo con mayor claridad. Durante unos segundos el viento sopló con fuerza, y luego amainó; el rugido de los tambores resonaba en el valle, acompañado por el ruido de las gaitas. Ash trató de hallar en ese sonido un esquema melódico, y al no hallarlo apretó los dientes y se tapó las orejas con las palmas de las manos.

«La cueva. Vamos, sigue adelante. Puedes refugiarte en ella. No hagas caso de los tambores. Si supieran que estás aquí, ¿crees que tocarían una bonita canción para atraerte? ¿Crees que recuerdan siquiera alguna canción?»

Ash continuó su ascensión, y al llegar a la roca palpó su fría superficie con ambas manos. A seiscientos metros de distancia se encontraba la boca de la cueva, oculta por la vegetación, pero Ash reconocía las formaciones de piedra. Siguió adelante, jadeando, arrastrando los pies. El viento silbaba entre los pinos. Ash apartó las ramas para impedir que le arañaran el rostro. Al cabo de un rato alcanzó la tenebrosa cueva. Entró en ella, se sentó con la espalda apoyada en la pared, sin resuello, y cerró los ojos.

No se oía nada; tan sólo el murmullo del viento, que por fortuna sofocaba el batir de los lejanos tambores, suponiendo que siguieran emitiendo aquel espantoso ruido.

—Estoy aquí —murmuró Ash. Sus palabras quebraron el silencio, alcanzando los rincones más recónditos de la cueva. Pero no obtuvo respuesta. Apenas se atrevía a pronunciar su nombre.

Ash se levantó, dio un paso, y después otro. Siguió avanzando, apoyándose en los muros de la cueva y notando que su cabello rozaba el techo de la misma, hasta alcanzar un punto donde el camino se ensanchaba; el eco de sus pasos le indicó entonces que el techo de la cueva era allí más alto. No veía nada.

Durante unos momentos sintió temor; quizás había avanzado con los ojos cerrados, dejándose guiar por las manos y los oídos, y ahora, al abrir los ojos en busca de una luz, sólo veía oscuridad. Temió caerse. Tuvo la sensación de que no se hallaba solo, pero se negó a echar a correr, a salir huyendo como un pájaro asustado, de forma humillante, con riesgo de sufrir un accidente.

Ash trató de dominar su temor. La oscuridad seguía envolviéndolo. El único sonido que percibía era el de su respiración.

—Estoy aquí —repitió—. He vuelto. —Las palabras brotaban de sus labios y caían en el vacío—. Por favor, una vez más, te lo ruego... —murmuró Ash.

Silencio.

A pesar del frío que reinaba en la cueva, estaba sudando. Sentía el sudor en la espalda, bajo su camisa, y en la cintura, debajo del cinturón de cuero con que sujetaba sus pantalones de lana. Sentía la frente impregnada de una humedad grasienta y repugnante.

—¿Por qué he venido? —preguntó. Su voz sonó débil y distante. Luego, alzando la voz, añadió—: He venido con la esperanza de que vuelvas a coger mi mano, aquí, como hiciste en otra ocasión, y me procures consuelo.

El eco de sus vehementes palabras retumbó entre los muros de la cueva, haciéndolo estremecer.

Sin embargo, en lugar de contemplar una dulce aparición, le asaltaron los recuerdos del valle que jamás lo abandonarían. La batalla, el humo, los gritos. Oyó la voz de ella gritando entre las llamas: «¡Maldito seas, Ashlar!» El calor y la ira hirieron cruelmente su corazón y sus tímpanos. Sintió de nuevo el viejo terror, la vieja convicción.

«... espero que sufras hasta el fin de tus días.»

Silencio.

Tenía que volver sobre sus pasos, debía hallar el estrecho pasadizo que conducía a la salida. Si permanecía allí, sin ver nada, incapaz de hacer otra cosa que no fuese recordar, sufriría un accidente. Aterrado, dio media vuelta y echó a andar apresuradamente hasta que palpó los fríos y ásperos muros de piedra de la cueva.

Cuando vio de nuevo las estrellas lanzó un profundo suspiro de alivio. Durante unos momentos permaneció inmóvil, con la mano sobre el corazón, escuchando el incesante batir de los tambores. Parecían más cercanos, quizá porque el viento había dejado de soplar. Habían iniciado una cadencia, rápida y luego más lenta, similar al redoble de tambor antes de una ejecución.

—No, aléjate de mí —murmuró Ash.

Deseaba huir de aquel lugar. Confiaba en que su fama y su fortuna le ayudarían a escapar de allí. No podían dejarlo abandonado sobre aquella colina, soportando el espantoso sonido de los tambores y las gaitas, que interpretaban una siniestra melodía. ¿Por qué había cometido la locura de ir allí? Detrás de él, a pocos metros, se abría la boca de la cueva.

Necesitaba ayuda. ¿Dónde estaban las personas que obedecían todas sus órdenes? Había sido un estúpido al separarse del resto del grupo para escalar solo la colina. Se sentía tan solo y desgraciado que comenzó a gemir como una criatura.

Al cabo de unos minutos empezó a descender por la cuesta. No le importaba tropezar, ni desgarrarse el abrigo ni engancharse el cabello con las ramas de los árboles. Siguió avanzando deprisa, pese a que los pies le escocían.

Los tambores rugían cada vez más fuerte. Temía pasar junto a ellos y las gaitas, las cuales emitían un desagradable sonido nasal y al mismo tiempo irresistible. No debía pararse. No debía escuchar. Siguió descendiendo y, aunque se cubrió los oídos con las manos, todavía oía las gaitas y la siniestra cadencia, lenta y monótona, de los tambores, cuyo sonido parecía brotar de su cerebro, de sus huesos, como si estuviera en medio de ellos.

Desesperado, echó a correr, tropezando y perdiendo el equilibrio. Al caer se desgarró el pantalón y se hizo daño en las manos, pero siguió corriendo hasta que de pronto advirtió que los tambores y las gaitas lo rodeaban. La melancólica canción lo atraía y atrapaba como una tela de araña, haciéndolo girar una y otra vez, incapaz de huir. Al abrir los ojos vislumbró a través del frondoso bosque la luz de unas antorchas.

No se habían percatado de su presencia. No habían advertido su olor ni sus pasos. Por suerte, el viento soplaba a su favor. Ash se apoyó en los troncos de dos pequeños pinos como si fueran los barrotes de una prisión y contempló el pequeño espacio oscuro en el que tocaban y bailaban formando un pequeño círculo. «¡Qué movimientos más torpes!», pensó. Resultaban grotescos.

El estrépito de los tambores y las gaitas era ensordecedor. Ash no podía moverse, tan sólo limitarse a contemplar el espectáculo mientras aquellos seres ridículos saltaban y brincaban como locos. Uno de ellos, un diminuto individuo de cabello largo y canoso, se plantó en medio del círculo, alzó sus cortos brazos y recitó en una antigua lengua:

—¡Oh, dioses, tened misericordia de vuestros desgraciados hijos!

«Mira, observa —se dijo Ash, aunque la música no le permitiera apenas articular esas sílabas en su imaginación—. Mira, observa, no dejes que la música te distraiga. Fíjate en sus harapos, en las cartucheras que llevan colgadas del hombro. Observa las pistolas que empuñan.» De improviso sonaron unos disparos que rompieron el silencio de la noche, y Ash vio unas pequeñas llamas que brotaban de los cañones de las pistolas. Una violenta ráfaga de aire apagó por un instante las antorchas, pero su fuego volvió a avivarse de inmediato y a lucir cual flores siniestras.

Ash percibió el olor a carne chamuscada, pero no era real; tan sólo era un recuerdo.

—¡Maldito seas, Ashlar! —gritó una voz.

A continuación, unos himnos entonados en la nueva lengua, la lengua de los romanos, y el hedor, el hedor de carne devorada por las llamas.

De pronto se oyó un alarido y la música cesó. Todos los instrumentos permanecieron mudos, a excepción de un tambor, que ejecutó un par de notas más.

Ash se dio cuenta de que era él quien había gritado. «Corre —se dijo—. Pero ¿por qué? ¿Adónde? Ya no tienes por qué huir. Ya no perteneces a este lugar. Nadie puede lastimarte.»

Ash observó en silencio, con el corazón acelerado, el pequeño círculo de individuos que se iba ensanchando y lentamente, agitando las antorchas, se desplazaba en su dirección.

—¡Taltos! —gritaron.

Habían percibido su olor. Los hombrecillos echaron a correr profiriendo gritos de alarma. Luego volvieron a congregarse ante él.

—¡Taltos! —gritó uno de ellos. Las antorchas se iban aproximando.

A medida que avanzaban Ash distinguió cómo sus rostros lo observaban fijamente, sosteniendo en alto las antorchas cuyas llamas proyectaban extrañas sombras sobre los ojos, mejillas y bocas de los diminutos individuos. El hedor a carne quemada que despedían las antorchas le produjo náuseas.

—¿Qué habéis hecho, desgraciados? —les increpó Ash, blandiendo los puños—. ¿Acaso las habéis sumergido en la grasa de un niño que no ha sido bautizado?

Se oyó una carcajada, seguida de otra, hasta que todos estallaron en risotadas histéricas.

Ash se volvió y los contempló fijamente.

—¡Sois despreciables! —gritó. Estaba tan rabioso que no le importaba su dignidad ni las muecas que pudiera hacer.

—Taltos —dijo un individuo, acercándose a él—. Taltos.

«Míralos, fíjate en ellos.» Ash volvió a agitar los puños, dispuesto a defenderse a golpes y patadas si era necesario.

—¡Aiken Drumm! —exclamó Ash, reconociendo al anciano que lucía una larga barba enmarañada que rozaba el suelo—. Robin y Rogart, también os he reconocido.

—¡Ashlar!

—Sí, y Fyne y Urgart. ¡Hola, Rannoch!

De pronto advirtió que no había ninguna mujer entre ellos. Todos los rostros que lo observaban eran masculinos, pertenecían a unos hombres que él conocía perfectamente. No, no había mujeres entre ellos gritando ni agitando los brazos.

Ash se echó a reír. ¿Era aquello real? Sí, completamente real. Comenzó a avanzar hacia ellos, obligándolos a retroceder. Urgart levantó bruscamente su antorcha, con la intención indefinida de golpearlo o poderle ver mejor el rostro.

—¡Urgart! —gritó Ash, y haciendo caso omiso de la antorcha se abalanzó sobre el diminuto individuo para agarrarlo del cuello y zarandearlo.

Los demás echaron a correr profiriendo gritos de terror y dispersándose en la oscuridad. Eran unos catorce individuos, todos hombres. ¿Por qué no se lo había dicho Samuel?

Ash cayó de rodillas, riendo a carcajadas, y se tumbó sobre el suelo del bosque; en esa postura, contempló a través de las ramas de los pinos las estrellas que resplandecían sobre las nubes mientras la luna se deslizaba suavemente hacia el norte.

Debió suponerlo. Debió haberlo calculado. Debió haberlo comprendido la última vez que estuvo allí y las mujeres, viejas, enfermas y tullidas, le arrojaron piedras y lo cubrieron de insultos. Había percibido el olor de la muerte del mismo modo en que lo percibía ahora, pero no se trataba del olor de la sangre de las mujeres sino del olor seco y corrosivo de los hombres.

Al cabo de un rato se puso de costado, con el rostro descansando sobre la tierra, y cerró los ojos. Oyó los sigilosos pasos de los hombrecillos.

—¿Dónde está Samuel? —preguntó uno.

—Dile a Samuel que regrese.

—¿Por qué has venido? ¿Has conseguido librarte del maleficio?

—¡No me hables del maleficio! —replicó Ash, incorporándose bruscamente—. No te atrevas a dirigirme la palabra, cerdo —añadió, agarrando la antorcha que sostenía el anciano. Al aproximársela a la nariz, percibió el inconfundible olor a grasa humana y la arrojó al suelo.

—¡Malditos! ¡Sois peores que la peste! —gritó.

Uno de los individuos le pellizcó la pierna. Otro le arrojó una piedra que le alcanzó la mejilla y le produjo una herida superficial. Otros le lanzaron palos.

—¿Dónde está Samuel?

—¿Te ha enviado él?

De pronto Aiken Dumm soltó una risotada y dijo:

—Pensábamos zamparnos a un apetitoso gitano, hasta que Samuel se lo llevó para presentárselo a Ashlar.

—¿Dónde está nuestro gitano? —exigió Urgart.

Más gritos, carcajadas e insultos.

—¡Que el diablo te lleve y devore a pedazos! —gritó Urgart.

Los tambores empezaron a sonar de nuevo. Los golpeaban con los puños, en tanto las gaitas emitían una serie de notas desafinadas.

—¡Idos al infierno! —exclamó Ash—. ¿Queréis que yo mismo os acompañe hasta allí?

Acto seguido dio media vuelta y echó a correr sin saber qué dirección tomar. Al fin decidió bajar por el mismo sendero por el que había escalado la colina, sintiendo el crujido de las ramas bajo sus pies, el murmullo del roce de las hojas y el silbido del aire. Por fin estaba a salvo de sus tambores, sus gaitas y sus burlas.

Al poco rato dejó de oír la música y las voces. Al fin se hallaba solo.

Jadeante y con el pecho, las piernas y los pies doloridos, avanzó despacio hasta que, al cabo de un buen rato, llegó a la carretera. Al pisar el asfalto se sintió como si estuviera soñando, aunque era consciente de haber regresado al mundo, frío, desierto y silencioso. Las estrellas llenaban cada cuadrante del cielo. La luna se asomaba y volvía a ocultarse tras las nubes, la brisa agitaba levemente los pinos y el viento soplaba desde las montañas, impulsándole a seguir andando.

Cuando llegó a la posada, Leslie, su joven ayudante, lo estaba esperando. Al verlo hizo un gesto de asombro y se apresuró a ayudarlo a despojarse del abrigo, que estaba roto y manchado. Al subir la escalera Leslie le tomó de la mano.

—Qué calentita está la habitación —dijo él.

—Sí, señor, la leche también está caliente —respondió la joven, ayudándole a desabrocharse la camisa. Sobre la mesita de noche había un vaso grande de leche.

—Gracias, querida.

—Que descanse —dijo Leslie.

Ash se dejó caer sobre la cama. La joven lo cubrió con el edredón de plumas y le colocó bien la almohada. El lecho lo acogió cual suave y cálido nido, y Ash no tardó en sumergirse en el primer ciclo de sueño.

El valle, su valle, el lago, su lago, su tierra.

«Has traicionado a tu propia gente.»

Por la mañana desayunó de forma apresurada en la habitación mientras sus ayudantes lo disponían todo para su inmediato regreso a Estados Unidos. Esta vez no iría a visitar la catedral. Había leído los artículos en la prensa. San Ashlar, sí, él también había oído esa historia. La joven Leslie lo miró perpleja.

—Creí que el motivo del viaje era visitar la tumba del santo —dijo Leslie.

—Ya volveremos algún día —le respondió él, encogiéndose de hombros.

En otra ocasión quizá darían un paseo hasta la catedral.

Al mediodía aterrizó en Londres.

Samuel lo esperaba junto al coche. Iba impecablemente vestido con un traje de mezclilla, una camisa blanca y una elegante corbata. Parecía un caballero en versión diminuta. Hasta se había peinado decentemente y su rostro presentaba el respetable aspecto del de un bulldog inglés.

—¿Has dejado solo al gitano?

—Se marchó mientras yo dormía —confesó Samuel—. No lo oí salir. Se ha largado. No dejó ningún mensaje.

Tras reflexionar unos momentos, Ash dijo:

—Bien, no importa. ¿Por qué no me dijiste que las mujeres habían desaparecido?

—No seas idiota. ¿Acaso crees que te hubiera dejado ir allí si hubieran estado las mujeres? Piensas poco. No cuentas los años. No razonas. Te dedicas a jugar con tus juguetes y tu dinero y te olvidas de todo lo demás. Por eso eres feliz, porque tienes la capacidad de olvidar.

El coche partió del aeropuerto hacia la ciudad.

—¿Vas a refugiarte en tu maravilloso parque de juegos? —preguntó Samuel.

—No. Sabes que debo hallar al gitano —respondió Ash—. Quiero descubrir el secreto de Talamasca.

—¿Y la bruja?

—Sí, también debo encontrarla a ella —contestó Ash con una sonrisa y volviéndose hacia Samuel—. Al menos para acariciar su cabello rojo, besar su piel pálida y aspirar su perfume.

—¿Y…?

—¿Cómo quieres que lo sepa?

—Creo que sí lo sabes.

—Entonces, déjame en paz. Si ha de ser así, tengo los días contados.

6

Eran las ocho cuando Mona abrió los ojos. El reloj dio la hora pausadamente, con un sonido profundo y solemne. Pero no fueron las campanadas del reloj lo que la despertó, sino una llamada de teléfono. Sonaba en la biblioteca, pero estaba demasiado lejos para que ella lo cogiera y ya llevaba mucho rato sonando. Mona se dio la vuelta, acomodándose en el sofá de terciopelo repleto de mullidos cojines, y contempló el jardín, que aparecía inundado de sol.

El sol penetraba por el amplio ventanal, dotando al suelo de la habitación situada junto al porche lateral de un hermoso color dorado.

El teléfono dejó de sonar. Seguramente habría contestado alguno de los nuevos empleados de la casa, Cullen, el nuevo chófer, o Yancy, el joven mayordomo, o quizá la vieja Eugenia, la cual miraba a Mona con aire serio cada vez que se topaban.

La noche anterior Mona se había quedado dormida en el sofá, sin ni siquiera quitarse su nuevo vestido de seda; el mismo sofá en el que ella y Michael habían hecho el amor. Aunque trató de soñar con Yuri, el cual había telefoneado para dejarle a Celia el recado de que estaba bien y de que enseguida se pondría en contacto con ellos, acabó pensando en Michael, en aquellos tres revolcones, la experiencia más transgresiva y erótica que Mona había vivido hasta la fecha.

No es que Yuri no fuera un amante maravilloso, que

lo era. Pero ambos habían sido muy prudentes, habían hecho el amor con excesiva cautela. Mona se arrepentía de no haber sido más explícita con Yuri acerca de sus deseos, en una palabra, de no haberse desmadrado.

Desmadrado. Esa palabra le encantaba. Encajaba perfectamente con su forma de ser. «Te estás desmadrando», le decía Celia o Lily. «Gracias por el cumplido —respondía ella—. Tomo nota.»

Lamentaba no haber hablado personalmente con Yuri. Celia le dijo a Yuri que llamara a la casa de la calle Primera. ¿Por qué no lo había hecho? Mona jamás lo sabría.

Incluso el tío Ryan se había molestado.

—Tenemos que hablar con él, explicarle lo de Aaron —había dicho Ryan.

Eso era lo más triste, que fuera Celia quien se lo comunicara. Nadie sabía lo que Aaron significaba para Yuri, excepto Mona, con la cual se había sincerado. La noche que estuvo con Yuri, su primera y única noche juntos, él había preferido hablar a hacer el amor. Durante aquellas breves horas de pasión, Yuri le había relatado, con sus negros ojos centelleantes de emoción y en un lenguaje claro y conciso —el hermoso e idiomático inglés que utilizan las personas para las que éste constituye su segundo idioma— los hechos más importantes de su trágica y, sin embargo, afortunada historia.

—No puedes darle de sopetón a ese chico, al gitano, una noticia así, que su mejor amigo ha muerto atropellado por un loco.

De pronto Mona recordó que hacía un rato había sonado el teléfono. Quizá fuera Yuri, que deseaba hablar con ella. Pero nadie la había visto entrar allí la noche anterior y nadie sabía que había dormido en el sofá.

Mona se sintió cautivada por Rowan desde el primer momento en que la tarde anterior ésta se había puesto en pie y empezó a hablar. ¿Por qué le pidió Rowan que se quedara allí? ¿Qué quería decirle, a solas, en privado? ¿Qué es lo que se proponía?

Rowan estaba perfectamente, de eso no cabía duda. A lo largo de toda la tarde y durante la cena, Mona la estuvo observando y pudo comprobar que se encontraba totalmente recuperada.

Rowan no volvió a sumirse en el silencio en el que había permanecido atrapada durante tres semanas. Por el contrario, tomó las riendas de la casa de inmediato. Por la noche, después de que Michael se retirase a su habitación, bajó para consolar a Beatrice y animarla a que durmiera en la vieja habitación de Aaron. Al principio Beatrice se había mostrado reticente, pues temía sufrir una crisis emocional al ver las pertenencias de Aaron, pero al final confesó que lo que deseaba hacer precisamente era acostarse en la cama de Aaron, en el cuarto de huéspedes.

—Notará el olor de Aaron en la habitación —le dijo Rowan a Ryan—, y se sentirá segura.

Mona pensó que se trataba de un comentario normal. Ése era justo el motivo de que muchas personas decidieran dormir en la cama de su compañera o compañero una vez muertos éstos: para consolarse. Según decían, era una terapia muy eficaz. Ryan estaba muy preocupado por Bea. En realidad estaba preocupado por todo el mundo, pero en presencia de Rowan mostraba el aire de un general, serio y eficiente, que se hallase ante el jefe del Estado Mayor.

Rowan habían conducido a Ryan a la biblioteca y durante dos horas, con la puerta abierta para que todos pudieran oír lo que decían, habían hablado de un sinfín de cosas, desde los planes del Mayfair Medical hasta diversos detalles relativos a la casa. Rowan quiso ver el historial médico de Michael. Si bien era cierto que mostraba un aspecto tan saludable como el día en que se habían conocido, ella insistió en ver su historial y Michael, para evitar una discusión, le dijo que hablara con Ryan.

—Lo importante es que tú te recuperes del todo. Quieren que vayas a hacerte unas pruebas —dijo Ryan en el momento en que entró Mona a darles las buenas noches.

Yuri había dejado el mensaje en la calle Amelia poco antes de medianoche, y Mona había experimentado una serie de emociones tan intensas —odio, amor, dolor, pasión, remordimientos, añoranza y preocupación— que acabó extenuada.

—No tengo tiempo de hacerme esas pruebas —contestó Rowan—. Hay otras cosas más importantes. Por ejemplo, ¿qué fue lo que encontrasteis en Houston cuando abristeis la puerta de la habitación donde Lasher me tenía secuestrada?

En aquel momento Rowan se interrumpió al ver a Mona entrar en la habitación.

Luego se levantó, como si fuera a saludar a un importante personaje. Tenía los ojos relucientes y una expresión más seria que distante, que a Mona no le pasó inadvertida.

—No quería interrumpiros —dijo Mona—. No me apetece volver a la calle Amelia. He pensado que podría quedarme a dormir aquí…

—Desde luego —contestó Rowan sin vacilar—. Disculpa, te he dejado abandonada durante horas.

—Sí y no —respondió Mona, que prefería quedarse aquí a irse a su casa.

—Es imperdonable —insistió Rowan—. ¿Hablamos mañana por la mañana?

—De acuerdo —contestó Mona con cara de cansancio.

«Al menos me trata como si fuera una mujer adulta —pensó Mona—, cosa que no hacen los demás.»

—Ya eres una mujer hecha y derecha —le había dicho Rowan, dirigiéndole una sonrisa muy personal. Luego volvió a sentarse y reanudó su conversación con Ryan.

—En la habitación de Houston había un montón de papeles, unas notas que él había tomado. Había redactado unas genealogías antes de que su memoria empezara a deteriorarse...

«Vaya —pensó Mona, alejándose de la biblioteca tan despacio como pudo—. Está hablando con Ryan sobre Lasher, y Ryan, que es incapaz de pronunciar el nombre de Lasher, se ve obligado a enfrentarse a unos hechos que le cuesta aceptar. Papeles, genealogías, notas tomadas por ese monstruo que asesinó a Gifford, la mujer de Ryan.»

Mona comprendió de inmediato que no iba a quedarse al margen del asunto. Al fin y al cabo, Rowan la trataba como si fuera una persona importante. Todo había cambiado. Y si Mona preguntaba a Rowan en los próximos días qué contenían esos papeles —las notas de Lasher—, es posible que Rowan se lo dijera.

Era increíble haber visto sonreír a Rowan, observar que la fría máscara de poder se había roto, que sus ojos grises la miraban con simpatía, así como captar en su profunda y hermosa voz una nota de calor y afecto que una sonrisa jamás llegaría a expresar... Era prodigioso.

Mona echó a andar más deprisa, con la idea de que es mejor abandonar cuando uno todavía lleva ventaja. Además, estaba demasiado cansada para espiarlos.

Lo último que oyó fue a Ryan diciendo, con voz

tensa, que todo lo de Houston había sido examinado y clasificado.

Mona recordaba el día en que esos objetos habían llegado a Mayfair y Mayfair. Recordaba que las cajas desprendían un olor a él. Todavía lo percibía algunas veces en la salita, aunque casi había desaparecido.

Mona se había tumbado en el sofá de la salita, demasiado cansada para pensar en esas cosas.

Los demás ya se habían marchado, Lily dormía arriba, cerca de Beatrice. Vivian, la tía de Michael, había regresado a su apartamento de la avenida de St. Charles.

La salita estaba vacía, la brisa soplaba a través de las ventanas que daban al porche lateral. Un guardia patrullaba el jardín, por lo que Mona supuso que no era necesario que cerrara el ventanal. Así pues, se dejó caer en el sofá, pensando en Yuri y en Michael, acomodó su cara entre el terciopelo y se quedó profundamente dormida.

Dicen que cuando te haces mayor no duermes de forma tan profunda. A Mona eso no le preocupaba. Después de uno de esos sueños siempre se sentía estafada, como si hubiera abandonado el universo durante un rato de forma involuntaria e incontrolada.

Se despertó a las cuatro, sin saber muy bien por qué.

El ventanal permanecía abierto, y el guardia se estaba fumando un cigarrillo en el jardín.

Medio dormida, Mona percibió los sonidos de la noche, las voces de los pájaros en las oscuras ramas de los árboles, el estruendo lejano de un tren circulando junto al muelle, el murmullo de agua al caer en una fuente o una piscina.

Debió de transcurrir así una media hora hasta que su atención se vio acaparada por el sonido del agua. No había ninguna fuente, por lo que supuso que alguien se estaba bañando en la piscina.

Con la idea de que tal vez se encontraría con un simpático fantasma —la pobre Stella, por ejemplo, o alguna otra aparición—, Mona salió descalza al jardín y atravesó el césped. El guardia había desaparecido, pero si se tenía en cuenta la extensión de la finca aquello no resultaba nada extraño.

Sin duda había alguien nadando en la piscina.

A través de las gardenias Mona avistó a Rowan, que desnuda se deslizaba a una velocidad increíble de un extremo al otro de la piscina. Nadaba con la cabeza inclinada a un lado, respirando de forma acompasada, como una nadadora profesional, o mejor dicho como una profesional de la medicina preocupada por mantenerse en un perfecto estado físico.

«No es el momento de importunarla», pensó Mona todavía medio dormida, deseando volver al sofá o tumbarse allí mismo, sobre la fresca hierba. Había visto algo, sin embargo, que la había desconcertado. Quizá fuera el hecho de que Rowan estuviera desnuda o de que nadara tan rápidamente; o quizá que el guardia se hubiera esfumado y estuviera espiando a Rowan a través de los arbustos, lo cual no le hizo ninguna gracia a Mona.

Sea lo que fuere, Rowan sabía que había unos guardias encargados de vigilar la casa. Había pasado una hora hablando sobre ello con Ryan.

Mona volvió a su sofá.

Al despertarse, lo primero que hizo fue pensar en Rowan, incluso antes de invocar el rostro de Yuri o sentir los habituales remordimientos por lo de Michael, o recordarse a sí misma, como si se pellizcara cruelmente el brazo, que Gifford y su madre habían muerto.

Mona contempló los rayos de sol que penetraban en la estancia, bañando el suelo y la butaca de damasco

dorado junto al ventanal. Puede que ése fuera el problema. Desde la muerte de Alicia y Gifford, el mundo que
rodeaba a Mona parecía sumido en la penumbra; y ahora, desde que esa mujer había demostrado interés por
ella, esa misteriosa mujer que significaba tanto para
Mona por múltiples razones, las luces habían vuelto a
encenderse.

La muerte de Aaron era una tragedia, pero podía
asumirla. De hecho, ahora sentía la misma excitación
egoísta que experimentó el día anterior, cuando Rowan
había mostrado por primera vez cierto interés en ella y
le dirigió una mirada confidencial y respetuosa.

«Probablemente quiere preguntarme si deseo estudiar en un internado», pensó Mona. Los zapatos de tacón alto yacían junto a la butaca. No podía ponérselos
ahora. Era agradable caminar descalza sobre el parqué
de la casa de la calle Primera. Desde que habían contratado a Yancy, el nuevo mayordomo, los suelos aparecían
siempre pulidos; incluso la vieja Eugenia trabajaba más
y protestaba menos.

Mona se levantó e intentó alisarse el vestido de
seda, que mostraba un aspecto lamentable. Luego se
acercó a la ventana que daba al jardín y dejó que el sol
la acariciara mientras sentía la humedad del aire y aspi-
raba los aromas; todas esas cosas, en la calle Primera
parecían cobrar una dimensión más maravillosa de lo
habitual y merecían que les prestara unos instantes de
atención antes de emprender sus tareas cotidianas.

Necesitaba una buena dosis de proteínas, hidratos
de carbono y vitamina C. Estaba muerta de hambre. La
noche anterior se había servido un espléndido bufé
mientras toda la familia trataba de consolar a Beatrice,
pero Mona se había olvidado de cenar.

«No me extraña que te despertaras a las cuatro de la

mañana», se dijo Mona. Cada vez que se saltaba una comida le dolía la cabeza. De pronto pensó en Rowan nadando sola en la piscina, desnuda, sin preocuparle la hora ni la presencia de los guardias. «No seas idiota, es chica californiana. Allí están acostumbrados a esas cosas.»

Después de practicar unos pequeños ejercicios de estiramiento, Mona separó las piernas, se tocó los dedos de los pies con las manos, se inclinó hacia atrás y sacudió la cabeza de un lado a otro a fin de espabilarse. Luego salió de la habitación, atravesó el largo pasillo y el comedor y entró en la cocina.

Huevos, zumo de naranja, el brebaje que preparaba Michael. Quizá quedase un poco en el frigorífico.

Le sorprendió el aroma a café recién hecho. Cogió una taza negra del armario y levantó la cafetera. Café exprés, bien cargado, como le gustaba a Michael, como el que solía tomar en San Francisco. Pero Mona se dio cuenta de que no le apetecía, sino que prefería algo frío y dulzón, como un zumo de naranja. Michael siempre guardaba una jarra de zumo de naranja casero en el frigorífico. Después de llenar la taza con zumo de naranja, volvió a tapar la jarra para impedir que las vitaminas se evaporaran.

De pronto advirtió que no estaba sola.

Al girarse vio a Rowan sentada a la mesa de la cocina, observándola. Aspiró el humo del cigarrillo que estaba fumando y echó la ceniza en un platito de porcelana decorado con flores. Lucía un traje de chaqueta de seda negro, unos pendientes y un collar de perlas. La chaqueta era cruzada, larga y ceñida, y la llevaba abrochada, sin blusa ni camisa debajo, mostrando un discreto escote.

—No te he visto —se disculpó Mona.

Rowan asintió con un leve movimiento de cabeza.

—¿Sabes quién me compró esta ropa? —preguntó. Su voz sonaba tan dulce y aterciopelada como la noche anterior, una vez disipada la tensión y frialdad.

—Probablemente la misma persona que me compró a mí este vestido —respondió Mona—. Beatrice. Tengo el ropero lleno de ropa adquirida por ella. Todo de seda.

—Yo también tengo el ropero lleno de vestidos de seda —dijo Rowan, sonriendo divertida.

Rowan llevaba el cabello peinado hacia atrás, suelto, rozándole el cuello de la chaqueta; tenía las pestañas largas y oscuras, y llevaba los labios pintados de un rosa violáceo pálido que resaltaba su atractiva boca carnosa.

—¿Te encuentras bien? —preguntó Mona.

—Siéntate —contestó Rowan, indicando la silla situada al otro lado de la mesa.

Mona obedeció.

Rowan olía a perfume caro, una mezcla de limón y agua de lluvia.

Su traje de seda negro era realmente magnífico; en los días anteriores a la boda, nadie había visto a Rowan vestida con algo tan deliberadamente sensual. Bea tenía la costumbre de husmear en los roperos de las personas para comprobar su talla, y no se limitaba a mirar la etiqueta sino que tomaba medidas con una cinta métrica para luego vestirlas como ella creía que debían vestir.

En el caso de Rowan había acertado.

«¡Y yo he destrozado mi vestido azul!», pensó Mona. No estaba preparada para aquellas exquisiteces, ni tampoco para unos zapatos de tacón alto como los que había dejado tirados en el suelo de la salita.

Rowan inclinó la cabeza mientras apagaba el cigarrillo. Un mechón de cabello rubio le cayó sobre el pómulo. Su enjuto rostro tenía un aire profundamente dramático, como si la enfermedad y el dolor lo hubieran afinado hasta conferirle esa belleza por la que las aspirantes a estrellas y modelos se matan de hambre.

Mona no podía competir con aquella imponente belleza. Sólo podía presumir de su melena pelirroja y de sus curvas; si a uno no le gustaba ese tipo de mujer, no podía gustarle Mona.

Rowan rió suavemente.

—¿Desde cuándo haces eso? —preguntó Mona, bebiendo un sorbo de zumo de naranja. Estaba delicioso—. Me refiero a adivinar lo que estoy pensando. ¿Lo haces siempre?

La pregunta pilló a Rowan por sorpresa, pero sonrió divertida.

—No, sólo a ratos. Cuando estoy preocupada y enfrascada en mis pensamientos. Es como un destello, como si encendiera una cerilla.

—Me gusta la metáfora. Comprendo lo que quieres decir —contestó Mona, bebiendo otro trago de naranjada. Estaba tan fría que durante unos segundos sintió un intenso dolor en las sienes. Mona trató de no mirar a Rowan con adoración. Era como estar enamorada de la maestra, una experiencia por la que Mona nunca había pasado.

—Cuando me miras —dijo Rowan—, no puedo adivinar lo que piensas. Quizá sea porque tus ojos verdes me deslumbran. No olvides mencionarlos en tu carné de identidad. Un cutis perfecto, una mata de cabello pelirrojo espectacular, largo y abundante, y unos inmensos ojos verdes; además de la boca, claro, y el cuerpo. Creo que en estos momentos tienes una opinión de ti misma algo confusa. Quizá se deba a que te interesan más otros temas, como el legado, la muerte de Aaron o cuándo regresará Yuri.

A Mona se le ocurrió una respuesta bastante ingeniosa, pero se le borró enseguida de la mente. No era de las que se pasan horas delante del espejo. Aquella mañana, sin ir más lejos, no se había mirado al espejo ni siquiera para peinarse.

—No dispongo de mucho tiempo —dijo Rowan, juntando las manos sobre la mesa—. Hablemos sin rodeos.

—De acuerdo —respondió Mona—. Adelante.

—Comprendo que te hayan nombrado heredera del legado. No existe ningún resentimiento por mi parte. Es lógico que te hayan elegido a ti. Lo supe de forma instintiva en cuanto comprendí lo que había sucedido. Ryan me lo explicó todo. Las pruebas y el perfil demuestran que eres la persona ideal. Eres inteligente, fuerte y equilibrada. Tienes una salud de hierro. Es cierto que posees esos cromosomas extraordinarios, pero hace siglos que existen en la familia Mayfair. No hay motivo para pensar que lo que sucedió en Navidad vuelva a repetirse.

—Estoy de acuerdo —contestó Mona—. Además, no tengo por qué casarme con alguien que posea esos cromosomas adicionales. No estoy enamorada de ningún miembro de la familia. Ya sé que piensas que eso puede cambiar, pero de momento no existe en mi vida ningún amor de infancia cargado de peligrosos genes.

Rowan reflexionó unos instantes y asintió con la cabeza. Luego se llevó la taza de café a los labios, apuró las últimas gotas y volvió a depositarla en la mesa.

—Quiero que sepas que no te guardo ningún rencor por lo de Michael.

—Me cuesta creerlo, porque lo que hice fue una barbaridad.

—Más que una barbaridad, una imprudencia. Por otra parte, comprendo que sucediera. A Michael no le gusta hablar de ello. No me refiero a la seducción, sino a las consecuencias.

—Si conseguí curarlo, supongo que no iré al infierno —dijo Mona, sonriendo con tristeza. Su voz y su rostro denotaban un profundo sentimiento de culpa y autodesprecio, y ella lo sabía. Pero se sentía tan aliviada que fue incapaz de expresarlo con palabras.

—Sí, conseguiste curarlo. Quizá fuera ésa tu misión. Algún día hablaremos de los sueños que tuviste y del Victrola que apareció en tu habitación.

—Así que Michael te lo dijo.

—No, me lo dijiste tú. Cada vez que pensabas en ello al recordar el vals de *La Traviata* y al fantasma de Julien incitándote a que lo hicieras. Pero eso no me importa. Lo que me importa es que sepas que ya no te odio. Eres la heredera, debes ser fuerte, sobre todo teniendo en cuenta la situación. No quiero que te preocupes por cosas que no existen.

—Sí, tienes razón. Ahora sé que no me odias. Estoy segura de ello.

—Es una pena que no te dieras cuenta antes —contestó Rowan—. Eres más fuerte que yo. El adivinar los pensamientos y emociones de la gente es un truco. De niña odiaba tener esa facultad. Me aterraba, como a muchos otros niños que poseen poderes especiales. Pero más tarde aprendí a utilizarlo de una forma sutil, casi inconsciente. Espera un segundo después de que una persona te haya dicho algo, sobre todo si sus palabras resultan confusas, y sabrás lo que piensa.

—Tienes razón, así es, yo misma lo he comprobado.

—Es una facultad que con el curso del tiempo se va perfeccionando y adquiriendo fuerza. Conociéndote como te conozco —creo que bastante bien—, supongo que a ti te resultará más fácil. Yo era una joven absolutamente normal, una excelente estudiante que sentía pasión por la ciencia, y que se crió con todos los lujos propios de una hija única de familia acomodada. Tú sabes lo que eres.

Rowan extrajo un cigarrillo del paquete que yacía sobre la mesa y preguntó:

—¿Te importa que fume?

—No —contestó Mona—. Me gusta el olor del tabaco, siempre me ha gustado.

Pero Rowan se detuvo, introdujo el cigarrillo en el paquete y dejó el encendedor junto a él.

Luego miró a Mona. Su rostro adquirió de pronto una expresión dura, como si estuviera inmersa en sus propios pensamientos y hubiera olvidado ocultar su dureza interior.

Era una expresión fría e implacable, casi masculina, que no concordaba con sus hermosos ojos grises, sus cejas perfectamente perfiladas y su suave cabello rubio. Parecía un ángel. Era, sin duda, una mujer muy bella. Mona se sentía tan intrigada y fascinada que no conseguía apartar los ojos de Rowan.

En un instante la expresión de Rowan se suavizó, tal vez deliberadamente.

—Me voy a Europa —dijo—. Me marcho dentro de un rato.

—¿Por qué? ¿Adónde vas? —inquirió Mona—. ¿Lo sabe Michael?

—No —contestó Rowan—. Cuando se entere, sufrirá de nuevo.

—No puedes hacerle eso, Rowan, espera un segundo. ¿Por qué te marchas?

—Porque debo hacerlo. Soy la única persona capaz de descifrar el misterio de Talamasca. La única que puede averiguar por qué mataron a Aaron.

—Tienes que llevar a Michael contigo. Si lo abandonas de nuevo, ni siquiera una adolescente de trece años podrá salvar su amor propio y su masculinidad.

Rowan la observó pensativa.

Mona se arrepintió al instante de haber dicho aquello, pero luego pensó que no había dado suficiente énfasis a sus palabras.

—Sí, le va a doler —dijo Rowan.

—No te hagas ilusiones —respondió Mona—, quizá no lo encuentres aquí cuando regreses.

—¿Qué harías tú en mi lugar? —preguntó Rowan.

Mona reflexionó unos momentos mientras se bebía otro trago de zumo de naranja.

—¿De veras te interesa saberlo?

—Por, supuesto —contestó Rowan.

—Llevármelo a Europa. ¿Por qué no? ¿Qué lo retiene aquí?

—Varias cosas —contestó Rowan—. Es el único que comprende el peligro al que está expuesta la familia. Además, es posible que él también corra un grave peligro.

—Si esos tipos de Talamasca quieren matarlo, podrán hacerlo con mayor facilidad si se queda en casa. Además, ¿has pensado en tu propia seguridad? Eres la persona que más sabe sobre este asunto, aparte de Michael. ¿No crees que debe ir contigo para protegerte? ¿De veras estás dispuesta a marcharte sola?

—No estaré sola, estaré con Yuri.

—¿Yuri?

—Volvió a llamar esta mañana, hace un rato.

—¿Por qué no me lo dijiste?

—Te lo digo ahora —contestó Rowan con frialdad—. Sólo disponía de unos minutos para hablar. Llamaba desde una cabina pública de Londres. Le pedí que fuera a recogerme al aeropuerto de Gatwick. Partiré dentro de unas horas.

—Debiste avisarme, Rowan, debiste...

—No te exaltes. Yuri llamó para aconsejarte que permanecieras junto a tu familia y tuvieras cuidado. Esto es lo más importante. Yuri teme que quieran secuestrarte. Hablaba muy en serio. No quiso darme más detalles. Se refirió a los historiales genéticos, a que ciertas personas pudieran acceder a las historias clínicas y descubrir así que eres el miembro más poderoso del clan.

—Sí, hace tiempo que lo sospecho. Pero si persiguen brujas, ¿por qué no te persiguen a ti?

—Porque no puedo tener más hijos. Sin embargo, tú sí. Yuri cree que también quieren secuestrar a Michael. Michael es el padre de Lasher. Según Yuri, esos canallas, quienesquiera que sean, pretenden uniros a ti y a Michael. Creo que se equivoca.

—¿Por qué?

—Porque eso de hacer que se unan una bruja y un brujo, confiando en que sus genes originen un Taltos, me parece absurdo. Es demasiado complicado. Según la historia de la familia, el único intento con éxito de unir a una bruja y un brujo se produjo al cabo de trescientos años. Fue un plan perfectamente estudiado. Mi participación fue decisiva. Puede que de no haber participado yo hubiese fracasado.

—¿Y Yuri cree que quieren obligarnos a Michael y a mí a hacer eso?

Rowan mantenía los ojos fijos en Mona, escrutándola, sopesando cada una de las palabras que ella pronunciaba.

—No estoy de acuerdo con él —respondió Rowan—. Creo que los malos de la película mataron a Aaron para ocultar su identidad, y también por ese motivo intentaron acabar con Yuri. Quizá se propongan liquidarme simulando un accidente. Por otra parte...

—Entonces, tú también corres peligro. ¿Qué fue lo que le sucedió a Yuri? ¿Cuándo y dónde ocurrió?

—Ésa es la cuestión —contestó Rowan—. Quienes nos hallamos implicados en este asunto no conocemos los límites del peligro que corremos, y no los conocemos porque ignoramos los motivos de los asesinos. La teoría de Yuri, de que no descansarán hasta conseguir que nazca un Taltos, es la más pesimista y la más compleja. En cualquier caso, debemos protegeros a Michael y a ti. En realidad, Michael es el único de la familia que sabe por qué. Es imprescindible que permanezcáis en esta casa.

—¿De modo que vas a dejarnos a Michael y a mí aquí juntitos, bajo tu propio techo? Rowan, debo decirte algo, por duro que resulte.

—Adelante, no te cortes —contestó Rowan sin inmutarse.

—No conoces bien a Michael. Lo estás subestimando en todos los aspectos. Si te marchas sin comunicárselo, no se quedará aquí con los brazos cruzados. ¿Por quién le tomas? Y suponiendo que decida acostarse conmigo, ¿cómo crees que voy a reaccionar? Lo has planeado todo como si fuéramos unos peones que movieras a tu antojo sobre el tablero de ajedrez. Pero te equivocas, Rowan.

Rowan no contestó. Tras una breve pausa, sonrió y dijo:

—Sabes, Mona, me gustaría llevarte conmigo. Me gustaría que me acompañaras.

—¡Iré contigo! Te acompañaremos Michael y yo. Iremos los tres.

—La familia no me lo perdonaría nunca, ni yo tampoco.

—¡Esto es absurdo! ¿A qué viene esta conversación? ¿Por qué me preguntas cosas tales como qué opino sobre lo que está sucediendo?

—Existen múltiples razones por las que debes permanecer aquí junto a Michael.

—¿No te preocupa que tu marido y yo nos acostemos?

—Eso es cosa tuya.

—Genial, lo abandonas y se supone que yo debo consolarlo…

Rowan sacó de nuevo un cigarrillo, se detuvo unos segundos antes de encenderlo, suspiró y volvió a meterlo en el paquete.

—No me molesta que fumes —dijo Mona—. Yo no fumo, debido a mi inteligencia superior, pero…

—Dentro de poco te molestará.

—¿Qué quieres decir?

—¿Acaso no lo sabes?

Mona se quedó atónita, incapaz de responder.

—¿Te refieres a que…? ¡Dios mío; debí suponerlo! —exclamó.

Mona se reclinó en la silla, tratando de pensar con claridad. No sería la primera falsa alarma que se producía. Estaba cansada de llamar a su ginecóloga para comunicarle que se le había retrasado la regla.

—Esta vez no se trata de una falsa alarma —dijo Rowan—. ¿Es hijo de Yuri?

—No —contestó Mona—. Es imposible. Sir Galahad fue muy prudente. Es del todo imposible.

—Entonces es hijo de Michael.

—Sí. ¿Pero estás segura de que estoy embarazada? Hace sólo un mes de aquello y…

—Sí —contestó Rowan—. La bruja y la doctora coinciden en su diagnóstico.

—Entonces este niño podría ser el Taltos —dijo Mona.

—¿Buscas un pretexto para desembarazarte de él?

—No, en absoluto. Nada ni nadie me obligará a deshacerme de él.

—¿Estás segura?

—Pues claro —contestó Mona—. Somos una familia católica, Rowan. No nos desembarazamos de los bebés. Además, no quiero abortar, sea quien sea el padre. Y si es Michael, tanto mejor, porque forma parte de la familia. No nos conoces, Rowan. Todavía no te has enterado. Si es hijo de Michael... Si es cierto que estoy embarazada...

—Termina la frase, por favor.

—¿Por qué no la terminas tú?

—No, prefiero oírtelo decir a ti, si no te importa.

—Si es hijo de Michael, eso significa que Michael será el padre de la próxima generación que heredará esta casa.

—En efecto.

—Y si fuera niña, la nombraré heredera del legado y tú y Michael seréis los padrinos. Así, todos estaríamos satisfechos. Michael tendría un hijo y mi hijo tendría un padre al que todo el mundo quiere y respeta.

—Sabía que lo describirías de forma más pintoresca que yo —señaló Rowan suavemente, no sin cierta tristeza—. Pero no me esperaba esto. Tienes razón. Hay muchas cosas que aún no conozco sobre esta familia.

—Celebraremos el bautismo en la iglesia de San Alfonso, donde fueron bautizadas Stella, Antha y Deirdre. Y me parece que... me parece que a ti también te bautizaron allí.

—No lo sabía.

—Creo que me lo dijo alguien, ahora no recuerdo quién. Es lógico que te bautizaran en esa iglesia.

—¿Estás segura de que no quieres deshacerte del niño?

—¿Bromeas? ¡Ni hablar! Deseo tener un hijo. Voy a ser tan rica que podré adquirir lo que me apetezca, pero nada puede sustituir a un hijo. Si conocieras mejor a la familia, si no hubieras vivido en California, comprenderías que ésa es una posibilidad que ni siquiera me planteo, a menos, claro está... Pero aun así...

—¿Aun así?

—Es inútil preocuparse antes de tiempo. En caso de que fuera anormal, supongo que habría alguna indicación, alguna señal.

—Puede que sí y puede que no. Cuando estaba embarazada de Lasher... no advertí ninguna señal antes del parto.

Mona quiso responder, decir algo, pero estaba inmersa en sus pensamientos. Un hijo. A partir de ahora no dejaría que nadie, absolutamente nadie, intentara atropellarla. Iba a tener un hijo, lo cual la convertiría en una persona adulta a pesar de su edad. Su propio hijo. De golpe empezó a visualizar una serie de cosas. Vio una cuna. Vio a un niño, un bebé de carne y hueso, y se vio a sí misma sosteniendo el collar de esmeraldas que colocó alrededor del cuello del bebé.

—¿Se lo explicarás a Yuri? —preguntó Rowan—. ¿Crees que lo comprenderá?

Mona deseó responderle que sí, pero la verdad es que no lo sabía. Pensó en Yuri, rápidamente, de una forma vaga. Lo vio sentado en la cama la noche que pasaron juntos, diciéndole: «Existen diversas e importantes razones por las que debes casarte con alguien de tu misma clase.» Ella no quería reconocer que era una jovencita de trece años, rica y caprichosa. En cualquier caso, lo que menos le importaba en aquel momento era si Yuri comprendería lo del bebé.

Ni siquiera se había molestado en averiguar qué le había sucedido a Yuri, cómo habían tratado de matarlo. Ni siquiera había preguntado si estaba herido.

—Trataron de acabar con él de un tiro —dijo Rowan—, pero fracasaron. Lamentablemente, la persona que consiguió salvarle la vida mató a su agresor. No será fácil hallar el cadáver. Ni siquiera lo intentaremos. Tenemos otro plan.

—Escucha, Rowan, sea cual sea vuestro plan, debes comunicárselo a Michael. No puedes marcharte sin decírselo.

—Lo sé.

—¿No temes que esos tipos os maten a Yuri y a ti?

—Tengo algunas armas secretas. Yuri conoce bien la casa matriz. Creo que lograré entrar en ella. Hablaré con uno de los miembros más ancianos, alguien respetado por sus compañeros y de toda confianza. Necesito pasar quince minutos con él para averiguar si ese diabólico plan es cosa de la Orden o de un pequeño grupo.

—No creo que se trate de una sola persona, Rowan. Ha muerto mucha gente.

—Tienes razón. Han muerto tres de sus hombres. Pero podría tratarse de un pequeño grupo dentro de la Orden, o de unas personas ajenas a ella que conocen a algunos de sus miembros.

—¿Crees que conseguirás llegar hasta los responsables?

—Sí.

—¿Por qué no me utilizas como cebo?

—¿Y también al niño que llevas en el vientre? Si es hijo de Michael...

—Lo es.

—En tal caso tendrán más interés en apoderarse de él que de ti. Mira, no quiero hacer conjeturas. No quiero pensar que las brujas constituyen un artículo de lujo para las personas que saben manipularlas ni que algunas mujeres de la familia han sido víctimas de una nueva especie de científicos locos. Estoy harta de disparates científicos. Estoy harta de monstruos. Quiero acabar con este asunto. Pero no puedes acompañarme, Mona. Ni tampoco Michael. Debéis permanecer aquí.

Rowan se arremangó un poco la manga de su chaqueta de seda negra y consultó un pequeño reloj de oro. Mona la había visto lucir en otras ocasiones ese reloj. Probablemente se lo había comprado Beatrice. Era pequeño y delicado, como los relojes que solían llevar las mujeres cuando Beatrice era joven.

—Subiré a hablar con mi marido —dijo Rowan.

—Gracias a Dios que has recapacitado —contestó Mona—. Iré contigo.

—No, por favor.

—Lo siento, pero subiré contigo.

—¿Por qué?

—Para asegurarme de que le cuentas toda la verdad.

—De acuerdo, acompáñame. Quizá sea mejor así. Darás a Michael un motivo para colaborar conmigo. Pero permíteme que te lo pregunte una vez más, Jezabel: ¿Tienes la certeza de que ese niño es suyo?

—Es hijo de Michael. Incluso puedo decirte cuándo fue engendrado. Sucedió después del funeral de Gifford. Volví a aprovecharme de él. No se me ocurrió tomar ninguna precaución, como tampoco la tomé la primera vez. Gifford había muerto y yo estaba poseída por el diablo, te lo juro. Poco después alguien trató de colarse por la ventana de la biblioteca y yo percibí su olor.

Rowan guardó silencio.

—Era un hombre. Venía a por mí después de haber estado con mi madre. Estoy segura. Cuando trató de entrar, me desperté. Entonces fui a verla, y ya estaba muerta.

—¿Era un olor intenso?

—Sí, mucho. A veces todavía lo percibo en el salón, y en el dormitorio del piso de arriba. ¿No lo has notado?

Rowan no contestó.

—Quiero que me hagas un favor —dijo al cabo de unos instantes.

—¿Cuál?

—No le digas a Michael lo del niño hasta después de haberte hecho los análisis. ¿Tienes a alguien en quien poder confiar como si fuera tu madre?

—No te preocupes —respondió Mona—. Dispongo de mi propia ginecóloga secreta; tengo trece años.

—Por supuesto —dijo Rowan—. Pase lo que pase, regresaré antes de que te veas obligada a contárselo a la familia.

—Eso espero. Ojalá resuelvas cuanto antes este asunto. Pero ¿y si no regresas, y Michael y yo no sabemos lo que os ha pasado a ti y a Yuri?

Rowan reflexionó unos instantes. Luego se encogió de hombros y contestó:

—Descuida, regresaré. Pero déjame que te haga una última advertencia.

—Adelante.

—Si le revelas a Michael lo del niño y más tarde

decides deshacerte de él, se llevará un disgusto de muerte. En dos ocasiones creyó que iba a ser padre, y se llevó una gran decepción. Si tienes alguna duda al respecto, no le digas nada hasta estar bien segura de que deseas a ese niño.

—Estoy impaciente por darle la noticia. Iré a ver a mi ginecóloga esta misma tarde. Le diré que he tenido una crisis nerviosa y que es urgente; está acostumbrada a que le organice esos números. Cuando los análisis confirmen que estoy embarazada, se lo diré a Michael. No dejaré que nada, absolutamente nada, me impida tener este niño.

Cuando Mona se dispuso a levantarse, se dio cuenta de lo que acababa de decir y de que Rowan nunca volvería a enfrentarse a ese tipo de dilema. Pero Rowan no parecía ofendida por sus palabras, y menos aún dolida. Estaba pensativa, observando el paquete de tabaco.

—Haz el favor de salir de aquí para que pueda fumar en paz —dijo Rowan, sonriendo—. Luego iremos a despertar a Michael. Dispongo de hora y media para coger el avión.

—Rowan, me arrepiento de haberme acostado con Michael, pero no de haberme quedado embarazada.

—Yo tampoco —contestó Rowan—. Si Michael gana con esto un hijo propio y una madre que lo quiera y lo mime, quizá consiga perdonarme el daño que le he hecho. Pero recuerda, Jezabel, que yo soy su esposa. Tú tienes la esmeralda y el niño. Pero Michael es mío.

—De acuerdo —contestó Mona—. Me caes muy bien, Rowan, de veras. Me gusta tu forma de ser, aparte de quererte por ser prima mía y una Mayfair como yo. Si no estuviera embarazada te obligaría a llevarme contigo a Europa por tu bien, por el de Yuri y por el de todos.

—¿Y cómo me obligarías?

—Yo también tengo mis armas secretas.

Ambas se miraron durante unos instantes. Luego, Rowan asintió con un movimiento de cabeza y sonrió.

7

La colina estaba cubierta de barro y hacía frío, pero a Marklin le encantaba trepar por aquella pendiente resbaladiza, tanto en invierno como en verano, para contemplar la maravillosa vista que se divisaba desde Wearyall Hill, junto a Sacred Thorn. El paisaje que se extendía a su alrededor se mantenía siempre verde, incluso en invierno, pero ahora presentaba los intensos colores de la primavera.

Marklin tenía veintitrés años y era rubio, de ojos azules y una piel muy blanca que enrojecía con facilidad al contacto con el viento y el frío. Llevaba una gabardina forrada de lana, unos guantes de piel y una gorrita de lana que, pese a su reducido tamaño, le servía de abrigo.

Marklin tenía dieciocho años cuando Stuart los llevó allí a Tommy y a él, ambos excelentes estudiantes, enamorados de Oxford, enamorados de Stuart y pendientes siempre de cada palabra que surgiese de sus labios.

Durante su época de estudiantes en Oxford, habían visitado periódicamente aquel lugar. Alquilaban unas habitaciones pequeñas y acogedoras en el George and Pilgrims Hotel y se dedicaban a pasear por la calle mayor examinando las vitrinas de las librerías y tiendas en las que se vendían amuletos y barajas de tarot, comentando en voz baja sus secretas pesquisas y compartiendo su actitud científica con respecto a temas que otros consideraban puramente mitológicos. Ni los creyentes locales ni antiguos hippies o los fanáticos de la Nueva Era, como tampoco los bohemios ni los artistas que andan siempre a la búsqueda del encanto y la tranquilidad de un lugar semejante, les atraían lo más mínimo.

Marklin y Tommy se dedicaban a descifrar el pasado, con avidez, haciendo uso de los diversos instrumentos de que disponían. Stuart, su profesor de lenguas antiguas, era también su sumo sacerdote, su enlace mágico con un auténtico santuario: la biblioteca y los archivos de Talamasca.

El año anterior, tras el descubrimiento de Tessa, en Glastonbury Tor, Stuart les había dicho: «He hallado en vosotros lo que siempre he buscado en un estudiante, un pupilo o un novicio. Sois los primeros a quienes deseo ofrecer todo cuanto sé.»

A Marklin aquello le pareció un honor supremo, más destacable que todos los honores que pudieran concederle en Eton u Oxford, o en cualquier otro lugar del mundo donde decidiera proseguir sus estudios.

Aquél había representado incluso un momento más importante que su ingreso en la Orden. Y ahora, al reflexionar sobre ello, comprendía que su ingreso en la Orden lo llenó de orgullo precisamente porque significó mucho para Stuart, quien había dedicado su vida a Talamasca y, según decía, pronto moriría entre sus cuatro paredes.

Stuart había cumplido ochenta y siete años y era uno de los miembros en activo más ancianos de Talamasca, si es que el hecho de enseñar idiomas podía ser considerado en mayor medida una actividad de la organización de Talamasca que una pasión a la que se consagraba Stuart en su retiro. La referencia a la muerte no era romántica ni melodramática. Y nada había cambiado en la actitud que mantenía Stuart con respecto al Más Allá.

«Si un hombre de mi edad que conserva sus facultades mentales no afronta la muerte con valor, si no demuestra curiosidad e interés en ver qué sucede, significa que ha desperdiciado su vida. Es un imbécil.»

Ni siquiera el descubrimiento de Tessa consiguió despertar en Stuart un ansia de alargar el tiempo de vida que le quedaba. Su amor por Tessa, su fe en ella, no se fundaba en algo tan pueril. Marklin temía la muerte de Stuart mucho más que el propio Stuart. Por otra parte, se daba cuenta de que había cometido un gran error con él, que debía tratar de recuperar su amistad y su confianza. Dejar que la muerte le arrebatara a Stuart era inevitable; perderlo antes de ese momento, era impensable.

«Os halláis en la sagrada tierra de Glastonbury —les había dicho Stuart aquel día, cuando comenzó todo—. ¿Quién yace enterrado bajo este tolmo? ¿El mismo Arturo o sólo los anónimos celtas que nos legaron sus monedas, sus armas, sus barcos con los que surcaron los mares desde este lugar que antaño fuera la isla de Avalon? Jamás lo sabremos. Pero existen unos secretos que podemos desvelar, y el significado de esos secretos es tan inmenso, tan revolucionario y tan insólito que merece nuestra adhesión a la Orden, cualquier sacrificio que debamos hacer. Si no estamos dispuestos a ello, somos unos hipócritas.»

Marklin pudo haber evitado que Stuart les amenazara a Tommy y a él con abandonarlos, que en su indignación ante lo ocurrido les volviera la espalda. No era necesario revelarle todos los detalles de su plan. Marklin comprendía ahora que su negativa a asumir el control de la operación era lo que había provocado la disputa.

Stuart tenía a Tessa… Había expresado sus deseos con toda claridad y no tenía por qué enterarse de lo sucedido. Fue un error que Marklin achacaba a su inmadurez y a su amor por Stuart, el cual le había incitado a contárselo todo.

Marklin estaba decidido a recuperar a Stuart. Éste había accedido a acudir. Probablemente ya habría llegado y se habría detenido junto a Chalice Well, como solía hacer antes de ascender por Wearyall Hill y conducirlos hasta el tolmo. Marklin sabía lo mucho que Stuart lo quería. Conseguiría recuperar su amistad hablándole desde lo más profundo del alma, con sentimiento y un fervor sincero.

Marklin no tenía la menor duda de que él mismo viviría muchos años, de que ésta era sólo la primera de las numerosas y arriesgadas aventuras que emprendería. Lograría apoderarse de las llaves del tabernáculo, del mapa del tesoro, de la fórmula de la pócima mágica. Estaba convencido de ello. Si esta primera empresa fracasaba, supondría para él un desastre moral. Seguiría adelante, por supuesto, pero su juventud había constituido una cadena ininterrumpida de éxitos y este plan también debía triunfar a fin de no detenerlo en su ascensión.

Era preciso ganar, debía ganar siempre. Jamás iniciaría una empresa que no pudiera coronar con éxito. Ésta era la promesa que Marklin se había formulado a sí mismo, y que siempre había cumplido.

En cuanto a Tommy, era fiel a los votos que habían hecho los tres, al concepto y a la persona de Tessa. Tommy no le preocupaba a Marklin. Estaba demasiado ocupado investigando con el ordenador, con sus cronologías y gráficos. Los mismos motivos por los que no había peligro de que Tommy desertara eran los que lo hacían tan valioso: era incapaz de contemplar el proyecto en su totalidad o de cuestionar su validez.

En los aspectos más elementales, Tommy jamás había cambiado.

Seguía siendo el muchacho que Marklin conoció en su infancia, un coleccionista, un rastreador, un archivo viviente, un investigador. Por lo que a Marklin se refería, Tommy jamás hubiera existido sin él. Se conocieron cuando ambos tenían doce años… en un internado de América. La habitación que ocupaba Tommy estaba siempre llena de fósiles, mapas, huesos de animales, extraños artilugios informáticos y una nutrida colección de libros de bolsillo de ciencia-ficción.

Marklin solía pensar que en aquellos tiempos Tommy debía considerarlo un personaje de esas novelas —Marklin detestaba el género— y que al conocerse, Tommy dejó de ser un observador para convertirse en un protagonista de un relato de ciencia-ficción. La lealtad de Tommy nunca había sido puesta en entredicho. Es más, durante los años en que Marklin ansiaba ser libre Tommy permaneció siempre junto a él, dispuesto a hacerle cualquier favor. Marklin inventaba tareas para mantener a su amigo ocupado y darse un respiro. Tommy jamás había protestado.

Marklin empezó a sentir frío, pero no le importó.

Glastonbury siempre sería para él un lugar sagrado, aunque no creía en casi nada que estuviera relacionado con él.

Cada vez que se dirigía a Wearyall Hill, con la íntima devoción de un monje, imaginaba al honesto José de Arimatea plantando su vara en ese lugar. No le importaba que la actual Santa Espina procediera del vástago de un vetusto árbol, el cual ya había desaparecido, como tampoco muchos otros detalles. En esos lugares experimentaba una emoción que lo estimulaba, una renovación religiosa, por llamarlo así, que le daba fuerzas para perseguir con más ahínco sus propósitos.

Alcanzar sus propósitos. Eso era lo más importante, pero Stuart no lo había entendido de ese modo.

Sí, las cosas se habían complicado demasiado, no cabía la menor duda. Habían muerto unos hombres cuya naturaleza e inocencia exigían mayor justicia. Pero Marklin no tenía toda la culpa de eso. Y la lección que había extraído era que, a la postre, nada de aquello importaba.

«Ha llegado el momento de que yo instruya a mi maestro —pensó Marklin—. Nos reuniremos de nuevo en este maravilloso paraje, a muchos kilómetros de la casa matriz, como hemos venido haciendo durante tantos años. Nada se ha perdido. Debo procurarle a Stuart la autorización moral de beneficiarse de lo que ha sucedido.»

Tommy ya había llegado.

Siempre llegaba el segundo. Marklin observó cómo el viejo auto de Tommy bajaba lentamente por la calle mayor. Después de aparcar, Tommy se apeó del coche sin cerrar la portezuela con llave, como de costumbre, y empezó a subir por la colina.

¿Y si no se presentaba Stuart? ¿Y si ni siquiera se acercaba por allí? ¿Y si había decidido abandonar a sus seguidores? Pero eso era imposible.

Stuart se hallaba junto al pozo. Siempre bebía un trago de agua al llegar y otro antes de marcharse. Sus peregrinajes eran tan rígidos como los del antiguo druida o el monje cristiano. Viajaba de santuario en santuario.

Los hábitos de su maestro siempre habían suscitado un sentimiento de ternura en Marklin, al igual que sus palabras. Stuart los había «consagrado» a una vida secreta dedicada a descubrir «el misterio y el mito, a fin de alcanzar el horror y la belleza que subyacen en el núcleo».

Resultaba razonablemente poético, tanto antes como ahora. Pero era preciso convencer de ello a Stuart por medio de metáforas y nobles sentimientos.

Tommy casi había alcanzado el árbol. Caminaba con cautela, para no resbalar en el barro y caer. Marklin se había caído una vez, hacía años, al poco de iniciar sus peregrinajes. Eso le había supuesto pasar una noche en el George and Pilgrims Hotel, mientras le limpiaban la ropa.

No se lamentaba de que hubiera ocurrido, puesto que la velada fue maravillosa. Stuart había permanecido junto a él. Marklin pidió prestada una bata y unas zapatillas, y se pasaron la noche charlando en una habitación pequeña y encantadora. Ambos habían deseado en vano subir al tolmo a medianoche para comunicarse con el espíritu del rey que allí reposaba.

Por supuesto, Marklin jamás creyó que el rey Arturo descansara bajo Glastonbury Tor. De haberlo creído, hubiera cogido una pala y se habría puesto a cavar.

En su vejez, Stuart había llegado a la conclusión de que el mito sólo era interesante cuando tras él se ocultaba una verdad susceptible de ser desvelada, e incluso obtener pruebas físicas de la misma.

«Los eruditos de la Orden —pensó Marklin— tienen un defecto insalvable: para ellos poseen el mismo valor las palabras que las acciones.» Ése era el motivo de la confusión que se había producido ahora. Stuart, a los ochenta y siete años, se había adentrado por primera vez en la realidad.

Realidad y sangre se mezclaban.

Tommy se acercó a Marklin. Concentró su aliento

sobre sus manos, que estaban heladas, y luego se puso los guantes. Era muy propio de él subir a la colina sin ponerse los guantes, olvidándose de que los llevaba en el bolsillo hasta ver los guantes de piel de Marklin, que precisamente se los había regalado él.

—¿Dónde está Stuart? —preguntó Tommy—. Sí, sí, los guantes. —Miró a Marklin con unos ojos enormes que asomaban a través de sus gruesas gafas redondas, sin montura. Era pelirrojo y llevaba el pelo corto y bien peinado, lo que le confería un aspecto de abogado o banquero—. Vale, ya me pongo los guantes. ¿Dónde está?

Marklin se disponía a decirle que Stuart aún no había llegado cuando lo vio apearse del coche en el aparcamiento, y subir el último tramo del camino a pie. Marklin lo observó perplejo.

Stuart presentaba el mismo aspecto de siempre: alto, delgado bajo su amplio abrigo, con una bufanda de cachemir cuyos extremos ondeaban al viento y su enjuto rostro que parecía tallado en madera. Su pelo canoso, como de costumbre, parecía un nido de pájaros.

Al acercarse, Stuart miró a Marklin. Éste se dio cuenta de que estaba temblando. Tommy retrocedió unos pasos. Stuart se detuvo a un metro y medio de ellos, con los puños crispados, y observó a ambos jóvenes con expresión angustiada.

—¡Vosotros matasteis a Aaron! —exclamó Stuart—. ¡Fuisteis vosotros! Asesinasteis a Aaron. ¿Cómo pudisteis hacer semejante cosa?

Marklin se quedó atónito. Su confianza y sus planes se desmoronaron en un instante. Apenas podía dominar el temblor de sus manos. Sabía que si trataba de decir algo, su voz sonaría frágil y sin autoridad. No soportaba que Stuart se sintiera enojado o decepcionado con él.

—¿Qué habéis hecho, desgraciados? —prosiguió Stuart—. ¿Y qué he hecho yo para poner en marcha ese infernal plan? ¡Dios mío! ¡Yo soy el culpable!

Marklin tragó saliva, pero no pronunció palabra.

—Tú, Tommy, ¿cómo pudiste participar en esto? —inquirió Stuart—. Y tú, Mark, tú eres el autor.

—Escúchame, Stuart, te lo ruego —replicó Marklin.

—¿Que te escuche? —dijo desafiante Stuart, aproximándose con las manos metidas en los bolsillos del abrigo—. ¿Que te escuche? Permíteme que te haga una pregunta, mi joven y valiente amigo en quien tenía depositadas todas mis esperanzas. ¿Qué te impedirá matarme a mí, como has hecho con Aaron y Yuri Stefano?

—Lo hice por ti, Stuart —insistió Marklin—. Si dejas que te explique, lo comprenderás. No son más que unas flores de las semillas que plantaste cuando iniciamos esto juntos. Era preciso acallar a Aaron, impedirle que regresara a la casa matriz y presentara su informe. Yuri Stefano también constituía un peligro. Fue una suerte que decidiera visitar Donnelaith, en lugar de regresar a casa directamente desde el aeropuerto.

—Hablas de circunstancias, de detalles —dijo Stuart avanzando otro paso hacia ellos.

Tommy guardaba silencio, impasible, mientras el viento agitaba su pelo rojo. Permanecía junto a Marklin, observando fijamente Stuart a través de sus gruesas gafas.

Stuart se encontraba fuera de sí.

—Hablas de métodos expeditivos, pero no de la vida y la muerte, mi distinguido alumno —insistió—. ¿Cómo fuiste capaz de hacerlo? ¿Cómo es posible que asesinaras a Aaron?

La voz de Stuart se quebró, demostrando el profundo dolor que sentía, tan inmenso como su rabia.

—Si pudiera yo mismo te destruiría, Mark. Pero soy incapaz de hacerlo, y supuse ingenuamente que tú tampoco te atreverías a hacer algo semejante. Pero me equivoqué contigo.

—Merecía la pena hacer cualquier sacrificio, Stuart —respondió Marklin—. ¿Y qué valor tiene un sacrificio si no es un sacrificio moral?

Stuart lo miró horrorizado, pero ¿qué otra cosa podía hacer Marklin excepto lanzarse de cabeza? Tommy debía decir algo, pensó Stuart, pero sabía que cuando éste expresara su opinión él se mantendría firme.

—Acabé con quienes podían detenernos —dijo Mark—. Ni más ni menos, Stuart. Lamentas la muerte de Aaron porque lo conocías.

—No seas idiota —replicó Stuart con amargura—. Me lamento por la muerte de un inocente, por una estupidez monstruosa. ¿Crees que la Orden no vengará la muerte de ese hombre? Crees que conoces a los de Talamasca, que eres tan inteligente que te han bastado unos pocos años para descifrar todos sus entresijos; pero lo único que has conseguido es captar sus debilidades organizativas. Aunque vivieras cien años no llegarías a conocer bien Talamasca. Aaron era mi hermano. Has matado a mi hermano. Me has fallado, Mark. Y tú también, Tommy. Os habéis fallado a vosotros mismos, a Tessa.

—No —dijo Mark—, no estás diciendo la verdad, y lo sabes. Mírame, Stuart, mírame a los ojos. Me pediste que trajera a Lasher hasta aquí, me pediste que abandonara la biblioteca y lo organizara todo, igual que a Tommy también. ¿Crees que podrías haber orquestado el plan sin nosotros?

—Olvidas un detalle muy importante, Mark —indicó Stuart—. Has fracasado. No lograste rescatar al Taltos y traerlo hasta aquí. Tus soldados eran unos idiotas, lo mismo que el general.

—Ten paciencia con nosotros —intervino Tommy, sin perder la calma—. Desde el primer día comprendí que era imposible llevar a cabo el plan sin que alguien pagara con su vida por ello.

—No me dijiste nada de eso.

—Permíteme que te recuerde —prosiguió Tommy secamente— que fuiste tú quien señaló que debíamos impedir que Yuri y Aaron se inmiscuyeran... y que se debía borrar toda evidencia de que había nacido un Taltos en la familia Mayfair. ¿Cómo querías que lo hiciéramos a no ser de la forma que lo hicimos? No tenemos nada de que avergonzarnos, Stuart. Nuestros fines justifican plenamente nuestros métodos.

Marklin trató de contener un suspiro de alivio.

Stuart miró a Marklin y a Tommy y luego contempló el pálido paisaje formado por las verdes colinas onduladas y la cima de Glastonbury Tor. Al cabo de unos minutos se volvió hacia el tolmo y agachó la cabeza como si estuviera comunicándose con una deidad personal.

Marklin se acercó y apoyó suavemente las manos sobre los hombros de Stuart. Era mucho más alto que su amigo, pues Stuart había perdido unos centímetros en su vejez. Marklin le murmuró al oído:

—La suerte estaba echada cuando nos deshicimos del científico. No podíamos retroceder. En cuanto al médico...

—No —contestó Stuart, sacudiendo la cabeza con energía y con la vista fija en el tolmo—. Esas muertes podrían atribuírsele al propio Taltos, ¿no lo comprendes? Ahí radica lo bueno. La figura del Taltos anula las muertes de los dos hombres, que no podían sino haber utilizado indebidamente la revelación que había llegado a sus manos.

—Stuart —dijo Mark, consciente de que su amigo no había tratado de liberarse de su leve abrazo—, debes comprender que Aaron se convirtió en nuestro enemigo cuando se convirtió en el enemigo oficial de Talamasca.

—¿Enemigo? Aaron nunca fue un enemigo de Talamasca. Vuestra absurda excomunión le causó un disgusto tremendo.

—Stuart —insistió Mark—, comprendo que la excomunión fuera un error, pero en todo caso fue nuestro único error.

—Aquello fue inevitable —dijo Tommy secamente—. Nos arriesgábamos a ser descubiertos. Hice lo que debía, y procuré que resultara lo más convincente posible. Hubiera sido imposible mantener una correspondencia fingida entre los Mayores y Aaron. Era demasiado peligroso.

—Reconozco que fue un error —dijo Marklin—. Sólo su lealtad a la Orden hubiera impedido que Aaron desvelara ciertas cosas que había visto y había empezado a sospechar. Si cometimos un error, Stuart, lo cometimos los tres. No debimos enfrentar a Aaron y a Yuri Stefano. Debimos haber jugado mejor nuestras cartas.

—La tela de araña era demasiado compleja —dijo Stuart—. Os lo advierto. Acércate, Tommy. Os lo advierto a los dos. No tratéis de atacar a la familia Mayfair. Ya habéis hecho suficiente daño. Habéis matado al mejor hombre que he conocido en mi vida, y por un motivo tan pueril que la Providencia se vengará de vosotros. ¡No hagáis nada que pueda perjudicar a esa familia!

—Me temo que ya lo hemos hecho —contestó Tommy con su acostumbrado tono práctico—. Aaron Lightner se había casado hacía poco con Beatrice Mayfair; tenía mucha amistad con Michael Curry, y con el resto del clan, por lo que esa unión no era necesaria para consolidar su relación con la familia. Pero el caso es que se casaron, y para los Mayfair el matrimonio constituye un lazo sagrado. Aaron se había convertido en un miembro de la familia.

—Espero por vuestro bien que te estés equivocando —sentenció Stuart—. En caso contrario, ya podéis encomendaros a Dios. Si provocáis la ira de las brujas Mayfair, nada ni nadie podrá salvaros.

—Lo hecho, hecho está; pensemos en lo que debemos hacer a partir de ahora —dijo Marklin—. Bajemos al hotel, Stuart.

—¿Para que otros puedan oír nuestra conversación? ¿Acaso estás loco?

—Llévanos junto a Tessa, Stuart. Podemos hablar allí —insistió Marklin.

Era el momento clave. Marklin lo sabía. Se había precipitado, no debió pronunciar aún el nombre de Tessa.

Stuart seguía mirándolos con desprecio e indignación. Tommy permanecía impávido, con sus enguantadas manos cruzadas sobre el pecho. Llevaba el cuello del abrigo levantado, ocultándole la boca, por lo que sólo se veían sus fríos ojos.

Marklin temió estar a punto de romper a llorar. No había llorado jamás en su vida.

—Puede que no sea el momento oportuno para ir a verla —dijo Marklin, apresurándose a reparar el daño.

—Quizá sea preferible que no volváis a verla —murmuró Stuart con aire pensativo.

—No lo dirás en serio —contestó Mark.

—Si os llevo junto a Tessa, corro el riesgo de que me matéis también a mí.

—¿Cómo puedes decir semejante cosa? Nos duele que pienses así de nosotros. No somos unos canallas sin principios. Hemos consagrado nuestros esfuerzos a un mismo fin. Aaron debía morir. Lo mismo que Yuri. Yuri nunca formó parte de la Orden. Cuando las cosas se complicaron, se marchó apresuradamente.

—Sí, y vosotros tampoco fuisteis nunca miembros de la Orden —replicó Stuart con dureza.

—Estamos consagrados a ti —respondió Marklin—. Estamos perdiendo un tiempo precioso, Stuart. No nos lleves junto a Tessa si no lo deseas, pero eso no mermará mi fe ni la de Tommy en ella. Nada impedirá que persigamos nuestro objetivo.

—¿Y cuál es ese objetivo? —preguntó Stuart—. Lasher ha desaparecido, como si no hubiera existido jamás. ¿O acaso dudas de la palabra de un hombre que siguió a Yuri por tierra y mar para asesinarlo de un tiro?

—No podemos hacer nada por Lasher —terció Tommy—. Creo que todos estamos de acuerdo en ello. Lo que vio Lanzing no puede interpretarse de ninguna otra forma. Pero Tessa está en tus manos, tan real como el día en que la descubriste.

Stuart sacudió la cabeza.

—Tessa es real, está sola y siempre lo ha estado. La unión no se llevará a cabo. Mis ojos se cerrarán para siempre sin haber contemplado el milagro.

—Todavía es posible, Stuart —respondió Marklin—. La familia, las brujas Mayfair.

—¿Qué pretendes? —le espetó Stuart, sin poder controlar el tono exaltado de su voz—. Si les atacas, te destruirán. Has olvidado la primera advertencia que te hice. Las brujas Mayfair siempre derrotan a quienes tratan de perjudicarlas. ¡Siempre! ¡Individualmente o como familia!

Los tres guardaron silencio durante unos minutos.

—¿Por qué dices que le destruirán a él, Stuart? —inquirió Tommy—. ¿Acaso no nos destruirán a los tres?

Stuart estaba desesperado. Su cabello canoso, agitado por el viento, semejaba la pelambrera de un borracho. Agachó la cabeza y fijó la vista en el suelo. Su nariz curva relucía como un cartílago recién pulido. Parecía un águila, sí, pero no un águila vieja.

Stuart tenía los ojos enrojecidos y llorosos, como si se hubiera resfriado. Marklin temió que cayera enfermo. Observó el mapa de venitas azules que surcaban sus sienes. Stuart temblaba violentamente.

—Tienes razón, Tommy —contestó Stuart—. Los Mayfair nos destruirán a todos. ¿Por qué no iban a hacerlo? —Stuart se volvió hacia Marklin y añadió—: ¿Qué crees que lamento más de este asunto? ¿La muerte de Aaron? ¿El que no pueda celebrarse la unión entre el macho y la hembra Taltos? ¿El fracaso de nuestro plan, que ha dado al traste con la cadena de memoria que confiábamos descubrir, eslabón a eslabón, hasta sus orígenes? ¿O el hecho de que ambos os hayáis condenado por lo que habéis hecho? En definitiva, os he perdido. No me importa que los Mayfair nos destruyan a todos. Es justo que así sea.

—Rechazo esa justicia —replicó Tommy—. No puedes volverte contra nosotros, Stuart.

—No puedes afirmar que hemos fracasado —dijo Stuart—. Las brujas pueden volver a concebir un Taltos.

—¿Dentro de trescientos años? —preguntó Marklin—. ¿O mañana?

—Escúchame, te lo ruego —solicitó Marklin—. El espíritu de Lasher sabía lo que había sido, y lo que podía ser, y la transformación que sufrieron los genes de Rowan Mayfair y Michael Curry sucedió bajo la mirada vigilante del espíritu, a fin de que éste alcanzara su propósito.

»Nosotros también sabemos lo que es un Taltos, y lo que era, y cómo crearlo. ¡Y también lo saben las brujas! Por primera vez, conocen el destino de la hélice gigante. Y el hecho de que lo sepan les confiere tanto poder como a Lasher.

Stuart no supo qué responder. Era evidente que no había pensado en ello. Tras observar a Marklin durante unos instantes, le preguntó:

—¿Estás convencido de ello?

—Su conocimiento les confiere un poder aún mayor —intervino Tommy—. No debemos subestimar la ayuda telequinética que podrían prestarnos en caso de que se produjera un parto.

—Ha hablado el científico —dijo Marklin, sonriendo con aire triunfal. La corriente estaba cambiando. Podía percibirlo, lo veía en los ojos de Stuart.

—No olvidemos —señaló Tommy— que el espíritu era torpe, se sentía confuso. Las brujas son muy superiores, incluso las más estúpidas e ingenuas.

—No puedes saberlo con certeza, Tommy.

—Hemos llegado demasiado lejos, Stuart —dijo Marklin—. ¡No podemos dar marcha atrás!

—En definitiva —terció Tommy—, nuestros logros no son insignificantes. Hemos verificado la encarnación del Taltos, y si lográramos apoderarnos de las notas escritas por Aaron antes de morir, quizá podríamos verificar lo que todos sospechan: que no se trató de una encarnación, sino de una reencarnación.

—Sé lo que hemos conseguido —dijo Stuart—. Lo bueno y lo malo. No es necesario que me lo resumas, Tommy.

—Sólo pretendía aclarar las cosas —le respondió éste—. Las brujas no sólo conocen los viejos secretos de manera abstracta, sino que creen en el milagro físico. Disponemos de diversas e interesantes oportunidades para conseguir nuestros fines.

—Confía en nosotros, Stuart —terció Marklin.

Stuart miró a Tommy y luego a Marklin. Marklin adivinó en sus ojos la vieja chispa, el amor que sentía hacia él.

—No habrá más muertes, Stuart —le apostilló Marklin—. Te lo aseguro. Los otros colaboradores involuntarios serán apartados del tema sin que se hayan enterado de nuestro plan.

—¿Y Lanzing? Debe de saberlo todo.

—Era un empleado nuestro, Stuart —contestó Marklin—. No comprendía lo que veía. Además, también ha muerto.

—Nosotros no lo matamos —se apresuró a decir Tommy—. Hallaron una parte de sus restos al pie del risco de Donnelaith. Su pistola había sido disparada dos veces.

—¿Una parte de sus restos? —inquirió Stuart.

Tommy se encogió de hombros.

—Dijeron que había sido devorado por los animales salvajes —respondió.

—En tal caso no podéis estar seguros de que matara a Yuri.

—Yuri no regresó al hotel —contestó Tommy—. No ha reclamado sus cosas. Yuri está muerto, Stuart. Las dos balas iban destinadas a él. No sabemos cómo se despeñó Lanzing, ni por qué, ni si fue atacado por algún animal.

Pero Yuri Stefano ha desaparecido a todos los efectos.

—¿Acaso no lo comprendes, Stuart? —preguntó Marklin—. A excepción del hecho de que se nos escapara el Taltos, todo ha salido a pedir de boca. Podemos retirarnos a un segundo plano y centrarnos en las brujas Mayfair. No es necesario recurrir de nuevo a la Orden. Aunque descubran la interceptación, nadie puede acusarnos a nosotros.

—¿No teméis a los Mayores?

—No hay motivo para tal cosa —contestó Tommy—. Los interceptadores siempre han funcionado perfectamente.

—Hemos aprendido de nuestros errores, Stuart —dijo Marklin—. Pero quizá lo que ha sucedido tenía un motivo. No me refiero una razón sentimental. En general, el balance es positivo. Las personas que han muerto nos estorbaban.

—Me repugna que habléis con tanta crudeza de vuestros métodos —protestó Stuart—. ¿Qué me decís de nuestro Superior General?

Tommy se encogió de hombros.

—Marcus no sabe nada —respondió—. Salvo que pronto podrá retirarse con una pequeña fortuna. Jamás conseguirá unir todas las piezas del rompecabezas. Ni él ni nadie. Nadie descubrirá nuestro plan.

—Necesitamos unas semanas más —dijo Marklin— con objeto de protegernos.

—No estoy seguro —terció Tommy—. Creo que sería preferible retirar cuanto antes los interceptadores. Conocemos todo lo que Talamasca sabe sobre la familia Mayfair.

—No os precipitéis ni os mostréis tan seguros de vosotros mismos —dijo Stuart—. ¿Qué pasará cuando descubran vuestras falsas comunicaciones?

—Querrás decir, nuestras falsas comunicaciones —replicó Tommy—. En el peor de los casos, se producirá cierta confusión, quizás una investigación. Pero nadie podrá averiguar que somos los autores de las cartas ni de la interceptación. Por eso mismo resulta imprescindible que sigamos representando el papel de novicios leales, y no hagamos nada que despierte la menor sospecha.

Tommy miró a Marklin. La estrategia había funcionado. El talante de Stuart había cambiado. Era Stuart quien volvía a dar las órdenes… prácticamente.

—Todo se ha hecho por vía electrónica —dijo Tommy—. No existen pruebas materiales de nada, excepto unos papeles en mi apartamento de Regent's Park. Sólo tú, Mark y yo sabemos dónde se encuentran esos papeles.

—Necesitamos tu ayuda, Stuart —dijo Marklin—. Estamos a punto de entrar en la fase más apasionante del plan.

—Silencio —contestó Stuart—. Dejad que os vea bien, que os tome la medida.

—Adelante —dijo Marklin—. Verás ante ti a unos intrépidos jóvenes, tal vez estúpidos, pero valientes y decididos.

—Mark se refiere a que nuestra posición es mejor de lo que habíamos imaginado —dijo Tommy—. Lanzing asesinó a Yuri y luego se mató al caer del risco. Stolov y Norgan han muerto. Sabían demasiado, eran un estorbo. Los hombres que contratamos para liquidar a los otros no conocen nuestra identidad. Y nosotros estamos aquí, como al principio, en Glastonbury.

»Y Tessa está en tus manos. Sólo nosotros tres conocemos su existencia.

—Os felicito por vuestra elocuencia —murmuró Stuart—. Muy brillante.

—La poesía es la verdad, Stuart —dijo Marklin—. La verdad suprema, y la elocuencia es un atributo de ésta.

Se produjo una pausa. Marklin quería que Stuart iniciase el descenso de la colina. Le echó un brazo alrededor de los hombros, en un gesto protector, y Stuart dejó que lo hiciera.

—Bajemos al hotel, Stuart —dijo Marklin—. Es hora de cenar. Hace frío y estamos hambrientos.

—Si pudiéramos volver a empezar —dijo Tommy—, lo haríamos mejor. Reconozco que no era necesario matar a esas personas. Habría sido un reto más interesante tratar de alcanzar nuestros propósitos sin lastimar a nadie.

Stuart, enfrascado en sus pensamientos, miró distraídamente a Tommy. Se había vuelto a levantar un viento helado, y Marklin empezó a tiritar. Temía que Stuart pillara una pulmonía. Estaba impaciente por regresar al hotel y cenar en compañía de sus amigos.

—No hemos sido nosotros mismos, sabes, Stuart —dijo Marklin contemplando la población que se extendía a sus pies, consciente de que sus dos amigos lo observaban—. Cuando estamos juntos formamos un único ser que ninguno de nosotros conocemos bien, quizás una cuarta entidad a la que deberíamos imponer un nombre puesto que es más poderosa que cada uno de nosotros por separado. Quizá deberíamos aprender a controlarla. Pero no podemos destruirla ahora, Stuart. Si lo hacemos, nos traicionaríamos mutuamente. Por duro que parezca, la muerte de Aaron no significa nada.

Había jugado su última carta. Había dicho las mejores y peores cosas que debía decir, en lo alto de esa colina azotada por el gélido viento, sin pensarlo previamente, dejándose guiar tan sólo por su intuición. Al fin miró a su maestro y a su amigo, y comprobó que ambos estaban impresionados por sus palabras, quizás incluso más de lo que habría podido esperar.

—Sí, fue esa cuarta entidad, como tú la llamas, la que mató a mi amigo —respondió Stuart en voz baja—. Tienes razón. Y sabemos que el poder, el futuro de esa cuarta entidad, es inimaginable.

—Exactamente —murmuró Tommy con frialdad.

—Pero la muerte de Aaron es una tragedia terrible. Os prohíbo que volváis a mencionarla en mi presencia, o que habléis de ella con cualquiera.

—De acuerdo —contestó Tommy.

—¡Pobre amigo inocente —dijo Stuart—, que sólo pretendía ayudar a la familia Mayfair!

—Ningún miembro de Talamasca es inocente —protestó Tommy.

Stuart se volvió hacia él y lo miró entre enojado y perplejo.

—¿A qué te refieres? —preguntó.

—No se puede pretender estar en posesión de ciertos conocimientos sin que éstos influyan en uno mismo. Cuando se sabe algo se actúa en consecuencia a ello, ya sea para ocultarlo a quienes también se verían influidos por ello o bien para revelárselo. Aaron era consciente de eso. La organización de Talamasca es perversa por naturaleza; ése es el precio que se debe pagar por el privilegio de acceder a sus bibliotecas, archivos y discos informáticos. Es algo parecido a Dios: sabe que algunas de sus criaturas sufrirán y que otras triunfarán, pero no les revela lo que sabe. La orden de Talamasca es más pérfida que el Ser Supremo, pero ésta no crea nada.

«¡Cuánta razón tienes!», pensó Marklin, aunque no se atrevió a decirlo en voz alta por miedo a la respuesta de Stuart.

—Puede que tengas razón —farfulló Stuart. Parecía derrotado, o quizá tratara de hallar algún argumento al que aferrarse.

—Es un sacerdocio estéril —declaró Tommy con su acostumbrado tono inexpresivo, ajustándose las gafas—. Los altares están desiertos; las estatuas han sido retiradas. Los miembros de la Orden estudian por el mero hecho de estudiar.

—Basta.

—Permíteme que hable de nosotros —respondió Tommy—. Nosotros no somos estériles, asistiremos a la sagrada unión y oiremos las voces de la memoria.

—Sí —apostilló Marklin, incapaz de imitar el frío tono de su amigo—. Sí, nosotros somos los auténticos sacerdotes. Los mediadores entre la Tierra y las fuerzas de la naturaleza. Poseemos las palabras y el poder.

Se produjo otro silencio.

¿Conseguiría Marklin hacer descender a sus amigos de esa colina? Había ganado. Habían vuelto a reunirse, y anhelaba el calor del hotel George and Pilgrims. Estaba excitado e impaciente por celebrar su victoria.

—¿Y Tessa? —preguntó Tommy—. ¿Cómo está?

—Como siempre —respondió Stuart.

—¿Sabe que el Taltos macho ha muerto?

—No sabe nada de él —contestó Stuart.

—Ya.

—Vamos —dijo Marklin—. Bajemos al hotel.

—Sí —contestó Tommy—, aquí hace mucho frío.

Los tres amigos comenzaron a bajar la colina. Tommy y Marklin sostenían a Stuart del brazo para evitar que resbalara. Cuando llegaron al lugar donde Stuart había dejado aparcado el coche, decidieron subirse a él en lugar de recorrer a pie el largo trecho que quedaba hasta el hotel.

—Antes de marcharme —dijo Stuart, entregando las llaves del coche a Marklin—, deseo visitar Chalice Well.

—¿Para qué? —inquirió Marklin con voz suave y respetuosa, como demostrando el cariño que sentía por Stuart—. ¿Acaso pretendes lavarte la sangre de las manos? Desengáñate, maestro, el agua del pozo ya está ensangrentada.

Stuart soltó una amarga carcajada y respondió:

—Pero es la sangre de Jesús.

—Es la sangre de las convicciones —contestó Marklin—. Iremos al pozo después de cenar, antes de que anochezca. Te lo prometo.

Luego se subieron al coche y se dirigieron al hotel.

8

Michael le indicó a Clem que saldrían por la puerta delantera. Él mismo sacaría las maletas. Sólo había dos, la de Rowan y la suya. No se trataba de un viaje de vacaciones, por lo que no era necesario coger los baúles y las bolsas para colgar los trajes.

Michael echó una ojeada a su diario antes de cerrarlo. Contenía una larga frase filosófica que escribió la noche de Carnaval, sin imaginar que poco después le despertaría una melancólica canción que sonaba en el tocadiscos y vería a Mona, vestida con un camisón blanco, bailando como una ninfa. Llevaba un lazo en el pelo y apareció tan lozana y fragante como pan recién horneado, leche fresca y fresones.

No, no podía pensar en Mona en estos momentos. Esperaba una llamada de Londres.

Además, quería leer el párrafo, que rezaba así:

Creo, en última instancia, que es posible adquirir cierta tranquilidad de espíritu pese a todos los horrores y tragedias que puedan producirse. Sólo podemos lograrla en la confianza de que las cosas cambiarán gracias a nuestra fuerza de voluntad y, por encima de todo, de que haremos lo que debemos hacer en los momentos adversos.

Habían transcurrido seis semanas desde aquella noche en que, enfermo y trastornado por el dolor, había plasmado por escrito esos sentimientos. En aquellos días, y hasta el momento presente, había permanecido prisionero en casa. Michael cerró el diario. Lo guardó en una bolsa de cuero, cogió la bolsa y las dos maletas y bajó la escalera, un poco nervioso porque no le quedaba una mano libre para agarrarse a la balaustrada y temía marearse y caer rodando.

Y si estaba equivocado respecto a lo que había escrito, en todo caso moriría con las botas puestas.

Rowan estaba en el porche hablando con Ryan. Mona también se hallaba presente y miraba a Michael con los ojos llenos de lágrimas y una renovada devoción. Llevaba un vestido de seda y estaba tan atractiva como siempre. Cuando Michael la miró, advirtió lo que Rowan había notado en ella —lo que él mismo había visto una vez en Rowan—: la turgencia de sus pechos, el color de sus mejillas y el destello de su mirada, junto con un ritmo levemente distinto en sus sutiles gestos.

«¡Mi Tesoro!»

Michael lo creería cuando ella se lo confirmara. Hasta entonces, se negaba a pensar en monstruos y genes. Soñaría con sostener a un hijo o una hija en sus brazos cuando esa posibilidad fuese real.

Clem se apresuró a coger las maletas y se dirigió hacia la verja. A Michael le gustaba más el nuevo chófer que el antiguo. Le gustaba su sentido del humor y su talante sencillo y relajado; le recordaba a unos músicos que había conocido.

El chófer cerró el maletero del coche. Ryan besó a Rowan en ambas mejillas y Michael le oyó decir:

—... alguna otra cosa que quieras decirme.

—Sólo que esta situación no durará mucho. Pero no debéis bajar la guardia. Y no dejes que Mona salga sola bajo ningún concepto.

—Puedes encadenarme a la pared —dijo Mona, encogiéndose de hombros—. Es lo que habrían hecho con Ofelia, de no haberse ahogado en el río.

—¿Quién? —preguntó Ryan—. Hasta ahora me he tomado esto bastante bien, Mona, teniendo en cuenta que tienes trece años y…

—Tranquilo, Ryan —replicó ella—. La que mejor se lo ha tomado he sido yo.

Mona sonrió con tristeza y él la miró perplejo.

«Ahora viene lo peor», pensó Ryan. No soportaba las largas despedidas de los Mayfair. Se sentía confuso y preocupado.

—Me pondré en contacto contigo en cuanto pueda —le dijo Michael a Ryan—. Visitaremos a los compañeros de Aaron para averiguar lo que podamos. No tardaremos en regresar.

—¿Podéis decirme exactamente adónde vais?

—No —contestó Rowan, dando media vuelta y dirigiéndose hacia la verja.

Mona bajó corriendo los escalones del porche.

—¡Eh, Rowan! —gritó, echándole los brazos al cuello y besándola en la mejilla.

Por un momento Michael temió que Rowan no reaccionara, que permaneciera inmóvil como una estatua debajo de la encina, sin corresponder a la fogosidad de Mona ni tratar de liberarse de ella. Pero sucedió algo imprevisto. Rowan abrazó a Mona con fuerza y la besó en la mejilla, acariciándole el cabello y la frente.

—No te preocupes, no pasará nada —la tranquilizó Rowan—. Pero haz todo lo que te he dicho.

Ryan bajó los escalones detrás de Michael.

—No sé qué decir, excepto desearos buena suerte —dijo Ryan—. Quisiera que me explicaras más detalles sobre este asunto, sobre lo que vais a hacer.

—Dile a Bea que hemos tenido que marcharnos —respondió Michael—. A los demás explícales tan sólo lo imprescindible.

Ryan asintió, receloso y preocupado, pero sobre todo resignado.

Rowan subió al coche. Michael se sentó junto a ella y al cabo de unos segundos partieron, enfilando el camino sombreado por las ramas de los árboles. Mona y Ryan ofrecían un simpático cuadro, de pie junto a la verja y saludando con la mano; Mona con el rostro enmarcado por su espléndida melena, cual estrella centelleante, mientras que Ryan mantenía una expresión perpleja y preocupada.

—El pobre está condenado a organizar la vida de unas personas que nunca le explican lo que pasa —comentó Rowan.

—Lo intentamos una vez —respondió Michael—, pero fue inútil. En el fondo, Ryan no desea enterarse de lo que pasa. Él cumplirá al pie de la letra lo que le hemos dicho. Lo que no puedo asegurar es que Mona también lo haga. Pero de Ryan estoy seguro.

—Todavía estás enfadado.

—No —contestó Michael—. Dejé de estarlo cuando regresaste a mí.

Sin embargo, no era cierto. Todavía se hallaba molesto por la intención de ella de partir sola y dejarlo a él al cuidado de la casa y del bebé que Mona llevaba en el vientre. De todos modos, sentirse molesto no era lo mismo que estar enfadado.

Rowan giró el rostro y miró hacia delante. Michael la observó de soslayo. Estaba todavía muy delgada, pero nunca le había parecido tan guapa. El traje negro, las perlas y los zapatos de tacón alto le conferían un aire provocativo, un tanto perverso. Pero Rowan no precisaba de esos aditamentos para resultar atractiva. Su belleza residía en su pureza, en la estructura ósea de su rostro, en las cejas oscuras y bien perfiladas que realzaban su expresión, y en su suave y alargada boca que él deseaba besar en aquellos momentos preso de un brutal deseo masculino por despertarla, separar sus labios, sentir cómo su cuerpo se doblegaba entre sus brazos y poseerla.

Ésa era la única forma en que podía poseerla.

Rowan oprimió el botón para subir el panel de vidrio instalado detrás del conductor. Luego se volvió hacia Michael.

—Estaba equivocada —dijo, sin rencor y sin tratar de justificarse—. Sé que querías a Aaron. Me quieres a mí. Quieres a Mona. Estaba equivocada.

—Olvidemos el tema —contestó Michael. Era duro para él mirarla a los ojos, pero estaba decidido a hacerlo, a calmarse, a dejar de sentirse molesto, enfadado o lo que fuera.

—Pero hay algo que quiero que comprendas —insistió Rowan—. No pienso mostrarme amable y civilizada con las personas que mataron a Aaron. No voy a responder ante nadie de mis actos, ni siquiera ante ti, Michael.

Él se echó a reír. Al contemplar sus grandes y fríos ojos grises se preguntó si ésa era la expresión que veían sus pacientes unos segundos antes de que la anestesia empezara a surtir efecto.

—Lo sé, cariño —respondió Michael—. Cuando lleguemos, cuando nos encontremos con Yuri, quiero averiguar lo que sabe. Quiero estar presente cuando hables con él. No pretendo tener tu talento ni tu valor. Pero quiero estar presente.

Rowan asintió con un leve movimiento de cabeza.

—Quién sabe, quizás encuentres alguna tarea para mí —sugirió Michael.

Ya lo había dicho. Era demasiado tarde para dar marcha atrás. Michael sabía que se había ruborizado, y apartó su mirada de ella.

Cuando Rowan contestó, lo hizo con una voz que Michael jamás le había oído utilizar excepto con él, y que durante los últimos meses había adquirido una nueva intensidad.

—Te amo, Michael. Sé que eres un buen hombre, pero yo no soy una buena mujer.

—No sabes lo que dices, Rowan.

—Por supuesto que lo sé. He estado con los duendes, Michael. He penetrado en su círculo interno.

—Y has regresado —respondió él, con su vista fija en ella e intentando contener la explosión de los agitados sentimientos que lo invadían—. Has vuelto a ser Rowan, estás aquí. Existen cosas más importantes que la venganza.

De modo que no había sido él quien la había despertado de su letargo, sino la muerte de Aaron.

Michael se sentía tan herido, tan fuera de sí, que temió perder de nuevo el control.

—Te quiero, Michael —dijo Rowan—. Te quiero mucho. Y sé cuánto has sufrido. No creas que no soy consciente de ello.

Él asintió con la cabeza. No quería contradecirla, pero quizá se estaba engañando a sí mismo, y también a ella.

—Pero no sabes lo que supone ser la persona que soy. Yo estuve presente durante el parto, era la madre. Yo fui la causa, por decirlo así, el instrumento crucial. Y he pagado por ello. He pagado un precio altísimo. Ya no soy la misma de antes. Te quiero como te he querido siempre, mi amor hacia ti no mermó en ningún momento; pero no soy ni puedo ser la misma. Lo comprendí cuando permanecía sentada en el jardín, incapaz de responder a tus preguntas, de mirarte o abrazarte. Lo comprendí perfectamente. Sin embargo te quería, y te sigo queriendo. ¿Comprendes lo que intento decirte?

Michael asintió de nuevo con un movimiento de cabeza.

—Deseas herirme, lo sé —dijo Rowan.

—No, no deseo hacerlo. No es eso. Sólo pretendo... arrancarte esa faldita de seda y esa chaqueta de corte impecable para que te des cuenta de que estoy aquí. ¡Soy yo, Michael! Qué vergüenza, ¿verdad? Qué salvajada, ¿no?, que desee poseerte de la única forma en que puedo hacerlo, porque me abandonaste, me apartaste de tu lado...

Michael se detuvo. No era la primera vez que en medio de un arrebato de ira se daba cuenta de la inutilidad de lo que hacía y decía. De nada servía enojarse. Michael comprendió que no podía seguir así, que con aquello no conseguiría otra cosa que deprimirse aún más.

Michael permaneció inmóvil, y notó que su ira se iba disipando. Sus músculos empezaron a relajarse y casi se sintió cansado. Se reclinó en el asiento y miró de nuevo a Rowan.

Ella también lo miró. No parecía asustada ni triste. Michael se preguntó si, en el fondo de su corazón, estaba aburrida y se lamentaba de no haberlo dejado en casa mientras ella planeaba los siguientes pasos que iba a dar.

«Quítate esos pensamientos de la cabeza, tío, porque si no lo haces jamás conseguirás volver a amarla.»

Michael sabía que la amaba. Estaba seguro de ello,

no le cabía la menor duda. Amaba su valor y su frialdad. Así es como ella se había comportado en su casa de Tiburon, cuando hicieron el amor bajo las vigas del techo, cuando pasaron horas charlando sin sospechar que, a lo largo de todas sus respectivas vidas ambos se habían ido aproximando el uno al otro.

Michael acarició la mejilla de Rowan, consciente de que su expresión no se había modificado, de que era totalmente dueña de sí misma y de la situación.

—Te quiero —murmuró él.

—Lo sé —respondió ella.

Michael soltó una risita.

—¿Lo sabes? —preguntó, sonriendo complacido. Luego se rió de forma silenciosa y sacudió la cabeza—. ¡Lo sabes!

—Sí —contestó ella—. Temo por ti, siempre lo he hecho, y no porque no seas fuerte o capaz, ni esas cosas. Temo por ti porque poseo un poder que tú no tienes. Esa gente —nuestros enemigos, los que mataron a Aaron— también posee un poder especial, que proviene de una ausencia total de escrúpulos.

Rowan se sacudió una mota de polvo de su corta y ceñida falda. Cuando suspiró, el suave sonido invadió el coche como un perfume.

Luego agachó la cabeza, un pequeño gesto que hizo que su sedoso cabello cayera hacia delante y ocultase parcialmente su rostro. Al levantar de nuevo la cabeza, sus pestañas le parecían a Michael más largas y sus ojos más bellos y misteriosos.

—Llámalo poder de bruja, si quieres. Quizá sea así de sencillo. Quizá lo lleve en los genes. Quizá sea una facultad física que me permite hacer cosas que los demás no pueden hacer.

—Entonces yo también lo poseo —señaló Michael.

—No. De modo fortuito quizá poseas la hélice larga —contestó Rowan.

—No se trata de una casualidad. Él me eligió para ti, Rowan. Me refiero a Lasher. Hace años, cuando yo era un niño y me detuve ante la puerta de aquella casa, él me eligió. ¿Por qué crees que lo hizo? Seguro que no fue porque creyera que yo era un hombre honrado que podría destruir aquel cuerpo mortal que tanto esfuerzo le había costado adquirir. Fue por el extraño poder que yo poseía, Rowan. Tú y yo participamos de las misivas raíces célticas. Lo sabes muy bien. Soy hijo de un obrero y no conozco mi historia, pero sus orígenes son los mismos que los de la tuya. El poder está ahí. Lo tenía en mis manos cuando era capaz de adivinar el pasado y el futuro con sólo tocar a la gente; estaba ahí cuando oí la música interpretada por un fantasma con objeto de conducirme hasta Mona.

Rowan frunció el ceño, pensativa, entornando los ojos durante unos segundos.

—No hice uso de ese poder para acabar con Lasher —dijo Michael—. Estaba demasiado aterrado para hacerlo. Utilicé mi fuerza de hombre y unos simples instrumentos, tal como me indicó Julien. Pero poseo ese poder. Estoy convencido de ello. Y si tengo que utilizarlo para lograr que me ames, que me ames como yo deseo, no dudaré en hacerlo. Ésa es mi intención.

—Mi querido e inocente, Michael —respondió ella con un tono levemente perplejo.

Michael sacudió la cabeza. Luego se volvió hacia ella y la besó. Quizá no fuera ése el gesto más oportuno, pero no pudo contenerse. La sujetó por los hombros, la obligó a reclinarse hacia atrás y le besó los labios. Sintió que Rowan respondía sin vacilar con la misma pasión de antaño, abrazándolo y besándolo con fuerza, arqueando su espalda a fin de buscar el mayor contacto entre sus cuerpos.

Al cabo de unos instantes, Michael se separó de ella.

El coche circulaba a gran velocidad por la autopista. Estaban a punto de llegar al aeropuerto y no quedaba tiempo para la pasión que él sentía, para expresar su ira, su dolor y su amor.

Esta vez fue ella quien se volvió hacia él y le tomó la cabeza entre las manos para besarlo.

—Michael, amor mío —dijo Rowan—. Mi único y verdadero amor.

—Estoy contigo, cariño —respondió él—. Jamás trates de alejarme de tu lado. Lo que tengamos que hacer por Aaron (por Mona, por el bebé, por la familia o por quien sea), lo haremos juntos.

Cuando se hallaban sobrevolando el Atlántico, Michael cerró los ojos e intentó dormir. Habían comido con avidez, habían bebido algo más de la cuenta y habían estado charlando durante una hora sobre Aaron. El interior del avión se encontraba en penumbra y en silencio, y ellos se habían arrebujado entre media docena de mantas.

Necesitaban descansar. Aaron les habría aconsejado que durmieran un rato.

Dentro de ocho horas aterrizarían en Londres. Allí estaría amaneciendo, aunque según su reloj interno todavía sería de noche. Yuri estaría esperándolos, impaciente por conocer todos los detalles sobre la muerte de Aaron. El dolor, la tristeza de lo inevitable.

Michael estaba empezando a caer en un profundo sopor, sin saber si se hundiría en una pesadilla o en un sueño alegre y absurdo como una mala historieta, cuando de pronto advirtió que Rowan le tocaba el brazo.

Se volvió perezosamente hacia ella. Rowan estaba reclinada en el asiento, sosteniéndole la mano.

—Si salimos de esto —murmuró Rowan—, si no intentas entorpecer mis movimientos, si no vuelvo a alejarme de ti...

—Sí...

—Entonces nada se interpondrá entre nosotros. Nadie podrá separarnos jamás. Ni tampoco me importará que tengas otra mujer más joven.

—No deseo otra mujer —contestó Michael—. Durante el tiempo que permaneciste alejada de mí ni siquiera soñé con otras mujeres. Quiero a Mona, sí, y siempre la querré, pero eso forma parte de nuestra naturaleza. La quiero y deseo tener un hijo suyo. Tengo tantas ganas de ser padre que me da miedo hablar de ello. Es demasiado pronto. No quiero llevarme una decepción. Pero sólo te amo a ti, desde el día en que nos conocimos.

Rowan cerró los ojos, y apoyó su mano sobre el brazo de Michael, hasta que al cabo de unos minutos ésta se deslizó y cayó, de forma natural, como si Rowan se hubiera quedado dormida. Michael se volvió y contempló su rostro perfecto y sereno.

—He matado —murmuró él, aunque no estaba seguro de que ella pudiera oírlo—. He matado a tres personas, y no siento el menor remordimiento. Eso cambia a cualquiera.

Rowan no respondió.

—Si fuese necesario volvería a hacerlo —dijo Michael.

Rowan movió los labios.

—Lo sé —dijo suavemente, sin abrir los ojos, inmóvil como si estuviera profundamente dormida—. Yo lo haré tanto si es preciso como si no. Me han ofendido mortalmente.

Rowan se inclinó hacia Michael y lo besó de nuevo en los labios.

—Así, no aguantaremos hasta llegar a Londres —dijo él.

—Somos los únicos que viajamos en primera —contestó Rowan, alzando las cejas y besándolo nuevamente—. Una vez, a bordo de un avión, sentí una especie de amor que jamás había sentido. Fue el primer beso que me dio Lasher, por decirlo así. Fue un beso salvaje, electrizante. Pero ahora deseo tus brazos, tu pene, tu cuerpo. No puedo esperar hasta que nos encontremos en Londres. ¡Lo necesito ahora!

No hacía falta que ella insistiera. De no haberse desabrochado Rowan la chaqueta, él le habría arrancado los botones en un típico arrebato romántico.

9

Apenas se advertían cambios. La imponente mansión se alzaba en medio de una especie de parque o bosque particular con la verja abierta y sin perros que la custodiaran; las ventanas en forma de arco y un sinfín de chimeneas enmarcaba aquella inmensa superficie perfectamente cuidada. Al contemplarla, uno imaginaba tiempos pasados y percibía el eco de las atrocidades, el oscurantismo y el fuego en la noche negra y desierta.

Sólo los vehículos aparcados a ambos lados del camino de grava, así como los que se hallaban dispuestos en largas hileras en unos garajes al aire libre, indicaban que se vivía en la época presente. Incluso los cables eléctricos permanecían ocultos bajo tierra.

Ash se encaminó a través de los árboles hacia el edificio, escudriñando la fachada en busca de las puertas que recordaba. No vestía traje ni abrigo, sino ropa sencilla, un pantalón de pana marrón, como un obrero, y un grueso jersey de lana, la prenda favorita de los marinos.

A medida que se acercaba, la silueta de la casa se volvía más gigantesca. Había encendidas unas pocas y tenues luces. Los eruditos se hallaban en sus celdas.

A través de una serie de ventanucos protegidos con barrotes avistó una cocina que se hallaba en el sótano. Dos cocineras con uniformes blancos disponían la masa de pan sobre una mesa para que creciera. De la cocina emanaba un potente aroma de café recién hecho. Ash recordó que había una puerta de servicio. Caminó pegado a la pared, fuera del alcance de las luces, palpando las piedras de la fachada hasta alcanzar una puerta que parecía no haber sido utilizada desde hacía tiempo y que estaba atrancada.

No obstante, merecía la pena intentarlo. Además, iba preparado para ese tipo de contingencias. Confiaba en que la puerta no estuviera dotada de un sistema de alarma, como las de su casa. Al acercarse, observó su aspecto destartalado y comprobó que en lugar de una cerradura tenía un simple pestillo y que sus goznes estaban muy oxidados.

Ante su asombro, al empujar la puerta ésta se abrió con un desagradable chirrido. Frente a él vio un pasadizo de piedra y una pequeña escalera que conducía al piso superior. Observó la huella de pisadas recientes en la escalera y percibió una ráfaga de aire cálido y ligeramente enrarecido, típico de los ambientes que permanecen cerrados en invierno.

Ash entró y cerró la puerta. Una luz procedente de la cima de la escalera iluminaba un cartel que rezaba: NO DEJEN ESTA PUERTA ABIERTA. Tras cerciorarse de haberla cerrado, subió la escalera y llegó a un pasillo amplio y oscuro.

Se trataba del pasillo que recordaba. Echó a caminar por él, sin intentar amortiguar el sonido de sus zapatillas deportivas ni ocultarse entre las sombras.

Al cabo de unos minutos llegó a la biblioteca, no a los archivos que conservaban antiguos y valiosos documentos, sino a aquella sala de lectura con largas mesas de roble, cómodos sillones y montones de revistas de todas partes del mundo; en la chimenea quedaban algunos rescoldos entre los troncos quemados y las cenizas.

Ash había supuesto que la biblioteca estaría vacía,

pero al entrar vio a un anciano dormido en un sillón, un individuo corpulento, calvo, con unas pequeñas gafas que descansaban sobre la punta de su nariz y ataviado con una bella toga que le cubría la camisa y el pantalón.

No podía empezar por aquella habitación, pues temía que sonara una alarma. Abandonó la biblioteca de forma sigilosa, dando gracias a la Divina Providencia por no haber despertado a aquel hombre, y se dirigió hacia la amplia escalera.

Antiguamente, a partir del tercer piso se hallaban los dormitorios. En la confianza de que todavía fuera así, subió rápidamente la escalera.

Cuando alcanzó el extremo del pasillo del tercer piso, giró hacia la derecha y siguió por otro pequeño corredor. Al ver una luz que se filtraba por debajo de una puerta, decidió empezar por allí.

Sin molestarse siquiera en llamar, giró la manecilla de la puerta y entró en un pequeño pero elegante dormitorio. La única ocupante era una mujer de pelo entrecano que se hallaba ante un escritorio, y que alzó la vista y lo miró con sorpresa pero sin temor.

Ash se acercó al escritorio con paso decidido.

La mujer tenía la mano izquierda apoyada sobre un libro abierto, mientras con la derecha subrayaba unas frases escritas en él.

El libro era *De topicis differentiis*, de Boecio. La mujer había subrayado la siguiente frase: «El silogismo es una argumentación en la que, establecidas ciertas cosas, necesariamente resulta, por el hecho de haberlas establecido, una cosa distinta a ellas.»

Ash soltó una carcajada.

—Discúlpeme —le dijo a la mujer.

Ella lo miró sin inmutarse. No había movido un músculo desde que él entró en la habitación.

—Es cierto pero a la vez gracioso, ¿verdad? Lo había olvidado.

—¿Quién es usted? —preguntó ella.

Su voz ronca, quizá debido a la edad, sorprendió a Ash. El cabello, abundante y salpicado de canas, lo llevaba recogido en un anticuado moño en la nuca, en lugar de lucir la anodina melena que solían lucir las mujeres en la actualidad.

—Soy un grosero, lo sé —dijo Ash—. Sé cuándo cometo una torpeza, y le ruego que me disculpe.

—¿Quién es usted? —repitió la mujer casi con idéntico tono de voz que antes, excepto que esta vez espació las palabras para darles mayor énfasis.

—¿Qué soy yo? —preguntó él—. Ésta es una pregunta más importante; ¿sabe usted lo que soy yo?

—No —contestó la mujer—. ¿Debería saberlo?

—No lo sé. Fíjese en mis manos. Son extraordinariamente largas y delgadas.

—Delicadas —rectificó la mujer con su voz profunda y ronca, observando brevemente las manos de Ash y mirándole de nuevo a los ojos—. ¿Por qué ha venido?

—Utilizo los métodos de un niño —contestó él—. No conozco otro sistema más eficaz.

—No ha respondido a mi pregunta.

—¿Sabe que Aaron Lightner ha muerto?

La mujer lo miró fijamente durante unos instantes. Luego se reclinó en la silla, soltando el rotulador verde que sostenía en la mano derecha y apartando la vista bruscamente, impresionada por la noticia.

—¿Quién se lo ha dicho? —preguntó—. ¿Lo saben los demás?

—Creo que no.

—Sabía que él no regresaría —dijo la mujer, apretando los labios de forma que las arrugas que los circundaban aparecieron muy definidas y oscuras—. ¿Por qué ha venido a comunicarme la noticia?

—Para comprobar su reacción. Para averiguar si ha tenido algo que ver en su asesinato.

—¿Cómo?

—Ya me ha oído.

—¿Asesinato? —repitió la mujer, levantándose lentamente y mirándolo con desprecio, sobre todo al advertir su elevada estatura. Luego dirigió su vista hacia la puerta, como si desease escapar. Entonces Ash alzó la mano con suavidad, rogándole que tuviera paciencia.

Su gesto la detuvo.

—¿Dice que Aaron fue asesinado? —preguntó la mujer, frunciendo el ceño y observándolo fijamente a través de sus gafas con montura plateada.

—Así es. Un coche lo atropelló de forma deliberada. Murió en el acto.

La mujer cerró los ojos como si, incapaz de moverse y escapar, estuviese buscando la forma de asimilar el impacto de la noticia. Durante unos instantes permaneció inmóvil, como ajena a la presencia de Ash. Luego abrió los ojos y murmuró con rabia:

—¡Las brujas Mayfair! No debió haber ido ahí.

—No creo que las brujas tuvieran nada que ver en ello —respondió Ash.

—Entonces ¿quién lo hizo?

—Alguien de la Orden.

—¡Es imposible! ¡No sabe lo que dice! Ninguno de nosotros haría algo semejante.

—Sé perfectamente lo que digo —replicó Ash—. Yuri, el gitano, afirmó que fue alguien de la Orden, y no tenía por qué mentir. No creo que Yuri sea un mentiroso.

—Yuri. ¿Ha visto a Yuri, sabe dónde está?

—¿Acaso no lo sabe usted?

—No. Se marchó una noche, es lo único que sabemos. ¿Dónde está ahora?

—Está a salvo, aunque de milagro. Los mismos canallas que asesinaron a Aaron trataron de matarlo también a él. Tenían que hacerlo.

—¿Por qué?

—¿Realmente no sabe nada de este asunto? —preguntó Ash, ahora convencido de la inocencia de la mujer.

—No, espere. ¿Adónde va?

—A descubrir a los asesinos. Lléveme ante el Superior General.

La mujer no esperó a que se lo repitiera dos veces. Se dirigió apresuradamente hacia la puerta e indicó a Ash que la siguiera. Sus gruesos tacones resonaban sobre el suelo pulido mientras caminaba por el pasillo con la cabeza agachada y los brazos en un rítmico balanceo.

Recorrieron el largo pasillo hasta llegar a una puerta de dos hojas. Ash la recordaba, aunque antiguamente aparecía cubierta con varias capas de viejo barniz y no presentaba un aspecto tan limpio y lustroso como ahora.

La mujer llamó a la puerta. Ash temió que despertara a toda la casa, pero no había otra forma de conseguir lo que él pretendía.

Al abrirse la puerta la mujer se apresuró a entrar, y luego se volvió para indicar al hombre que se encontraba en la habitación que iba acompañada de otra persona.

El hombre miró hacia la puerta, y al descubrir a Ash su expresión de asombro se tornó de inmediato en un gesto de aprensión y recelo.

—Sabe lo que soy, ¿verdad? —preguntó Ash con suavidad.

Acto seguido entró en la habitación y cerró la puerta. Se trataba de un amplio despacho con un dormitorio contiguo. En la habitación reinaba un ligero desorden, las lámparas estaban mal distribuidas, la iluminación era deficiente y la chimenea estaba vacía.

—Sí, lo sabe —dijo Ash—. Y también que han asesinado a Aaron Lightner.

El hombre no se mostró sorprendido, sino profundamente alarmado. Era alto y corpulento, parecía gozar de buena salud y tenía el aire de un irritado general que se sabe en peligro. Ni siquiera trató de fingir sorpresa. La mujer lo advirtió enseguida.

—No sabía que iban a hacerlo. Me dijeron que usted había muerto, que le habían matado.

—¿Yo?

El hombre retrocedió unos pasos. Parecía aterrado.

—Yo no di orden de que mataran a Aaron. Ni siquiera sé por qué la dieron, ni por qué querían atraerlo a usted hasta aquí. No sé nada.

—¿Qué significa todo esto, Anton? —inquirió la mujer—. ¿Quién es esta persona?

—Persona, no es la palabra adecuada —respondió el hombre, cuyo nombre era Anton—. Tienes ante ti a…

—¿Qué papel desempeñó usted en este asunto? —le preguntó Ash al hombre.

—¡Ninguno! —respondió éste—. Soy el General Superior. Me enviaron aquí para ocuparme de que se cumplieran los deseos de los Mayores.

—¿Fueran cuales fuesen esos deseos?

—¿Qué derecho tiene a interrogarme?

—¿Ordenó a sus hombres que hicieran regresar al Taltos aquí?

—Sí, pero fue por mandato de los Mayores —contestó el hombre—. ¿De qué me acusa? ¿Qué he hecho para que se presente aquí y me exija que responda a sus preguntas? Los Mayores eligieron a esos hombres, no yo. —El hombre se detuvo, respiró hondo y miró a Ash, examinando los pequeños detalles de su cuerpo—. ¿Acaso no comprende mi posición? Si han matado a Aaron Lightner, ha sido por orden de los Mayores.

—Pero usted lo ha aceptado. ¿Lo han aceptado también los demás?

—No lo saben, y no deben saberlo —respondió el hombre, indignado.

La mujer soltó un pequeño gemido. Quizás hasta ese momento guardó la esperanza de que Aaron no hubiera muerto. Ahora lo sabía con certeza.

—Debo informar a los Mayores que está usted aquí —dijo el hombre—. Debo comunicarlo de inmediato.

—¿Cómo piensa hacerlo?

El hombre señaló el fax que había sobre la mesa. El despacho era tan grande que Ash ni siquiera se había fijado en el aparato, repleto de luces y bandejas para los papeles. La mesa estaba llena de cajones. Ash supuso que en uno de ellos se ocultaba una pistola.

—Tengo que informarlos inmediatamente de su presencia —dijo el hombre—. Disculpe, pero debo rogarle que se retire.

—No —respondió Ash—. Es usted un corrupto, un perverso. Envió a unos hombres de la Orden a que mataran a unos inocentes.

—Me lo ordenaron los Mayores.

—¿Se lo ordenaron… o le pagaron por ello?

El hombre guardó silencio. Aterrado, se volvió hacia la mujer y dijo:

—Avisa a alguien. —Luego miró a Ash y añadió—: Les ordené que le hicieran regresar aquí. Lo que sucedió no fue culpa mía. Los Mayores me exigieron que me trasladara aquí y cumpliera sus órdenes.

La mujer estaba visiblemente impresionada por lo que acababa de oír.

—Anton —murmuró, sin tratar siquiera de descolgar el teléfono.

—Le daré una última oportunidad —dijo Ash—, para que me diga algo que me impida matarlo.

Era mentira. Ash lo comprendió tan pronto como hubo pronunciado la frase. De todos modos, quizá la amenaza obligara al hombre a revelarle algo importante.

—¡Cómo se atreve! —protestó el hombre—. ¡No tengo más que dar unas voces para que alguien acuda de inmediato en mi ayuda!

—¡Adelante! —contestó Ash—. Estos muros son muy gruesos, pero puede intentarlo si lo desea.

—¡Vera, avisa a alguien! —dijo el hombre.

—¿Cuánto le pagaron? —preguntó Ash.

—Usted no sabe nada.

—Se equivoca. Usted sabe lo que yo soy, pero nada más. Tiene una mente decrépita e inútil. Me tiene miedo, y miente. Sí, miente. Probablemente no les costó ningún trabajo corromperlo; le ofrecieron un anticipo, mucho dinero, y accedió a colaborar en este diabólico plan.

Ash miró a la mujer, que estaba horrorizada.

—No es la primera vez que esto sucede en su Orden —dijo Ash.

—¡Fuera de aquí! —exclamó el hombre.

Luego empezó a gritar pidiendo ayuda. Su estentórea voz resonó en la inmensa estancia.

—Voy a matarle —dijo Ash.

—¡Espere! —exclamó la mujer, extendiendo las manos para detenerlo—. No puede resolver las cosas de este modo. No es necesario que lo mate. Si han asesinado a Aaron, debemos convocar de inmediato al Consejo. En estos momentos la casa está llena de miembros veteranos de la Orden. Eso haremos. Venga, le acompañaré.

—Puede convocarlo cuando yo me haya ido. Usted es inocente. No voy a matarla. Pero usted, Anton, colaboró en este asunto, fue comprado. ¿Por qué no lo reconoce? ¿Quién le compró? No fueron los Mayores quienes le dieron las órdenes.

—Le aseguro que fueron ellos.

El hombre trató de huir pero Ash extendió sus largos brazos y lo agarró del cuello con una fuerza superior a la de cualquier mortal. Empezó a apretar como si quisiera acabar con él en el acto, confiando en imprimir la fuerza suficiente para partirle el cuello, pero no lo consiguió.

La mujer se apresuró a descolgar el teléfono para pedir ayuda. El hombre tenía el rostro congestionado y sus ojos amenazaban con salirse de las órbitas. Cuando perdió el conocimiento, Ash siguió apretando con fuerza hasta asegurarse de que el hombre estaba muerto y no se incorporaría al cabo de unos segundos, como sucedía en ocasiones. Luego lo dejó caer al suelo.

La mujer soltó el auricular y gritó:

—¡Dígame cómo sucedió! ¡Quiero saber cómo mataron a Aaron! ¿Quién es usted?

Ash oyó unas voces en el pasillo.

—Rápido, necesito el número que comunica con los Mayores.

—No puedo dárselo —contestó la mujer—. Sólo nosotros podemos saberlo.

—No sea estúpida, señora. Acabo de matar a este hombre. Haga lo que le ordeno.

La mujer no se movió.

—Hágalo por Aaron —dijo Ash—, y por Yuri Stefano.

La mujer miró la mesa mientras se llevaba una mano

a los labios, como si dudara. Luego cogió rápidamente una pluma, anotó algo en un papel y se lo entregó.

En aquel momento sonaron unos golpes en la puerta.

Ash miró a la mujer. No había tiempo para seguir hablando.

Se volvió y abrió la puerta. Ante él vio a un nutrido grupo de hombres y mujeres que lo observaban con extrañeza.

Había algunas personas viejas y otras jóvenes. El grupo estaba formado por cinco mujeres, cuatro hombres y un muchacho, muy alto pero imberbe. En medio de ellos se hallaba el anciano de la biblioteca.

Ash cerró la puerta tras él, confiando en poder impedir que la mujer les contara lo sucedido.

—¿Alguno de ustedes sabe quién soy? —preguntó Ash, mirándolos detenidamente para memorizar los rasgos de cada uno de ellos—. ¿Saben lo que soy? Si lo saben, les ruego que me contesten.

Nadie dijo nada, sino que se limitaron a observarlo desconcertados. Ash oyó cómo la mujer lloraba en la habitación, emitiendo unos sollozos profundos y roncos como su propia voz.

La alarma empezó a cundir entre el grupo de curiosos. Al cabo de unos segundos apareció otro joven.

—Es preciso que entremos —dijo una mujer—. Debemos averiguar lo que ha pasado.

—¿No me conocen? —insistió Ash. Luego se dirigió al joven que acababa de llegar y le preguntó—: ¿No sabe quién soy ni por qué estoy aquí?

Ninguna de aquellas personas parecía reconocerlo. Nadie sabía nada. Sin embargo todos ellos eran miembros de la Orden, eruditos, no empleados del servicio. Eran hombres y mujeres en la plenitud de sus vidas.

La mujer que estaba dentro de la habitación empezó a tirar de la manecilla de la puerta hasta que consiguió abrirla.

—¡Aaron Lightner ha muerto! —gritó—. Lo han asesinado.

Sus compañeros lanzaron exclamaciones de asombro y horror. Todos ellos eran la viva imagen de la inocencia. El anciano de la biblioteca parecía mortalmente herido por la noticia, y tan inocente como el resto.

Había llegado el momento de desaparecer.

Ash se abrió camino entre el grupo de personas, se dirigió con rapidez hacia la escalera y bajó los escalones de dos en dos antes de que alguien pudiera seguirlo. La mujer gritó para que se detuviera e instó a los demás a que no lo dejaran escapar. Pero Ash era más ágil y tenía las piernas más largas que ellos.

Ash alcanzó una puerta lateral antes de que sus perseguidores salvaran el primer tramo de la escalera.

Salió del edificio, atravesó rápidamente el húmedo césped y, tras volverse un instante para comprobar si lo perseguían, echó a correr. No se detuvo hasta que llegó a la verja, la cual superó de un salto. Luego se encaminó hacia su coche, que estaba aparcado frente al edificio, indicó al chófer que abriera la portezuela y partieron con premura.

Ash se acomodó en el asiento mientras el coche circulaba a gran velocidad por la autopista.

Entonces cogió el papel que le había dado la mujer y observó el número de fax que allí figuraba. Se trataba de un número que, según creyó recordar, pertenecía a Amsterdam.

Ash descolgó el teléfono que había junto a su asiento y le preguntó a la telefonista si aquel número correspondía a Amsterdam.

En efecto, así era.

Tras memorizar el número, o al menos intentarlo, Ash dobló el papel y se lo guardó en el bolsillo.

Ya de regreso al hotel, anotó el número de fax, encargó la cena, se dio un baño y aguardó pacientemente mientras los camareros disponían los suculentos platos sobre una mesa cubierta con un mantel de hilo. Sus colaboradores, incluida la joven y bonita Leslie, se hallaban de pie junto a él.

—Mañana temprano quiero que me busques otro alojamiento —le dijo Ash a Leslie—. Un hotel tan elegante como éste, pero más grande. Necesito poder disponer de un despacho y de varias líneas telefónicas. Cuando lo tengas solucionado ven a recogerme.

La joven Leslie, que parecía encantada de que su jefe le hubiera encomendado una tarea tan importante, salió de la habitación seguida de los otros. Tras ordenar a los camareros que se retiraran, Ash empezó a devorar el apetitoso menú compuesto por espaguetis con salsa de queso, una jarra de leche fría y carne de langosta, que no le gustaba pero que, en definitiva, no dejaba de ser una carne blanca.

Luego se echó a descansar en el sofá, dejándose arrullar por el crepitar del fuego y confiando en que cayera una suave llovizna.

También confiaba en que Yuri regresase. No era probable, pero había insistido en que sus empleados permanecieran en el Claridge's por si Yuri decidía volver a ellos.

Al cabo de un rato llegó Samuel, tan borracho que apenas podía caminar. Llevaba la chaqueta de mezclilla colgada del hombro, y su camisa blanca estaba sucia y arrugada. Ash observó que era una camisa hecha a medida, al igual que el traje, con objeto de adaptarse mejor al grotesco cuerpo de Samuel.

Samuel se dejó caer torpemente junto al fuego. Ash se levantó, cogió unos cojines del sofá y los colocó debajo de la cabeza del enano. Éste abrió los ojos y lo miró como si no lo reconociera. Apestaba a alcohol y respiraba con dificultad, pero eso no le importó a Ash, quien siempre había sentido un profundo cariño por Samuel.

Por el contrario, habría discutido con cualquiera que no coincidiera con él en que Samuel poseía una rara y tosca belleza, como esculpida en piedra. Pero ¿de qué habría servido?

—¿Has encontrado a Yuri? —preguntó Samuel.

—No —contestó Ash, apoyado sobre una rodilla para hablar con él sin necesidad de alzar la voz—. No le he buscado. Londres es muy grande. No hubiese sabido por dónde empezar.

—Tienes razón, es una ciudad sin principio ni fin —dijo Samuel, lanzando un profundo suspiro—. Yo lo he buscado por todas partes. He visitado un montón de bares. Temo que intente regresar y que lo maten.

—Cuenta con muchos aliados —respondió Ash—. Y uno de sus enemigos ha muerto. Toda la Orden está en guardia. Supongo que eso favorece a Yuri. He matado al Superior General.

—¿Cómo se te ha ocurrido hacer eso? —preguntó Samuel, apoyándose sobre un codo y esforzándose por incorporarse hasta que al fin lo ayudó Ash.

Samuel se sentó con las piernas cruzadas, al estilo indio, y miró a Ash fijamente.

—Lo hice porque ese hombre era un corrupto y un embustero. Todo foco de corrupción dentro de Talamasca representa un peligro. Además, sabía lo que yo era. Me confundió con Lasher. Cuando le amenacé con matarlo atribuyó la culpa de todo a los Mayores. Ningún miembro leal a la organización habría mencionado a los Mayores ante un extraño, ni tampoco habría intentado justificarse de esa manera.

—Así que lo mataste.

—Con mis propias manos, como de costumbre. Fue muy rápido. Apenas sufrió. Luego aparecieron otros miembros. Ninguno de ellos me reconoció. En mi opinión, la corrupción se encuentra entre las altas jerarquías y todavía no ha penetrado en las bases, y si lo ha hecho, ha sido de forma confusa. No saben lo que es un Taltos, y ni siquiera son capaces de reconocerlo cuando lo tienen ante sus propias narices.

—Quiero regresar al valle —dijo Samuel.

—¿No prefieres ayudarme para que el valle siga siendo un lugar seguro y tus repugnantes amigos puedan bailar, tocar la gaita, asesinar a seres inocentes y hervir la grasa de sus huesos en unas calderas?

—Tienes una lengua muy afilada.

—¿Tú crees? Quizá tengas razón.

—¿Qué vamos a hacer ahora?

—Ignoro cuál es el siguiente paso. Si Yuri no ha regresado por la mañana, supongo que deberemos marcharnos.

—Lástima, me gustaba el Claridge's —protestó Samuel, arrojándose de bruces sobre un cojín y cerrando los ojos.

—Refréscame la memoria, Samuel —dijo Ash.

—¿Qué quieres saber?

—¿Qué es un silogismo?

—¿Que te refresque la memoria? —contestó Samuel con una carcajada—. Pero si nunca has tenido ni idea de lo que es un silogismo. ¿Qué sabes tú de filosofía?

—Demasiado —respondió Ash, esforzándose en recordar lo que era un silogismo: Todos los hombres son bestias. Las bestias son salvajes. Por tanto, todos los hombres son salvajes.

Luego entró en el dormitorio y se tumbó en la cama.

Durante unos momentos vio de nuevo a la hermosa bruja, la novia de Yuri. Imaginó que ésta oprimía sus desnudos pechos contra su rostro, y que su espesa cabellera se los cubría a modo de manto.

Al cabo de un rato se quedó dormido. Soñó que recorría su museo de muñecas. Las baldosas de mármol estaban recién pulidas y vio en ellas el reflejo de un sinfín de tonalidades, cuyos matices variaban en función de los colores que se situasen junto a ellas. Todas las muñecas que había en las vitrinas —las modernas, las antiguas, las feas, las más bonitas— empezaron a cantar al unísono. Las francesas bailaban, agitando sus pequeñas faldas acampanadas y exhibiendo una alegre sonrisa en sus caritas redondas; las espléndidas muñecas Bru, sus preferidas, los tesoros de su colección, cantaban con voz de soprano mientras les centelleaban los ojos bajo las luces fluorescentes. Ash jamás había oído una música semejante. Se sentía muy feliz.

«Crearé unas muñecas capaces de cantar —se dijo Ash en sueños—. No como las antiguas, que no eran más que unos juguetes mecánicos, sino unas muñecas dotadas de un sistema electrónico que les permita cantar para siempre. Y cuando se produzca el fin del mundo, las muñecas seguirán cantando entre las ruinas.»

10

—No cabe la menor duda —dijo la doctora Salter, depositando el sobre en el borde de la mesa—. Pero no sucedió hace seis semanas.

—¿Cómo lo sabes? —preguntó Mona. Detestaba aquel pequeño consultorio porque carecía de ventanas. Le producía claustrofobia.

—Porque estás casi de tres meses —respondió la doctora, aproximándose a la mesa donde yacía Mona—. ¿Quieres palparlo? Dame la mano.

Mona dejó que la doctora le cogiera la mano y se la colocara sobre el vientre.

—Aprieta. ¿Lo notas? Es el bebé. ¿Por qué crees que te has puesto esas prendas holgadas? Porque no soportas que nada te oprima la cintura.

—Me las compró mi tía. Las encontré colgadas en mi armario. —¿Qué clase de tejido era? Ah, sí, hilo negro, ropa de luto para asistir a funerales o para lucirla en combinación con unas bonitas sandalias negras y blancas de tacón alto—. No puedo estar de tres meses —dijo Mona—. Es imposible.

—Ve a casa y comprueba las fechas en el ordenador, Mona. No existe la menor duda.

Mona se incorporó y saltó de la mesa, alisándose la falda y calzándose las elegantes sandalias. No hacía falta atar o desatar las tiras, aunque si tía Gifford la hubiera visto calzarse así unas sandalias tan caras se habría puesto furiosa.

—Debo marcharme —dijo Mona—. He de asistir a un funeral.

—¿El de ese pobre hombre que se casó con tu prima, el que murió atropellado por un coche?

—Sí. Oye, Annelle, ¿podrías hacerme una de esas pruebas en las que se ve el feto?

—Claro, y confirmará exactamente lo que te he dicho, que estás embarazada de doce semanas. No olvides tomarte las vitaminas que te he recetado. El cuerpo de una chica de trece años no está preparado para dar a luz.

—De acuerdo. Quiero que me hagan esa prueba en la que se ve el feto —dijo Mona, dirigiéndose hacia la puerta. Cuando se disponía a abrirla para salir, se detuvo y añadió—: Bien pensado, prefiero no hacérmela.

—¿Qué sucede?

—No lo sé. Pero de momento dejaré al bebé tranquilo ahí dentro. Ese tipo de pruebas me asustan.

—¡Dios mío, te has puesto pálida!

—No te preocupes, tan sólo voy a desmayarme, como suelen hacer las mujeres en las películas.

Mona cruzó el pequeño despacho enmoquetado sin hacer caso de las protestas de la doctora, y salió de allí. Luego atravesó apresuradamente el vestíbulo acristalado.

El coche la esperaba en la esquina. Ryan estaba de pie junto al vehículo, con los brazos cruzados. Vestía un traje azul marino para el funeral y ofrecía prácticamente el mismo aspecto de siempre, excepto que ahora tenía los ojos húmedos y parecía muy cansado. Cuando Mona se acercó, le abrió la portezuela.

—¿Qué te ha dicho la doctora Salter? —preguntó, volviéndose para observar a Mona detenidamente.

Mona estaba cansada de que todos la miraran de esa forma.

—Que estoy embarazada —contestó—. Todo va bien. Vámonos de aquí.

—De acuerdo. ¿Estás triste? Supongo que es una reacción lógica.

—No estoy triste. ¿Por qué iba a estarlo? Pensaba en Aaron. ¿Han llamado Michael o Rowan?

—No. Seguramente estarán todavía acostados. ¿Qué pasa, Mona?

—Cállate, Ryan, ¿vale? Estoy harta de que me preguntéis qué me pasa. No me pasa nada. Es que todo ha sucedido tan… de repente.

—Tienes una expresión muy rara —dijo Ryan—. Pareces asustada.

—No, me preguntaba qué se siente al tener un hijo; mi propio hijo. Espero que les hayas dicho a todos que no estoy de humor para sermones ni discursos.

—No es necesario —respondió Ryan—. Eres la heredera. Nadie va a reprocharte nada. El único que se atrevería a hacerlo sería yo, pero no tengo ganas de soltarte un sermón ni de hacerte las advertencias de rigor.

—Me alegro —contestó Mona.

—Hemos perdido a muchos seres queridos y tú llevas una nueva vida dentro de ti. Yo la veo como una llama, a la que deseo rodear con mis manos para protegerla.

—Estás chiflado, Ryan. Estás agotado, necesitas descansar unos días.

—¿Quieres decírmelo ahora?

—¿Decirte qué?

—La identidad del padre. Supongo que pensabas decírnoslo. ¿Se trata de tu primo David?

—No, no es él. Olvídate de David.

—¿Yuri?

—¿Qué es esto? ¿Un interrogatorio? Sé quién es el

padre, si eso es lo que te preocupa, pero no deseo hablar de ello ahora. La identidad del padre podrá ser confirmada en cuanto nazca el niño.

—E incluso antes.

—No quiero que le claven unas agujas al bebé. No quiero hacer nada que pueda dañarlo. Ya te he dicho que sé quién es el padre. Te lo diré cuando… cuando lo crea oportuno.

—Es Michael Curry, ¿verdad?

Mona se volvió y lo miró irritada. Era demasiado tarde para rehuir la pregunta. Ryan lo había notado en su expresión; parecía tan abatido como si se hallase bajo los efectos de un potente fármaco, un poco atontado y más elocuente que de costumbre. Por fortuna iban en la limusina y no conducía él, pues seguramente se habrían estrellado contra una valla.

—Me lo dijo Gifford —indicó Ryan articulando con dificultad las palabras, como si estuviera drogado. Miró a través de la ventanilla. El coche circulaba a escasa velocidad por la avenida de St. Charles, una de las zonas más bonitas de la ciudad, donde se alzaban modernas mansiones y árboles antiquísimos.

—¿Cómo? —preguntó Mona—. ¿Que te lo dijo Gifford? ¿Estás bien, Ryan? —¿Qué sería de la familia si Ryan se volvía majareta?, pensó Mona. Ya tenía suficientes problemas, sin necesidad de pensar en eso—. Contéstame.

—Anoche tuve un sueño —respondió Ryan, volviéndose hacia ella—. Gifford me dijo que el padre era Michael Curry.

—¿Estaba Gifford triste o contenta?

—Triste o contenta… —repitió Ryan con aire pensativo—. En realidad, no me acuerdo.

—Genial —dijo Mona—. Incluso ahora que está

muerta, nadie le hace caso. Se te aparece en sueños y no te fijas si está triste o contenta.

Las palabras de Mona desconcertaron algo a Ryan. No parecía ofendido. Mona observó que mantenía la mirada perdida y serena.

—Era un sueño muy agradable, bonito. Estábamos juntos.

—¿Qué aspecto tenía Gifford?

«Sin duda, Ryan está pirado —pensó Mona—. Estoy sola. Han asesinado a Aaron. Bea necesita nuestro cariño y apoyo; Rowan y Michael no han llamado todavía, estamos todos aterrados y, por si fuera poco, Ryan está perdiendo el juicio. Aunque quién sabe, quizá sea mejor así.»

—¿Qué aspecto tenía Gifford? —insistió Mona.

—Estaba muy guapa, como siempre. A mí siempre me pareció que mantenía el mismo aspecto, a los veinticinco años o a los treinta y cinco, o incluso a los quince. Era mi Gifford.

—¿Qué hacía?

—¿Por qué lo preguntas?

—Porque creo firmemente en los sueños, Ryan. Contéstame, por favor. Trata de recordarlo. ¿Qué hacía Gifford?

Ryan se encogió de hombros y esbozó una pequeña sonrisa.

—Estaba cavando un agujero, creo que debajo de un árbol. Sí, era la encina Deirdre. Estaba rodeada de un montón de tierra.

Durante unos instantes Mona no contestó. Estaba tan asustada que no pudo articular palabra.

Ryan volvió a ensimismarse, y se quedó mirando por la ventanilla como si se hubiera olvidado de la conversación.

Mona sintió un intenso dolor en ambas sienes. Quizá se estaba mareando debido al movimiento del coche. Solía ocurrirles a las embarazadas, aunque el bebé estuviera perfectamente.

—Tío Ryan, no puedo asistir al funeral de Aaron —dijo de pronto—. Estoy mareada. Quisiera ir, pero no puedo. Deseo irme a casa. Sé que puede parecer estúpido y egoísta, pero…

—Te llevaré a casa enseguida —contestó Ryan solícito. Acto seguido pulsó el botón del intercomunicador y ordenó—: Clem, lleva a Mona a la calle Primera. —Luego se volvió hacia Mona y añadió—: Te referías a la calle Primera, ¿no?

—Sí, exacto —respondió Mona. Les prometió a Rowan y a Michael que se mudaría de inmediato, y había cumplido su palabra. Además, allí se sentía más a gusto que en la casa de la calle Amelia, pues desde que su madre murió su padre estaba siempre borracho y sólo se levantaba de noche para coger una botella o un paquete de tabaco, o para buscar a su difunta esposa.

—Llamaré a Shelby para que te haga compañía —dijo Ryan—. Si Beatrice no me necesitara, yo mismo me quedaría contigo.

Parecía sinceramente preocupado por Mona, lo cual era una novedad. Mona no se había sentido tan mimada desde que era una niña y Gifford la vestía con encajes y lazos. En el fondo, era lógico que Ryan reaccionara de aquel modo. Siempre le habían gustado los bebés. Los niños le encantaban, como a toda la familia.

«Ya no me consideran una niña», pensó Mona.

—No necesito a Shelby —dijo—. Prefiero estar sola. Me quedaré sola, con Eugenia. Estaré perfectamente. Dormiré un rato. Hay una habitación preciosa para hacer la siesta. No me he acostado nunca en ella.

Necesito reflexionar. Además, el jardín está vigilado por una patrulla tan importante como la Legión extranjera francesa. Nadie puede entrar en la casa.

—¿No te importa quedarte allí sola?

Era evidente que Ryan no pensaba en intrusos, sino en las viejas historias que de niña le habían parecido a Mona tan emocionantes, y que ahora se le antojaban viejas fábulas románticas.

—No, ¿por qué habría de importarme? —preguntó irritada.

—Eres una joven muy decidida —contestó Ryan, sonriendo con una espontaneidad que pocas veces Mona había visto en él. Quizás el cansancio y el dolor habían anulado su reserva habitual—. No temes al bebé ni a la casa.

—Nunca he tenido miedo de la casa, Ryan. Jamás. En cuanto al bebé, lo único que puede conseguir es que vomite.

—Pero tienes miedo de algo —insistió Ryan con tono sincero.

Mona estaba cansada de aquel interrogatorio. Tenía que tranquilizar a Ryan. Se giró y apoyó su mano derecha en la rodilla de él.

—Tengo trece años, tío Ryan. Debo reflexionar, eso es todo. No me sucede nada, y no sé lo que significa la palabra miedo, excepto por lo que he leído en el diccionario. ¿Vale? Preocúpate por Bea. Preocúpate por quién mató a Aaron. Ése sí que es un tema que merece tu preocupación.

—De acuerdo, Mona —respondió Ryan con una sonrisa.

—Se nota que echas de menos a Gifford.

—¿Acaso creíste que no lo haría? —Ryan miró por la ventanilla, sin esperar respuesta—. Ahora, Aaron está con Gifford, ¿verdad?

Mona movió la cabeza con tristeza. El pobre Ryan estaba muy mal. Confiaba en que Pierce y Shelby se hubieran dado cuenta de que su padre les necesitaba.

El coche dobló la esquina de la calle Primera.

—Avísame en cuanto sepas algo de Rowan y Michael —dijo Mona, cogiendo el bolso—. Y dale un beso a Bea de mi parte… y a Aaron.

—Lo haré —contestó Ryan—. ¿Estás segura de que no te importa quedarte sola? ¿Y si Eugenia no estuviera en casa?

—Así estaría más tranquila —respondió Mona, descendiendo del coche.

Uno de los dos jóvenes guardias uniformados que se hallaban ante la verja le franqueó la entrada. Mona lo saludó con una inclinación de cabeza y entró.

Cuando alcanzó la puerta principal, introdujo la llave en la cerradura y entró apresuradamente. La puerta se cerró, como de costumbre, con un sonido seco y apagado. Mona se apoyó en ella y cerró los ojos.

Doce semanas. ¡Era imposible! Ese niño fue concebido la segunda vez que Mona se acostó con Michael. Estaba tan segura de ello como de que se llamaba Mona. Además, entre Navidad y Carnaval no había hecho el amor con nadie más. Era imposible que estuviera embarazada de doce semanas.

«Estoy hecha un lío. Debo reflexionar las cosas con calma.»

Mona se dirigió a la biblioteca. La noche anterior le habían llevado el ordenador y ella lo instaló en el acto, creando una pequeña estación informática a la derecha de la amplia mesa de caoba. Se sentó en la silla y puso en marcha el ordenador.

Abrió el archivo /WS/MONA/SECRETO/Pediátrico, y tecleó:

«Preguntas que deben formularse: ¿A qué ritmo se desarrolló el embarazo de Rowan? ¿Hubo síntomas de un desarrollo acelerado? ¿Solía sentir náuseas? Nadie conoce las respuestas porque nadie sabía en aquellos momentos que Rowan estuviera en estado. Sin duda Rowan conoce la cronología de los hechos. Ella podría aclarármelo todo y hacer que se disipen estos estúpidos temores que siento. Hubo un segundo embarazo, que sólo Rowan, Michael y yo conocemos. ¿Te atreverías a interrogar a Rowan sobre ese segundo…?»

Unos temores estúpidos. Mona se detuvo. Se reclinó en la silla y se llevó la mano al vientre. No lo hizo con la intención de sentir el pequeño bulto que la doctora Salter le había hecho palpar; tan sólo apoyó los dedos ligeramente sobre la barriga, que nunca había notado tan abultada como entonces.

—Mi bebé —murmuró, cerrando los ojos—. Ayúdame, Julien, por favor.

Pero no percibió ninguna respuesta. Aquello pertenecía al pasado.

Deseaba hablar con la anciana Evelyn, pero ésta aún no se había recuperado del ataque cerebral. Estaba en su habitación de la calle Amelia, rodeada de enfermeras y todo tipo de aparatos. Probablemente ni siquiera se daba cuenta de que la habían trasladado del hospital a casa. Era inútil tratar de desahogarse con la tía Evelyn, cuando ésta no podía entender ni una palabra de lo que se le decía.

«No puedo recurrir a nadie, absolutamente a nadie. ¡Gifford!»

Mona se acercó a la ventana, la misma que alguien, tal vez Lasher, había abierto misteriosamente un día. Miró a través de las persianas verdes y vio unos guardias en la esquina; en la acera de enfrente había otro.

Mona salió de la biblioteca con un andar pausado y rítmico, observando cuanto la rodeaba. Al salir al jardín, éste le pareció extraordinariamente verde y vivo; las azaleas y los lirios estaban a punto de florecer, y las lisimaquias estaban cuajadas de pequeñas hojas que las hacían parecer densas y enormes.

Todos los espacios que se mostraban desnudos en invierno, ahora se hallaban cubiertos. El calor hacía que se abrieran todas las flores, y hasta el aire parecía emitir suspiros de satisfacción.

—Gifford —murmuró Mona—. Tía Gifford.

Pero sabía que no quería oír la respuesta de un fantasma.

En el fondo, Mona temía experimentar una revelación, una visión, un horrible dilema. Apoyó la mano de nuevo sobre el vientre y lo oprimió suavemente unos instantes, sintiendo su calor.

—Los fantasmas se han esfumado —dijo, como si hablara con el bebé—. Eso se ha terminado. No vamos a necesitarlos nunca jamás. Michael y Rowan han ido a matar al dragón, y cuando éste haya muerto el futuro será nuestro —tuyo y mío—, y nunca sabrás lo que sucedió con anterioridad a tu nacimiento, al menos hasta que seas mayor y puedas comprenderlo. Ojalá supiera tu sexo. Me gustaría conocer el color de tu pelo, suponiendo que tengas pelo. Debería ponerte un nombre; sí, te pondré un nombre.

Mona interrumpió su pequeño monólogo.

Tuvo la sensación de que alguien le hablaba —alguien que se hallara muy cerca y murmurase unas palabras, una breve frase—, pero había desaparecido y ya no podía atraparlo. Mona se giró, asustada, pero allí no había nadie. Los guardias se encontraban en la periferia de la propiedad. Tenían órdenes de patrullar alrededor de la casa, a menos que oyeran sonar una alarma en el interior.

Mona se apoyó en el poste de hierro de la verja. Escrutó la hierba que crecía a sus pies, así como las gruesas ramas negras de la encina. Las nuevas hojas exhibían un reluciente color verde menta mientras que las viejas estaban polvorientas y resecas, a punto de desprenderse. Por fortuna, las encinas de Nueva Orleans nunca perdían todo su follaje, y en primavera renacían.

Mona se volvió y miró hacia la derecha, en dirección a la fachada de la propiedad. Durante una fracción de segundo avistó una camisa azul más allá de la verja. Todo estaba silencioso, más de lo que ella habría imaginado. Es posible que Eugenia hubiera ido al funeral de Aaron. Mejor así.

«Ni hay fantasmas ni espíritus —se dijo Mona—. Ni murmullos de la tía Gifford.»

¿Acaso deseaba ver fantasmas y oír extraños murmullos? De pronto, por primera vez en su vida no estaba segura. La perspectiva de ver algún fantasma o espectro la confundía.

«Seguramente se debe a mi estado, uno de esos misteriosos cambios de ánimo que te sobrevienen cuando esperas un niño y te conducen hacia una existencia plácida y sedentaria.» Los espíritus ya no la fascinaban. Lo único que le importaba era el bebé. La noche anterior había leído algunos artículos sobre los cambios físicos y psicológicos que experimentan las mujeres embarazadas, y aún le quedaban bastantes por leer.

La brisa soplaba a través de los arbustos, arrancándoles algunas hojas y pétalos para depositarlos sobre las losas moradas. El suelo despedía un agradable calor.

Mona echó a caminar hacia la casa, entró y se dirigió a la biblioteca.

Se sentó ante el ordenador y empezó a escribir.

«No serías humana si no te asaltaran esas dudas y sospechas. ¿Cómo no vas a temer, dadas las circunstancias, que tu hijo no sea un niño normal? Sin duda, este temor tiene un origen hormonal, se trata de un mecanismo de defensa. Pero no eres una incubadora mecánica. Tu cerebro, aunque inundado de nuevas sustancias químicas y combinaciones químicas, sigue estando bajo tu control. Repasemos los hechos.

»Lasher fue quien provocó el desastre. De no haber sido por la intervención de Lasher, Rowan habría tenido un hijo perfectamente normal y...»

Mona se detuvo. ¿Qué significaba eso de la intervención de Lasher?

El teléfono sonó de repente, lo cual la sobresaltó e incluso le produjo un leve dolor. Ella se apresuró a cogerlo para impedir que siguiera sonando.

—Soy Mona, ya puedes empezar a hablar —dijo.

Su interlocutor soltó una sonora carcajada y dijo:

—Qué manera de contestar al teléfono.

—¡Michael! ¡Gracias a Dios! Estoy embarazada. Las doctora Salter afirma que no cabe la menor duda.

Mona lo oyó suspirar.

—Te queremos mucho, tesoro —dijo Michael.

—¿Dónde estáis?

—En un hotel carísimo, en una *suite* de estilo francés repleta de delicadas sillas de maderas nobles. Yuri está bien, y en estos momentos Rowan está limpiándole la herida de bala. Se le ha infectado. Prefiero que no hables todavía con él. Se encuentra muy excitado y no cesa de hablar, pero por lo demás está perfectamente.

—De acuerdo, más vale que no sepa todavía lo del niño.

—Sí, es mejor.

—Dame el número de vuestro hotel.

Michael se lo dio.

—¿Te encuentras bien, pequeña?

«Vaya, hasta Michael ha notado que estás preocupada. Y sabe el motivo de tu preocupación. Pero no digas nada. Ni una sola palabra.» De pronto Mona había decidido no decirle nada a Michael, la persona con la que había estado deseando hablar, la única persona, aparte de Rowan, en quien confiaba.

Tenía que actuar con preocupación.

—Sí, estoy perfectamente, Michael. ¿Tienen vuestro número en el despacho de Ryan?

—No vamos a desaparecer, tesoro.

Mona se descubrió a sí misma mirando el monitor, las preguntas que había enumerado de forma tan inteligente y lógica.

«¿A qué ritmo se desarrolló el embarazo de Rowan? ¿Hubo síntomas de un desarrollo acelerado?» Michael debía conocer las respuestas, pero era mejor no decirle nada.

—Tengo que dejarte, tesoro. Te llamaré más tarde. Te queremos.

—Adiós, Michael.

Mona colgó el auricular.

Durante un rato permaneció inmóvil, luego empezó a escribir rápidamente en el ordenador:

«No es el momento de hacerles unas estúpidas preguntas sobre este bebé, no es el momento de alimentar unos temores que pueden afectar tu salud y tu equilibrio mental, no es el momento de hacer que Rowan y Michael, ahora con cosas más importantes en qué pensar, empiecen a preocuparse por ti...»

Mona se detuvo.

Estaba segura de haber oído un murmullo, como si

hubiera alguien junto a ella. Tras echar una ojeada a su alrededor, se levantó y atravesó la estancia, observando con atención todos los objetos que había en ella. Pero allí no había nadie, ni espíritus ni espectros, ni siquiera sombras, pues la lámpara fluorescente que se hallaba junto a su ordenador no proyectaba sombras.

¿No podía tratarse de uno de los guardias que estaban fuera, en la esquina con Chestnut? Tal vez. Pero ¿cómo podía oírle murmurar Mona a través de un tabique de cuarenta y cinco centímetros de grosor?

Los minutos transcurrían lentamente.

¿Acaso temía moverse? Resultaba absurdo. «Domínate, Mona Mayfair. ¿Quién diablos crees que es? ¿Gifford? ¿Tu madre? ¿El tío Julien que vuelve a aparecerse ante ti? ¿No crees que se merece al fin un descanso? Puede que esta casa haya estado siempre llena de espíritus, como el fantasma de la camarera que falleció en 1859 o el del cochero que se cayó del tejado y se mató en 1872.» Era posible. La familia no dejaba constancia por escrito de todo cuanto sucedía en esta casa. Mona se echó a reír.

¿Unos fantasmas proletarios en la mansión de la calle Primera? ¿Unos fantasmas que no eran parientes de los Mayfair? ¡Qué escándalo! No, allí no había ningún fantasma.

Mona observó el marco dorado del espejo, la oscura repisa de mármol de la chimenea, las estanterías repletas de viejos tomos. Al cabo de unos minutos notó que se calmaba, que la invadía una sensación de paz y confort. Le encantaba esa habitación, era su preferida, y no había ningún fantasma tocando el gramófono ni rostros extraños en el espejo. Aquélla era su casa, y allí estaba a salvo.

—Tú y yo, pequeño —musitó, dirigiéndose de nuevo al bebé—. Viviremos aquí, en nuestra casa, con Michael y Rowan. Prometo ponerte un nombre interesante.

Mona volvió a la mesa y empezó a escribir apresuradamente.

«Tengo los nervios de punta. Imagino cosas. He de tomar más proteínas y vitamina C, tanto para los nervios como para mejorar mi estado general. Oigo voces que me susurran al oído, que suenan como si… no estoy segura, pero es como si alguien tararease una canción. Me pone frenética. Puede que sea un fantasma, o falta de vitamina B.

»Hoy se celebra el funeral de Aaron, lo cual sin duda contribuye a acrecentar mi nerviosismo.»

11

—¿Estás seguro de que se trataba de un Taltos? —preguntó Rowan.

Había recogido las vendas y el desinfectante y se había lavado las manos. Se detuvo en la puerta del baño y miró a Yuri mientras éste se paseaba de un lado a otro de la habitación. Era un joven de ademanes torpes y aire tenebroso, imprevisible, que parecía fuera de lugar entre las tapicerías de seda y los numerosos objetos de cobre pulido de la habitación.

—¿No me crees? Estoy seguro de que era un Taltos.

—Puede que fuera un ser humano interesado en engañarte —señaló Rowan—. La estatura no significa necesariamente...

—No, no, no —replicó Yuri con el mismo tono exaltado con el que les recibió en el aeropuerto—. No era un ser humano. Era... al mismo tiempo hermoso y grotesco. Tenía unos nudillos enormes y unos dedos desmesuradamente largos. Su rostro, alargado, parecía el de un ser humano, desde luego. Era un hombre muy guapo, sí. Pero era Ashlar, Rowan, el mismísimo Ashlar. Cuéntale la historia, Michael, la de san Ashlar de la iglesia más antigua de Donnelaith. Cuéntasela. Ojalá conservara las notas de Aaron. Sé que tomó numerosas notas. Escribió toda la historia. Aunque la Orden nos había excomulgado, estoy seguro de que Aaron tomó buena nota de todo.

—Así es, hijo, y esas notas se hallan en nuestro poder —dijo Michael—. Le he contado a Rowan todo cuanto sé.

Según recordaba Rowan, Michael ya se lo había explicado a Yuri dos veces. Las incesantes repeticiones y circunloquios la habían agotado. Se encontraba exhausta tras el largo viaje. Ahora fue consciente del paso del tiempo y de su pérdida de facultades físicas. Menos mal que en el avión pudo dormir un poco.

Michael se había acomodado en el elegante sofá francés, con la espalda apoyada en el brazo de éste y los pies sobre los cojines dorados. Se había quitado la chaqueta y los zapatos, y su inmenso pecho, enfundado en un jersey de cuello alto, parecía albergar un corazón con capacidad suficiente para seguir latiendo durante cincuenta años más. De vez en cuando miraba a Rowan con expresión de lástima.

«Gracias a Dios que estás aquí —pensó Rowan—. Gracias a Dios.» La voz sosegada y el talante sereno de Michael la tranquilizaban. No podía imaginarse allí sin él.

Otro Taltos. ¡Dios! ¿Qué secretos oculta este mundo, qué monstruos se esconden entre sus bosques, sus grandes ciudades, sus regiones desérticas, sus mares? Su memoria la engañaba. No conseguía evocar a Lasher con nitidez. Su figura aparecía totalmente desproporcionada. Parecía dotado de una fuerza sobrenatural. Pero eso no era correcto. Esos seres no eran todopoderosos. Rowan trató de borrar aquellos dolorosos recuerdos de su mente, las imágenes de Lasher clavándole los dedos en los brazos, golpeándola con el dorso de la mano hasta hacerle perder el conocimiento. Pudo sentir el momento en que se produjo la desconexión, el momento en que se despertó y, ofuscada, trató de ocultarse debajo de la cama. Tenía que alejar esos pensamientos de su mente, concentrarse en el momento presente y obligar a Yuri a que hiciera lo mismo.

—Yuri —dijo Rowan empleando un tono discretamente autoritario—, trata de describir de nuevo esos diminutos seres. ¿Estás seguro de que…?

—Pertenecen a una raza maldita —respondió Yuri. Las palabras brotaban de sus labios a borbotones, y gesticulaba como si sostuviera una bola mágica de cristal en la que viese las imágenes que iba describiendo—. Están condenados, según me dijo Samuel. Ya no tienen mujeres. No tienen futuro. Se extinguirán, a menos que surja un Taltos hembra, a menos que aparezca una hembra de su especie en algún remoto lugar de Europa o de las Islas Británicas. Y eso sucederá, os lo aseguro. Me lo ha dicho Samuel. Quizá se trate de una bruja. Las mujeres de esa región no se atreven a acercarse al valle. Los turistas y los arqueólogos siempre acuden a visitarlo de día, y en grupos.

Lo habían repasado montones de veces, pero Rowan se dio cuenta de que cada vez que Yuri relataba la historia aportaba algún detalle nuevo y, posiblemente, importante.

—Samuel me lo contó todo cuando creyó que yo iba a morir en aquella cueva. Cuando me bajó la fiebre, él se asombró tanto como yo mismo. En cuanto a Ash, es completamente sincero. No podéis imaginar el candor y la sencillez de ese ser. Quiero decir, de ese hombre. ¿Por qué no iba a referirme a él como un hombre, siempre y cuando recuerde que es un Taltos? Ningún ser humano se mostraría tan franco y abierto como él, a menos que fuera un idiota. Y Ash no es ningún idiota.

—Entonces no te mintió al decir que quería ayudarte —dijo Rowan, observando a Yuri fijamente.

—No, no me mintió. Desea proteger a la Orden de

Talamasca, aunque no comprendo la razón. Creo que tiene algo que ver con el pasado, con los archivos, los secretos, aunque nadie sabe lo que contienen esos archivos. Ojalá pudiera creer que los Mayores no tuvieron nada que ver en este asunto. Pero una bruja, una bruja con el poder de Mona es muy valiosa para Ash y para Samuel. No debí hablarles de ella. Fui un imbécil al hablarles de la familia. Pero debéis tener presente que Samuel me salvó la vida.

—¿Te dijo el Taltos acaso que no tenía una compañera? —preguntó Michael—. Suponiendo que la palabra «compañera» sea la adecuada...

—Es evidente. Vino aquí porque Samuel le comunicó que un Taltos, Lasher, al que tú conociste, Rowan, había aparecido en Donnelaith. Ash abandonó de inmediato el lugar donde vive. Es muy rico. Según me ha dicho Samuel, tiene guardaespaldas, sirvientes, secretarias, que se desplazan con él a todas partes en varios automóviles, a modo de un pequeño séquito. Samuel es muy indiscreto, lo cuenta todo.

—¿Pero no te habló de un Taltos hembra?

—No. Tuve la impresión de que ninguno de ellos conocía la existencia de un Taltos hembra. ¿No lo comprendes, Rowan? Los seres diminutos se están muriendo, y los Taltos prácticamente se han extinguido. Ahora que ha desaparecido Lasher, Ash debe de ser el único superviviente de su especie. ¿No comprendes lo que significa Mona para ellos?

—¿Queréis saber mi opinión? —preguntó Michael, cogiendo la cafetera que había en una bandeja junto a él y llenando su taza—. Hemos hecho cuanto hemos podido respecto a Ashlar y a Samuel —dijo, dirigiéndose a Rowan—. Existe una posibilidad entre diez de que consigamos localizarlos en el Claridge's...

—No, no debéis acercaros a ellos —dijo Yuri—. Ni

siquiera deben saber que estáis aquí. Especialmente tú, Michael.

—Lo comprendo —contestó Michael, asintiendo con un movimiento de cabeza—, pero…

—No, no lo comprendes —dijo Yuri—, o quizás es que no me crees. Esos seres son capaces de reconocer a una bruja o a un brujo en cuanto lo ven. No necesitan someterte a modernas pruebas médicas para saber que posees los preciados cromosomas. Lo saben; quizá lo detecten a través de tu olor, o por tu aspecto.

Michael se encogió de hombros, reservándose su opinión; no deseaba discutir con Yuri.

—De acuerdo, no me presentaré en estos momentos en el Claridge's. Pero me cuesta mucho no hacerlo, Yuri. Pensar que Ash y Samuel están sólo a cinco minutos de este hotel…

—Espero que ya se hayan marchado. Y espero que no hayan ido a Nueva Orleans. ¿Por qué se me ocurriría decírselo? Cometí una imprudencia, me dejé arrastrar por mi gratitud y mi temor.

—No te culpes por ello —dijo Rowan.

—Hemos cuadruplicado el número de guardias en Nueva Orleans —dijo Michael. Su actitud relajada no se había modificado—. Dejemos el tema de Ashlar y Samuel, y hablemos de nuevo sobre Talamasca. Habíamos empezado a confeccionar una lista de los miembros más antiguos de Londres, los que merecen más confianza y posiblemente se habían olido algo raro.

Yuri suspiró. Se hallaba junto a un taburete que había al lado de la ventana que estaba tapizado con el mismo satén reluciente de las cortinas, de modo que apenas resultaba visible. Yuri se sentó en el borde del taburete, se tapó la boca con las manos y suspiró de nuevo. Estaba muy despeinado.

—De acuerdo —convino—. Talamasca, mi refugio, mi vida. ¡Ah, Talamasca! —Empezó a contar con los dedos de la mano derecha—. Tenemos a Milling, que está tan delicado que no se levanta de la cama. Es imposible llegar a él. No quiero llamarlo y ponerlo nervioso. Luego está…

—Joan Cross —dijo Michael, cogiendo una libreta de notas amarilla que había sobre la mesita del café—. Sí, Joan Cross. Tiene setenta y cinco años, está inválida, condenada a permanecer en una silla de ruedas. Declinó el cargo de Superior General debido a su avanzada artritis.

—Ni el mismo diablo sería capaz de corromper a Joan Cross —dijo Yuri, hablando de forma atropellada—. Pero Joan está demasiado inmersa en su trabajo. Se pasa todo el día en los archivos. Si los miembros de la Orden se pasearan desnudos por la casa, ni siquiera se daría cuenta.

—El siguiente es Timothy Hollingshed —dijo Michael, repasando la lista.

—Sí, pero no lo conozco bien. Creo que deberíamos elegir a Stuart Gordon. ¿He dicho Stuart Gordon? Ya lo he nombrado antes, ¿verdad?

—No, pero no importa —contestó Rowan—. ¿Por qué Stuart Gordon?

—Tiene ochenta y siete años y todavía ejerce de profesor, al menos dentro de la Orden. Su mejor amigo era Aaron. Estoy convencido de que Stuart Gordon lo sabe todo acerca de las brujas Mayfair. Recuerdo que en cierta ocasión, creo que el año pasado, comentó, como sin darle demasiada importancia, que Aaron había permanecido demasiado tiempo junto a la familia. Os aseguro que nada ni nadie sería capaz de corromper a Stuart Gordon. Podemos confiar totalmente en él.

—Espero que logremos sonsacarle alguna información —contestó Rowan.

—Hay todavía otro nombre en la lista —dijo Michael—. Antoinette Campbell.

—Es joven, mucho más joven que los otros. No obstante, también estoy seguro de su honestidad. Pero sigo creyendo que Stuart es nuestro hombre. Si existe alguien en esa lista que sea uno de los Mayores, a los cuales no conocemos, seguro que es Stuart Gordon.

—De momento dejaremos a un lado el resto de los nombres. Es mejor no ponernos en contacto con más de uno a la vez.

—¿Por qué no llamas a Gordon ahora mismo? —preguntó Michael.

—Se enterarán de que Yuri está vivo —terció Rowan—. Pero quizá resulte inevitable.

Rowan observó a Yuri. Dado el estado en que éste se encontraba, no le creía capaz de abordar una conversación telefónica tan delicada. Tenía la frente perlada de sudor. Estaba temblando. Rowan le había dado ropa limpia, pero ya estaba empapada en sudor.

—Sí, es inevitable —dijo Yuri—, pero si no saben dónde estoy, no hay peligro. En cinco minutos conseguiré sonsacarle más información a Stuart que a ningún otro miembro, incluyendo a mi amigo Baron de Amsterdam. Dejadme hacer esa llamada.

—Pero no debemos olvidar —apuntó Rowan— que puede estar implicado en la conspiración. Quizá se halle implicada toda la Orden; o todos los Mayores.

—Stuart se dejaría matar antes que perjudicar a Talamasca. Tiene un par de brillantes novicios que pueden ayudarnos. Uno se llama Tommy Monohan y es una especie de genio de los ordenadores; podría sernos muy útil en nuestra investigación. El otro, un joven rubio y guapito, tiene un nombre muy extraño, algo así como Marklin, sí, Marklin George. Pero debe ser Stuart quien juzgue la situación.

—Y no debemos confiar en Stuart hasta estar seguros de poder hacerlo.

—Pero ¿cómo lo sabremos? —le preguntó Yuri, dirigiéndose a Rowan.

—Existen diversos medios —respondió ella—. En primer lugar, no debes llamar desde aquí. Y cuando lo hagas, dile sólo ciertas cosas. No puedes revelárselo todo, por más que confíes en él.

—Le diré lo que tú me ordenes. Pero ten en cuenta que es posible que Stuart se niegue a hablar conmigo. Quizá ninguno de ellos quiera hablar conmigo. A fin de cuentas, estoy excomulgado. A menos, claro está, que invoque mi amistad con Aaron. Eso lo ablandará. Stuart quería mucho a Aaron.

—De acuerdo, la llamada es un paso crucial —dijo Michael—, en eso coincidimos. En cuanto a la casa matriz, ¿podrías dibujar un plano o describirla para que yo lo haga? ¿Qué te parece?

—Una excelente idea —observó Rowan—. Dibuja un plano. Muéstranos la ubicación de los archivos, las cajas fuertes, las salidas, todo.

Yuri se levantó de repente, como si alguien le hubiera propinado un empujón.

—¿Dónde hay papel? —preguntó, mirando a su alrededor—. ¿Dónde hay un lápiz?

Michael cogió el teléfono y habló con el conserje.

—Te proporcionaremos lo que necesites —le dijo Rowan a Yuri, cogiéndole las manos, que estaban húmedas y temblorosas. Yuri rehuyó la mirada de Rowan y clavó sus negros ojos en un objeto que había detrás de ella—. Relájate —le aconsejó Rowan, apretándole las manos para tranquilizarlo mientras se acercaba más a él para obligarlo a que la mirase a los ojos.

—Trato de comportarme de forma racional, Rowan —respondió Yuri—. Créeme. Pero temo por... Mona. Cometí un grave error, lo reconozco. Pero era la primera vez que me encontraba ante unos seres semejantes. Jamás vi a Lasher, no estuve presente cuando le contó su historia a Michael y a Aaron. No llegué a verlo. Pero he visto a esos dos, y no precisamente envueltos en un halo de vapor. Eran tan reales como tú. Estaban en la misma habitación que yo, a mi lado.

—Lo sé —dijo Rowan—. Pero no tienes la culpa de lo que ha sucedido. No te reproches el haberles hablado de la familia. Piensa en la Orden. ¿Qué puedes decirnos sobre ella? ¿Qué sabes sobre el Superior General?

—Hay algo que no me gusta. No me fío de él. Es nuevo. Si hubieras visto a ese ser, Ash, no habrías dado crédito a tus ojos.

—¿Por qué, Yuri? —preguntó Rowan.

—Olvidaba que habías visto al otro, que lo conocías.

—Sí, en todos los aspectos. ¿Por qué crees que éste es más viejo y que no está tratando de confundirte con sus formas amables?

—Por su cabello. Tiene canas. Eso significa que es mayor. Resulta evidente.

—Así que tiene canas —repitió Rowan.

Eso era una novedad. ¿Qué otros detalles les revelaría Yuri si seguían interrogándolo? Rowan se llevó las manos a la cabeza con objeto de que Yuri le indicase dónde estaban situadas las canas.

—En las sienes, como la mayoría de los seres humanos. Samuel se alarmó en cuanto vio sus canas. ¿Su rostro? Tiene el rostro de un hombre de treinta años. Nadie conoce las expectativas de vida de esos seres, Rowan. Samuel describió a Lasher como un recién nacido.

—Eso es lo que era —contestó Rowan.

De pronto se dio cuenta de que Michael la observaba. Se había levantado y se hallaba junto a la puerta, con los brazos cruzados.

Rowan se volvió hacia él, borrando todo recuerdo de Lasher de su pensamiento.

—Nadie puede ayudarnos en esto, ¿verdad? —preguntó Michael, dirigiéndose a Rowan.

—Nadie —respondió ella—. ¿Acaso no lo sabías?

Michael no respondió, pero ella sabía lo que estaba pensando. Era como si deseara que lo supiese. Michael pensaba que Yuri se estaba viniendo abajo. Era preciso protegerlo. Contaba con Yuri para todo, para ayudarlos y guiarlos.

En aquel momento sonó el timbre de la puerta. Michael sacó unos billetes del bolsillo y se dispuso a abrir.

Resultaba fantástico, pensó Rowan, que Michael recordara incluso esos pequeños detalles. Pero ella tenía que dominarse. Debía dejar de pensar en los dedos de Lasher clavándose en sus brazos. De pronto se estremeció y de forma involuntaria se acarició el lugar donde él la había lastimado en repetidas ocasiones. «Sigue el consejo que das a tus pacientes, doctora. Procura calmarte.»

—Bien, Yuri, siéntate y dibuja el plano —dijo Michael, entregándole un trozo de papel y unos lápices.

—¿Y si Stuart no sabe que Aaron ha muerto? —preguntó Yuri—. No quiero ser yo quien le comunique su muerte. Pero supongo que lo saben. ¿Tú crees que lo saben, Rowan?

—Presta más atención —replicó Rowan con suavidad—. Ya te lo he explicado antes. La oficina de Ryan no se puso en contacto con Talamasca. Insistí en que no les dieran todavía la noticia. Necesitaba tiempo. Ahora podemos aprovechar su ignorancia en nuestro propio beneficio. Debemos planear bien esta llamada telefónica.

—En la otra habitación hay una mesa más grande que esta mesita Luis XV, la cual seguramente se vendrá abajo si tratamos de utilizarla —dijo Michael.

Rowan sonrió. Michael decía que le encantaban los muebles franceses, pero los objetos que contenía aquella habitación mostraban un aspecto tan frágil como el de las bailarinas. Los destellos de las molduras doradas se reflejaban sobre las paredes como luces de neón. Rowan había visto muchas habitaciones de hotel. En cuanto llegaba, lo primero que hacía era preguntar dónde estaban las puertas, los teléfonos, si el baño disponía de una ventana por la que saltar en caso de incendio. De pronto percibió de nuevo las garras de Lasher lastimándola en el brazo, e hizo una mueca de dolor. Michael seguía observándola fijamente.

Yuri estaba distraído. No la había visto cerrar los ojos, en un esfuerzo por recobrar el aliento.

—Estoy seguro de que lo saben —dijo Yuri—. Sus agentes habrán leído la noticia en los periódicos de Nueva Orleans. Les habrá llamado la atención el apellido Mayfair. Habrán recibido los recortes de prensa. No se les escapa nada. Lo saben absolutamente todo. Toda mi vida está contenida en sus archivos.

—Razón de más para ponernos de inmediato manos a la obra —indicó Michael.

Rowan permaneció inmóvil. «Ha desaparecido —se dijo—, está muerto. Ya no puede lastimarte. Viste sus restos, los viste cubiertos de tierra cuando colocaste a Emaleth en la fosa junto a él.» Rowan cruzó los brazos y se frotó los codos. Michael le estaba hablando, pero ella no le oyó.

Al cabo de unos instantes miró a Michael y dijo:

—Debo ver a ese Taltos. Si existe, quiero verlo con mis propios ojos.

—Es demasiado peligroso —objetó Yuri.

—No. Tengo un pequeño plan. Quizá no sea muy eficaz, pero no deja de ser un plan. ¿Dices que Stuart Gordon era amigo de Aaron?

—Así es. Trabajaron juntos durante varios años. ¿Quieres que se lo contemos todo a Stuart? ¿Crees que Ash ha dicho la verdad?

—Dijiste que Aaron no conocía la palabra «Taltos» hasta que la oyó de boca de Lasher, ¿no es cierto?

—Sí —respondió Michael.

—No se te ocurra ponerte en contacto con esos dos. ¡Es una locura! —exclamó Yuri.

—El dibujo puede esperar, Michael —dijo Rowan—. Debo llamar al Claridge's.

—¡No lo hagas! —protestó Yuri.

—No soy estúpida —contestó Rowan sonriendo—. ¿Con qué nombre están inscritos esos extraños personajes?

—No lo sé.

—Descríbelos —dijo Michael—. Da el nombre de Samuel. Yuri dijo que todos lo conocían, que lo trataban como si fuera Papá Noel. Cuanto antes hagas esa llamada, mejor. Quizá se hayan marchado ya.

—Aaron no sabía lo que era un Taltos, no había leído nada sobre…

—Así es —respondió Yuri—. ¿En qué piensas, Rowan?

—Primero haré mi llamada —contestó Rowan—, y luego llamarás tú. Vámonos.

—¿No quieres decirme lo que te propones? —preguntó Michael.

—Confío en poder localizar a esos dos. Si nuestro plan fracasa y no conseguimos dar con ellos, habremos regresado al punto de partida. Anda, vámonos.

—¿No queréis que dibuje el plano del que habíamos hablado? —preguntó Yuri.

—No, coge la chaqueta y vámonos —contestó Michael.

Pero Yuri no se movió. Mostraba un aire desvalido y confundido. Michael cogió la chaqueta que colgaba de una silla y se la echó a Yuri sobre los hombros. Luego miró a Rowan.

Rowan sintió que el corazón le latía con fuerza. ¡Taltos! Tenía que hacer esa llamada.

Marklin jamás había visto tan alterados a los miembros de la Orden. Aquello ponía a prueba su talento para fingir que no estaba enterado de nada. La sala de reuniones aparecía atestada de personas que no cesaban de vociferar. Nadie se fijó en él cuando pasó por el pasillo. El ruido era ensordecedor y retumbaba bajo los techos abovedados. Con todo, Marklin se alegraba de aquel tumulto. De ese modo, nadie se preocuparía por la actitud de un novicio, lo que hacía o adónde iba.

No le habían despertado para informarle de lo que pasaba. Se había enterado al abrir la puerta de su habitación y ver a varios miembros «patrullando» por el pasillo. Tommy y él apenas habían tenido ocasión de intercambiar unas breves palabras.

Tommy había llegado a Regent's Park y había conseguido desconectar la intercepción del fax. Toda prueba física de las falsas comunicaciones sería destruida.

Y a todo esto, ¿dónde estaba Stuart? No se encontraba en la biblioteca ni en el salón ni en la capilla rezando por el alma de su querido Aaron, ni tampoco en la sala de reuniones.

Stuart no sucumbirá bajo esta presión, pensó Marklin. Y si había desaparecido, si se había marchado para estar con Tessa… Pero no, era imposible que hubiera huido. Stuart volvía a estar de su lado. Era su líder, eran tres contra el resto del mundo.

El enorme reloj del vestíbulo dio las once. La faz de

la luna de bronce sonreía sobre los números barrocos. Resultaba imposible oír las campanadas en medio de aquella barahúnda. ¿Cuándo comenzarían las deliberaciones formales?

Marklin dudó sobre la conveniencia de subir a la habitación de Stuart. Sin embargo, era algo completamente natural. Al fin y al cabo, Stuart era su tutor dentro de la Orden. ¿Qué tenía de particular que él fuera a su habitación? ¿Y si Stuart se dejaba vencer de nuevo por el temor y empezaba a cuestionar todas sus decisiones? ¿Y si se volvía de nuevo contra Marklin, como había hecho en Wearyall Hill, y éste no contaba con la ayuda de Tommy para resolver el problema?

Acababa de suceder algo importante. Marklin lo comprendió por el tono alterado de las voces que sonaban en la sala de reuniones. Avanzó unos pasos, hasta encontrarse ante la puerta del ala norte. Los miembros ocupaban sus asientos alrededor de la gigantesca mesa de roble. Marklin se topó con Stuart de frente; éste lo miró fijamente, como un ave de pico afilado, con sus ojillos azules y redondos, vestido con su habitual ropaje sombrío, casi clerical.

Stuart se hallaba junto al sillón vacante del Superior General, y apoyaba su mano en el respaldo. Todos lo observaban. De modo que lo habían designado para sustituir a Marcus.

Marklin se tapó la boca con la mano y tosió ligeramente para disimular una imprudente pero inevitable sonrisa de triunfo. Demasiado perfecto, pensó, era como si los poderes estuvieran de su parte. Al fin y al cabo, podrían haber nombrado a Elvera, a Joan Cross o al viejo Whitfield. Pero habían elegido a Stuart. ¡Brillante! El mejor amigo de Aaron.

—Entrad y tomad asiento —dijo Stuart. Marklin

observó que estaba muy nervioso—. Debéis disculparme —agregó, esbozando una sonrisa forzada.

«Dios mío, va meter la pata», pensó Marklin.

—Aún no me he recobrado de la impresión —continuó Stuart—. Como sabéis, he sido designado para sustituir al anterior Superior General. En estos momentos esperamos recibir una comunicación de los Mayores.

—¿Es que aún no han contestado? —preguntó Elvera. Rodeada de sus compinches, había sido la estrella durante toda la mañana: testigo del asesinato de Anton Marcus y la única persona que había hablado con el misterioso individuo que había penetrado en el edificio para, después de hacer unas curiosas preguntas a la gente con la que se había topado, estrangular a Marcus de forma fría y metódica.

—No, todavía no han contestado, Elvera —respondió Stuart con paciencia—. Sentaos para que podamos comenzar la reunión.

Al fin los asistentes guardaron silencio. Los rostros que rodeaban la gigantesca mesa expresaban curiosidad. Dora Fairchild había estado llorando, al igual que Manfield Cotter y otros miembros a los que Marklin ni siquiera conocía. Todos ellos eran amigos de Aaron Lightner o, para ser más precisos, lo veneraban.

Nadie había conocido realmente a Marcus. Su muerte les había causado una profunda impresión, desde luego, pero todos ellos estaban acostumbrados al dolor.

—¿Ha contestado la familia Mayfair? —preguntó alguien a Stuart—. ¿Tenemos más datos sobre la muerte de Aaron?

—Un poco de paciencia, por favor. Os informaré de las últimas noticias en cuanto las reciba. Lo único que sabemos con certeza es que ha sucedido algo terrible en esta casa. Han irrumpido unos intrusos. Probablemente se han producido otros fallos en el sistema de seguridad. No sabemos si todos esos hechos están relacionados.

—¡Ese hombre me preguntó si sabía que Aaron había muerto! —dijo Elvera, alzando la voz de forma desconcertada—. Entró en mi habitación y empezó a hablar sobre Aaron.

—Por supuesto que están relacionados —intervino Joan Cross. Joan llevaba un año sentada en una silla de ruedas; tenía un aspecto muy frágil, su cabello blanco empezaba a escasear, pero su voz mantenía el tono impaciente y dominante de siempre—. Stuart, la cuestión prioritaria ahora es averiguar la identidad del asesino. Las autoridades nos han dicho que no han podido descubrir sus huellas. Pero nosotros sabemos que ese hombre puede estar relacionado con la familia Mayfair. Las autoridades, en cambio, no lo saben.

—Sí... todo parece indicar que esos hechos están relacionados —balbuceó Stuart—. Pero no sabemos nada más. Eso es a lo que me refería.

De golpe clavó su profunda mirada en Marklin, que se hallaba sentado a un extremo de la mesa, y lo observó con calma.

—A decir verdad, caballeros —dijo Stuart, apartando los ojos de Marklin y mirando a los otros miembros—, no soy la persona adecuada para sustituir a Anton. Creo... creo que debo pasar el cetro a Joan, si la asamblea lo aprueba. ¡Yo no puedo continuar!

¡Cómo había sido capaz de hacerles aquello!, se dijo Marklin, tratando de ocultar su disgusto del mismo modo en que pocos minutos antes había intentado disimular su sonrisa triunfal. Gozaba de una posición privilegiada, pensó con amargura, pero tenía miedo. Se había acobardado justamente cuando se le necesitaba para bloquear la comunicación que podía acelerar los acontecimientos. Era un imbécil.

—No tengo más remedio que renunciar al cargo —dijo Stuart, alzando la voz como si se dirigiera exclusivamente a su novicio—. Caballeros, me siento... demasiado disgustado por la muerte de Aaron para seros de utilidad.

Una afirmación muy sabia e interesante, pensó Marklin. Stuart les había dicho que si tenían algún secreto debían protegerse de las personas con poderes extrasensoriales pensando en algo que se aproximara a la verdad.

Stuart se levantó y cedió el sillón a Joan Cross. La mayoría de los presentes expresaron su aprobación. Incluso Elvera asintió complacida. El joven Crawford, uno de los alumnos de Joan, condujo la silla de ruedas de ésta hasta la cabeza de la mesa. Stuart retrocedió hacia la pared, como si se dispusiera a abandonar la sala con disimulo.

«No escaparás sin mí», pensó Marklin. Pero ¿cómo podía marcharse sin llamar la atención? De todos modos, estaba decidido a impedir que Stuart huyera al lugar secreto donde mantenía oculta a Tessa.

De nuevo se alzaron unas voces de protesta. Uno de los miembros más ancianos se quejó de que, dadas las circunstancias, los Mayores debían identificarse. Otro le ordenó que guardara silencio, que no volviera a mencionar ese tema.

¡Stuart había desaparecido! Marklin se levantó rápidamente y salió por la puerta del ala norte. Al salir vio cómo Stuart, que se hallaba a varios metros de distancia, se dirigía hacia el despacho del Superior General. Marklin no se atrevió a llamarlo, pues lo acompañaban dos jóvenes miembros de la Orden, Ansling y Perry, ayudantes administrativos. Ambos habían representado un peligro para la operación desde el principio, aunque ninguno era tan avispado como para darse cuenta de lo que sucedía.

De pronto el trío desapareció a través de la puerta de doble hoja, y ésta se cerró tras ellos. Marklin se quedó solo en el vestíbulo desierto.

Al cabo de unos minutos oyó el sonido del martillo del presidente de la asamblea al golpear la mesa. Marklin dirigió la vista hacia la puerta del despacho. Pero ¿con qué pretexto podía entrar? ¿Para ofrecer su ayuda, sus condolencias? Todos sabían que adoraba a Stuart. En otras circunstancias habría estado dispuesto a... No debía pensar en ello, no en aquel lugar, entre esos muros.

Marklin miró su reloj. ¿Qué estaban haciendo? Si Stuart había renunciado al cargo, ¿qué hacía en ese despacho? Quizás en esos momentos acababa de llegar un fax de los Mayores. Tommy había tenido tiempo de detener la intercepción. O quizá fuera el mismo Tommy quien había escrito el mensaje que acababan de recibir.

Marklin no podía contener su impaciencia. Sin pensárselo dos veces, llamó a la puerta y entró sin esperar a que lo invitasen a hacerlo.

Los dos jóvenes se hallaban solos en el despacho. Perry, sentado ante la mesa de Marcus, hablaba por teléfono, y Ansling, de pie junto a él, trataba de seguir la conversación telefónica. El fax estaba inactivo. La puerta que comunicaba con el dormitorio de Marcus permanecía cerrada.

—¿Dónde está Stuart? —preguntó Marklin en voz alta y enérgica, aunque ambos hombres le indicaron que guardara silencio.

—¿Dónde te encuentras en estos momentos, Yuri? —preguntó Perry, que era quien hablaba por teléfono. ¡Yuri!

—No deberías estar aquí —dijo Ansling—. Todo el mundo debería estar en la sala de reuniones.

—Sí, sí, de acuerdo… —respondió Perry en tono conciliador, como si tratara de calmar a su interlocutor.

—¿Dónde se encuentra Stuart? —repitió Marklin.

—No puedo decírtelo.

—¡Te obligaré a hacerlo! —insistió Marklin.

—Perry está hablando con Yuri Stefano —dijo Ansling, tratando de responder con evasivas mirando con ansiedad a Perry y a Marklin—. Stuart ha ido a encontrarse con él. Yuri le dijo que fuera solo.

—¿Adónde? ¿Por dónde salió?

—Supongo que por la escalera privada del Superior General —respondió Ansling—. ¿Cómo quieres que lo sepa?

—¡Callad de una vez! —dijo Perry—. ¡Ha colgado! —exclamó, soltando bruscamente el auricular—. Sal de aquí, Marklin.

—No me hables en ese tono, imbécil —protestó Marklin, furioso—. Stuart es mi tutor. ¿Dónde está esa escalera privada?

Acto seguido entró en el dormitorio de Marcus, haciendo caso omiso de las protestas de ambos jóvenes, y al descubrir una puerta disimulada entre los paneles de la pared, la empujó y ésta cedió de inmediato. Era la puerta que daba acceso a la escalera privada. ¡Maldita sea!

—¿Adónde se ha dirigido Stuart para encontrarse con Yuri? —le preguntó Marklin a Ansling, quien acababa de entrar en el dormitorio.

—Aléjate de esa puerta —dijo Perry—. Sal de esta

habitación ahora mismo. No tienes ningún derecho a estar en el dormitorio del Superior General.

—¿Qué te pasa, Marklin? —le preguntó Ansling—. Sólo falta que uno de nosotros se subleve. Regresa a la sala de reuniones.

—Te he hecho una pregunta. Quiero saber adónde ha ido mi tutor.

—No nos lo comunicó, y si no hubieras metido las narices donde no debías, seguramente me lo habría dicho Yuri Stefano.

Marklin observó a los dos jóvenes, que sin duda estaban asustados y enojados. «Idiotas —pensó—. Espero que os echen la culpa de todo. Ojalá os expulsen.» Luego dio media vuelta y empezó a descender la misteriosa escalera.

Tras recorrer un pasadizo largo y estrecho, Marklin dobló una esquina y llegó a una pequeña puerta que daba acceso al jardín, tal como él había supuesto. No se había fijado nunca en esa puerta. Un pequeño camino enlosado atravesaba el césped en dirección al garaje.

Marklin echó a correr, aunque sabía que era inútil. Cuando llegó al garaje, el empleado se levantó apresuradamente y dijo:

—No puede salir nadie hasta que finalice la reunión, señor.

—¿Has visto a Stuart Gordon? ¿Cogió un coche de la casa?

—No, señor, cogió el suyo propio. Pero me ordenó que no dejara salir a nadie sin autorización expresa.

—¡Me da lo mismo! —le espetó Marklin furioso.

De esta forma, se dirigió a su Rolls y cerró la portezuela ante las narices del empleado del garaje, el cual le había seguido protestando. Antes de llegar a la verja, el automóvil ya había alcanzado los cincuenta kilómetros por hora.

Al llegar a la autopista Marklin aceleró hasta que el cuentakilómetros marcó los ciento treinta kilómetros por hora. Pero Stuart se había esfumado, y Marklin no sabía si éste había cogido la autopista o si habría ido a reunirse con Tessa o con Yuri. Y, puesto que no tenía idea de dónde se hallaban Tessa o Yuri, comprendió de repente cuán absurda resultaba aquella búsqueda.

—Tommy, te necesito —dijo Marklin en voz alta. Luego descolgó el teléfono y marcó con el pulgar el número del lugar secreto en Regent's Park.

Nadie contestó.

Quizá Tommy hubiera desconectado el equipo. Marklin colgó bruscamente. Debía prestar atención a la carretera. Pisó el acelerador a fondo y rebasó a un camión que circulaba delante de él, obligando al Rolls a alcanzar su velocidad máxima.

13

Se instalaron en un apartamento de Belgravia, no lejos del palacio de Buckingham, que se encontraba equipado con todo lo necesario. Estaba decorado con muebles georgianos, mármoles blancos y suaves colores de tonalidades melocotón, limón y marfil. Una legión de expertos secretarios y secretarias habían sido contratados para cumplir sus órdenes; hombres y mujeres de aspecto eficiente que de inmediato se dispusieron a preparar el fax, el ordenador y los teléfonos.

Tras ocuparse de que acostaran en el dormitorio más grande a Samuel, que estaba casi inconsciente, tomó posesión del despacho, sentándose ante la mesa para leer los periódicos y asimilar la mayor cantidad posible de información sobre la historia del asesinato cometido en las afueras de Londres. La víctima era un hombre que había sido estrangulado por un misterioso intruso de manos gigantescas.

Los artículos no mencionaban su estatura. ¡Qué curioso! ¿Acaso habían decidido los de Talamasca ocultar ese dato? ¿Con qué motivo?

«Yuri ya habrá leído la noticia —pensó—, suponiendo que se haya recuperado.»

Pero ¿cómo podía saber en qué estado se encontraba Yuri?

Al cabo de unos minutos empezaron a llegar mensajes de Nueva York.

Sí, tenía que atender esos asuntos. No podía pretender que la compañía siguiera funcionando, ni siquiera un día más, sin él.

La joven Leslie, que parecía no tener necesidad de dormir nunca, presentaba un aspecto radiante mientras se ocupaba de ordenar los mensajes de fax que le iba entregando un joven secretario.

—Las líneas ya están conectadas, señor —dijo Leslie—. ¿Desea algo más?

—Querida —respondió Ash—, dile al cocinero que prepare un buen asado para Samuel. Cuando se despierte estará hambriento y con un humor de perros.

Mientras hablaba con Leslie, Ash utilizó la línea directa para llamar a Remmick, a Nueva York.

—Encárgate de que mi coche y el chófer estén siempre dispuestos cuando yo los necesite. Llena el frigorífico con leche fresca y los mejores quesos cremosos que encuentres, como *brie* y *camembert*. Envía a alguien a por ello. A ti te necesito aquí. Avísame de inmediato si llaman del Claridge's con un recado para mí, y si no dicen nada, llámalos tú cada hora para averiguar si han recibido algún mensaje, ¿de acuerdo?

—Sí, señor Ash —respondió Leslie, tomando nota de cuanto éste le decía en un bloc que sostenía a pocos centímetros de sus ojos.

Acto seguido, la joven desapareció.

Sin embargo, cada vez que Ash levantaba la vista la veía yendo de acá para allá con una energía envidiable.

Eran las tres de la tarde cuando Leslie se acercó a la mesa de Ash, sonriente y con el entusiasmo propio de una colegiala.

—Tiene una llamada del Claridge's, señor. Línea dos.

—Discúlpame —contestó Ash, complacido de ver que la joven se retiraba con discreción y rapidez.

Ash descolgó el teléfono y dijo:

—Ashlar al habla, ¿es el Claridge's?

—No, soy Rowan Mayfair. El hotel me facilitó su número hace cinco minutos. Me dijeron que se había marchado esta misma mañana. Yuri está conmigo. Teme su reacción, pero deseo hablar con usted. Tengo que verle. ¿Sabe quién soy?

—Por supuesto, Rowan Mayfair —respondió él con suavidad—. ¿Dónde podemos encontrarnos? ¿Le ha ocurrido algo a Yuri?

—Primero dígame por qué está dispuesto a encontrarse conmigo. ¿Qué es lo que quiere?

—Talamasca está llena de traidores —contestó Ash—. Anoche asesiné a su Superior General. —Rowan guardó silencio—. Ese hombre formaba parte de una conspiración que está relacionada con la familia Mayfair. Deseo restaurar el orden en Talamasca para que ésta siga siendo la organización que siempre ha sido, y porque una vez me comprometí a protegerla por siempre. ¿Sabe usted que Yuri corre un grave peligro? ¿Que esa conspiración a la que me he referido supone una amenaza contra su vida?

Silencio en el otro extremo de la línea.

—¿Sigue usted ahí? —preguntó Ash.

—Sí. Estaba pensando en el sonido de su voz.

—El Taltos que usted engendró murió cuando todavía era un recién nacido. Su alma no había alcanzado la paz antes de nacer. No puede pensar en mí en esos términos, Rowan, aunque mi voz le recuerde a él.

—¿Cómo asesinó al Superior General?

—Lo estrangulé. Procuré que no sufriera. Lo maté por un motivo muy concreto. Deseo poner al descubierto la conspiración de la Orden a fin de que todos, culpables e inocentes, conozcan lo sucedido. Sin embargo, no creo que toda la Orden se encuentre implicada en ello, sino sólo unos pocos miembros. —Silencio—. Permítame reunirme con usted. Si lo desea, acudiré solo. Podemos encontrarnos en un lugar concurrido. Quizá sepa que este número de teléfono pertenece a Belgravia. Dígame dónde se encuentra.

—Yuri ha quedado en reunirse con un miembro de Talamasca. No puedo abandonarlo en estos momentos.

—Tengo que saber dónde va a celebrarse esa reunión —dijo Ash, levantándose apresuradamente y haciéndole una señal al joven secretario, que estaba junto a la puerta. Necesito a mi chófer de inmediato —murmuró Ash para sí mismo. Luego dijo a través del auricular—: Rowan, esta reunión podría ser muy peligrosa para Yuri. Temo que cometa un grave error.

—El otro hombre acudirá solo —contestó Rowan—. Nosotros lo veremos antes que él a nosotros. Se llama Stuart Gordon. ¿Le suena ese nombre?

—Lo he oído. Sólo sé que se trata de un anciano.

Se produjo un silencio, y al cabo de unos instantes, Rowan preguntó:

—¿Sabe acaso si está enterado de que usted existe?

—No —contestó Ash—. Stuart Gordon y los otros miembros de Talamasca visitan de vez en cuando el valle de Donnelaith. Pero no me han visto nunca; ni allí ni en ninguna parte. Jamás me han visto.

—¿Donnelaith? ¿Está seguro de que se trataba de Gordon?

—Completamente seguro. Gordon aparecía por allí con frecuencia. Me lo dijeron los seres diminutos. Por las noches, se dedicaban a robar las mochilas y otros objetos de los miembros de Talamasca. Conozco el nombre de Stuart Gordon. Los seres diminutos no se dedican a matar a los miembros de la Orden; eso les causaría demasiados problemas. Tampoco asesinan a las gentes del campo. Sólo matan a los que aparecen armados con prismáticos y rifles. Me mantienen informado sobre las personas que acuden al valle.

De nuevo se produjo el silencio.

—Le ruego que confíe en mí —dijo Ash—. El hombre que maté, Anton Marcus, era corrupto y perverso. No suelo hacer esas cosas de forma impulsiva. Le doy mi palabra de que no represento ningún peligro para usted, Rowan Mayfair. Tengo que hablar con usted. Si no me permite...

—¿Conoce la esquina de la calle Brook con Spelling?

—Sí —contestó Ash—. ¿Está usted allí?

—Más o menos. Diríjase a la librería que hay en la esquina. Me reuniré con usted allí. Apresúrese. Stuart Gordon no tardará en llegar.

Tras esas palabras, Rowan colgó.

Ash bajó corriendo los dos tramos de escalera seguido por Leslie, que le formulaba las preguntas de rigor: ¿Deseaba que le siguieran los guardaespaldas? ¿Quería que ella le acompañara?

—No, querida, tú quédate aquí —contestó Ash—. Llévame hasta la calle Brook, a la altura de Spelling, cerca del Claridge's —le indicó al chófer—. No me sigas, Leslie —añadió, acomodándose en la parte trasera del coche.

Ash dudó en especificarle al chófer que lo dejara en la misma esquina. Temía que Rowan Mayfair viera el coche y memorizara la matrícula, suponiendo que ese trámite fuera necesario en el caso de una limusina Rolls Royce. Pero ¿por qué había de preocuparse? ¿Qué podía temer de Rowan Mayfair? ¿Qué ganaría ella lastimándolo?

Ash tuvo la impresión de que se le había pasado por

alto un detalle muy importante, una probabilidad que sólo al cabo de un cierto tiempo, y tras darle muchas vueltas, conseguiría descifrar. Esos pensamientos le producían dolor de cabeza. Estaba impaciente por reunirse con su bruja. Tan impaciente como un niño.

La limusina avanzó veloz a través del denso tráfico de Londres, y alcanzó su destino, la confluencia de dos concurridas calles comerciales, en menos de doce minutos.

—No te alejes demasiado —le indicó Ash al chófer—. Estáte atento y acude en cuanto te llame. ¿Has comprendido?

—Sí, señor Ash.

La esquina de Brook con Spelling estaba presidida por un sinfín de elegantes tiendas. Ash se apeó del coche, estiró las piernas un momento y echó a andar lentamente hacia el extremo de la esquina, observando a los transeúntes e ignorando a quienes lo miraban con curiosidad y hacían en voz alta comentarios graciosos sobre su estatura.

Al cabo de unos minutos Ash vio frente a él la librería que le había indicado Rowan. La fachada, muy elegante, exhibía una vitrina enmarcada en madera y unos adornos de bronce. La puerta estaba abierta, pero no había nadie junto a ella.

Ash atravesó la calle, caminando en sentido contrario al del tráfico y enfureciendo por ello a un par de conductores, y consiguió alcanzar la esquina ileso.

Dentro de la librería había un pequeño grupo de gente. Nadie tenía aspecto de bruja. Pero Rowan le había asegurado que se reuniría con él allí.

Ash se volvió. Su chófer permanecía impertérrito en el lugar donde habían quedado, pese al endiablado tráfico que circulaba por aquella zona, mostrando la arrogancia propia de un chófer que conduce una impresionante limusina. Perfecto.

Ash echó un rápido vistazo a las tiendas de la calle Brook, a su izquierda, y luego, frente a él, a los comercios y los viandantes que, circulaban por la calle Spelling.

Entonces avistó a un hombre y a una mujer que se hallaban frente al escaparate de una boutique. Estaba convencido de que se trataba de Michael Curry y Rowan Mayfair.

Su corazón empezó a latir aceleradamente.

¡Ambos eran brujos!

Lo estaban observando con ojos de brujos, mientras sus cuerpos emanaban aquel leve resplandor que, según Ash, poseían todos los de su especie.

Ash se preguntó en qué consistía ese resplandor. Si los tocaba, ¿tendrían un tacto más cálido que el de otros seres humanos? ¿Y si aplicaba el oído a sus cabezas, percibiría acaso un tenue sonido orgánico que no podía detectar en otros mamíferos o seres que no eran brujos? De vez en cuando, en raras ocasiones, había percibido ese leve y suave murmullo a través del cuerpo de un perro vivo.

Hacía mucho tiempo que Ash no veía a unos brujos tan poderosos, y jamás había conocido a ningún brujo o bruja que poseyera más poder que ellos. Permaneció inmóvil, tratando de rehuir su penetrante mirada. No resultaba fácil. Ash se preguntó si ellos podrían advertir sus esfuerzos, pese a que conservaba la compostura.

El hombre, Michael Curry, presentaba unos rasgos típicamente célticos. Parecía más irlandés que norteamericano, con su cabello negro y rizado y sus intensos ojos azules, su chaqueta deportiva de lana y los pantalones de franela. Era un hombre corpulento, fuerte.

El padre del Taltos y su asesino, frente a frente. Ash se estremeció. El padre… y el asesino.

¿Y la mujer?

Era muy delgada y extraordinariamente hermosa, aunque poseía una belleza moderna. Su pelo, brillante y peinado con sencillez, enmarcaba un semblante enjuto. Su ropa deliberadamente ceñida, era también muy seductora y le confería un aire en extremo sensual. Sus ojos eran infinitamente más peligrosos que los del hombre.

Poseía la mirada de un hombre. Era como si una parte de su rostro le hubiera sido arrebatada a un macho humano para colocarla sobre su suave, carnosa y femenina boca. Ash había observado con frecuencia esa seriedad, esa agresividad, en las mujeres modernas. Sólo que ésta era una bruja.

Ambos lo miraban fijamente.

No se dirigieron la palabra, ni se movieron. Pero estaban juntos, uno de ellos ocultando parcialmente al otro. Ash no percibió su olor, pues el viento soplaba en dirección opuesta, lo cual significaba que ellos sí debían percibir el olor de él.

Por fin la mujer rompió el silencio, volviéndose hacia su compañero y murmurándole unas palabras al oído, casi sin mover los labios. El hombre no contestó, sino que siguió observando a Ash.

Ash sintió que sus músculos se relajaban. Dejó caer los brazos a ambos lados del cuerpo, un gesto que no solía hacer con frecuencia debido a la exagerada longitud de sus brazos. Quería que vieran que no ocultaba nada. Luego dio media vuelta y retrocedió por la calle Brook, despacio, dándoles la oportunidad de echar a correr si lo deseaban, aunque confiaba en que no fuera así.

Al llegar a la calle Spelling, se dirigió lentamente hacia ellos. Ambos permanecieron inmóviles. De pronto un transeúnte chocó contra Ash y dejó caer una bolsa llena de pequeños objetos, que se desparramaron por la acera.

«¡Qué inoportuno!», pensó Ash, pero sonrió y apoyó una rodilla en el suelo para ayudar a la pobre mujer a recoger las cosas que se le habían caído.

—Lo siento mucho —dijo Ash.

La anciana se rió y le respondió que era demasiado alto para agacharse de aquella forma.

—Ha sido culpa mía —insistió Ash.

Se hallaba relativamente cerca de los brujos, quizá tanto como para que ellos lo oyeran, pero no debía demostrar su temor.

La anciana llevaba una gran bolsa de lona colgada del brazo. Después de recoger todos los objetos que se encontraban diseminados por el suelo, Ash los depositó en la bolsa. La anciana se alejó tras despedirse amablemente, mientras él agitaba la mano de forma respetuosa y cordial.

Los brujos no se habían movido. Ash estaba seguro de ello. Notaba que lo estaban mirando. Sentía su poder en aquel leve resplandor que él percibía, producto tal vez de una extraña energía. Lo separaban de ellos unos dos metros.

Ash se volvió y los miró. Estaba de espaldas al tráfico, y pudo verlos claramente frente al escaparate de la boutique. Ambos presentaban un aspecto feroz. La luz que despedía Rowan se había convertido en un sutil resplandor. Ash percibió de pronto su aroma, un aroma exangüe; una bruja que no podía parir. El olor del hombre era más potente, y su rostro, más temible que el de su compañera, expresaba recelo y rencor.

La fría e implacable mirada de ambos le hizo estremecer. En fin, no podía caerle simpático a todo el mundo, se dijo esbozando una pequeña sonrisa. Ni siquiera a los brujos. Eso sería pedir demasiado. Lo importante era que no habían huido.

Ash echó a andar de nuevo hacia ellos. Súbitamente Rowan hizo un gesto que le sorprendió. Sosteniendo la mano junto a su pecho, señaló disimuladamente con el índice hacia el otro lado de la calle.

Puede que se tratara de un truco. «Quieren matarme», pensó Ash. En cierto modo, la idea le divertía, aunque sólo en parte. Ash se volvió hacia donde señalaba Rowan y vio una cafetería. En aquel momento salía de ella el gitano acompañado por un hombre de edad avanzada. Yuri presentaba muy mal aspecto, como si estuviera enfermo. Pese al aire fresco que soplaba, iba vestido únicamente con unos viejos vaqueros y una camisa.

En cuanto salió, Yuri se fijó en Ash. Al verlo plantado al otro lado de la calle, lo miró enojado. «Pobre chico —pensó Ash—, está completamente loco.» Su acompañante siguió hablando con Yuri, sin darse cuenta de que éste miraba a Ash.

Ash supuso que el hombre de edad avanzada era Stuart Gordon. Vestía con un traje oscuro al estilo de Talamasca, chaleco a juego con la americana de solapas estrechas y unos zapatos puntiagudos. Sí, debía tratarse de Stuart Gordon, o bien de otro miembro de Talamasca. Tenía un aire inconfundible.

Gordon estaba muy alterado y parecía intentar convencer a Yuri de algo. Ambos se hallaban tan cerca uno del otro, que ese hombre hubiera podido matarlo de mil formas distintas sin ninguna dificultad.

Ash atravesó la calle, sorteando los coches y obligándolos a detenerse bruscamente.

De pronto Stuart Gordon se dio cuenta de que Yuri estaba distraído, y se enojó. En el preciso momento en que se volvió para ver qué era lo que atraía la atención de su pupilo, Ash se abalanzó sobre él y le agarró el brazo.

Era evidente que Gordon lo había reconocido. «Sabe quién soy», pensó Ash, sintiendo cierta lástima por él. Ese hombre, amigo de Aaron Lightner, era culpable. Sí, no cabía la menor duda, el hombre lo había reconocido y lo miró con una mezcla de horror y perplejidad.

—Veo que me conoces —dijo Ash.

—Tú mataste a nuestro Superior General —contestó el hombre, desesperado. La perplejidad y el temor que sentía no se debían únicamente a lo que sucedió la noche anterior. Aterrado, el hombre trató de librarse del brazo de Ash—. No dejes que me lastime, Yuri —imploró a su pupilo.

—Embustero —le espetó Ash—. Mírame. Sabes perfectamente quién soy. Me has reconocido. No mientas, desgraciado.

Unos transeúntes se detuvieron para presenciar el espectáculo, mientras que otros curiosos ya habían formado un corro a su alrededor.

—¡Quítame las manos de encima! —exclamó Stuart, rojo de ira.

—Eres igual que el otro —replicó Ash—. ¿Fuiste tú quien mató a tu amigo Aaron Lightner? ¿Qué piensas hacer con Yuri? Tú enviaste al hombre que disparó contra él en el valle.

—Sólo sé lo que me comunicaron esta mañana —protestó Stuart Gordon—. Suéltame.

—Voy a matarte —respondió Ash.

Los brujos se dirigieron hacia el grupo. Al volver la cabeza, Ash vio a Rowan Mayfair. Michael Curry estaba junto a ella, mirándolo con los ojos llenos de un odio cerril.

La presencia de los brujos aumentó la angustia de Gordon.

Sin soltar a Gordon, Ash se volvió e hizo un gesto con la mano para alertar a su chófer, que se hallaba de pie en la esquina y había contemplado la escena. Al advertir la señal de Ash, se subió apresuradamente en el coche y se dirigió hacia ellos.

—¡Yuri, no puedes dejar que me mate! —gritó Gordon, desesperado, fingiendo indignación. «Una actuación brillante», pensó Ash.

—¿Mataste tú a Aaron? —preguntó Yuri, fuera de sí, precipitándose sobre Gordon.

Rowan trató de contenerlo, mientras Gordon se revolvía furioso, arañando la mano de Ash para obligarle a soltarlo.

El imponente Rolls Royce se detuvo junto a Ash. El chófer se apeó con rapidez y preguntó:

—¿Necesita ayuda, señor Ash?

—¿Señor Ash? —repitió Gordon, el cual había desistido de su esfuerzo por escapar—. ¿Qué clase de nombre es ése?

—Ahí viene un policía, señor —dijo el chófer—. ¿Quiere que lo avise?

—Por favor, vayámonos de aquí —dijo Rowan Mayfair.

—Sí, marchemos —contestó Ash, dirigiéndose hacia el coche y arrastrando a Gordon con él.

Tan pronto como el chófer abrió la puerta trasera del automóvil, Ash arrojó a Gordon sobre el asiento. Luego se acomodó junto a él, empujándolo hacia el rincón. Michael Curry ocupó el asiento delantero, junto al conductor, y Rowan se sentó en el que había frente a

Ash, provocando que éste se estremeciera al rozarle las rodillas y sentir el tacto de su piel. Por último, Yuri se instaló junto a Rowan y el coche partió veloz.

—¿Adónde desea que lo lleve, señor? —preguntó el chófer.

El panel de vidrio que separaba el asiento trasero del delantero descendió suavemente, y Michael Curry se giró para mirar a Ash a los ojos.

«Qué ojos tan terribles tienen esos brujos», pensó Ash, desesperado.

—Salgamos de aquí —le dijo Ash al chófer.

Gordon trató de alcanzar la manecilla de la puerta.

—Cierra las puertas —le ordenó Ash a su chófer. Pero en lugar de esperar a oír el sonido del cierre electrónico, agarró el brazo derecho de Gordon con su mano derecha.

—¡Suéltame, cabrón! —gritó Gordon con tono autoritario.

—¿Vas a decirme la verdad? —preguntó Ash—. Te mataré como maté a Marcus, tu secuaz. ¿Qué puedes alegar en tu defensa para impedir que lo haga?

—¿Cómo te atreves…? —empezó a decir Gordon Stuart.

—Deja ya de mentir —le espetó Rowan Mayfair—. Eres culpable, y no tramaste tú solo este plan. Mírame.

—¡No! —protestó Gordon—. Las brujas Mayfair —dijo con amargura, escupiendo las palabras—. Y esa cosa… ese ser surgido de los pantanos, ese Lasher, ¿acaso es vuestro vengador, vuestro Golem?

Gordon sufría lo indecible. Su rostro estaba blanco como la cera. Pero no estaba derrotado.

—De acuerdo —dijo Ash suavemente—. Voy a matarte, y ninguna bruja logrará detenerme.

—¡No lo harás! —gritó Gordon, volviéndose hacia Ash y Rowan, con la cabeza apoyada en el respaldo del asiento.

—¿Por qué crees que no lo haré? —inquirió Ash.

—Porque yo tengo a la hembra —murmuró Gordon.

Se produjo un silencio.

Sólo se percibían los sonidos del tráfico mientras el lujoso automóvil avanzaba veloz y desafiante por la carretera.

Ash miró a Rowan Mayfair y a Michael Curry, quien lo observaba desde el asiento delantero. Luego miró a Yuri, sentado frente a él, el cual parecía incapaz siquiera de pensar o de decir algo. Por último, se volvió de nuevo hacia Gordon.

—La hembra ha estado siempre en mi poder —dijo Gordon con voz débil, pero cargada de ironía—. Lo hice por Tessa. Lo hice para llevarle un macho a Tessa. Ése era mi propósito. Ahora suéltame, de lo contrario ninguno de vosotros verá jamás a Tessa. En especial tú, Lasher o señor Ash, o como quiera que te llames. O quizá me equivoque y poseas tu propio harén...

Ash extendió las manos, separando los dedos para impresionar a Gordon, y luego las apoyó sobre las rodillas.

Gordon tenía los ojos enrojecidos y llorosos. Indignado, sacó un pañuelo enorme y arrugado y se sonó su afilada nariz.

—No —respondió Ash suavemente—. Creo que te mataré aquí mismo.

—¡No! —soltó Gordon—. ¡Jamás verás a Tessa!

Ash se inclinó hacia él y dijo:

—Condúceme hasta ella, rápido, o te estrangularé aquí mismo.

Gordon guardó silencio durante unos instantes.

—Dile a tu chófer que gire hacia el sur —dijo—. Que salga de Londres y se dirija a Brighton. No vamos a Brighton, pero no te daré más detalles por el momento. Tardaremos una hora y media en llegar.

—Entonces, nos sobra tiempo para charlar —intervino Rowan, la bruja. Tenía una voz profunda, casi ronca, y Ash percibió su resplandor en la penumbra del coche. Bajo las solapas de seda negra de su escotada chaqueta, se insinuaban unos pechos menudos pero perfectamente dibujados—. ¿Cómo pudiste hacerlo? —preguntó, dirigiéndose a Gordon—. Me refiero, matar a Aaron. Eres un hombre como Aaron, ¿no?

—Yo no lo maté —contestó Gordon con amargura—. No quería que eso sucediera. Fue un crimen estúpido y brutal. No pude impedirlo. Al igual que tampoco pude impedir que intentasen matar a Yuri. No tuve nada que ver en ello, Yuri. Hace un rato, en la cafetería, cuando te dije que temía por tu vida lo dije en serio. Hay cosas que no puedo controlar.

—Cuéntanos todo lo que sabes —ordenó Michael Curry, sin dejar de mirar a Ash—. Te advierto que somos incapaces de contener a nuestro amigo cuando se enfurece. Y aunque pudiéramos, no lo haríamos.

—No os diré nada más —respondió Gordon.

—Eso es una estupidez —dijo Rowan.

—Te equivocas —replicó Gordon—. Es mi única baza. Si os cuento lo que sé antes de que lleguemos al lugar donde está Tessa, os apoderaréis de ella y acabaréis conmigo.

—Voy a matarte de todos modos —dijo Ash—. Si hablas, comprarías unas horas más de vida.

—No te precipites. Puedo revelaros muchas cosas. Más de las que imagináis. Necesitaréis más de unas horas para enteraros de todas ellas.

Ash no contestó.

Gordon se relajó y soltó un suspiro de alivio, observando detenidamente a sus raptores, hasta detenerse en Ash. Éste se había desplazado hacia el rincón opuesto. No deseaba estar cerca de ese ser humano perverso y corrupto al que tenía que matar.

Ash miró a sus dos brujos. Rowan Mayfair tenía las manos apoyadas en las rodillas, al igual que Ash, e hizo un gesto con los dedos para indicarle que tuviera paciencia.

El sonido de un encendedor sobresaltó a Ash.

—¿Le importa que fume en su elegante automóvil, señor Ash? —preguntó Michael Curry, inclinando la cabeza sobre el cigarrillo y la pequeña llama del encendedor.

—En absoluto —respondió Ash, con una sonrisa amable.

Ante su perplejidad, Michael Curry le devolvió la sonrisa.

—Hay una botella de whisky en el coche —dijo Ash—. Y agua y hielo. ¿Les apetece una copa?

—Sí —contestó Michael Curry, exhalando una bocanada de humo—. Pero en aras de la virtud, esperaré hasta las seis.

«Este brujo puede ser el padre del Taltos —pensó Ash, estudiando el perfil de Michael Curry—. Tiene unos rasgos ligeramente toscos pero bien proporcionados. Su voz denota una curiosidad y una pasión que probablemente aplique a todo cuanto hace. No hay más que ver con qué atención observa los edificios que se alzan junto a la carretera. No pierde detalle.»

Rowan Mayfair no apartaba su vista de Ash.

Acababan de dejar atrás el núcleo urbano.

—Siga por este camino hasta que le indique dónde debe doblar —le dijo Gordon al chófer.

El anciano volvió la cabeza como para verificar que habían tomado la dirección adecuada, pero de repente apoyó la frente en la ventanilla y estalló en sollozos.

Nadie dijo una palabra. Ash miró a los brujos. Luego recordó la fotografía de la joven pelirroja y miró a Yuri, que estaba sentado frente a él, junto a Rowan, y comprobó que tenía los ojos cerrados. Yuri se había acurrucado contra la pared del coche, con la cabeza vuelta hacia la ventanilla, y lloraba en silencio.

Ash se inclinó hacia delante y apoyó una mano en la rodilla de Yuri para tranquilizarlo.

14

Era aproximadamente la una de la tarde cuando Mona se despertó en el dormitorio del piso superior, el que daba a la fachada. Al abrir los ojos contempló la encina que crecía junto a la ventana. Sus ramas estaban repletas de pequeñas hojas que tras la lluvia lucían un espléndido verdor.

—Te llaman por teléfono —dijo Eugenia.

Mona casi soltó: «¡Dios, me alegro de que haya alguien aquí!» Pero no le gustaba reconocer ante nadie que la casa vacía le había inspirado temor y que había tenido unos sueños muy inquietantes.

Eugenia observó de reojo la holgada camisa blanca de algodón que Mona llevaba. «¿Qué tiene de particular?», pensó ésta. Era una prenda para estar por casa. En el catálogo la describían como «la camisa del poeta».

—No deberías acostarte con esa camisa tan bonita —le reprochó Eugenia—. ¡Fíjate cómo han quedado las mangas y el encaje! Está completamente arrugada.

Mona sintió deseos de enviar a Eugenia a hacer puñetas.

—No importa que se arrugue —contestó secamente.

Eugenia sostenía en una mano un apetecible vaso de leche fría y en la otra un platito blanco con una manzana.

—¿Quién ha tenido ese «bonito» detalle? —preguntó Mona—. ¿La madrastra perversa?

Como es lógico, Eugenia no supo de qué estaba

hablando, pero daba lo mismo. Eugenia señaló de nuevo el teléfono. Cuando Mona se disponía a descolgarlo, por un instante intentó evocar el sueño que había tenido, pero comprobó que ya se había esfumado; era como si alguien le hubiera arrancado un velo de la mente, y ahora sólo quedase una leve insinuación de su textura y color, junto con la curiosa certeza de que debía imponerle a su hija el nombre de Morrigan, un nombre que no había oído en su vida.

—Pero ¿y si es un niño? —se preguntó en voz alta.

Luego descolgó el teléfono.

Era Ryan. El funeral había concluido y los Mayfair acababan de llegar a casa de Bea. Lily iba a quedarse con ella unos días, al igual que Shelby y tía Vivian. Cecilia había ido al centro, a visitar a la anciana Evelyn, que ya se encontraba muy recuperada.

—¿Serías tan amable de ofrecerle tu hospitalidad a Mary Jane Mayfair por unas horas? —preguntó Ryan—. No podré acompañarla a Fontevrault hasta mañana. Además, convendría que os conocierais mejor. Naturalmente, está enamorada de la casa de la calle Primera y desea hacerte mil preguntas.

—Puedes traerla cuando quieras —respondió Mona. La leche estaba riquísima, muy fría, lo cual la hacía menos empalagosa, que era lo que menos le gustaba de la leche—. Estaré encantada de tener compañía. Tenías razón, esta casa es un poco siniestra.

Mona se arrepintió al instante de haber reconocido que a ella, Mona Mayfair, la asustaba permanecer sola en aquella casa.

Ryan hablaba de nuevo sobre el tema del deber y la organización, y le explicó que la abuela Mayfair, que vivía en Fontevrault, era atendida por aquel chico de Napoleonville, y que aquélla era una buena ocasión para convencer a Mary Jane de que abandonara esa casa destartalada y se mudara a la ciudad.

—Esa chica necesita una familia. Pero no necesita el dolor y la tristeza que nos aflige en estos momentos. Su primera visita resultó, por razones obvias, un desastre. Todavía está traumatizada por el accidente. Como sabes, presenció el accidente que sufrió Aaron. Quiero sacarla de aquí...

—Lo comprendo, pero eso hará que se sienta más unida a todos —respondió Mona, encogiéndose de hombros. A continuación pegó un buen mordisco a la manzana. Estaba hambrienta—. Ryan, ¿has oído alguna vez el nombre de Morrigan?

—No.

—¿No ha existido nunca una Morrigan Mayfair?

—Que yo recuerde, no. Creo que es un antiguo nombre inglés.

—Hummm. ¿Te gusta?

—Pero ¿y si es un varón?

—Es una niña, lo sé —replicó Mona. Pero ¿cómo podía estar tan segura de que era una niña? Probablemente se lo había revelado el sueño, y además era lo que ella deseaba: tener una niña y educarla para que se convirtiera en una mujer fuerte e independiente.

Ryan le prometió que llegaría dentro de diez minutos.

Mona se reclinó sobre las almohadas y contempló las hojas verdes de la encina y los fragmentos de cielo azul que asomaban entre ellas. Después de marcharse Eugenia, la casa había quedado sumida en un profundo silencio. Mona cruzó las piernas. La camisa, ribeteada con un delicado encaje, le cubría sus desnudas rodillas. Era verdad que las mangas estaban arrugadas, pero qué importaba. Eran unas mangas dignas de un pirata.

Cómo no iban a arrugarse unas mangas de ese tamaño. Beatrice le había comprado un montón de camisas similares, seguramente porque las consideraba «juveniles» y muy adecuadas para Mona. En cualquier caso, era una camisa muy bonita; hasta tenía unos botones de perlas. Mona se sentía como… una madrecita.

Mona sonrió. La manzana estaba muy rica.

Mary Jane Mayfair. Por una parte, era la única persona de la familia que a Mona le apetecía ver y, por otra, temía que Mary Jane empezara a soltar una sarta de disparates sobre brujas y fantasmas. No se sentía capaz de resistirlo.

Mona le hincó otro mordisco a la manzana. Eso la ayudaría a combatir una posible carencia vitamínica, pero también debía tomarse las cápsulas que le había recetado Annelle Salter. Luego apuró de un trago el resto de la leche.

—¿Y el nombre de Ofelia? —preguntó en voz alta. ¿Era lícito imponerle a una niña el nombre de la loca y desdichada Ofelia, quien al sentirse rechazada por Hamlet se suicidó y murió ahogada? Probablemente no—. Ofelia es mi nombre secreto, y a ti te llamaré Morrigan.

De pronto se apoderó de ella una profunda sensación de calma y bienestar. Morrigan. Cerró los ojos y percibió el olor del mar y el sonido de las olas al romper contra las rocas.

Un sonido hizo que Mona se despertara bruscamente. No recordaba cuánto tiempo había permanecido dormida. Ryan se hallaba de pie junto a la cama, acompañado por Mary Jane.

—Lo siento —se excusó Mona, incorporándose para saludarlos.

—Supongo que ya sabes —respondió Ryan, retirándose discretamente hacia la puerta— que Michael y Rowan están en Londres. Michael dijo que te llamaría.

Tras estas palabras, abandonó la habitación.

Mona observó a Mary Jane.

¡Qué cambio desde la tarde en que se había presentado allí y había emitido una serie de diagnósticos sobre Rowan! Sin embargo, debía reconocer que estuvo acertada.

Mary Jane lucía su cabello rubio suelto en una espléndida melena que le llegaba a los hombros y sus voluminosos pechos embutidos en un ceñido vestido de encaje blanco. Los zapatos color crema de tacón alto mostraban unas manchas de barro, probablemente del cementerio. Mona admiró en ella la diminuta y mítica cintura de avispa de las muchachas sureñas.

—Espero que no te importe que haya venido —dijo Mary Jane, estrechando con fuerza la mano de Mona mientras la miraba con sus resplandecientes ojos azules desde una altura, con tacones, de un metro setenta—. Si no quieres que me quede, me largaré enseguida. No sería la primera vez que hago auto-stop. Puedo regresar sola a Fontevrault. Qué casualidad, las dos llevamos un vestido de encaje blanco. Me encanta tu vestido, es adorable. Pareces una típica belleza pelirroja del sur. ¿Puedo salir a la terraza?

—Claro, me alegro de que hayas venido —contestó Mona. Tenía la mano pegajosa por la manzana, pero Mary Jane no lo había notado.

Mary Jane se dirigió hacia la terraza.

—Tienes que subir el ventanal y agacharte —dijo Mona—. En realidad esto no es un vestido, sino una especie de camisa. —Le gustaba sentir cómo ondeaba en torno de ella, y le encantaba la forma en que el vestido de Mary Jane se ceñía a su diminuta cintura y caía formando unos pliegues.

Pero no era el momento de pensar en cinturas.

Mona salió también a la terraza. Corría un agradable aire fresco; la brisa del río.

—Más tarde te enseñaré mi ordenador y la lista de acciones en Bolsa que considero más rentables. Hace seis meses monté una sociedad inversora inmobiliaria que ahora está ganando millones. Es una lástima que no pueda comprar esas acciones.

—Te comprendo, querida —contestó Mary Jane, apoyando las manos en la barandilla de la terraza y contemplando la calle—. ¡Menuda mansión!

—El tío Ryan dice que no es una mansión, sino un chalé urbano.

—Pues, menudo chalecito.

Mary Jane soltó una sonora carcajada, echándose hacia atrás. Luego se volvió para mirar a Mona, que se hallaba junto a ella.

Tras darle un repaso de arriba abajo la miró a los ojos con perplejidad.

—¿Qué pasa? —preguntó Mona.

—Estás embarazada —respondió Mary Jane.

—¿Lo dices porque llevo esta camisa?

—No, estás embarazada.

—Bueno, pues sí —contestó Mona—. Lo estoy, ¿y qué? —El estilo de aquella patana campesina era contagioso. Mona carraspeó y dijo—: Todo el mundo lo sabe. ¿No te lo habían dicho? Voy a tener una niña.

—¿Estás segura? —preguntó Mary Jane.

Parecía preocupada, lo cual extrañó a Mona. Lo lógico es que se hubiera puesto a hacer predicciones sobre el futuro del bebé, como suelen hacen las brujas.

—¿Te han enviado ya los resultados de tus pruebas? —preguntó Mona—. ¿Posees la hélice gigante?

Era maravilloso estar allí arriba, en la terraza, aspirando el aroma de los árboles. De pronto sintió deseos de bajar al jardín.

Mary Jane la miró con inquietud. Luego, su expresión se relajó. Mona admiró su cutis bronceado, sin un granito ni una mancha, y su cabello rubio largo y espeso, perfectamente peinado.

—Sí, poseo esos dichosos genes —respondió Mary Jane—. Tú también, ¿verdad?

Mona asintió con un leve movimiento de cabeza.

—¿Qué más te han dicho? —preguntó.

—Que seguramente no tiene importancia, que tendré unos hijos sanos. Todos los miembros de la familia han tenido siempre hijos sanos, salvo un caso, del que nadie quiere hablar.

—Todavía tengo hambre —dijo Mona—. Bajemos a comer algo.

—De acuerdo. Estoy tan hambrienta que podría comerme un árbol.

Cuando llegaron a la cocina la expresión de preocupación se había borrado de su rostro y Mary Jane volvía a ser la de siempre, parloteando sin cesar y haciendo comentarios sobre todos los cuadros y objetos que descubría. Se diría que era la primera vez que ponía los pies en la casa.

—Perdónanos por no haberte invitado, fue un descuido imperdonable —dijo Mona—. De veras. Pero aquella tarde estábamos todos muy preocupados por Rowan.

—No esperaba que me invitara nadie —dijo Mary Jane—. Pero esta casa es preciosa. ¡Qué cuadros!

Mona no pudo por menos de sentirse orgullosa del

modo en que Michael había remozado la casa. De pronto se le ocurrió, como ya le había sucedido unas cincuenta veces durante la última semana, que algún día esa casa sería suya. Casi podría decirse que ya lo era. Pero no debía contar demasiado con ello, ahora que Rowan se había recuperado.

Mona se preguntó si Rowan llegaría a restablecerse por completo. En aquel momento la recordó vestida con el traje de seda negro, mirándola fijamente con aquellos grandes y fríos ojos grises enmarcados por unas cejas oscuras y rectas.

De pronto recordó que Michael era el padre del bebé, que ella estaba embarazada y que ese hecho la vinculaba tanto a Michael como a Rowan.

Mary Jane levantó una de las cortinas del comedor y murmuró:

—Qué encaje tan fino. Todo lo que contiene esta casa es de primerísima calidad.

—Sí, es verdad —contestó Mona.

—Tú también —dijo Mary Jane— pareces una princesa vestida con un traje de encaje. Las dos llevamos encajes. Me encanta.

—Gracias —respondió Mona, turbada—. Pero no comprendo cómo una chica tan atractiva como tú iba a fijarse en alguien como yo.

—No digas tonterías —dijo Mary Jane, encaminándose hacia la cocina con un balanceo de caderas y un marcado taconeo—. Eres guapísima. Yo soy resultona, nada más. Siempre he admirado a las chicas guapas.

Ambas se sentaron ante la mesa de cristal. Mary Jane examinó minuciosamente, a contraluz, los platos que Eugenia dispuso ante ellas.

—Es porcelana auténtica —observó—. Todavía quedan algunos objetos de porcelana en Fontevrault.

—¿De veras?

—No puedes imaginar lo que hay en la buhardilla. Está repleta de objetos de plata y porcelana, cortinas viejas y cajas llenas de fotografías. Me gustaría que lo vieras. La buhardilla es el lugar más seco y cálido de la casa. Barbara Ann vivía en ella. ¿Sabes quién es?

—Sí, la madre de la anciana Evelyn, y mi tatarabuela.

—Y también la mía —declaró Mary Jane con orgullo—. Es genial, ¿verdad?

—Desde luego. Forma parte de la historia de los Mayfair. Tendrías que ver los árboles genealógicos cuando las ramas se entrecruzan, como por ejemplo si yo me casara con Pierce, con el que comparto no sólo esa tatarabuela, sino un bisabuelo que también aparece… es complicadísimo. Llega un momento en la vida de un Mayfair en que te puedes pasar un año dibujando árboles genealógicos para averiguar el parentesco que te une a la persona que se sienta junto a ti en el picnic familiar, ¿comprendes?

Mary Jane asintió, sonriendo y observando a Mona con curiosidad. Llevaba los labios pintados en un tono violeta muy sofisticado. «Ya soy una mujer —pensó Mona—; puedo ponerme todas esas cosas si me apetece.»

—Si quieres, te prestaré mis cosas —dijo Mary Jane—. Tengo un neceser lleno de cosméticos que me compró la tía Bea en Saks Fifth Avenue y Bergdorf Goodman, en Nueva York.

—Te lo agradezco mucho —contestó Mona, pensando: «Ojo, ésta también sabe leer el pensamiento.»

Eugenia sacó del frigorífico unos escalopines de ternera, ya preparados y conservados en una bolsa de plástico que Michael tenía reservados para Rowan, y se puso a freírlos tal como le había enseñado éste, con champiñones y cebollas.

—Caray, qué bien huele eso —dijo Mary Jane—. No pretendía leerte el pensamiento, lo he adivinado sin querer.

—No te preocupes, no tiene importancia. Las dos sabemos que no siempre se acierta, que es fácil confundirse, ¿verdad?

—Por supuesto —contestó Mary Jane.

Luego miró de nuevo a Mona de la misma forma en que la había mirado cuando se encontraba en el dormitorio del piso superior. Estaban sentadas frente a frente, en la misma posición en que habían estado sentadas Mona y Rowan, sólo que ahora Mona ocupaba la silla de Rowan y Mary Jane la de aquélla. Mary Jane miraba distraídamente su tenedor de plata, cuando de pronto levantó la vista y contempló a Mona fijamente.

—¿Qué pasa? —preguntó Mona—. Me miras como si fuera un bicho raro.

—Todo el mundo observa con curiosidad a una mujer al enterarse de que está esperando un niño.

—Ya lo sé —respondió Mona—. Pero tú lo haces de una forma distinta. Algunos me miran con curiosidad, otros con cariño o aquiescencia, pero tú…

—¿Qué significa aquiescencia?

—Aprobación.

—Tengo que adquirir cultura —dijo Mary Jane, sacudiendo la cabeza. Luego dejó el tenedor sobre la mesa y preguntó—: ¿Qué representa este dibujo en plata?

—Es san Cristóbal —contestó Mona.

—¿Crees que es demasiado tarde para conseguir convertirse en una persona culta?

—No —contestó Mona—. Eres inteligente y estoy segura de que lo lograrás. Además, a tu estilo, eres una persona culta y educada. Por ejemplo, yo no conozco tantos sitios como tú, ni tampoco he tenido las responsabilidades que has tenido tú en la vida.

—Yo no quería esas responsabilidades. ¿Sabías que he matado a un hombre? Lo arrojé por una escalera de incendios en San Francisco; cayó cuatro pisos y se partió la cabeza contra el suelo.

—¿Por qué lo mataste?

—Porque quería hacerme daño. Me inyectó heroína y me dijo que íbamos a ser amantes. Era un chulo. Así que lo arrojé por la escalera.

—¿No te persiguió la policía?

—No —contestó Mary Jane, sacudiendo la cabeza—. Eres la única persona de la familia a la que he contado esta historia.

—Descuida, no se lo diré a nadie —le aseguró Mona—. De todos modos, no es infrecuente que una Mayfair tenga tanta fuerza como para cargarse a un hombre. ¿Cuántas chicas calculas que hacían la calle para ese tipo? Se dice así, ¿no?

Eugenia les sirvió la carne sin hacer caso de lo que decían. Los escalopines tenían un aspecto estupendo, doradito y jugoso, acompañados de una salsa de vino.

Mary Jane asintió con un movimiento de cabeza.

—Un montón de idiotas —contestó.

Eugenia situó sobre la mesa una ensaladilla de patatas y guisantes, otra receta especial de Michael Curry, aliñada con aceite y ajo, y le sirvió a Mary Jane una generosa ración.

—¿Queda leche? —preguntó Mona—. ¿Qué te apetece beber, Mary Jane?

—Una Coca-Cola, por favor. No hace falta que te molestes, Eugenia, puedo cogerla yo misma.

Eugenia la miró como si se sintiera ofendida por el comentario de aquella prima desconocida y casi analfabeta. Al cabo de unos momentos apareció con una lata de Coca-Cola y un vaso.

—¡Haz el favor de comer! —exclamó Eugenia, sirviéndole un vaso de leche a Mona—. Anda, cómetelo.

La carne le sabía a rayos, aunque Mona no se explicaba el motivo. Sólo de verla sentía náuseas. Probablemente se debiera a su estado, pensó, lo cual demostraba que su embarazo avanzaba con normalidad. Annelle le había dicho que empezaría a sentir mareos y náuseas al cabo de unas seis semanas, pero eso fue antes de comunicarle que el bebé era ya un monstruo de tres meses.

Mona agachó la cabeza. De golpe acudieron a su mente unos fragmentos del último sueño que había tenido, tenaces y llenos de asociaciones, que se disiparon en cuanto trató de atraparlos para descifrar la clave del sueño.

Mona se reclinó en la silla y se bebió el vaso de leche despacio.

—Deja la leche en la mesa —le dijo a Eugenia, quien permanecía de pie junto a ella, arrugada y solemne, mirando enojada el plato de Mona, casi intacto.

—No te preocupes, Mona comerá lo que le apetezca y necesite comer —dijo Mary Jane para tranquilizarla.

En el fondo, era una chica muy simpática y con buen apetito, a tenor de la forma en que devoraba la carne con champiñones y cebolla.

—¿Quieres comerte mi carne? —preguntó Mona, acercándole su plato—. No la he tocado.

—¿Estás segura de que no la quieres? —preguntó Mary Jane.

—Me produce náuseas —contestó Mona, sirviéndose otro vaso de leche—. Nunca he sido muy aficionada a la leche, seguramente porque el frigorífico de mi casa era un trasto y nunca la enfriaba como a mí me gusta. Pero ahora me encanta. Todo está cambiando, hasta mis gustos.

—¿Qué quieres decir? —preguntó Mary Jane intrigada, apurando su Coca-Cola de un trago—. ¿Puedo coger otra?

—Claro —respondió Mona.

Mary Jane se levantó de un salto y se dirigió al frigorífico. El vuelo de su vestido le daba un aspecto ligeramente infantil. Mona observó que los tacones altos realzaban sus piernas bien torneadas, aunque éstas también presentaban un aspecto sensacional aquel otro día en que llevaba zapatos planos.

Mary Jane volvió a sentarse y empezó a devorar la carne que Mona había dejado en el plato.

En aquel momento salió Eugenia del *office* y reprendió a Mona:

—¡Pero si no has probado bocado! Sólo comes patatas fritas y porquerías.

—¡Vete de aquí! —replicó Mona con firmeza. Eugenia se esfumó.

—¿Por qué le has gritado de ese modo? —preguntó Mary Jane—. Sólo intentaba mostrarse maternal.

—No quiero que nadie se muestre maternal conmigo. Además, no es tan amable como piensas. Es una pelmaza. Cree… cree que soy mala. Es una historia muy larga. No hace más que reñirme.

—Bueno, cuando el padre de la criatura tiene la edad de Michael Curry, es normal que la gente os culpe a uno de los dos.

—¿Cómo lo sabías?

Mary Jane dejó de comer y miró a Mona.

—¿Acaso no es él el padre del niño? La primera vez que vine aquí, me di cuenta de que estabas enamorada de él. No quería molestarte. Creí que eras feliz. Tuve la impresión de que te alegrabas de que él fuera el padre.

—No estoy segura.

—Es él, seguro —afirmó Mary Jane, ensartando con el tenedor el último trozo de carne que quedaba en el plato y devorándolo con avidez. Pese a la furia con que masticaba, sus lozanas mejillas bronceadas no mostraban la menor arruga ni distorsión. Realmente, era una chica guapísima—. Estoy convencida de ello —añadió en cuanto se hubo tragado el bocado tan grande que Mona temió que se le atravesara en la tráquea y se asfixiara.

—Mira —dijo Mona—, eso es algo que no se lo he dicho todavía a nadie y…

—Todo el mundo lo sabe —la interrumpió Mary Jane—. Bea también. Me lo dijo ella misma. ¿Sabes lo que salvará a Bea? Esa mujer superará su dolor ante la muerte de Aaron por una sencilla razón: nunca deja de preocuparse por los demás. Está muy preocupada por ti y por Michael Curry, porque él posee los genes, como todo el mundo sabe, y es el marido de Rowan. Pero Bea dice que ese gitano del que te enamoraste no te conviene; necesita otro tipo de mujer, más aventurera, sin familia y sin hogar, como él.

—¿Eso dijo?

Mary Jane asintió. De pronto descubrió el plato de pan que Eugenia había colocado sobre la mesa, y que contenía unas simples rebanadas de pan blanco.

A Mona sólo le gustaban las barritas de pan francés, los panecillos o cosas similares. ¡A quién se le ocurría servir unas vulgares rebanadas de pan blanco!

Mary Jane tomó una, la partió en pedacitos y empezó a mojarlos en la salsa de la carne.

—Eso fue exactamente lo que dijo —respondió Mary Jane—. Se lo dijo a tía Viv, a Polly y a Anne Marie. No sabía que yo estaba escuchando la conversación. Eso es lo que la salvará: su constante preocupación por los miembros de la familia, como cuando fue a Fontevrault para obligarme a que me fuera de allí.

—¿Cómo sabían todo eso sobre Michael y yo?

Mary Jane se encogió de hombros y contestó:

—¿Cómo crees tú? Esto es una familia de brujas, lo sabes mejor que yo. Pueden haberse enterado de mil maneras. Pero, si no recuerdo mal, la anciana Evelyn le dijo a Viv algo referente a que tú y Michael os habíais quedado solos en esta casa.

—De modo que ya lo saben —dijo Mona—. Mejor, así no tendré que decírselo.

Pero si se ponían antipáticos con Michael, si empezaban a tratarlo mal…

—No creo que debas preocuparte. Como te he dicho, cuando se trata de una historia entre un hombre de la edad de Michael y una chica como tú, siempre se le echa la culpa a uno de los dos, y en este caso creo que te ha tocado a ti. No es que te critiquen abiertamente, sino que de vez en cuando sueltan frases como «Mona siempre consigue lo que quiere», «Pobre Michael» o «Si al menos sirvió para que Michael se recuperara, significa que Mona posee dotes curativas». Ya sabes, cosas así…

—Genial —respondió Mona—. En realidad, estoy de acuerdo con ello.

—Me gusta tu forma de ser, sabes encajar las cosas —observó Mary Jane.

La salsa de la carne había desaparecido. Tras comerse otra rebanada de pan, Mary Jane cerró los ojos y sonrió satisfecha. Tenía unas pestañas espesas y de un color violeta muy parecido al del lápiz de labios, aunque más sutil, lo cual le daba un aire muy atractivo y seductor. Poseía un rostro casi perfecto.

—Ya sé a quién me recuerdas —dijo de pronto Mona—. Te pareces a la anciana Evelyn cuando era joven.

—Es bastante lógico —contestó Mary Jane—, teniendo en cuenta que ambas somos descendientes de Barbara Ann.

Mona se sirvió el resto de la leche. Todavía se mantenía muy fría. Tal vez el bebé y ella pudieran subsistir únicamente con leche, pensó.

—¿A qué te refieres cuando dices que sé encajar las cosas? —le preguntó Mona a Mary Jane.

—A que no te ofendes por cualquier tontería. Muchas veces, cuando estoy charlando con alguien y me expreso de forma abierta y sin remilgos la otra persona se ofende.

—No me extraña —contestó Mona—, pero yo no me siento ofendida.

Mary Jane contempló con avidez la última rebanada de pan que quedaba en el plato.

—Cómetela —dijo Mona.

—¿No te importa?

—No.

Mary Jane la cogió, le quitó la corteza y formó una bola con la miga.

—Me encanta comerme el pan así —dijo—. Sabes, cuando era pequeña cogía una barra de pan, la desmenuzaba y formaba unas pelotitas.

—¿Y qué hacías con la corteza?

—Pelotitas, igual que con la miga —respondió Mary Jane con nostalgia—. Del pan me gusta todo, tanto la miga como la corteza.

—Caramba —dijo Mona secamente—. Eres fascinante. Jamás había conocido a una persona tan mundana y a la vez tan misteriosa.

—¿Me tomas el pelo? —replicó Mary Jane—. Pero sé que no lo dices para fastidiarme. Sabes, si la palabra «mundana» empezara por *b* sabría lo que significa.

—¿Ah, sí? ¿Por qué?

—Porque he llegado hasta la *b* en mis estudios de ampliación de vocabulario —respondió Mary Jane—. Utilizo un método bastante curioso para estudiar. A ver qué te parece. Por ejemplo, cojo un diccionario con unas letras muy grandes, ¿sabes?, como esos que utilizan las viejecitas que apenas ven, y recorto las palabras que empiezan por *b*, junto con su definición, para familiarizarme con ellas. Luego tiro las pelotitas de papel... ¡Más pelotitas! —dijo Mary Jane, echándose a reír.

—Parece que las chicas estamos obsesionadas con las pelotas —comentó Mona.

Mary Jane soltó otra estrepitosa carcajada.

—Esto es mejor de lo que esperaba —dijo Mona—. Mis compañeras de colegio aprecian mi sentido del humor, pero nadie de la familia ríe mis chistes.

—Tus chistes son muy graciosos —contestó Mary Jane—. Eres genial. Hay dos clases de personas, las que tienen sentido del humor y las que no.

—Después de formar unas pelotitas con las palabras que recortas, ¿qué haces con ellas?

—Las meto en un sombrero, como si fueran los números de una rifa.

—¿Y...?

—Luego las saco una a una. Si es una palabra que no utiliza nadie, como «batracio», la tiro a la papelera. Pero si es una palabra interesante, como «beatitud», estado de suprema felicidad, la memorizo de inmediato.

—Hummm, parece un buen método. Supongo que recuerdas con más facilidad las palabras que te gustan.

—Sí, aunque, como soy muy lista, puedo recordarlo casi todo —contestó Mary Jane, introduciéndose la pelotita de pan en la boca y pulverizando la corteza.

—¿Incluso el significado de «batracio»? —preguntó Mona.

—Anfibio desprovisto de cola que salta —respondió Mary Jane, mordisqueando la bolita de pan.

—Oye, Mary Jane —dijo Mona—, tenemos mucho pan en esta casa. Puedes comer todo el que quieras. Hay una barra en la encimera. Te la traeré.

—¡Siéntate! Estás embarazada. Yo iré a por ella —declaró Mary Jane. Se levantó de un salto, agarró la barra por el envoltorio de plástico y la depositó sobre la mesa.

—¿Quieres un poco de mantequilla?

—No, me he acostumbrado a no tener mantequilla por ahorrar dinero y prefiero no volver a probarla porque luego la echaría de menos y el pan me parecería insípido. —Mary Jane arrancó un pedazo del envoltorio de plástico y continuó—: El caso es que si no utilizo la palabra «batracio» me olvidaré de ella, pero no me olvidaré de «beatitud», pues pienso utilizarla a menudo.

—Ya te entiendo. ¿Por qué me mirabas de esa manera tan rara?

Mary Jane no respondió. Se pasó la lengua por los labios, atrapando unas migas que se le habían quedado pegadas a las comisuras, y se las comió.

—No has dejado de pensar en ello durante todo el rato, ¿verdad?

—Cierto.

—¿Qué piensas sobre el bebé? —preguntó Mary Jane. Mostraba un aspecto preocupado, o al menos receptivo a los sentimientos de Mona.

—Temo que no sea normal —contestó Mona.

—Eso es lo que supuse —asintió Mary Jane.

—No me refiero a que vaya a ser un gigante o un monstruo —se apresuró a decir Mona, esforzándose por pronunciar esas palabras—. Pero puede que algo no funcione, que la combinación de los genes… haga que no sea normal.

Mona suspiró. Era la peor tortura psicológica a la que se había visto sometida en su vida. Siempre se había preocupado por todos —su madre, su padre, la anciana Evelyn—, por las personas a las que quería. Y había conocido el sufrimiento, sobre todo en los últimos meses. Pero la preocupación que sentía por el bebé era del todo diferente, le producía una angustia insoportable. Casi sin darse cuenta, apoyó de nuevo la mano sobre su vientre y murmuró: Morrigan.

Percibió un movimiento dentro de su vientre, y bajó los ojos alarmada.

—¿Qué pasa? —preguntó Mary Jane.

—Me preocupo demasiado. ¿Es normal temer que tu hijo pueda nacer con algún defecto?

—Sí, es normal —respondió Mary Jane—. Pero en esta familia existen muchas personas que poseen la hélice gigante y no han tenido hijos deformes. ¿Sabes cuántos niños anormales han nacido en la familia a causa de la hélice gigante?

Mona no contestó. Qué importaba eso, pensó. Si el bebé no era normal, si era… Se puso a contemplar el jardín distraídamente. Aún faltaba mucho rato para que atardeciese. Pensó en Aaron, ocupando en la cripta del mausoleo un estante por encima del que alojaba a Gifford. Eran como muñecos de cera rellenos de líquido. No parecían Aaron y Gifford. ¿Por qué se le había aparecido Gifford en sueños cavando una fosa?

De pronto se le ocurrió una idea disparatada, peligrosa y sacrílega, aunque en el fondo no era tan sorprendente. Michael se había marchado. Rowan, también. Esa noche saldría sola al jardín, cuando todos estuvieran dormidos, y desenterraría los restos de las dos personas que yacían bajo la encina, para comprobar lo que había allí.

El problema era su miedo. Había visto muchas películas de terror en las que una persona se dirigía a medianoche al cementerio para desenterrar los restos de un vampiro o descubrir quién yacía en una tumba. Mona no se creía esas escenas, sobre todo si la persona en cuestión iba sola. Era tremendo hacer eso, desenterrar un cadáver, había que tener mucho más valor del que tenía Mona.

Observó a Mary Jane. Ésta había acabado de atiborrarse de pan y permanecía sentada, con los brazos cruzados, contemplando a Mona de una forma un tanto extraña, con mirada ausente, como si estuviera pensando en otra cosa.

—¿Mary Jane?

Mona esperaba que su prima se sobresaltara, despertara de su ensoñación, por así decirlo, y le contara lo que estaba pensando. Pero eso no sucedió. Mary Jane siguió mirándola de aquel modo tan extraño, y le contestó sin apenas mover un músculo del rostro:

—¿Qué?

Mona se levantó y se acercó a ella, pero Mary Jane mantenía los ojos muy abiertos, en una expresión entre asustada y de asombro.

—Toca al bebé, anda, no temas. Dime lo que notas.

Mary Jane miró el vientre de Mona y extendió la mano lentamente, como si se dispusiera a hacer lo que Mona le había pedido, pero de golpe retiró la mano bruscamente. Luego se levantó y retrocedió unos pasos. Parecía muy preocupada.

—Creo que no deberíamos hacerlo —dijo—. No debemos utilizar nuestras artes hechiceras con este bebé. Tú y yo somos brujas. Lo sabes tan bien como yo. Podríamos hacerle daño.

Mona suspiró. No quería hablar de ese tema. Se sentía atenazada por el temor y la angustia.

La única persona en el mundo capaz de responder a sus preguntas era Rowan. Más pronto o más tarde tendría que hablar con ella, porque resultaba imposible que sintiera moverse al bebé, aunque sólo fuesen unos movimientos casi imperceptibles, tratándose de una criatura de seis, diez o doce semanas.

—Si no te importa, quiero estar sola, Mary Jane —dijo Mona—. No pretendo ser grosera contigo. Pero estoy muy preocupada, ésa es la verdad.

—Te agradezco la sinceridad —contestó Mary Jane—. Subiré un rato a mi habitación. Ryan dejó mis maletas en la habitación de tía Viv.

—Si quieres, puedes utilizar mi ordenador —dijo Mona, volviendo la vista hacia el jardín—. Está en la biblioteca, contiene varios programas. Se abre con WordStar, pero puedes pasar a Windows o Lotus 1-2-3 sin ningún problema.

—De acuerdo. No te preocupes, sé manejar un ordenador. Si me necesitas, llámame.

—Descuida, lo haré. —Mona se volvió hacia Mary Jane y añadió—. Me alegro de que estés aquí. No tengo ni idea de cuándo regresarán Michael y Rowan.

¿Y si no regresaban? Su temor aumentó ante la idea de todo tipo de espantosas perspectivas. Claro que regresarían. Aunque habían ido en busca de unas personas que podían hacerles daño...

—No te preocupes, cariño —la tranquilizó Mary Jane.

Mona se dirigió por el camino enlosado hacia la parte trasera del jardín. Era temprano y el sol doraba aún el césped que se extendía bajo la encina. Era el momento más agradable del día para sentarse en aquella zona del jardín.

Mona se encaminó a través de la hierba hacia la encina. «Aquí es donde deben de estar enterrados», pensó. Michael había añadido tierra, y a través de ella asomaban unas pequeñas briznas de hierba.

Mona se arrodilló y se tumbó en el suelo, sin importarle mancharse su bonita camisa blanca. Tenía un montón de camisas parecidas a ésa. Era una de las ventajas de ser rica: poseer muchas cosas y no tener que ponerse unos zapatos rotos. Aplastó su mejilla contra la fresca tierra cubierta de hierba y observó la gigantesca manga de su camisa, cual paracaídas blanco que hubiera aterrizado junto a ella. Luego cerró los ojos.

Morrigan, Morrigan, Morrigan... Vio unos barcos navegando por el mar, unas antorchas encendidas. Pero las rocas eran muy peligrosas. Morrigan, Morrigan, Morrigan... ¡Era el sueño que había tenido antes! La huida de la isla hacia la costa septentrional. Lo más peligroso eran las rocas, y los monstruos que habitaban en los lagos.

Mona oyó un sonido, como si alguien estuviera cavando. Se despertó bruscamente y miró hacia el otro lado del jardín, donde crecían los lirios y las azaleas.

No había nadie allí. Eran imaginaciones suyas. «Lo que sucede es que tienes ganas de desenterrar los restos de esos cadáveres, bruja», se dijo Mona. Tenía que reconocer que era divertido jugar a las brujas con Mary Jane Mayfair. Sí, se alegraba de tenerla allí. Podía comerse todo el pan que quisiera.

Mona volvió a cerrar los ojos. De pronto sucedió

algo maravilloso. Sintió el sol en sus párpados, como si se hubiera retirado la rama o la nube que lo tapaba, y la oscuridad dejó paso a una intensa luz de color naranja. Mona sintió el calor del sol acariciándole todo el cuerpo. Dentro de ella, en su vientre, sobre el que todavía podía tumbarse, notó que el bebé se movía. Su bebé.

Oyó una voz que cantaba una nana. Debía de ser la nana más antigua del mundo. ¿Era en inglés antiguo o latín?

«Presta atención —dijo Mona—. Quiero enseñarte a utilizar un ordenador antes de que cumplas los cuatro años, y quiero que sepas que nada ni nadie podrán impedir que te conviertas en lo que tú desees. ¿Me escuchas?»

La criatura se echó a reír. Hizo unas piruetas y extendió sus bracitos y manos, sin cesar de reír. Parecía un diminuto «anfibio desprovisto de cola, que salta». Mona también se echó a reír. «Eso es lo que eres, un anfibio», le dijo al bebé.

De pronto Mona —ahora consciente de que se trataba de un sueño, puesto que Mary Jane iba vestida como la anciana Evelyn, igual que una vieja, con un vestido de gabardina y zapatos con hebilla— oyó la voz de Mary Jane: «Eso no es todo, cariño. Más vale que te decidas de una vez.»

15

—Olvida que te largaste sin comunicárselo a nadie —dijo Tommy. Conducían de regreso a la casa matriz, a instancias de Tommy—. Tenemos que comportarnos como si no fuéramos culpables de nada. Han desaparecido todas las pruebas, la ruta ha sido destruida. No pueden descubrir ningún teléfono. Debemos fingir que no sabemos nada, y mostrarnos compungidos por la muerte de Marcus.

—Les diré que estaba preocupado por Stuart —contestó Marklin.

—Sí, eso es exactamente lo que debes decirles. Que estabas preocupado por Stuart, que lo veías muy nervioso.

—Quizá los miembros más ancianos no se hayan dado cuenta de mi marcha.

—Diles que no pudiste encontrar a Stuart y decidiste regresar a casa. ¿Lo has entendido? Has regresado a casa.

—¿Y luego qué?

—Eso depende de ellos —contestó Tommy—. Al margen de lo que pueda suceder, tenemos que quedarnos aquí para no levantar sospechas. Nosotros nos limitaremos a poner cara de inocencia y preguntar: «¿Qué ha pasado? ¿Podría explicármelo alguien?»

Marklin asintió con un movimiento de cabeza.

—Pero ¿dónde está Stuart? —preguntó, mirando a Tommy.

Tommy se mostraba tan sereno como en Glastonbury, donde Marklin había estado a punto de arrodillarse ante Stuart para rogarle que regresara.

—Ha ido a ver a Yuri, eso es todo. No sospechan de Stuart. De quien seguramente sospechan es de ti, por haberte largado sin decir nada. Pero domínate, hombre, tenemos que jugar bien nuestras cartas.

—¿Durante cuánto tiempo?

—¿Cómo quieres que lo sepa? —preguntó Tommy, sin perder la calma—. Al menos hasta que tengamos un buen pretexto para volver a marcharnos. Entonces iremos a mi apartamento de Regent's Park para decidir lo que hacemos, si el juego ha terminado y si nos conviene abandonar la Orden o permanecer en ella.

—Pero ¿quién mató a Anton?

Tommy sacudió la cabeza. Tenía los ojos fijos en la carretera, como si Marklin necesitara un piloto. Marklin estaba muy nervioso. De no haber conocido el trayecto de memoria, no habría podido coger el volante.

—No estoy seguro de que debamos regresar —dijo Marklin.

—Qué estupidez. No saben nada.

—¿Cómo puedes estar tan seguro? —preguntó Marklin—. Quizá se lo haya contado Yuri. Utiliza la cabeza, Tommy. Me preocupa que permanezcas tan tranquilo en estas circunstancias. Stuart ha ido a ver a Yuri, y es posible que el mismo Yuri se encuentre en estos momentos en la casa matriz.

—¿No crees que Stuart habrá tenido la precaución de advertirle a Yuri que no se acerque por la casa matriz? ¿Que no le habrá explicado que existe una conspiración y que ni él mismo conoce su magnitud?

—Tú lo habrías hecho, y probablemente yo también, pero no estoy seguro de Stuart.

—¿Qué importa si nos encontramos a Yuri allí? Saben lo de la conspiración, pero no saben nada sobre nosotros. Stuart es incapaz de revelarle a Yuri nuestra participación en el asunto. Eres tú quien debe utilizar la cabeza. ¿Qué puede contarles Yuri? Les explicará lo que pasó en Nueva Orleans, y si toma nota de ello… Sabes, empiezo a arrepentirme de haber destruido el sistema de interceptación.

—¡Yo no! —replicó Marklin, irritado ante la sangre fría de Tommy, ante su absurdo optimismo.

—¿Temes no poder dominar tus nervios? —preguntó Tommy—. ¿Temes derrumbarte como Stuart? Pero, Marklin, ten en cuenta que Stuart ha pertenecido toda su vida a Talamasca. ¿Qué nos importa la Orden a ti o a mí? —preguntó Tommy soltando una breve carcajada—. Con nosotros se han equivocado por completo.

—No, no es así —respondió Marklin—. Stuart sabía muy bien lo que hacía, sabía que nosotros teníamos el valor para ejecutar unas operaciones que él se sentía incapaz de realizar. Stuart no se equivocó. La equivocación fue que alguien matara a Anton Marcus.

—Y ninguno de nosotros tuvo ocasión de averiguar la identidad de esa persona, el motivo del crimen, ese fortuito incidente. Porque, supongo que comprendes que se trata de un acto fortuito.

—Por supuesto. Nos hemos librado de Marcus. Eso está claro. Pero ¿qué sucedió en el momento del crimen? Elvera habló con el asesino. El asesino dijo ciertas cosas sobre Aaron.

—¿No sería fantástico que el intruso fuera un miembro de la familia Mayfair? ¿Acaso una poderosa bruja? Quiero leer ese informe sobre las brujas Mayfair de cabo a rabo. Deseo conocerlo todo sobre esa familia. Debe de existir el medio de reclamar los papeles de

Aaron. Ya sabes cómo era él; lo anotaba todo. Supongo que dejó un montón de cajas llenas de papeles. Deben de hallarse en Nueva Orleans.

—No te precipites, Tommy. Es posible que Yuri esté allí. Es posible que Stuart se haya ido de la lengua. Es posible que estén enterados de todo.

—Lo dudo mucho —respondió Tommy con el aire de alguien que tiene cosas más importantes en que pensar—. ¡Gira, Marklin!

Marklin casi se había pasado el desvío. Al girar, por poco se echa encima de otro coche, obligándolo a hacer una rápida maniobra para evitar el choque. Marklin dejó atrás la autopista y enfiló una carretera rural. Estaba tan tenso que le dolían los músculos de la mandíbula. Al cabo de unos momentos se relajó, consciente de que se habían salvado por los pelos.

Tommy se volvió hacia él.

—¡Deja de meterte conmigo! —le espetó Marklin, notando la furia que expresaban sus fríos ojos aunque ni el mismo Tommy fuese consciente de ello—. Yo no soy el problema, Tommy. El problema son ellos. Deja de darme órdenes. Nos comportaremos con toda naturalidad. Ambos sabemos lo que debemos hacer.

Tommy volvió lentamente la cabeza en el preciso instante en que atravesaban la verja del jardín.

—Todos los miembros de la Orden deben de hallarse presentes. Jamás había visto tantos coches aquí —comentó Marklin.

—Tendremos suerte si no han requisado nuestras habitaciones para cedérselas a un octogenario ciego y mudo recién llegado de Roma o Amsterdam.

—Ojalá lo hayan hecho. Sería una excusa perfecta para dejarlo todo en manos de la vieja guardia y largarnos.

Marklin detuvo el coche a pocos metros del empleado que se ocupaba de adjudicar los espacios libres para aparcar. Marklin nunca había visto tantos coches aparcados en batería al otro lado del seto.

Después de apearse, le arrojó las llaves al empleado y le indicó:

—Haz el favor de aparcar el coche, Harry.

Luego le dio una propina lo suficientemente generosa como para impedir que éste adujera que no podía aceptarla, y se dirigió hacia la puerta principal de la casa.

—¿Por qué demonios has hecho eso? —le preguntó Tommy, siguiéndolo—. Trata de atenerte a las reglas. Sé más discreto. No digas nada. Procura no llamar la atención, ¿de acuerdo?

—Cálmate, estás muy nervioso —contestó Marklin con brusquedad.

La puerta principal se hallaba abierta. El vestíbulo estaba atestado de hombres y mujeres, de humo de cigarros y de voces que retumbaban entre los muros del edificio. El ambiente era el de un concurrido funeral o un entreacto teatral.

Marklin se detuvo. Su intuición le indicaba que no debía entrar. Siempre había creído firmemente en su intuición, al igual que en su inteligencia.

—Vamos, hombre —masculló Tommy, empujándolo.

—Hola —les saludó un jovial anciano—. ¿Quiénes son ustedes?

—Unos novicios —respondió Marklin—. Tommy Monohan y Marklin George. ¿Pueden entrar los novicios?

—Por supuesto —respondió el anciano, apartándose para dejarles paso.

Junto a la puerta había un nutrido grupo de personas, que observaron durante unos instantes a los recién llegados y luego apartaron la vista con indiferencia. Una mujer hablaba en voz baja con un hombre situado al otro lado de la puerta. Cuando su mirada se topó con la de Marklin, la mujer emitió una leve exclamación de sorpresa y disgusto.

—Esto es un error —murmuró Marklin.

—Por supuesto que debéis estar presentes los jóvenes —dijo el jovial anciano—. Cuando ocurre algo semejante, todos debemos hacer acto de presencia.

—No sé por qué —replicó Tommy—. Nadie sentía simpatía por Anton.

—Cállate —le reprendió Marklin—. Es admirable la forma en que la gente, por ejemplo usted, reacciona ante una tragedia.

—No, por desgracia no tiene nada de admirable.

Marklin y Tommy se abrieron paso entre la multitud. Estaban rodeados de rostros extraños. Todos sostenían un vaso de vino o cerveza. Marklin oyó unas voces que hablaban en francés, italiano e incluso holandés.

De pronto divisó a Joan Cross en uno de los salones, rodeada de gente a la que Marklin no conocía y conversando con aire serio y solemne.

Stuart no se hallaba presente.

—¿Te das cuenta? —preguntó Tommy, murmurando al oído de Marklin—. Aunque han matado a Anton, todos actúan con normalidad, bebiendo y charlando como si estuvieran en una fiesta. Eso es lo que tenemos que hacer nosotros. Comportarnos de forma normal. ¿Comprendes?

Marklin asintió, pero aquello no le gustaba nada. Al cabo de unos minutos se giró, tratando de localizar la puerta, pero la multitud le impidió ver si ésta se encontraba cerrada o abierta. Le extrañaba ver tantos rostros desconocidos. Quería comentárselo a Tommy, pero éste se había alejado.

Tommy departía con Elvera, asintiendo mientras ella le explicaba algo. Elvera presentaba un aspecto tan poco atractivo como de costumbre, con su cabello oscuro recogido en un moño en la nuca y las gafas sin montura apoyadas sobre la punta de la nariz.

«Tiene que ser horrible pasar toda la vida aquí, entre estas cuatro paredes», pensó Marklin. No se atrevía a preguntar a nadie por Stuart, y menos aún por Yuri, aunque Ansling y Perry le habían informado sobre la llamada de éste. No sabía qué hacer. ¿Dónde demonios se habían metido Ansling y Perry?

Galton Penn, otro novicio, se acercó a Marklin.

—Hola, Mark. ¿Qué te parece todo esto?

—No me he enterado de lo que dicen —respondió Marklin—. Claro que tampoco me interesa.

—Aprovechemos para hablar del tema antes de que nos prohíban mencionarlo. Ya sabes cómo funciona la Orden. No tienen ni la más remota idea de quién mató a Marcus. ¿Sabes lo que pensamos todos? Que nos ocultan algo.

—¿El qué?

—Pues que el crimen lo cometió un ser sobrenatural. Elvera vio algo que la horrorizó. Hay algo siniestro en este asunto. Lamento que Marcus haya muerto asesinado, pero en el fondo es lo más emocionante que ha sucedido desde que entré en la Orden.

—Te comprendo —contestó Mark—. A propósito, ¿has visto a Stuart?

—No, no lo he visto desde esta mañana, cuando declinó ocupar el cargo de Superior General. ¿No estabas aquí cuando sucedió eso?

—No, quiero decir sí —respondió Mark—. ¿Sabes si Stuart ha tenido que salir?

Galton meneó la cabeza.

—¿Tienes hambre? —preguntó—. Yo estoy famélico. Vayamos a comer algo.

Marklin pensó que aquello iba a ser duro, muy duro. Pero si los únicos que le iban a dirigir la palabra eran unos imbéciles como Galton, se defendería sin ningún problema.

16

Llevaban una hora conduciendo y ya casi había oscurecido. El cielo estaba cubierto de nubes plateadas, y las ondulantes colinas y los verdes pastos conformaban un cuadro similar al de un inmenso edredón de *patchwork*.

Hicieron una breve parada en un pueblecito de una sola calle, en el que había unas casas negras y blancas con muros de entramado de madera, así como un pequeño cementerio abandonado y cubierto de matojos. La taberna presentaba un ambiente más acogedor. Había un par de hombres jugando a los dardos, y el aroma de la cerveza era delicioso.

Pero aquél no era el momento para detenerse y tomar un trago, pensó Michael.

Salió, encendió un cigarrillo y observó con curiosidad la suave firmeza con que Ash conducía a su prisionero hacia la taberna e, inevitablemente, hacia el servicio.

Yuri se hallaba en una cabina telefónica que había al otro lado de la calle, hablando rápidamente, tras haber llamado, con toda probabilidad, a la casa matriz. Rowan estaba junto a él, con los brazos cruzados, observando el cielo o algo que pasaba por él. Yuri parecía muy alterado; no cesaba de gesticular con la mano derecha, mientras que su izquierda sostenía el auricular, y de asentir con repetidos movimientos de cabeza. Era evidente que Rowan escuchaba lo que él decía.

Michael se apoyó contra el muro de yeso y dio una calada a su cigarrillo. Siempre le asombraba comprobar lo cansado que resultaba viajar en coche.

Aquel viaje, debido a la insoportable tensión que reinaba entre los ocupantes del coche, estaba resultando aún más agotador que otros, y ahora que había caído la noche sobre ese hermoso paisaje Michael se sintió invadido por el sueño.

Cuando Ash y su prisionero salieron de la taberna, Michael observó que Gordon parecía furioso y desesperado. Sin embargo, resultaba evidente que había sido incapaz de pedir ayuda, o que no se había atrevido a hacerlo.

Yuri colgó el teléfono y entró precipitadamente en la taberna. Seguía mostrando un aspecto muy alterado, casi enloquecido. Rowan lo había estado observando atentamente durante el trayecto, cuando conseguía apartar los ojos de Ash.

Michael contempló a Ash mientras éste obligaba a Gordon a tomar de nuevo asiento, en la parte posterior del coche. No intentó disimular su curiosidad; le parecía absurdo e innecesario hacerlo. Lo que más le intrigaba del gigantesco extraño era que no mostraba un aspecto grotesco, tal como había afirmado Yuri, sino que poseía una belleza un tanto espectacular. Al menos, eso creía Michael. Sólo alcanzaba a ver en él su esbelta silueta y sus ágiles y elegantes movimientos, que denotaban dinamismo y fuerza. Estaba dotado de unos reflejos increíbles; lo había demostrado media hora antes, cuando, al detenerse el coche en un cruce, Stuart Gordon intentó una vez más abrir la puerta del coche.

Su espeso cabello negro, fino y sedoso, le recordaba a Lasher. Las canas añadían un toque de distinción. Pese a sus rasgos delicados, la marcada estructura ósea de su rostro le confería un aire decididamente varonil, y el exagerado tamaño de su nariz quedaba disimulado por unos ojos grandes y separados. Tenía la piel de un hombre adulto, no de un bebé. Pero su mayor atractivo residía en su voz y en sus ojos; si su voz era capaz de convencer sin reservas, su mirada no resultaba menos persuasiva.

Tanto una como la otra transmitían cierto candor infantil, aunque en el fondo nada tuvieran de ingenuas. En conjunto, el extraño producía el efecto de un ser angelical, infinitamente sabio y paciente pero decidido a matar a Stuart Gordon tal como prometió que haría.

Michael no se atrevía a hacer conjeturas respecto a la edad de aquel ser. Era difícil no verlo como un ser humano, aunque diferente, extraño. Por supuesto, Michael sabía que no era un humano. Lo había percibido a través de multitud de pequeños detalles: el tamaño de sus nudillos, la curiosa forma, en que a veces abría los ojos, como atónito, y sobre todo la absoluta perfección de su boca y su dentadura. Su boca parecía tan suave como la de un bebé, algo imposible en un hombre con una piel curtida como la suya, y sus dientes eran tan blancos como los de un anuncio, descaradamente retocado, de una pasta dentífrica.

Michael no creía que ese ser fuera un anciano ni que se tratara del célebre san Ashlar de las leyendas de Donnelaith, el antiguo rey que se había convertido al cristianismo en los últimos días de dominio del Imperio romano en Inglaterra y que había permitido que su esposa pagana, Janet, muriera en la hoguera.

Pero sí había creído la siniestra historia que le relató Julien. Ese ser era, sin duda, uno de los numerosos Ashlar —uno de los poderosos Taltos del valle—, miembro de la misma especie que el ser al que Michael había dado muerte.

Estaba convencido de ello.

Michael había vivido demasiadas experiencias extrañas como para ponerlo en duda, y sin embargo no podía creer que ese personaje alto y bello fuera el viejo san Ashlar. Quizá no deseaba creerlo, por motivos que encajaban con las hipótesis que él había terminado por aceptar.

«Sí, estás viviendo una serie de experiencias totalmente nuevas, —se dijo Michael. Quizá eso explicara el hecho de que se lo tomara con una calma sorprendente—. Has visto a un fantasma; has oído su voz; sabes que estaba allí. Te reveló cosas que tú no podrías inventar. Viste a Lasher y lo oíste relatar su desgraciada historia, que también era algo inimaginable, una historia llena de nueva información y extraños detalles que todavía recuerdas con perplejidad, pese a que la tristeza que experimentaste cuando Lasher te la relató ya ha desaparecido y el propio Lasher se halla enterrado bajo un árbol.

»Y no olvides el momento en que enterraste el cadáver y arrojaste la cabeza junto a éste, y hallaste la esmeralda y la sostuviste en la mano, en la oscuridad, mientras el cuerpo decapitado de Lasher yacía en la húmeda fosa, esperando a ser cubierto con tierra.

Quizá uno acabase por acostumbrarse a todo, pensó Michael. Quizá eso era lo que le había sucedido a Stuart Gordon. No le cabía la menor duda de que Gordon era culpable, absolutamente culpable de todo. Yuri estaba convencido de ello. Pero ¿qué era lo que le había llevado a traicionar sus principios?

Michael reconocía que siempre había sido muy receptivo a esas oscuras y misteriosas cualidades celtas. Quizá su entusiasmo por la Navidad derivara de una inexplicable nostalgia de los rituales que se practicaban en aquellas islas; y quizá todos los pequeños adornos navideños que con tanto amor había acumulado durante años simbolizaran en cierto modo antiguos dioses celtas, revelasen un culto cargado de secretos paganos.

Su afición por las casas que había restaurado le permitió en ocasiones aproximarse, en la medida en que eso era posible en América, a aquella atmósfera de antiguos e impenetrables secretos, de misteriosos designios y conocimientos.

En cierto modo, Michael comprendía a Stuart Gordon. Y confiaba en que dentro de poco Tessa les explicaría, con toda claridad, los sacrificios y los graves errores de Gordon.

Sea como fuere, Michael había pasado por unas experiencias tan dramáticas que la serenidad que sentía ahora resultaba inevitable.

«Sí, has sufrido mucho, la vida te ha golpeado duramente y ahora estás aquí, junto a una taberna en esta pequeña y pintoresca aldea con su empinada calle de adoquines, pensando en todo ello sin la menor emoción. El ser que se encuentra a tu lado no es humano, aunque sea tan inteligente como cualquiera de ellos, y pronto se reunirá con una hembra de su misma especie, un hecho de tal trascendencia que nadie desea mencionarlo, quizá por respeto hacia el hombre que va a morir.

Es difícil viajar durante una hora en un coche junto a un hombre que va a morir.

Michael apagó el cigarrillo. Yuri salió de la taberna. Estaban listos para reemprender el camino.

—¿Has podido hablar con la casa matriz? —le preguntó Michael a Yuri.

—Sí, he hablado con varias personas. He hecho cuatro llamadas y he hablado con cuatro personas. Si esas cuatro personas, mis mejores y más viejos amigos, se hallan implicados en la conspiración, no tengo escapatoria.

Michael le propinó a Yuri una palmada en el hombro para tranquilizarlo y lo siguió hasta el coche.

De pronto, Michael decidió no obsesionarse más con la actitud de Rowan hacia el Taltos. Durante todo el trayecto se había sentido celoso y había estado a punto de pedirle al chófer que se detuviera para que Yuri ocupara el asiento delantero y él pudiera sentarse junto a su esposa.

No, no iba a dejarse abatir por los celos. No podía saber lo que Rowan pensaba o sentía cuando miraba a ese extraño ser. Puede que también él fuera un brujo debido a su perfil genético y a un extraño patrimonio que él ignoraba, pero no era capaz de adivinar el pensamiento de nadie. Desde el momento en que se habían encontrado con Ashlar, Michael comprendió que Rowan no sufriría daño alguno si hacía el amor con ese ser, puesto que, como ya no podía tener hijos, no padecería una hemorragia como las que habían acabado con la vida de las víctimas de Lasher.

En cuanto a Ash, si su deseo era acostarse con Rowan lo ocultaba con gran caballerosidad. Claro que sabía que iba a encontrarse con una hembra de su especie, quizá la última hembra Taltos que existía sobre la faz de la Tierra.

«Hay otro problema urgente —pensó Michael al sentarse en el asiento junto al conductor y cerrar la puerta del coche—. ¿Vas a cruzarte de brazos y dejar que ese gigante asesine a Stuart Gordon? Sabes perfectamente que no puedes hacerlo. No puedes asistir impasible al asesinato de una persona. Es imposible. La única vez que lo hiciste, sucedió de forma tan rápida, sólo el instante de apretar el gatillo, que apenas tuviste tiempo de reaccionar.

»Tú mismo has matado a tres personas. Y este estúpido cabrón, este loco que declara tener encerrada a una diosa, ha matado a Aaron.

A los pocos minutos habían dejado atrás la pequeña aldea, que se desvaneció entre las sombras. ¡Qué paisaje tan entrañable y apacible! En otro momento, Michael hubiera pedido que se detuvieran para dar un paseo por la carretera.

Cuando se volvió, le sorprendió comprobar que Rowan lo estaba observando. Se había vuelto también hacia un lado, con su pierna apoyada contra el asiento que había detrás de él, para poder mirarlo. Sus piernas medio desnudas resultaban muy provocativas, pero ¿qué importaba? Rowan se estiró la falda para taparse los muslos, envueltos en unas transparentes medias de nailon.

Michael apoyó el brazo en el respaldo de cuero viejo del asiento, dejando reposar la mano sobre el hombro de Rowan. Ella no se apartó, sino que lo miró con sus inmensos y misteriosos ojos grises, ofreciéndole algo mucho más íntimo que una sonrisa.

Él la había evitado durante el rato que permanecieron en la aldea, aunque no sabía exactamente por qué. En un impulso, decidió hacer algo vulgar y descortés.

Se inclinó hacia Rowan, le agarró la cabeza y la besó rápidamente. Luego se acomodó de nuevo en el asiento. Rowan pudo haberlo evitado, pero no lo hizo. Y cuando sus labios rozaron los suyos, Michael sintió en su corazón una leve punzada que poco a poco empezó a adquirir mayor intensidad. «¡Te quiero! ¡Démonos otra oportunidad!»

Tan pronto como hubo expresado ese ruego, se dio cuenta de que no estaba hablando con ella, sino consigo mismo acerca de ella.

Michael se reclinó en el asiento y miró por la ventanilla, observando cómo el cielo se oscurecía y perdía su último y sutil resplandor. Luego, volvió la cabeza y cerró los ojos.

Nada impedía que Rowan se enamorara locamente de ese ser que no podría dejarla preñada con un monstruo, nada excepto la lealtad a su marido y su propia voluntad.

Michael comprendió que no poseía la certeza de que esas dos razones bastaran para frenarla. Quizá nunca se volviera a sentir seguro respecto a su mujer.

Al cabo de veinte minutos anocheció por completo y el chófer encendió los faros. Podían estar circulando por cualquier autopista, en cualquier parte del mundo.

Al fin Gordon rompió el silencio, ordenando al chófer que girara a la derecha y tomara el siguiente camino a la izquierda.

El vehículo giró por un camino que conducía a una zona boscosa en la que crecían hayas y robles, junto a unos pocos árboles frutales que Michael no consiguió identificar. Los faros del coche iluminaban de vez en cuando unas flores de color rosa.

El segundo camino vecinal estaba sin asfaltar. El bosque se tornaba cada vez más denso. Quizá se tratara de los vestigios de un viejo bosque infestado de druidas, como los que antiguamente se extendían por todo el territorio de Inglaterra y Escocia, posiblemente por toda Europa, ese tipo de bosques que Julio César había arrasado sin piedad, a fin de obligar a los dioses de sus enemigos a huir para no morir aniquilados.

La luna brillaba en el cielo. Michael divisó un pequeño puente antes de que giraran de nuevo y enfilaran un camino que discurría junto a un pequeño y apacible lago. En el lado opuesto se alzaba una torre, tal vez una fortaleza normanda. Era un paraje tan romántico que

Michael supuso que los poetas del siglo pasado le habrían dedicado un sinfín de versos. Quizá incluso lo hubiesen construido ellos mismos, y se tratase de una de esas hermosas falsificaciones que habían florecido por doquier a medida que la reciente afición por las estructuras góticas revolucionaba la arquitectura en el mundo entero.

Pero al doblar un recodo y aproximarse a la torre, Michael la observó con mayor nitidez y pudo comprobar que se trataba de una torre típicamente normanda, de grandes proporciones, con una altura de unos tres pisos hasta las almenas. En las ventanas había luz. La parte inferior del edificio estaba rodeada de árboles.

Sí, era una torre normanda. Michael había visto algunas en su época de estudiante, cuando se dedicaba a recorrer los itinerarios turísticos de Inglaterra. Incluso resultaba posible que un sábado de estío de tantos años atrás que ya ni lo recordaba, hubiera contemplado esa misma torre que ahora se elevaba frente a ellos.

En cualquier caso, no se acordaba. El lago, el gigantesco árbol que tenía a su izquierda, todo el conjunto resultaba demasiado perfecto. Michael avistó los fundamentos de una estructura mayor que se hallaban diseminados a lo largo de una extensa zona, erosionados por la lluvia y el viento y medio ocultos por los matojos.

Después de atravesar un bosquecillo de jóvenes robles que ocultaban la torre, llegaron casi hasta sus puertas. Michael vio un par de coches aparcados frente a ella, así como dos diminutas luces que iluminaban un amplio portal.

El edificio presentaba un aspecto muy cuidado, habitable. La torre se hallaba perfectamente conservada, sin ningún añadido moderno que resultase visible. Una parra se aferraba a los muros de piedra, por encima del sencillo arco de la puerta.

Nadie pronunció palabra.

El chófer detuvo el coche en un pequeño claro cubierto de grava.

Michael se apeó apresuradamente y echó un vistazo a su alrededor. Pudo observar un frondoso jardín inglés que se extendía en dirección al lago y al bosque, repleto de plantas y flores primaverales cuyas siluetas apenas distinguía en la oscuridad. ¿Quién sabe qué tesoros se ocultaban allí, es que no se revelarían a sus ojos hasta el día siguiente, cuando amaneciera?

Aunque, bien pensado, nadie podía saber si se encontrarían aún allí cuando amaneciera.

Entre ellos y la torre se alzaba un inmenso alerce, sin duda el árbol más antiguo que Michael había contemplado en su vida.

Michael se dirigió hacia el venerable árbol, dejando atrás a su esposa. Pero no pudo reprimir el impulso.

Cuando se detuvo bajo sus gigantescas ramas alzó los ojos hacia la fachada de la torre y divisó una solitaria figura en la tercera ventana; tan sólo unos hombros y una cabeza diminuta. Se trataba de una mujer, con el cabello suelto y tal vez cubierto por un velo.

Michael oyó los pasos de los demás sobre la grava, pero no se movió. Deseaba permanecer en aquel lugar y admirar el sereno lago, en cuyas aguas se reflejaban delicados árboles frutales que ostentaban unas pálidas flores. Probablemente se tratara de ciruelos japoneses, unos árboles que crecían en primavera en Berkeley, California, y que conseguían que la luz de las callejuelas adquiriera un matiz rosado.

Michael deseaba guardar en su memoria todo esto. No quería olvidarlo jamás. Quizá aún no se había recuperado del largo viaje en avión, o puede que se estuviera volviendo loco como Yuri. Era una imagen que simbolizaba a la perfección la aventura que habían emprendido, sus horrores y revelaciones: la esbelta torre y la perspectiva de hallar en su interior una princesa.

El chófer apagó los faros del coche. Los otros pasaron junto a Michael. Rowan permaneció a su lado mientras él contemplaba el lago por última vez. Después vio la gigantesca silueta de Ash, que agarraba a Stuart Gordon por la muñeca. Éste avanzaba arrastrando los pies, como si estuviera a punto de desplomarse. Durante unos instantes, Michael sintió lástima de aquel anciano de cabellos grises. Cuando se aproximaron a la puerta, la luz iluminó los vulnerables tendones de su delgado cuello.

Sí, aquél era el momento supremo, pensó Michael, impresionado ante la idea de que en aquella torre vivía un Taltos hembra, como Rapunzel, y que Ash iba a matar al anciano al que conducía hacia la puerta de la torre.

Es posible que el recuerdo de ese momento —de esas imágenes, de la suave y fresca noche— fuera lo único que él consiguiera salvar de esa experiencia. Era muy probable.

Con gesto pausado pero firme, Ash le arrebató la llave a Stuart Gordon y la introdujo en la enorme cerradura de hierro. La puerta se abrió con moderna eficacia y ellos penetraron en el vestíbulo; aquel espacio estaba dotado de calefacción eléctrica y había sido decorado con unos amplios y confortables sillones de estilo neo-renacentista que exhibían unas amplias patas maravillosamente talladas y rematadas por unas garras, así como una tapicería algo raída, aunque valiosa y muy bella.

De los muros colgaban unos cuadros medievales, muchos de los cuales mostraban la imperecedera pátina de la pintura al temple con yema de huevo. En una esquina había una armadura cubierta de polvo. Otros tesoros aparecían diseminados aquí y allá, en deliberado desorden. Parecía el hogar de un hombre poético, un hombre enamorado del pasado de Inglaterra, quizá fatalmente desarraigado del presente.

A la izquierda, había una escalinata que seguía la curva de la pared a medida que descendía. La luz de una habitación del piso superior iluminaba el hueco de la escalera; Michael pensó que tal vez también proviniera de otras habitaciones.

Ash soltó a Stuart Gordon, se dirigió hacia la escalera, apoyó la mano en el poste y empezó a subir.

Rowan lo siguió en el acto.

Stuart Gordon parecía no haberse dado cuenta de que Ash lo había soltado.

—No la lastimes —dijo de pronto, como si eso fuera la única cosa que le preocupara—. No la toques sin su permiso —le rogó a Ash. La voz que brotaba de su esquelético y viejo rostro parecía constituir el último vestigio de su masculinidad—. ¡No le hagas daño a mi tesoro!

Ash se detuvo, miró a Gordon fijamente y luego subió la escalera.

Todos le siguieron, incluido Gordon, quien pasó apresuradamente junto a Michael y casi derribó a Yuri. Al llegar a la cima de la escalera alcanzó a Ash y ambos desaparecieron.

Cuando los otros llegaron arriba, se encontraron con una gran estancia decorada con la misma sencillez que el vestíbulo; sus muros eran los de la torre, salvo para dos pequeñas habitaciones con paredes y techo revestidos de madera antigua, que quizá servían de baños o vestidores. La espaciosa estancia contenía varios sofás y sillones cómodos y viejos, así como unas lámparas de pie con pantallas de pergamino que iluminaban algunos rincones de la habitación, aunque el centro estaba desnudo. Del techo pendía un candelabro de hierro cuyas velas proyectaban un amplio círculo de luz sobre el reluciente suelo.

Al cabo de unos instantes Michael advirtió que en la habitación había otra persona, medio oculta en las sombras. Yuri se volvió para mirarla.

Al otro lado del círculo de luz, frente a ellos, había una mujer muy alta sentada en un taburete, ante un telar. Un pequeño flexo iluminaba sus manos, pero no su rostro. Michael distinguió un fragmento de la labor que estaba realizando, un primoroso bordado de alegres pero sutiles colores.

Ash se detuvo y miró a la mujer. Ésta, a su vez, se volvió hacia él. Se trataba de la mujer de largos cabellos que Michael había visto en la ventana.

Todos permanecieron inmóviles, mientras Gordon corría hacia ella.

—¡Tessa! —exclamó, haciendo caso omiso de los otros, como si hubiera olvidado que estaban allí—. ¡Ya estoy aquí, cariño!

La mujer se levantó. Era mucho más alta que Gordon. Éste la abrazó y ella emitió un leve suspiro, apoyando delicadamente las manos sobre sus hombros. Pese a su estatura, era tan delgada que daba la impresión de ser más débil que él. Gordon la tomó por la cintura y la condujo hacia el círculo de luz.

Rowan la miró con expresión preocupada. Yuri parecía entusiasmado. El rostro de Ash era impenetrable; se limitó a observarla mientras se dirigía hacia ellos.

Entonces se detuvo bajo el candelabro, y la luz le iluminó la coronilla y la frente.

Parecía monstruosamente alta, tal vez por tratarse de una mujer.

Su rostro era perfecto, como el de Ash, pero menos alargado y pronunciado. Tenía una boca diminuta y bien dibujada, los ojos grandes y azules, de mirada bondadosa, y unas pestañas largas y espesas como las de Ash. Su abundante cabellera blanca le caía por la espalda, inmóvil y sedosa, más parecida a una nube que a una mata de pelo, tan fina que casi resultaba translúcida.

Llevaba un vestido violeta con un exquisito bordado debajo del pecho. Las mangas, largas y abombadas, ya pasadas de moda, se ceñían delicadamente a sus muñecas.

Michael pensó de pronto en Rapónchigo —o, mejor dicho, en todos los cuentos infantiles que había leído a lo largo de su vida—, en hadas, reinas y princesas de inequívoco poder. Cuando la mujer se acercó a Ash, Michael observó que su tez poseía una blancura casi nívea. Era como un cisne que se hubiera transformado en una princesa de mejillas firmes y lozanas, labios levemente brillantes y unas largas pestañas que enmarcaban sus maravillosos ojos azules.

La mujer arrugó el ceño, igual que una criatura a punto de romper a llorar.

—Taltos —murmuró, aunque sin manifestar el menor temor. Su expresión era triste.

Yuri lanzó una exclamación de asombro.

Gordon parecía perplejo, como si no hubiera estado preparado para que el encuentro se produjera en esas circunstancias. Durante unos instantes, mientras contemplaba con arrobo a su amor, pareció rejuvenecer.

—¿Es ésta la hembra? —preguntó Ash, sonriendo

levemente, sin apartar los ojos de la mujer pero tampoco sin hacer el menor gesto por estrechar la mano que ella le tendía. Luego continuó con voz pausada—: ¿Ésta es la mujer por la que asesinaste a Aaron Lightner, por la cual trataste de matar a Yuri, la hembra a la que querías proporcionar un Taltos macho a cualquier precio?

—¡No sabes lo que dices! —respondió Gordon con voz trémula—. Si tratas de hacerle daño, de palabra o acto, te mataré.

—No lo creo —replicó Ash—. Querida —añadió, dirigiéndose a la mujer—, ¿comprendes lo que digo?

—Sí —contestó ella suavemente, con una voz casi infantil—, Taltos —dijo, alzando las manos como una santa en éxtasis. Luego sacudió la cabeza y volvió a fruncir el ceño como si algo le preocupara.

¿Era la desgraciada Emaleth tan bonita y femenina como ella?

De pronto Michael vio cómo el rostro de Emaleth se desintegraba bajo el impacto de las balas y su cuerpo caía al suelo. ¿Era ésa la razón por la que lloraba Rowan, o era porque estaba cansada y le lloraban los ojos mientras presenciaba la escena entre Ash y la mujer? ¿Qué sentía ella aquellos momentos?

—Eres muy guapa, Tessa —dijo Ash, alzando levemente las cejas.

—¿Qué ocurre? —preguntó Gordon—. Hay algo que no funciona entre vosotros. ¿De qué se trata? —Gordon avanzó un paso pero sé detuvo, no deseaba interponerse entre ellos. Su potente voz expresaba una profunda tristeza. Tenía la habilidad de un orador, de alguien que sabe cómo convencer a sus interlocutores—. No imaginé que vuestro encuentro se produjera en estas circunstancias, rodeados de personas incapaces de comprender el verdadero significado de esto.

Gordon se encontraba demasiado emocionado para fingir. Sus gestos —ya no eran histéricos, sino trágicos. Ash permaneció inmóvil, sonriendo y observando a Tessa complacido mientras ella también esbozaba con su diminuta boca una alegre sonrisa.

—Sí, eres muy guapa —murmuró Ash. Luego se besó las yemas de los dedos y aplicó suavemente el beso a la mejilla de la mujer.

Tessa suspiró, estirando su largo cuello y dejando que el cabello se le desparramara por la espalda. Luego extendió las manos, y Ash la estrechó entre sus brazos y la besó. Sin embargo, Michael advirtió que la besaba sin pasión.

Gordon se interpuso entre ellos, le rodeó la cintura a Tessa con el brazo izquierdo y la obligó suavemente a retroceder.

—Aquí no, por favor. ¡Esto no es un vulgar burdel!

Luego se apartó de Tessa y se dirigió hacia Ash, con las manos unidas como si estuviera rezando, mirándolo sin temor, preocupado por algo más crucial para él que el hecho de salvar su propia vida.

—¿Qué lugar es el más idóneo para la boda de los Taltos? —solicitó con tono respetuoso, casi implorante—. ¿Cuál es el lugar más sagrado en Inglaterra, donde el perfil de St. Michael se extiende por la cima de la colina, y la derruida torre de la antigua iglesia de St. Michael se alza cómo un centinela?

Ash lo miró casi con tristeza, sereno, escuchándolo atentamente, mientras Gordon proseguía con su apasionado discurso.

—Déjame que os conduzca hasta allí, permíteme asistir a la boda de los Taltos de Glastonbury Tor —dijo, bajando el tono de voz y pronunciando las palabras de forma pausada—. Si consigo presenciar ese acontecimiento, ese milagro del nacimiento en la sagrada montaña, en el mismo lugar donde Jesús apareció en Inglaterra —allí donde han caído viejos dioses y han surgido otros nuevos, donde se ha derramado sangre en defensa de lo sagrado—, si consigo presenciar el alumbramiento del hijo de los Taltos plenamente conformado y unido en un abrazo a sus padres, el símbolo de la vida, ya no me importará seguir vivo o morir.

Gordon alzó la mano como si sostuviera en ella la Sagrada Forma. Se expresaba con voz sosegada, sin crispación, y sus ojos eran suaves y luminosos.

Yuri lo observó con manifiesto recelo.

Ash parecía la viva imagen de la paciencia, pero por primera vez Michael presintió una emoción más profunda y temible detrás de la mirada y la sonrisa de Ash.

—Entonces —continuó Gordon—, habré contemplado lo que siempre deseé. Habré asistido al milagro que cantan los poetas y sueñan los ancianos. Un milagro más grande que todos los que he presenciado desde que mis ojos pueden leer y mis oídos escuchar las historias que se me han relatado; o desde que mi lengua es capaz de articular palabras que expresen mis sentimientos más profundos.

»Concédeme estos últimos y preciosos momentos, la oportunidad de trasladarme a ese lugar. No queda lejos. Se encuentra sólo a un cuarto de hora de aquí, no tardaremos en llegar. Una vez en Glastonbury Tor, te entregaré la hembra, como un padre entregaría a su hija, mi tesoro, mi amada Tessa, y entonces podréis hacer lo que os plazca.

Gordon se detuvo y miró a Ash, sin moverse, con una expresión de profunda tristeza, como si sus palabras encerraran la tácita aceptación de su propia muerte.

No advirtió el silencioso pero evidente desprecio que reflejaba la mirada de Yuri.

Michael estaba perplejo ante la transformación que había experimentado el anciano, la fuerza y convicción de sus palabras.

—Glastonbury —murmuró Stuart—. Te lo ruego. Aquí no —dijo, sacudiendo la cabeza—. Aquí no —repitió. Luego guardó silencio.

Ash permaneció impasible. Después, suavemente, como si revelara un terrible secreto y con ello rompiera el corazón de un hombre sensible por el que sintiera una gran compasión, dijo:

—La unión no puede consumarse, no se producirá ningún nacimiento. —Ash pronunció estas palabras de forma pausada—. Tu hermoso tesoro es demasiado viejo. Es estéril. Su fuente se ha secado.

—¿Viejo? —replicó Stuart desconcertado, incrédulo—. ¡Viejo! —murmuró—. ¡Estás loco! ¿Cómo puedes decir eso? —inquirió, volviéndose hacia Tessa, la cual lo observaba imperturbable, sin mostrar el menor signo de dolor ni disgusto. Estás loco —repitió Stuart, alzando la voz—. ¡Mírala! —exclamó—. Mira su rostro, su cuerpo. Es magnífica. Te he traído una esposa de tal belleza que deberías caer de rodillas ante mí y darme las gracias —dijo Stuart desesperado, como si presintiera su derrota.

—Es posible que su rostro conserve su lozanía hasta el día que muera —respondió Ash con su habitual tono sosegado—. Todos los Taltos poseen un rostro juvenil, pero su cabello es completamente cano, está muerto. De su cuerpo no emana ningún aroma. Pregúntaselo a ella, si no me crees. Los humanos han pronunciado su nombre repetidamente. O quizá ha vivido aún más tiempo que yo. Su útero está muerto. Su fuente se ha secado.

Gordon ni siquiera trató de protestar. Se cubrió la boca con las manos, como si quisiera ocultar su dolor.

La mujer parecía un tanto perpleja, y sólo un poco disgustada. Se adelantó, rodeó con su largo y esbelto brazo los hombros de Gordon y dijo, dirigiéndose a Ash:

—Me juzgas por lo que los hombres han hecho conmigo a lo largo de los años, utilizándome en todas las aldeas y poblaciones a las que he acudido, causándome repetidas hemorragias, hasta que mi sangre se ha secado.

—No, no te juzgo —respondió Ash con vehemencia—. No te juzgo, Tessa. Te lo aseguro.

—¡Ah! —exclamó ella, sonriendo de modo alegre, como si aquella respuesta la hiciera sentirse profundamente feliz.

De pronto se volvió hacia Michael y hacia Rowan, que permanecía oculta entre las sombras, y los miró con afecto.

—Aquí no he sufrido esos horrores —dijo la mujer—. Stuart me ama de forma casta. Éste es mi refugio —añadió, extendiendo las manos hacia Ash—. ¿No quieres quedarte aquí conmigo? —preguntó, conduciendo a Ash hacia el centro de la habitación—. Podríamos charlar, bailar. Cuando te miro a los ojos oigo una música.

La mujer atrajo a Ash hacia ella y dijo con tono emocionado y sincero:

—Me alegro mucho de que hayas venido.

Luego miró a Gordon, el cual retrocedió mientras observaba la escena con el ceño arrugado, las manos sobre los labios, hasta chocar con una vieja silla de madera. Se dejó caer en ella, apoyó la cabeza en el respaldo y volvió el rostro. Era como si las fuerzas lo hubieran abandonado, como si se hubiera quedado sin aliento.

—Bailad conmigo —dijo Tessa—. Todos vosotros. ¿No queréis bailar conmigo?

La mujer extendió los brazos e inclinó la cabeza hacia atrás y agitó su cabellera, que parecía no tener vida, como el cabello blanco de los ancianos. Luego empezó a dar vueltas y más vueltas haciendo que la amplia falda de su vestido violeta se ahuecara y formase una especie de campana, mientras ella danzaba sobre las puntas de sus pies calzados con unas zapatillas de raso.

Michael no podía apartar los ojos de ella, fascinado por los sutiles movimientos con los que iba describiendo un amplio círculo, avanzando el pie derecho y luego el izquierdo, como si se tratara de una danza ritual.

En cuanto a Gordon, estaba tan abatido que inspiraba lástima. La negativa de Ash a unirse con la mujer había supuesto para él un golpe terrible, peor que la muerte.

Ash miraba también fijamente a Tessa, ligeramente conmovido, preocupado, incluso triste.

—Mientes —murmuró Stuart, hundido, desesperado—. Lo que dices es una mentira abominable.

Ash no se dignó contestar, sino que sonrió a Tessa y asintió con un movimiento de cabeza en señal de aprobación.

—Pon la música que me gusta, Stuart. Quiero que la oiga Ash —dijo la mujer, sonriendo y dedicándole una reverencia a Ash. Él se inclinó ante ella y la tomó de las manos.

La patética figura sentada en la silla parecía incapaz de moverse. De nuevo murmuró:

—No es cierto. —Sus palabras carecían de convicción.

Tessa empezó a tararear una canción mientras seguía girando.

—Interpreta mi música, Stuart, por favor.

—Yo lo haré —terció Michael en voz baja.

Acto seguido se volvió sin saber muy bien lo que buscaba, confiando en que no se tratara de un arpa o un violín, algo que requería la destreza de un músico experimentado, porque en tal casó haría el ridículo más espantoso.

Michael también se sentía deprimido, muy triste, incapaz de gozar de la sensación de alivio que hubiera debido sentir en aquellos momentos.

Durante unos instantes miró a Rowan, la cual parecía también tocada con un velo de tristeza, sus manos juntas y su figura erguida contra la barandilla de la escalera, siguiendo con la mirada todos los movimientos de Tessa, que había empezado a tararear una melodía que entusiasmaba a Michael.

Al fin Michael descubrió el equipo estereofónico, de diseño casi místicamente técnico y dotado de multitud de pequeñas pantallas digitales, botones y cables conectados a varios altavoces que se hallaban colgados en la pared a distancias aleatorias.

Michael se agachó, para intentar leer el nombre de la cinta que había dentro del reproductor de casetes.

—Es la música que le gusta a ella —dijo Stuart, mirando fijamente a la mujer—. No tienes más que apretar el botón. Es su música. No se cansa jamás de escucharla.

—Baila con nosotros —dijo Tessa—. ¿No te apetece bailar con nosotros? —insistió, acercándose a Ash.

Esta vez Ash no pudo resistirse a la invitación de la mujer. La tomó de las manos y luego la ciñó por la cintura como si se dispusieran a iniciar un vals, íntimamente abrazados.

Michael oprimió el botón del aparato.

A través de los numerosos altavoces empezaron a sonar los suaves y lentos acordes en un bajo sostenido de los instrumentos de cuerda, luego las trompetas, nítidas y resplandecientes, se impusieron sobre los vibrantes tonos del clavicordio y adoptaron la misma escala melódica para acabar asumiendo el protagonismo, seguidas por las cuerdas.

Ash guiaba airosamente a su pareja, trazando ambos con pasos ágiles y precisos unos armoniosos círculos.

Se trataba del Canon de Pachelbel. Michael reconoció de inmediato la obra, ejecutada de forma tan magistral como jamás la había oído interpretar, y en la que los instrumentos de viento alcanzaban la riqueza acústica que había pretendido el compositor.

Jamás nadie compuso obra musical más melancólica, más entregada al romanticismo.

La música fue adquiriendo intensidad y trascendiendo los límites del barroco; las trompetas, las cuerdas y el clavicordio ejecutaban diversas melodías que se entrelazaban entre sí con una riqueza desgarradora, lo cual confería a la pieza un carácter a la vez conmovedor e intemporal.

La pareja continuó bailando, sus cabezas levemente inclinadas, trazando de forma pausada unos gráciles pasos al ritmo de la melodía. Ash miró a Tessa complacido. A medida que la música iba adquiriendo intensidad, cuando las trompetas emitieron unos delicados y vibrantes trinos, perfectamente controlados, y todas las voces instrumentales se unieron en el momento más jubiloso de la obra, Ash y Tessa empezaron a girar con mayor rapidez, describiendo unos círculos cada vez más amplios.

La falda de Tessa parecía flotar en torno a ella mientras sus diminutos pies se movían con elegancia, los tacones resonando levemente sobre el suelo de madera, su sonrisa más espléndida que nunca.

De pronto Michael percibió otro sonido que se unió a la danza —pues el Canon, cuando era interpretado de ese modo, parecía una danza— y comprendió que era la voz de Ash, el cual estaba cantando. Tan sólo tarareaba la música, sin pronunciar palabra. Tessa se apresuró a imitarlo, y ambas voces se elevaron sobre el profundo y brillante sonido de las trompetas, al ritmo de los *crescendo* de la melodía, mientras giraban a gran velocidad con las espaldas erguidas, y riendo radiantes de felicidad.

A Rowan se le llenaron los ojos de lágrimas mientras contemplaba al hombre, alto y de porte majestuoso, y a la airosa y grácil reina de las hadas. El anciano sentado en la silla, agarrado al brazo de ésta como si se hallase al límite de sus fuerzas, también estaba profundamente conmovido.

Yuri parecía estar a punto de derrumbarse, de perder el control. Pero permanecía inmóvil, apoyado en la pared, contemplando la escena.

Ash miraba a su pareja embelesado, con adoración, girando la cabeza de un lado al otro y moviéndose cada vez más deprisa.

Siguieron bailando y girando en medio del círculo de luz, desplazándose hacia las sombras y apareciendo de nuevo en el centro de la habitación, cantando como si se brindaran mutuamente una serenata; el rostro de Tessa expresaba la alegría de una niña a la que acabaran de conceder su deseo más ferviente.

Michael pensó que debían retirarse —Rowan, Yuri y él— para permitir que Ash y Tessa disfrutaran de su tierno y conmovedor encuentro.

Quizá éste fuese el único abrazo del que gozarían.

Ambos parecían haberse olvidado de la compañía, así como de la suerte que les tenía reservado el destino.

Pero ni él ni ninguno de los presentes pudo retirarse. El baile continuó hasta que el ritmo se tornó más lento, hasta que los instrumentos empezaron a sonar con más suavidad, anunciando el fin de la pieza, y las distintas líneas melódicas del Canon confluyeron en una única y potente voz, que al cabo de unos segundos empezó a disiparse mientras la trompeta emitía una última nota antes de que se hiciera definitivamente el silencio.

La pareja se detuvo en el centro de la habitación, la luz del candelabro iluminando sus rostros y su cabello.

Michael se apoyó en el muro de piedra, incapaz de moverse, mirándolos fijamente.

Esa clase de música podía herirte profundamente. Provocaba el recuerdo de las frustraciones y la soledad. Era como si dijera: «Así es la vida. Tenlo presente.»

Silencio.

Ash tomó las manos de la reina de las hadas, examinándolas detenidamente, y las besó. Tessa permaneció inmóvil, mirándolo como si estuviera enamorada, quizá no de él, sino de la música, el baile y la luz, de todo.

Ash la condujo de nuevo hacia el telar, obligándola suavemente a tomar asiento en el taburete.

Al volverse y contemplar el tapete que estaba bordando, Tessa pareció olvidarse de todos los presentes, incluso de Ash, y sus ágiles dedos reanudaron de inmediato la labor.

Ash retrocedió, procurando no hacer ruido, y luego se volvió y miró a Stuart Gordon.

El anciano no protestó ni suplicó. Permaneció sentado de lado en la silla mientras su mirada se dirigía de Ash a Tessa, y de nuevo a Ash.

Había llegado el trágico momento, pensó Michael.

Pero quizá una historia, una extensa explicación, un argumento desesperado consiguiera demorarlo.

Sin duda, Gordon trataría de hacerlo. Alguien debía intentarlo. Era preciso hacer algo para salvar la vida de aquel desgraciado ser humano; justamente porque era eso, un ser humano, alguien debía impedir su inmediata ejecución.

—Quiero los nombres de los otros —dijo Ash con su habitual tono calmado—. Quiero saber quiénes fueron tus compinches, tanto dentro como fuera de la Orden.

Stuart tardó unos minutos en responder. No se movió, ni rehuyó la mirada de Ash.

—No —contestó al fin—. Jamás te daré esos nombres.

Era una respuesta definitiva. Michael comprendió que ninguno de ellos conseguiría convencer al anciano, el cual permanecía encerrado en su dolor.

Ash se dirigió lentamente hacia Gordon.

—Espere —dijo Michael—. Se lo ruego, Ash, espere.

Ash se detuvo y miró solícito a Michael.

—¿Qué pasa, Michael? —preguntó, fingiendo no saber a qué se debía ese ruego.

—Deje que Gordon nos revele lo que sabe —contestó Michael—. Deje que nos cuente su historia.

Todo había cambiado. Todo resultaba más fácil. Ella yacía en los brazos de Morrigan y Morrigan yacía en los de ella…

No se despertó hasta el atardecer.

Había tenido un sueño fantástico. Era como si Gifford, Alicia y la anciana Evelyn hubieran estado con ella, sin muertes ni sufrimiento, sino bailando, sí, bailando en un círculo.

Mona se encontraba en la gloria. Aunque más tarde no recordara el sueño, nadie le podía robar la sensación de bienestar que estaba sintiendo en esos momentos. El cielo tenía un color violáceo, como le gustaba a Michael.

Mary Jane se hallaba de pie junto a ella, con el rostro enmarcado por su espléndida cabellera rubia, tan atractiva como siempre.

—Eres como Alicia en el País de las Maravillas —dijo Mona—. A partir de ahora te llamaré Alicia.

«Todo irá perfectamente, te lo prometo.»

—He preparado la cena —dijo Mary Jane—. Le dije a Eugenia que podía librar esta noche. Espero que no te importe; cuando vi la despensa me volví loca.

—Por supuesto que no me importa —respondió Mona—. Ayúdame a levantarme; eres una prima estupenda.

Mona se levantó de un salto, completamente despejada. Se sentía ágil y libre, como el bebé que llevaba en el vientre, un bebé con una larga cabellera pelirroja flotando en el liquido amniótico, igual que una muñequita de goma dotada de diminutos brazos y piernas.

—He preparado unos ñames, arroz, ostras gratinadas y pollo asado con mantequilla y estragón.

—¿Dónde aprendiste a cocinar? —preguntó Mona. Luego se detuvo y abrazó a Mary Jane—. No existe nadie como nosotros, ¿verdad? Me refiero a nuestra familia.

—Desde luego —contestó Mary Jane, sonriendo—. Es genial. Te quiero, Mona Mayfair.

—Me alegra saberlo —contestó Mona.

Al llegar a la puerta de la cocina, Mona asomó la cabeza y exclamó:

—¡Caray! ¡Menuda cena has preparado!

—Para que veas —respondió Mary Jane, sonriendo con orgullo y mostrando una dentadura perfecta—. Cocino desde los seis años. En aquel entonces mi madre vivía con un cocinero, ¿sabes? Más tarde trabajé en un elegante restaurante de Jackson, Mississippi. Jackson es la capital, ¿sabes? Los senadores acudían a comer al restaurante donde yo trabajaba. Un día les dije a los dueños: «Si queréis que trabaje aquí, dejad que mire lo que hace el cocinero y así aprenderé a cocinar.» ¿Qué quieres beber?

—Leche, me muero de ganas de beber leche —respondió Mona—. Pero no entres todavía. Mira, es la hora mágica del crepúsculo; el momento preferido de Michael.

Desgraciadamente, no recordaba quién había junto a ella en el sueño. Tan sólo persistía la sensación de cariño, de profundo bienestar.

Durante unos momentos pensó en Michael y Rowan. ¿Lograrían descubrir al asesino de Aaron? Mona confiaba en que juntos consiguieran superar todos las dificultades, es decir, si cooperaban el uno con el otro.

En cuanto a Yuri, su destino lo llevaría seguramente por rumbos distintos al de ellos.

Cuando llegase el momento, todo el mundo lo comprendería.

Las flores resplandecían. Era como si todas las plantas cantaran. Mona se apoyó contra la puerta y unió su canturreo al de las flores, como si un remoto rincón de su memoria, allí donde se almacenaban todas las cosas delicadas y bonitas, le dictara las palabras de la canción. En el aire flotaba un agradable aroma... ¡Era la dulce fragancia de los olivos!

—Anda, vamos a cenar —dijo Mary Jane.

—De acuerdo, de acuerdo —contestó Mona; alzando los brazos en un gesto de resignación y despidiéndose de la noche.

Luego entró en la cocina, como sumida en exquisito trance, y se sentó ante la magnífica mesa que Mary Jane había dispuesto. Había sacado la vajilla Royal Antoinette, que ostentaba un delicado dibujo y cuyos platos tenían el borde dorado. Qué chica tan fantástica y tan lista, pensó Mona. Sólo ella era capaz de dar con la mejor porcelana dejándose guiar sólo por su instinto. Su prima parecía ofrecer un amplio abanico de posibilidades, pero ¿era realmente tan aventurera como parecía? Qué ingenuo había sido Ryan al llevarla allí y dejarlas a solas a las dos.

—Nunca había visto una vajilla como ésta —dijo Mary Jane con entusiasmo—. Es como si estuviera fabricada con un tejido almidonado. ¿Cómo lo hacen? —preguntó, depositando sobre la mesa una botella de leche y una caja que contenía chocolate en polvo.

—No eches ese veneno en la leche, por favor —dijo Mona, cogiendo el envase para abrirlo apresuradamente y llenar el vaso.

—¿Cómo pueden fabricar unas piezas de porcelana que no sean lisas? No lo entiendo, a menos que la porcelana sea tan maleable como la masa de pan antes de cocerla, y aun así…

—No tengo la menor idea —respondió Mona—, pero siempre he adorado esta vajilla. En el comedor no produce tanto impacto, puesto que su belleza queda ensombrecida por los murales. Pero en la mesa de la cocina queda perfecta. Has tenido un gran acierto al colocar los tapetes individuales de encaje Battenberg. Aunque haya pasado poco rato desde que acabamos de comer, me siento hambrienta. Es increíble, pero tengo un apetito voraz.

—No ha pasado poco rato, y tú apenas probaste bocado —dijo Mary Jane—. Tenía miedo de que te enfadaras conmigo por haber sacado estas cosas, pero luego pensé: «Si Mona se molesta por ello, volveré a recogerlas y punto.»

—Cariño, por un tiempo la casa es nuestra —contestó Mona con aire triunfal.

¡Qué rica estaba la leche! Mona se la bebió con tal ansia que derramó unas gotas sobre la mesa.

«Bebe más.»

—Ya lo hago —dijo Mona.

—Ya lo veo —respondió Mary Jane, sentándose junto a ella. Todas las fuentes contenían cosas deliciosas.

Mona se sirvió una generosa porción de arroz, sin salsa. Era fantástico. Empezó a comer sin esperar a que se sirviera Mary Jane, que insistía en añadir varias cucharadas de chocolate en polvo a su vaso de leche.

—Espero que no te importe. El chocolate me encanta. No puedo vivir sin él. Antes me comía todos los días un bocadillo de chocolate. ¿Sabes cómo se prepara? Colocas un par de barras de chocolate entre dos rebanadas de pan blanco y luego añades unas rodajas de plátano y azúcar. Está delicioso.

—Te comprendo, yo pensaría lo mismo que tú si no estuviera embarazada. Una vez me zampé una caja entera de chocolates rellenos de cerezas —dijo Mona, engullendo una cucharada tras otra de arroz. Ningún chocolate podía compararse a aquello. Los chocolates rellenos de cerezas se le antojaron ahora una insignificancia. Lo más curioso es que le apetecía comer pan blanco—. Supongo que necesito tomar hidratos de carbono —dijo—. Es lo que me dicta mi bebé.

«¿Se reía, o cantaba?»

Daba lo mismo; todo era muy sencillo, muy natural; Mona se sentía en paz con el mundo entero, y no le costaría ningún esfuerzo hacer que Michael y Rowan participaran de esa armonía. Satisfecha, se repantigó en la silla. De pronto tuvo una visión, una visión del cielo tachonado de estrellas. La bóveda celeste aparecía negra, pura y fría, había unas personas cantando y las estrellas tenían un aspecto magnífico, sencillamente magnífico.

—¿Cómo se llama la canción que tarareas?

—Calla, ¿no has oído un ruido?

Ryan acababa de llegar. Mona oyó su voz en el comedor. Estaba hablando con Eugenia. Era magnífico ver a Ryan, pero no dejaría que se llevara a Mary Jane.

En cuanto Ryan entró en la cocina y Mona vio su cara de cansancio, sintió lástima de él. Todavía llevaba el traje oscuro que se había puesto para el funeral. Debió haber elegido un traje de mil rayas, como solían hacer los hombres en verano. A Mona le encantaba ver a los ancianos tocados con un sombrero de paja.

—Siéntate con nosotras, Ryan —dijo Mona, engullendo otra gigantesca cucharada de arroz—. Mary Jane ha preparado un auténtico festín.

—Siéntate aquí —terció Mary Jane, levantándose de un salto—. Te traeré un plato, primo Ryan.

—No puedo quedarme, querida —respondió Ryan, esmerándose en mostrarse cortés con Mary Jane, la «prima del campo»—. Tengo prisa. Pero te agradezco tu invitación.

—Ryan siempre tiene prisa —dijo Mona—. Antes de irte, date un paseo por el jardín. Está precioso. Mira el cielo, escucha a los pájaros. Y si no lo has hecho nunca, aspira el aroma de los olivos.

—¿Crees que es bueno comer tanto arroz, teniendo en cuenta tu estado?

Mona reprimió la risa.

—Anda, siéntate y toma un vaso de vino, Ryan —dijo—. ¿Dónde está Eugenia? ¡Eugenia! ¡Trae un poco de vino!

—No me apetece beber vino, Mona, gracias —contestó Ryan. Cuando al cabo de unos instantes apareció Eugenia, enojada y con cara de pocos amigos, Ryan le indicó con un gesto que podía retirarse. Eugenia obedeció.

Pese a su cansancio e irritación, Ryan estaba muy guapo y presentaba un aspecto tan pulido que parecía que le hubieran sacado brillo con una gamuza. Mona sintió de nuevo deseos de soltar una carcajada. Decidió beberse, otro trago de leche, o mejor, todo el vaso. Arroz y leche. No era de extrañar que los texanos fueran tan aficionados al arroz con leche.

—Déjame que te llene el plato, primo Ryan. No tardo nada —insistió Mary Jane.

—No, Mary Jane, gracias. Quiero decirte algo, Mona.

—¿Ahora mismo? ¿No puedes esperar a que acabemos de cenar? Está bien, suéltalo. ¿Tan grave es?

—Mona se sirvió otro vaso de leche, derramando unas gotas sobre la mesa—. Después de todo lo que ha pasado... Sabes, lo malo de esta familia es su conservadurismo puro y duro. ¿Lo he dicho bien?

—Estoy hablando con usted, señorita Cerdita —contestó Ryan.

Mona y Mary Jane se echaron a reír.

—Acabarán contratándome de cocinera —dijo Mary Jane—, aunque lo único que hice fue echar un poco de mantequilla y ajo.

—¡Así que es la mantequilla! —exclamó Mona, señalando a Mary Jane—. ¿Dónde está la mantequilla? Ése es el secreto, echar grandes cantidades de mantequilla. —Mona cogió una rebanada de pan blanco y una generosa ración de mantequilla tibia, la cual había empezado a derretirse sobre el platito.

Ryan consultó su reloj, una señal infalible de que no permanecería allí más de cuatro minutos. Pero no había dicho una sola palabra acerca de llevarse a Mary Jane.

—¿Qué me querías decir? —preguntó Mona—. No te cortes. Podré soportarlo.

—No estoy seguro de ello —contestó Ryan, muy serio.

Su respuesta provocó otro ataque de hilaridad en Mona y Mary Jane. O puede que fuera la expresión de Ryan. Mary Jane, que estaba de pie junto a Ryan, se tapó la boca con la mano, en un vano intento de disimular su risa.

—Me marcho, Mona —dijo—. He dejado unas cajas llenas de papeles en el dormitorio principal. Son unos documentos que me pidió Rowan, unos apuntes que redactó en su habitación de Houston. —Ryan señaló con una mirada a Mary Jane, insinuando que ésta no debía enterarse de nada.

—Ah, sí, las notas —contestó Mona—. Anoche te escuché hablar sobre ellas. Una vez oí una historia muy curiosa sobre Daphne Du Maurier. ¿Sabes quién es, Ryan?

—Por supuesto.

—Pues bien, resulta que su libro, *Rebeca*, lo concibió como un experimento para comprobar cuánto tiempo podía estar sin nombrar la narradora, que es a su vez la protagonista de la obra. Me lo contó Michael. Es una anécdota auténtica. Al llegar al final del libro, el experimento ya no tenía importancia. Sin embargo, el lector nunca llega a averiguar el nombre de la segunda esposa de Maxim de Winter en la novela, ni tampoco en la película. ¿La has visto?

—¿Y eso qué tiene que ver con lo que estamos hablando?

—Tú haces lo mismo, Ryan, creo que morirás sin haber pronunciado el nombre de Lasher —respondió Mona, estallando en una carcajada.

Mary Jane también se echó a reír, como si estuviera informada del asunto.

No hay nada más divertido que ver a alguien riéndose de un chiste, excepto ver a alguien que te mira indignado, sin esbozar siquiera una sonrisa.

—No toques esas cajas —dijo Ryan con aire solemne—. Pertenecen a Rowan. Hay algo que debo decirte sobre Michael, algo que hallé en un árbol genealógico que figura en uno de esos papeles. Haz el favor de sentarte, Mary Jane, y termina de cenar.

—¿Un árbol genealógico? —repitió Mona—. ¡Caray! Puede que Lasher supiera cosas que nosotros ignoramos. La genealogía no es tan sólo una afición en esta familia, Mary Jane, sino una verdadera obsesión. Ya han pasado cuatro minutos, Ryan.

—¿A qué te refieres?

Mona le explicó entre carcajadas que se le había acabado el tiempo, que tenía que marcharse. Creyó que le iba a dar un ataque de tanto reír.

—Ya sé lo que vas a decir —terció Mary Jane, levantándose de un salto, como si resultara obligado ponerse en pie para sostener una conversación tan seria y trascendente como aquélla—. Vas a decir que Michael Curry es un Mayfair. ¡Ya te lo dije!

Ryan empalideció.

Mona apuró el cuarto vaso de leche. Tras haberse terminado su arroz, cogió el bol y lo inclinó sobre su plato, dejando que cayera sobre él otra montaña de humeantes granos de arroz.

—No me mires de esa forma, Ryan —dijo Mona—. ¿Qué ibas a decirme sobre Michael? ¿Acaso tiene razón Mary Jane? Ella dijo que la primera vez que vio a Michael se dio cuenta de que era un Mayfair.

—Lo es —declaró Mary Jane—. Enseguida advertí su parecido con la familia. ¿Sabes a quién se parece? A ese cantante de ópera.

—¿A quién te refieres? —preguntó Ryan.

—¿Un cantante de ópera? —preguntó Mona.

—Tyrone MacNamara. Beatrice tiene unas fotos de él colgadas en la pared. El padre de Julien. Debe de ser tu bisabuelo, Ryan. En el laboratorio genealógico vi a un montón de gente que se parecía a él, con unos rasgos típicamente irlandeses. ¿No os habíais fijado? Es lógico, porque todos tenéis sangre irlandesa, sangre francesa…

—Y sangre holandesa —apostilló Ryan con voz tensa. Miró a Mona y luego a Mary Jane—. Tengo que irme.

—Espera un segundo —dijo Mona, engullendo apresuradamente una cucharada de arroz y bebiendo después un trago de leche—. ¿Era eso lo que ibas a contarme? ¿Que Michael es un Mayfair?

—Hay una mención en esos papeles —respondió Ryan— que al parecer hace referencia explícita a Michael.

—¡Es increíble! —exclamó Mona.

—Esto es como la realeza —soltó Mary Jane—. Todos los primos se casan entre sí. ¡Y he aquí a la zarina en persona!

—Me temo que tienes razón —dijo Ryan—. ¿Has tomado algún medicamento, Mona?

—Por supuesto que no. ¿Me crees capaz de hacerle eso a mi hija?

—Bien, tengo que irme —dijo Ryan—. Portaos bien. Recordad que la casa está rodeada de guardias. No os mováis de aquí, y no incordiéis a Eugenia.

—No te vayas, Ryan —le rogó Mona—. Nos divertimos mucho contigo. ¿Qué quieres decir con eso de que no incordiemos a Eugenia?

—Cuando hayas recobrado el juicio —dijo Ryan—, te agradecería que me llamaras. ¿Y si el niño es un varón? Supongo que no irás a arriesgar tu vida haciéndote una de esas pruebas para determinar el sexo de la criatura…

—No es un varón, estoy segura —contestó Mona—. Es una niña, y le he impuesto el nombre de Morrigan. Ya te llamaré, ¿de acuerdo?

Después de esto, Ryan salió de la forma en que sólo él sabía hacerlo, es decir, con pasos rápidos pero sin denotar urgencia en su marcha, como suelen hacer las monjas o los médicos, sin apenas ruido ni aspavientos.

—No toquéis esos papeles —dijo desde el *office*.

Mona se reclinó en la silla y respiró hondo. Dedujo que Ryan sería la última persona adulta que aparecería por allí para controlar lo que hacían.

¿Sería cierto lo que había dicho sobre Michael?

—¿Tú crees que es verdad? —preguntó a Mary Jane—. Subamos a echar un vistazo a esos papeles.

—Pero Ryan dijo que esos papeles pertenecen a Rowan —protestó Mary Jane—. Nos dijo que no debíamos tocarlos. Anda, sírvete un poco de pollo con bechamel. ¿No te apetece? Me ha salido buenísimo.

—¡Bechamel! No dijiste nada de la bechamel. Morrigan no quiere comer carne. No le gusta. Mira, tengo derecho a ver esos papeles. Si él escribió unas notas...

—¿Quién es él?

—Lasher. Lo sabes perfectamente. No me digas que tu abuela no te dijo nada.

—Claro que me lo dijo. ¿Crees en él?

—¿Que si creo en él? Casi me mata. Por poco paso a formar parte de una estadística, como mi madre, tía Gifford y las demás mujeres de la familia a las que asesinó. Cómo no voy a creer en él, si está... —Mona se detuvo y señaló el jardín, concretamente la encina. No, era preferible no contárselo a Mary Jane, había jurado a Michael que jamás le diría a nadie que estaba enterrado allí, junto con la otra víctima inocente, Emaleth, que tuvo que morir aun sin haber hecho daño a nadie.

«No te preocupes, Morrigan, cariño mío, no dejaré que te ocurra nada malo.»

—En fin, es una historia muy larga que ahora no tengo tiempo de contarte —dijo Mona.

—Sé quién es Lasher —respondió Mary Jane—. Sé lo que pasó. Me lo contó la abuela. Los otros no dijeron claramente que había asesinado a unas mujeres. Sólo dijeron que la abuela y yo teníamos que venir a Nueva Orleans y alojarnos en casa de alguno de vosotros. Pero no lo hicimos y no nos ha pasado nada malo.

Mary Jane se encogió de hombros e inclinó la cabeza hacia un lado.

—Os podía haber costado muy caro —respondió Mona. La bechamel estaba riquísima con el arroz. ¿A qué viene esta comida blanca, Morrigan?

«Los árboles estaban repletos de manzanas, y su carne era blanca, y los tubérculos y las raíces que arrancamos de la tierra eran blancos, y estábamos en el paraíso.» ¡Cómo brillan las estrellas! ¿Era el mundo en aquellos días realmente tan puro y maravilloso? ¿O existían como hoy unas amenazas tan graves que todo estaba corrompido? Si vives atemorizado, ¿qué importa...?

—¿Qué pasa, Mona? —preguntó Mary Jane—. ¿Te has dormido?

—No pasa nada —contestó Mona—. He recordado un fragmento del sueño que tuve cuando estaba tumbada en el jardín. Estaba conversando con alguien. Sabes, Mary Jane, es preciso que la gente aprenda a comprender a los demás. Ahora mismo, tú y yo estábamos aprendiendo a entendernos. ¿Sabes lo que quiero decir?

—Claro. Así no tendrás más que llamar a Fontevrault y decirme: «Mary Jane, te necesito», y yo cogeré la furgoneta y acudiré corriendo.

—Sí, eso es exactamente a lo que me refiero. De este modo tú lo sabrás todo sobre mí y yo sobre ti. Ha sido el sueño más feliz que he tenido en la vida. Era tan... alegre. Todos bailábamos alrededor de una hoguera. Normalmente el fuego me da miedo, pero en el sueño me sentía libre, totalmente libre. Nada me preocupaba. Necesitamos otra manzana. No fueron los invasores quienes inventaron la muerte. Ésa es una idea absurda, aunque comprendo que todos pensaran que ellos... Todo depende de cómo lo mires, y si no tienes un concepto claro del tiempo, si no comprendes la importancia del tiempo… Es evidente que los pueblos primitivos que se alimentaban de lo que cazaban sí lo tenían, igual que los pueblos agricultores, pero quienes habitan en paraísos tropicales quizá no desarrollen este tipo de relaciones porque para ellos los ciclos no existen. La aguja está fija en el cielo. ¿Comprendes lo que quiero decir?

—No.

—Pues presta atención y lo comprenderás. En el sueño que tuve, era como si los invasores hubieran inventado la muerte. Pero ahora comprendo que lo que en realidad habían inventado era matar, no la muerte. Es muy distinto.

—Allí hay un frutero lleno de manzanas. ¿Te traigo una?

—Más tarde. Quiero subir a la habitación de Rowan —contestó Mona.

—Deja que termine de comer —le rogó Mary Jane—. No subas sin mí. Aunque no sé si tenemos derecho a entrar en su habitación.

—A Rowan no le importaría. Puede que a Michael sí. Pero, sabes —dijo Mona, imitando la forma de hablar de Mary Jane—, me importa un pito.

A Mary Jane le dio tal ataque de risa que casi se cae de la silla.

—¡Qué mala eres! —dijo—. Vamos. De todos modos, el pollo es más bueno cuando está frío.

«Y la carne del mar era blanca, la carne de los langostinos y los peces, de las ostras y las almejas. Blanca y pura. Los huevos de las gaviotas eran preciosos, con una cáscara completamente blanca, y cuando los rompías aparecía un enorme ojo dorado, flotando en un líquido transparente, que parecía observarte fijamente.»

—¿Mona?

Mona se detuvo en la puerta que comunicaba con el

office y cerró los ojos. Sintió que Mary Jane le cogía la mano.

—No —dijo, suspirando—. Ha vuelto a desaparecer.

Mona se llevó la mano al vientre, separando los dedos para palparlo y notar los pequeños movimientos del bebé. Qué bonita es Morrigan. Es pelirroja como yo. *¿De veras tienes el cabello rojo, mamá?*

—¿Acaso no puedes verme?

«Te veo en los ojos de Mary Jane.»

—¿Quieres que te traiga una silla para que te sientes, Mona? —preguntó Mary Jane.

—No, estoy perfectamente —contestó Mona, abriendo los ojos. De pronto sintió una maravillosa inyección de energía. Extendió los brazos y echó a correr a través del *office*, el comedor y el pasillo y subió apresuradamente la escalera.

—¡Vamos, sígueme! —le gritó a Mary Jane.

Era fantástico correr de aquel modo. Era una de las cosas que añoraba de su infancia, el no haber corrido nunca por la avenida de St. Charles con los brazos extendidos. Subir los escalones de dos en dos. Dar la vuelta a la manzana corriendo para ver si era capaz de hacerlo sin detenerse, sin desmayarse, sin ponerse a vomitar.

Mary Jane subió corriendo la escalera tras ella.

La puerta del dormitorio estaba cerrada. Probablemente la hubiera cerrado el bueno de Ryan.

Pero no. Al abrirla, Mona comprobó que la habitación estaba en penumbra. Pulsó el interruptor y la araña de cristal que colgaba del techo se encendió, iluminándose así el amplio lecho, el tocador, las cajas.

—¿Qué es ese olor? —preguntó Mary Jane.

—Lo has notado, ¿verdad?

—Claro.

—Es el olor de Lasher —murmuró Mona.

—¿Lo dices en serio?

—Sí —contestó Mona, mirando el montón de cajas de cartón—. ¿Qué te parece ese olor?

—Hummm, es agradable. Me recuerda al olor del caramelo, el chocolate o la canela, o algo parecido. ¡Uf! ¿De dónde sale? ¿Sabes una cosa?

—¿Qué? —preguntó Mona, acercándose a las cajas.

—Unas personas han muerto en esta habitación.

—¡No me digas! Eso lo sabe todo el mundo, Mary Jane.

—¿Te refieres a Mary Beth Mayfair, a Deirdre y a ese asunto? Ya lo sé. Me enteré cuando Rowan permanecía enferma en esta habitación, y Beatrice nos llamó a la abuela y a mí para que viniéramos a Nueva Orleans. Me lo dijo la abuela. Pero en esta habitación ha muerto otra persona, alguien que olía como él. ¿No notas tres olores distintos? Uno es el olor de él, el otro es el de la otra persona y el tercero es el olor de la muerte.

Mona permaneció inmóvil, tratando de percibir esos tres olores, pero no lo consiguió. De pronto sintió una aguda punzada de dolor al recordar lo que Michael le había descrito, la joven delgada que en realidad no era humana; Emaleth. Oyó el estallido de la bala. Mona se tapó las orejas.

—¿Qué diantres te pasa, Mona Mayfair?

—¿Dónde sucedió? —preguntó Mona, cubriéndose las orejas con las manos y cerrando los ojos con fuerza. Al cabo de unos segundos los abrió y miró a Mary Jane, que se hallaba de pie frente a la lámpara, medio en sombras, observando a Mona con sus enormes y relucientes ojos azules.

Mary Jane echó un vistazo a su alrededor sin apenas mover el cuerpo, tan sólo girando un poco la cabeza. Luego dio un rodeo a la cama. Su cabeza parecía más redonda y pequeña de lo habitual debajo de su suave cabello liso. Se detuvo al otro lado de la cama y dijo con voz profunda y solemne:

—Aquí. Alguien murió aquí mismo. Alguien que olía como él, pero que no era él.

Mona oyó un grito, tan potente y violento que resultaba diez veces más espantoso que la detonación de la bala. Aterrada, se tocó el vientre. «Basta, Morrigan, basta. Te prometo...»

—Tienes mal aspecto, Mona. ¿Vas a vomitar?

—¡Claro que no! —replicó Mona, estremeciéndose. Luego empezó a tararear una canción, sin preguntarse siquiera dónde la había oído, una canción muy bonita que probablemente acababa de inventarse.

Se volvió y contempló el atrayente montón de cajas.

—Las cajas también huelen a él —dijo Mona—. Es un olor muy fuerte. Sabes, jamás he conseguido que otro miembro de la familia reconociera haber percibido ese olor.

—Se encuentra en todas partes —respondió Mary Jane, situándose junto a Mona. Ésta se sintió algo acomplejada ante la elevada estatura de su prima y sus prominentes pechos—. Tienes razón, las cajas también están impregnadas de su olor. Fíjate, están selladas con cinta adhesiva.

—Sí, y marcadas por Ryan con un rotulador negro. En ésta dice: NOTAS, ANÓNIMOS. —Mona se sonrió—. Pobre Ryan. NOTAS, ANÓNIMOS. Suena a un grupo de asistencia psicológica para libros en busca de su autor.

Mary Jane soltó una carcajada.

Mona también rompió a reír. Se acercó a las cajas y se arrodilló junto a ellas, procurando no sobresaltar al bebé. Éste seguía llorando y no cesaba de moverse.

«Debe de impresionarle el olor —pensó Mona—, aparte de las tonterías que digo e imagino.» Empezó a tararear una melodía y luego cantó suavemente:

—«Traed las flores más hermosas, traed las flores más raras del jardín, del bosque, de los prados y el valle.» —Era la canción más alegre y dulce que conocía. Se la había enseñado Gifford, un canto a la primavera—. «Nuestros corazones rebosan alegría, nuestras voces narran la historia de la rosa más bella del valle.»

—¡Caramba, Mona Mayfair! No sabía que tuvieras una voz tan bonita.

—Todos los Mayfair poseemos una bonita voz, Mary Jane. Pero yo no tengo una voz como la que tenía mi madre, o Gifford. ¡Si las hubieras oído cantar! Tenían voz de soprano. Mi tono es más profundo.

Mona siguió tarareando la música sin la letra, imaginando bosques, verdes prados y flores.

—«Oh, María, te coronamos con una diadema de flores, Reina de los ángeles, Reina de mayo. Oh, María, te coronamos con una diadema de flores...»

Permanecía de rodillas, balanceándose de un lado a otro, con su mano apoyada sobre el vientre, mientras el bebé se movía al ritmo de la música, su espléndido cabello rojo flotando en el líquido amniótico, cual tinta anaranjada, desparramado a su alrededor, ingrávido, translúcido, hermosísimo...

No veo mis ojos, mamá, sólo veo lo que tú ves.

—Eh, despiértate, que te vas a caer.

—Tienes razón. Me alegro de que me hayas arrancado de mis ensoñaciones, Mary Jane, pero pido a la Santísima Virgen María que mi bebé tenga los ojos verdes como yo. ¿Tú qué crees?

—¡No podrían ser de un color más hermoso!

Mona colocó las manos sobre la caja de cartón

que tenía delante. Sí, era ésa. Olía a él. ¿Había escrito Lasher las notas con su propia sangre? Y pensar que su cadáver estaba enterrado en el jardín… Debería desenterrarlo. Al fin y al cabo, las circunstancias habían cambiado. Rowan y Michael no tendrían más remedio que aceptarlo, o bien no se lo diría; pero aquello era un asunto que le concernía.

—¿Qué cadáveres vamos a desenterrar? —inquirió Mary Jane, frunciendo el ceño.

—¡Deja de adivinar mi pensamiento! No te comportes como una arpía Mayfair, sino como una bruja Mayfair. Ayúdame a abrir esta caja.

Mona arrancó la cinta adhesiva con las uñas y retiró la tapa de cartón.

—No sé si debemos hacerlo, Mona, esto pertenece a otra persona.

—Ya lo sé —respondió Mona—. Pero esa otra persona forma parte de mi patrimonio, tiene su propia rama en este árbol, y por el árbol, desde sus mismas raíces, fluye un potente fluido, nuestra sangre, y él también formaba parte de él, vivió en él, por decirlo así, desde el principio, eternamente, como los árboles. ¿Sabías que los árboles son lo más antiguo que existe sobre la Tierra?

—Sí, ya lo sé —contestó Mary Jane—. Cerca de Fontevrault hay unos gigantescos. Hay unos cipreses cuyas raíces se asoman a través del agua.

—¡Chitón! —exclamó Mona, acabando de retirar el papel marrón que envolvía la caja. Estaba embalada como si contuviera la vajilla de María Antonieta y debiera ser transportada a Islandia. Al fin, Mona vio la primera hoja de un montón de folios cubiertos con un plástico y sujetos con una goma gruesa. La letra era muy puntiaguda, con unas *l*, *t* e *y* muy alargadas y unas vocales diminutas que a veces quedaban reducidas a tan sólo unos puntitos; pero resultaba legible.

Mona arrancó apresuradamente el plástico que cubría las hojas.

—¡Mona Mayfair!

—¡Hay que echarle valor, chica! —replicó Mona—. No lo hago por capricho, sino porque me interesa. ¿Quieres ayudarme y ser mi confidente, o vas a abandonarme? En esta casa tenemos una televisión por cable que capta todos los canales. Si lo prefieres, puedes irte a tu cuarto a ver la televisión, suponiendo que no quieras hacer esto, ni bañarte en la piscina ni coger flores, ni desenterrar unos cadáveres que hay debajo del árbol...

—Prometo ser tu aliada y confidente.

—Entonces pon la mano aquí. ¿Notas algo?

—¡Oooooh!

—Lo escribió él. Tienes ante ti la caligrafía de un ser no humano. ¡Mira!

Mary Jane se arrodilló junto a Mona, y recorrió el papel con las yemas de sus dedos. Tenía la espalda encorvada, el cabello le caía a ambos lados de la cara, abundante y vistoso como el de una peluca. Sus blancas cejas contrastaban con la bronceada frente, destacándose cada uno de los pelos. ¿Qué era lo que pensaba, sentía, veía? ¿Qué significaba la expresión de sus ojos? Esa chica no tenía nada de tonta. Lo malo era que...

—Qué sueño tengo —dijo Mona de pronto, comprendiendo en cuanto lo dijo que era cierto. Se pasó la mano por la frente y añadió—: Me pregunto si Ofelia se quedó dormida antes de ahogarse.

—¿Ofelia? ¿Te refieres a la Ofelia de Hamlet?

—Ya sabes a quién me refiero —respondió Mona—. Es genial. Sabes, Mary Jane, te quiero.

Mona miró a Mary Jane. Sí, era la prima más fantástica con que uno podía contar, una prima que podía convertirse en su mejor amiga, una prima que sabría todo cuanto sabía Mona. Y nadie, absolutamente nadie, sabía todo lo que sabía Mona.

—Tengo mucho sueño —dijo, estirándose con delicadeza en el suelo cuan larga era, boca arriba, y contemplando la bonita araña de cristal que pendía del techo—. ¿Te importa examinar los papeles que hay en esa caja, Mary Jane? Conociendo como conozco al primo Ryan, imagino que habrá hecho unas marcas en la genealogía.

—Sí —contestó Mary Jane.

Menos mal que había dejado de discutir.

—No pienso discutir contigo. Puesto que hemos llegado hasta aquí, y ya que se trata de las notas de un ser no humano… No, descuida, cuando termine recogeré los papeles y lo dejaré todo en orden.

—Perfecto —respondió Mona, apoyando la mejilla sobre el frío suelo. Hasta las baldosas olían a él—. Y puesto que —dijo imitando a Mary Jane, pero sin la menor malicia— la información que contienen esos papeles es muy valiosa, tenemos que conseguirla a toda costa.

Entonces ocurrió algo increíble. Mona cerró los ojos y oyó la canción, el canto a la primavera. No tenía más que escuchar. No tenía que pronunciar las palabras ni tararear la melodía. La canción se iba desarrollando como si Mona estuviera sometida a uno de esos experimentos cerebrales en los que te aplican unos electrodos en el cerebro, y entonces ves visiones y percibes el aroma del arroyo que había junto a la colina detrás de la casa de cuando eras niña.

—Eso es lo que ambas debemos tener muy presente, que la brujería es una ciencia con un alcance inmenso

—murmuró Mona medio dormida, mientras escuchaba la bonita canción que sonaba en su mente—. Es una combinación de alquimia, química y ciencia del cerebro, y que ello constituye magia pura. No hemos perdido nuestra magia en la era de la ciencia, sino que hemos descubierto unos secretos totalmente nuevos. Estoy convencida de que venceremos.

—¿Vencer?

«Oh, María, te coronamos con una diadema de flores, Reina de los ángeles, Reina de mayo. Oh, María, te coronamos con una diadema de flores...»

—¿Estás leyendo los papeles, Mary Jane?

—Mira, aquí hay una carpeta que contiene unas fotocopias: «Inventario: Páginas Relevantes, genealogía incompleta.»

Mona se dio la vuelta. Durante unos instantes no supo dónde se hallaba. La habitación de Rowan. En las lágrimas que pendían de la araña de cristal advirtió unos pequeños prismas. Era la lámpara que había instalado Mary Beth, la que habían comprado en Francia, ¿o acaso había sido Julien? ¿Dónde estás, Julien? ¿Por qué has permitido que me sucediera esto?

Pero los fantasmas no responden, a menos que deseen hacerlo, a menos que tengan algún motivo para hacerlo.

—Estoy revisando la genealogía incompleta.

—¿La has encontrado?

—Sí, el original y una copia. Todo está por duplicado. Originales y copias están agrupados en unos paquetitos. Ryan ha trazado un círculo alrededor del nombre de Michael Curry; también ha marcado el asunto de Julien con una joven irlandesa, así como que la chica entregó el bebé al orfanato de Margaret y se convirtió en una hermana de la caridad, la hermana Bridget Marie, y que la niña, la del orfanato, se casó con un bombero llamado Curry, con el que tuvo un hijo, y luego a él, no sé qué, Michael. Lo pone aquí.

Mona se echó a reír y contestó:

—El tío Julien era un león. ¿Sabes lo que hacen los leones cuando llegan a un territorio nuevo? Matan a todas las crías para que las hembras se pongan nuevamente en celo, y luego copulan con ellas para que les den tantos hijos como puedan. Es la supervivencia de los genes. El tío Julien lo sabía muy bien. Quería mejorar la especie.

»Por lo que he oído decir, tenía unas ideas muy curiosas sobre quién debía sobrevivir. Mi abuela me contó que mató de un tiro al padre de nuestro tatarabuelo.

»Aunque no estoy segura de que fuera el padre de nuestro tatarabuelo. ¿Qué más dicen esos papeles?

—A decir verdad, si el tío Ryan no lo hubiera marcado no se entendería ni jota. Hay tantos datos que resulta mareante. ¿Sabes a lo que se parece? A lo que escriben las personas cuando están drogadas, y creyéndose muy brillantes, y al día siguiente lo miran y ven unas líneas que semejan un electrocardiograma.

—No me digas que has trabajado de enfermera.

—Sí, durante un tiempo, en una estrambótica comuna donde teníamos que aplicarnos un enema todos los días para liberarnos de las impurezas de nuestro organismo.

Mona estalló en una risueña carcajada.

—No creo que ni la comunidad de los doce Apóstoles hubiera conseguido obligarme a hacer eso.

Aquella araña de cristal era en verdad espectacular, pensó Mona. Resultaba imperdonable que no la hubieran bajado nunca al suelo para poder contemplarla con mayor detalle. La canción seguía sonando en su mente, sólo que ahora era interpretada por un instrumento parecido a un arpa, y cada nota se fundía con la siguiente. Mona sintió que casi flotaba sobre el suelo al concentrarse en la música y en las luces de la lámpara.

—¿Estuviste mucho tiempo en esa comuna? —preguntó, sintiéndose casi vencida por el sopor—. Debía de ser un sitio horrible.

—No. Obligué a mi madre a sacarme de allí. Le dije: «Mira, o nos marchamos de aquí las dos o me largo sola.» Y como en aquel entonces yo tenía doce años, mi madre se asustó. Aquí aparece otra vez el nombre de Michael Curry. Hay otro círculo alrededor de su nombre.

—¿Quién? ¿Lasher o Ryan?

—No sé, es una fotocopia. No, espera, han dibujado el círculo sobre la fotocopia. Debe de haber sido Ryan. Dice algo de «*waerloga*». Supongo que significa *warlock*, brujo.

—Exacto —respondió Mona—. Es inglés antiguo. He consultado la etimología de todas las palabras que se refieren al mundo de los brujos y la brujería.

—Yo también. Sí, es *warlock*. También significa alguien que conoce siempre la verdad, ¿no?

—Y pensar que fue el tío Julien quien me pidió que hiciera esto… No lo entiendo, aunque supongo que los fantasmas saben lo que se hacen y el tío Julien no lo sabía. Los muertos lo saben todo. Las personas malas también, tanto si están vivas como muertas, o al menos saben lo suficiente para atraparnos en una tela de araña de la que no podemos escapar. Pero Julien no sabía que Michael era descendiente suyo. Estoy segura. De lo contrario, no me habría pedido que viniera.

—¿Adónde, Mona?

—A esta casa, la noche del Carnaval, para que me acostara con Michael y concibiera ese bebé que sólo Michael y yo podíamos crear; quizá tú también habrías podido engendrarlo con Michael, porque eres capaz de percibir el olor que despiden esas cajas, el olor de él.

—Sí, quizá sí. Nunca se sabe.

—Es verdad, nunca se sabe. Pero yo lo atrapé primero. Conquisté a Michael una noche en que la puerta estaba abierta, antes de que Rowan regresara a casa. Me colé por las rendijas y ¡zas! Me quedé embarazada y ahora voy a tener un maravilloso bebé.

Mona se colocó boca abajo, se incorporó sobre los codos y apoyó su barbilla entre las manos.

—Debes saberlo todo, Mary Jane.

—Sí —respondió Mary Jane—. Quiero saberlo todo. Estoy un poco preocupada por ti.

—¿Por mí? No hay motivo. Me encuentro muy bien. Aparte de tener ganas de beberme otro vaso de leche, estoy perfectamente. —Mona se sentó—. Esta postura resulta bastante incómoda, supongo que no podré dormir boca abajo durante algunos meses.

Mary Jane frunció levemente el ceño y miró a su prima con expresión seria. Estaba muy graciosa. No era extraño que los hombres adoptaran en ocasiones una actitud paternalista hacia las mujeres. Mona se preguntó si ella también resultaría tan graciosa con esa expresión de preocupación.

—¡Unas brujitas! —murmuró Mona, alzando las manos a la altura de las orejas y agitando los dedos.

Mary Jane se echó a reír.

—Sí, unas brujitas —dijo—. Así que fue el fantasma del tío Julien quien te dijo que vinieras aquí y te acostaras con Michael mientras Rowan estaba ausente.

—Así es. El tío Julien fue el instigador de todo el

asunto. Me temo que se ha ido al cielo y ha dejado que nos las arreglemos como podamos, pero no me importa. No querría tener que explicarle eso.

—¿Por qué?

—Porque es una nueva fase, Mary Jane. Podríamos decir que se trata de un asunto de brujería que corresponde a nuestra generación. No tiene nada que ver con Julien ni con Michael ni con Rowan, ni tampoco con la forma en que ellos lo habrían resuelto. Es algo totalmente distinto.

—Ya comprendo.

—¿De veras?

—Sí. Estás muerta de sueño. Te traeré un vaso de leche.

—Te lo agradezco.

—Acuéstate y duerme, cariño. Se te están cerrando los ojos. ¿Puedes verme?

—Claro, pero tienes razón. Me acostaré aquí mismo. Aprovecha la ocasión, Mary Jane.

—Eres demasiado joven, Mona.

—No me refiero a eso —contestó Mona, soltando una carcajada—. Además, si no soy demasiado joven para los hombres, tampoco lo soy para las mujeres. En el fondo, siento curiosidad por saber qué se siente al hacerlo con una chica, o una mujer, una mujer guapa como Rowan. Pero no me refiero a eso, sino a las cajas. Están abiertas. Aprovecha y lee todo los papeles que puedas.

—Sí, quizá lo haga. No entiendo la letra de él, pero sí la de ella. Aquí hay varias notas de Rowan.

—Pues léelas. Si quieres ayudarme, tienes que hacerlo. En la biblioteca encontrarás el documento sobre las brujas Mayfair. Dijiste que lo habías leído, pero ¿es verdad?

—¿Sabes, Mona? No estoy segura.

Mona se colocó de costado y cerró los ojos.

«En cuanto a ti, Morrigan, retrocedamos a épocas lejanas, olvidémonos de esas tonterías sobre invasores y soldados romanos, retrocedamos a la época de la planicie, cuéntame cómo comenzó todo. ¿Quién es el hombre moreno al que todos quieren?»

—Buenas noches, Mary Jane.

—Oye, antes de que te duermas, puedes decirme quién es la persona o las personas de la familia en quienes más confías.

—Tú, Mary Jane.

—¿No son Rowan y Michael?

—No. De ahora en adelante los considero el enemigo. Hay varias cosas que quiero preguntarle a Rowan, que debo saber de sus labios, pero no tiene por qué estar al corriente de lo que pasa. Tengo que inventarme un motivo para mis preguntas. En cuanto a Gifford y Alicia, están muertas, la anciana Evelyn se encuentra demasiado enferma y Ryan es demasiado estúpido; por otra parte, Jenn y Shelby son demasiado inocentes y Pierce y Clancy son un cero a la izquierda, y no quiero complicarles la vida. ¿Has deseado alguna vez llevar una vida normal?

—Jamás.

—En tal caso tendré que depender de ti, Mary Jane. Adiós.

—Entonces ¿no quieres que llame a Rowan ni a Michael a Londres para pedirles consejo?

—Ni mucho menos. —Se habían formado seis círculos, y el baile estaba a punto de comenzar. Mona no quería perdérselo—. No se te ocurra hacerlo, Mary Jane. Ni en broma. Prométemelo. Además, en Londres es de noche y no sabemos lo que estarán haciendo. Que Dios los bendiga. Que Dios bendiga a Yuri.

Mona empezó a sumirse en un sueño profundo. Vio a Ofelia, con unas flores en el pelo, deslizarse por el río. Las ramas de los árboles rozaban su rostro y la superficie del agua. No, estaba bailando dentro del círculo, y el hombre moreno se encontraba en el centro del mismo, tratando de prevenirles, pero todos se reían de él. Todos lo querían mucho, pero sabían que solía preocuparse por nimiedades.

—Estoy preocupada por ti, Mona, debo decirte que...

La voz de Mary Jane sonaba muy lejana. «Flores, unos ramos de flores. Eso lo explica todo, el motivo de que me haya pasado la vida soñando con jardines, y dibujándolos con lápices de colores. "¿Por qué dibujas siempre jardines, Mona?", me preguntó la hermana Louise. Los jardines me encantan. El jardín de la calle Primera presentaba un aspecto lamentable hasta que lo arreglaron, y ahora, tan cuidado y hermoso, oculta el secreto más siniestro.»

No, madre, no...

«No, las flores, los círculos, ¡me estás hablando! Creí que este sueño sería tan agradable como el anterior.»

—¿Mona?

—Suéltame, Mary Jane.

Mona apenas la oía; por otra parte, no le importaba en absoluto lo que dijera.

Esa actitud era una ventaja, porque esto fue lo que salió de labios de Mary Jane, tan lejana... antes de que Mona y Morrigan empezaran a cantar.

—... sabes, lamento decírtelo, Mona Mayfair, pero el bebé ha crecido desde que te quedaste dormida debajo del árbol.

18

—Creo que deberíamos marcharnos —dijo Marklin.

Estaba tumbado sobre la cama de Tommy, con la cabeza apoyada entre las manos, examinando una y otra vez los nudos que presentaba la madera en el dosel artesonado del lecho.

Tommy se hallaba sentado ante el escritorio, con los pies cruzados sobre un sofá de cuero negro. La habitación era más grande que la de Marklin y estaba orientada al sur, pero a Marklin eso nunca le había importado. Se sentía satisfecho con su habitación, que ahora se disponía a abandonar. Había metido todas las cosas importantes en una maleta y la había ocultado debajo de la cama.

—Llámalo una premonición, pero no deseo quedarme aquí —dijo Marklin—. No hay ningún motivo para demorar la partida.

—Es una actitud un tanto fatalista y absurda —respondió Tommy.

—Ya has limpiado los ordenadores. La habitación de Stuart es infranqueable, a menos que queramos arriesgarnos a derribar la puerta, y no me gusta vivir bajo el toque de queda.

—Te recuerdo que el toque de queda es para todos y, si nos marchamos ahora, no creas que nos dejarán alcanzar la puerta sin hacernos una buena serie de preguntas. Además, me parece una falta de respeto largarnos antes del funeral por Anton.

—No soporto la idea de asistir al amanecer a una ceremonia fúnebre salpicada de ridículos discursos sobre Anton y Aaron. Quiero irme ahora mismo. Costumbres, ritos… Esta gente está loca, Tommy. A estas alturas se impone la sinceridad. Podemos colarnos por la escalera trasera o por la puerta lateral. Yo me largo inmediatamente. Tengo muchas cosas en que pensar. Tengo trabajo.

—Yo prefiero hacer lo que nos ordenaron —respondió Tommy—, y eso es lo que voy a hacer: observar el toque de queda, bajar cuando suene la campana. Así que, si no tienes nada más inteligente o positivo que decir, más vale que te calles.

—¿Por qué tengo que callarme? ¿A qué viene este empeño en quedarte aquí?

—Ya que insistes, te diré que es posible que durante el funeral logremos averiguar dónde oculta Stuart a Tessa.

—¿Cómo vamos a averiguarlo?

—Stuart no es un hombre rico. Debe de tener un hogar en alguna parte, un lugar que no conocemos, una casa heredada de su familia o algo así. Si jugamos bien nuestras cartas, podemos hacerle algunas preguntas al respecto, fingiendo preocupación por él. ¿Acaso se te ocurre una idea mejor?

—No creo que Stuart oculte a Tessa en su propia casa. Puede que sea un cobarde, un lunático, pero no un estúpido. No vamos a poder dar con él. Ni con Tessa.

—Entonces ¿qué sugieres que hagamos? —preguntó Tommy—. ¿Abandonarlo todo, con lo que sabemos?

—No. Marcharnos de aquí. Regresar a Regent's Park, y reflexionar sobre algo mucho más importante para nosotros que todo lo que pueda ofrecernos Talamasca.

—¿A qué te refieres?

—A las brujas Mayfair, Tommy. Revisaremos el último fax que Aaron envió a los Mayores, y estudiaremos el documento Mayfair detenidamente en busca de alguna pista que nos indique qué miembro del clan resulta más útil para nuestros propósitos.

—No te precipites —replicó Tommy—. ¿Qué te propones? ¿Secuestrar a un par de ciudadanos americanos?

—No podemos discutirlo aquí. No podemos planear nada en este lugar. De acuerdo, esperaré hasta que comience la dichosa ceremonia, pero luego me largaré a la primera oportunidad que se me presente. Tú puedes seguirme más tarde.

—No seas idiota —respondió Tommy—. No tengo coche. No tengo más remedio que ir contigo. ¿Y si asiste Stuart a la ceremonia? ¿Has pensado en esa posibilidad?

—Stuart no regresará aquí. Sabe que se juega el pellejo. Escucha, Tommy, lo tengo decidido. Esperaré hasta que empiece la ceremonia, presentaré mis respetos, charlaré con algunos miembros y luego me largaré. Tengo una cita con las brujas Mayfair. ¡Al diablo con Stuart y Tessa!

—De acuerdo, iré contigo.

—Eso está mejor. Es lo más inteligente y lo más práctico.

—Trata de dormir un rato. No sabemos cuándo nos llamarán, y no quiero que te quedes dormido al volante.

19

Se hallaban en la habitación más alta de la torre. Yuri estaba sentado ante una mesa redonda, con los ojos fijos en una humeante taza de té chino.

El té lo había preparado el condenado a muerte. Yuri ni siquiera lo había probado.

Durante los años que había vivido en la orden de Talamasca, Yuri mantuvo siempre un estrecho contacto con Stuart Gordon. Había comido en numerosas ocasiones con Gordon y Aaron. Habían paseado juntos por el jardín y juntos habían acudido a los retiros espirituales en Roma. Aaron se había sincerado con Gordon: Las brujas Mayfair, las brujas Mayfair y las brujas Mayfair. Y ahora le tocaba el turno a Gordon.

Había traicionado a su amigo.

¿Por qué no acababa Ash con Gordon de una vez? ¿Qué podía ofrecer ese hombre que no estuviera contaminado, pervertido por su locura? Era casi seguro que sus ayudantes eran Marklin George y Tommy Monohan. Sin duda, la Orden acabaría descubriendo la verdad. Yuri se había puesto en contacto con la casa matriz desde la cabina telefónica del pueblo, y al oír la voz de Elvera se le habían empañado los ojos. Elvera era leal. Elvera era buena. Yuri sabía que la sima que se había abierto entre la Orden y él había empezado a cerrarse. Si Ash estaba en lo cierto, si se trataba de una conspiración de pequeña envergadura y en la que no estaban implicados los Mayores tal como parecía, lo único que podía hacer Yuri era mantener la paciencia. Debía prestar atención a lo que dijera Stuart Gordon, pues tenía que regresar a Talamasca con toda la información que pudiera recabar esa noche.

Paciencia. Eso es lo que le habría pedido Aaron. Aaron habría querido que el asunto saliera a la luz, que todos lo supieran. En cuanto a Michael y Rowan, ¿acaso no tenían derecho a conocer los pormenores? Luego estaba Ash, el misterioso Ash. Fue él quien había descubierto la traición de Gordon. De no haber aparecido Ash por la calle Spelling, Yuri habría creído la fingida inocencia de Gordon, así como las absurdas mentiras que éste le había contado en el café.

¿Qué estaría pasando por la mente de Ash? Era un personaje que irradiaba una fuerza increíble, tal como había dicho Yuri. Ahora habían podido comprobarlo personalmente; habían contemplado su extraordinario rostro, su mirada serena y amable. Pero no debían olvidar que representaba una amenaza para Mona, para cualquier miembro de la familia Mayfair.

Yuri borró esos pensamientos de su mente. Lo cierto es que necesitaban a Ash. Éste se había convertido en el jefe de la operación. ¿Qué ocurriría si Ash se retiraba y los dejaba con Gordon? No podían matar a Gordon. Ni siquiera lograrían intimidarlo, al menos eso creía Yuri. Era imposible calcular el odio que sentían Michael y Rowan hacia Gordon. Eran brujos y, por tanto, nadie podía adivinar su pensamiento.

Ash se hallaba sentado al otro lado del círculo, sus monstruosas manos sujetas al borde de la tosca mesa de madera, observando a Gordon, que se sentaba a su derecha. Era evidente que odiaba a Gordon. Yuri lo advirtió por la ausencia de compasión y misericordia en el rostro de Ash; la ausencia de ternura que manifestaba hacia todos los demás, sin excepción.

Por fortuna, Rowan Mayfair y Michael Curry flanqueaban a Yuri, pues éste no habría soportado la proximidad de Gordon. Michael se mostraba más enojado y receloso que Rowan. Ésta aparecía claramente subyugada por Ash, tal como había supuesto Yuri. Michael, sin embargo, no estaba impresionado por nadie.

Yuri era incapaz de tocar la taza de té. Le producía tanto asco como si contuviera orines.

—Apareció en las selvas de la India —dijo Stuart, bebiendo un trago de té al que había añadido unos dedos de whisky—. No sé el lugar exacto. No conozco la India. Sólo sé que los nativos dijeron que la habían visto siempre por allí, vagando de una aldea a otra, que había aparecido antes de la guerra, que hablaba inglés, que nunca envejecía y que las mujeres de la aldea le tenían miedo.

La botella de whisky se encontraba en el centro de la mesa. Era evidente que a Michael Curry le apetecía tomarse un trago, pero también se resistía a aceptar las bebidas que les había ofrecido Gordon. Rowan Mayfair estaba sentada con los brazos cruzados. Michael Curry apoyaba sus codos sobre la mesa. Estaba sentado cerca de Stuart, observándolo y tratando de descifrar sus pensamientos.

—Según creo, lo que la perdió fue una fotografía. Alguien había tomado una fotografía de todos los habitantes de la aldea; un intrépido aventurero armado con un trípode y una vieja cámara. Y ella aparecía en la foto. Un joven la descubrió entre las pertenencias de su abuela, cuando ésta falleció. Era un joven culto y educado, al que yo había impartido clases en Oxford.

—Y que, sin duda, conocía la existencia de Talamasca.

—Sí. No solía revelar a mis alumnos demasiados detalles sobre la Orden, salvo a los que…

—Como esos chicos —dijo Yuri.

Stuart se sobresaltó. Yuri observó un frío destello en sus ojos.

—Pues sí.

—¿Qué chicos? —preguntó Rowan.

—Marklin George y Tommy Monohan —respondió Yuri.

El rostro de Stuart estaba tenso. Levantó la taza de té con ambas manos y bebió un trago.

El whisky tenía un olor medicinal que a Yuri le producía náuseas.

—¿Fueron ellos quienes te ayudaron en este asunto? —preguntó Yuri—. ¿El genio de los ordenadores y el experto en latín?

—Yo soy el responsable absoluto —respondió Stuart, sin mirar a Yuri ni a ninguno de los presentes—. ¿Queréis oír la historia o no?

—Ellos te ayudaron —insistió Yuri.

—No haré ningún comentario sobre mis cómplices —replicó Gordon, mirando fríamente a Yuri. Luego fijó de nuevo la vista en las sombras que se proyectaban sobre los muros.

—Fueron esos dos jóvenes —dijo Yuri, pese a que Michael le indicó que guardara silencio—. ¿Y qué nos dices de Joan Cross, Elvera Fleming o Timothy Hollingshed?

Al oír aquellos nombres Stuart hizo un gesto de impaciencia e irritación, sin darse cuenta de que los otros podían relacionarlo con los chicos.

—Joan Cross no es un espíritu romántico —contestó Stuart—, y a Timothy Hollingshed siempre se le ha sobrevalorado debido a sus aristocráticos orígenes. Elvera Fleming es una vieja estúpida. No me hagáis ese tipo de preguntas. Me niego a hablar acerca de mis cómplices. No me obligaréis a traicionarlos. Me llevaré el secreto a la tumba, podéis estar seguros.

—De modo que ese amigo —dijo Ash, mirando a Gordon con expresión paciente pero gélida—, ese joven que estaba en la India, te escribió.

—Me llamó y me dijo que tenía un misterio para mí. Me dijo que podía trasladarla a Inglaterra, siempre y cuando aceptara hacerme cargo de ella. Dijo que necesitaba ayuda, que no podía desenvolverse por sí misma. A veces parecía estar loca, y otras no. Nadie era capaz de analizarla. Hablaba sobre épocas que nadie conocía. Cuando el joven realizó algunas indagaciones, con el fin de enviarla a su casa, comprobó que constituía una leyenda en aquella región de la India. Conservo toda la correspondencia que mantuvimos. Todas las cartas están aquí. En la casa matriz hay unas copias, pero los originales están aquí. Todo cuanto valoro está en esta torre.

—¿Intuiste lo que era cuando la viste por primera vez?

—No. Fue algo extraordinario. Quedé cautivado por ella. Un instinto egoísta presidía todos mis actos. La traje aquí. No quería llevarla a la casa matriz. Fue muy curioso. No sabía con exactitud lo que hacía ni por qué, salvo el hecho evidente de que me sentía hechizado por ella. Hacía poco tiempo que el hermano de mi madre, un arqueólogo que había sido mi tutor, me había legado esta torre. Me pareció el lugar ideal para ella.

»Durante la primera semana apenas salí de aquí. Jamás había gozado de la compañía de una persona como Tessa. Su carácter transmitía una alegría y sencillez que me hacía muy feliz.

—Estoy seguro de ello —respondió Ash suavemente, con una pequeña sonrisa—. Por favor, continúa.

—Me enamoré de ella. —Stuart se detuvo de repente, como asombrado ante sus propias palabras. Era como si acabara de tener una revelación—. Me enamoré loca y perdidamente de ella.

—¿Y la retuviste aquí? —preguntó Yuri.

—Sí. Ha vivido siempre aquí. Jamás abandona la torre. Tiene miedo de la gente. Sólo habla cuando ya llevo un rato con ella, y entonces me relata unas historias extraordinarias.

»Rara vez se expresa de forma coherente o, mejor dicho, de forma cronológica. Sus pequeñas historias siempre tienen sentido. Guardo centenares de grabaciones de sus relatos, listas de palabras en inglés antiguo y latín que ella suele utilizar.

»Lo que comprendí casi de inmediato era que ella se refería a dos vidas distintas: una muy larga, que estaba viviendo en el presente, y otra que había vivido con anterioridad.

—¿Dos vidas? ¿Te refieres a que se ha reencarnado?

—Al cabo de un tiempo me lo explicó —contestó Gordon. Se hallaba tan inmerso en su apasionante historia, que parecía haber olvidado el peligro que corría—. Me dijo que todos los de su especie tenían dos vidas, o más. Que nacían sabiendo todo cuanto necesitaban para sobrevivir, y luego regresaba paulatinamente a ellos una vida anterior, junto con fragmentos de otras vidas.

—Deduzco que a esas alturas ya habías intuido que no era humana —observó Rowan—. Yo no me habría dado cuenta.

—No. Yo creía que era humana. Por supuesto, poseía unos rasgos bastante desconcertantes, como su piel translúcida, su exagerada estatura y sus extrañas manos. Pero no se me ocurrió pensar que no fuera un ser humano.

»Fue ella misma quien me reveló que no era humana. Me lo dijo en repetidas ocasiones. Dijo que su especie había habitado la Tierra antes que la de los seres humanos. Vivieron pacíficamente durante miles de años en unas islas situadas en los mares septentrionales. Dichas islas habían sido caldeadas por unos manantiales volcánicos que brotaban de las profundidades, unos géiseres de vapor y unos plácidos lagos.

»Todo eso lo sabía no porque ella hubiera vivido esa época sino porque otros seres que ella había conocido durante su primera existencia recordaban haber gozado ese paraíso. Así era como los de su especie llegaban a conocer su historia, a través del inevitable y singular recuerdo de otras vidas.

»¿No lo comprendéis? Es increíble, todos aparecían en este mundo con una memoria histórica de inmenso valor. Ello significa que los de su raza poseían unos conocimientos sobre ellos mismos infinitamente superiores a los de los humanos. Conocían sus orígenes a través de una experiencia de primera mano, por así decirlo.

—Y si consiguieras que Tessa se uniera con alguien de su especie —dijo Rowan—, el resultado sería una criatura que recordaría una vida anterior, y quizá otra y otra más.

—¡Exactamente! Se establecería una cadena de memoria que nadie sabe hasta dónde llegaría; cada uno de sus hijos, al recordar una existencia anterior, recordaría las historias de los seres que había conocido y amado en su época, los cuales, a su vez, tenían recuerdos de otras existencias anteriores.

Ash escuchó las palabras de Stuart sin mover un músculo ni hacer el menor comentario. Nada de lo que decía éste parecía causarle asombro o indignación. Yuri casi sonrió ante esa sencillez que ya había observado en Ash en el hotel Claridge's, cuando se conocieron.

—Puede que otro en mi lugar no hubiera creído a Tessa —dijo Gordon—, pero yo reconocí las palabras en gaélico, en inglés antiguo y en latín que solía emplear, y cuando leí una vez unas palabras que había escrito según la grafía rúnica, comprendí que decía la verdad.

—Supongo que no se lo dirías a nadie —dijo Rowan con frialdad, como si quisiera sofocar la desbordante emoción que embargaba a Stuart y obligarlo así a centrarse en el tema que les ocupaba.

—Naturalmente. Aunque me sentí tentado de contárselo a Aaron. A medida que Tessa iba perdiendo su timidez, me hablaba sobre las tierras altas de Escocia, los primitivos ritos y costumbres célticos, sus santos e incluso de su iglesia.

»Supongo que sabréis que en aquellos tiempos nuestra iglesia en Inglaterra era céltica, britana o como queráis llamarla, y que había sido fundada por los propios Apóstoles, los cuales se habían desplazado de Jerusalén a Glastonbury. No manteníamos ninguna relación con Roma. Fueron el papa Gregorio y su compinche, san Agustín, quienes implantaron la Iglesia Romana en Inglaterra.

—Entonces ¿no se lo dijiste a Aaron Lightner? —preguntó Ash, alzando ligeramente la voz—. Estabas diciendo…

—Aaron había viajado a América para averiguar más datos sobre las brujas Mayfair y abrir otras vías en la investigación de los fenómenos psíquicos. No era el momento de interrogarlo acerca de sus primeras indagaciones. Por otra parte, yo había cometido un grave error, al acoger en mi casa, en calidad de miembro de la Orden, a una mujer que habían dejado a mi cargo y tenerla casi prisionera. Por supuesto, jamás le impedí a Tessa que se marchara; lo único que se lo impedía era su temor a la gente. Pero eso no justifica el que yo la mantuviera encerrada aquí, sin informar a la Orden.

—¿Cómo llegaste a relacionar a Tessa con las brujas Mayfair? —preguntó Ash.

—No fue difícil. Como he dicho, las historias de Tessa estaban repletas de referencias a arcaicas costumbres escocesas. Me habló en repetidas ocasiones sobre los círculos de piedras que había construido su gente y que posteriormente fueron utilizados por los cristianos para sus extraños y frecuentes rituales, celebrados por sus sacerdotes.

»Imagino que conocéis nuestra mitología. Los antiguos mitos ingleses están repletos de míticos gigantes. Nuestras leyendas afirman que fueron unos gigantes quienes construyeron esos círculos, y Tessa lo confirmó. Nuestros gigantes pervivieron largo tiempo en tenebrosos y remotos lugares, en unas cuevas junto al mar, en las cuevas de Escocia. Pues bien, los gigantes de Tessa, perseguidos por los humanos, prácticamente extinguidos, también consiguieron subsistir en lugares ocultos. Y cuando se atrevían a hacer aparición entre los seres humanos, inspiraban a un tiempo veneración y temor. Lo mismo sucedió con los seres diminutos, según dijo Tessa, cuyos orígenes nadie recordaba. Por una parte eran reverenciados y, por otra, temidos. Los primitivos cristianos de Escocia solían danzar y cantar en el interior del círculo de piedras, conocedores de que los gigantes habían hecho con anterioridad lo mismo —es más, construyeron los círculos con ese propósito—, y a través de su música atraían a los gigantes, quienes abandonaban sus escondrijos para unirse a ellos para bailar y cantar. Entonces los cristianos, con objeto de complacer a sus sacerdotes, los asesinaban, no sin antes haberlos utilizado para satisfacer a sus antiguos dioses.

—¿Qué significa que los «utilizaban»? —preguntó Rowan.

Los ojos de Gordon se iluminaron levemente y su voz adoptó un tono más profundo, casi agradable, como si ese tema no pudiera por menos que evocar en él un inmenso respeto y admiración.

—Estamos hablando de brujería, de las primitivas y sangrientas prácticas hechiceras en las que la superstición, bajo el yugo del cristianismo, se aferraba al pasado pagano a fin de cumplir sus rituales mágicos, sus maleficios, para adquirir poder o, simplemente, para asistir a un siniestro rito secreto que les subyugaba en la misma medida que los actos criminales han cautivado siempre a la humanidad. Yo estaba impaciente por corroborar las historias de Tessa.

»Sin revelar a nadie mi secreto, bajé a los sótanos de la casa matriz, el lugar donde se conserva un material muy antiguo e inexplorado del folklore británico. Se trataba de unos manuscritos que eran calificados de "fantasiosos" e "irrelevantes" por los miembros de la Orden, como Aaron, el cual se había pasado años traduciendo viejos documentos. Ese material no aparecía consignado en el inventario actualizado ni tampoco en los modernos bancos de datos. Tenías que pasar las viejas y frágiles páginas con tu propia mano.

»Lo que hallé, resultaba increíble. Unos tomos y libros en cuarto de pergamino maravillosamente ilustrados, obra de los monjes irlandeses, benedictinos y cistercienses, y en los que éstos se lamentaban de la insensata superstición del populacho. Relataban historias de gigantes y seres diminutos, y de cómo la plebe persistía en creer en ellos, obligándolos a abandonar sus escondrijos y utilizándolos de diversas formas.

»Y entre esos textos reprobatorios, había unas historias de santos gigantes. ¡Caballeros y reyes gigantes!

»Aquí, en Glastonbury, a escasa distancia de donde nos hallamos sentados, habían desenterrado antiguamente a un gigante que medía más de dos metros y, según decían, era el rey Arturo. ¿Era éste uno de los gigantes de Tessa? Esos seres han sido hallados en toda Inglaterra.

»Mil veces me sentí tentado de llamar a Aaron. A él le habrían entusiasmado esas historias, especialmente las que provienen directamente de Escocia y de sus misteriosos lagos y valles.

»Pero sólo existía una persona en el mundo en quien yo podía confiar: Tessa.

»Cuando le expliqué las viejas historias que había logrado desempolvar, ella reconoció al instante los ritos, los esquemas, los nombres de los santos y los reyes. Como es lógico, no empleaba palabras sofisticadas, sino que se expresaba de forma más bien tosca, pero me contó que los suyos se habían convertido en codiciadas presas sagradas y que sólo podían salvarse de la tortura y la muerte adquiriendo poder y ejerciendo su influencia sobre los cristianos, o bien ocultándose en las impenetrables selvas que cubrían las montañas por aquella época, en cuevas o en los valles secretos a fin de vivir en paz.

—Y jamás le revelaste eso a Aaron —dijo Yuri.

Gordon no le hizo caso, y prosiguió:

—Luego, con voz apenada, Tessa me confesó que había sufrido indecibles tormentos a manos de los campesinos cristianos, que la apresaron y la obligaron a copular con multitud de hombres de las aldeas circundantes. Confiaban en que daría a luz otro gigante como ella, un gigante que nacería sabiendo hablar y razonar, que alcanzaría la madurez al cabo de pocas horas, un ser que los aldeanos habrían matado ante los ojos de la propia Tessa.

»Para ellos, aquello se había convertido en una religión: atrapar al Taltos, obligarlo a reproducirse, sacrificar al niño. Y la Navidad, la época de viejos ritos paganos, se había convertido en la época del año favorita para practicar su juego sagrado. Tessa logró escapar de ese cruel cautiverio, sin haber parido una criatura destinada al sacrificio, sufriendo sólo una hemorragia cada vez que un hombre la fecundaba.

Gordon se detuvo y frunció el ceño. Después miró con tristeza a Ash.

—¿Es eso lo que lastimó a mi Tessa? ¿Es eso lo que secó su fuente? —No era tanto una pregunta como una constatación de lo que había sido revelado con anterioridad. Pero Ash, quien no parecía sentir la necesidad de confirmarlo, se abstuvo de responder.

Gordon se estremeció.

—Tessa me contó cosas terribles —dijo—. Me habló sobre los machos a los que atraían hacia los círculos, así como de las jóvenes aldeanas que les eran ofrecidas. Si esas jóvenes no parían un gigante, eran asesinadas. Después de que hubieran muerto un sinfín de muchachas y la gente empezara a dudar del poder del gigante macho, éste era quemado en la hoguera. Moría siempre en la hoguera, tanto si engendraba un hijo destinado al sacrificio como si no, pues la gente temía a los machos.

—Pero no temían a las mujeres, porque éstas no provocaban la muerte de los hombres humanos con los que yacían —añadió Rowan.

—Exactamente —respondió Gordon—. Sin embargo —prosiguió, alzando el índice y sonriendo—, en algunas ocasiones el gigante o la giganta conseguían engendrar un hijo mágico de su misma raza, y entonces todos contemplaban con admiración al gigante recién nacido.

»La época más propicia para esa unión era la Navidad, el veinticinco de diciembre, la festividad del antiguo dios solar. Cuando nacía un gigante, se decía que el cielo había copulado de nuevo con la tierra y que de esa unión había nacido algo mágico, como ocurrió en tiempos de la Primera Creación. Después de grandes celebraciones y algarabías y de cantar las canciones navideñas, se llevaba a cabo el sacrificio en nombre de Jesús. En ocasiones, un gigante o una giganta engendraba muchos hijos, y los Taltos contraían matrimonio entre sí, y el fuego del sacrificio invadía los valles y el humo se alzaba hasta el cielo, propiciando la llegada de una temprana primavera y cálidos vientos y lluvias que beneficiaban a las cosechas.

Gordon se detuvo y se volvió muy emocionado hacia Ash.

—Tú debes saber todo esto. Podrías proporcionarnos los eslabones que faltan en la cadena de la memoria. Tú también debes haber vivido una existencia anterior. Podrías revelarnos cosas que los humanos aún no hemos logrado descubrir. Podrías explicarlas con toda claridad, pues eres fuerte y potente, y no una vieja decrépita como mi pobre Tessa. Nos harías un inmenso favor.

Ash guardó silencio. Su rostro mostraba una expresión fría y cruel, aunque Gordon no pareció percatarse de ello.

«Es un necio —pensó Yuri—. Puede que los grandes proyectos violentos requieran siempre la participación de un necio.»

Gordon se volvió hacia los demás, incluyendo a Yuri, al cual se dirigió en tono implorante:

—¿Es que no lo comprendes? ¿No comprendes lo que esas posibilidades significan para mí?

—Lo único que sé —contestó. Yuri—, es que no informaste a Aaron. Ni tampoco a los Mayores, ¿no es así? Los Mayores no estaban enterados de ello. Tus hermanos y hermanas no sabían nada.

—Ya os lo he dicho, no podía confiar a nadie lo que había descubierto y, con franqueza, tampoco quise hacerlo. Eso sólo me pertenecía a mí. Además, ¿qué hubieran dicho nuestros estimados Mayores, si es que podemos emplear el verbo «decir» para describir sus silenciosas comunicaciones? Me habrían enviado un fax, ordenándome que condujera de inmediato a Tessa a la casa matriz... No, este hallazgo me pertenece por derecho propio. Fui yo quien halló a Tessa.

—No, te mientes a ti mismo y a los demás —terció Yuri—. Todo cuanto eres se lo debes a Talamasca.

—¡Qué absurdo! ¿Acaso no he aportado yo nada a la Orden? Jamás tuve la intención de lastimar a nuestros compañeros. Reconozco que accedí a que liquidaran a los médicos implicados en el asunto, pero no fui yo quien lo propuso.

—¿Mataste al doctor Samuel Larkin? —preguntó Rowan con tono frío e inexpresivo, tratando de llegar al fondo de la verdad pero sin alarmarlo.

—Larkin... Larkin... No lo sé. Estoy confundido. Mis colaboradores sostenían unos criterios muy distintos a los míos respecto de lo que debíamos hacer para mantener el asunto en secreto. Digamos que acepté los aspectos más audaces del plan. Lo cierto es que no concibo matar a un ser humano.

Gordon miró a Ash con expresión acusadora.

—¿Cómo se llaman tus colaboradores? —preguntó Michael con un tono semejante al de Rowan, frío y pragmático—. ¿Invitaste a los hombres que enviasteis a Nueva Orleans, Norgan y Stolov, a compartir esos secretos?

—No, por supuesto que no —contestó Gordon—. En realidad no eran miembros de la Orden, como tampoco lo es Yuri. Actuaban para nosotros en calidad de investigadores, de intermediarios. No sé lo que sucedió. Creo que el asunto... se me escapó de las manos. Sólo sé que mis amigos, mis confidentes, creyeron poder controlar a esos hombres por medio de secretos y dinero. Los secretos y el dinero lo corrompen todo. Pero no merece la pena remover todo eso. Lo importante es el hallazgo, una cosa pura, que lo justifica todo.

—¡No justifica nada! —exclamó Yuri—. Ocultaste lo que sabías. Te comportaste como un vulgar traidor, saqueando los archivos en provecho propio.

—No es cierto —protestó Gordon.

—Deja que prosiga, Yuri —terció Michael suavemente.

Tras unos minutos Gordon consiguió calmarse, mostrando un admirable dominio de sí mismo. Acto seguido apeló de nuevo a Yuri de una forma que enfureció a éste.

—¿Cómo puedes creer que perseguía otros fines que no fueran espirituales? —le increpó—. Yo, que he vivido siempre a la sombra de Glastonbury Tor, que he consagrado toda mi vida a los conocimientos esotéricos con el único propósito de enriquecer e iluminar nuestro espíritu.

—Quizá fuera en beneficio del espíritu —respondió Yuri—, pero no deja de ser un beneficio personal. Ése fue tu delito.

—Estás agotando mi paciencia —le advirtió Gordon—. Quizá convendría que abandonaras la habitación. Quizá sería preferible que yo no dijera nada más...

—Acaba de una vez —le instó Ash—. Estoy impaciente por conocer el final de tu historia.

Gordon se detuvo, clavó la vista en la mesa y arqueó una ceja, como para dar a entender que no tenía por qué aceptar ese ultimátum.

Luego miró con frialdad a Ash.

—¿Cómo llegaste a relacionar todo esto con las brujas Mayfair? —preguntó Rowan.

—Me di cuenta enseguida de que ambas cosas estaban relacionadas. Tenía que ver con el círculo de piedras. Yo conocía la historia de Suzanne, la primera bruja Mayfair, la bruja de las tierras altas de Escocia que había invocado a un diablo en el círculo de piedras. También había leído la descripción de Peter van Abel sobre el fantasma y la insistencia con que éste la perseguía y atormentaba, demostrando una tenacidad muy superior a la de cualquier fantasma humano.

»El relato de Peter van Abel fue el primer documento sobre las brujas Mayfair que tradujo Aaron y, como es natural, éste acudía a mí para consultarme ciertos vocablos en latín antiguo. En aquella época Aaron recurría a mí con frecuencia para que lo ayudara en sus trabajos.

—Eso fue lo que le perdió —observó secamente Yuri.

—Como es lógico, se me ocurrió que tal vez ese Lasher fuera el alma de un ser de otra especie, que trataba de reencarnarse. Encajaba perfectamente con el misterio. Aaron me había escrito hacía mucho desde América para decirme que la familia Mayfair se enfrentaba a un grave peligro, pues el fantasma amenazaba con reencarnarse.

»¿Acaso se trataba del alma de un gigante que pretendía vivir una segunda existencia? Mis hallazgos habían adquirido una dimensión que escapaba a mi control. No tenía más remedio que compartirlo con alguien.

Tenía que revelárselo a alguien de mi más absoluta confianza.

—Pero no a Stolov ni a Norgan.

—¡No! Mis amigos… mis amigos eran muy distintos. Estás tratando de confundirme. En aquel entonces ellos aún no estaban implicados en el asunto. Déjame continuar.

—Pero tus amigos pertenecían a Talamasca —dijo Rowan.

—No diré una sola palabra sobre ellos excepto que… eran unos jóvenes en los que confiaba ciegamente.

—¿Los trajiste aquí, a la torre?

—Por supuesto que no —respondió Stuart—. No soy estúpido. Les mostré a Tessa, pero en un sitio que yo elegí para tal fin, en las ruinas de la abadía de Glastonbury, en el mismo lugar donde había sido desenterrado el esqueleto de un gigante de más dos metros y que, posteriormente, se volvió a enterrar.

»La conduje hasta allí por motivos sentimentales, para verla de pie sobre la tumba de un ser de su propia especie. Una vez allí, dejé que quienes me ayudaban en mi trabajo le rindieran pleitesía. No podían sospechar que el lugar donde residía Tessa se hallara a menos de dos kilómetros de distancia. Jamás lo supieron.

»Sin embargo, eran unos jóvenes decididos y totalmente entregados a su labor. Fueron ellos quienes propusieron que le hiciéramos unas pruebas científicas a Tessa. Me ayudaron a obtener con una jeringuilla una muestra de su sangre, que fue enviada a varios laboratorios, de forma anónima, para ser analizada. Aquello confirmó nuestras sospechas de que Tessa no era humana. Yo no entendía nada sobre enzimas ni cromosomas, pero ellos me lo explicaron.

—¿Eran médicos? —preguntó Rowan.

—No. Simplemente unos jóvenes extraordinariamente brillantes —respondió Gordon con tristeza, mirando a Yuri con rencor.

«Sí, eran tus acólitos», pensó Yuri. Pero no dijo nada. Si volvía a interrumpir a Gordon, sería para matarlo.

—En aquellos días todo era muy distinto. No se dedicaban a urdir planes para matar a la gente. Pero luego las cosas cambiaron.

—Continúa —dijo Michael.

—Mi siguiente paso era obvio: regresar a los sótanos, desenterrar los viejos documentos abandonados de nuestro folklore e investigar tan sólo a los santos de estatura exagerada. Cuál no sería mi sorpresa al descubrir un montón de manuscritos hagiográficos, que se habían salvado de la destrucción en los tiempos en que Enrique VIII ordenó la supresión de los monasterios y habían ido a parar a nuestros archivos junto con otros muchos centenares de textos antiguos.

»Y… entre esos tesoros había una caja de cartón en cuya tapa un antiguo secretario, ya difunto, había escrito: *Vidas de los santos escoceses*, apresurándose a añadir el siguiente subtítulo: "Gigantes".

»A continuación hallé un ejemplar de una obra anterior a aquélla escrita por un monje de Lindisfarne, del siglo VIII, quien narraba la historia de san Ashlar, un santo de tal carisma y poder que había aparecido entre los escoceses en dos regiones, habiéndolo hecho regresar Dios a la Tierra como profeta Isaías, y el cual estaba destinado, según la leyenda, a regresar una y otra vez a este mundo.

Yuri miró a Ash, pero éste no dijo nada. Yuri no recordaba si Gordon había comprendido el nombre de Ash. Gordon también observaba fijamente a Ash.

—¿Acaso es éste el personaje en cuyo honor ostentas su nombre? —preguntó Gordon, con mirada febril—. ¿Es posible que conozcas a ese santo a través de tus recuerdos o los recuerdos de otros, suponiendo que hayas tenido contacto con otros miembros de tu especie?

Ash no contestó. En la habitación reinaba un silencio sepulcral. Ash cambió de nuevo de expresión. ¿Era odio lo que sentía hacia Gordon?

Gordon reanudó al cabo de unos minutos su relato. Tenía la espalda encorvada y no cesaba de gesticular.

—Sentí una intensa emoción al averiguar que san Ashlar había sido un ser gigantesco, de más de dos metros, que provenía de una raza pagana a cuyo exterminio él mismo había contribuido.

—Prosigue —solicitó Ash con suavidad—. ¿Cómo llegaste a relacionar eso con las brujas Mayfair? ¿Por qué murieron unos hombres a consecuencia de la investigación?

—De acuerdo, contestaré a tus preguntas —respondió Gordon—, pero supongo que concederás a este hombre que está a punto de morir un último deseo.

—Ya veremos —replicó Ash—. ¿Qué deseo es ése?

—Que me digas si conoces estas historias, si tú mismo recuerdas esos tiempos remotos.

Ash hizo un gesto para indicarle a Gordon que continuara.

—Eres cruel, amigo mío —dijo Gordon.

Ash estaba visiblemente enojado. Su espeso cabello negro y su juvenil y casi inocente boca hacían que su expresión resultara aún más temible. Parecía un ángel enfurecido. No respondió a las palabras de Gordon.

—¿Revelaste esas historias a Tessa? —preguntó Rowan.

—Sí —contestó Gordon, apartando los ojos de Ash

para mirarla. De pronto esbozó una pequeña sonrisa, con la que parecía decir: «Respondamos antes de nada a la hermosa dama sentada en primera fila»—. Durante la cena le conté a Tessa lo que había descubierto. Ella me dijo que conocía la historia del santo. Conocía a Ashlar, uno de los suyos, un gran líder, un rey entre los de su especie, el cual traicionó a los suyos al convertirse al cristianismo. Yo me sentía eufórico. Ya tenía un nombre en el que apoyarme para proseguir mis investigaciones.

»A la mañana siguiente regresé a los archivos y me puse manos a la obra de inmediato. Al cabo de un rato descubrí algo de enorme importancia, algo por lo que los eruditos de Talamasca hubieran pagado cualquier precio.

Gordon se detuvo y observó los rostros de los presentes, incluyendo a Yuri, mientras sonreía con orgullo.

—Se trataba de un libro, un códice en pergamino, muy distinto a cualquier otro de los que yo había visto en toda mi larga vida profesional. Jamás hubiera soñado con ver el nombre de San Ashlar grabado en la tapa de la caja de madera que lo protegía. ¡San Ashlar! Era como si el nombre del santo hubiera saltado de entre las sombras y el polvo mientras yo recorría las estanterías con mi linterna.

Otra pausa.

—Debajo de ese nombre —prosiguió Gordon, mirando a los otros fijamente con objeto de dar mayor énfasis a su relato— aparecía, con caracteres rúnicos, las siguientes frases: «Historia de los Taltos de Inglaterra», y en latín: «Gigantes sobre la Tierra.» Tal como me confirmaría Tessa aquella noche con un simple gesto de cabeza, había dado con la palabra crucial. «Taltos. Eso es lo que somos», y eso es lo que dijo Tessa.

»Abandoné de inmediato la torre. Regresé a la casa matriz y bajé al sótano. Siempre había examinado los otros archivos dentro del edificio, en las bibliotecas o en cualquier otro lugar, una costumbre que nunca extrañó a nadie. Pero en esta ocasión tenía que hacerme con el documento.

Gordon se levantó, apoyando los nudillos sobre la mesa. Miró a Ash temeroso de que éste intentara detenerlo. Ash lo observaba muy serio, con frialdad implacable.

Gordon retrocedió y se dirigió a un enorme armario de madera tallada que había contra la pared, y sacó una caja con forma rectangular.

Ash lo observó con calma, sin sospechar que Gordon tratara de escapar o, en todo caso, seguro de poder impedírselo.

Ash contempló la caja fijamente cuando Gordon la depositó en la mesa, frente a ellos. Daba la impresión de que en su interior se agitara una violenta emoción que podía estallar en el momento más inesperado.

«Dios mío —pensó Yuri—, el documento es auténtico.»

—Aquí lo tenéis —dijo Gordon, apoyando levemente los dedos en la pulida superficie de madera como si se tratara de un objeto sagrado—. San Ashlar.

Luego siguió traduciendo el resto del texto.

—¿Qué creéis que contiene esta caja? ¿No lo adivináis?

—Continúa, por favor —dijo Michael con impaciencia, sin apartar los ojos de Ash.

—Muy bien —contestó Gordon, bajando la voz. Abrió la caja, extrajo de ella un enorme tomo encuadernado en piel, lo depositó ante él y apartó la caja a un lado.

A continuación abrió el libro y mostró la página de la portada en pergamino, maravillosamente ilustrada en rojo, oro y azul pavo real. Unas diminutas miniaturas salpicaban el texto en latín. Gordon pasó la página con cuidado y Yuri vio unas preciosas letras adornadas con otras diminutas ilustraciones, cuya belleza sólo podía ser apreciada con ayuda de una lupa.

—Fijaos bien, pues vuestros ojos jamás han contemplado un documento como éste. Fue escrito por el propio santo.

»Este tomo recoge la historia de los Taltos, desde sus orígenes; la historia de una raza extinguida; así como la confesión de que él —sacerdote, hacedor de milagros y santo— no es humano, sino uno de los míticos gigantes a los que me he referido. Es un alegato destinado a convencer a san Columba, el gran misionero de los pictos, abad y fundador del monasterio céltico de Iona, de que los Taltos no son monstruos, sino unos seres con alma inmortal, unas criaturas creadas por Dios y capaces de alcanzar la gracia de Jesús. Es una obra magnífica.

De pronto, Ash se levantó y le arrebató el libro a Gordon de las manos. Gordon permaneció inmóvil, intimidado por el gesto de Ash, el cual se hallaba junto a él.

Los otros se levantaron lentamente. «Cuando un hombre está tan furioso como lo está Ash, hay que respetar su furia, o al menos reconocerla», pensó Yuri. Todos lo observaban en silencio, mientras que Ash seguía mirando a Gordon como si deseara matarlo en aquellos precisos momentos.

Contemplar el amable rostro de Ash desfigurado por la rabia, era un espectáculo sobrecogedor. «Éste es el aspecto que deben de tener los ángeles —pensó Yuri— cuando se nos aparecen blandiendo sus espadas flameantes.»

Gordon había pasado lentamente de la indignación al terror.

Cuando por fin Ash habló, lo hizo casi en un murmullo. Su voz sonaba tan suave como antes, pero suficientemente clara y enérgica para que todos oyeran lo que decía:

—¿Cómo te atreves a apoderarte de esto? —le increpó a Gordon—. Además de asesino, eres un ladrón. ¡Canalla!

—¿Serás capaz de arrebatármelo? —replicó Gordon, mirándolo con tanto rencor como el que Ash mostraba hacia a él—. ¿Serás capaz de arrebatármelo y después matarme? ¿Quién eres tú para adueñarte de él? ¿Acaso sabes lo que yo sé sobre tu especie?

—¡Yo escribí este libro! —declaró Ashlar, con el rostro congestionado—. ¡Me pertenece! —masculló, casi como si no se atreviera a decirlo en voz alta—. Escribí cada una de las palabras que contiene, pinté cada una de sus ilustraciones. Lo escribí para Columba. ¡Es mío! —repitió. Ash retrocedió, estrechando el libro contra su pecho, temblando de ira. Al cabo de un momento añadió en tono más suave—: Y tú… tú sólo eres capaz de hablar de investigaciones, de vidas recordadas, de cadenas de memoria…

Su ira traspasó el silencio que reinaba en la habitación.

—Eres un impostor —dijo Gordon, sacudiendo la cabeza.

Todos guardaron silencio.

Gordon permaneció impasible, mirando a Ash con una expresión insolente que resultaba casi cómica.

—Un Taltos, sí —dijo—. San Ashlar, ¡jamás! Eres tan viejo que resulta imposible calcular tu edad.

Nadie pronunció palabra. Nadie se movió. Rowan

observaba fijamente a Ash. Michael los miraba a todos, al igual que Yuri.

Ash lanzó un profundo suspiro e inclinó ligeramente la cabeza, sosteniendo todavía el libro contra su pecho. Sus dedos, que lo sujetaban por los bordes, se relajaron un poco.

—¿Y qué edad crees que tiene esa patética criatura que está sentada ante su telar? —preguntó con tristeza.

—Pero ella se refería a la vida que recordaba, y a otras vidas recordadas de las cuales le habían hablado otros...

—¡Calla, viejo necio! —exclamó Ash. Respiraba con dificultad, como si de pronto lo hubieran abandonado las fuerzas—. Así que esto fue lo que le ocultaste a Aaron Lightner —prosiguió al cabo de unos instantes—. A él y a los más brillantes eruditos de la Orden, a fin de que tú y tus jóvenes amigos pudierais tramar un asqueroso plan para apoderaros del Taltos. Sois peores que los ignorantes y salvajes campesinos escoceses que atraían al Taltos hacia el círculo para matarlo. Es como si se hubiera vuelto a reproducir la caza sagrada.

—¡No, jamás pretendimos matarlo! —protestó Gordon—. ¡Jamás! Sólo pretendíamos unirlo con una hembra, hacer que Lasher y Tessa se unieran en Glastonbury Tor. —Gordon rompió a llorar, casi asfixiado, incapaz de proseguir. Al cabo de unos minutos continuó—: Queríamos contemplar la ascensión de vuestra raza sobre la montaña sagrada en la que apareció Jesús para propagar la religión que cambió la faz del mundo. ¡Jamás pretendimos matarlo, sino devolverle la vida! Han sido las brujas Mayfair quienes lo han asesinado, quienes han destruido al Taltos como si de un vulgar fenómeno de la naturaleza se tratara. Lo destruyeron de forma fría y cruel, sin importarles quién era ni en qué podía convertirse. ¡Ellas son las culpables, no yo!

Ash meneó la cabeza, asiendo el libro con fuerza.

—No, lo hiciste tú —dijo—. Si le hubieras contado la historia a Aaron, si le hubieras hecho partícipe de tu hallazgo...

—Él se hubiera negado a colaborar —replicó Gordon—. Jamás habría participado en nuestro plan. Ambos éramos demasiado viejos. Pero mis jóvenes amigos, que poseían valor y visión de futuro, trataron de unir al macho y a la hembra Taltos sin causarles ningún daño.

Ash suspiró y guardó silencio, como si dosificara su aliento. Luego miró de nuevo a Gordon y preguntó:

—¿Cómo supiste de las brujas Mayfair? ¿Qué fue lo que te condujo hasta ellas? Quiero saberlo. Responde inmediatamente o te arrancaré la cabeza y la arrojaré sobre el regazo de tu amada Tessa. Su horrorizado semblante será lo último que veas antes de que tu cerebro se extinga.

—Aaron. Fue el propio Aaron. —Gordon temblaba de modo violento, como a punto de desmayarse. Retrocedió unos pasos, mirando a derecha e izquierda. Luego dirigió la vista hacia el armario de madera del que había sacado el libro—. Sus informes desde América —añadió, acercándose al armario—. El Consejo fue convocado. La información era de suma importancia. Rowan, la bruja Mayfair, había parido un ser monstruoso el día de Nochebuena; un niño que al cabo de unas horas había alcanzado el tamaño de un hombre. Se envió una descripción de ese ser a todos los miembros de la Orden repartidos por el mundo. Enseguida comprendí que se trataba de un Taltos. ¡Sólo yo lo sabía!

—Eres perverso —murmuró Michael—. Mezquino y perverso.

—¡Y tú te atreves a llamarme perverso! Tú, que mataste a Lasher con tus propias manos y aniquilaste el misterio como si se tratara de un vulgar delincuente al que hubieses liquidado durante una reyerta callejera.

—Tú y los otros —intervino Rowan— lo hicisteis por iniciativa propia.

—Ya he confesado mi culpa —respondió Gordon, avanzando otro paso hacia el armario—. Pero no os diré quiénes eran los otros.

—Así pues, los Mayores no participaron en ello —dijo Rowan.

—Las excomuniones eran falsas —contestó Gordon—. Creamos un sistema de interceptación. Yo no lo hice. Ni siquiera sé cómo se hace. Pero lo creamos, permitiendo que pasaran únicamente las cartas remitidas por los Mayores y las destinadas a ellos que no guardasen relación alguna con el caso. Sustituimos tanto las comunicaciones entre Aaron o Yuri y los Mayores, como las que se producían en sentido inverso, por las nuestras. No fue difícil; los Mayores, con su tendencia al secretismo, nos facilitaron el camino.

—Gracias por habernos contado todo esto —dijo Rowan, imperturbable—. Quizá Aaron lo sospechara.

A Yuri le repugnaba la amabilidad con que Rowan se dirigía a ese canalla, casi como si quisiera tranquilizarlo en vez de estrangularlo allí mismo.

—¿Qué otra información puede proporcionarnos? —preguntó Rowan, mirando a Ash—. Creo que hemos terminado con él.

Gordon comprendió de inmediato lo que pasaba. Rowan estaba autorizando a Ash a que lo matase. Yuri se limitó a observar cómo Ash, lentamente, depositaba el libro sobre la mesa y se volvía hacia Gordon, con las manos ya libres, para ejecutar la sentencia que él mismo le había impuesto.

—Aún no sabes nada —dijo Gordon de pronto—. Las palabras de Tessa, su historia, las cintas que grabé. Sólo yo sé dónde están.

Ash se limitó a mirarlo fijamente, con los ojos entrecerrados y el ceño fruncido.

Gordon se giró, mirando a derecha e izquierda.

—Tengo algo muy interesante que deseo mostraros —indicó.

Se dirigió apresuradamente al armario y después se volvió, apuntando con una pistola que sostenía con ambas manos a Ash, a Yuri, a Rowan y a Michael sucesivamente.

—Os mataré —dijo Gordon—. Brujas, Taltos. ¡A todos! Puedo atravesaros el corazón de un balazo y acabar con vosotros.

—No puedes matarnos a todos —replicó Yuri, dando un paso hacia delante.

—¡No te muevas o disparo! —gritó Gordon.

Ash salvó rápidamente la distancia que lo separaba de Gordon. Pero éste se volvió hacia él, apuntándolo con el revólver. Ash no se detuvo, pero el arma no se disparó.

Con un rictus de amargura, Gordon acercó la pistola a su pecho y agachó la cabeza, mientras su mano izquierda se crispaba en un puño.

—¡Dios mío! —exclamó, dejando caer la pistola al suelo—. ¡Bruja! —gritó, volviéndose hacia Rowan Mayfair—. Sabía que lo matarías. Se lo dije a los otros, lo sabía… —Gordon cerró los ojos y se apoyó en el armario. Parecía que iba a caer de bruces, pero se desplomó con todo su peso sobre el suelo. Durante unos instantes luchó inútilmente por incorporarse. Luego se quedó inmóvil y sus párpados se cerraron como si estuviera muerto.

El cadáver de Gordon permaneció tendido en el suelo, en una postura grotesca.

Rowan no hizo el menor gesto de estupor o disgusto, como si nada tuviera que ver con la muerte de Gordon. Pero Yuri sabía que ella había sido la causante, y también Michael. Yuri se dio cuenta por la forma en que Michael miró a su mujer, sin censurarla pero con cierta aprensión. Al cabo de unos instantes Michael suspiró, sacó el pañuelo del bolsillo y se enjugó la cara.

Luego se volvió de espaldas al muerto, sacudiendo la cabeza, y se refugió en la penumbra, junto a la ventana.

Rowan permaneció impasible, con los brazos cruzados y los ojos clavados en Gordon.

«Quizá —pensó Yuri— ve algo que nosotros no vemos, o presiente algo inadvertido para nosotros.»

Pero en el fondo aquello carecía de importancia. El cabrón había muerto. Por primera vez, Yuri comprobó que podía respirar hondo y lanzó un suspiro de alivio, muy distinto a los penosos murmullos que había emitido Michael.

Está muerto, Aaron, muerto y bien muerto. Los Mayores no habían participado en el plan. Sin duda descubrirán la identidad de sus colaboradores, sus jóvenes y orgullosos novicios.

Yuri estaba convencido de que aquellos dos jóvenes —Marklin George y Tommy Monohan— eran los culpables. Es más, todo el asunto parecía obra de unos jóvenes impulsivos, implacables y llenos de rencor. Tal vez fuese cierto que al anciano se le había escapado la situación de las manos.

Nadie se movió. Nadie dijo nada. Todos permanecían de pie, como si presentaran sus respetos al cadáver del anciano. Yuri hubiera deseado sentirse tranquilo, pero no lo estaba.

Ash se acercó a Rowan de forma lenta y solemne, la sujetó levemente por los brazos con sus largos dedos y la besó en ambas mejillas. Ella lo miró a los ojos, como si estuviera soñando. Mostraba una expresión de profunda tristeza.

Acto seguido, Ash se volvió hacia Yuri y aguardó sin decir nada. Todos estaban a la espera de algo. ¿Qué podían decir? ¿Qué podían hacer?

Yuri trató de idear algún plan, pero le resultó imposible.

—¿Regresarás a casa, a la Orden? —le preguntó finalmente Ash.

—Sí —respondió Yuri, asintiendo con un movimiento de cabeza—. Regresaré a la Orden —murmuró—. Ya les he informado de todo. Les llamé desde la aldea.

—Te vi telefonear desde la cabina —dijo Ash.

—Hablé con Elvera y Joan Cross. No me cabe la menor duda de que fueron George y Monohan quienes le ayudaron, y no tardarán en ser descubiertos.

—¿Y Tessa? —preguntó Ash, lanzando un pequeño suspiro—. ¿Podéis haceros cargo de ella?

—Si tú no te opones —respondió Yuri—, por supuesto que la acogeremos bajo nuestro techo. Le daremos cobijo y velaremos siempre por ella. ¿Es eso lo que deseas?

—¿En qué otro lugar se hallaría a salvo? —contestó Ash, visiblemente triste y cansado—. No vivirá mucho tiempo. Su piel es tan frágil como las hojas de pergamino de mi libro. Sin duda morirá pronto, aunque no puedo precisar cuándo. No sé cuánto tiempo de vida nos queda a ninguno de nuestra especie. Hemos sufrido muertes violentas en repetidas ocasiones. Al principio, incluso creímos que era la única forma en que se moría la gente. No sabíamos lo que era una muerte natural...

Ash se detuvo, malhumorado. Sus cejas dibujaban una airosa curva entre su ceño fruncido y el extremo de los ojos.

—Llévatela —dijo—. Confío en que os mostréis amables con ella.

—Ash —dijo Rowan suavemente—, si permites que se la lleve les estarás ofreciendo una prueba irrefutable de la existencia de los Taltos. ¿Por qué quieres hacer eso?

—Es lo mejor que podía suceder —terció Michael. Su vehemencia asombró a Yuri—. Hazlo en memoria de Aaron. Condúcela a la casa matriz, junto a los Mayores. Hiciste cuanto pudiste por poner al descubierto la conspiración. Dales la información que precisan.

—Si estuviéramos equivocados —dijo Rowan—, si no se tratara únicamente de un puñado de individuos... —Tras estas palabras se detuvo, vacilante, contemplando el pequeño y desolado cadáver de Gordon—. ¿Qué tendrían entonces?

—Nada —respondió Ash suavemente—. Un ser que pronto morirá y que se convertirá de nuevo en una leyenda, por muchas pruebas científicas a que la sometan con su dócil consentimiento, por muchas fotografías que le hagan y muchas cintas en las que aparezca grabada su voz. Llévala a la casa matriz, Yuri, te lo ruego. Preséntala a los miembros del Consejo. Preséntasela a todos. Rompe el secretismo del que Gordon y sus amigos hicieron un cruel uso en beneficio propio.

—¿Y Samuel? —preguntó Yuri—. Me salvó la vida.

¿Qué hará cuando descubra que la tienen en su poder?

Ash reflexionó unos instantes y arqueó las cejas. Los rasgos de su semblante aparecieron suavizados por una expresión pensativa y se mostraron tal como Yuri los vio por primera vez: unos rasgos amables e incluso quizá más humanos que los de los propios humanos.

Yuri pensó de pronto que quien vive por siempre se vuelve más compasivo. Un hermoso pensamiento, pero no era verdad. Ese ser ya había matado, y sin duda habría acabado con Gordon si Rowan no hubiera hecho que al anciano se le parara el corazón. Ese ser era capaz de remover cielo y tierra con tal de dar con Mona, la joven bruja, que podía parir otro Taltos.

¿Cómo podía Yuri proteger a Mona?

De pronto se sintió confundido, abrumado. Por supuesto, se llevaría a Tessa; les llamaría enseguida para rogarles que fueran a recogerlos. Ya de regreso en casa, hablaría de nuevo con los Mayores; ellos serían sus guardianes y sus amigos. Lo ayudarían a comprender lo que debía hacer. Lo liberarían del peso de tener que tomar él solo una decisión.

—Y yo protegeré a Mona —dijo Rowan con suavidad.

Yuri se quedó estupefacto. La inteligente bruja le había adivinado el pensamiento. ¿Era también capaz de adivinar el pensamiento y los sentimientos de los otros? ¿Era capaz de dejarse seducir y engañar por el Taltos?

—No soy enemigo de Mona Mayfair —dijo Ash, como si intuyera el tema de su conversación—. Has estado equivocado desde el principio. Soy incapaz de poner en peligro la vida de una niña. Soy incapaz de violar a una mujer. Ya tienes suficientes problemas. Deja que estos dos brujos cuiden de Mona Mayfair. Deja que se ocupen de la familia. Eso es lo que los Mayores te aconsejarán, sin duda, cuando consigas comunicarte con ellos. Deja que los Mayfair se curen ellos mismos sus heridas. Deja que la Orden se purifique a sí misma.

Yuri deseaba responder pero no supo qué decir, quizá porque deseaba fervientemente que eso fuera cierto.

De pronto Ash se acercó a Yuri y le cubrió suavemente el rostro de besos. Yuri lo miró conmovido, lleno de amor, y luego agarró a Ash por la nuca y lo besó en los labios.

Fue un beso firme pero casto.

De improviso Yuri recordó vagamente las palabras de Samuel, cuando éste dijo que se había enamorado de Ash. No le importó. Eso era lo bonito de confiar en alguien. La confianza proporciona una gran sensación de tranquilidad, un maravilloso sentimiento de conexión con el otro, lo cual provoca que uno baje la guardia y, en ocasiones, resulte destruido.

—Me llevaré el cadáver de aquí —dijo Ash—. Lo ocultaré en un lugar donde no puedan encontrarlo fácilmente.

—No —objetó Yuri. Su mirada se cruzó con la serena mirada de Ash—. Tal como he dicho, ya he hablado con la casa matriz. Cuando te hayas alejado unos kilómetros, llámalos. Te daré el teléfono. Diles que vengan a recogernos. Nosotros nos ocuparemos del cadáver de Stuart Gordon, así como de todo lo demás.

Yuri se apartó de Ash y se detuvo a los pies del cadáver, que yacía como un pelele. Qué diminuto parecía el cuerpo sin vida de Gordon, el erudito al que todos admiraban, el amigo de Aaron, y el mentor de los jóvenes. Yuri se agachó y, procurando no mover el cuerpo, introdujo su mano en el bolsillo de la chaqueta de Gordon y extrajo un puñado de tarjetas de visita.

—Aquí tienes el número de la casa matriz —dijo

Yuri, incorporándose y entregando a Ash una de las tarjetas. Luego contempló de nuevo el cuerpo y añadió—: No existe nada que nos relacione con el cadáver de este hombre.

Después, comprendiendo que, efectivamente, aquello era cierto, sintió deseos de echarse a reír.

—Es maravilloso —declaró—. Está muerto, sin la menor marca de violencia. Sí, llama a ese número para que vengan a recogernos.

Yuri se volvió y miró a Rowan y a Michael.

—Dentro de unos días me pondré en contacto con vosotros.

Rowan mostraba una expresión triste; Michael parecía preocupado.

—Y si no lo haces, sabremos que estábamos equivocados —señaló Michael.

Yuri sonrió y sacudió la cabeza.

—Ahora creo entender cómo sucedió; comprendo las debilidades, la atracción.

Yuri miró a su alrededor. Por una parte detestaba aquella habitación, pero por otra la consideraba una especie de santuario romántico y, si bien no soportaba la idea de esperar a que acudieran a rescatarlos, se sentía demasiado cansado para pensar en otra solución o resolver el problema de otro modo.

—Iré a hablar con Tessa —dijo Rowan—. Le explicaré que Stuart está muy enfermo y que te quedarás con él hasta que llegue alguien a socorrerlo.

—Eres muy amable —respondió Yuri. Luego, por primera vez, comprendió que estaba extenuado y se sentó en una de las sillas que había alrededor de la mesa.

Su mirada se tropezó con el libro o códice, según lo había denominado Stuart con precisión o, acaso, con pedantería.

Yuri observó cómo los largos dedos de Ash sujetaban el libro por ambos lados y lo levantaban.

—¿Cómo puedo ponerme en contacto contigo? —le preguntó Yuri.

—No puedes —contestó Ash—. Pero dentro de unos días prometo llamarte.

—No olvides tu promesa —dijo Yuri, sintiéndose cada vez más cansado.

—Debo advertirte algo —dijo Ash con voz queda y aire pensativo, sosteniendo el libro como si fuera un escudo sagrado—. Durante los próximos meses y años verás mi imagen aquí y allá, en numerosos lugares, cuando hojees un periódico o una revista. No trates nunca de ponerte en contacto conmigo. No intentes llamarme. Dispongo de total protección contra los intrusos. No conseguirás llegar hasta mí. Díselo de mi parte a tus compañeros de la Orden. Jamás reconoceré, ante ninguno de ellos, las cosas que os he revelado. Y, sobre todo, adviérteles que no acudan al valle. Es posible que los seres diminutos se estén extinguiendo, pero siguen siendo muy peligrosos. Adviérteles que no se acerquen allí.

—¿Me autorizas entonces a contarles lo que he visto?

—Sí, no tienes más remedio que ser sincero con ellos. De lo contrario, no podrías regresar a la casa matriz.

Yuri miró a Rowan y a Michael. Ambos se acercaron a él. Yuri sintió la mano de Rowan acariciarle el rostro mientras lo besaba. Luego notó la mano de Michael sobre su brazo.

Yuri no dijo nada. No tenía palabras para expresar lo que sentía, y quizá tampoco le quedasen lágrimas.

Sin embargo, la alegría que sentía era tan inesperada, tan maravillosa, que sintió deseos de hacerles partícipes de ella. La Orden acudiría a recogerle. La desastrosa historia de muertes y traición había llegado a su fin. Sus hermanos y hermanas acudirían a rescatarlo, y él les revelaría los horrores y misterios que había presenciado.

Cuando se marcharon, Yuri ni siquiera alzó la vista. Oyó cómo bajaban la escalera de caracol y el sonido de la puerta principal al cerrarse. También oyó unas suaves voces en el piso inferior. Lentamente, se incorporó y bajó al segundo piso. Tessa se hallaba de pie junto al telar, en la penumbra, como un árbol gigantesco, con las manos unidas y asintiendo con movimientos de cabeza mientras Rowan le hablaba en voz baja. Yuri no oyó lo que decía. Luego, Rowan se despidió de la mujer con un beso y se dirigió apresuradamente hacia la escalera.

—Adiós, Yuri —dijo Rowan suavemente al pasar junto a él. Después se volvió, con la mano apoyada en la barandilla, y añadió—: Cuéntaselo todo. Asegúrate de que el informe de las brujas Mayfair queda cerrado, como debe ser.

—¿Todo? —inquirió él.

—¿Por qué no? —replicó Rowan, con una enigmática sonrisa. Acto seguido, desapareció.

Yuri miró a Tessa. Durante unos instantes se había olvidado de ella. Yuri supuso que cuando viera a Stuart se llevaría un enorme disgusto. ¿Cómo podía él impedirle que fuera arriba?

Tessa se hallaba sentada de nuevo ante el telar o, mejor dicho, ante el bastidor, bordando y canturreando una pequeña melodía que era la prolongación de su respiración normal.

Yuri se acercó a ella, procurando no sobresaltarla.

—Lo sé —dijo ella, mirándolo y sonriendo de forma dulce y alegre. Su rostro redondo aparecía radiante—. Stuart ha muerto, ha desaparecido, quizá ha ido al cielo.

—¿Te lo ha dicho Rowan?

—Sí.

Yuri miró por la ventana. No sabía con certeza lo que veía en la oscuridad. ¿Tal vez las relucientes aguas del lago?

Pero entonces distinguió con toda claridad los faros de un coche que se alejaba. Vio el breve destello de las luces al atravesar el oscuro bosque, y el vehículo desapareció.

Durante unos instantes se sintió solo y terriblemente vulnerable. No obstante, estaba seguro de que llamarían a la casa matriz para que fueran a recogerlo. Probablemente ya se habrían detenido para hacer esa llamada. Así no quedaría constancia de que hubieran efectuado una llamada desde el teléfono de la torre y, de ese modo, evitarían que alguien pudiese identificar a quienes se presentarían allí como las personas con las que la mujer y él se marcharían.

De pronto Yuri se sintió muy cansado. Hubiera deseado preguntar a la mujer si había una cama donde acostarse, pero se limitó a observarla mientras ella bordaba, cantando alegremente. Al cabo de un rato la mujer alzó la vista y dijo sonriendo:

—Sabía que acabaría así. Lo comprendía cada vez que miraba a Stuart. Siempre sucede lo mismo con los de vuestra especie. Más pronto o más tarde, os volvéis débiles, os encogéis y morís. Tardé muchos años en comprender que nadie escapaba a ese destino. El pobre Stuart era muy débil, y yo sabía que la muerte se lo llevaría el día menos pensado.

Yuri no respondió. La mujer le infundía una intensa

repugnancia, que él intentaba disimular a fin de no ofenderla ni herirla. Pensó vagamente en Mona; la vio rebosante de vida, fragante, cálida y sorprendente. Yuri se preguntó si los Taltos verían a los humanos de esa forma o si, por el contrario, les parecían unos seres toscos y salvajes. ¿Acaso nos consideran unos animales sin domesticar, dotados de un singular y peligroso encanto, más o menos como nosotros a los leones y los tigres?

Yuri imaginó de pronto que cogía a Mona por el cabello en un gesto juguetón. Ella se volvió y lo miró con sus hermosos ojos verdes, sonriendo, mientras las palabras brotaban atropelladamente de sus labios con la vulgaridad y el encanto propios de los americanos.

En aquellos momentos Yuri estaba convencido de que jamás volvería a ver a Mona.

Sabía que él no era el hombre con quien ella compartiría su vida, que su familia la arropaba, que su compañero debía ser inevitablemente alguien de su misma clase, un miembro de su propio clan.

—No quiero subir —murmuró Tessa con aire confidencial—. Dejemos a Stuart solo. Es mejor, ¿no crees? Una vez muerto, no creo que le importe lo que hagamos.

Yuri asintió con un lento movimiento de cabeza contemplando la misteriosa noche que se extendía al otro lado de la ventana.

20

Mona se hallaba de pie en la oscura cocina y se sentía deliciosamente saciada. Había consumido toda la leche, hasta la última gota, así como el queso, el requesón y la mantequilla. Eso es lo que se llama limpiar la nevera. Hasta las delgadas láminas de queso para fundir, repleto de productos químicos y colorantes, un queso que producía asco, habían sido devoradas con avidez.

—Sabes, cariño, si resultaras una idiota... —dijo.

Esa posibilidad no existe, madre. Yo soy tú y Michael. Y en un sentido muy real, soy todas las personas que han hablado contigo desde el principio, incluyendo a Mary Jane.

Mona soltó una carcajada, a solas en la oscura cocina, apoyada contra el frigorífico. ¡El helado! Se había olvidado del helado.

—Te ha tocado una buena mano, tesoro —dijo Mona—. No podías tener mejores cartas. Y deduzco que no te perdiste ni una sílaba...

¡Montones de helado de vainilla Häagen-Dazs!

—¡Mona Mayfair!

«¿Quién me llama? ¿Eugenia? No quiero hablar con ella. No quiero que me moleste ni que tampoco moleste a Mary Jane.»

Mary Jane se había quedado en la biblioteca, con los papeles que había sacado de la mesa de Michael, o puede que ahora perteneciera a Rowan puesto que ella había regresado. Daba lo mismo, eran unos informes médicos y unos documentos legales y comerciales, además de algunos papeles que guardaban con las cosas que sucedieron hacía tres semanas. Cuando empezó a ojear los diversos informes e historias, demostró una curiosidad insaciable por todo lo relativo a la historia de la familia. Devoró esos papeles como si fueran helado de vainilla.

—Veamos, ¿debemos compartir ese helado con Mary Jane, como buenas primas, o zampárnoslo nosotras?

Zampárnoslo nosotras.

Había llegado el momento de decírselo a Mary Jane. Cuando Mary Jane había pasado ante la puerta de la cocina, hacía unos minutos, antes del último saqueo a la nevera, murmuraba algo sobre los médicos que habían muerto, pobres desgraciados, el doctor Larkin y el de California, y sobre las autopsias de las mujeres asesinadas. Lo importante era acordarse de colocar otra vez esos papeles en su sitio para que Rowan y Michael no se alarmaran. Al fin y al cabo, no hacían eso por capricho, sino por un motivo muy concreto. Mary Jane era la persona en la que Mona confiaba plenamente.

—Mona Mayfair.

Era Eugenia, la muy pelmaza.

—Mona, Rowan al teléfono desde Inglaterra.

No paraba de gruñir. Lo que necesitaba Eugenia era una buena cucharada de ese helado, aunque Mona casi había terminado con él y ya sólo quedaba un cartón.

¿A quién pertenecían esos diminutos pies que avanzaban de forma apresurada desde el comedor? Morrigan chasqueó su pequeña lengua al compás de las pisadas.

—Pero si es mi querida prima, Mary Jane Mayfair.

—Silencio —dijo Mary Jane, llevándose un dedo a los labios—. Eugenia te anda buscando. Ha llamado

Rowan, quiere hablar contigo, le dijo a Eugenia que te despertara.

—Coge el teléfono en la biblioteca y que te dé el recado. Prefiero no arriesgarme a hablar con ella. Procura disimular. Dile que nos encontramos perfectamente, que me estoy dando un baño, y pregúntale por todos. Pregúntale si Michael, Yuri y ella están bien.

—De acuerdo —contestó Mary Jane, y salió de la cocina. Sus tacones resonaron de nuevo sobre las baldosas.

Mona engulló las últimas cucharadas de helado y arrojó el envase al cubo de la basura. ¡«Qué porquería de cocina! Yo, que siempre he sido tan ordenada, me he dejado corromper por el dinero.» Acto seguido, abrió el último cartón de helado que quedaba.

De nuevo sonaron las mágicas pisadas. Mary Jane atravesó el *office* con rapidez e irrumpió en la cocina, con su cabello rubio pálido, sus delgadas piernas bronceadas, su cintura de avispa y su falda de encaje blanco balanceándose como una campana.

—¡Mona! —murmuró Mary Jane.

—¿Qué? —respondió ésta en voz baja, —llevándose otra generosa cucharada de helado a la boca.

—Rowan dice que tiene que darnos una noticia increíble —dijo Mary Jane, consciente de la importancia del recado que transmitía a su prima—. Dice que ya nos lo contará, pero que en este momento está muy ocupada y no puede entretenerse. Michael tampoco puede ponerse al teléfono. Yuri está bien.

—Lo has hecho estupendamente. ¿Y los guardias de seguridad?

—Rowan dijo que debían seguir vigilando la casa, que no cambiáramos nada. Dijo que ya había llamado a Ryan para decírselo. Insistió en que te quedaras en casa descansando y cumplieras las indicaciones del médico.

—Una mujer inteligente y práctica. Hummmm…
—Mona había vaciado el segundo cartón de helado. Era suficiente. Al cabo de unos instantes empezó a tiritar. ¡Qué frío! ¿Por qué no se le habría ocurrido despedir a los guardias?

Mary Jane le frotó los brazos y preguntó:

—¿Estás bien, cariño?

Luego dirigió su mirada hacia el vientre de Mona y se puso pálida. Extendió su mano derecha con la intención de palparle el vientre, pero no se atrevió.

—Escucha, ha llegado el momento de explicarte toda la verdad —dijo Mona—. Así tú misma podrás decidir lo que quieres hacer. Pensaba decírtelo poco a poco, pero no es justo ni necesario. Yo haré lo que deba hacer, aunque no quieras ayudarme. Quizá sea mejor que no lo hagas. O nos vamos ahora y me ayudas, o me iré sola.

—¿Adónde?

—Nos marchamos inmediatamente. Me da igual que nos vean los guardias. Sabes conducir, ¿no?

Mona pasó junto a Mary Jane, entró en el *office* y abrió el armario donde guardaban las llaves. Buscaba el llavero del Lincoln. Cuando Ryan le regaló aquella limusina le dijo que no debía viajar nunca en ninguna que no fuera negra y de la marca Lincoln. Al fin encontró las llaves. Michael se había llevado sus llaves y las del Mercedes de Rowan, pero las de la limusina estaban allí, en el mismo lugar donde Clem las había dejado.

—Claro que sé conducir —respondió Mary Jane—. ¿De quién es el coche que vamos a coger?

—Mío. Es una limusina. Pero no quiero avisar al chófer. ¿Estás preparada? Confío en que el chófer esté dormido y no se entere de nada. A ver, ¿qué es lo que necesitamos?

—Dijiste que me lo contarías todo para que pudiera decidir lo que más me conviene.

Mona se detuvo. Ambas se hallaban de pie entre sombras. La casa estaba en penumbra, iluminada sólo por la luz que penetraba del jardín, un amplio resplandor azul que provenía de la zona de la piscina. Los ojos de Mary Jane se veían más grandes y redondos que de costumbre, lo cual hacía que su nariz pareciera aún más diminuta y sus mejillas más suaves y tersas. Unos mechones rubios, como hebras de seda, se agitaban sobre sus hombros. La luz le iluminaba el escote.

—¿Por qué no me lo dices? —preguntó Mona.

—De acuerdo —contestó Mary Jane—. Vas a tenerlo, pase lo que pase.

—Desde luego.

—Y, suceda lo que suceda, no dejarás que Rowan y Michael lo maten.

—Y el mejor lugar para refugiarnos es donde nadie pueda dar con nosotras.

—Tienes razón.

—El único lugar seguro que conozco es Fontevrault. Y si soltamos todos los esquifes del embarcadero, sólo podrán entrar en la dársena a bordo de su propia embarcación, suponiendo que se les ocurra ir allí.

—¡Eres un genio, Mary Jane!

Te quiero, mamá.

«Yo también te quiero, mi pequeña Morrigan. Confía en mí. Confía en Mary Jane.»

—¡Eh, no vayas a desmayarte! Escucha, voy a buscar unas almohadas, mantas y algunas otras cosas. ¿Tienes dinero?

—Tengo un montón de billetes de veinte dólares en el cajón de la mesilla de noche.

—Anda, entra en la cocina y siéntate un rato —dijo

Mary Jane, conduciendo a Mona hasta la mesa de la cocina—. Apoya la cabeza entre las manos.

—No me dejes en la estacada, Mary Jane, pase lo que pase.

—Descansa hasta que vuelva.

Mary Jane se alejó apresuradamente, con un marcado taconeo sobre las baldosas de la casa.

De pronto Mona empezó a oír de nuevo la canción, la bonita canción que hablaba de las flores del valle.

«Basta, Morrigan.»

Háblame, mamá. El tío Julien te trajo aquí para que te acostaras con mi padre, aunque no sabía lo que ocurriría. Pero tú lo comprendes, mamá, dijiste que comprendías que en este caso la hélice gigante no está relacionada con un antiguo maleficio, sino que es la expresión de un potencial genético que tú y papá siempre habéis poseído.

Mona trató de responder, pero no fue necesario; la voz siguió hablándole de forma cantarina, cantando suave y rápida.

«Eh, más despacio. Suena como el zumbido de una abeja.»

… una inmensa responsabilidad, sobrevivir y dar a luz, y quererme, mamá, no te olvides de quererme, te necesito, necesito por encima de todo tu cariño, pues soy frágil y sin él perdería las ganas de vivir…

Estaban todos reunidos en el círculo de piedras, temblando, llorando. El individuo alto y moreno había ido a tranquilizarlos. Se acercaron al fuego para entrar en calor.

—Pero ¿por qué? ¿Por qué quieren matarnos?

Ashlar respondió:

—Ellos son así. Son gente guerrera. Matan a quienes no pertenecen a su clan. Para ellos eso es tan importante como para nosotros comer, beber o hacer el amor. Gozan con la muerte.

—Mira —dijo Mona en voz alta. La puerta de la cocina acababa de cerrarse con estrépito. «Silencio, Mary Jane. No traigas a Eugenia aquí. Tenemos que actuar de forma científica. Debería escribir todo esto en el ordenador, tal como lo estoy viendo, pero es casi imposible registrar algo con precisión cuando estás sumida en un trance. En Fontevrault podremos utilizar el ordenador de Mary Jane. Mary Jane, mi gran amiga y confidente.»

En ese momento regresó Mary Jane y, por fortuna, esta vez cerró la puerta con suavidad.

—Lo que los otros deben comprender —aseveró Mona—, es que esta criatura no proviene del infierno, sino de Dios. Lasher procedía del infierno, en el sentido metafísico o metafórico, es decir, religioso o poético, pero cuando una criatura nace de la unión de dos seres humanos, que poseen un genoma misterioso, entonces procede de Dios. ¿De dónde iba a proceder sino de Él? Emaleth fue el fruto de una violación, pero mi hija no. Al menos, no fue la madre quien resultó violada.

—Calla, larguémonos de aquí. Les dije a los guardias que había visto a alguien con aspecto sospechoso rondando cerca de aquí, y que iba a acompañarte en coche a tu casa para que recogieras un poco de ropa y luego a la consulta del médico. Anda, vamos.

—Mary Jane, eres un genio.

Pero cuando Mona se levantó, sintió que la habitación empezaba a dar vueltas como un tiovivo.

—¡Dios mío! —exclamó.

—Agárrate a mí. ¿Te sientes mal?

—Tanto como si se estuvieran produciendo unas explosiones nucleares en mi matriz. Anda, vámonos.

Bajaron sigilosamente por el callejón. Mary Jane

sujetaba de vez en cuando a su prima para que ésta no se cayera, pero Mona se agarraba a la verja, en busca de mayor seguridad. Cuando llegaron al garaje vieron la inmensa y flamante limusina. Mary Jane, siempre tan previsora, había puesto el motor en marcha y había abierto la puerta. Se encontraban listas para partir.

—¡Deja de cantar, Morrigan! Tengo que pensar para explicarle a Mary Jane cómo se abre la verja. Hay que oprimir el pequeño botón mágico.

—¡Ya lo sé! Venga, sube.

Mona escuchó el rugido del motor y el chirrido que producía la verja al abrirse.

—Sabes, Mona, debo preguntarte algo. No tengo más remedio. ¿Y si esta criatura no puede nacer sin que tú mueras?

—Calla y muérdete la lengua, prima. Rowan no murió, ¿verdad? Los parió a los dos. Descuida, no voy a morirme. Morrigan no dejará que eso suceda.

No, mamá, te quiero. Te necesito, mamá. No hables de morirte. Cuando hablas de la muerte, hasta puedo olerla.

—Chitón. ¿Crees que Fontevrault es el lugar más apropiado? ¿Estás segura? ¿Has estudiado otras posibilidades, quizá un motel...?

—La abuela está allí, y la abuela es de fiar. Ese chico que le hace compañía se largará de allí zumbando en cuanto le dé uno de estos billetes de veinte dólares.

—Pero no debe dejar su bote en el embarcadero, para que alguien lo coja y...

—No te preocupes, tesoro, no lo hará. No viene en bote. Vive algo más arriba, cerca de la población. Ponte cómoda y descansa. Tenemos un montón de cosas en Fontevrault. Podemos instalarnos en el ático, que es seco y calentito.

—Es una idea estupenda.

—Y cuando sale el sol por las mañanas, penetra por todas las ventanas del ático...

Mary Jane pisó bruscamente el freno. Habían llegado a la avenida Jackson.

—Lo siento, tesoro, este coche es muy potente.

—¿Tienes problemas para manejarlo? Cielos, nunca me había sentado aquí delante, con esta gigantesca limusina extendiéndose detrás de mí. Es una sensación muy extraña, como pilotar un avión.

—No, no tengo ningún problema —contestó Mary Jane, enfilando la calle St. Charles—. Excepto con estos conductores borrachos de Nueva Orleans. Es medianoche, ya sabes. Pero es muy fácil manejar este coche, sobre todo cuando has conducido un monstruo de dieciocho ruedas, como he hecho yo.

—¿Dónde fue eso, Mary Jane?

—En Arizona, tesoro, tuvieron que hacerlo, tuvieron que robar el camión, pero ésa es otra historia.

Morrigan reclamaba su atención, había empezado a cantar de nuevo de aquel modo tan rápido que parecía el zumbido de una abeja. Quizá cantara para entretenerse.

«Estoy impaciente por verte, por sostenerte en mis brazos. Te quiero por lo que eres. Es el destino, Morrigan, esto lo eclipsa todo, el mundo de los orinales, los sonajeros y los papás satisfechos. Cuando él acabe comprendiendo que las condiciones han cambiado totalmente seremos felices.»

El mundo no cesaba de girar. El frío viento barría la planicie. Pese a ello, estaban bailando, tratando de entrar en calor. ¿Por qué les había abandonado el calor? ¿Dónde estaba su patria?

—Ésta es ahora nuestra patria —dijo Ashlar—. Debemos acostumbrarnos al frío, del mismo modo que nos acostumbramos al calor.

No dejes que me maten, mamá.

Morrigan yacía en el diminuto espacio, llenando la burbuja de fluido, su cabello flotando a su alrededor y las rodillas apretadas contra los ojos.

—¿Qué te hace pensar que quieren hacerte daño, cariño?

Lo pienso porque tú también lo piensas, madre. Yo sé lo que tú sabes.

—¿Estás hablando con el bebé?

—Sí, y ella me contesta.

Los ojos de Mona empezaban a cerrarse cuando alcanzaron la autopista.

—Duerme un rato, tesoro. Vamos tragando millas; estamos circulando a ciento cuarenta y cinco kilómetros por hora y ni siquiera se nota.

—Procura que no te multen.

—¿Crees que una bruja como yo no sabe manejar a un poli? No le daría tiempo ni a terminar de escribir el papelito.

Mona se echó a reír. Todo funcionaba a la perfección. No se podía pedir más.

Y aún faltaba lo mejor.

21

Marklin oyó el tañido de la campana.

No estaba realmente dormido, sino trazando planes. Cuando lo hacía en estado de duermevela, percibía unas imágenes muy vívidas, unas posibilidades que no acertaba a ver cuando se hallaba completamente despierto.

Irían a América. Se llevarían toda la valiosa información que habían logrado reunir. Al diablo con Stuart y Tessa. Stuart los había dejado en la estacada. No dejarían que volviera a traicionarlos. Llevarían siempre consigo el recuerdo de Stuart, sus creencias y principios, su pasión por lo misterioso, pero eso sería lo único que los ligaría a él.

Alquilarían un pequeño apartamento en Nueva Orleans e iniciarían una vigilancia sistemática de las brujas Mayfair. Puede que eso les llevara años, pero los dos disponían de dinero. Marklin poseía una cantidad de dinero normal, mientras que Tommy disponía de una suma anormal que se expresaba en billones. Tommy se había hecho cargo hasta ahora de todos los gastos, pero Marklin podía mantenerse a sí mismo sin problemas. A sus familias les dirían que habían decidido tomarse un año sabático. Quizá se inscribieran en unos cursos de una universidad cercana. En cualquier caso, no había ningún problema.

Cuando tuvieran a los Mayfair bajo su punto de mira, empezaría de nuevo la diversión.

La campana, Dios santo, esa campana…

Las brujas Mayfair. Marklin hubiera querido hallarse en esos momentos en Regent's Park, entre los archivos. Contemplar aquellas fotografías, los últimos informes de Aaron, fotocopiados. Michael Curry; leer las abundantes notas de Aaron sobre Michael Curry, el hombre capaz de engendrar un monstruo, el hombre a quien Lasher había elegido en su infancia. Los informes de Aaron, apresurados, nerviosos y, en definitiva, llenos de preocupación, no contenían ninguna duda al respecto.

¿Es posible que un hombre vulgar y corriente llegase a aprender las artes hechiceras? No sólo se trataba de un pacto diabólico. ¿Es posible que una transfusión de sangre de una bruja pudiera transmitirle unas dotes telepáticas? Seguramente no, pero impresionaba pensar en el poder que tenía esa pareja, Rowan Mayfair, doctora y bruja, y Michael Curry, el progenitor de una hermosa bestia.

¿Quién dijo que era una hermosa bestia? ¿Stuart? ¿Dónde puñetas estaba Stuart? Maldito seas, Stuart. Huiste como una sabandija. Nos dejaste plantados, sin una llamada telefónica, sin unas palabras de despedida, sin un hasta la vista.

Pero saldrían adelante sin Stuart. Y, a propósito de Aaron, ¿cómo conseguirían que su nueva esposa americana les entregara sus documentos?

Todo dependía de una cosa. Tenían que marcharse de allí con una reputación intachable. Tenían que pedir permiso para ausentarse un tiempo, sin despertar sospechas.

Sobresaltado, Marklin abrió los ojos. Tenía que salir de allí. No quería pasar ni un minuto más en aquel lugar. Sin embargo, había el problema de la campana. Era la señal de que iba a comenzar el funeral. Su tañido fúnebre lo puso nervioso.

—Despierta, Tommy —dijo Marklin.

Tommy se había arrellanado en una butaca que había junto a la mesa y ahora roncaba, dejando que un hilillo de saliva le colgara de la comisura de los labios. Sus pesadas gafas con montura de concha se habían deslizado hasta la punta de su redonda nariz.

—Tommy, la campana.

Marklin se incorporó, se arregló la ropa y abandonó la cama.

Se acercó a Tommy y lo tocó en el hombro.

Durante unos instantes Tommy mostró la expresión desconcertada e irritada de quien acaba de ser despertado bruscamente, pero enseguida se impuso el sentido común.

—Sí, la campana —dijo con calma, pasándose las manos por su alborotado pelo rojo—. La dichosa campana.

Entraron uno detrás de otro en el baño para lavarse la cara. Marklin cogió un pañuelo de papel, lo untó con la pasta dentífrica de Tommy y se limpió los dientes con la mano. Tenía que afeitarse, pero no había tiempo. Habían decidido ir a Regent's Park, recoger todas sus cosas y salir hacia América en el primer avión.

—Nada de solicitar permiso para ausentarnos —dijo Marklin—. Es mejor que nos larguemos cuanto antes, sin más preámbulos. ¡Al diablo con la ceremonia!

—No seas idiota —murmuró Tommy—. Diremos lo que tengamos que decir, y averiguaremos lo que podamos averiguar. Luego elegiremos el momento más apropiado para marcharnos con discreción.

¡Maldita sea!

Sonaron unos golpes en la puerta.

—¡Ya vamos! —exclamó Tommy irritado, frunciendo el ceño, al tiempo que se alisaba la chaqueta. Parecía sofocado.

Marklin tenía la chaqueta muy arrugada y no encontraba la corbata. La camisa no quedaba mal con el jersey. Tendría que presentarse así. Seguramente se había quitado la corbata mientras conducía y se la habría dejado en el coche.

—Tres minutos —comunicó la voz a través de la puerta. Era uno de los ancianos. «Este lugar estará atestado de ancianos», pensó Marklin.

—Esta costumbre me parecía insoportable incluso cuando me consideraba un novicio consagrado a la Orden —observó Marklin—. Ahora me parece sencillamente inadmisible. Esto de que te despierten a las cuatro de la mañana… o a las cinco, para asistir a un funeral. Resulta tan estúpido como lo de esos modernos druidas, disfrazados con sábanas, que montan su espectáculo en Stonehenge en el solsticio de verano. Dejaré que hables tú. Te esperaré en el coche.

—Ni hablar —respondió Tommy, pasándose el peine por su seco cabello. Era inútil.

Salieron juntos de la habitación. Tommy se detuvo para cerrar la puerta. El pasillo estaba helado.

—Puedes hacer el equipaje si quieres —dijo Marklin—, pero yo no quiero volver a subir. Por mí, pueden quedarse con lo que haya en mi habitación.

—Eso sería una estupidez. Conviene que hagas el equipaje como si te marcharas por una razón normal. ¿Por qué no quieres hacerlo?

—No puedo permanecer aquí ni un instante más.

—Supón que te dejas algo importante en la habitación, alguna pista que haga que descubran el pastel.

—No me he dejado nada importante, estoy seguro.

Los pasillos y la escalera estaban desiertos. Posiblemente fuesen los últimos novicios que habían oído la campana.

En la planta baja se oían unos suaves murmullos. Al llegar abajo, Marklin comprobó que la cosa era peor de lo que había imaginado.

Había velas por doquier. Todos, absolutamente todos, vestían de negro. Habían apagado todas las luces eléctricas. Una asfixiante ráfaga de aire caliente envolvió a Marklin y a Tommy. Las dos chimeneas se hallaban encendidas. ¡Dios santo!, habían colocado crespones en todas las ventanas.

—Esto es increíble —murmuró Tommy—. ¿Por qué no nos advirtieron que debíamos ir vestidos de negro?

—Es repugnante —dijo Marklin—. Me largo dentro de cinco minutos.

—No seas idiota —contestó Tommy—. ¿Dónde están los otros novicios? Sólo veo ancianos.

Había aproximadamente un centenar de asistentes, reunidos en pequeños grupos, o bien en solitario, de pie, junto a los oscuros muros revestidos de roble. Por doquier se veían cabezas canas. ¿Dónde diablos se habían metido los jóvenes?

—Vamos —dijo Tommy, agarrando a Marklin del brazo y empujándolo hacia la sala de actos.

Sobre la mesa habían dispuesto un suntuoso bufé.

—¡Pero si han organizado un banquete! —exclamó Marklin. Sintió náuseas al contemplar las fuentes de cordero y buey asado, con humeantes patatas, las pilas de relucientes platos y la cubertería de plata—. ¡Fíjate cómo se cuidan! —murmuró.

Junto al bufé había un nutrido grupo de hombres y mujeres ancianos que llevaban sus platos lentamente y en silencio. Entre ellos se encontraba Joan Cross, en su silla de ruedas. Había estado llorando. También se hallaba presente el arrogante Timothy Hollingshed, como de costumbre luciendo sus innumerables títulos en su rostro, aunque no tuviese ni un centavo.

Elvera se abrió paso entre la multitud, con un frasco de vino tinto en sus manos. Las copas estaban sobre el aparador. «Necesito una copa de vino», pensó Marklin.

De pronto se imaginó a sí mismo muy lejos de allí, a bordo de un avión que se dirigía a América, relajado, liberado de sus zapatos, mientras la azafata le servía unas copas y una deliciosa cena. Era cuestión de horas.

La campana seguía repicando. ¿Cuánto tiempo iba a durar aquello? Marklin se fijó en unos individuos que estaban junto a él, todos ellos de corta estatura, que hablaban en italiano. Asimismo había varios ingleses, amigos de Aaron, que protestaban por todo, y también una mujer joven —o al menos así le pareció—, morena y con los ojos muy pintados. Sí, cuando uno los contemplaba detenidamente se daba cuenta de que eran miembros veteranos, pero no unos viejos decrépitos. Marklin vio también a Bryan Holloway, de Amsterdam, así como a unos mellizos de aspecto anémico y ojos saltones que trabajaban en Roma.

Nadie miraba a nadie, aunque los asistentes conversaban entre sí. El ambiente era solemne pero cordial. Marklin oyó a la gente de su alrededor murmurar que si Aaron esto, que si Aaron lo otro… siempre Aaron, el reverenciado Aaron. Parecían haberse olvidado de Marcus, que no se merecía menos, por haberlos vendido por un plato de lentejas.

—Servíos un poco de vino —le dijo Elvera a Marklin y a Tommy, indicando las finas copas que se hallaban sobre el aparador. Habían dispuesto la mejor vajilla, cristalería y cubertería para la ocasión. Marklin se fijó en los tenedores de plata antigua con delicadas incrustaciones; y en los hermosos platos de porcelana, que probablemente habían sacado de una cámara de seguridad para llenarlos con dulces de chocolate y pastelitos helados.

—No, gracias —declinó Tommy secamente—. No puedo comer mientras sostengo un plato y una copa en las manos.

Alguien lanzó una sonora carcajada en medio de los murmullos y susurros. Otra voz se elevó sobre las demás. Joan Cross estaba sola, sentada en su silla de ruedas, con la frente apoyada contra la mano.

—¿A quién se supone que hemos venido a llorar? —preguntó Marklin en voz baja—. ¿A Marcus o a Aaron?

Tenía que decir algo. Las velas producían un irritante resplandor en medio de la densa oscuridad que le rodeaba. Marklin parpadeó. Siempre le había gustado el olor de la cera, pero aquello era excesivo, absurdo.

Blake y Almage charlaban en tono acalorado en un rincón. Al cabo de unos minutos, Hollingshed se unió a ellos. Marklin supuso que debían de tener cerca de sesenta años. ¿Dónde estaban los otros novicios? No había más novicios que ellos dos. Ni siquiera se hallaban presentes los serviles y antipáticos Ansling y Perry. El instinto de Marklin le decía que algo raro sucedía.

Marklin se acercó a Elvera, la agarró del codo y le preguntó:

—¿Estábamos invitados Tommy y yo?

—Naturalmente —respondió Elvera.

—No vamos de luto.

—No importa. Toma —dijo Elvera, entregándole a Marklin una copa de vino.

Marklin dejó el plato en el borde de la mesa. Seguramente era de mala educación, pensó, pues nadie lo había hecho. Miró la inmensa cabeza de jabalí que tenía ante sí, con una manzana en la boca, y el humeante cochinillo rodeado de frutas sobre una fuente de plata. Pese a todo, debió reconocer que los aromas de los distintos platos eran deliciosos. De pronto notó que estaba hambriento. ¡Qué absurdo!

Al volverse, Marklin comprobó que Elvera había desaparecido, pero Nathan Harberson estaba junto a él, otro viejo fósil de nariz aguileña, y lo observaba con desprecio.

—¿Es costumbre de la Orden? —preguntó Marklin—. Me refiero a organizar un banquete cuando muere un miembro.

—Tenemos nuestros ritos —contestó Nathan Harberson con tono melancólico—. Somos una orden muy antigua. Nos tomamos muy en serio nuestros votos.

—Sí, muy en serio —repitió uno de los mellizos de ojos saltones que trabajaba en Roma. Se trataba de Enzo, ¿o quizá era Rodolfo? Marklin no estaba seguro. Sus ojos le recordaban a los de un pez, exageradamente saltones e inexpresivos, quizá debido a una enfermedad que afectaba a los dos hermanos. Cuando los mellizos sonreían, como sucedía en esos momentos, mostraban un aspecto grotesco. Tenían el rostro arrugado y enjuto. Sin embargo, existía una importante diferencia entre ellos. ¿Cuál era? Marklin no la recordaba.

—Existen ciertos principios básicos —afirmó Nathan Harberson, alzando su aterciopelada voz de barítono como si se sintiera muy seguro de sí mismo.

—Y ciertas cosas —apostilló Enzo, uno de los mellizos—, no son cuestionables.

Timothy Hollingshed se acercó al grupo y miró con desdén a Marklin, como de costumbre. Tenía la nariz aguileña y el cabello blanco y espeso, como el de Aaron. A Marklin no le gustaba su aspecto. Era una versión cruel de Aaron, más alto, más ostentosamente elegante. Llevaba los dedos cargados de anillos, cada uno de los cuales encerraba presuntamente una historia de batallas, traiciones y venganzas. ¡Qué vulgaridad! ¿Cuándo podrían largarse de allí? ¿Cuándo acabaría aquello?

—Algunas cosas son sagradas para nosotros —decía Timothy—, como si constituyéramos una pequeña nación.

En aquel momento apareció de nuevo Elvera.

—Sí, no se trata simplemente de una cuestión de tradiciones —dijo.

—En efecto —apostilló un hombre alto y moreno, con los ojos negros y el rostro tostado por el sol—. Se trata de un profundo compromiso moral, de lealtad, en definitiva.

—Y de respeto —respondió Enzo—. No olvides el respeto.

—Un consenso —dijo Elvera, mirando a Marklin fijamente, como los demás—, respecto a lo que tiene valor y cómo debemos protegerlo a toda costa.

En aquel momento entraron más personas en la sala, más miembros veteranos de la Orden, lo cual auguraba un aumento en el número de banalidades pronunciadas por los presentes. Alguien lanzó otra carcajada. ¿A qué venían esas risas en un acto para honrar a un difunto?

A Marklin le inquietaba que Tommy y él fueran los únicos novicios presentes. A propósito, ¿dónde se había metido Tommy? De pronto Marklin se dio cuenta, con sobresalto, de que había perdido a Tommy de vista. No, ahí estaba, engullendo un racimo de uvas como una especie de plutócrata romano. ¡Qué falta de respeto!

Tras disculparse ante sus contertulios con un leve gesto de cabeza, Marklin se abrió paso entre la multitud que atestaba la sala, tropezando con el pie de alguien, hasta llegar a alcanzar la posición de Tommy.

—¿Qué diablos te pasa? —preguntó Tommy, mirando disimuladamente al techo—. Serénate, hombre. Dentro de unas horas estaremos rumbo a América. Luego...

—No digas una palabra —le interrumpió Marklin, consciente de que su voz no sonaba normal, que ya no la controlaba. No recordaba haberse sentido jamás tan inquieto como en aquellos instantes.

En aquel instante se fijó en los crespones negros que colgaban de las paredes; también los dos relojes y los espejos que había en la sala ostentaban unos crespones negros. Marklin se puso nervioso. Jamás había visto una sala decorada con crespones negros, a la antigua usanza. Cuando moría alguien en su familia, los restos eran trasladados al depósito y luego llamaban para informarles de que éstos habían sido incinerados. Eso fue lo que sucedió cuando fallecieron sus padres. Marklin había vuelto de la escuela y estaba tumbado en su cama leyendo una obra de Ian Fleming, cuando llamaron para comunicarle la triste noticia. Marklin se limitó a asentir con un movimiento de cabeza y siguió leyendo tranquilamente. ¡Lo había heredado todo, absolutamente todo!

De pronto Marklin se sintió asqueado de las velas. Toda la sala estaba llena de valiosos candelabros de plata maciza, algunos de ellos con incrustaciones de piedras preciosas. ¿Cuánto dinero ocultaba la Orden en los sótanos y en la cámara blindada? Sí, era como una pequeña nación. Pero la culpa la tenían los imbéciles como Stuart, el cual tiempo atrás había legado toda su fortuna a la Orden y actualmente, en vista de lo sucedido, con toda seguridad habría modificado su testamento.

En vista de lo sucedido. Tessa. El plan. ¿Dónde estaba ahora Stuart? ¿Con Tessa?

Las voces se iban animando, mezclándose con el tintineo de las copas. Elvera se acercó de nuevo a él y le sirvió más vino.

—Anda, bebe, Mark —dijo Elvera.

—Pórtate bien, Mark —murmuró Tommy, echándole el aliento en la cara.

Marklin se volvió. Ésa no era su religión. No tenía por costumbre celebrar la muerte de un compañero comiendo y bebiendo al amanecer, vestido de negro.

—Yo me largo —declaró de repente. Era como si su voz hubiera explotado de su boca y su eco se propagase a través de los muros de la habitación.

Todos los presentes enmudecieron.

Durante unos segundos, en medio del insólito silencio, Marklin tuvo deseos de gritar. Era un deseo tintado de angustia o de pánico, más puro que el que sentía a veces de niño.

Tommy le pellizcó el brazo y señaló hacia la puerta.

La puerta de doble hoja que daba acceso al comedor estaba abierta. Así que ése era el motivo del repentino silencio. ¿Acaso habían trasladado los restos de Aaron a la casa matriz?

El comedor también se encontraba adornado con velas y crespones. Marklin estaba decidido a no entrar en aquella siniestra caverna; sin embargo, antes de que pudiera darse cuenta la multitud empezó a empujarlos, a Tommy y a él, lenta y solemnemente hacia el comedor, transportándolos casi en volandas.

«Ya he visto suficiente, quiero marcharme de aquí...»

Al llegar al comedor, la multitud se dispersó y Marklin dio un suspiro de alivio. De pronto observó que todos se acercaban a la mesa. Parecía como si hubiera un cadáver dispuesto sobre la misma. ¡Dios mío! ¿Sería Aaron?

«Saben que soy incapaz de mirarlo —pensó Marklin—, esperan que me dé un ataque de pánico y salga corriendo, y que las heridas de Aaron comiencen a sangrar.»

Era horrible, absurdo. Marklin sujetó a Tommy por el brazo.

—¡Estate quieto! —le amonestó éste.

Al fin llegaron a un extremo de la enorme y antigua mesa de madera. Sobre ella yacía un hombre vestido con una chaqueta de lana cubierta de polvo y unos zapatos manchados de barro. ¡Barro! ¡Qué manera de disponer un cadáver para que sus compañeros le presentaran sus respetos!

—Esto es increíble —murmuró Tommy.

—¿Qué clase de funeral es éste? —preguntó Marklin.

A continuación se inclinó lentamente para observar el rostro del cadáver, el cual estaba vuelto hacia el otro lado. Era Stuart. Stuart Gordon yacía muerto sobre aquella mesa. Marklin contempló su enjuto rostro de nariz afilada, como el pico de un ave, y sus ojos azules e inexpresivos. ¡Dios mío, ni siquiera le habían cerrado los ojos! ¿Acaso se habían vuelto todos locos?

Marklin retrocedió de forma apresurada y torpe y chocó con Tommy, al que propinó un pisotón. Se sentía tan confundido que era incapaz de razonar. Un profundo temor se apoderó de él. «Stuart está muerto —se dijo—, está muerto.»

Marklin notó que Tommy contemplaba fijamente el cadáver. ¿Se había dado cuenta ya de que se trataba de Stuart?

—¿Qué significa esto? —preguntó Tommy, en voz baja y llena de ira—. ¿Qué le ha ocurrido a Stuart...? —Pero sus palabras estaban desprovistas de emoción. El tono de su voz, por lo general frío y monótono, resultó aún más inexpresivo que de costumbre debido a la conmoción que había sufrido al descubrir el cadáver de su mentor.

Los otros se acercaron a Marklin y a Tommy, agolpándose a su alrededor. La mano izquierda de Stuart, pálida e inerme, yacía junto a ellos.

—Por el amor de Dios —dijo Tommy indignado—, que alguien le cierre los ojos.

Los miembros de la Orden se habían situado alrededor de la mesa, un ejército de compañeros de Stuart que habían acudido, debidamente enlutados, a llorarlo. ¿O no era así? Hasta Joan Cross se encontraba allí, a la cabeza de la mesa, con los brazos apoyados sobre los brazos de su silla de ruedas y observando la escena con ojos enrojecidos.

Nadie dijo una palabra. Nadie se movió. La primera fase del silencio había sido la ausencia de palabras. La segunda, la ausencia de movimiento. Todos estaban tan inmóviles que Marklin ni siquiera les oía respirar.

—¿Qué ha pasado? —preguntó Tommy.

Nadie respondió. Marklin no conseguía apartar la vista del pequeño cráneo de Stuart, cubierto por unas pocas canas. «¿Te has suicidado, loco? ¿Es eso lo que has hecho? ¿Quitarte la vida por temor a ser descubierto?»

De pronto, Marklin se dio cuenta de que los otros no miraban a Stuart, sino a Tommy y a él.

Sintió un dolor en el pecho, como si alguien le oprimiera con fuerza la clavícula.

Marklin se volvió, desesperado, escrutando los rostros que lo rodeaban: Enzo, Harberson, Elvera y los demás, todos ellos observándolo con expresión perversa. Elvera le miró directamente a los ojos; a su lado, Timothy Hollingshed lo observaba con una implacable frialdad.

El único que no tenía su vista fija en él era Tommy. Cuando Marklin se volvió para ver lo que atraía su atención de forma tan poderosa hasta el punto de mostrarse indiferente al grotesco espectáculo que se ofrecía ante sus ojos, vio a Yuri Stefano, ataviado con ropas fúnebres, a pocos pasos de ellos.

¡Yuri! Marklin no advirtió hasta entonces la presencia de Yuri. ¿Habría sido él el autor de la muerte de Stuart? ¿Por qué no había sido Stuart más listo, por qué no había hecho algo para frustrar las intenciones de Yuri? El plan de interceptar las comunicaciones, la falsa excomunión, habían tenido por objeto impedir que Yuri regresara a la casa matriz. Y ese idiota, Lanzing, había permitido que Yuri escapara del valle.

—No —dijo Elvera—, la bala alcanzó el blanco. Pero no fue mortal. Y ha regresado.

—Vosotros erais los cómplices de Gordon —dijo Hollingshed con desprecio—. Tú y Tommy. Y ahora sois los únicos que quedáis con vida.

—Sí, sus cómplices —repitió Yuri desde el otro lado de la mesa—. Sus inteligentes pupilos, sus genios.

—¡No! —protestó Marklin—. ¡No es cierto! ¿Quién lo dice?

—El mismo Stuart —respondió Harberson—. Todo apunta hacia vosotros: los papeles que se hallaban en la torre, su diario, sus versos, Tessa…

¡Tessa!

—¿Con qué derecho habéis entrado en su casa? —inquirió Tommy, rojo de ira, dirigiendo su mirada hacia los otros.

—¡No tenéis a Tessa! ¡No os creo! —gritó Marklin—. ¿Dónde está? ¡Todo lo hicimos por ella!

De pronto, al darse cuenta de que había cometido un grave error, comprendió lo que venía sospechando desde el principio.

¡Por qué no había hecho caso de su intuición! Su intuición le había advertido que se marchara, y ahora le decía, claramente, que era demasiado tarde.

—Soy un ciudadano británico —dijo Tommy en voz baja—. No permitiré que me detengáis aquí para someterme a juicio.

Inmediatamente la multitud se precipitó sobre ellos, obligándolos a retroceder hacia el otro extremo de la mesa. Marklin notó que unas manos lo asían por los brazos. Eran la del impresentable Hollingshed, que le sujetaban con fuerza. Marklin oyó a Tommy protestar de nuevo.

—¡Soltadme! —gritó éste.

Resultaba imposible huir. La multitud los empujó a través del pasillo, mientras el eco de las pisadas sobre el pulido suelo de madera resonaba bajo el techo abovedado. Estaban atrapados por la multitud, una multitud de la que no podían escapar.

Las puertas del viejo ascensor se abrieron con un violento sonido metálico y la multitud los obligó a empellones a entrar en él. Marklin se volvió, angustiado por la sensación de claustrofobia que lo invadió, y sintió de nuevo ganas de gritar.

Las puertas del ascensor se cerraron bruscamente. Marklin y Tommy estaban rodeados por Harberson, Enzo, Elvera, el hombre alto y moreno, Hollingshed y otros individuos, todos ellos muy fuertes.

El vetusto ascensor descendió, entre chirridos y balanceo precario, hacia los sótanos.

—¿Qué vais a hacer con nosotros? —preguntó Marklin.

—Insisto en que me devolváis a la planta principal —dijo Tommy con desdén—. Insisto en que me soltéis de inmediato.

—Existen ciertos delitos que nos parecen deleznables —respondió Elvera en voz baja, mirando esta vez a Tommy—. Ciertas cosas que, como miembros de la Orden, no podemos perdonar ni olvidar.

—¿A qué te refieres? —inquirió Tommy.

El destartalado ascensor se detuvo bruscamente y todos salieron al pasillo. Marklin sintió que unas manos como garras lo sujetaban por los brazos.

Acto seguido los condujeron hacia los sótanos por una ruta desconocida, a lo largo de un pasadizo sostenido por unos toscos maderos, semejante a la galería de una mina. El aire olía a tierra. Los miembros de la Orden formaban un grupo compacto en torno a Tommy y a Marklin. Al cabo de unos instantes avistaron dos puertas al final del pasadizo, unas grandes puertas de madera enmarcadas por un arco y cerradas con llave.

—No podéis retenerme aquí contra mi voluntad —protestó Tommy—. Soy un ciudadano británico.

—Habéis matado a Aaron Lightner —contestó Harberson.

—Habéis matado a otros en nuestro nombre —añadió Enzo. Su hermano, que estaba junto a él, repitió sus palabras como si de un siniestro eco se tratara.

—Habéis manchado el nombre de la Orden —dijo Hollingshed—. Habéis cometido unos actos gravísimos en nuestro nombre.

—No confesaré nada —replicó Tommy.

—No es necesario que lo hagas —dijo Elvera.

—No es necesario que hagáis nada —apostilló Enzo.

—Aaron murió creyendo en vuestras mentiras —dijo Hollingshed.

—¡No consiento que me tratéis de esta forma! —gritó Tommy.

Marklin, sin embargo, no tenía fuerzas para mostrarse furioso e indignado por el hecho de que lo hubieran apresado y lo condujeran hacia la misteriosa puerta.

—Esperad un momento, os lo ruego —balbuceó, desesperado—. ¿Acaso sabéis si Stuart se suicidó? ¿Qué fue lo que le sucedió? Si él estuviera aquí, nos eximiría de los delitos que nos imputáis; no pensaréis que un hombre de la edad de Stuart...

—Guárdate esas mentiras para Dios —respondió Elvera con suavidad—. Hemos examinado las pruebas minuciosamente durante toda la noche. Hemos hablado con vuestra diosa de cabello blanco. Podéis aliviar vuestra conciencia explicándonos la verdad, pero no tratéis de engañarnos.

Los miembros de la Orden cerraron filas en torno a Tommy y a Marklin, mientras los obligaban a avanzar hacia la puerta que daba acceso a una habitación secreta, o a una mazmorra.

—¡Deteneos! —gritó Marklin de pronto—. ¡Por el amor de Dios! ¡Deteneos! Hay ciertas cosas sobre Tessa que desconocéis, cosas que no podéis comprender.

—No les sigas el juego, idiota —dijo Tommy—. ¿Crees que si desaparezco mi padre no hará algunas preguntas? No soy un maldito huérfano. Tengo una gran familia. ¿Acaso crees...?

En aquellos momentos Marklin notó que un brazo lo sujetaba con fuerza por la cintura, mientras otro lo asía por el cuello. Las puertas de la misteriosa habitación se abrieron hacia dentro. Por el rabillo del ojo vio cómo Tommy intentaba liberarse a patadas del individuo que lo tenía sujeto por detrás.

Una ráfaga de aire frío surgió de la puerta abierta. Marklin observó que la habitación estaba completamente a oscuras. «No puedo permanecer encerrado en la oscuridad, es superior a mí.»

Al fin, sin poder contenerse, soltó un grito; un angustioso grito que comenzó antes de que lo empujaran hacia delante, antes de que tropezara en el umbral de la puerta y cayera rodando en la oscuridad, hacia la nada, arrastrando consigo a Tommy, quien no dejaba de blasfemar y maldecirlo. Marklin no comprendió sus palabras, pues quedaron ahogadas por el eco de su propio grito.

Al cabo de unos instantes Marklin aterrizó en el suelo. La oscuridad lo volvía, y también la sentía en su interior. Luego experimentó un intenso dolor en las piernas. Permaneció tendido en el suelo, entre unos objetos afilados y cortantes. Al tratar de incorporarse, apoyó la mano sobre unos objetos que se desintegraron al instante y que despedían un olor a ceniza.

Marklin alzó la vista y percibió un haz de luz que se filtraba por encima de las cabezas de las figuras cuyas siluetas se dibujaban en la puerta.

—¡No podéis hacerlo! —gritó horrorizado, arrastrándose en la oscuridad, y luego, sin necesidad de ningún punto de apoyo, se puso en pie.

Marklin no alcanzaba a ver los rostros de las figuras que se hallaban en la puerta; ni siquiera podía distinguir la forma de sus cabezas. Había caído a una profundidad de varios metros, quizá diez. No lo sabía.

—¡No podéis retenernos aquí, no podéis encerrarnos en este lugar! —gritó, alzando las manos como si implorara. Pero las figuras retrocedieron y Marklin, horrorizado, oyó el chirrido que produjeron los goznes de la puerta al cerrarse. La luz se extinguió de golpe.

—¿Dónde estás, Tommy? —preguntó angustiado. El eco de sus palabras le inquietaba; lo envolvía y no podía huir de él. Marklin palpó el suelo y tocó los suaves y extraños objetos que se habían desintegrado entre sus dedos. De pronto percibió algo húmedo y cálido.

—¡Tommy! —exclamó Marklin aliviado, sintiendo los labios, la nariz y los ojos de aquél—. ¡Tommy!

Luego, en una fracción de segundo que se le antojó una eternidad, comprendió la situación. Tommy estaba muerto. Se habría matado al caer. A los otros, eso no les importaba. Jamás regresarían para sacar a Marklin de allí. De haber podido ampararse en los recursos y sanciones, de que dispone la ley no los habrían arrojado desde semejante altura. Tommy yacía muerto y Marklin estaba solo, encerrado en esa mazmorra, en la oscuridad, junto al cadáver de su amigo y los objetos que lo rodeaban, que según pudo comprobar con su tacto eran huesos.

—¡No podéis hacerlo! ¡No podéis justificar semejante cosa! —gritó Marklin—. ¡Sacadme de aquí! —De nuevo oyó el eco de sus gritos, como si éstos fueran unos gallardetes que se alzaran bajo el efecto del viento y luego volvieran a caer sobre él—. ¡Sacadme de aquí!

Sus gritos se tornaron más tenues y desesperados. Aquel terrible sonido le proporcionaba un extraño consuelo. Marklin comprendió que era el último y único consuelo que le quedaba en la vida.

Al cabo de un rato dejó de gritar y se quedó tumbado en el suelo, junto a Tommy, sujetándole un brazo. Quizá Tommy no estuviera muerto. Quizá se despertaría, y ambos explorarían ese lugar en busca de una salida. Quizá existiera una salida y los otros deseaban que la hallaran, que atravesaran el valle de la muerte hasta dar con ella; no pretendían matarlos pues, a fin de cuentas, eran sus hermanos y hermanas de la Orden. Resultaba imposible que Elvera, la amable Elvera, Harberson, Enzo y su viejo profesor, Clermont, quisieran matarlos. Eran incapaces de cometer semejante atrocidad.

Al fin Marklin se incorporó de rodillas, pero cuando trató de ponerse en pie el tobillo izquierdo cedió, produciéndole un intenso dolor.

—¡Puedo arrastrarme, maldita sea! —murmuró Marklin—. ¡Puedo arrastrarme! —repitió, gritando.

Comenzó a avanzar por el suelo de la mazmorra, apartando de su camino los huesos, los fragmentos de piedras o huesos, o lo que fuera aquello. «No pienses en ello —se dijo—: No pienses en las ratas. No pienses en nada.»

De pronto su cabeza chocó contra un muro.

Al cabo de pocos segundos ya había recorrido toda la extensión de aquel muro, de otro, otro y otro más. La habitación no era sino un pequeño cuchitril.

«No me preocuparé sobre cómo salir de aquí hasta que me encuentre mejor y pueda sostenerme en pie para buscar una puerta, una ventana u otra salida —se dijo Marklin—. Afortunadamente, entra un poco de aire fresco.

»Descansaré un rato —pensó, acurrucándose junto a Tommy y oprimiendo la frente contra la manga de su amigo— mientras reflexiono sobre lo que debo hacer. Soy demasiado joven para morir de este modo, en esta mazmorra a la que me han arrojado unos perversos sacerdotes y monjas, es imposible… Sí, descansa, no trates de resolver ahora mismo el problema. Descansa…»

Al cabo de unos minutos empezó a sentir sueño. Tommy había sido un estúpido al pelearse con su madrastra, al decirle que no quería tener más trato con ella. Pasarían seis meses, quizá un año... No, el banco intentaría averiguar su paradero, el banco de Tommy y el suyo, al ver que no acudían a cobrar sus cheques trimestrales. No, era imposible que sus compañeros hubieran decidido enterrarlos vivos en ese espantoso lugar.

De pronto Marklin oyó un extraño ruido que lo sobresaltó.

Al cabo de unos instantes volvió a oírlo, varias veces más. Marklin sabía lo que era, pero no conseguía identificarlo. Maldita sea, en la oscuridad ni siquiera podía identificar de dónde provenía. Se puso a escuchar atentamente. Percibió una serie de sonidos, que al fin logró descifrar.

Estaban colocando unos ladrillos y cubriéndolos con mortero. Ladrillos y mortero, y el sonido provenía de arriba.

—Pero esto es absurdo, inconcebible. Es una práctica medieval. ¡Despierta, Tommy! —dijo Marklin.

Sintió de nuevo deseos de gritar, pero no quería humillarse y que esos cabrones lo oyeran dar alaridos mientras tapiaban la puerta.

Marklin comenzó a sollozar suavemente, con el rostro apoyado en la manga de Tommy. No, era una medida provisional, un truco para hacerlos sufrir y conseguir que se arrepintieran antes de entregarlos a las autoridades. No pretendían dejarlos encerrados allí por siempre, para que se pudrieran en esa mazmorra. Se trataba de una especie de castigo ritual, destinado tan sólo a atemorizarlos. Pero lo peor era que Tommy había muerto. Por fortuna, había sido un accidente. Cuando aparecieran los otros Marklin se mostraría dócil, cooperaría con ellos. Lo importante era salir de allí. Eso era lo único que le preocupaba, salir de aquel lugar.

«No puedo morir así, es impensable que muera de esta forma, es imposible que me arrebaten la vida en plena juventud, los sueños, la grandeza que vislumbré con Stuart y Tessa...»

En el fondo Marklin sabía que su lógica adolecía de graves errores, unos errores fatales, pero continuó construyendo el futuro. Imaginó que sus compañeros acudían a rescatarlo y le decían que sólo habían pretendido darle un susto y que la muerte de Tommy había sido un accidente, que no sabían que podría matarse al caer... los muy embusteros, traidores y estúpidos. Lo importante era estar preparado, serenarse, dormir un rato, mientras persistía en sus oídos el ruido producido por los ladrillos y el mortero. No, esos sonidos habían cesado. Quizá ya hubiesen tapiado la puerta, pero no importaba. Ya encontraría otra forma de salir de esa mazmorra. En poco rato, empezaría a explorarla a la búsqueda de una salida.

De momento, lo mejor era permanecer tendido junto a Tommy, a la espera de que se disipara el ataque inicial de pánico y pudiera pensar de una forma racional.

¡Qué estúpido había sido al olvidarse del mechero de Tommy! Tommy no fumaba, al igual que él, pero siempre llevaba un mechero para encender los cigarrillos de las chicas guapas.

Marklin registró los bolsillos del pantalón y la chaqueta de su amigo, y al fin halló el pequeño encendedor de oro. Confiaba en que tuviera gasolina o un cartucho de butano o lo que fuera para poderlo encender.

Marklin se incorporó lentamente, lastimándose la palma de la mano izquierda con un objeto afilado, y encendió el mechero. La pequeña llama chisporroteó unos segundos y luego se hizo más larga e iluminó el pequeño cuchitril subterráneo.

A la luz del mechero, Marklin observó que el suelo estaba sembrado de fragmentos de huesos, de huesos humanos. Junto a Marklin había una calavera que lo miraba con las cuencas de los ojos vacías e inexpresivas, y más allá había otra. ¡Dios mío! Eran unos huesos tan viejos que algunos se habían convertido en cenizas. Y el rostro de Tommy, muerto, con un hilillo de sangre seca en la comisura de los labios y en el cuello; a su alrededor, diseminados por todo el suelo, fragmentos de huesos humanos.

Marklin soltó el mechero y se llevó las manos a la cabeza. Luego cerró los ojos, abrió la boca y lanzó un grito terrible y ensordecedor. Lo único que percibía era la oscuridad y el eco de su propio grito, un grito que lo había liberado, transportando su terror y su angustia hacia el cielo. Marklin comprendió que todo iría bien si él no dejaba de gritar; siempre y cuando sus gritos brotaran de sus labios, cada vez con mayor fuerza, sin cesar jamás.

22

Los aviones rara vez le transmiten a uno la sensación de aislamiento total. Incluso a bordo de aquel aparato lujosamente amueblado, con sus cómodos sillones y su amplia mesa, uno era consciente de hallarse en un avión. Sabes que te encuentras a doce mil metros de altura sobre el Atlántico, y notas las pequeñas turbulencias producidas por el viento, como si el avión fuera un inmenso barco que navegara por el mar.

Ocupaban los tres sillones agrupados en torno a la mesa, como tres puntos de un triángulo equilátero invisible. Un sillón había sido diseñado específicamente para Ash, lo cual resultaba obvio. Ash se encontraba de pie junto a él, cuando les indicó a Rowan y a Michael que tomaran asiento en los otros dos.

Otras sillas, que se hallaban junto a las paredes dotadas de ventanas, permanecían vacías. Semejaban grandes manos enguantadas dispuestas a acoger y sostener con firmeza los traseros de los pasajeros. Una de ellas, sin duda destinada a Ash, era mayor que las otras.

Todo estaba decorado en tonos caramelo y oro, y todo, hasta el más pequeño detalle, era ultramoderno y perfecto. La joven americana que les había servido unas copas, perfecta; la música de Vivaldi que sonó durante un breve rato, perfecta.

Samuel, el extraño enano, dormía en una cabina que se hallaba en la parte posterior del aparato, acostado en una cama y agarrado a la botella que se había llevado del apartamento de Belgravia, después de insistir en que le llevaran un bulldog, un capricho que los empleados de Ash no pudieron satisfacer.

—Les dijiste que me dieran todo lo que quisiera, Ash —se quejó Samuel—. Oí cómo se lo ordenabas a tus sirvientes. ¡Pues quiero un bulldog, y lo quiero ahora mismo!

Rowan permanecía sentada en el sillón, recostada hacia atrás y con las manos apoyadas en los brazos del mismo.

No sabía cuánto tiempo llevaba sin dormir. Antes de que llegaran a Nueva York procuraría descabezar un sueñecito. En aquellos momentos se sentía profundamente intrigada, observando a los dos hombres que se hallaban frente a ella.

Michael estaba fumando un cigarrillo y sostenía la colilla entre dos dedos, con el extremo humeante dirigido hacia él.

Ash vestía una de sus holgadas chaquetas cruzadas de seda, muy a la moda, con las mangas arremangadas, mostrando los puños de la camisa adornados con unos gemelos de oro y unas piedras que a Rowan le recordaban a los ópalos, aunque ella no fuese experta en piedras preciosas ni semipreciosas, ni nada por el estilo. Ópalos. Los ojos de Ash poseían una cualidad opalescente, o al menos eso le parecía a ella. Llevaba un pantalón ancho, como el de un pijama, un estilo que también estaba muy de moda. Mantenía uno de los pies apoyado de modo informal en el borde del sillón, y en la muñeca derecha lucía un fino brazalete de oro que constituía simplemente un adorno, sin una función específica, una delgada banda de metal que a Rowan le pareció extraordinariamente sugerente, aunque no sabía muy bien por qué.

Ash alzó la mano y se la pasó por su oscuro cabello,

deslizando el meñique a través de las canas no como si quisiera olvidar que las tenía, sino para incorporarlas al resto de su espesa y ondulada cabellera. Ese pequeño gesto confirió a su rostro cierta animación. Luego, sus ojos recorrieron la habitación y se detuvieron en Rowan.

Rowan apenas se había fijado en lo que había sacado apresuradamente de la maleta: algo rojo, algo suave, algo holgado y corto que apenas le rozaba las rodillas.

Michael le había colocado las perlas alrededor del cuello, un pequeño y hermoso collar. Ese gesto la sorprendió. Se sentía confusa por todo lo sucedido.

Los sirvientes de Ash se habían encargado de preparar todo el equipaje.

—No sabía si usted quería que le proporcionáramos a Samuel un bulldog —había repetido Leslie, la joven secretaria, por enésima vez, con la preocupación de haber disgustado a su jefe.

—No tiene importancia —había respondido Ash al fin, como si la oyera por primera vez—. Le compraremos uno en Nueva York. Podrá acomodarlo en el jardín de la azotea. ¿Sabes, Leslie, que algunos perros viven en las azoteas de Nueva York y que jamás han pisado la calle?

¿Por quién la ha tomado?, había pensado Rowan. ¿Qué opinión tenían sus empleados de él? ¿Acaso lo respetaban por ser increíblemente rico y apuesto?

—Pero quiero un bulldog esta noche —había insistido el enano, hasta perder de nuevo el conocimiento—, y lo quiero ahora.

Cuando Rowan vio al enano por primera vez recibió una fuerte impresión. ¿Se debía quizá a sus genes de bruja? ¿O a sus conocimientos de bruja? ¿O a que los grotescos pliegues que cubrían su rostro la horrorizaban desde su perspectiva de médico? El rostro de Samuel parecía una enorme y jaspeada piedra viva. ¿Y si un cirujano eliminara esos pliegues, poniendo al descubrimiento unos ojos normales, una boca, unos pómulos y una barbilla correctamente formados? ¿Modificaría eso la vida del enano?

—El brujo y la bruja Mayfair —había dicho Samuel al ver a Rowan y a Michael.

—¿Es que acaso nos conoce todo el mundo? —había preguntado Michael, malhumorado—. ¿Es que nuestra reputación nos precede allá adonde vamos? Cuando vuelva a casa, me dedicaré a leer obras sobre brujería para estudiar el tema a fondo.

—Una idea excelente —había respondido Ash—. Con tus poderes, podrás conseguir lo que te propongas.

Michael se había echado a reír. Rowan observó que ambos se habían caído bien desde el principio. Compartían determinados criterios y actitudes frente a la vida. Yuri era demasiado nervioso, impulsivo, demasiado joven.

Durante el trayecto de regreso, tras la macabra visita a Stuart Gordon en su torreón, Michael les había contado la larga historia que le había relatado Lasher sobre una vida vivida en el siglo XVI, sus primeros y extraños recuerdos y la sensación que tenía de haber vivido otra existencia anterior.

No había sido un relato frío y desapasionado, sino una emotiva confesión que sólo él y Aaron conocían. Michael se lo había contado una vez a Rowan, y ésta lo recordaba más bien como una serie de imágenes y catástrofes que de palabras.

Al oírlo de nuevo en la limusina negra, mientras conducía a gran velocidad por la carretera hacia Londres, le pareció contemplar de nuevo aquellas imágenes con mayor detalle. Lasher el sacerdote, Lasher el santo, Lasher el mártir, y luego, cien años más tarde, la figura de Lasher como presencia constante junto a la bruja, una voz invisible en la oscuridad, un viento huracanado que arrasaba los campos de trigo y arrancaba las hojas de los árboles.

—La voz del valle —había dicho el enano en Londres, señalando a Michael con el pulgar.

¿Sería cierto?, se había preguntado Rowan. Ella conocía el valle, jamás olvidaría su estancia allí como prisionera de Lasher, el cual la arrastró a través de las ruinas del castillo; jamás olvidaría los momentos en que Lasher «evocaba» lo sucedido, cuando su nuevo cuerpo se apoderó de su mente y borró de ésta los conocimientos que pueda poseer un fantasma.

Michael no conocía el valle. Quizá irían a visitarlo juntos un día.

Mientras se dirigían al aeropuerto, Ash le había aconsejado a Samuel que intentara dormir un rato.

El enano se había bebido otra botella de whisky, entre protestas y eructos, y lo habían tenido que subir al avión en un estado próximo al coma.

Ahora volaban sobre el Ártico.

Rowan cerró y abrió los ojos. La cabina estaba inundada de luz.

—Jamás le haría daño a Mona —dijo Ash de improviso, sobresaltando a Rowan y haciendo que se despejara, mientras observaba fijamente a Michael.

Michael dio una última calada a su cigarrillo y lo apagó en el cenicero de cristal mientras se retorcía como un gusano. Tenía los dedos grandes, recios, cubiertos de vello negro.

—Ya lo sé —respondió Michael—. Pero hay cosas que no comprendo. Es lógico. Yuri estaba muerto de miedo.

—Eso fue culpa mía, una estupidez por mi parte. Es

por eso por lo que tenemos que hablar largo y tendido los tres, aparte de otras razones.

—Pero ¿por qué te fías de nosotros? —preguntó Michael—. ¿Por qué te interesa nuestra amistad? Eres un hombre muy ocupado, un multimillonario…

—También tenemos eso en común, ¿no es cierto? —contestó Ash.

Rowan sonrió.

Ambos ofrecían una fascinante posibilidad de estudio de contrastes: el hombre de voz profunda, con los ojos azules y unas cejas negras y tupidas; y el otro, increíblemente alto y esbelto, con un movimiento de manos en extremo grácil y elegante. Dos exquisitos ejemplos de virilidad, dotados de un cuerpo perfectamente proporcionado y de una acusada personalidad, y ambos —como todos los hombres importantes— hacían gala de una aplastante seguridad en sí mismos y de una profunda calma interior.

Rowan miró hacia el techo. Estaba tan cansada que veía las cosas distorsionadas. Tenía los ojos resecos y necesitaba dormir, pero no podía hacerlo. Todavía no.

—Conoces una historia que sólo yo puedo oír —dijo Ash—. Y deseo oírla. Yo también te contaré una que sólo tú debes oír. ¿Acaso no confías en mí? ¿Es que no quieres mi amistad ni, posiblemente, mi amor?

Michael reflexionó unos instantes.

—Creo que sí quiero esas cosas, ya que me lo preguntas —contestó, encogiéndose de hombros y sonriendo—. Puesto que me lo preguntas.

—Bien —dijo Ash con suavidad.

Michael soltó una breve y profunda carcajada.

—Pero tú sabes que maté a Lasher, ¿no? Te lo dijo Yuri. ¿No me guardas rencor por haber matado a uno de los tuyos?

—No era uno de los míos —respondió Ash, sonriendo de forma amable.

La luz puso de relieve las canas de su sien izquierda. Un hombre de unos treinta años, con unas canas que le conferían un toque de distinción, una especie de niño prodigio del mundo empresarial con el cabello prematuramente gris. Un hombre que contaba siglos e infinitamente paciente.

De pronto Rowan recordó con cierto orgullo que había sido ella quien había matado a Gordon. No él.

Sí, lo había matado. Era la primera vez en su desgraciada existencia que había gozado al usar ese poder, condenando a muerte a un hombre por medio de su voluntad, destruyendo sus tejidos, confirmando lo que siempre había sospechado: si quería hacerlo, si colaboraba con ese poder en lugar de tratar de sofocarlo, éste actuaba de forma rápida y eficaz.

—Quiero contarte algo —dijo Ash—. Quiero que conozcas la historia de lo que sucedió y cómo llegamos al valle. Ahora no, pues todos estamos demasiado cansados; hablaremos más adelante.

—Sí —contestó Michael—, quiero saberlo. —Introdujo la mano en el bolsillo, sacó el paquete de tabaco hasta la mitad y extrajo un cigarrillo—. Quiero conocer tu historia, por supuesto. Quiero estudiar el libro, si es que no has cambiado de opinión y nos lo dejas ver.

—Desde luego —respondió Ash, acompañando sus palabras con un gesto de la mano, mientras la otra permanecía apoyada en las rodillas—. Sois una auténtica tribu de brujos. Nos parecemos mucho, vosotros y yo. En el fondo, no es muy complicado. He aprendido a vivir con una profunda sensación de soledad. Durante años consigo olvidarme de ella, pero luego surge de pronto el deseo de que alguien me coloque en el debido contexto. El deseo de ser conocido, comprendido, juzgado moralmente por una mente sofisticada. Eso fue lo que me atrajo desde el principio de Talamasca, el hecho de poder acudir allí y sincerarme con los eruditos, conversar con ellos hasta bien entrada la noche. La Orden ha atraído a numerosos seres no humanos. No, soy el único que ha recurrido a ellos.

—Eso es lo que necesitamos todos, ¿no es cierto? —dijo Michael, mirando a Rowan. Se instauró otro de esos momentos silenciosos, secretos, como un beso invisible.

Rowan asintió con un movimiento de cabeza.

—Sí —contestó Ash—. Los seres humanos no suelen sobrevivir sin ese tipo de intercambios, de comunicación. Amor, en definitiva. Nuestra especie era amable y cariñosa. Nos costó mucho comprender el significado de la agresividad. Al principio, cuando nos conocen, los humanos nos toman por niños, pero se equivocan. Somos de temperamento dulce y apacible, pero también testarudos, caprichosos, impacientes, y nos gustan las cosas simples.

Ash se detuvo. Luego preguntó con tono sincero:

—¿Qué es lo que os inquieta? ¿Por qué dudasteis en aceptar cuando os pedí que me acompañarais a Nueva York? ¿Qué fue lo que pensasteis en aquellos momentos?

—Maté a Lasher por una cuestión de supervivencia —respondió Michael—, ni más ni menos. Había un testigo, un hombre capaz de comprender y perdonarme, suponiendo que alguien deba perdonarme por ello. Ese hombre ha muerto.

—Aaron.

—Sí, quería llevarse a Lasher, pero comprendió por qué no se lo permití. En cuanto a los otros dos individuos… podríamos decir que fue en defensa propia.

—Y esas muertes te atormentan —dijo Ash con suavidad.

—Maté a Lasher deliberadamente —respondió Michael, como si hablara consigo mismo—. Ese ser había lastimado a mi esposa, me había arrebatado a mi hijo. Aunque quién sabe lo que hubiera sido de esa criatura. Existen numerosos interrogantes, numerosas posibilidades. Lasher había atacado a varias mujeres. Las había asesinado en su afán de perpetuarse. No podía vivir con nosotros, como tampoco habría podido hacerlo una plaga o un insecto. La coexistencia era impensable, y luego estaba —para utilizar el término que has empleado tú— el contexto, la forma en que se había presentado, bajo la apariencia de un fantasma, la forma en que... me utilizó desde el principio.

—Te comprendo perfectamente —dijo Ash—. De haber estado en tu lugar, yo también lo habría matado.

—¿Estás seguro? —preguntó Michael—. ¿No le habrías perdonado la vida por ser uno de los pocos de tu especie que aún quedaban en la Tierra? ¿No habrías sentido ninguna lealtad hacia él?

—No —contestó Ashlar—. Creo que no me comprendes, te hablo en un sentido general. He pasado toda mi vida tratando de demostrarme a mí mismo que soy prácticamente un ser humano. ¿Recuerdas? En cierta ocasión intenté convencer al papa Gregorio de que teníamos alma. No soy amigo de las almas errantes que ambicionan el poder, un alma vieja que usurpa un nuevo cuerpo. Eso no suscita en mí la menor lealtad.

Michael asintió con un movimiento de cabeza, dando a entender que lo comprendía.

—De haber hablado con Lasher —prosiguió Ash—, de haber hablado de sus recuerdos, quizá eso me habría hecho reflexionar. Pero no, no habría sentido ninguna lealtad hacia él. Los cristianos y los romanos jamás creyeron que matar fuese asesinar, tanto si se trataba de un ser humano como de uno de nuestra especie. Pero yo sí lo creo. He vivido demasiado como para caer en el error de creer que los seres humanos no son dignos de compasión, que son «distintos». Todos estamos relacionados; todo está relacionado. Cómo y por qué, no lo sé. Pero es así. Lasher asesinó para alcanzar sus fines, y si era posible acabar con esa maldad para siempre… —Ash se encogió de hombros y sonrió con amargura, o quizá con una mezcla de tristeza y amargura—. Siempre creí, imaginé, soñé, que si regresábamos algún día, si teníamos otra oportunidad en la Tierra, quizá podríamos borrar ese crimen.

—Y ahora ya no lo crees —dijo Michael, esbozando una sonrisa.

—No —respondió Ash—, pero tengo mis motivos para no pensar en esas posibilidades. Lo comprenderás cuando nos sentemos a charlar con calma en mis aposentos de Nueva York.

—Yo odiaba a Lasher —dijo Michael—. Era perverso y cruel. Se reía de nosotros. Tal vez fue un error fatal. No estoy seguro. Por otra parte, estaba convencido de que había otras personas, vivas y muertas, que deseaban que yo lo matara. ¿Crees en el destino?

—No lo sé.

—¿Cómo que no lo sabes?

—Hace siglos me dijeron que mi destino era convertirme en el único superviviente de mi especie. La profecía se ha cumplido. Pero no sé si fue el destino. Yo fui muy hábil, logré sobrevivir a inviernos durísimos, batallas y todo tipo de avatares. Continúo sobreviviendo. ¿Fue cosa del destino o de mi propia capacidad de supervivencia? No lo sé. Pero, en cualquier caso, ese ser era tu enemigo. ¿Por qué necesitas que te perdone por lo que hiciste?

—Ése no es el problema —terció Rowan, antes de que Michael pudiera responder. Se encontraba cómodamente sentada en el sillón, con la cabeza apoyada en el respaldo. Podía verlos a los dos, y ambos la observaban a ella—. Al menos, no creo que sea eso lo que le preocupa a Michael.

Michael no la interrumpió.

—Lo que le preocupa es algo que yo he hecho, algo que él no podría haber hecho jamás.

Ash y Michael aguardaron sin interrumpirla.

—He matado a otro Taltos, a una hembra —dijo Rowan.

—¿Una hembra? —preguntó Ash suavemente—. ¿Un auténtico Taltos hembra?

—Sí, una auténtica hembra, la hija que tuve de Lasher. La maté. Disparé contra ella. La maté en cuanto comprendí qué y quién era, y que estaba ahí, conmigo. La maté. La temía tanto como a Lasher.

Ash parecía fascinado ante aquella revelación, pero en absoluto disgustado.

—Temía una unión entre un macho y una hembra Taltos —prosiguió Rowan—. Temía las crueles profecías que él había hecho, así como el siniestro futuro que había descrito. Temía que Lasher hubiera engendrado un hijo entre las mujeres Mayfair, un macho, y que éste hallara a mi hija y así se perpetuaran. Ésa habría sido la victoria de Lasher. Michael y yo, y las otras brujas Mayfair, habíamos sufrido tanto desde el principio por esa… esa unión, ese triunfo del Taltos.

Ash asintió con un ademán de la cabeza.

—Sin embargo, mi hija vino a mí llena de amor —le dijo Rowan.

—Sí —murmuró Ash, impaciente por oír el final de la historia.

—Maté a mi propia hija —dijo Rowan—. Disparé contra mi vulnerable e indefensa hija. Ella me curó, me regaló su savia y me liberó del trauma del parto.

»Eso es lo que nos preocupaba a Michael y a mí, el hecho de que tú lo supieras, que tú, que deseas ser amigo nuestro, descubrieras horrorizado que pudiste haberte unido con una hembra de tu especie de no haberla matado yo.

Ash se inclinó hacia delante, con los codos apoyados en las rodillas y un dedo sobre el labio inferior. Miró a Rowan con las cejas arqueadas y el ceño levemente fruncido.

—¿Qué hubieras hecho de haber descubierto a mi Emaleth? —preguntó Rowan.

—¿Era ése su nombre?

—El nombre que le impuso su padre. Él me violó repetidas veces, aunque los abortos que sufría continuamente me estaban matando. Hasta que al fin esa criatura, Emaleth, consiguió ver la luz.

Ash suspiró. Se reclinó de nuevo en el sillón, apoyó su mano en el borde del brazo de cuero y estudió a Rowan. No parecía entristecido ni enojado por la noticia. De cualquier modo, resultaba imposible adivinar su reacción.

Durante una fracción de segundo Rowan pensó que había sido una locura contárselo ahí, sentados en su avión particular, mientras volaban silenciosamente por los aires. Pero luego comprendió que era inevitable, que no había tenido más remedio que hacerlo de ese modo si quería sincerarse con él para cimentar su amistad, para no enturbiar el amor que había nacido entre ellos a raíz de lo que habían presenciado y oído.

—¿Habrías intentado unirte a ella? —preguntó Rowan—. ¿Habrías sido capaz de remover cielo y tierra con tal de dar con ella, de salvarla, de llevártela para procrear y fundar con ella una nueva tribu?

Rowan observó en los ojos de Michael que éste temía por ella. Al mirarlos a ambos, comprendió que no estaba revelando esas cosas en beneficio de ellos, sino de ella misma, de la madre que había matado a su hija, que había disparado contra ella.

De improviso, Rowan cerró los ojos y se estremeció. Luego volvió a abrirlos y se reclinó en el sillón, con la cabeza ladeada. Había oído el ruido del cuerpo al caer al suelo, había visto cómo se desintegraba su rostro bajo el impacto del proyectil, había probado el sabor de su savia, una savia dulce y espesa como un jarabe, que ella había bebido con avidez.

—Rowan —dijo Ash suavemente—, no dejes que esos recuerdos te atormenten de nuevo, no quiero que sufras por mi culpa.

—¿Acaso no habrías removido cielo y tierra para encontrarla? —insistió Rowan—. Es por eso por lo que viniste a Inglaterra cuando te llamó Samuel, cuando te relató la historia de Yuri. Viniste porque habían visto a un Taltos en Donnelaith.

Ash asintió con un ademán lentamente.

—No puedo responder a tu pregunta. No conozco la respuesta. Habría venido, sí. Pero no sé si habría tratado de llevármela. Sinceramente, no lo sé.

—No te creo. ¿Cómo no ibas a desearlo?

—¿Te refieres a procrear y fundar una nueva tribu?

—Sí.

Ash sacudió la cabeza con aire pensativo, apoyando de nuevo el índice en su labio inferior, el codo sobre el brazo de la silla.

—Sois unos brujos muy extraños —murmuró.

—¿Qué quieres decir? —preguntó Michael.

Ash se levantó de repente y su cabeza casi rozó el techo de la cabina.

Estiró los brazos y las piernas, se volvió de espaldas a ellos y dio unos pasos, con la cabeza agachada, antes de girarse de nuevo.

—No podemos responder a las preguntas que nos estamos haciendo mutuamente —dijo—. Lo único que puedo deciros en estos momentos es que me alegro de que la hembra haya muerto. De veras. —Ash hizo un ademán para reforzar sus palabras y apoyó la mano en el respaldo del sillón. Alto y enjuto, con la mirada perdida en el infinito y un mechón de pelo cayéndole sobre la frente, mostraba un aspecto misterioso y dramático, semejante al de un mago—. Os juro que me alegro de saber que esa criatura existió pero ya ha muerto.

Michael asintió con un movimiento de cabeza y dijo:

—Creo que empiezo a comprenderte.

—¿De veras? —preguntó Ash.

—No podemos compartir esta Tierra, ¿no es cierto? Somos dos tribus aparentemente similares, pero totalmente distintas.

—No, no podemos compartirla —contestó Ash, sacudiendo la cabeza para dar mayor énfasis a sus palabras—. ¿Qué raza puede convivir con otra? ¿Qué religión puede coexistir con otra? Hay guerras en todo el mundo, unas guerras tribales, de exterminio, tanto si se trata de los árabes contra los kurdos, como de los turcos contra los europeos o de los rusos contra los orientales. Jamás cesarán. La gente sueña con que un día finalicen las guerras, pero eso es imposible. Naturalmente, si un día aparecieran de nuevo los de mi especie y eliminaran a los humanos de la Tierra, mis gentes conseguirían al fin vivir en paz, que es lo que pretenden todas las tribus.

—No tiene por qué haber guerras —replicó Michael—. Es concebible que algún día las tribus dejen de luchar entre sí.

—Concebible, sí, pero no posible.

—Una especie no tiene por qué dominar a otra —insistió Michael—. Una raza no tiene por qué conocer siquiera la existencia de la otra.

—¿Insinúas que debemos vivir en secreto? —preguntó Ash—. ¿Sabes a qué velocidad se duplica, triplica y cuadruplica nuestra población? ¿Tienes idea de lo fuertes que somos? No puedes saberlo, jamás has visto nacer a un Taltos, no lo has visto desarrollarse hasta alcanzar su plena estatura durante los primeros meses u horas o días de su existencia. Ni siquiera puedes imaginarlo.

—Yo sí lo he visto —terció Rowan—. Lo he vivido en dos ocasiones.

—¿Y qué opinas? ¿Qué pasaría si deseara unirme con una hembra?, ¿si pretendiera hallar una sustituta de Emaleth?, ¿si copulara con tu inocente Mona y la dejara preñada con una semilla capaz de engendrar un Taltos y matar quizá a la madre?

—Sólo puedo decirte esto —contestó Rowan, deteniéndose un instante y respirando hondo—. En el momento de disparar contra Emaleth, no tuve la menor duda de que representaba una grave amenaza para mi especie y que por ello debía morir.

Ash sonrió e hizo un gesto de aprobación.

—Tenías razón —dijo.

Los tres guardaron silencio. Al cabo de unos minutos, Michael dijo:

—Ahora ya conoces nuestro terrible secreto.

—Sí, ya lo sabes —apostilló Rowan suavemente.

—Me pregunto si alguna vez descubriremos el tuyo —apuntó Michael.

—Lo sabréis a su debido tiempo —respondió Ash—. Creo que ahora deberíamos dormir un rato. Me escuecen los ojos, y en cuanto llegue tengo que resolver un centenar de pequeños problemas en la empresa. Id a dormir, y cuando estemos en Nueva York os lo contaré todo. Conoceréis todos mis secretos, desde el más oscuro hasta el más inocente.

23

—Despierta, Mona.

Mona escuchó el murmullo del pantano antes de alcanzar a verlo. Oyó el croar de las ranas y el revoloteo de las aves nocturnas, así como el rumor del agua que la rodeaba, turbia y estancada, pero que de vez en cuando se movía en el interior de una tubería oxidada, o al rozar el costado de un esquife. Se habían detenido. Aquél debía de ser el embarcadero al que se había referido Mary Jane.

Mona había tenido un sueño muy raro. Soñó que tenía que pasar un examen y que la persona que lo aprobara gobernaría el mundo. Mona había contestado todas las preguntas, las cuales cubrían distintos ámbitos: ciencias, matemáticas, historia, informática, que tanto le gustaba, la Bolsa, en la que era una experta, y el significado de la vida, la materia que le había resultado la más difícil puesto que se sentía tan llena de vida que se sentía incapaz de justificarlo. Uno simplemente sabe que es magnífico estar vivo. ¿Había respondido correctamente a todas las preguntas? ¿Llegaría a gobernar el mundo?

—Despierta, Mona —murmuró Mary Jane.

Mary Jane no se dio cuenta de que Mona tenía los ojos abiertos y contemplaba el paisaje a través de la ventanilla. Vio los raquíticos árboles, inclinados y cubiertos de musgo, las parras enrolladas como cuerdas alrededor de los inmensos y vetustos cipreses. A la luz de la luna, Mona advirtió el brillo de las aguas del pantano a través de la vegetación y los nudos de los cipreses, las peligrosas ramas que brotaban de los gruesos troncos de los árboles, así como unos pequeños insectos negros que se movían en la oscuridad quizá fueran cucarachas, aunque prefería no pensar en ello.

Le dolía la espalda. Cuando trató de inclinarse hacia delante, Mona se sintió abotargada y dolorida. Le apetecía otro vaso de leche. Se habían parado dos veces para que Mona bebiera leche, pero quería más. Llevaban varios cartones en la nevera portátil, pero era mejor esperar a que llegaran a casa. Allí se bebería un gran vaso de leche.

—Vamos, tesoro, baja del coche y espérame aquí. Dejaré el coche donde nadie pueda verlo.

—¿Cómo vas a ocultar este trasto tan descomunal?

Mary Jane abrió la portezuela y ayudó a Mona a apearse. Luego retrocedió unos pasos y la miró asustada, aunque trató de disimularlo. La luz del interior del coche iluminaba el rostro de Mary Jane.

—¡Dios mío, Mona! ¿Y si te mueres?

Mona sujetó la muñeca de Mary Jane y se levantó, plantando los pies firmemente en la tierra suave y compacta, sembrada de conchas blancas que relucían en la oscuridad. Frente a ella vio la silueta del espigón.

—Deja de pensar en eso, Mary Jane, esperemos que no suceda. Mona se agachó para recoger un saco de comestibles, pero no consiguió levantarlo del suelo.

Mary Jane encendió la linterna. Al volverse, la luz iluminó sus ojos, confiriéndole un aspecto fantasmagórico. Mona distinguió el destartalado cobertizo que se alzaba tras Mary Jane, el espigón desmoronado y los filamentos de musgo que colgaban de las desnudas ramas de los árboles.

El ambiente estaba infestado de bichitos que no cesaban de revolotear a su alrededor.

—Mona Mayfair, tu aspecto es lamentable. Tienes la piel tan delgada y transparente que a través de ella veo los huesos de tus pómulos e incluso tus dientes.

—No digas bobadas —contestó Mona—. Estás loca. Se debe a la luz. Tú también pareces un fantasma.

Lo cierto es que se sentía muy débil y tenía todo el cuerpo dolorido; le dolían hasta los pies.

—Tienes un color de piel horrible, parece que te hayas dado un baño de magnesia.

—Me encuentro bien, sólo que no puedo levantar este saco.

—Ya lo cogeré yo. Apóyate en ese árbol y descansa. Es el ciprés del que te hablé, el más antiguo de esta región. Ahí está la pequeña laguna donde la familia solía ir a remar. Toma, coge la linterna, el mango no está caliente.

—Tiene un aspecto peligroso. En las películas del Oeste, los malos siempre arrojan una linterna como ésta en el pajar donde se encuentra atrapado el protagonista para quemarlo vivo. No me gusta.

—No te preocupes, nadie va a prender fuego al pajar —replicó Mary Jane mientras sacaba del coche los sacos de comida y los depositaba sobre las conchas que tapizaban el suelo—. Para empezar, no hay ningún pajar, y si lo hubiera la paja estaría húmeda.

Los faros del coche iluminaban el pantano, la interminable hilera de apretados troncos, gruesos y delgados, y los deteriorados palmitos y plátanos. Pese al hedor que despedía y la quietud de sus aguas, el pantano respiraba, suspiraba y se agitaba levemente.

—Qué lugar tan inhóspito —murmuró Mona, aunque en cierto modo le agradaba. Le encantaba el frescor del ambiente, suave y lánguido, que más parecía mecerse al ritmo del agua que por el impulso de la brisa.

Mary Jane dejó caer la pesada nevera.

—Mira, échate a un lado, y cuando me suba al coche y gire para hacer marcha atrás, podrás ver Fontevrault a la luz de los faros.

Mary Jane cerró la portezuela y puso el coche en marcha. Los neumáticos chirriaron sobre las piedrecitas.

El vehículo giró hacia la derecha y los potentes faros iluminaron aquellos raquíticos árboles fantasmagóricos. De pronto Mona vio la gigantesca mansión, que parecía escorarse hacia un lado, y sus ventanas abuhardilladas reluciendo a la luz de los faros, mientras el coche describía un círculo.

Luego se hizo de nuevo la oscuridad, pero la imagen que había contemplado Mona se le quedaría grabada en la mente para siempre: una inmensa mole negra que se recortaba contra el cielo, desmoronándose a pedazos.

Mona sintió ganas de gritar, aunque no sabía muy bien por qué. Era imposible que se alojaran en aquella casa, un edificio en ruinas, a punto de venirse abajo. Una cosa era una mansión edificada sobre un pantano, pero aquello era un desastre. Cuando el coche se alejó, exhalando una nubecilla de humo blanco, Mona distinguió unas luces en la casa. Las vio brillar en el piso superior, en el centro del porche, al fondo de la casa. Cuando el ruido del motor del coche se apagó, Mona creyó oír, durante un instante, el lejano sonido de una radio.

La luz de la linterna era bastante potente, pero reinaba una oscuridad impenetrable. La única fuente de iluminación era la linterna y la tenue luz que provenía de las entrañas de la desmoronada mansión.

Mona dedujo que Mary Jane no se había dado cuenta de que la casa se había inclinado durante su ausencia.

«Tenemos que sacar a la abuela de allí —pensó Mona—, suponiendo que no se haya ahogado en las fétidas aguas del pantano.» Jamás había percibido un hedor tan repugnante como aquél, pero cuando alzó los ojos vio que el cielo estaba teñido de un rosa típico de las noches de Louisiana, y que los árboles alargaban sus enclenques ramas en un inútil intento de enlazarse unas con otras, y que el musgo ofrecía un aspecto translúcido, como un velo. Oyó las voces de los pájaros y vio que las ramas superiores de los árboles eran muy delgadas y estaban cubiertas de unas telas plateadas, como telas de araña, ¿o serían tal vez gusanos de seda?

—Reconozco que este lugar posee cierto encanto —dijo Mona—. La lástima es que la casa esté a punto de derrumbarse.

Madre.

«Estoy aquí, Morrigan.»

De pronto oyó un ruido detrás de ella, en la carretera. Al volverse vio a Mary Jane que corría hacia ella, sola en medio de la oscuridad. Mona levantó la linterna. El dolor que sentía en la espalda era casi insoportable, aunque no había hecho ningún esfuerzo ni había levantado ningún objeto pesado. Tan sólo sostenía la linterna.

«¿Acaso se supone que la teoría de la evolución explica la presencia de todas las especies que existen en estos momentos en el planeta? Quiero decir, ¿no existe una segunda teoría sobre una generación espontánea?»

Por más vueltas que le dio, Mona no halló la respuesta a esa pregunta. La verdad era que la evolución nunca le había parecido lógica. «La ciencia ha llegado a un punto en que una serie de creencias que antiguamente eran tachadas de metafísicas, hoy resultan totalmente posibles.»

Mary Jane apareció inopinadamente en la oscuridad, corriendo como una niña, mientras sostenía en la mano derecha sus zapatos de tacón alto. Al alcanzar la posición de Mona se detuvo, con la respiración entrecortada, para recobrar el aliento.

—Caray, Mona Mayfair —dijo entre jadeos, su bonito rostro perlado de sudor—, tengo que llevarte hasta la casa cuanto antes.

—Tienes las medias destrozadas.

—Me alegro —respondió Mary Jane—. Las odio. —Luego cogió la nevera y echó a correr hacia el espigón—. Vamos, Mona, apresúrate, no sea que te caigas muerta aquí mismo.

—¿Quieres dejar de decir esas barbaridades? Te va a oír el bebé.

Mona oyó un ruido seco. Mary Jane había arrojado la nevera en el bote. Mona trató de correr sobre las precarias tablas del espigón, pero cada paso le suponía un gran esfuerzo. De pronto sintió un dolor lacerante, como si le hubieran propinado un latigazo en la espalda y la cintura, mejor dicho, lo que quedaba de su cintura. Se detuvo bruscamente, mordiéndose el labio para no gritar.

Mona vio a Mary Jane correr hacia el bote cargada con otro bulto.

—Me gustaría ayudarte —dijo Mona, sin apenas fuerzas para pronunciar la última palabra.

Echó a andar lentamente hacia el borde del espigón, pensando en que era una suerte que llevara zapatos planos, aunque no recordara habérselos puesto. Luego vio la piragua, en la que Mary Jane estaba colocando el último saco y un montón de almohadas y mantas.

—Dame la linterna y quédate ahí hasta que acerque más el bote al espigón.

—Te confieso que el agua me da un poco de miedo, Mary Jane. Quiero decir que me siento torpe, tengo miedo de caer al agua.

Mona sintió de nuevo un fuerte dolor. *Te quiero, mamá, tengo miedo.*

—¡Cállate! No tienes por qué tener miedo —dijo Mona.

—¿A qué viene esto? —preguntó Mary Jane.

Mary Jane saltó a la amplia piragua de metal, agarró el remo que estaba amarrado a un costado de la embarcación e hizo varias maniobras hasta situarla de popa. La linterna yacía frente a ella, sobre un pequeño banco. Detrás de Mary Jane se encontraban los sacos de comida y demás objetos que habían llevado.

—Vamos, cariño, sube rápidamente, eso, mete los dos pies.

—¡Dios, vamos a ahogarnos!

—No digas tonterías, el agua no tiene aquí ni dos metros de profundidad. Nos pondremos perdidas, eso sí, pero no nos ahogaremos.

—Yo soy capaz de ahogarme en dos metros de agua —replicó Mona—. ¿Te has fijado en la casa, Mary Jane?

—Sí, ¿qué?

Por fortuna, el mundo dejó de oscilar. Mona seguía asiendo con fuerza la mano de Mary Jane. Al fin la soltó y ésta empuñó el remo con ambas manos, y empezaron a alejarse del espigón.

—Mira, Mary Jane —dijo Mona.

—Sí, ésa es nuestra casa. No te muevas, tesoro, llegaremos enseguida. Esta piragua es muy sólida y resistente, no volcaremos. Si quieres puedes arrodillarte, o sentarte, pero te recomiendo que no lo intentes en estos momentos.

—¡Fíjate en la casa! ¡Se inclina hacia un lado!

—Cariño, hace cincuenta años que está así.

—Sabía que dirías eso. ¿Y si se hunde el bote? ¡Dios, no soporto mirar esa horrible mole, parece como si fuese a derrumbarse…!

Mona sintió otra punzada en el vientre, breve pero profunda.

—¡Pues no la mires! —contestó Mary Jane—. No vas a creerlo, pero yo solita, con un compás y un trozo de cristal, he calculado el ángulo de inclinación y he comprobado que es menos de cinco grados. Es la línea vertical de las columnas lo que produce la impresión de que la casa está muy inclinada y puede desmoronarse de un momento a otro.

Mary Jane levantó el remo, y la piragua se deslizó rápidamente hacia delante, impulsada por su propia inercia. La oscuridad de la noche suave y lánguida las envolvía; las ramas pendían de un árbol tan inclinado que parecía estar también a punto de precipitarse contra el suelo.

Mary Jane hundió de nuevo el remo en el fondo del agua, propulsando la piragua hacia delante, volando hacia la inmensa sombra que se erguía ante ellas.

—¿Esa desvencijada puerta es la entrada principal? —preguntó Mona, aterrada.

—Sí, se ha soltado de las bisagras, pero no te preocupes, cariño. Te llevaré hasta la misma escalinata que hay en el vestíbulo. Dejaré la piragua amarrada allí, como de costumbre.

Al alcanzar el porche, Mona se tapó la boca con ambas manos. Sintió deseos de taparse también los ojos, pero temió caer de la piragua. Sobre sus cabezas pendían unas tupidas parras. Todo estaba lleno de espinas. Quizá antiguamente crecieron allí unos rosales. Frente a ella, entre las sombras, resplandecían unas glicinas. A Mona le entusiasmaban las glicinas.

Mona jamás había contemplado unas columnas tan gigantescas. Le extrañaba que no se hubieran derrumbado ya. Nunca había imaginado, al mirar los cuadros en los que aparecía Fontevrault, que se tratase de una imponente mansión de estilo neoclásico. Claro que nunca había conocido a nadie que hubiera vivido aquí, al menos nadie que ella recordara.

Las molduras del techo del porche estaban podridas. En el centro del mismo había un agujero capaz de albergar a una pitón o un nido de cucarachas. Las ranas croaban alegremente, produciendo un sonido muy hermoso, fuerte y potente comparado con el suave murmullo de las cigarras que cantaban en el jardín.

—Supongo que no habrá cucarachas —dijo Mona.

—¿Cucarachas? —repitió Mary Jane—. Cariño, aquí tenemos de todo: víboras de agua, serpientes y hasta cocodrilos. Mis gatos se comen las cucarachas.

Se deslizaron a través de la puerta principal y de pronto se encontraron en el espacioso vestíbulo, invadido por el olor del yeso húmedo y la cola del papel que cubría las paredes y que se caía a pedazos, así como de la madera. Mona se sintió mareada debido al olor a podredumbre y al hedor procedente del pantano, a la cantidad de bichos que pululaban a su alrededor y a los destellos del agua sobre los muros y el techo, los cuales formaban unas ondas de luz.

De pronto imaginó a Ofelia flotando en el río, con unas flores en el pelo.

A través de la puerta del vestíbulo Mona divisó un destartalado salón. La luz que se reflejaba en las paredes ponía de relieve las manchas oscuras que la humedad había causado en la tapicería, hasta el punto de que resultaba imposible adivinar su color originario. Del techo colgaban unas tiras de papel.

La piragua chocó bruscamente con la escalera. Mona extendió la mano y se agarró a la balaustrada, temiendo que ésta se desmoronara, pero no fue así. De pronto sintió otra punzada que le recorrió el vientre y la espalda, que le cortó la respiración.

—Más vale que nos apresuremos, Mary Jane.

—No hace falta que me lo digas, Mona Mayfair. Estoy muerta de miedo.

—Tienes que ser valiente. Morrigan te necesita.

La luz de la linterna iluminó durante unos instantes el techo del segundo piso. El papel que revestía las paredes estaba salpicado de ramitos de flores, tan desteñidos que sólo quedaba la silueta del dibujo. El yeso estaba lleno de agujeros, pero Mona no vio nada a través de éstos.

—No te preocupes, todos los muros son de piedra, como en la casa de la calle Primera —dijo Mary Jane mientras amarraba la embarcación. Al fin habían llegado. Mona se sujetó a la balaustrada, temerosa de bajar de la piragua pero incapaz de permanecer en ella ni un minuto más.

—Sube, yo voy enseguida —dijo Mary Jane—. La abuela está en una habitación que hay al fondo de la planta. Ve a saludarla. No te preocupes por los zapatos, te daré unos secos. Yo subiré las cosas.

Con cautela, entre leves quejidos, Mona se agarró con ambas manos a la balaustrada, bajó de la piragua y se detuvo al pie de la escalera.

Contempló la amplia escalinata. De no haber estado inclinada, ofrecería un aspecto totalmente seguro. Con una mano sobre la barandilla y la otra apoyada en el húmedo yeso de la pared, Mona alzó la cabeza y de pronto sintió como si la poderosa presencia de la casa la envolviera, su podredumbre, su fuerza, su resistencia a hundirse en las turbias aguas del pantano.

Era un edificio recio y descomunal, que había cedido lentamente unos centímetros. Tal vez no llegara a derrumbarse. Pero teniendo en cuenta que sus cimientos se asentaban en el lodo, a Mona le parecía un milagro que no se la hubieran tragado ya las aguas del pantano, como a los malos en las películas del desierto.

—Anda, sube —insistió Mary Jane, dejando caer uno de los sacos sobre el escalón, junto a Mona. La chica estaba trabajando duro.

Mona echó a andar. Sí, la escalera era firme y resistente y, a medida que subía, notó que la balaustrada y el yeso de la pared tenían un tacto más seco, como si el cálido sol primaveral hubiera penetrado por el techo y lo hubiera secado todo.

Cuando Mona llegó por fin al segundo piso, calculó que el ángulo de inclinación debía de ser inferior a cinco grados, lo cual ya bastaba para ponerla a una nerviosa. Se detuvo y entornó los ojos. En el extremo opuesto del pasillo avistó otra puerta con abanico, unas luces laterales y unas bombillas que colgaban de unos alambres suspendidos del techo. También le pareció ver una inmensa mosquitera, a través de la cual brillaba la suave luz de las bombillas.

Mona avanzó unos pasos, agarrándose a la pared, de tacto duro y seco. De pronto escuchó unas risitas que provenían del otro extremo del pasillo, y cuando subió Mary Jane con la linterna y la depositó sobre un saco en la cima de la escalera, Mona vio a un chiquillo de pie en la puerta de una habitación que había al fondo del pasillo.

Era un niño delgaducho, con la tez muy oscura, los ojos grandes, el pelo suave y negro y una carita parecida a la de un pequeño santón hindú.

—Hola, Benjy, ayúdame a transportar estas cosas. ¡Tienes que ayudarme! —gritó Mary Jane.

El chico se adelantó y Mona comprobó que de cerca no resultaba tan pequeño. Era casi tan alto como ella, lo cual no significaba gran cosa dado que Mona medía tan sólo un metro y cincuenta y ocho centímetros, y seguramente ya no crecería más.

Era un chico guapísimo, con una misteriosa mezcla de sangre: africana, hindú, española, francesa y, probablemente, Mayfair. Mona deseaba tocarlo, acariciarle la mejilla y comprobar si su piel, tostada y lustrosa como el cuero fino, era tan suave como parecía. De golpe recordó algo que le había dicho Mary Jane, algo acerca de que el chico vendía sus favores en la ciudad, y, en un estallido de misteriosa luz, Mona vio unas habitaciones empapeladas de color morado, pantallas con flecos, caballeros decadentes como el tío Julien, ataviados de blanco, y a ella misma acostada en una cama de metal con ese adorable jovenzuelo.

Era una locura. En aquel momento Mona sintió otra punzada en el vientre, pero en lugar de detenerse siguió avanzando, arrastrando un pie tras otro. De pronto aparecieron unos gatos, grandes, con la cola larga, peludos y de mirada demoníaca, como los gatos de las brujas. Había una media docena de gatos que se deslizaban a lo largo de las paredes.

El hermoso niño de cabello negro echó a andar por el pasillo cargado con dos sacos de víveres. Mona comprobó que el pasillo estaba limpio, como si el chico lo hubiera barrido y fregado.

Mona tenía los zapatos empapados; apenas podía levantar los pies.

—¿Eres tú, Mary Jane? ¿Ha llegado mi nieta, Benjy? ¡Mary Jane!

—Ya voy, abuela. ¿Qué haces?

Mary Jane pasó apresuradamente junto a Mona,

sosteniendo torpemente la nevera portátil, con los codos apuntando hacia fuera y agitando su largo y rubio cabello.

—Hola, abuela —dijo Mary Jane, desapareciendo por el recodo del pasillo—. ¿Qué estás haciendo?

—Me estoy comiendo unas galletas con queso. ¿Quieres una?

—No, ahora no, dame un beso. ¿Se ha estropeado la tele?

—No, tesoro, me he cansado de mirarla. Me he entretenido cantando unas canciones mientras Benjy escribía la letra.

—Escucha, abuela, tengo que irme. He venido con Mona Mayfair. Voy a llevarla a la buhardilla, para que esté cómoda y calentita.

—Sí, sí, por favor —murmuró Mona.

Se apoyó en la pared, cuya inclinación era tan acusada que casi hubiera podido acostarse en ella. Tenía los pies hinchados y sentía unos persistentes dolores en el vientre y la espalda.

Ya voy, mamá.

«Espera unos minutos, cariño, aún falta un tramo de escalera.»

—Trae a Mona Mayfair, tráela aquí.

—No, abuela, ahora no —contestó Mary Jane.

Dicho esto, salió de la habitación, con tanta prisa que su falda blanca chocó contra el marco de la puerta, y extendió los brazos hacia Mona.

—Ánimo, tesoro, ya sólo quedan unos pocos escalones —dijo Mary Jane.

En el preciso momento en que Mary Jane tomaba a su prima por los hombros para ayudarla a subir el siguiente tramo de escalera, Mona vio salir de la habitación del fondo a una diminuta anciana de cabello cano, peinada con dos trenzas sujetas con unas cintas. Su rostro parecía un trapo arrugado, con unos expresivos ojos negros surcados de arrugas que reflejaban un acusado sentido del humor.

—Tengo que apresurarme —dijo Mona, agarrada a la barandilla y moviéndose tan rápidamente como le era posible—. Esta inclinación me marea.

—Lo que te marea es el bebé —replicó Mary Jane.

—Corre a encender las luces, Benjy —ordenó la anciana, sujetando a Mona del brazo con una mano asombrosamente firme—. ¿Por qué no me dijiste que esta niña estaba embarazada? ¿No es ésta la hija de Alicia? ¡La pobrecita casi se muere cuando le amputaron el sexto dedo!

—¿Quién, yo? —preguntó Mona, volviéndose hacia la anciana.

Ésta apretó los labios y asintió con un movimiento de cabeza.

—¿Se refiere a que nací con un sexto dedo? —inquirió Mona.

—Sí, tesoro, y por poco te vas al cielo cuando te anestesiaron. ¿No te han contado nunca que la enfermera te puso dos inyecciones de anestesia que casi te paralizaron el corazón, y que Evelyn te salvó la vida?

En aquel momento apareció Benjy, subiendo los escalones de dos en dos, sus pisadas resonando sobre las desnudas tablas del suelo.

—No, nadie me dijo nada —respondió Mona—. ¡Ese maldito, sexto dedo!

—No te quejes, eso te ayudará —dijo Mary Jane.

A Mona le pareció que aún quedaba un centenar de escalones para llegar hasta donde se encontraba Benjy, quien, después de encender las luces, inició de forma lenta y lánguida el descenso aun cuando Mary Jane no cesara de darle órdenes a gritos.

La abuela se había detenido al pie de la escalera que conducía a la buhardilla. Llevaba puesto un camisón blanco que rozaba el suelo. Sus ojos negros y perspicaces observaban detenidamente a Mona, como si la estuviera estudiando. «No cabe duda de que es una Mayfair», pensó Mona.

—Ve en busca de unas mantas y unas almohadas —dijo Mary Jane a Benjy—. Apresúrate. Y trae leche. No te olvides de la leche.

—¡Un momento! —gritó la abuela—. Por el aspecto que tiene, no creo que a esta chica le convenga pasar la noche en una buhardilla. Deberías llevarla de inmediato al hospital. ¿Dónde está la furgoneta? ¿La has dejado en el embarcadero?

—Olvídate de la furgoneta, tendrá al niño aquí —contestó Mary Jane.

—¡Mary Jane! —gritó la abuela—. ¡Maldita sea! No puedo subir esos escalones debido a mi cadera.

—Vuelve a la cama, abuela. Dile a Benjy que se apresure. ¡Como no traigas enseguida las cosas que te he pedido, no te pagaré, Benjy!

Mona y Mary Jane continuaron trepando por la escalera hacia la buhardilla. A medida que subían, el aire se tornaba más cálido.

El espacio era inmenso.

Mona vio unas bombillas suspendidas de unos cables que recorrían el techo, al igual que en la habitación del piso inferior, así como unos gigantescos baúles y armarios roperos que ocupaban todos los gabletes, excepto uno, el cual acogía el lecho y, junto a éste, una lámpara de queroseno.

El lecho era enorme aunque sencillo, de madera oscura, como los que se suelen utilizar en el campo, desprovisto de dosel y cubierto con una tupida mosquitera que ocultaba la entrada al gablete. Mary Jane la levantó justo a tiempo de que Mona cayera de bruces sobre el mullido colchón.

El seco y cómodo lecho estaba cubierto con un suave edredón de plumas y un montón de cojines. La luz de la lámpara, aunque peligrosamente próxima a él, lo convertía en una especie de acogedora tienda de campaña.

—¡Benjy, trae inmediatamente la nevera!

—*Chère*, acabo de llevar la nevera al porche trasero —contestó éste, o algo parecido, con un acento claramente *cajun*.

El chico no se expresaba como la anciana, la cual hablaba como una típica Mayfair, según Mona.

—Da lo mismo, ve a por ella —le ordenó Mary Jane.

La mosquitera atrapaba la luz dorada de la lámpara y aislaba el espléndido lecho del resto de la habitación. «Es un buen lugar para morir —pensó Mona—, incluso quizá mejor que hacerlo en un río rodeada de flores.»

Sintió de nuevo un intenso dolor, pero esta vez Mona estaba mucho más cómoda. ¿Qué se suponía que debía hacer? Lo había leído en alguna parte. ¿Contener la respiración o algo por el estilo? No lograba recordarlo. No era un tema que hubiera estudiado a fondo. ¡Dios, estaba a punto de dar a luz!

Mona agarró la mano de Mary Jane. Ésta se acostó junto a ella, mirándola con preocupación y enjugándole la frente con algo blanco y suave, más suave que un pañuelo.

—No temas, tesoro, estoy aquí. Cada vez se hace más grande, Mona, no es un bebé…

—Nacerá —respondió Mona—. Es mío. Nacerá, pero si muero, tú y Morrigan tendréis que construirlo entre las dos.

—¿El qué?

—Un catafalco de flores…

—¿Un qué?

—Calla, esto es muy importante.

—¡Mary Jane! —gritó la abuela desde el pie de la escalera—. Baja y ayuda a Benjy a subirme en brazos a la buhardilla.

—Una balsa llena de flores —dijo Mona—; con glicinas, rosas y flores silvestres, como los lirios que crecen en los pantanos…

—Sí, sí, de acuerdo, ¿y qué más?

—Quiero que sea muy frágil, para que mientras me deslice flotando sobre ella, la balsa se vaya deshaciendo lentamente y al final yo me hunda en el fondo del río… como Ofelia.

—Sí, sí, lo que quieras. Tengo miedo, Mona. Estoy muy asustada.

—Entonces, compórtate como una bruja, porque ya no podemos cambiar nada.

De pronto Mona sintió que algo se rompía en su interior, como si la hubieran atravesado con un objeto punzante. Por unos instantes temió que el bebé estuviera muerto.

No, mamá, ya vengo. Prepárate para cogerme de la mano. Te necesito.

Mary Jane estaba arrodillada en el lecho, las manos sobre las mejillas.

—¡Dios santo! —exclamó.

—¡Ayúdala! ¡Ayúdala, Mary Jane! —gritó Mona.

Mary Jane cerró los ojos y apoyó las manos sobre el descomunal vientre de su prima. Aquel dolor lacerante cegaba a Mona. Trató de ver la luz atrapada en la mosquitera, los ojos cerrados de Mary Jane, sentir sus manos, oír las palabras que murmuraba, pero no pudo.

Notó que caía rodando entre los árboles del pantano mientras agitaba las manos en un intento desesperado por asirse a las ramas...

—¡Ven a ayudarme, abuela! —gritó Mary Jane.

Al cabo de unos instantes oyó los apresurados pasos de la anciana.

—¡Sal de aquí, Benjy! —ordenó la anciana—. Baja inmediatamente, ¿me has oído?

Mona sintió que seguía precipitándose a través de la marisma, mientras el dolor se hacía cada vez más intenso. No resultaba extraño que las mujeres odiaran pasar por ese trance. No se trataba de ninguna broma. Era horrible. «¡Dios mío, ayúdame!»

—¡Jesús, María y José! —exclamó la abuela—. ¡Es un bebé que camina!

—Ayúdame, abuela, cógele la mano —dijo Mary Jane—. ¿Sabes lo que es eso, abuela?

—Un bebé que camina, hija. He oído hablar de ellos toda mi vida, pero jamás había visto uno. Cuando Ida Bell Mayfair parió un bebé que caminaba, en el pantano, siendo yo niña, la gente decía que el niño era más alto que su madre y que al nacer ya caminaba. *Grandpère* Tobias bajó y lo despedazó con un hacha mientras la madre yacía postrada en el hospital, chillando como una loca. ¿No has oído hablar nunca de los bebés que caminan, niña? En Santo Domingo los quemaban vivos.

—¡A este bebé no! —gritó Mona.

Seguía sumida en la oscuridad, tratando de abrir los ojos. ¡Dios, qué dolor tan atroz! De pronto una mano pequeña y resbaladiza cogió la suya: «*No te mueras, mamá.*»

—Dios te salve María, llena eres de Gracia —dijo la abuela, y Mary Jane se unió a la oración—. Bendita Tú eres entre todas las mujeres, y bendito sea el...

—¡Mírame, mamá! —susurró la criatura al oído de Mona—. ¡Mírame! Te necesito, necesito que me ayudes a desarrollarme y a hacerme grande, grande, grande.

—¡Grande y fuerte! —gritaron las mujeres, pero sus voces sonaban muy lejanas—. ¡Grande y fuerte! Dios te salve María, llena eres de Gracia, ayúdala a hacerse grande y fuerte.

Mona se echó a reír. «Eso es, Madre de Dios, ayuda a mi bebé que camina.»

Pero seguía rodando a través de los árboles del pantano, cuando de pronto alguien le cogió ambas manos, Mona alzó la mirada y a través de la rutilante luz verde observó su propio rostro inclinado sobre ella. Su propio rostro, pálido, pecoso, con sus mismos ojos verdes y su cabello rojo. ¿Acaso era ella misma, quien había acudido a salvarla? ¡Era su misma sonrisa!

—No, mamá, soy yo —dijo la voz, aferrando con sus manos las de Mona—. Mírame. Soy Morrigan.

Mona abrió los ojos lentamente. Sentía una gran opresión en el pecho que le impedía respirar, pero trató de levantar la cabeza, de acariciar aquella espléndida cabellera roja, de incorporarse lo suficiente para… para cogerle la cara entre las manos y… besarla.

24

Cuando Rowan se despertó, nevaba. Vestía un grueso y largo camisón de algodón, que le habían proporcionado para combatir el duro invierno neoyorquino. El dormitorio estaba decorado en blanco y se hallaba en silencio. Michael dormía profundamente junto a ella.

Ash trabajaba en su despacho, que estaba en el piso inferior, o al menos eso le había dicho que haría, aunque quizá ya hubiese concluido sus tareas y se había ido a acostar.

Rowan no percibía el menor sonido en esa habitación de mármol, en el silencioso y nevado cielo de Nueva York. Se detuvo frente a la ventana, contemplando el plomizo cielo y los pequeños copos de nieve que caían sobre los tejados de los edificios que la rodeaban, sobre el alféizar de la ventana y en airosas ráfagas contra el cristal, desvaneciéndose al instante.

Había dormido seis horas. Era suficiente.

Se vistió rápidamente con un sencillo traje negro que sacó de la maleta, de nuevo una costosa prenda elegida por otra mujer, quizá más extravagante que el tipo de ropa que ella acostumbraba usar. Perlas y más perlas. Unos zapatos que se abrochaban con unos cordones sobre el empeine, pero con unos tacones peligrosamente altos. Medias negras. Un leve toque de maquillaje.

Luego echó a caminar a través de los silenciosos pasillos. Si quería visitar el museo de muñecas, según le habían dicho tenía que oprimir el botón en el que aparecía una M.

Las muñecas. ¿Qué sabía ella sobre muñecas? De niña habían constituido su pasión secreta, que siempre le había dado vergüenza confesar ante Ellie y Graham, e incluso ante sus amigas. Por Navidad siempre pedía cosas como un juego de instrumentos químicos, una raqueta de tenis o un equipo estereofónico para su habitación.

El viento aullaba a través de la caja del ascensor como si se tratara de una chimenea. A Rowan le gustaba ese sonido.

Las puertas del ascensor se abrieron, revelando un interior forrado con paneles de madera y hermosos espejos, que Rowan apenas recordaba haber visto aquella mañana, cuando habían llegado poco antes del amanecer. Partieron al amanecer; llegaron al amanecer. Habían ganado seis horas. Según su reloj biológico era de noche, y ella se sentía despierta y llena de energía para afrontar la noche.

Rowan bajó en el ascensor, en un silencio mecánico, escuchando el fantasmagórico sonido del viento y preguntándose si a Ash también le gustaba.

Rowan suponía que de pequeña debió de tener muñecas, como todas las niñas, pero no lo recordaba. Todo el mundo regala muñecas a las niñas, ¿no? Quizá no. Quizá su amable y afectuosa madre adoptiva sabía que el baúl del desván contenía las muñecas de las brujas, confeccionadas con cabello y huesos humanos. Quizá sabía que allí había una muñeca por cada bruja Mayfair que había existido durante los últimos años. Puede que a Ellie no le gustaran las muñecas. Algunas personas, con independencia de su clase social, gustos personales o creencias religiosas, sienten temor de las muñecas.

¿Y ella? ¿También les tenía miedo?

Cuando se abrieron las puertas del ascensor Rowan observó unas vitrinas de cristal, unos apliques de bronce, y los inmaculados suelos de mármol, comunes al resto del edificio. En la pared había una placa de bronce que rezaba simplemente: COLECCIÓN PRIVADA.

Rowan salió del ascensor, dejando que la puerta se cerrara automáticamente tras ella, y comprobó que se hallaba en una inmensa sala iluminada con profusión.

Estaba rodeada de muñecas. Rowan observó sus grandes ojos de cristal, sus rostros de facciones perfectas, sus labios entreabiertos, expresión de un sincero y conmovedor asombro.

En una enorme vitrina de cristal, que había frente a ella, Rowan vio una muñeca de porcelana que medía aproximadamente un metro de estatura, con una larga cabellera de *mohair* y un exquisito vestido de seda, algo descolorido. Se trataba de una preciosa muñeca francesa del año 1880, creada por Casimir Bru, según indicaba la placa de la vitrina, posiblemente el fabricante de muñecas más importante del mundo.

Era justo reconocer su belleza, tanto si a uno le gustaban las muñecas como si no. Sus ojos, azules y rasgados, irradiaban luz y estaban dotados de unas espesas pestañas. Las manos, de color rosa pálido, estaban modeladas con tal exquisitez que parecían estar a punto de moverse. Pero era el rostro de la muñeca, su expresión, lo que cautivó a Rowan. Las cejas, finamente perfiladas, presentaban una leve asimetría, lo cual dotaba de vida a su mirada. Tenía una expresión a la vez curiosa, inocente y pensativa.

Sin duda, se trataba de un ejemplar único, incomparable. Y, al margen de que Rowan, cuando era niña, hubiera deseado que le regalaran muñecas, en aquellos momentos sintió un intenso deseo de tocar la muñeca que tenía ante sí, de palpar sus redondas mejillas sonrosadas, quizá incluso de besar sus labios entreabiertos y acariciar con la yema del índice derecho sus sutiles pechos insinuantes y comprimidos por un ajustado corpiño. Obviamente, con el paso del tiempo había perdido parte de su dorada cabellera; y sus elegantes zapatos de cuero estaban gastados y rotos. Pero el efecto era imborrable, irresistible, «un placer intemporal». Rowan sintió deseos de abrir la vitrina y estrecharla entre sus brazos.

Rowan se imaginó acunándola, como a un recién nacido y cantándole una nana, aunque no fuese un bebé; era una niña. De los lóbulos de sus orejas, perfectamente dibujadas, pendían unas pequeñas cuentas azules. Alrededor del cuello lucía un vistoso collar, tal vez propiedad de alguna mujer. Cuando uno examinaba atentamente todos los detalles, comprobaba que en el fondo no se trataba de una niña, sino de una pequeña mujer sensual y de extraordinaria frescura, acaso una peligrosa y astuta coqueta.

Una pequeña placa, a los pies de la muñeca, describía sus singulares rasgos, explicaba que su estatura era superior a lo normal, que vestía unas prendas originales, que era perfecta, y que fue la primera muñeca que Ash Templeton adquirió. Sobre éste no constaban más datos, tan sólo su nombre, probablemente porque no era necesario.

La primera muñeca. Ash le había explicado brevemente a Rowan, cuando le habló sobre el museo, que la había visto en el escaparate de una tienda parisina.

Resultaba lógico que la muñeca hubiera atraído su atención y le hubiera conquistado el corazón. Era lógico que la hubiera llevado consigo a todas partes durante un siglo; que hubiera fundado su imperio en homenaje a la muñeca, con el fin de ofrecer, según había dicho, «su gracia y belleza a todo el mundo en una forma distinta».

La muñeca no tenía nada de trivial, sino que poseía una cualidad deliciosamente misteriosa. Mostraba una expresión desconcertada, sí, pensativa, una muñeca capaz de reflexionar.

«Al mirarla —pensó Rowan—, tengo la sensación de comprenderlo todo.»

Luego contempló las demás vitrinas que había en la sala. Algunas contenían otras obras maestras francesas, creadas por Jumeau y Steiner y otros fabricantes cuyos nombres jamás lograría retener, así como centenares de pequeñas muñecas francesas con caras redondas como la luna llena, boquitas pintadas de rojo y ojos rasgados. «Qué inocentes parecéis», murmuró Rowan. A continuación descubrió unas muñecas elegantemente vestidas, que lucían miriñaques y sofisticados sombreros.

Rowan hubiera permanecido horas allí, paseando por el museo y examinando vitrinas. Resultó mucho más interesante de lo que había imaginado. Además, allí reinaba un silencio reconfortante y a través de las ventanas se divisaba un maravilloso paisaje nevado.

Pero no estaba sola.

A través de los cristales de diversas vitrinas descubrió que Ash había bajado a reunirse con ella; estaba inmóvil, como si llevara un rato observándola. El cristal distorsionaba levemente su expresión. Al fin se movió, y Rowan dio un suspiro de alivio.

Ash se dirigió hacia ella, con pasos silenciosos, y Rowan vio que sostenía la maravillosa muñeca Bru.

—Toma, puedes cogerla si lo deseas —dijo Ash.

—Parece muy frágil —contestó Rowan.

—Es una muñeca.

Al sostener su cabeza en la palma de su mano izquierda, Rowan experimentó una extraña y poderosa sensación. Luego percibió el delicado sonido que produjeron los zarcillos al rozar el cuello de porcelana. Su cabello tenía al mismo tiempo un tacto suave y áspero, y la peluca presentaba numerosas zonas calvas.

A Rowan le entusiasmaron los diminutos dedos. Le encantaron las medias de encaje y las enaguas de seda, muy antiguas, desteñidas, que amenazaban con romperse si las tocaba.

Ash permaneció inmóvil, observándola con expresión sosegada, casi insultantemente atractivo, con el cabello canoso perfectamente cepillado y las manos, unidas como si rezara, apoyadas en la barbilla. Ahora, llevaba un traje de seda blanco holgado, muy moderno, probablemente italiano. La camisa era de seda negra y la corbata, blanca. Parecía la versión amable de un gángster, alto, esbelto, misterioso, luciendo unos enormes gemelos de oro y unos llamativos y costosos zapatos blancos y negros.

—¿Qué sensación te produce esa muñeca? —preguntó Ash con aire inocente, como si realmente deseara saberlo.

—Posee una virtud mágica —murmuró Rowan, temerosa de que su voz sonara más fuerte que la de él. Luego depositó la muñeca en sus manos.

—¿Una virtud mágica? —preguntó Ash, contemplando la muñeca y alisándole el pelo y las arrugas del vestido con unos breves y sencillos ademanes. Acto seguido la alzó en el aire y la besó, mirándola embelesado—. Una virtud mágica… —repitió—. Pero ¿qué sensación te produce?

—De tristeza —contestó Rowan, apoyando la mano

en la vitrina y observando una muñeca alemana, infinitamente más natural, que estaba sentada en una pequeña silla de madera. La tarjeta decía: MEIN LIEBLING. Era mucho menos decorativa y sofisticada. No tenía el aspecto de una coqueta, pero poseía una belleza radiante y, a su estilo, era tan perfecta como la Bru.

—¿Tristeza? —preguntó Ash.

—Sí, por una femineidad que he perdido, o que tal vez no he poseído nunca. No es que lo lamente, pero siento tristeza por algo con lo que quizá soñé de joven. No lo sé.

Luego, mirándolo a los ojos, Rowan añadió:

—No puedo tener más hijos. Mis hijos eran unos monstruos. Están enterrados juntos, debajo de un árbol.

Ash asintió con un ademán, mirándola con simpatía y comprensión. La expresión de su rostro era suficientemente elocuente, de modo que sobraban las palabras.

Rowan deseaba decir otras cosas, como que jamás había imaginado que existieran semejantes obras de arte en el universo de las muñecas, ni que éstas pudieran ser tan interesantes y diversas entre sí o estar dotadas de un encanto inmediato y sencillo.

Pero detrás de esas reflexiones, en el fondo de su corazón, pensaba fríamente: «Poseen una belleza triste, aunque no sé por qué, al igual que la tuya.»

Rowan pensó de pronto que si Ash intentaba besarla en aquellos momentos, ella cedería sin oponer la menor resistencia, que su amor por Michael no le impediría rendirse a ese impulso, aunque confiaba fervientemente en que a Ash no se le ocurriera semejante idea.

Rowan decidió no dar ocasión a que eso sucediera. Cruzó los brazos y se dirigió hacia otra zona inexplorada de la sala, que estaba presidida por las muñecas alemanas. Las vitrinas contenían una colección de niñas alegres y sonrientes, de labios abultados, vestidas con unos sencillos trajes de algodón. Pero Rowan ni siquiera se fijó en ellas. No podía dejar de pensar en que Ash estaba a sus espaldas, observándola. Sentía su mirada, percibía el leve sonido de su respiración.

Al cabo de unos minutos, Rowan se volvió. La mirada de Ash la desconcertó. Sus ojos expresaban sin disimulo una profunda emoción, un conflicto que se agitaba en su interior.

«Si lo haces, Rowan, perderás a Michael para siempre.» Luego bajó la mirada lentamente y se alejó con pasos suaves de él.

—Este lugar es mágico —dijo Rowan, sin volverse—. Pero tengo tantas ganas de conversar contigo, de conocer tu historia, que prefiero aplazar nuestra charla hasta mejor momento, cuando pueda saborearla.

—De acuerdo. Michael está despierto, supongo que ya habrá desayunado. ¿Por qué no subimos a reunirnos con él? Estoy dispuesto a pasar por el penoso trance de contaros mi historia.

Rowan observó a Ash mientras éste colocaba de nuevo la muñeca francesa en su vitrina de cristal, alisándole una vez más el pelo y la falda con movimientos rápidos y hábiles. Luego se besó las yemas de los dedos y las aplicó en la frente de la muñeca. Por último cerró la vitrina, giró la pequeña llave dorada y la guardó en el bolsillo.

—Sois mis amigos —dijo Ash, volviéndose hacia Rowan. Después extendió la mano y pulsó el botón de llamada del ascensor—. Creo que he empezado a amaros, lo cual es peligroso.

—No quiero que sea peligroso —respondió Rowan—. Me siento demasiado atraída hacia ti para dejar que nuestra relación nos cause problemas o nos hiera. Pero siento la curiosidad de saber algo, ¿significa eso, acaso, que estás enamorado de los dos?

—Por supuesto, de otro modo me hincaría de rodillas y te suplicaría que me permitieras hacerte el amor —contestó Ash. Luego añadió, bajando la voz—: Te seguiría hasta el fin del mundo.

Rowan se volvió y entró en el ascensor, ofuscada y con las mejillas ardiéndole. Antes de que las puertas del ascensor se cerraran, echó una última ojeada a las hermosas muñecas que estaban expuestas en las vitrinas de cristal.

—Lamento haberte dicho eso —se excusó Ash con timidez—. Ha sido deshonesto por mi parte primero decírtelo y luego negarlo, discúlpame.

—Estás disculpado —murmuró Rowan—. Me siento… muy halagada. ¿Es ésa la palabra adecuada?

—No, sería más justo decir «intrigada» o «fascinada», pero no creo que te sientas halagada. Amas a tu marido con tal vehemencia que cuando estoy junto a ti siento el fuego de tu pasión. Deseo ese fuego. Quiero que derrames tu luz sobre mí. Jamás debí pronunciar esas palabras.

Rowan no contestó. En realidad, no sabía qué decir. Sólo sabía que en estos momentos no podía concebir estar separada de Ash, ni creía que Michael tampoco pudiera. En cierto modo, era como si Michael necesitara a Ash más que ella misma, aunque Michael y ella todavía no habían tenido ocasión de hablar de esas cosas.

Cuando se abrieron las puertas del ascensor, Rowan se encontró en una amplia sala de estar con el suelo de mármol rosa y crema y unos confortables sillones de cuero, iguales a los del avión, aunque éstos fueran más grandes y de una piel más suave.

En esta ocasión se sentaron también alrededor de una mesa, más baja que la del avión, en la que había unas pequeñas fuentes con queso, nueces, fruta y distintas clases de pan.

A Rowan sólo le apetecía un gran vaso de agua fría.

Michael, vestido con una vieja chaqueta de mezclilla y con sus gafas de carey caladas, leía el *New York Times*.

Cuando Rowan y Ash tomaron asiento, Michael levantó la vista, dobló el periódico y lo dejó a un lado.

Rowan no quería que Michael se quitara las gafas; le daban un aire distinguido. De golpe Rowan sonrió al pensar que le gustaba tener a esos dos hombres junto a ella, uno a cada lado.

Durante unos segundos tuvo unas vagas fantasías de un *ménage à trois*, aunque sabía que esas cosas no funcionaban nunca e imaginaba que Michael jamás consentiría ni participaría en ello. En el fondo, era preferible dejar las cosas tal como estaban.

«Tienes otra oportunidad con Michael —pensó Rowan—. Sabes que la tienes, al margen de lo que él pueda pensar. No tires por la borda el único amor que te ha importado. Compórtate como una mujer adulta y ten paciencia, a fin de saborear el amor en sus múltiples facetas; trata de sosegar tu espíritu para que cuando aparezca de nuevo la felicidad, seas capaz de atraparla al vuelo.»

Michael se quitó las gafas, se reclinó en el sillón y apoyó un tobillo sobre la rodilla de la pierna contraria.

Ash se había instalado también cómodamente en el sillón.

«Formamos un triángulo —pensó Rowan—, y yo soy la única que enseño las rodillas y mantengo los pies bajo la mesa, como si tuviera algo que ocultar.»

Ese pensamiento la hizo sonreír. El aroma de café

la distrajo, y al bajar la vista vio sobre la mesa, al alcance de su mano, un bote de café y una taza.

Pero antes de que Rowan pudiera moverse, Ash se adelantó y le sirvió una taza de café. Estaba sentado a su derecha, más próximo a ella que en el avión. Todos estaban sentados más cerca los unos de los otros. Volvían a formar un triángulo equilátero.

—Deseo hablar con vosotros —dijo de pronto Ash. Juntó de nuevo las manos como si rezara y se estiró el labio inferior. Tenía el ceño levemente fruncido, pero luego la expresión de preocupación desapareció y dijo, con cierta tristeza—: Esto es muy difícil para mí, muy difícil, pero quiero hacerlo.

—Lo comprendo —respondió Michael—. Pero ¿por qué quieres hacerlo? Estoy impaciente por oír tu historia, pero ¿por qué te atormentas de este modo?

Ash reflexionó unos instantes. Rowan observó los pequeños signos de tensión en sus manos y su rostro.

—Porque quiero que me améis —respondió Ash con suavidad.

Rowan lo miró atónita, incapaz de articular palabra, y al mismo tiempo se sintió un poco triste.

Michael, en cambio, sonrió de forma franca y directa, como era habitual en él, y dijo:

—Entonces, cuéntanoslo todo, Ash. Anda, dispara.

Ash se echó a reír ante la ocurrencia. Luego, todos guardaron silencio, pero era un silencio amable.

A continuación, Ash empezó a relatar su historia.

25

Todos los Taltos nacen sabiendo numerosas cosas —hechos históricos, leyendas, ciertas canciones—, la necesidad de ciertos ritos, la lengua de la madre, así como las que se hablan en torno a ella, los conocimientos elementales de la madre y probablemente otros superiores que ésta posee.

Estas dotes básicas son similares a una inexplorada veta aurífera de una montaña. Ningún Taltos sabe cuánto podrá extraer de la memoria residual. Con esfuerzo, uno puede descubrir cosas realmente asombrosas en su mente. Algunos son incluso capaces de hallar el camino de regreso a Donnelaith, aunque nadie sabe por qué. Algunos se sienten atraídos hacia la remota costa septentrional de Unst, la isla que está situada en el extremo septentrional de Gran Bretaña, para contemplar, más allá de Burrafirth, el faro de Muckle Fluggs, en busca de nuestra tierra natal perdida.

La explicación de todo esto reside en la química cerebral. Sin duda se trata de una cuestión asombrosamente simple, pero no lograremos comprenderla hasta que no sepamos con exactitud por qué los salmones regresan al río donde han nacido para desovar, o por qué cierta especie de mariposas, cuando les llega el momento de reproducirse, se dirige a una pequeña zona del bosque.

Poseemos un oído superior al humano; los ruidos estruendosos nos hieren. La música puede llegar a paralizarnos, por lo que debemos ser muy prudentes con ella. Reconocemos al instante a otro Taltos por su olor; reconocemos a un brujo o a una bruja en cuanto los vemos, y su presencia siempre nos impresiona. Un brujo o una bruja es un ser humano al que los Taltos no podemos permitirnos el lujo de ignorar.

Pero entraré en más detalles sobre estas cuestiones a medida que vaya relatando mi historia. Antes de nada quiero decir que no poseemos, al menos que yo sepa, dos vidas, como creía Stuart Gordon, por más que se trate de una creencia muy difundida entre los seres humanos. Cuando exploramos nuestros recuerdos raciales más profundos, cuando nos aventuramos en el pasado, enseguida comprendemos que éstos no pueden ser los recuerdos de un solo individuo.

El joven Lasher era un ser que había vivido antes, sí. Un alma inquieta que se negaba a aceptar la muerte, cosa que lo llevó a reencarnarse de modo trágico y torpe, un error por el que pagaron otros.

En los tiempos del rey Enrique y la reina Ana, los Taltos fueron una mera leyenda en Escocia. Lasher no supo explorar los recuerdos con los que había nacido; su madre era humana, y él estaba empeñado en convertirse en un ser humano, como muchos otros Taltos.

Deseo precisar que, respecto a mí, la vida comenzó cuando todavía éramos un pueblo de la tierra perdida y Britania era una tierra fría e inhóspita. Nosotros conocíamos esa tierra, pero nunca nos dirigimos allí porque vivíamos en una isla de clima templado. Todos mis recuerdos constitutivos se referían a esa isla. Eran unos recuerdos alegres y soleados, desprovistos de preocupaciones, que con el tiempo se han ido desdibujando bajo el peso de los acontecimientos, bajo el peso de mi larga vida y mis reflexiones.

La tierra perdida se hallaba en el mar del Norte, frente a las costas de Unst, tal como he indicado, en un lugar donde por aquel tiempo la corriente del Golfo hacía que los mares que bañaban nuestras costas fueran templados.

Pero la tierra en la que realmente nos desarrollamos era, según creo recordar, nada menos que el gigantesco cráter de un inmenso volcán, con muchos kilómetros de diámetro, que ofrecía el aspecto de un fértil valle rodeado de escarpados pero hermosos riscos, un valle tropical dotado de innumerables géiseres y aguas termales que brotaban de la tierra y formaban pequeños riachuelos y grandes lagos de aguas límpidas. El ambiente se mantenía siempre húmedo, los árboles que crecían alrededor de nuestros pequeños lagos y ríos eran inmensos, y no menos gigantescas eran las plantas; la fruta de distintas variedades y colores —mangos, peras, melones—, se hallaba presente en grandes cantidades mientras que sobre los riscos crecían viñas y bayas silvestres, y la hierba era tupida e intensamente verde.

La fruta más exquisita era la pera, que es casi blanca. Los mejores productos del mar eran las ostras, las almejas y las lapas, que también son blancos. El fruto del árbol de pan tenía la pulpa blanca. Bebíamos la leche que nos proporcionaban las cabras, cuando conseguíamos atraparlas, aunque no fuese tan buena como la leche materna o la de las mujeres que ofrecían su néctar a quienes amaban.

Los vientos soplaban rara vez en el valle, puesto que quedaba al abrigo, a excepción de dos o tres desfiladeros, de la costa. Ésta era muy peligrosa, pues aunque el agua fuese más templada que en la costa de Britania, no dejaba de ser fría, y uno podía verse arrastrado por los fuertes vientos y morir ahogado. Cuando un Taltos deseaba morir, cosa que, según me han contado, sucedía en algunas ocasiones, se arrojaba al mar.

Creo, aunque nunca lo sabré con certeza, que la nuestra era realmente una isla, muy grande, pero en definitiva una isla. Los seres con el pelo completamente blanco tenían la costumbre de recorrerla toda, a lo largo de sus playas, para lo cual, según me han contado, necesitaban varios días.

Conocíamos el fuego, pues en las montañas había unos lugares donde surgía de la tierra. De algunos de esos lugares brotaba tierra ardiente, lava, que en forma de diminuto riachuelo se deslizaba hasta el mar.

Sabíamos cómo obtener fuego, cómo mantenerlo vivo, alimentarlo y hacer que durara. Lo utilizábamos para iluminar las largas noches de invierno, aunque desconocíamos su nombre y tampoco hacía frío. En ocasiones lo usábamos para preparar grandes festines, pero en la mayoría de los casos no era necesario. A veces incluíamos el fuego en el círculo, cuando se producía un parto. Bailábamos alrededor de él, y en ocasiones incluso jugábamos con él. Jamás presencié un incidente en el que alguien resultara herido a causa del fuego.

Ignoro cuán lejos son capaces los vientos de transportar las semillas, los pájaros, las ramas, los troncos de los árboles derribados, pero todo aquello que amaba el calor prosperaba en esa tierra, y allí es donde comenzamos.

De vez en cuando, uno de los nuestros nos contaba que había visitado las islas de Britania —conocidas actualmente como las Shetland o las Orkney—, e incluso la costa de Escocia. Nosotros las llamábamos las islas del invierno, o, más exactamente, las islas heladas. Eran unos relatos apasionantes. A veces, un Taltos caía al mar y conseguía alcanzar a nado la tierra del invierno, donde construía una balsa para regresar a casa.

Algunos Taltos se lanzaban al mar en unos precarios botes en busca de aventuras y, si no perecían ahogados, regresaban medio muertos de frío, jurando no volver jamás a la tierra del invierno.

Todo el mundo sabía que existían numerosos animales salvajes en aquella tierra, cubiertos de pelo, capaces de matarte si podían. Teníamos centenares de leyendas e ideas equivocadas y canciones sobre las nieves invernales y los osos de los bosques, así como del hielo que flotaba formando grandes masas en los lagos.

En contadas ocasiones, un Taltos cometía un delito. Éste o ésta copulaban sin permiso y engendraban un nuevo Taltos que, por algún motivo, no era bien acogido por los demás. O bien alguien hería deliberadamente a otro, el cual moría a consecuencia de las heridas. Sin embargo, eso sucedía muy rara vez. Lo sé porque me lo han contado, no por haberlo presenciado. Los culpables eran conducidos entonces a Britania a bordo de grandes embarcaciones para dejarlos morir allí.

No conocíamos el ciclo de las estaciones, pues en Escocia incluso el verano nos parecía terriblemente frío. Calculábamos el tiempo a partir de las fases lunares y, que yo recuerde, no sabíamos lo que era un año.

Por supuesto existía una leyenda que oiréis por doquier sobre una época anterior a la luna.

Se trataba del legendario tiempo anterior al tiempo, al menos eso creíamos, aunque nadie lo recordara.

Soy incapaz de precisar cuánto tiempo viví en esa tierra antes de que fuera destruida. Conocía el poderoso aroma de los Taltos que poblaban esa tierra, pero era tan natural como el aire. No fue hasta más tarde cuando ésta adquirió una característica singular, para señalar la diferencia entre los Taltos y los humanos.

Recuerdo el Primer Día, al igual que todos los Taltos. Nací, mi madre me acarició amorosamente, permanecí varias horas junto a mis padres, hablando con ellos, y luego me dirigí hacia los elevados riscos, justo debajo de la boca del cráter, donde se hallaban los Taltos de cabello blanco en animada conversación. Mi madre me amamantó durante muchos años. Era sabido que la leche de las mujeres se secaba si no permitían que otros la bebieran, así como que no volvía a aparecer hasta que parían de nuevo. Las mujeres no querían que se les secara la leche, y les gustaba que los hombres bebieran de sus pechos; el hecho de que succionaran sus pezones les proporcionaba un delicioso placer. Era costumbre yacer con una mujer y dejar que el acto de mamar, de una forma u otra, se convirtiera en la suprema expresión de amor. El semen de los Taltos era blanco, naturalmente, como el de los seres humanos.

Las mujeres, como es lógico, amamantaban a las otras mujeres, y se burlaban del hecho de que los pezones de los hombres no contuvieran leche. Pero nosotros defendíamos que nuestro semen, aunque no tuviese tan buen sabor, resultaba tan nutritivo y saludable como la leche de las mujeres.

Uno de los juegos preferidos de los varones era hallar a una hembra sola, abalanzarnos sobre ella y succionar su leche, hasta que los otros oían sus protestas y nos obligaban a dejarla tranquila. Pero a nadie se le hubiera ocurrido crear otro Taltos con esa mujer. Y, si realmente ella no quería que bebiéramos la leche de sus pechos, al cabo de un rato nos deteníamos.

De vez en cuando, las mujeres asaltaban también a sus compañeras con objeto de beber su leche. La belleza tenía mucho que ver con la poderosa atracción que ejercían ciertas mujeres sobre quienes perseguían ese placer, al igual que la personalidad; cada cual poseía su propia personalidad, aunque el buen humor casi siempre fuese común a todos nosotros.

Teníamos nuestros usos y costumbres, pero no recuerdo que existieran leyes.

Los Taltos morían siempre a causa de un accidente. Dado nuestro carácter aventurero y temerario, muchos Taltos morían al despeñarse, al tragarse el hueso de un melocotón o al ser atacados por un roedor salvaje, lo cual producía una hemorragia imposible de detener. Los Taltos jóvenes rara vez se partían un hueso, pero cuando su piel perdía la tersura propia de la infancia, les crecían en la cabeza unas canas y a partir de aquel momento se exponían a caer de un risco y matarse. Era durante esa época, según creo recordar, cuando la mayoría de los Taltos morían. Éramos un pueblo de gente de cabello blanco, rubio, pelirrojo o moreno. Muy pocos tenían el pelo castaño, y, por supuesto, los jóvenes superaban en número a los ancianos.

En ocasiones se extendía por el valle una plaga que diezmaba la población. Las historias sobre la plaga son las más tristes que he oído relatar.

Ignoro qué tipo de plaga era. Según parece, las que matan a los seres humanos no nos afectan a nosotros.

Sin embargo, recuerdo la época de la plaga, y también recuerdo haber atendido a los enfermos. Nací sabiendo cómo conseguir fuego y transportarlo hasta el valle. Sabía cómo hacer fuego a fin de no tener que ir a buscarlo, aunque el método más sencillo fuese arrebatárselo a otro. Nací sabiendo cómo cocinar almejas y lapas sobre el fuego. Sabía preparar una pasta negra con las cenizas del fuego para utilizarla después como pintura.

Pero volvamos al tema de la muerte. El concepto del asesinato no existía entre nosotros. Nadie creía que un Taltos tuviera el poder de matar a otro. Si te peleabas con otro y lo arrojabas de un risco, y éste moría, todos creían que había sido un «accidente». Nadie te acusaba de haberlo asesinado, aunque podían acusarte de temeridad y expulsarte del valle.

Los Taltos de pelo blanco que se entretenían relatando historias y leyendas vivían más tiempo que los otros, pero nadie los consideraba viejos. Si se acostaban una noche y al día siguiente no se despertaban, se suponía que habían muerto a causa de un golpe provocado por un accidente imprevisto. Los Taltos de pelo blanco solían tener la piel muy oscura, y tan fina que casi podía verse fluir la sangre por sus venas. Muchos de ellos habían perdido su aroma. Aparte de eso, desconocíamos el significado de la vejez.

Ser viejo significaba conocer las historias más largas e interesantes, poder relatar un sinfín de fábulas y leyendas sobre Taltos ya desaparecidos.

En esas ocasiones las historias eran recitadas en verso libre, o bien cantadas, o simplemente narradas con gran profusión de imágenes y ritmos, fragmentos de melodías y risas. La narración de esas historias constituía una experiencia maravillosa, era la faceta espiritual de la vida.

En cuanto a la vertiente material de la vida, no estoy seguro de que existiera, al menos en sentido literal. No existía la propiedad, excepto con relación a los instrumentos musicales o los pigmentos para pinturas, pero incluso esas cosas las compartíamos con nuestros compañeros. Todo resultaba muy sencillo.

De vez en cuando aparecía una ballena muerta en nuestras costas, y cuando su carne ya se había descompuesto cogíamos los huesos para fabricar con ellos objetos diversos, mejor dicho, juguetes. Nos divertíamos cavando hoyos en la arena, o arrancando piedras de la ladera y dejándolas rodar cuesta abajo. También disfrutábamos tallando unas figuritas y unos aros con los huesos de las ballenas, con ayuda de una piedra afilada o un hueso.

Pero narrar historias, ¡ah!, eso requería una respetable dosis de talento y memoria; no bastaba con evocar los recuerdos que uno conserva en la mente, sino que era preciso incluir los recuerdos que otros ya habían contado.

¿Comprendéis adónde quiero ir a parar? Nuestras ideas sobre la vida y la muerte se basaban en esas ideas y condiciones especiales. La obediencia era una virtud natural en los Taltos; mostrarse conforme, también. No existían rebeldes ni visionarios, hasta que la sangre de los humanos se mezcló con la nuestra.

Existían muy pocas mujeres con el cabello blanco, quizá una por cada veinte hombres. Esas mujeres eran muy solicitadas, pues su fuente se había secado, como la de Tessa, y no quedaban preñadas cuando se entregaban a los hombres.

Por regla general, muchas mujeres morían al dar a luz, aunque nadie lo dijese en aquella época. Los partos las debilitaban y si una mujer no fallecía al cuarto o quinto parto, al cabo de un tiempo se quedaba dormida y moría. Muchas mujeres no querían parir, o sólo lo hacían una vez.

La copulación de una pareja de auténticos Taltos siempre daba como fruto un hijo. No fue hasta más tarde, al mezclarnos con los humanos, que las mujeres se secaron como Tessa tras padecer repetidas hemorragias. Pero los Taltos poseen orígenes humanos y comparten numerosos rasgos que detallaré más adelante con ellos. Quién sabe, es posible que Tessa tuviera hijos. Todo es posible.

Generalmente, las mujeres deseaban copular con los hombres, aunque no sentían deseos de hacerlo hasta al cabo de un tiempo de haber nacido. Los hombres deseaban hacerlo constantemente, porque gozaban con ello. Sin embargo, todos sabían que cuando un hombre y una mujer copulaban, de esa unión nacía un niño tan alto o más que su madre, de modo que nadie lo hacía simplemente por diversión.

Cuando sólo deseaban divertirse, los Taltos hacían el amor con una mujer de diversas formas, o con un hombre; o yacían con las bellezas de cabello blanco, simplemente para gozar. O bien un varón era solicitado por varias vírgenes, ansiosas de que les hiciera un hijo. Asimismo, se divertían tratando de hallar a una mujer capaz de parir seis o siete hijos sin menoscabo en su salud; o a una joven que, por motivos que nadie conocía, fuese estéril. El acto de succionar los pezones de esas mujeres constituía una exquisito placer; hacerlo en grupo todavía procuraba mayor goce, pues la mujer que ofrecía sus pechos solía caer en un sensual trance. De hecho, las mujeres experimentaban un intenso placer y solían alcanzar el orgasmo sin necesidad de ningún otro tipo de contacto físico.

No recuerdo que se produjeran violaciones; ni tampoco ejecuciones. No recuerdo que los rencores duraran mucho tiempo.

Sí recuerdo, en cambio, súplicas y discusiones, e incluso alguna que otra violenta disputa a propósito de un compañero o una compañera, pero siempre dentro de los límites de los cantos o las palabras.

No recuerdo a gente malhumorada o cruel. No recuerdo a individuos incivilizados. Es decir, todos poseíamos ya al nacer los conceptos de amabilidad, bondad y del valor de la felicidad. Amábamos el placer y deseábamos que los otros lo compartieran con nosotros, pues ello contribuía a garantizar la satisfacción de la tribu.

Los hombres solían enamorarse profundamente de las mujeres, y viceversa. La pareja conversaba durante días y noches, hasta que decidía unirse. También podía discutir por algún motivo, lo cual impedía que se consumara la unión.

Nacían más mujeres que varones. Al menos, eso decían, aunque nadie se dedicara a controlarlo. Yo creo que nacían más mujeres, pero también morían con más facilidad que los hombres. Supongo que ése era uno de los motivos por el que los hombres se comportaban con tanta ternura con las mujeres: sabían que corrían el riesgo de morir antes que ellos. Las mujeres transmitían la fuerza de sus cuerpos; las mujeres de espíritu sencillo estaban muy solicitadas, siempre alegres y contentas ante la vida sin temor a parir. En resumen, las mujeres poseían un temperamento más infantil, aunque los hombres también eran sencillos e ingenuos.

Las muertes por accidente eran inevitablemente seguidas por una cópula ceremonial y la sustitución del individuo que había muerto. A las épocas de plagas les sucedía siempre un período de orgías desenfrenadas, pues la tribu deseaba repoblar cuanto antes su territorio.

No existía escasez. Nuestra tierra no padecía problemas de aglomeración. La gente no se peleaba por la fruta, los huevos o la leche de los animales. Había gran abundancia de todo. Vivíamos en un paraje precioso de clima templado, y nos dedicábamos a actividades diversas, a cual más agradable.

Era el paraíso, el Edén, la época dorada a la que se han referido todos los pueblos de la Tierra, anterior a aquella otra en que se enojaron los dioses, antes de que

Adán mordiera la fatídica manzana, una época de felicidad y abundancia. Lo recuerdo perfectamente. Yo estaba allí.

No recuerdo ningún concepto relativo a las leyes.

Recuerdo ritos, bailes, cánticos, gente formando círculos, cada uno de los cuales se movía en sentido contrario al círculo que alojaba en su interior, y recuerdo a hombres y mujeres que tocaban la gaita y el tambor, e incluso unas pequeñas arpas fabricadas con conchas. Recuerdo a un grupo de individuos, entre los que me encontraba yo, que recorrían con antorchas los riscos más escarpados simplemente para comprobar quién era capaz de hacerlo sin despeñarse.

Recuerdo que algunos Taltos eran aficionados a pintar, arte que practicaban tanto en los peñascos como en las cuevas que rodeaban el valle, y que a veces emprendíamos una excursión de un día para visitar las cuevas.

Cada pintor mezclaba sus colores con tierra o con su propia sangre; también podía hacerlo con la sangre de una pobre cabra u oveja que se hubiera despeñado o con otras sustancias naturales.

Recuerdo que en ocasiones la tribu se reunía en el valle para formar un sinfín de círculos, aunque ignoro el motivo de dicha reunión.

Otras veces formábamos pequeños círculos aislados para constituir una cadena de memoria según los recuerdos que conservábamos en nuestra mente, no como lo ha descrito Stuart Gordon.

Uno preguntaba: «¿Quién recuerda lo que sucedió hace mucho, mucho tiempo?» Y alguien comenzaba a relatar una historia que le habían contado al nacer sobre unos Taltos de cabello blanco que habían muerto tiempo atrás. Relataba esas historias tal como las recordaba, presentándolas como si fueran las más antiguas, hasta que otro alzaba su voz y narraba una historia todavía más antigua.

Después intervenían otros para relatar sus primeros recuerdos; la gente discutía acerca de un dato o añadía otros a fin de ampliar las historias que narraban sus compañeros. Al fin, entre todos conseguíamos formar una secuencia de hechos, rigurosos y pormenorizados.

Esas fascinantes secuencias recogían una dilatada época jalonada de acontecimientos que se vinculaban entre sí por la visión o la actitud de un individuo. Era una experiencia muy especial, y constituía nuestro mejor logro mental, aparte de la música y el baile.

Esas secuencias no solían ser espectaculares. Lo que nos interesaba era el sentido del humor, una pequeña excentricidad y, por supuesto, todo lo que fuera bello. Nos encantaba hablar de cosas bellas. Cuando nacía una mujer pelirroja, lo considerábamos un maravilloso acontecimiento.

Si un hombre era más alto que el resto, también lo considerábamos una magnífica cualidad. Si una mujer estaba dotada para el arpa, ésta era también una magnífica cualidad. Los accidentes trágicos los recordábamos tan sólo por un tiempo breve. Existían ciertas historias sobre visionarios —quienes afirmaban oír voces y adivinar el futuro—, pero no eran frecuentes. Existían fábulas sobre la vida de un músico o un pintor, o una mujer pelirroja, o un constructor de barcos que había emprendido una travesía a Britania, arriesgando su vida, y a su regreso había explicado sus aventuras. Había historias sobre hombres y mujeres de gran belleza que nunca habían copulado, y que precisamente por ello eran muy admirados y solicitados.

Esos juegos mnemotécnicos solíamos practicarlos durante los días más largos del año, es decir, aquellos en que apenas había tres horas de oscuridad. Teníamos cierto sentido de las estaciones a través de la luz y la oscuridad, pero no era ése un tema que nos preocupara, puesto que ni los largos días estivales ni los cortos días de invierno influían en nuestras vidas. Así pues, no nos regíamos por las estaciones; no calculábamos el tiempo que duraba la luz y la oscuridad. Jugábamos y retozábamos más durante los días más largos, pero por lo demás, apenas le concedíamos importancia. Los cortos días de invierno eran tan templados como los estivales; las cosas crecían con idéntica profusión. Nuestros géiseres nunca se enfriaban.

Sin embargo, esta cadena de memoria, ese ritual de contar historias y recuerdos, ha adquirido gran importancia para mí por lo que llegó a representar más tarde. Tras emigrar a la tierra helada, ése era el sistema que empleábamos para conocernos a nosotros mismos y averiguar quiénes éramos. Era crucial para nosotros, que luchábamos para sobrevivir en las tierras altas de Escocia. Nosotros, que no disponíamos de ningún tipo de escritura, almacenábamos todos nuestros conocimientos en la memoria.

Luego, en la tierra perdida, se convertía en un excelente pasatiempo, un juego divertido.

El acontecimiento más serio para nosotros era el nacimiento. Nunca la muerte —que era frecuente, accidental y triste, aunque intrascendente—, sino el nacimiento de una nueva persona.

Cualquiera que no se tomara eso en serio era tildado de estúpido.

Para que se produjera un acoplamiento, los guardianes de la mujer debían consentirlo, y los hombres dar su autorización a un determinado varón.

Era sabido que los hijos siempre se parecían a sus

padres, que crecían y se desarrollaban de forma inmediata, y que poseían características de uno de sus progenitores, o de ambos. Los hombres se oponían enérgicamente a que una mujer copulara con un varón de aspecto físico debilucho, aunque todo el mundo tenía derecho a copular al menos una vez.

En cuanto a la mujer, lo importante era que comprendiera los riesgos que entrañaba el hecho de tener un hijo. Le advertían que sufriría dolores indecibles, que su cuerpo se debilitaría, que tras el parto podría padecer una hemorragia y que incluso podía morir en el momento de nacer la criatura, o al cabo de unos días.

Se consideraba que ciertas combinaciones físicas eran más propicias que otras. De hecho, ése era el motivo de lo que podríamos llamar nuestras disputas. Nunca eran sangrientas, pero sí muy escandalosas. Cuando se peleaban, los Taltos gritaban, pataleaban y se injuriaban en una lengua que hablaban a gran velocidad, hasta que el contrincante acababa agotado e incapaz siquiera de razonar.

En ocasiones excepcionales nacía un varón o una hembra tan perfecto de cuerpo y de rostro, tan alto y bien proporcionado, que era un honor copular con éste o ésta para tener un hijo tan perfecto como su padre o su madre. A tal fin, se organizaban juegos y torneos.

Pero éstas son las únicas cosas dolorosas o duras que recuerdo, tal vez porque las únicas veces que me sentí desesperado fue cuando participé en esos juegos, y no deseo extenderme en ello. Por otra parte, abandonamos esos ritos cuando nos trasladamos a la tierra helada. A partir de aquel momento tuvimos que enfrentarnos a numerosos contratiempos y desgracias.

Una vez que la pareja había obtenido el permiso para su unión carnal —recuerdo una ocasión en que

pedí permiso a veinte personas y, tras discutir y pelear-
me con ellas, me hicieron aguardar su respuesta durante
varios días—, la tribu formaba multitud de círculos, que
se extendían hasta el fondo del valle; muchas personas se quejaban de estar demasiado alejadas y no poder
contemplar bien el espectáculo.

Los tambores empezaban a sonar y se abría el baile. Si era de noche, aparecían las antorchas. La pareja se
abrazaba, entre besos y caricias, prolongando los juegos
amorosos hasta que llegaba el momento culminante.
Era una celebración muy larga. Si los juegos prelimina-
res duraban una hora, era maravilloso, si duraban dos,
el goce era sublime. Muchos eran incapaces de prolon-
gar los juegos amorosos más allá de media hora. Sea
como fuere, cuando llegaba el momento de consumar el
acto, la pareja también procuraba prolongarlo durante
el mayor tiempo posible. ¿Cuánto? No lo sé. Creo que
más de lo que podían resistir los humanos o los Taltos
hijos de humanos. Quizá una hora; tal vez más.

Cuando la pareja se separaba y ambos yacían pos-
trados en el suelo, extenuados, era porque el nuevo Taltos estaba a punto de nacer. El vientre de la madre se
hinchaba hasta adquirir unas dimensiones increíbles. El
padre ayudaba entonces a extraer a la inmensa y grotesca criatura del vientre de la mujer y le procuraba calor
entre sus manos. Luego, la entregaba a la madre para
que ésta le diera de mamar.

Todos se aproximaban para contemplar el milagro,
pues ese niño, que irrumpía en su vida como un ser que
ya medía entre sesenta y noventa centímetros, extremadamente delgado, delicado y frágil, empezaba a desarrollarse en el acto. Durante los siguientes quince minutos,
o menos, crecía hasta alcanzar la altura de un adulto. El
cabello le crecía también a una velocidad vertiginosa, al

igual que sus dedos; los delicados huesos de su cuerpo, flexibles y resistentes, sustentaban su cuerpo gigantesco. La cabeza alcanzaba un tamaño tres veces mayor al que ostentaba en el momento de nacer.

La madre yacía como si estuviera muerta, medio dormida, mientras el niño, tendido junto a ella, le hablaba. A veces, en lugar de caer dormida hablaba con su hijo y le cantaba, aunque se sintiese aturdida y mareada, y hacía que el niño le recitara sus primeros recuerdos, a fin de que no los olvidara jamás.

A veces olvidamos.

Somos muy capaces de olvidar. El hecho de contar nuestros recuerdos nos ayuda a memorizarlos, a retenerlos en nuestra memoria. Contarlos equivale a combatir nuestra terrible soledad, fruto del olvido, la temible ignorancia, la tristeza de no recordar. Al menos, eso pensábamos.

La criatura, ya fuese varón o hembra, y la mayoría de las veces era hembra, proporcionaba una gran alegría a la tribu. Para nosotros ese dato significaba más que el hecho de que hubiera nacido un ser. Significaba que la vida de la tribu era excelente, y que ésta perduraría.

Por supuesto, jamás lo pusimos en duda, pero corrían ciertas leyendas que sostenían que no siempre había sido así, que en ciertas épocas las mujeres habían copulado y habían parido unos hijos enclenques, o bien no habían quedado preñadas, y que la tribu había disminuido hasta casi extinguirse. Las epidemias de peste esterilizaban a las mujeres, y a veces también a los hombres.

Los niños que nacían eran amados y atendidos por ambos padres, aunque en el caso de las hembras, éstas eran conducidas a un lugar habitado sólo por mujeres. En general, los hijos constituían un vínculo entre el hombre y la mujer. Éstos no pretendían amarse de una forma distinta o en privado. Teniendo en cuenta lo que para nosotros significaba el parto, el concepto del matrimonio o la monogamia, así como la conveniencia de permanecer con una sola mujer, nos parecían ideas aburridas, peligrosas y absurdas.

Sin embargo a veces podía suceder que un hombre y una mujer se amaran tanto que no quisieran separarse, aunque no recuerdo que eso me ocurriera a mí. Nada se interponía entre el deseo de frecuentar a una mujer o a un hombre; el amor y la amistad no eran unos conceptos románticos, sino puros.

Hay muchos otros aspectos de la vida de los Taltos que os podría describir, como la clase de canciones que cantábamos, la naturaleza de nuestras disputas, las cuales poseían sus propias reglas, el tipo de lógica que imperaba entre nosotros, y que seguramente os parecería extraño, así como las torpezas y errores que cometían los jóvenes Taltos. En la isla había unos pequeños animales mamíferos —muy parecidos a los monos—, pero no se nos ocurría cazarlos ni devorarlos; una idea tal nos habría parecido intolerable.

Podría describir también los distintos tipos de viviendas que construíamos y los escasos adornos que lucíamos —no llevábamos ropa, pues no lo necesitábamos ni nos gustaba cubrir nuestro cuerpo con materias impuras—; podría describir nuestras embarcaciones, que eran muy rudimentarias, y mil cosas más.

A veces nos acercábamos con sigilo al lugar donde vivían las mujeres, para verlas abrazadas, haciendo el amor. Cuando descubrían nuestra presencia, nos echaban de allí. Había unos lugares en los riscos, grutas y cuevas, pequeños nichos próximos a manantiales, que se habían convertido en auténticos santuarios donde hacían el amor tanto hombres con hombres, como mujeres con otras mujeres.

Resultaba imposible aburrirse en aquel paraíso. Existían numerosas actividades. Podíamos retozar durante horas en la playa o nadar en el mar, si nos atrevíamos. Recogíamos huevos, fruta, cantábamos, bailábamos. Los pintores y los músicos eran muy laboriosos, y también había constructores de barcos y de chozas.

La astucia y el ingenio eran cualidades muy apreciadas entre nosotros. A mí me consideraban muy listo, pues notaba ciertas cosas que a mis compañeros les pasaban inadvertidas, como por ejemplo que ciertos moluscos que habitaban en las charcas de agua templada se desarrollaban más deprisa cuando el sol brillaba sobre ellas, y que algunas setas eran más abundantes en los días oscuros. Me gustaba inventar artilugios, como un tosco elevador fabricado con parras y unas cestas hechas con ramas por medio del cual transportábamos la fruta desde la copa del árbol hasta el suelo.

Sin embargo, aunque mis compañeros admiraran mi inteligencia, no renunciaban a burlarse de mí. En el fondo, opinaban que los instrumentos que yo inventaba no eran imprescindibles.

El trabajo fatigoso era impensable. Cada día que amanecía ofrecía multitud de posibilidades. Nadie dudaba de la perfecta bondad del placer.

El dolor era malo.

Ése era el motivo por el que el parto nos infundía a todos un gran respeto, pues sabíamos que a las mujeres les producía un intenso sufrimiento. Debo precisar que las mujeres Taltos no eran esclavas de los hombres. Muchas eran tan fuertes como los machos, y estaban dotadas de unos brazos tan largos y unos cuerpos tan ágiles como los de sus compañeros. Las hormonas que poseían creaban una química totalmente distinta.

El parto, en el cual se mezclaban el dolor y el placer, constituía el misterio más trascendente para nosotros; en realidad, el único misterio trascendente que existía en nuestras vidas.

Ahora ya conocéis lo que deseaba que supierais. El nuestro era un mundo en el que reinaba la armonía y la felicidad, un mundo en el que existía un gran misterio y muchas cosas maravillosas.

Era el paraíso, y jamás ha existido un Taltos, aunque por sus venas corriera sangre humana procedente de un linaje corrupto, que no recordara la tierra perdida, así como la época en que reinaba la armonía. Ni uno solo.

Estoy convencido de que Lasher lo recordaba. Y también Emaleth.

Llevamos la historia del paraíso en la sangre. Podemos verlo, oímos los cánticos de los pájaros, sentimos el calor de los manantiales volcánicos. Percibimos el sabor de la fruta, oímos las canciones; alzamos la voz y cantamos. Y, por tanto, sabemos algo que los humanos sólo imaginan: que el paraíso puede existir de nuevo en la Tierra.

Antes de referirnos al cataclismo y a la tierra del invierno, permitidme añadir una cosa.

Creo que entre nosotros existían individuos malvados, capaces de cometer actos violentos. Estoy convencido de ello. Probablemente fuesen incluso capaces de matar. Es lógico que existieran. Pero nadie quería hablar de ello. Jamás se incluían esas cosas en los relatos. Por consiguiente, no teníamos una historia de episodios sangrientos, de violaciones, de conquistas de un grupo de individuos por otro. La violencia nos horrorizaba.

Ignoro el sistema que se empleaba en nuestra tierra

para impartir justicia. No teníamos unos líderes en el sentido estricto de la palabra; sólo había un grupo de individuos sabios que formaban una élite, por decirlo así, y a los cuales recurríamos en busca de ayuda o consejo.

Otro motivo que me hace suponer que se cometieron actos violentos, es que poseíamos unos conceptos muy definidos sobre el Dios Bondadoso y sobre el Maligno. Naturalmente, el Dios Bondadoso era un ser masculino o femenino —esta deidad no estaba dividida— que nos había proporcionado la tierra, el sustento y el placer; y el Maligno había creado la inhóspita tierra helada. El Maligno gozaba con los accidentes que provocaban la muerte de los Taltos; de vez en cuando, conseguía apoderarse de un Taltos, aunque no era frecuente.

Ignoro si existían otros mitos y leyendas sobre esta vaga religión. Nuestros ritos religiosos no implicaban sacrificios cruentos para aplacar a los dioses. Adorábamos al Dios Bondadoso con canciones, poesías y bailes que ejecutábamos en un círculo. Cuando danzábamos al engendrar un hijo, siempre nos sentíamos unidos al Dios Bondadoso.

Recuerdo con frecuencia las canciones que cantábamos. A veces, por las tardes, cuando salgo a pasear por las calles de Nueva York, solo entre la multitud, canto las canciones que recuerdo y percibo de nuevo el aroma y el sabor de la tierra perdida, el sonido de los tambores y las gaitas, y veo a los hombres y las mujeres bailando en el círculo. Eso sólo se puede hacer en Nueva York, donde nadie se fija en ti. Es muy divertido.

En ocasiones, cuando recorro las calles de esta ciudad, se me acercan algunas personas que están canturreando, o murmurando en voz alta, para charlar unos minutos conmigo. Luego se alejan tranquilamente. En otras palabras, los locos de Nueva York me aceptan. Y aunque todos estamos solos, durante aquellos breves momentos gozamos de nuestra mutua compañía. Es el submundo de la ciudad.

Después, me apeo del coche y reparto abrigos y bufandas de lana entre los necesitados. A veces envío a Remmick, mi mayordomo. En ocasiones, cuando nieva instalamos a los mendigos y vagabundos en el vestíbulo del edificio para que pasen allí la noche. Les proporcionamos sopa caliente y mantas para abrigarse. Sin embargo, cuando empiezan a pelearse entre sí y uno acuchilla a otro, tenemos que arrojarlos de nuevo a la calle.

Eso me hace recordar otro problema que nos afectaba en la tierra perdida. Casi lo había olvidado: algunos Taltos se sentían atrapados por la música y no podían escapar a ella. Quedaban atrapados por las melodías que interpretaban sus compañeros, de tal forma que no lograban liberarse hasta que éstos dejaban de tocar o cantar. Otras veces quedaban atrapados en sus propias canciones, y seguían cantando hasta caer muertos; o bien bailaban hasta morir de agotamiento.

Con frecuencia me entretenía durante horas cantando y bailando, pero siempre conseguía despertarme de esos trances ya que, o bien la música tocaba a su fin, o yo me cansaba o perdía el ritmo. En cualquier caso, jamás corrí el peligro de morir de agotamiento, como les había sucedido a otros compañeros.

Todos creían que los Taltos que morían mientras bailaban o cantaban iban al cielo, con el Dios Bondadoso.

Pero nadie hablaba de ello. La muerte nos resultaba extremadamente desagradable, y las cosas desagradables era mejor olvidarlas. Ése era uno de nuestros principios básicos.

Cuando estalló el cataclismo, ya habían pasado muchos años desde mi nacimiento. No sé exactamente cuántos; quizá treinta o cuarenta.

El cataclismo fue un fenómeno natural. Más tarde los hombres dijeron que los soldados romanos y los pictos nos habían arrojado de nuestra tierra. Es mentira. Los únicos seres que había en nuestra tierra éramos nosotros. Jamás la pisó un humano.

Un violento terremoto hizo que nuestra tierra se pusiera a temblar y se desintegrase. Todo comenzó con un murmullo acompañado de una leve sacudida, mientras unas nubes de humo cubrían el cielo. Los géiseres abrasaban a nuestras gentes. Los lagos estaban tan calientes, que no podíamos beber su agua. La tierra no cesaba de estremecerse día y noche.

Muchos Taltos murieron, así como los peces de los arroyos, y los pájaros abandonaron los riscos. Hombres y mujeres huyeron despavoridos en busca de un lugar apacible, pero no lo hallaron y tuvieron que regresar.

Al fin, tras haberse producido innumerables muertes, todos los miembros de la tribu comenzaron a construir botes y piraguas para trasladarse a la tierra helada. No quedaba otra opción. Debíamos abandonar nuestra tierra si no queríamos perecer.

No sé cuántos Taltos permanecieron en nuestra tierra, ni cuántos lograron escapar.

Día y noche la gente trabajaba con ahínco en la construcción de unas embarcaciones para salir de allí. Los sabios ayudaban a los ingenuos —así era como distinguíamos a los viejos de los jóvenes—, y hacia el décimo día, según mis cálculos, partí con dos de mis hijas, dos hombres a quienes amaba y una mujer.

Fue en la tierra del invierno, una tarde que contemplé cómo mi tierra natal se hundía en el mar, cuando se inició realmente la historia de mi pueblo.

A partir de aquel momento comenzaron las desgracias y tribulaciones, los sufrimientos, y apareció nuestro primer concepto del valor y el sacrificio. Fue el origen de todas esas cosas que los seres humanos consideran sagradas, y que sólo pueden surgir de las dificultades, el esfuerzo y la creciente idealización de la dicha y la perfección, cuestiones que sólo consiguen prosperar en nuestra mente cuando hemos perdido el paraíso.

Desde un acantilado contemplé cómo el gran cataclismo hallaba su culminación; desde allí pude ver cómo nuestra tierra se desintegraba y se hundía en el mar, y cómo las diminutas siluetas de los Taltos desaparecían con ella. Fue desde allí que vi las gigantescas olas romper contra los riscos y las colinas e invadir los recónditos valles y bosques.

El Maligno había triunfado, dijeron los que se hallaban conmigo. Por primera vez, las canciones que entonamos y las historias que recitamos se convirtieron en un auténtico lamento.

Debió ser hacia finales de verano cuando huimos a la tierra helada. Reinaba un frío polar. El agua que bañaba las costas estaba tan helada que nos cortaba la respiración. Comprendimos de inmediato que nunca llegaría a templar.

Pero no estábamos preparados para el crudo invierno que imperaba en aquella región. La mayoría de los Taltos que consiguieron escapar de la tierra perdida, perecieron durante el primer invierno. Los escasos supervivientes nos afanábamos en copular y engendrar hijos a fin de restablecer la tribu. Y, como no sabíamos que el invierno volvería a presentarse, fueron muchos los Taltos que murieron el siguiente invierno.

No empezamos a comprender el ciclo de las estaciones hasta el tercer o cuarto año.

Durante aquellos primeros años se instaló entre nosotros la superstición; circulaban toda clase de hipótesis acerca de por qué habíamos sido expulsados de la tierra perdida, por qué la nieve y el viento habían tratado de aniquilarnos y sobre la razón de que el Dios Bondadoso se hubiera vuelto contra nosotros.

Mi afición a observar las cosas y crear artilugios me convirtió en líder indiscutible de la tribu. Pero todos aprendimos rápidamente a defendernos del frío por medio de pieles de oso y otros grandes animales, a refugiarnos en unos hoyos subterráneos en vez de hacerlo en cuevas, puesto que ofrecían más calor, y a cavar nuestras madrigueras con cuernos de antílopes muertos, para cubrirlas después con troncos de árboles y con piedras.

Pronto aprendimos el arte de encender fuego, pues en la nueva tierra éste no surgía de la roca. Varios Taltos, a lo largo de distintas épocas, inventaron diversos tipos de ruedas, y con ellas construíamos carretas para transportar la comida y a los enfermos;

Poco a poco, los que conseguimos sobrevivir todos los inviernos en la tierra helada empezamos a aprender cosas muy útiles y prácticas, que enseñábamos a los jóvenes. Por primera vez comprendimos la importancia de prestar atención a todo cuanto nos rodeaba. Parir y amamantar a un niño se convirtió en un medio de subsistencia. Todas las mujeres parían al menos una vez, a fin de contrarrestar la elevada tasa de mortalidad que arrojaba nuestra tribu.

De no haber sido la vida tan dura para nosotros,

habríamos considerado aquellos años como una época de gran placer creativo. Podría describiros los numerosos descubrimientos que hicimos.

Baste decir que éramos un pueblo de cazadores y agricultores muy primitivo, aunque no comíamos la carne de los animales a menos que estuviéramos famélicos, y que nuestro progreso seguía un curso bastante errático, muy distinto al de los seres humanos.

Nuestro desarrollado cerebro, nuestra gran capacidad verbal, nuestra extraña mezcla de intuición e inteligencia nos hizo, en muchos aspectos, a la vez más listos y más torpes, más perspicaces y más imprudentes.

Por supuesto, entre nosotros estallaban numerosas disputas a consecuencia de la escasez de alimentos o de disparidad de criterio sobre si tomar este o aquel camino o cazar determinados animales. Algunos pequeños grupos se independizaron del grupo central para seguir un camino propio.

Yo me había acostumbrado al papel de líder y no permitía que nadie discutiera mis decisiones. Me llamaban simplemente por mi nombre, Ashlar, puesto que los títulos no eran necesarios entre nosotros. Ejercía una gran influencia sobre mis compañeros, y me aterraba la idea de que se perdieran, murieran devorados por algún animal salvaje o lucharan entre sí y se hirieran. Las batallas y las disputas estaban a la orden del día.

Cada invierno que pasaba adquiríamos mayores conocimientos y aptitudes. Cuando seguíamos a los animales hacia el sur, o nos desplazábamos en esa dirección por instinto o por azar, llegábamos a unas tierras más cálidas, donde el verano duraba mucho tiempo. Fue en aquella época cuando comenzamos a sentir un gran respeto, y experimentar una gran dependencia por las estaciones del año.

Montábamos caballos salvajes por diversión, por deporte, pero no creíamos que pudieran ser domados. Nos conformábamos con los bueyes para tirar de las carretas, que al principio, arrastrábamos nosotros mismos.

Esas vicisitudes nos condujeron al período religioso más intenso de nuestra existencia. Yo invocaba el nombre del Dios Bondadoso cada vez que estallaba el caos, a fin de restablecer el orden en nuestras vidas. Las ejecuciones, por lo general, se llevaban a cabo dos veces al año.

Podría escribir y contar muchas cosas que sucedieron durante esos siglos. Lo cierto es que constituyeron una época única —el período entre la tierra perdida y la aparición de seres humanos—, y que buena parte de lo que habíamos deducido, supuesto, aprendido y memorizado quedó destruido, por decirlo así, con la aparición de los seres humanos.

Baste decir que nos convertimos en un pueblo muy desarrollado, que rendíamos culto al Dios Bondadoso mediante festines y bailes, como siempre habíamos hecho. Seguíamos practicando el juego de la memoria y observábamos unas rígidas normas de conducta, aunque ahora los hombres, al nacer, «recordaban» cómo ser violentos, luchar, competir y esforzarse en ganar, mientras que las mujeres nacían con el recuerdo del temor.

Ciertos hechos extraños produjeron en nosotros un impacto tremendo, mucho mayor del que nadie pudiera imaginar.

Sabíamos que existían otros hombres y mujeres en Britania. Habíamos oído hablar de ellos por boca de unos Taltos, quienes afirmaban que eran tan odiosos y crueles como los animales. Los Taltos habían matado a varios en defensa propia. Esas extrañas gentes, que no eran Taltos, habían dejado tras de sí unos potes hechos de tierra, pintados con decorativos dibujos, y armas fabricadas con piedra mágica; además de unos pequeños y curiosos seres parecidos a los monos, aunque desprovistos de pelo e incapaces de valerse por sí mismos, que supusimos serían sus hijos.

Este hecho nos confirmó que se trataba de unas gentes brutales, pues, según nuestro criterio, sólo las bestias parían hijos incapaces de valerse por sí mismos. Ni siquiera las crías de las bestias eran tan indefensas como esos diminutos seres.

Los Taltos se apiadaron de ellos; los alimentaron con leche y les prodigaron toda clase de cuidados. Al fin, tras oír hablar tanto de ellos, decidimos comprar cinco de esos extraños seres, que habían cesado de llorar continuamente y ya sabían caminar.

Esos seres no vivían mucho tiempo. Unos treinta y cinco años aproximadamente, pero durante ese tiempo se registraban en ellos unos cambios espectaculares. Aquellas diminutas criaturas rosadas y desvalidas pasaban a ser unos individuos altos y fuertes para, finalmente, convertirse en unos viejos encogidos y arrugados. Llegamos a la conclusión de que no eran sino unos animales, y no creo que tratáramos a esos rudimentarios primates mejor de lo que tratábamos a los perros.

No eran inteligentes, no comprendían nuestra rápida lengua; como mucho, entendían algunas palabras si las pronunciábamos lentamente; ellos, al parecer, no poseían un lenguaje.

Nacían ignorantes, según descubrimos, dotados de menos conocimientos innatos que los pájaros y los zorros; y, aunque a medida que se desarrollaban adquirían una mayor capacidad de raciocinio, eran mucho menos fuertes que nosotros, bajitos y horriblemente peludos.

Cuando un macho de nuestra especie copulaba con

una hembra de la suya, ésta sufría una hemorragia y moría. Los hombres de esa extraña especie también provocaban hemorragias en nuestras hembras. Por lo demás, eran toscos y torpes.

A lo largo de los siglos nos tropezamos en múltiples ocasiones con esos extraños seres, o bien se los adquiríamos a otros Taltos, pero jamás vimos que estuvieran organizados de alguna forma. Suponíamos que eran inofensivos. No sabíamos cómo llamarlos. No aprendimos nada de ellos, y nos desesperábamos al ver que eran incapaces de aprender lo que nosotros tratábamos de enseñarles.

Es lamentable, pensábamos, que esos grandes animales que se parecen tanto a nosotros, que caminan en posición erecta y no tienen cola, sean unos estúpidos e ignorantes.

Por aquel entonces nuestras leyes se habían hecho aún más severas. La ejecución era el castigo último a la desobediencia. Se había convertido en un rito, aunque no lo celebrábamos, en el que el reo era rápidamente despachado mediante unos precisos y contundentes golpes en el cráneo.

El cráneo de un Taltos es más resistente que los otros huesos de su cuerpo. No obstante, si se posee cierta habilidad es muy sencillo partirlo y nosotros, lamentablemente, habíamos adquirido esa habilidad.

Sin embargo, la muerte nos seguía horrorizando. Los asesinatos eran poco frecuentes. La pena de muerte se aplicaba a quienes representaban una amenaza para la comunidad. El parto seguía siendo la ceremonia más importante para nosotros. Cuando hallábamos un lugar apropiado para establecernos, un lugar que nos ofreciera posibilidad de permanencia, elegíamos un lugar para celebrar nuestras danzas religiosos formando un círculo, y colocábamos unas piedras —a veces utilizábamos unas piedras inmensas— para señalar esos lugares, de los cuales nos enorgullecíamos.

¡Ah, los círculos de piedras! Llegamos a ser conocidos en todas partes, aunque no éramos conscientes de ello, como el pueblo de los círculos de piedras.

Cuando nos veíamos obligados a trasladarnos a otro territorio —debido al hambre o porque había penetrado en nuestro antiguo territorio otro grupo de Taltos con los que no nos llevábamos bien y no queríamos tratos—, solíamos construir inmediatamente un nuevo círculo. El diámetro de nuestros círculos y el peso de sus piedras se convirtió en un signo de propiedad de determinados territorios, y cuando veíamos un gran círculo de piedras construido por otras gentes comprendíamos que esa región les pertenecía y buscábamos otro lugar donde asentarnos.

Quienes cometían la imprudencia de irrumpir en un círculo sagrado que no les correspondía, eran perseguidos implacablemente para obligarlos a marcharse. Como es lógico, a menudo era la escasez la que imponía las normas. Una amplia planicie podía sustentar tan sólo a unos pocos cazadores. Era preferible establecerse junto a un lago, un río o en el litoral, pero no existía ningún lugar que fuera un paraíso, una inagotable fuente de calor y abundancia como la tierra perdida.

Contra los invasores e intrusos, invocábamos la protección divina. Recuerdo que una vez tallé una figura del Dios Bondadoso, tal como yo lo imaginaba —con pechos femeninos y un pene— sobre una de las inmensas piedras del círculo, en nuestro territorio.

Cuando estallaba una auténtica batalla, fruto de la agresividad de algunas gentes, un error o el afán de apoderarse de un determinado territorio, los invasores derribaban las piedras de quienes habitaban allí y a continuación construían un círculo nuevo para delimitar el territorio recién conquistado.

El hecho de vernos expulsados de nuestro territorio y tener que buscar un nuevo hogar era agotador, pero una vez asentados en un nuevo lugar experimentábamos la apremiante necesidad de construir un círculo mayor y más imponente que el anterior. A tal fin, buscábamos unas piedras tan grandes que nadie fuera capaz ni siquiera de intentar derribarlas.

Nuestros círculos expresaban nuestra ambición y nuestra sencillez, la alegría de nuestros bailes y nuestro deseo de luchar y morir por defender el territorio de nuestra tribu.

Nuestros principios básicos, aunque permanecían inalterados desde los tiempos de la tierra perdida, se habían endurecido respecto a ciertos ritos. Era obligatorio que toda la tribu asistiera al parto de un nuevo Taltos. La ley exigía que dicho acontecimiento estuviera presidido por una mezcla de respeto y sensualidad, y con frecuencia se desataba una auténtica euforia sexual para celebrarlo.

El nuevo Taltos era considerado una especie de augurio; si no era físicamente perfecto, bien proporcionado y hermoso, el pánico se apoderaba de la tribu. Un recién nacido perfecto constituía una bendición divina, al igual que antiguamente, pero nuestras creencias habían adquirido unos tintes más sombríos, y al mismo tiempo que extraíamos unas conclusiones erróneas a partir de unos fenómenos puramente naturales, nuestra obsesión por los grandes círculos de piedras, nuestra fe en que éstos complacían al Dios Bondadoso y que eran moralmente esenciales para la tribu, iba en aumento.

Al fin llegó el año en que nos afincamos en la planicie.

Ésta se hallaba en el sur de Britania, en un lugar conocido actualmente como Salisbury donde reinaba un magnífico clima, el mejor de cuantos habíamos conocido. ¿La época? Anterior a la aparición de los seres humanos.

Habíamos llegado a la conclusión de que no podíamos huir del invierno, de que no existía ningún lugar en el mundo donde éste no existiera. Bien pensado, era una deducción absolutamente lógica. En esa región de Britania los veranos era largos y cálidos, los bosques eran frondosos y estaban poblados de ciervos, y el mar se hallaba muy cerca.

Por la planicie deambulaban grandes manadas de antílopes.

Fue ahí donde decidimos construir nuestro definitivo hogar.

La idea de mudarnos continuamente para evitar disputas con nuestros vecinos o disfrutar de una caza más abundante, había perdido su encanto. Nos habíamos convertido, en cierto modo, en un pueblo de colonizadores. Todas nuestras gentes ambicionaban hallar un refugio estable, un lugar permanente donde poder entonar nuestros cantos sagrados, practicar el sagrado juego de la memoria, ejecutar los bailes sagrados, y, por supuesto, el sagrado ritual del parto.

La última invasión que padecimos fue muy penosa, pues nos habíamos resistido ferozmente a abandonar nuestro territorio con interminables argumentaciones; los Taltos siempre procuran convencer primero al contrincante por medio de las palabras. Al fin, tras numerosas batallas, y ultimátums semejantes a «¡de acuerdo, si insistís en instalaros en estos bosques, nos iremos nosotros!», accedimos a marcharnos.

Nos considerábamos muy superiores a otras tribus por diversos motivos; entre otros, porque la mayoría de nosotros habíamos vivido en la tierra perdida y muchos miembros de nuestra tribu tenían el cabello blanco. En muchos sentidos, éramos el grupo mejor organizado y el que contaba con más ritos y costumbres. Algunos poseíamos caballos, que montábamos. Nuestra caravana estaba compuesta por numerosas carretas. Disponíamos de grandes rebaños de ovejas y cabras, así como de una especie de ganado salvaje que ya no existe.

Algunos se reían de nosotros, especialmente porque montábamos a caballo y caíamos repetidamente, pero en general los otros Taltos nos respetaban y acudían a nosotros en busca de ayuda cuando se hallaban en un apuro.

Cuando nos establecimos en Salisbury Plain, a fin de señalar que aquel territorio era nuestro construimos el mayor círculo de piedras que ha contemplado jamás el mundo.

Por experiencia, sabíamos que la construcción del círculo unía a la tribu, contribuía a organizarla, evitaba que se produjeran altercados y hacía que los bailes fueran más alegres a medida que añadíamos piedras al círculo y éste iba adquiriendo unas proporciones gigantescas.

Esta descomunal obra, la construcción del mayor círculo de piedras que existe en el mundo, configuró varios siglos de nuestra existencia y supuso para nosotros un gigantesco avance en materia de inventiva y organización. La búsqueda de los monolitos de piedra arenisca, los medios para transportar las piedras hasta el lugar donde íbamos a construir el círculo, el hecho de darles forma, erigirlas y, por último, colocar sobre ellas otras piedras en sentido horizontal a modo de dinteles, se convirtió en el motor principal de nuestras vidas.

El concepto de diversión y juego prácticamente había desaparecido de nuestra vida. Los bailes adquirieron un carácter sagrado. Todo había adquirido un carácter sagrado. Sin embargo, fue una época muy estimulante.

Quienes deseaban compartir nuestra vida podían hacerlo; nuestra población se incrementó de tal modo que éramos capaces de resistir cualquier invasión. El primer monolito que colocamos inspiró tal respeto y fervor que otros Taltos acudían para rendir tributo a sus dioses, para incorporarse a nuestro círculo o simplemente para asistir a nuestros ritos, en lugar de tratar de robarnos una parte de nuestro territorio.

La construcción del círculo se convirtió en la base de nuestro futuro desarrollo.

Durante esos siglos nuestra vida alcanzó su punto culminante. Construimos nuestros campamentos por toda la planicie, a escasa distancia de nuestro círculo, y encerrábamos a nuestros animales en pequeños corrales formados por empalizadas. Plantamos saúcos y espinos negros alrededor de nuestros campamentos, y éstos se convirtieron en fortalezas.

Durante esa época construimos unas tumbas subterráneas, donde dábamos sepultura a los muertos según nuestros ritos. Toda nuestra existencia reflejaba las consecuencias de un asentamiento permanente. No nos dedicábamos a la cerámica, pero adquiríamos muchas piezas de cerámica a otros Taltos que, a su vez, afirmaban habérselas adquirido a los extraños y peludos seres que navegaban por nuestras costas a bordo de unas embarcaciones hechas con pieles de animales.

Algunas tribus acudían de todos los rincones de Britania para formar un círculo viviente y bailar alrededor de nuestros monolitos.

Los círculos se convirtieron en unas inmensas y serpenteantes procesiones. Se consideraba que traía buena suerte parir entre las gigantescas piedras de nuestro círculo. Por otra parte, el comercio con otras tribus aumentó, lo cual nos procuró una gran prosperidad.

Entretanto, en nuestra tierra comenzaron a erigirse otros imponentes círculos. Unos círculos inmensos, maravillosos, aunque ninguno comparable al nuestro. Durante esa productiva y fascinante época, la fama de nuestro círculo se extendió a todos los confines de la Tierra; la gente acudía no para tratar de copiarlo, sino para admirarlo, bailar en él y unirse a nuestra procesión, mientras nos deslizábamos a través de las puertas formadas por los dinteles y los monolitos.

Al cabo de un tiempo se implantó la costumbre de viajar a otros territorios para admirar sus círculos y bailar con las tribus que habitaban allí. Durante esas reuniones intercambiábamos información y formábamos grandes cadenas de memoria; en ellas, cada cual relataba sus recuerdos, aportaba nuevos datos a las historias más populares y se corregían algunas leyendas que hablaban de la tierra perdida.

Viajábamos en grupos para contemplar el círculo que actualmente se denomina Avebury, o admirar otros círculos que se hallaban más al sur, cerca de Glastonbury, el lugar preferido de Stuart Gordon. También solíamos viajar hacia el norte para visitar otros círculos.

Sin embargo, el nuestro seguía siendo el círculo más impresionante de cuantos existían. Cuando Ashlar y sus gentes acudían a visitar el círculo de otra tribu, ésta lo consideraba un gran honor. Nos pedían consejo, nos invitaban a permanecer un tiempo en su territorio y nos ofrecían valiosos regalos.

Como ya sabréis, nuestro círculo se convirtió en

Stonehenge. Tanto éste como otros muchos todavía existen. Pero, permitidme que os aclare lo que sólo resulta obvio para los estudiosos de Stonehenge. Nosotros no erigimos en su totalidad el monumento que existe hoy en día, o que se supone existió en determinado momento.

Construimos únicamente dos círculos de monolitos, cuyas piedras fueron extraídas de canteras de otras zonas, incluida la remota Marlborough Downs, pero mayormente de Amesbury, que está muy cerca de Stonehenge. El círculo interior constaba de diez monolitos, y el exterior de treinta. La colocación de los dinteles sobre las gigantescas piedras ha sido objeto de todo tipo de conjeturas. Ya en un principio se decidió colocar unos dinteles, aunque yo no era muy partidario de hacerlo. Había soñado con un círculo de piedras que imitara a uno formado por hombres y mujeres. Cada piedra tendría aproximadamente dos veces la altura de un Taltos, con una anchura equivalente a la estatura del Taltos. Ésa era mi visión.

Pero a los otros miembros de la tribu, los dinteles les transmitían la idea de refugio, recordándoles el gran cono volcánico que antiguamente había protegido el valle tropical de la tierra perdida.

El círculo de arenisca azul y muchas otras formaciones de Stonehenge fueron construidos más tarde por otros pueblos. Hubo un momento en que nuestro amado templo al aire libre se hallaba rodeado por una construcción de madera que había sido levantada por unas tribus humanas salvajes. Prefiero ni pensar en los sangrientos ritos que debieron celebrarse allí. Pero eso no fue cosa nuestra.

En cuanto a los emblemas tallados en los monolitos, utilizamos sólo uno, esculpido en una piedra central que hace tiempo que desapareció. Era un símbolo del Dios Bondadoso, en el que éste aparecía con pechos y falo. Se hallaba profundamente grabado en la piedra y estaba al alcance de cualquier Taltos, de forma que la silueta se pudiera palpar en la oscuridad.

Posteriormente, los seres humanos tallaron otras figuras en los monolitos, de igual modo que utilizaron Stonehenge para otros fines.

Pero os aseguro que nadie —ni Taltos, ni ser humano, ni individuo de otra especie— ha contemplado nuestro gigantesco círculo sin experimentar ante él cierto respeto o sentir la presencia de lo sagrado. Mucho antes de ser completado ya se había convertido en un lugar de inspiración, y todavía lo sigue siendo.

En ese monumento se encierra la esencia de nuestro pueblo. Es el único gran monumento que erigimos.

Para comprender cómo éramos realmente, es preciso tener presente que conservábamos nuestros principios. Deplorábamos la muerte y no la celebrábamos. No realizábamos sacrificios sangrientos. No considerábamos la guerra algo glorioso, sino caótico y nefasto. Y la máxima expresión de nuestro arte son los círculos de Stonehenge, donde cantábamos y bailábamos.

En nuestros tiempos de máximo esplendor, los festivales que se celebraban en homenaje al parto, los de la cadena de memoria y los musicales contaban con la presencia de miles de Taltos, que acudían de todos los rincones de la Tierra. Era imposible contar los círculos que se formaban entonces, ni calcular cuál era el más grande. Es imposible calcular cuántas horas y días duraban esos ritos.

Imaginad la vasta planicie cubierta de nieve, el cielo azul y despejado, el humo que se alzaba de los campamentos y las chozas que había junto al círculo de piedras, donde nos refugiábamos en busca de calor, comida y bebida. Imaginad a los Taltos, hombres y mujeres tan altos como yo, con el cabello largo, a menudo hasta la cintura o hasta los tobillos, vestidos con pieles de animales minuciosamente cosidas y calzados con botas altas de cuero, danzando con las manos unidas y formando estas bellas y sencillas figuras mientras elevaban sus voces en una sola canción.

En el pelo lucíamos hojas de hiedra, muérdago, acebo u otras plantas verdes de invierno, que plantábamos en nuestro suelo; las ramas de pino u otros árboles no perdían sus hojas.

En verano utilizábamos un sinfín de flores. Enviábamos a unos emisarios para que rastrearan los bosques en busca de flores y plantas silvestres.

Los cantos y la música eran magníficos. Resultaba difícil sustraerse al hechizo de los círculos; algunas personas eran incapaces de marcharse mientras siguiera sonando la música. Entre las hileras de bailarines encendíamos pequeñas fogatas para calentarnos las manos. Algunos bailaban y cantaban, y se abrazaban hasta caer rendidos de cansancio o muertos.

Al principio nadie presidía esas celebraciones, pero al cabo de un tiempo me pidieron que me situara en el centro, que pulsara las cuerdas del arpa y con ello declarase abierto el baile. Después de pasar varias horas allí, acudía otro a sustituirme, seguido de otro, y otro. Cada nuevo cantante o músico interpretaba una melodía que los otros imitaban, propagándose la canción de un pequeño círculo a uno más grande, como las ondas que se forman en un estanque cuando se arroja en él una piedra.

En ocasiones encendíamos varias fogatas antes de que se iniciara el baile, una en el centro y otras en diversos puntos, de forma que los bailarines pasaban junto a ellas numerosas veces mientras seguían la ruta circular.

El nacimiento de un Taltos dentro del círculo era para el recién nacido un acontecimiento sin igual. En la tierra perdida los círculos eran voluntarios, espontáneos y reducidos. Aquí, sin embargo, el nuevo ser abría los ojos ante una enorme tribu de individuos de su especie, oía un coro de voces que parecían ángeles, y permanecía dentro del círculo durante los primeros días y noches de su vida mientras todos le atendían y acariciaban, y su madre le amamantaba.

Como es lógico, nosotros íbamos cambiando. A medida que variaba nuestra percepción de las cosas, nosotros también cambiábamos. Es decir, lo que aprendíamos modificaba la estructura genética del recién nacido.

Los Taltos que nacían en los círculos poseían un sentido de lo sagrado más acusado que los viejos, y eran menos propensos que nosotros al humor, la ironía y los recelos. Quienes nacieron en la época de los círculos eran más agresivos, capaces incluso de asesinar en caso de necesidad, fríamente, sin conmoverse.

Si me hubierais pedido en aquella época mi opinión, os habría dicho que estaba convencido de que nuestra especie gobernaría por siempre. Si me hubierais advertido: «Pero aparecerán unos hombres que matan a otros por diversión, que violan a las mujeres y queman lo que encuentran a su paso», no lo habría creído. Mi respuesta hubiese sido: «Hablaremos con ellos, les relataremos nuestras historias y recuerdos, y les pediremos que nos relaten los suyos; luego se pondrán a bailar y a cantar, y dejarán de luchar y de ambicionar cosas que no pueden poseer.»

Cuando aparecieron los seres humanos, supusimos que se trataba de los individuos diminutos y peludos, de los amables comerciantes que a veces arribaban a nuestras costas en unos barcos hechos con pieles de animales, para vendernos sus mercancías.

Habíamos oído historias sobre feroces ataques y matanzas, pero no podíamos creerlas. ¿Quién sería capaz de cometer tales atrocidades?

Luego comprobamos con asombro que los seres humanos que habían irrumpido en Britania tenían la piel suave como nosotros, y que habían utilizado su piedra mágica para fabricar escudos, cascos y espadas, que habían traído centenares de caballos adiestrados y que se precipitaban sobre nosotros, a lomos de sus corceles, para quemar nuestros campamentos, clavar sus lanzas en nuestros cuerpos y cortarnos la cabeza.

Secuestraron a nuestras mujeres y las violaron hasta que murieron a causa de las hemorragias. Secuestraron a nuestros hombres y los esclavizaron, burlándose de ellos y ridiculizándolos hasta que, en muchos casos, enloquecieron.

Al principio los ataques eran esporádicos. Los guerreros llegaban por mar, y nos atacaban por la noche desde los bosques. Nosotros creíamos que cada uno de esos ataques sería el último.

Con frecuencia conseguíamos detenerlos. No éramos feroces como ellos, pero sabíamos defendernos. Nos reuníamos en grandes círculos para hablar sobre sus armas de metal y la posibilidad de fabricar unas similares. Apresamos a varios seres humanos, a nuestros invasores, para tratar de obtener información. Comprobamos que cuando nos acostábamos con sus mujeres, tanto si éstas accedían de forma voluntaria como si las forzábamos, morían. Los hombres detestaban nuestro temperamento afable. Nos llamaban «los locos del círculo» o «los necios de las piedras».

La vana esperanza de que conseguiríamos derrotar a los invasores se vino abajo al poco tiempo. Más tarde supimos que tiempo atrás nos habíamos salvado de ser aniquilados por una sencilla razón: no poseíamos lo que esas gentes deseaban. Ellos buscaban apoderarse de nuestras mujeres para gozar con ellas, así como de algunos de los valiosos regalos que los peregrinos habían traído a nuestro santuario.

Otras tribus de Taltos llegaron a la planicie en busca de refugio. Habían sido expulsadas de sus hogares de la costa por los bárbaros humanos, que les inspiraban un terror mortal. Los caballos que montaban les proporcionaban a esos individuos una desmesurada sensación de poder. Los humanos gozaban perpetrando esos actos, invadiendo nuestros territorios y asesinándonos.

Decidimos fortificar nuestros campamentos de cara al invierno. Los Taltos que se unieron a nosotros sustituyeron a muchos de nuestros hombres que habían caído en combate.

Entonces se produjeron las primeras nevadas; disponíamos de suficiente comida y se había restaurado la paz en nuestros campamentos. Puede que a los invasores no les gustara la nieve. Éramos muchos y habíamos conseguido arrebatar a los muertos un gran número de lanzas y espadas, de modo que nos sentíamos seguros.

Llegó el momento de convocar el círculo para celebrar los nacimientos de nuevos Taltos, lo cual, dadas las bajas que se produjeron durante el año anterior, era muy importante. No sólo debíamos procrear para incrementar la población de nuestras aldeas, sino para enviar individuos jóvenes a otras aldeas que habían sido quemadas y cuyos habitantes se vieron obligados a huir.

Muchos acudieron desde muy lejos para asistir al círculo destinado a celebrar el nacimiento de nuevos

Taltos en invierno, y nos relataron más historias de muertes y tragedias.

Como ya he dicho, éramos muchos. Y el invierno constituía nuestra época sagrada.

Formamos unos círculos y encendimos las fogatas sagradas. Había llegado el momento de declarar ante el Dios Bondadoso que creíamos que el verano vendría de nuevo, que los partos que iban a producirse representaban una afirmación de nuestra fe, una confirmación de que el Dios Bondadoso deseaba que sobreviviéramos.

Pasamos dos días entre cantos, bailes y festines para celebrar los partos, cuando de pronto irrumpieron las tribus humanas en la planicie.

Percibimos el sonido de los cascos de los caballos antes de verlos; era un estruendo parecido al que se produjo cuando se desintegró la tierra perdida. Los jinetes se abalanzaron sobre nosotros; los círculos de monolitos quedaron salpicados con nuestra sangre.

Muchos Taltos, ebrios de música y juegos eróticos, fueron incapaces de oponer la menor resistencia. Los que echamos a correr hacia los campamentos, luchamos encarnizadamente contra los invasores.

Una vez disipado el humo y después de que los jinetes desaparecieron llevándose a centenares de nuestras mujeres en nuestras propias carretas, cuando cada campamento ya había sido reducido a cenizas, comprobamos que tan sólo quedábamos unos pocos. Estábamos hartos de tantas guerras.

No queríamos volver a presenciar aquel horror. Todos los recién nacidos de nuestra tribu habían sido asesinados, sin excepción. Habían muerto a los pocos días de nacer. Quedaban pocas mujeres en el campamento, y muchas habían parido ya numerosas veces.

La segunda noche después de la matanza, nuestros

emisarios regresaron y confirmaron nuestras sospechas: los guerreros habían levantado sus campamentos en el bosque. Habían comenzado a construir unas edificaciones permanentes, al parecer con la intención de afincarse en la región meridional.

Así pues, nos vimos obligados a trasladarnos hacia el norte.

Tuvimos que regresar a los recónditos valles de las tierras altas de Escocia, unos lugares inaccesibles para esos crueles bárbaros. Fue un viaje largo y arduo, en el que invertimos el resto del invierno y durante el cual los partos y la muerte se convirtieron en hechos cotidianos. En más de una ocasión fuimos atacados por pequeños grupos de seres humanos, y también en más de una ocasión los espiamos en sus asentamientos para observar sus costumbres.

Conseguimos matar a más de una banda de enemigos. En dos ocasiones atacamos sus fuertes para rescatar a nuestros hombres y mujeres, cuyos cantos oímos a gran distancia.

Cuando encontramos el elevado valle de Donnelaith era primavera, la nieve había empezado a fundirse, el frondoso bosque volvía a mostrar su verdor, el lago ya no estaba helado; nos hallábamos en un refugio al que sólo se podía acceder a través de un serpenteante río cuya ruta formaba tantos meandros que resultaba imposible divisar el lago desde el mar; por otra parte, la gran ensenada a través de la cual entraban los navegantes parecía desde lejos una cueva.

Después, como sabéis, el lago pasó a ser un puerto, pues los hombres quisieron abrirlo al mar.

Pero en aquellos tiempos nos sentíamos seguros allí.

Habíamos logrado rescatar a muchos Taltos, que

contaron historias espeluznantes. Por lo visto, los humanos habían descubierto el milagro del parto a través de nosotros. Cautivados por su magia, torturaron despiadadamente a nuestros hombres y mujeres, tratando de forzarlos a copular, y luego exclamaron de gozo al contemplar a los Taltos recién nacidos. Violaron a algunas mujeres hasta matarlas, pero muchas se habían resistido; algunas habían hallado el medio de poner fin a su vida y otras murieron al oponer resistencia, al atacar a cada ser humano que se les acercaba e intentar una y otra vez la huida.

Cuando los seres humanos comprobaron que los recién nacidos se desarrollaban en el acto y que ya eran capaces de reproducirse, los obligaron a hacerlo; y éstos, aturdidos y asustados, obedecían dócilmente. Los humanos conocían el poder que la música ejercía sobre los Taltos, y sabían cómo utilizarlo. Los seres humanos consideraban a los Taltos sentimentales y cobardes, aunque ignoro las palabras que empleaban para describirnos.

En suma, entre los guerreros y nosotros se generó un profundo odio. Nosotros los considerábamos unos animales que sabían hablar y construir cosas, unos seres abominables que eran capaces de destruir todo lo hermoso que existía en el mundo. Ellos nos consideraban unos monstruos ridículos, relativamente inofensivos. Al poco tiempo comprendimos que el mundo no estaba lleno de gentes como nosotros, sino de individuos con una estatura semejante a la de los guerreros, e incluso más bajos, que se reproducían y vivían como ellos.

En nuestras incursiones a sus campamentos conseguimos apoderarnos de numerosos objetos que esas gentes habían traído de muy lejos. Los esclavos contaban historias de inmensos reinos rodeados de murallas, de palacios edificados sobre las arenas del desierto y en las selvas, de tribus guerreras y grandes congregaciones de personas que vivían en unos gigantescos campamentos, los cuales tenían nombres.

Todos esos pueblos se reproducían de forma humana. Todos parían unas criaturas diminutas y desvalidas. Todos se criaban medio salvajes y medio inteligentes. Todos eran agresivos, les gustaba la guerra y disfrutaban matando. Deduje que a lo largo de los siglos esos seres debieron de exterminar a todos los individuos de su especie que no fueran agresivos, de modo que ellos eran los únicos responsables de haberse convertido en lo que eran.

Durante nuestros primeros días en el valle de Donnelaith —fuimos nosotros quienes le pusimos ese nombre— nos dedicábamos a meditar y discutir acerca de cómo debíamos construir nuestro nuevo círculo, un círculo tan imponente como el anterior, a rendir culto al Dios Bondadoso y a orar.

Celebramos el nacimiento de numerosos Taltos, a quienes preparamos para las vicisitudes que deberían afrontar. Enterramos a muchos que murieron a causa de viejas heridas, y a algunas mujeres que murieron a consecuencia de los partos, como sucedía con frecuencia, así como a otros que, fuera de la planicie de Salisbury, no deseaban seguir viviendo.

Fue una época de gran sufrimiento para mi pueblo, peor incluso que la matanza que había padecido. Vi a unos Taltos fuertes, de cabello blanco, grandes cantantes, abandonarse por completo a su música hasta caer muertos sobre la hierba del valle.

Al fin, una vez que establecimos el nuevo consejo, integrado por recién nacidos, viejos Taltos de cabello blanco y todos aquellos que deseaban participar en las decisiones de la tribu, llegamos a una conclusión muy lógica.

¿No adivináis de qué se trataba?

Decidimos que debíamos aniquilar a los seres humanos. Si no lo hacíamos, destruirían todo lo que el Dios Bondadoso nos había proporcionado. Utilizaban su caballería, sus antorchas y sus espadas para arrasarlo todo. Era preciso eliminarlos.

En cuanto al hecho de que los humanos proliferasen a lo largo y ancho del mundo, nosotros teníamos la ventaja de que nos reproducíamos con mucha más rapidez que ellos. Podíamos reemplazar a nuestros muertos de forma inmediata. Ellos, por el contrario, tardaban años en poder sustituir a un guerrero caído en combate. Sabíamos que podíamos superarlos en número cuando nos enfrentáramos a ellos, siempre y cuando... fuéramos capaces de presentarles batalla.

Al cabo de una semana, tras infinitas discusiones decidimos que no estábamos hechos para luchar. Algunos quizá sí, pues nos sentíamos tan rabiosos y llenos de odio que no habríamos dudado en atacarlos y despedazarlos, pero la gran mayoría era incapaz de matar de esa forma; en general, no poseíamos la ferocidad de los seres humanos. Lo sabíamos perfectamente. Al final, los humanos habrían acabado con nosotros de forma cruel y a sangre fría.

Naturalmente, desde aquellos tiempos, y seguramente mil veces con anterioridad a ellos, muchos pueblos han sido aniquilados a causa de su falta de agresividad, o por carecer de la furia de otra tribu, clan, nación o raza.

La diferencia, en nuestro caso, era que nosotros lo sabíamos. Los incas fueron aniquilados por los españoles sin apenas darse cuenta, pero nosotros comprendíamos que nos iban a borrar de la faz de la Tierra.

Por supuesto, estábamos seguros de nuestra superioridad con respecto a los humanos; nos asombraba que no se sintieran atraídos por nuestros cantos y nuestras historias; estábamos convencidos de que no sabían lo que hacían cuando nos atacaban.

Tras comprender que no podíamos compararnos a ellos como guerreros, supusimos que podríamos razonar con ellos, enseñarles lo que habíamos aprendido, demostrarles que la vida era infinitamente más hermosa y agradable sin guerras.

Hay que tener en cuenta que hacía poco que habíamos empezado a conocerlos.

Hacia finales de aquel año, nos habíamos aventurado fuera del valle para apresar a unos cuantos humanos, quienes nos demostraron que las cosas eran mucho peores de lo que sospechábamos. Su misma religión se cimentaba en la muerte, que era un acto sagrado para ellos.

Mataban en nombre de sus dioses, sacrificando a centenares de individuos de su propia especie durante sus ritos. La muerte constituía el centro de su existencia.

Lógicamente, aquello nos horrorizó.

Decidimos construir nuestra vida única y exclusivamente dentro de los límites del valle. En cuanto a la suerte de otras tribus de Taltos, nos temíamos lo peor. Durante nuestras pequeñas incursiones en busca de esclavos humanos habíamos visto multitud de aldeas abrasadas, campos arrasados, el suelo sembrado de huesos de Taltos que el viento invernal se había encargado de desperdigar.

Los años transcurrían y nosotros permanecíamos a salvo en el valle, lugar que abandonábamos rara vez y con gran cautela. Nuestros emisarios se aventuraban tan lejos como se lo permitía su valor.

Al final de la década, supimos que en esa zona de

Britania no quedaba ningún asentamiento Taltos. Todos los viejos círculos habían sido abandonados. Asimismo, a través de los pocos guerreros que logramos capturar —lo cual no era tarea fácil— nos enteramos de que los humanos nos perseguían a fin de servir como ofrenda a sus dioses.

Las matanzas eran cosa del pasado. Los Taltos eran perseguidos con el único afán de capturarlos, y sólo los mataban si se negaban a reproducirse.

Se había comprobado que su semilla causaba la muerte de las mujeres humanas. Debido a ello, mantenían a los hombres sujetos con cadenas y en unas condiciones deplorables.

Un siglo más tarde los invasores se adueñaron de la Tierra.

Muchos de los emisarios que enviábamos en busca de otros Taltos, para que los devolviesen al valle, no regresaron jamás. Pero siempre había algunos jóvenes dispuestos a partir en busca de sus compañeros, que deseaban ver lo que había más allá de las montañas, que querían bajar al lago y navegar por el mar.

A medida que los jóvenes Taltos heredaron a través de la sangre nuestros recuerdos, su carácter se tornó más agresivo y belicoso. Su deseo era matar a seres humanos. Al menos, eso pensaban.

Los emisarios que lograban regresar, a menudo con un par de prisioneros humanos, confirmaron nuestras peores sospechas. Los Taltos estaban siendo sistemáticamente exterminados a lo largo y ancho de Britania. En muchos lugares nuestra especie ya no era más que una leyenda, y algunas poblaciones, las cuales se habían instalado en los antiguos asentamientos, estaban dispuestas a pagar una fortuna por un Taltos; pero los hombres ya no los perseguían, y algunos ya ni siquiera creían que hubieran existido alguna vez semejantes monstruos.

Los Taltos que lograban capturar eran salvajes.

¿Salvajes?, preguntamos perplejos. ¿Qué significaba esa palabra?

No tardamos en enterarnos.

En numerosos campamentos, al llegar el momento de realizar el sacrificio a sus dioses, las mujeres elegidas, muchas de las cuales ardían en deseos de copular con un hombre, eran conducidas ante un Taltos para encender su pasión y luego morir a causa de su semilla. Decenas de mujeres perecieron de ese modo en el preciso instante en que muchos varones humanos morían ahogados en unas calderas, o decapitados, o quemados en unas horribles jaulas de madera para complacer a los dioses de las tribus humanas.

Sin embargo, a lo largo de los años pudimos comprobar que algunas de esas mujeres seguían vivas. Algunas habían conseguido escapar con vida del altar del sacrificio, y al cabo de unas semanas daban a luz.

Parían un Taltos, una semilla salvaje de nuestra especie. El Taltos acababa invariablemente con la vida de su madre humana, no de forma deliberada, sino porque ésta no sobrevivía al parto de semejante criatura. Pero no siempre sucedía así. Si la madre vivía lo suficiente para amamantar a su hijo, el Taltos crecía, dentro de las acostumbradas tres horas, hasta alcanzar su plena madurez física.

En algunas aldeas eso era considerado un excelente augurio; en otras, un desastre. Los seres humanos no se ponían de acuerdo al respecto. Pero se divertían tratando de capturar a una pareja de Taltos nacidos de una madre humana, para después forzarlos a parir más Taltos; éstos permanecían entonces prisioneros, y se les obligaba a bailar, cantar y reproducirse.

Ésos eran los Taltos salvajes.

Existía otra forma de crear un Taltos salvaje. De vez en cuando un varón humano conseguía dejar preñada a una hembra Taltos. Esa desgraciada, a la que mantenían prisionera para que los hombres gozaran de su cuerpo, al principio no sospechaba que estaba preñada. Al cabo de unas semanas paría un niño, que en cuanto alcanzaba la talla de un adulto era apartado de su madre para ser utilizado de la forma más vil y deleznable.

¿Y quiénes eran esos mortales capaces de unirse carnalmente con un Taltos? ¿Qué rasgos les caracterizaban? Al principio lo ignorábamos; no percibíamos en ellos ningún signo visible. Pero más adelante, a medida que aumentaba el número de esos Taltos, observamos que existían ciertos tipos de humanos más propensos que otros, ya fuese para concebir o para procrear un Taltos. Se trataba de un ser humano con grandes dotes espirituales, capaz de adivinar lo que un ser humano encerraba en su corazón, de pronosticar el futuro o de imponer sus manos sobre otro para hacer que sanara. Finalmente, aprendimos a detectar a esos seres humanos con gran facilidad.

Pero ese proceso tardó varios siglos en desarrollarse. La sangre de los humanos y la de los Taltos se mezcló en incontables ocasiones.

Los Taltos salvajes huían de sus raptores. Las mujeres humanas, preñadas con la semilla de un Taltos y con el vientre monstruosamente hinchado, se dirigían al valle en busca de refugio. Por supuesto, no dudábamos en acogerlas.

Esas madres humanas nos explicaron muchas cosas.

Si nuestros bebés nacían al cabo de unas horas, los suyos tardaban entre quince días y un mes en nacer, dependiendo de que la madre conociera o no la existencia de la criatura. Si la madre lo sabía y hablaba con su hijo y le cantaba para calmar sus temores, el desarrollo de éste se aceleraba. Los Taltos híbridos nacían con los conocimientos de sus antepasados humanos. Dicho de otro modo, nuestras leyes de dotación genética abarcaban los conocimientos adquiridos de la especie humana.

En aquella época no disponíamos de un lenguaje apropiado para comentar esas cosas. Sólo sabíamos que un híbrido podía cantar canciones humanas en lenguas humanas o fabricar botas de cuero con una habilidad desconocida para nosotros.

De ese modo, nuestras gentes adquirieron toda clase de conocimientos humanos.

Pero los Taltos salvajes, nacidos en cautividad, también poseían los recuerdos de los Taltos, por lo que desarrollaron un profundo odio hacia los tiranos humanos. En cuanto se presentó la ocasión, huyeron hacia el bosque, y hacia el norte, posiblemente en busca de la tierra perdida. Algunos desgraciados, según nos enteramos más tarde, regresaron a la planicie, y al no hallar allí un refugio subsistieron como pudieron en el bosque, o bien fueron capturados y asesinados.

Inevitablemente, algunos de esos Taltos salvajes se unieron entre ellos; algunos se encontraron como fugitivos, otros fueron obligados a reproducirse mientras se hallaban cautivos. Siempre podían copular con un Taltos puro que hubiese caído prisionero, pariendo de forma pura, es decir, inmediatamente. Así, en los impenetrables bosques de Britania habitaba una frágil raza de Taltos, un reducido número de marginados por cuyas venas corría sangre humana, que buscaban desesperadamente a sus antepasados y el paraíso de sus recuerdos.

Durante esos siglos la raza de los Taltos salvajes se mezcló con gran cantidad de humanos. Los Taltos salvajes desarrollaron sus propias creencias y hábitos. Vivían en las copas de los árboles, elaboraban pinturas con diversos pigmentos naturales y se cubrían con hojas de parra u otras plantas.

Fueron ellos, según afirman algunos, quienes crearon a los seres diminutos.

Es posible que los seres diminutos habitaran siempre en las sombras y en los lugares ocultos. Seguramente los habíamos visto con anterioridad, cuando gobernábamos en Britania, pero procuraban mantenerse alejados de nosotros. Según nuestras leyendas, eran una especie de monstruos. Su aspecto nos atraía tan poco como el de los seres humanos peludos que veíamos.

Pero de pronto llegó a nuestros oídos la noticia de que esa especie se había originado a partir de la mezcla de sangre Taltos con la humana, y que cuando se producía la concepción pero el feto no se desarrollaba como es debido, nacía un enano jorobado, en lugar de un esbelto y grácil Taltos.

¿Era eso cierto? ¿O acaso tenían los mismos orígenes que nosotros? ¿Habíamos sido quizá primos, antes de la época de la tierra perdida, cuando ambas especies se habían unido en algún paraíso originario? ¿Fue acaso en la época anterior a la luna cuando una rama se desgajó del árbol, cuando una tribu se separó de la otra?

No lo sabíamos. El caso es que durante la época de los híbridos, cuando se produjeron ese tipo de experimentos, cuando los Taltos salvajes trataban de averiguar lo que podían y no podían hacer, o quién podía unirse con quién, descubrimos que esos horribles monstruos, esos pequeños, extraños y pérfidos seres eran capaces de engendrar un hijo con un Taltos. Si lograban seducir a uno de nuestra especie, ya fuese hombre o mujer, era muy probable que naciera un Taltos.

¿Se trataba acaso de una raza compatible, de un experimento evolutivo estrechamente vinculado a nosotros?

Jamás conseguimos averiguarlo. Pero la leyenda se extendió rápidamente, y los seres diminutos comenzaron a perseguirnos con tanta virulencia como los humanos. Nos tendían todo tipo de trampas; intentaban atraernos con música; no se presentaban como bandas de guerreros, sino como serpientes que trataran de hechizarnos con sus maléficas artes. Deseaban crear un Taltos. Soñaban con convertirse en una raza de gigantes, según nos llamaban a nosotros. Cuando conseguían atrapar a nuestras mujeres, copulaban con ellas hasta matarlas; y cuando capturaban a nuestros hombres, los atormentaban cruelmente para obligarlos a reproducirse como seres humanos.

La leyenda se cultivó a lo largo de los siglos; antiguamente, los seres diminutos habían sido altos y hermosos como nosotros. Habían disfrutado de nuestras mismas ventajas. Pero unos demonios los habían convertido en lo que eran actualmente, los expulsaron del paraíso en el que vivían y los hicieron sufrir. Eran longevos como nosotros. Sus monstruosos hijos nacían con tanta rapidez y de forma tan desarrollada como los nuestros.

Pero nosotros los temíamos, los odiábamos, no queríamos ser manipulados por ellos, y llegamos a creer que nuestros hijos, si no conseguían leche, si no eran amados, se convertirían en uno de ellos.

La verdad, fuera cual fuese, y si es que alguien la conocía, permanecía sepultada en el folklore.

Los seres diminutos habitan todavía en el valle; existen algunos nativos de Britania que no han oído hablar de ellos. Se les conoce con multitud de nombres, junto a otras criaturas mitológicas: hadas, gnomos, duendes, elfos.

Esos seres se están extinguiendo en Donnelaith por diversas razones. Todavía viven en lugares oscuros y recónditos. De vez en cuando secuestran a una mujer humana para engendrar un hijo, pero, al igual que nosotros, no tienen éxito en su empresa. Ansían hallar a un brujo o una bruja, un mortal con poderes extraordinarios que, al unirse con uno de su especie, suele concebir o procrear un Taltos. Y cuando hallan a una criatura de esas características, no la dejan escapar.

No creáis que no pueden lastimaros en Donnelaith, o en otros valles y bosques. Son capaces de mataros y quemar la grasa de vuestros cuerpos con sus antorchas, simplemente por diversión.

Pero ésta no es la historia de los seres diminutos.

Otro, quizá Samuel, pueda relatar mejor su historia. Aunque Samuel también podría explicarnos sus andanzas personales. Sería una historia más interesante que la de los seres diminutos.

Pero volvamos a la historia de los Taltos salvajes, los híbridos portadores de genes humanos. Éstos solían congregarse fuera del valle, siempre que les era posible, para intercambiar recuerdos e historias y constituir sus propios asentamientos.

Periódicamente salíamos en su búsqueda para llevarlos a nuestro poblado. Se unían con miembros de nuestra tribu, nos proporcionaban hijos y nosotros, a cambio, les dábamos consejos y les transmitíamos nuestros conocimientos.

Curiosamente, nunca se quedaban con nosotros. Se presentaban de vez en cuando en el valle para descansar, pero al cabo de un tiempo regresaban a los bosques; allí arrojaban lanzas contra los humanos y luego echaban a correr riendo a mandíbula batiente, convencidos de que eran unas criaturas mágicas, tal como creían los humanos, quienes los perseguían para sacrificarlos en sus altares.

La gran tragedia es que, en su afán de recorrer el mundo libremente, acabaron por revelar el secreto del valle a los humanos.

En cierto sentido, somos unos necios. Unos necios por no haber previsto que eso podía suceder, que esos Taltos salvajes, una vez capturados, relatarían historias sobre nuestro valle, a veces para amenazar a sus enemigos con la perspectiva de una venganza por parte de un pueblo secreto, o acaso por ingenuidad; o bien para que, tras relatar la historia a otros Taltos salvajes que jamás nos habían visto, éstos la explicasen a su vez a otros.

¿Comprendéis lo que sucedió? La leyenda del valle, de los seres altos que parían niños capaces de hablar y caminar nada más, empezó a extenderse. En todos los rincones de Britania ya habían oído hablar de nosotros. Nos convertimos en una leyenda, junto con los seres diminutos y otras extrañas criaturas a las que los seres humanos rara vez llegaban a ver, pero que hubieran dado cualquier cosa con tal de capturar.

Así, la vida que habíamos construido en Donnelaith, una vida que se desarrollaba entre grandes torres y fortificaciones de piedra, desde las cuales confiábamos en poder repeler algún día las invasiones enemigas, entre los viejos ritos que habíamos preservado y seguíamos practicando, entre nuestros recuerdos y nuestros valores, con nuestra fe en el amor y, sobre todo, en el nacimiento de un nuevo ser, corría el peligro de ser destruida por quienes deseaban cazar monstruos por mera diversión, por quienes sólo pretendían «ver con sus propios ojos».

En aquel entonces ocurrió otro hecho de gran importancia. Como he dicho, siempre había algún Taltos nacido en el valle que deseaba abandonarlo para recorrer mundo. Nosotros procurábamos inculcarles la necesidad de recordar el camino de regreso. Les dijimos que debían fijarse en las estrellas y dejarse guiar por ellas. Eso se convirtió muy pronto en una parte de los conocimientos innatos, pues pusimos gran empeño en cultivar ese tipo de enseñanzas. De hecho, nuestro método resultó tan eficaz que enseguida comprendimos las innumerables posibilidades que ofrecía. Podíamos incluir en esos conocimientos innatos toda suerte de cosas prácticas. En ocasiones poníamos a prueba nuestro sistema formulando ciertas preguntas a los Taltos recién nacidos. Era asombroso. Conocían el mapa de Britania tan bien como nosotros mismos y lo conservaban en su memoria con gran precisión. Sabían cómo utilizar armas, conocían la importancia de recelar de los extraños, del odio hacia los seres humanos y cómo evitarlos o vencerlos. Conocían el Arte de la Lengua.

El Arte de la Lengua, según lo denominamos nosotros, era algo en lo que jamás habíamos pensado hasta que aparecieron los humanos. Se trataba, esencialmente, de hablar y razonar con la gente, cosa que hacíamos constantemente. Por lo general, entre nosotros hablamos mucho más rápido que los humanos. Aunque no siempre, claro está. A los humanos les suena como un silbido, un murmullo o el zumbido de un insecto. También somos capaces de hablar según el ritmo de los humanos, y habíamos aprendido a hablar con ellos a su mismo nivel, es decir, procurando confundirlos y desconcertarlos, fascinarlos e influir en ellos.

Evidentemente, el Arte de la Lengua no bastaba para salvarnos de ser aniquilados.

Sin embargo, podía salvar a un Taltos que resultara capturado en el bosque por un par de seres humanos, o a otro que fuera apresado por un pequeño clan humano sin ningún vínculo con las tribus guerreras que habían invadido nuestros territorios.

Cualquiera que se aventurara fuera del valle debía conocer el Arte de la Lengua, ser capaz de hablar despacio con los humanos, a su mismo nivel, y de forma convincente. Inevitablemente, algunos Taltos que abandonaban el valle decidían afincarse en otro lugar.

Construyeron unas torres como las nuestras, de piedra seca sin mortero, y habitaban en lugares remotos y aislados, pasando por humanos a los ojos de la gente que se aproximaba a sus casas.

Llevaban una vida de clan, a la defensiva, en lugares diseminados por toda la geografía.

Pero, inevitablemente, esos Taltos acababan revelando su naturaleza a los humanos, o bien los humanos les declaraban la guerra o alguien descubría el secreto de su nacimiento, y entonces comenzaban de nuevo a circular entre los seres humanos leyendas sobre el valle y sobre nosotros.

Incluso yo mismo, que poseía una gran inventiva y era de temperamento audaz —no solía rendirme nunca, ni siquiera cuando vi estallar en pedazos nuestra tierra perdida—, pensé que la nuestra era una causa perdida. Hasta el momento habíamos conseguido defender el valle del ataque esporádico de los intrusos, pero lo cierto es que estábamos atrapados.

La cuestión de los Taltos que se hacían pasar por seres humanos, los que vivían entre humanos y fingían formar una tribu o un clan, me intrigaba profundamente. Me puse a pensar... ¿Y si nosotros los imitáramos? ¿Y si en lugar de impedir el acceso al valle a los humanos les permitiéramos entrar, haciéndoles creer que también éramos una tribu humana, y viviéramos entre ellos, siempre manteniendo nuestros ritos en secreto?

Mientras tanto, se habían producido grandes cambios en el mundo que nos tenían intrigados. Deseábamos hablar con viajeros, aprender cosas.

Al fin, ideamos un peligroso plan...

26

—Yuri Stefano al habla. ¿Puedo ayudarle?

—¡Que si puedes ayudarme! ¡Dios, cómo me alegro de oír tu voz! —exclamó Michael—. Hace menos de cuarenta y ocho horas que nos separamos, pero se interpone entre nosotros el océano Atlántico.

—Michael. Gracias a Dios que me has llamado. No sabía dónde localizarte. ¿Todavía estáis con Ash?

—Sí, creo que nos quedaremos aquí otros dos días. Descuida, te lo contaré todo. ¿Cómo estás?

—Se ha terminado, Michael. Se ha terminado. El mal ha desaparecido y Talamasca vuelve a ser lo que era. Esta mañana recibí mi primera comunicación de los Mayores. Vamos a tomar serias medidas para asegurarnos de que no vuelvan a producirse ese tipo de interceptaciones. Estoy muy ocupado redactando los informes. El nuevo Superior General me ha recomendado que descanse, pero es imposible.

—Pero tienes que descansar, Yuri. Lo sabes de sobra. Todos lo sabemos.

—Duermo unas cuatro horas. Luego me levanto, reflexiono sobre lo sucedido y me pongo a escribir. Escribo durante unas cuatro o cinco horas. Luego me acuesto otra vez. A la hora de comer y cenar vienen a avisarme. Me obligan a bajar al comedor. Es muy agradable. Es agradable estar de nuevo con ellos. ¿Y tú cómo estás, Michael?

—Amo a este hombre, Yuri. Amo a Ash como amaba a Aaron. Le he estado escuchando durante horas. Aunque lo que nos ha contado no es ningún secreto, no permite que lo grabemos. Dice que deberíamos utilizar únicamente lo que recordemos de modo natural. Yuri, no creo que este hombre sea capaz de lastimarnos a Rowan y a mí, ni a nadie próximo a nosotros. Estoy convencido de ello. Tengo plena confianza en él. Y si nos hace daño, por el motivo que sea, significará que me habré equivocado.

—Comprendo. ¿Cómo está Rowan?

—Creo que ella también lo ama. Sé que lo ama. Pero no sé hasta qué punto ni de qué forma. Eso es asunto de ella. Como te he dicho, permaneceremos aquí durante un par de días, o quizá más, y luego regresaremos al sur. Estamos un poco preocupados por Mona.

—¿Por qué?

—No se trata de nada terrible. Se ha largado con su prima Mary Jane Mayfair, una jovencita que no has tenido el placer de conocer. Son un poco jóvenes para andar solas por esos mundos.

—He escrito a Mona. Tenía que hacerlo. Antes de marcharme de Nueva Orleans, Mona y yo nos comprometimos en matrimonio. Pero he comprendido que Mona es demasiado joven para comprometerse. Y ahora que he regresado a casa, junto a la Orden, me he dado cuenta de que no soy el hombre adecuado para ella. He enviado mi carta a la dirección de la calle Amelia, pero temo que Mona se enfade conmigo.

—Yuri, en estos momentos Mona tiene otros problemas. Probablemente es la mejor decisión que podías haber tomado. No olvidemos que Mona tiene trece años. Todos solemos olvidar la edad que tiene, incluso la propia Mona. Has hecho lo que debías. Además, si lo desea puede ponerse en contacto contigo, ¿no es así?

—Desde luego, estoy aquí, a salvo. Estoy en casa.

—¿Y Tessa?

—Se la han llevado, Michael. Así son los de Talamasca. Estoy seguro que eso es lo que ha sucedido. Estaba rodeada por un grupo muy educado de señores, que la invitaron a acompañarlos, probablemente a Amsterdam. Le di un beso antes de que se marchara. Alguien mencionó un lugar agradable donde podría descansar, y donde todos sus recuerdos e historias serían archivados. Nadie es capaz de calcular su edad. Nadie sabe si lo que afirmó Ash sobre Tessa es cierto, que morirá pronto.

—Lo importante es que sea feliz y que los de Talamasca cuiden de ella.

—Sí, de eso no me cabe la menor duda. No está prisionera; si alguna vez decide marcharse puede hacerlo. Pero no creo que se le ocurra. Creo que Tessa anduvo deambulando de un lado a otro durante años —aunque nadie sabe cuántos—, de un protector a otro. A propósito, la muerte de Gordon no parece haberla dejado desconsolada. Dice que es mejor no pensar en cosas desagradables.

Michael soltó una carcajada y respondió:

—Lo comprendo perfectamente. Tengo que dejarte. Vamos a cenar juntos, y luego Ash seguirá contándonos su historia. Esto es precioso. Está nevando y hace frío, pero es precioso. Todo cuanto rodea a Ash refleja su personalidad. Como ocurre siempre. Elegimos los edificios porque nos gustan y nos sentimos cómodos en ellos; siempre son un reflejo de nosotros mismos. Este lugar está decorado con mármol de colores y con cuadros y… con las cosas que a él le interesan. Supongo que no debería hablar de ello. Ash defiende su intimidad, quiere seguir viviendo tranquilo cuando nos marchemos.

—Lo sé. Lo comprendo. Escucha, Michael, cuando veas a Mona, dale un recado de mi parte... Dile... dile que yo...

—Ella lo comprenderá, Yuri. Está viviendo unos momentos muy importantes para ella. La familia quiere que abandone el Sagrado Corazón y que estudie con unos tutores privados. Tiene un cociente de inteligencia increíble. Y es la heredera del legado Mayfair. Creo que durante los próximos años Mona pasará mucho tiempo con Rowan y conmigo, estudiando, viajando, recibiendo la educación que corresponde a una joven de su clase y con sus... ambiciones. Tengo que marcharme. Te volveré a llamar desde Nueva Orleans.

—Sí, llámame, por favor. Os quiero. Os quiero... a los tres. Saluda con cariño de mi parte a Ash y a Rowan.

—De acuerdo. A propósito, ¿qué ha sido de los secuaces de Gordon?

—Se ha terminado. Han desaparecido, no volverán a perjudicar a la Orden. Espero que me llames pronto, Michael.

—Adiós, Yuri.

27

Todo el mundo le había dicho que los Mayfair de Fontevrault estaban locos. «Por eso acuden a ti», doctor Jack. La gente de la ciudad afirmaba que absolutamente todos, incluso sus acaudalados parientes de Nueva Orleans, estaban locos.

Pero ¿qué necesidad tenía de comprobarlo personalmente en una tarde como ésa, en la que reinaba una profunda oscuridad y la mitad de las calles de la ciudad aparecían inundadas?

Le habían mostrado una criatura que acababa de nacer en medio de esa tormenta, envuelta en unas mantas malolientes ¡y metida en una nevera portátil! Mary Jane Mayfair había tenido el descaro de pedirle que redactara el certificado de nacimiento allí mismo, en su despacho.

El doctor había exigido ver a la madre.

Por supuesto, de haber sabido que Mary Jane iba a conducir la limusina de esa forma, en medio de la tormenta y por esos caminos de tierra, y que él acabaría sosteniendo a esa criatura sobre sus rodillas, habría insistido en seguirla con su furgoneta.

Cuando Mary Jane indicó la limusina, el doctor supuso que la conduciría un chófer. Se trataba de un coche flamante y nuevecito, de más de siete metros de longitud, con techo transparente, cristales tintados, un reproductor de discos compactos y un teléfono. Y esa pequeña reina de las amazonas sentada al volante, con su vestido de encaje manchado por completo y las piernas y las sandalias cubiertas de barro.

—¿Pretendes decirme —gritó el doctor para hacerse oír entre el ruido de la lluvia— que con un cochazo como éste no podías haber trasladado a la madre de la criatura al hospital?

El bebé, afortunadamente, tenía muy buen aspecto. Había nacido con un mes de antelación, según dedujo el doctor, y estaba algo desnutrido, pero aparte de eso se encontraba bien y dormía plácidamente en la nevera portátil rodeado de esas mantas cochambrosas, que apestaban a whisky.

—No corras tanto, Mary Jane —ordenó el doctor. Iban a tal velocidad que el ruido que producían las ramas al rozar el techo del coche sonaba como unos latigazos y las hojas húmedas se pegaban al parabrisas. Por no hablar de los saltos que daban sobre los baches de la carretera—. Vas a despertar a la criatura.

—La criatura se encuentra perfectamente, doctor —respondió Mary Jane, arremangándose la falda hasta las ingles.

Era una joven con fama de excéntrica. El doctor había pensado al principio que la criatura pertenecía a Mary Jane y que ésta iba a intentar convencerlo de que se la había encontrado a la puerta de su casa. Pero no, resulta que la madre del bebé se había quedado descansando en la casa del pantano. ¡Qué cosas! El doctor decidió incluir esta historia en sus memorias.

—Casi hemos llegado —dijo Mary Jane, haciendo una brusca maniobra para no chocar con una cerca de bambú que había a la izquierda—. Cuando nos subamos al bote, coja usted al bebé, ¿de acuerdo, doctor?

—¿Qué bote? —preguntó el doctor.

Pero sabía perfectamente a qué bote se refería Mary

Jane. Todos le habían hablado sobre la vieja mansión, y le habían recomendado que se acercara al espigón de Fontevrault para contemplarla. Tenía un aspecto tan ajado, que parecía increíble que todavía se sostuviera en pie; uno de los costados estaba a punto de desmoronarse. Sin embargo, el clan insistía en vivir allí. Mary Jane Mayfair prácticamente había acabado con las existencias de Wal-Mart, a fin de acondicionar la casa para que su abuela y ella pudieran vivir allí. Todo el mundo lo sabía cuando apareció Mary Jane en la ciudad, vestida con sus pantaloncitos blancos y sus camisetas ceñidas.

El doctor tuvo que reconocer que era una chica atractiva, a pesar del sombrero vaquero que llevaba siempre. Tenía los pechos más altos y puntiagudos que jamás había visto, y unos labios del color de la goma de mascar.

—Espero que no le hayas dado a la criatura whisky para que no llore —dijo el doctor.

El bebé seguía roncando, mientras formaba burbujas de aire con sus diminutos labios rosados. «Pobre criatura —pensó el doctor—. ¡Tener que vivir en esa casa!» Mary Jane no le había permitido examinarla, aduciendo que ya lo había hecho su abuela y que todo estaba en regla.

La limusina se detuvo bruscamente. Seguía lloviendo a cántaros. El doctor apenas alcanzaba a distinguir la silueta de la casa que se alzaba ante él, así como las grandes hojas de un palmito verde que crecía junto a ésta. Pero vio con claridad que había unas luces encendidas. «Menos mal», pensó, pues le habían dicho que no disponían de corriente eléctrica.

—Aguarde un momento, me acercaré con el paraguas —dijo Mary Jane, cerrando la puerta del coche antes de que el doctor pudiera sugerir que era mejor esperar a que la lluvia amainara un poco. Al cabo de unos segundos Mary Jane abrió la portezuela del acompañante y el doctor no tuvo más remedio que coger la nevera y apearse.

—Tenga, cúbrala con esta toalla para que el niño no se moje —dijo Mary Jane—. ¡Corra hacia el bote!

—Prefiero ir andando, si no te importa —contestó el doctor—. Ve delante, yo te seguiré.

—Procure que el bebé no se caiga.

—¡No seas impertinente, niña! Antes de llegar a este lugar dejado de la mano de Dios, me pasé treinta y ocho años asistiendo a parturientas en Picayune, Mississippi.

«¿Y por qué diantres habré venido aquí?», se preguntó el doctor. Era una pregunta que se había formulado mil veces, sobre todo cuando su joven y nueva esposa, Eileen, nacida y educada en Napoleonville, no se hallaba presente para recordárselo.

La embarcación, según comprobó el doctor, consistía en una piragua de aluminio sin motor. El doctor observó que la casa presentaba el color de la madera putrefacta que se desliza por el río. Una glicina violácea envolvía los capiteles de las columnas del piso superior y se colaba por la balaustrada. «Al menos —pensó el doctor—, los árboles son tan tupidos que impiden que nos sigamos mojando.» Un túnel de vegetación conducía hasta el porche. Afortunadamente, en las ventanas superiores se veía luces encendidas, lo cual evitaría que el doctor tuviera que abrirse camino a la luz de una lámpara de aceite. «Debo de estar loco —pensó—, al venir aquí con esta chiflada, atravesar el pantano en una frágil piragua y meterme en una casa que está a punto de venirse abajo.»

—El día menos pensado se derrumbará —había dicho un día Eileen—. Una mañana pasaremos con el coche frente esa casa y comprobaremos que ha desaparecido, que se ha hundido en el pantano. Es un pecado que esa gente viva en esas condiciones.

Sosteniendo con una mano la nevera portátil en la que estaba el bebé, el doctor subió a la piragua y descubrió horrorizado que contenía medio palmo de agua.

—Esto se va a hundir —dijo el doctor—. Podías haber achicado el agua.

En cuanto puso los pies en el bote sus zapatos se llenaron de agua. ¿Por qué diablos había accedido a ir hasta allí? Cuando volviera a casa, Eileen le exigiría que le contara hasta el último detalle.

—No se preocupe, no se hundirá. Si sólo están cayendo cuatro gotas —respondió Mary Jane, empuñando el remo—. Agárrese bien y procure que la criatura no se moje.

Esa chica era una descarada. En Picayune, nadie se dirigía a un médico en ese tono. El niño seguía durmiendo plácidamente y se le escapó un chorro de pipí bastante insólito para un recién nacido.

El doctor se quedó atónito al presenciar cómo se deslizaban hasta el mismo porche en aquel trasto desvencijado y penetraban en el vestíbulo.

—¡Dios santo, esto parece una cueva! —exclamó—. ¿Cómo es posible que una mujer haya dado a luz en este lugar? ¡Pero si el agua llega hasta la biblioteca!

—No había nadie aquí cuando la casa se inundó —contestó Mary Jane, impulsando la embarcación con el remo.

El doctor oyó el sonido que produjo el remo al chocar contra las tablas de madera del suelo.

—Supongo que todavía hay muchos objetos flotando por el salón. Además, Mona Mayfair no dio a luz aquí abajo, sino en la buhardilla. Las mujeres no suelen parir en el salón, aunque no esté inundado.

El bote chocó con los escalones. Al sentir la violenta sacudida, el doctor se agarró a la resbaladiza balaustrada y saltó del bote, apoyando firmemente ambos pies en el escalón para asegurarse de que no iban a ceder bajo su peso.

El vestíbulo estaba iluminado por la luz que provenía del piso superior. El doctor percibió, por encima del rumor de la lluvia, otro sonido muy rápido, «clic, clic, clic». Era un sonido que ya había escuchado otras veces. También pudo oír la voz de una mujer que tarareaba una bella melodía.

—Me asombra que la escalera no se haya desprendido de la pared —dijo el doctor, mientras subía con aquella nevera, que empezaba a pesarle como una tonelada de ladrillos, entre sus manos—. ¿Cómo es que este lugar se aguanta aún en pie? ¡Si toda la casa se está viniendo abajo!

—Lleva doscientos años en este estado —replicó Mary Jane. Acto seguido subió corriendo la escalera, y al llegar al segundo piso se volvió hacia el doctor y le dijo—: Acompáñeme, tenemos que subir a la buhardilla.

El doctor alzó la cabeza y divisó a la abuela Mayfair en lo alto de la escalera, vestida con un camisón de franela estampado con flores, saludándolo con la mano.

—Hola, doctor Jack. ¿Cómo está mi simpático y guapo amigo? Deme un beso. Me alegro de verlo.

—Yo también me alegro de verla, abuela —respondió el doctor. Mary Jane pasó bruscamente junto a él, advirtiéndole de nuevo que no dejara caer al bebé. Aún faltaban cuatro escalones. El doctor estaba deseando dejar la nevera en el suelo; en realidad, no sabía por qué había tenido que transportarla él.

Al fin accedió al ambiente seco y cálido de la buhardilla. La anciana se puso de puntillas para que el doctor la besara en la mejilla. Éste tuvo que reconocer que la abuela Mayfair era una viejecita encantadora.

—¿Cómo está, abuela? ¿Se toma las pastillas que le receté? —preguntó el doctor.

En cuanto éste depositó la nevera en el suelo, Mary Jane la cogió y echó a correr. La buhardilla era el lugar más decente de la casa. Había unos cables de los que colgaban unas bombillas y unas prendas de vestir. Los muebles eran viejos y confortables, y el aire no olía a moho, sino más bien a flores.

—¿Qué es ese ruido que oigo en el segundo piso? —le preguntó el doctor a la abuela Mayfair mientras ésta lo agarraba del brazo.

—Usted limítese a hacer lo que tenga que hacer, doctor Jack, y firme el certificado de nacimiento del bebé. No queremos problemas legales con su nacimiento. ¿Le he contado alguna vez los problemas que tuve por no inscribir en el registro civil a Yancy Mayfair hasta pasados dos meses de su nacimiento? No se imagina los líos que tuve con el Ayuntamiento y…

—Fue usted misma quien la ayudó a nacer, ¿no es cierto, abuela? —preguntó el doctor, propinándole una palmadita en la mano.

La primera vez que la abuela Mayfair se presentó en su consulta, sus enfermeras le advirtieron que era mejor no esperar a que terminara de contarle sus historias, porque éstas no tenían fin. La abuela apareció en su consulta al segundo día de haberla abierto el doctor Jack, diciendo que ningún otro médico de la ciudad volvería a ponerle jamás las manos encima.

—Así es, doctor —respondió la abuela.

—La madre está ahí —dijo Mary Jane, señalando el gablete lateral de la buhardilla, que estaba cubierto por una mosquitera como si se tratara de una tienda de campaña rematada con tejado de punta. En un extremo había una ventana rectangular, por la que penetraba la luz y el murmullo de la lluvia.

Tenía un aspecto muy decorativo. Debajo de la mosquitera había una lámpara de queroseno que estaba encendida; el doctor percibió su olor y su cálido resplandor, reflejado en la pantalla de cristal ahumado. El lecho era muy grande y estaba cubierto con varias mantas y una colcha. De pronto el doctor se entristeció al pensar en su abuela, la cual había muerto ya hacía años, y en esos enormes lechos con tantas mantas que uno no podía mover siquiera los dedos de los pies, y lo calentito que se sentía al despertarse en las frías mañanas de invierno en Carriere, Mississippi.

El doctor alzó el sutil velo de la mosquitera y agachó un poco la cabeza. Las tablas del suelo, de madera de ciprés, estaban desnudas y limpias y presentaban un color rojo burdeos. No había una sola gotera, aunque la lluvia que golpeaba el cristal de la ventana proyectaba unos breves destellos sobre todos los objetos que había en la habitación.

En el lecho yacía, medio dormida, una muchacha pelirroja. Mostraba unas profundas ojeras oscuras y respiraba con dificultad.

—Esta joven debería encontrarse en el hospital.

—Está agotada, doctor. ¿Acaso no lo estaría usted si acabara de dar a luz? —replicó Mary Jane con descaro—. ¿Por qué no acabamos de una vez para que la pobre pueda descansar en paz?

Al menos, la cama estaba más limpia que la improvisada cuna. La joven yacía sobre unas sábanas inmaculadas, vestida con un camisón blanco ribeteado de encaje y abrochado con unos botoncitos de perlas. Su cabello, largo y bien cepillado, se desparramaba sobre la almohada. El doctor jamás había contemplado pelo tan rojo como aquél. Es posible que el bebé hubiera heredado el cabello rojo de su madre, pero de momento lo tenía de un color más pálido.

Y, a propósito de la criatura, el doctor se alegró de oírla emitir unos gorgoritos, pues ya se había empezado a preocupar por ella. La abuela Mayfair se apresuró a tomarla en brazos. El doctor observó, por la forma en que la cogía, que el bebé estaba en buenas manos, aunque le sorprendió que una mujer de esa edad tuviera que hacerse cargo de la criatura. La joven que yacía postrada en el lecho era menor que Mary Jane.

El doctor Jack se acercó, se arrodilló, no sin esfuerzo, en el desnudo suelo y apoyó la mano sobre la frente de la madre. Ésta abrió los ojos lentamente. El doctor se quedó asombrado al observar que eran de un maravilloso e intenso color verde. La muchacha era una niña, demasiado joven para ser madre.

—¿Te encuentras bien, preciosa? —preguntó el doctor.

—Sí, doctor —respondió la joven con voz clara y firme—. ¿Sería tan amable de rellenar esos papeles?

—Sabes perfectamente que deberías...

—El bebé ya ha nacido, doctor —le interrumpió la joven. Por su acento, el doctor dedujo que no era de allí—. He dejado de sangrar. No pienso ir a ninguna parte. De hecho, me encuentro mejor de lo que había imaginado.

El doctor la observó atentamente. La carne debajo de sus uñas presentaba un buen color. Su pulso era normal. Tenía los pechos muy hinchados. Y junto a la cama había una jarra de leche. Se había bebido la mitad. «Estupendo —pensó el doctor—, le conviene beber mucha leche.»

Parecía una chica inteligente, segura de sí misma y bien educada. Era evidente que no se trataba de una campesina.

—Dejadme a solas con ella —indicó el doctor, dirigiéndose a Mary Jane y a la anciana, las cuales permanecían de pie junto a él como dos gigantescos ángeles guardianes. El bebé empezó a lloriquear, como si acabara de descubrir que estaba vivo y eso no le gustase—. Apartaos para que pueda examinar a esta joven y asegurarme de que no sufre una hemorragia.

—Yo misma cuidé de ella —respondió la abuela suavemente—. ¿Piensa que dejaría que siguiera ahí postrada si sufriera una hemorragia?

De todos modos, salió de la habitación tal como le había indicado el doctor, sosteniendo al bebé en brazos y acunándolo quizá con demasiada energía para un recién nacido.

El doctor supuso que la joven madre protestaría por ello, aunque no lo hizo.

Puesto que no había nadie que le ayudara, él mismo se vio obligado a sostener la lámpara a fin de examinar a la joven con profundidad.

La chica se incorporó sobre las almohadas. Su larga y alborotada cabellera enmarcaba su pálido rostro. El doctor retiró las ropas de la cama para poder examinarla. Todo estaba limpio; tuvo que reconocer que Mary Jane y la abuela habían hecho un buen trabajo. La joven estaba tan inmaculada como si hubiera dado a luz en una bañera llena de agua. Le habían colocado debajo unas toallas blancas. Apenas sangraba. Pero no cabía duda de que era la madre del niño; resultaba evidente que acababa de parir. Su camisón blanco estaba inmaculado.

¿Por qué no habían limpiado al pequeño con tanto esmero como a la madre?, se preguntó el doctor. Eran tres mujeres, y ni siquiera fueron capaces de envolverlo en unas mantas limpias.

—Descansa —le recomendó el doctor a la madre—. Por lo que veo, el niño no te ha causado ningún desgarro, aunque hubiera sido mejor, pues de ese modo el parto habría sido más rápido. La próxima vez te aconsejo que des a luz en un hospital.

—De acuerdo, doctor —contestó la joven con voz somnolienta. Luego sonrió y dijo—: No se preocupe por mí, estoy bien.

«Toda una dama», pensó el doctor. Ya nunca volvería a ser una niña, aunque era menuda de talla. Cuando esta historia empezara a circular por la ciudad se armaría un escándalo monumental, aunque él no pensaba decirle a Eileen ni una palabra de ello.

—Ya le dije que se encontraba perfectamente —terció la abuela, retirando la mosquitera con una mano mientras con la otra sostenía al bebé. La madre ni siquiera miró a su hijo.

«Probablemente esté cansada a causa del parto», pensó el doctor. Era mejor que reposara.

—Muy bien —dijo el doctor Jack, cubriendo a la joven con la colcha—. Pero si empieza a sangrar, si le sube la fiebre, llévenla de inmediato con la limusina al hospital de Napoleonville.

—De acuerdo, doctor Jack, me alegro de que haya venido —contestó Mary Jane, tomándolo de la mano y conduciéndolo hacia la puerta.

—Gracias, doctor —dijo suavemente la joven pelirroja—. ¿Hará el favor de rellenar los papeles? Ponga la fecha del nacimiento y todos los datos. Mary Jane y la abuela firmarán como testigos.

—Puede utilizar esta mesa —dijo Mary Jane, señalando un par de tablas de pino colocadas sobre dos viejas cajas de Coca-Cola que hacían las veces de improvisada mesita. Hacía mucho tiempo que el doctor no veía ese tipo de cajas en las que se depositaban las pequeñas botellas de Coca-Cola de cinco centavos; eran piezas de coleccionista. El doctor observó el viejo aplique de gas en la pared que tenía frente a él. Esta casa estaba llena de viejos objetos que Mary Jane habría podido vender en un mercadillo.

El doctor se inclinó sobre la mesa para rellenar los papeles. Estaba en una postura bastante incómoda, pero no merecía la pena quejarse. Sacó la pluma del bolsillo y Mary Jane se apresuró a orientar la luz de una bombilla hacia él.

De pronto, oyó de nuevo el extraño ruido que provenía del piso de abajo, «clic, clic, clic», seguido de una especie de zumbido.

—¿Qué es ese ruido? —preguntó el doctor—. Veamos, ¿el nombre de la madre?

—Mona Mayfair.

—¿Y el del padre?

—Michael Curry.

—Casados legalmente…

—Sáltese ese párrafo.

El doctor meneó la cabeza.

—La criatura nació anoche, ¿no es así?

—A las dos y diez de la mañana. Asistieron el parto Dolly Jean Mayfair y Mary Jane Mayfair. En Fontevrault. ¿Sabe cómo se escribe?

El doctor asintió con un movimiento de cabeza.

—¿Nombre de la criatura?

—Morrigan Mayfair.

—Nunca había oído ese nombre. Es el nombre de un santo, ¿no?

—Será mejor que se lo deletrees, Mary Jane —indicó la madre con un hilo de voz, desde el interior de la tienda formada por la mosquitera—. Con dos erres, doctor.

—Ya sé cómo se escribe —contestó el doctor Jack, deletreando el nombre para tranquilizar a la madre—. No he traído una báscula...

—Pesa tres kilos con trescientos veinte gramos —contestó la abuela, paseando arriba y abajo y propinándole a la criatura unas palmaditas en la espalda para tranquilizarla—. La pesé en la báscula de la cocina. Su estatura es normal.

El doctor meneó de nuevo la cabeza. Terminó de rellenar el formulario e hizo una copia. No merecía la pena discutir con esas mujeres.

De golpe descargó un rayo que iluminó las cuatro esquinas de la buhardilla, Norte, Sur, Este y Oeste, y acto seguido se desvaneció, dejando la estancia sumida en una acogedora oscuridad. La lluvia caía suavemente sobre el tejado.

—Les dejo esta copia —dijo el doctor, entregando el certificado a Mary Jane—, y me llevo el original para enviarlo por correo a la parroquia. Dentro de un par de semanas recibirán el documento oficial. Ahora —añadió, dirigiéndose a la madre—, procure dar de mamar al bebé. Todavía no le ha subido la leche, pero tiene calostro y...

—Ya le he explicado todo eso, doctor Jack —le interrumpió la abuela—. Lo amamantará en cuanto usted se marche. Es muy tímida.

—Vamos, doctor —dijo Mary Jane—. Le acompañaré a casa.

—Ojalá hubiera algún otro medio de regresar a casa —replicó el doctor.

—Si tuviera una escoba, lo llevaría en ella —dijo Mary Jane, indicándole que la siguiera mientras se dirigía con paso apresurado hacia la escalera. El taconeo de sus sandalias resonó sobre las tablas del suelo.

La madre soltó una risita infantil. Por un instante su aspecto pareció completamente normal, incluso con algo de color en las mejillas. Sus pechos parecían a punto de estallar. El doctor confió en que el bebé no resultara ser un remilgado. Pensándolo bien, era imposible decir cuál de las dos jóvenes era más atractiva.

El doctor levantó la mosquitera y se acercó de nuevo al lecho. Tenía los zapatos llenos de agua, pero ¿qué podía hacer? La camisa también estaba empapada.

—¿Estás segura de que te encuentras bien? —le preguntó a la madre.

—Sí, seguro —contestó ésta, sin dejar de beber con avidez de la jarra de leche.

Era lógico que le apeteciera beber leche, pensó el doctor Jack, aunque no lo necesitaba. La joven sonrió, mostrando unos dientes muy blancos, los más blancos que el doctor había visto jamás. Tenía la nariz salpicada de pecas. Puede que fuera menuda, pero era la pelirroja más guapa que él había visto en su vida.

—Vamos, doctor —dijo bruscamente Mary Jane—. Mona tiene que descansar, y temo que el niño empiece a berrear. Adiós, Mona, adiós, Morrigan; adiós, abuela.

Acto seguido, Mary Jane cogió al doctor de la mano y lo arrastró a través de la buhardilla, deteniéndose sólo un instante para ponerse el sombrero vaquero, que se había quitado al entrar en la casa. Al colocárselo cayó un pequeño chorro de agua al suelo y se formó un pequeño charco.

—Calla, calla —le dijo la abuela al bebé—. Apresúrate, Mary Jane. Esta criatura se está poniendo muy nerviosa.

El doctor se disponía a decir que la mejor forma de calmar al bebé era entregárselo a su madre, pero temió que Mary Jane lo arrojara escaleras abajo de un empujón. La tenía pegada a los talones, hasta podía sentir sus puntiagudos pechos rozándole la espalda. Pechos, pechos, pechos. Menos mal que había elegido la especialidad de geriatría, pues no habría sido capaz de resistirse ante esas madres adolescentes vestidas con camisones transparentes, y haciendo ostentación de sus pezones con el mayor de los descaros.

—Le pagaré quinientos dólares por la visita, doctor —dijo Mary Jane en voz baja, rozándole la oreja con sus labios rosados y sensuales—, porque sé lo que significa venir hasta aquí en una tarde como ésta. Además, es usted tan amable y tan simpático...

—¿Y cuándo veré ese dinero, Mary Jane Mayfair? —preguntó el doctor Jack, malhumorado.

Las chicas de su edad eran todas unas descaradas. ¿Cómo reaccionaría Mary Jane si él se volviera de pronto y le metiera mano, como ella parecía estar deseando que hiciera? Debía cobrarle por un par de zapatos nuevos, pensó, ya que los que llevaba estaban hechos una pena. Siempre le quedaría el recurso de pedirle el dinero a aquellos parientes ricos de Nueva Orleans.

Un momento. Si precisamente esa chica que estaba acostada en la buhardilla pertenecía a los acaudalados Mayfair y había venido aquí para...

—No se preocupe por nada —dijo Mary Jane—,

usted no entregó el paquete, sólo firmó conforme lo había recibido.

—¿De qué estas hablando? —preguntó el doctor.

—¡Apresúrese, tenemos que coger nuevamente el bote!

Mary Jane corrió escaleras abajo, seguida por el doctor Jack, que apenas podía levantar los pies. En realidad, la casa no estaba tan inclinada como parecía desde fuera. «Clic, clic, clic.» El doctor oyó de nuevo aquel ruido que lo tenía intrigado. Puede que uno acabara acostumbrándose a vivir en una casa inclinada, aunque la idea de vivir en una desvencijada mansión medio inundada…

De pronto cayó otro rayo que inundó de luz el vestíbulo, permitiendo la visión del papel de las paredes, los techos, los montantes sobre las puertas y el viejo candelabro del que colgaban dos cables inutilizados.

¡Eso es! ¡Aquel ruido provenía de un ordenador! El doctor Jack alcanzó a ver en la habitación del fondo, durante la fracción de segundo que duró el resplandor del rayo, a una mujer muy alta y de cabello rojo como el de la joven madre que yacía arriba… aunque el doble de largo, que se hallaba inclinada sobre el ordenador, tecleando apresuradamente, y canturreando como si repitiese en voz alta lo que iba escribiendo.

Después, las sombras cayeron sobre su silueta y sobre la pantalla del ordenador, y el flexo proyectó un pequeño círculo de luz amarilla sobre sus ágiles dedos.

«Clic, clic, clic.»

En aquel momento descargó un trueno que hizo vibrar todos los objetos de cristal que había en la casa. Mary Jane se tapó los oídos. La joven y extraña mujer que estaba sentada ante el ordenador lanzó un grito y se levantó de un salto. Todas las luces de la casa se apagaron de golpe, sumiéndolos en una penumbra tan densa que parecía haber anochecido.

La hermosa extraña no cesaba de gritar como una posesa. Era mucho más alta que el doctor.

—Calla, Morrigan, no grites —dijo Mary Jane, corriendo hacia ella—. Sólo ha sido un rayo. La luz no tardará en volver.

—¡Pero ha desaparecido! —contestó la joven.

Luego se volvió y vio al doctor Jack. Éste pensó durante unos momentos que estaba perdiendo facultades. La chica tenía una cabeza idéntica a la de su madre, las mismas pecas, el mismo pelo rojo, la blanca dentadura, los ojos verdes. ¡Dios santo! Era como si alguien hubiera arrancando la cabeza de la madre para colocarla sobre el largo cuello de esa extraña y gigantesca criatura. Madre e hija podían haber sido gemelas. El doctor medía un metro setenta y siete centímetros, y esa chica larguirucha le pasaba al menos un palmo. Sólo llevaba puesto un camisón holgado, como su madre, que dejaba ver sus suaves, blancas y larguísimas piernas. Debían de ser hermanas. A la fuerza.

—¡Eh! —exclamó, mirando fijamente al doctor Jack y echando a caminar descalza hacia él, aunque Mary Jane trató de detenerla.

—Siéntate otra vez —le ordenó Mary Jane—. La luz volverá enseguida.

—Eres un hombre —dijo la joven, que no era mayor que la diminuta madre que yacía arriba, o que la propia Mary Jane. Se detuvo frente al doctor, mirándolo con cara de pocos amigos. Sus ojos, verdes, enmarcados por unas cejas rojas y unas pestañas larguísimas, eran más grandes que los de la joven madre.

—Ya te lo dije —respondió Mary Jane—, el doctor ha venido para rellenar los papeles del bebé. Doctor

Jack, le presento a Morrigan, la tía del niño. Morrigan, éste es el doctor Jack. Siéntate, Morrigan, el doctor tiene muchas cosas que hacer.

—No te pongas tan ceremoniosa —replicó la larguirucha joven, sonriendo. Luego se frotó sus largas y sedosas manos. Su voz tenía un timbre idéntico al de la joven madre que yacía arriba. Una voz bien educada—. Le ruego me perdone, doctor Jack, mis modales dejan todavía mucho que desear, aún estoy un poco verde, quizá trato de asimilar más información de la que nuestra especie es capaz de digerir, pero tenemos tantos problemas que debemos resolver; por ejemplo, ahora que ya tenemos el certificado de nacimiento, porque ya lo tenemos, ¿no es así, Mary Jane?, ¿o acaso no era eso lo que tratabas de decirme cuando me interrumpiste de forma tan poco considerada, Mary Jane? Sin embargo, lo que realmente quisiera saber es qué habéis decidido sobre el bautizo del bebé porque, si la memoria no me falla, el legado estipula claramente que el bebé debe ser bautizado en la fe católica. Según he podido observar en estos documentos a los que acabo de tener acceso pero que sólo he hojeado, es más importante bautizarlo que inscribirlo en el registro civil.

—¿De qué diantres estás hablando? —preguntó el doctor Jack—. ¿Acaso te han vacunado en la RCA Victor? Pareces un disco rayado.

La joven lanzó una carcajada y palmoteó de júbilo, moviendo al mismo tiempo la cabeza y sacudiendo su larga cabellera pelirroja.

—¿De qué está hablando usted, doctor? —contestó la joven—. ¿Cuántos años tiene? Es bastante madurito, ¿no?, calculo que tendrá unos sesenta y siete años, ¿me equivoco? Déjeme ver sus gafas.

Antes de que el doctor pudiera protestar, se las arrebató de la nariz y lo observó a través de ellas. El doctor se quedó estupefacto; lo cierto es que tenía sesenta y ocho años. Miró a la joven, que se había convertido en una fragante silueta borrosa.

—Esto es genial —dijo la joven, colocando las gafas sobre el caballete de la nariz del doctor Jack. Tras recuperar la visión, observó que la joven lo miraba sonriente, mostrando unos hoyuelos en las mejillas y los labios más perfectos que él había visto jamás—. Hacen que todo parezca un poco más grande, y pensar que no es más que uno de los numerosos inventos con los que me tropezaré durante mis primeras horas de vida, unas gafas, unos lentes, ¿es ésa la palabra correcta? Unas gafas, un horno microondas, unos pendientes de clip, el teléfono, programas informáticos, el monitor del ordenador… Tengo la impresión de que, cuando meditamos sobre ello, advertimos cierta poesía en esos objetos con los que nos topamos ya al principio de nuestra vida, sobre todo si es verdad que nada es fortuito, que las cosas sólo parecen aleatorias según el punto de vista con que se miren y que, en última instancia, cuando valoramos detenidamente nuestros instrumentos de observación comprendemos que incluso los inventos con los que nos topamos en una mansión abandonada y en ruinas se confabulan para expresar algo sobre sus ocupantes, algo más profundo de lo que pudiéramos imaginar. ¿Qué opina, doctor?

El doctor lanzó una sonora carcajada y se dio una palmada en la pierna.

—Hija, no sé qué opinar sobre eso —contestó—, pero me encanta cómo lo has expresado. ¿Cómo dices que te llamas? ¿Morrigan? ¿De modo que le han puesto tu nombre al bebé? No me digas que también eres una Mayfair.

—Desde luego, me llamo Morrigan Mayfair —respondió la joven, alzando los brazos en un arrebato de entusiasmo.

De pronto se produjo un breve resplandor, seguido de un leve zumbido; entonces las luces volvieron a encenderse y el ordenador, que se hallaba detrás de ellos, empezó a emitir su característico sonido de puesta en marcha.

—¡Estupendo! —exclamó la joven, volviéndose apresuradamente y agitando su melena pelirroja—. Volvemos a estar en línea con Mayfair y Mayfair, hasta que la Madre Naturaleza decida humillarnos a todos, prescindiendo de lo bien dotados, configurados, programados e instalados que estemos. Dicho de otro modo, hasta que caiga otro rayo.

La joven corrió a sentarse ante la pantalla del ordenador y comenzó a teclear de nuevo, olvidándose por completo del doctor.

—¡Apresúrate, Mary Jane! —gritó la abuela desde arriba—. La criatura tiene hambre.

Mary Jane tiró de la manga del doctor.

—Espera un momento —dijo éste.

Pero el doctor Jack comprendió que había perdido irremediablemente a la asombrosa joven, del mismo modo que comprendió que debajo del camisón blanco no había más que su piel desnuda y que la luz del flexo ponía de relieve sus pechos, su vientre liso y sus espléndidos muslos; ni siquiera llevaba braguitas. El doctor observó sus enormes pies, preguntándose si era prudente permanecer descalza ante un ordenador con la tormenta que estaba cayendo. Su larga melena pelirroja rozaba el asiento de la silla.

La abuela volvió a gritar desde arriba.

—¡Mary Jane, no olvides que tienes que devolver el niño antes de las cinco!

—Ya voy, ya voy. Vamos, doctor Jack.

—¡Adiós, doctor Jack! —gritó la hermosa y larguirucha joven agitando su mano derecha, la cual remataba un brazo impresionantemente largo, sin apartar la vista del ordenador.

Mary Jane pasó corriendo frente al doctor y subió de un salto en al bote.

—¿Viene o no? —preguntó al doctor Jack—. Me marcho, tengo muchas cosas que hacer. ¿O es que se va a quedar ahí como un pasmarote?

—¿Adónde tienes que llevar al niño antes de las cinco? —preguntó al salir de su estupor mientras reflexionaba sobre lo que acababa de decir la anciana—. Supongo que no pensarás llevarlo a bautizar.

—¡Apresúrate, Mary Jane!

—¡Leven anclas! —gritó Mary Jane, apoyando el remo en los escalones para impulsar el bote.

—¡Un momento!

El doctor pegó un salto y aterrizó violentamente dentro de la piragua, haciendo que ésta chocara con la balaustrada y la pared.

—Haz el favor de reducir la marcha —le dijo a Mary Jane—. Llévame hasta el embarcadero sin arrojarme al pantano.

«Clic, clic, clic.»

Afortunadamente la lluvia había amainado algo. A través de las espesas nubes asomaban tímidamente unos rayos de sol, haciendo que las gotas brillaran como gemas.

—Tenga, doctor —dijo Mary Jane cuando el doctor Jack se subió al coche, entregándole un grueso sobre lleno de billetes de veinte dólares. El doctor calculó, de forma aproximada, que el sobre debía de contener unos mil dólares. Mary Jane cerró la portezuela y se sentó al volante.

—Esto es mucho dinero, Mary Jane —dijo el doctor, aunque estaba pensando en un nuevo cortacésped, un artilugio para eliminar rastrojos, una podadera de setos eléctrica y un televisor en color Sony. Por si fuera poco, no existía ningún motivo en el mundo que lo obligara a declarar ese dinero a Hacienda.

—Calle y métaselo en el bolsillo —respondió Mary Jane—. Se lo ha ganado viniendo aquí con este tiempecito.

Acto seguido, Mary Jane se arremangó de nuevo la falda hasta medio muslo. Sin embargo, no podía compararse con la espléndida jovencita pelirroja que habían dejado sentada ante el ordenador. El doctor hubiera dado cualquier cosa por poder ponerle las manos encima siquiera durante cinco minutos, acariciar su aterciopelada piel y sus largas piernas. «Basta, viejo idiota —se dijo—, vas a provocarte un ataque cardíaco.»

Mary Jane dio marcha atrás de forma brusca, haciendo que las ruedas giraran vertiginosamente en el barro, efectuó un peligroso giro de ciento ochenta grados y se lanzó a toda velocidad por la carretera llena de baches.

El doctor se volvió para echar un último vistazo a la casa, a las inmensas y destartaladas columnas que se alzaban sobre los cipreses y a las lentejas de agua que se introducían por las ventanas de la planta baja. Luego fijó de nuevo la vista en la carretera y dejó escapar un suspiro de alivio. Estaba impaciente por alejarse de aquel lugar.

Cuando llegara a casa y su esposa Eileen le preguntara: «¿Qué es lo que has visto en Fontevrault, Jack?», él no sabría qué responder. Desde luego, no le diría ni una palabra sobre las tres jóvenes tan atractivas que había visto reunidas bajo un mismo techo. Ni tampoco sobre el fajo de billetes de veinte dólares que guardaba en su bolsillo.

28

Nos inventamos una identidad humana.

Nos «convertimos» en la antigua tribu de los pictos, altos porque proveníamos de los países septentrionales donde la gente tiene una estatura superior a la normal y ansiosos de vivir en paz con quienes no pretendieran perturbarnos.

Lógicamente, fue un proceso muy lento. Los rumores sobre nuestra existencia ya habían empezado a circular. Al principio hubo un período de espera, durante el cual no permitimos la entrada al valle a ningún extraño; luego dejamos que entrara algún que otro viajero, que nos suministraba una información muy valiosa. Por último, decidimos aventurarnos fuera del valle, afirmando que éramos pictos y ofreciendo nuestra amistad a todo aquel que nos cruzásemos en el camino.

Con el tiempo, pese a la leyenda que ha existido siempre sobre los Taltos, y que adquiría nuevas dimensiones cada vez que un pobre Taltos era capturado, conseguimos engañarlos a todos. Nos sentíamos más seguros no porque nos hubiéramos atrincherado tras las almenas de nuestras torres, sino gracias a nuestro lento proceso de integración con los seres humanos.

Nos convertimos en el orgulloso y solitario clan de Donnelaith. Vivíamos como reclusos, aunque siempre estábamos dispuestos a ofrecer a otros nuestra hospitalidad. No solíamos hablar con frecuencia de nuestros dioses. No nos gustaba que nos interrogaran acerca de nuestras costumbres ni de nuestros hijos.

Pero vivíamos como nobles, alimentando los conceptos del honor y el orgullo de nuestra patria.

Las cosas funcionaban a la perfección. Tras abrir las puertas del valle, tuvimos por primera vez ocasión de adquirir nuevos conocimientos de unos elementos ajenos a nuestro clan. Muy pronto aprendimos a coser y a tejer, tareas que se convirtieron en una obsesión para nosotros. Todos los Taltos, hombres y mujeres, pasábamos días y noches tejiendo. No podíamos apartarnos del telar.

El único remedio fue dedicar nuestra atención a otra actividad, por ejemplo a trabajar los metales, cosa que también llegamos a dominar. Aunque sólo acuñábamos monedas y fabricábamos puntas de lanza, era un arte que nos absorbía por completo.

También aprendimos a escribir. Arribaron otros pueblos a las costas de Britania y, a diferencia de los crueles guerreros que habían destruido nuestro mundo de la planicie, éstos escribían cosas sobre piedra, sobre tablillas y pieles de oveja preparadas por ellos mismos para que la escritura perdurara y resultara hermosa a la vista y al tacto.

La escritura sobre esas piedras, tablillas y pergaminos estaba en griego y latín. Nuestros esclavos nos enseñaron a relacionar el símbolo con la palabra, y posteriormente perfeccionamos el arte de la escritura con la ayuda de los eruditos que acudían a nuestro valle.

La escritura se convirtió, para muchos de nosotros, y entre ellos yo, en una auténtica obsesión. Leíamos y escribíamos constantemente, traduciendo en palabras nuestra propia lengua, que es mucho más antigua que todas las que existían en Britania. Ideamos una escritura denominada ogham, la cual conformaba nuestros escritos secretos. Puede observarse esa grafía en muchas piedras que se hallan en el norte de Escocia, pero nadie es capaz de descifrarla hoy en día.

Nuestra cultura, el nombre que adoptamos —pictos—, nuestro arte y nuestra escritura siguen siendo todavía hoy un misterio. Muy pronto comprenderéis el motivo de que se perdiera la cultura de los pictos.

A menudo me pregunto, a título de curiosidad, qué fue de los diccionarios que tanto esfuerzo me costó completar y en los que invertíamos tantos meses de trabajo ininterrumpido excepto para dormir unas horas o comer algo.

Se hallaban ocultos en cámaras subterráneas o refugios que construimos en el subsuelo del valle, un excelente escondite en caso de que los humanos nos atacaran de nuevo; también se ocultaban allí muchos de los manuscritos en griego y latín que yo estudiaba en aquellos días.

Las matemáticas representaban otra trampa, algo capaz de hechizarnos. Algunos de los tomos que cayeron en nuestras manos se referían a teoremas de geometría, que comentábamos durante días al mismo tiempo que trazábamos unos triángulos en la tierra.

Fue una época muy estimulante para nosotros. Nuestro plan nos permitió el acceso a nuevos inventos. Y, aunque disponíamos de tiempo suficiente para vigilar y advertir a los jóvenes e imprudentes Taltos que no confiasen en ningún extraño ni se enamorasen de uno de ellos, conseguimos conocer a muchos de los romanos que habían llegado a Britania, y averiguamos que esos romanos habían castigado a los bárbaros celtas que nos habían infligido semejantes atrocidades.

Esos romanos no creían en las supersticiones locales sobre los Taltos. Hablaban sobre un mundo civilizado, vasto y lleno de grandes ciudades.

Sin embargo, los temíamos. Aunque construían unos edificios magníficos, como jamás habíamos contemplado, eran unos guerreros todavía más expertos que los otros. Habíamos oído muchas historias sobre sus conquistas. Habían perfeccionado el arte de la guerra hasta extremos inauditos. Por consiguiente, nos mantuvimos en nuestro remoto valle; no queríamos encontrarnos con ellos en el campo de batalla.

Muchos comerciantes llegaban con sus libros y pergaminos para vendérnoslos. Yo leía con avidez a sus filósofos, dramaturgos, poetas, cronistas satíricos y oradores.

Por supuesto, ninguno de nosotros era capaz de comprender la esencia auténtica de sus vidas, el ambiente, por utilizar un término moderno, su alma nacional, su carácter. Pero aprendíamos con rapidez. Sabíamos que no todos los hombres eran unos bárbaros. Ésa era la palabra exacta que utilizaban los romanos para describir a las tribus que invadían Britania por los cuatro costados, unas tribus a las que los romanos pretendían someter en nombre de su poderoso imperio.

Los romanos, por cierto, nunca llegaron a nuestro valle, aunque durante doscientos años lucharon en Britania. El romano Tácito escribió la crónica de la primera campaña de Agrícola, que alcanzó Escocia. Durante el siglo siguiente se construyó la Muralla de Antonino, un prodigio para las tribus bárbaras que residían en Roma, y cerca de ésta el Camino Militar, una carretera de setenta y tres kilómetros de longitud por la que no sólo pasaban los soldados, sino también los comerciantes que portaban toda clase de artículos allende los mares, un asombroso testimonio de otras civilizaciones.

Finalmente el mismo emperador romano, Septimio Severo, llegó a Britania con objeto de someter a las tribus escocesas, pero él tampoco penetró en nuestros fuertes.

Los romanos permanecieron muchos años en Britania, y proporcionaron singulares y valiosos botines a nuestra pequeña nación.

Cuando al fin se retiraron de nuestras tierras, cediéndoselas a los bárbaros, nosotros ya no vivíamos ocultándonos. Cientos de seres humanos se habían asentado en nuestro valle, rindiéndonos tributo, edificando sus pequeñas torres de piedra alrededor de las nuestras, que eran más grandes, y considerándonos una gran, misteriosa pero humana familia de gobernantes.

No siempre resultó fácil mantener las apariencias, pero los usos y costumbres de la época nos facilitaron la tarea. Otros clanes fueron apareciendo en sus lejanos baluartes. No éramos un país de ciudades, sino de pequeños feudos. Aunque nuestra estatura y la negativa a contraer matrimonio con miembros de nuestro clan eran consideradas poco comunes, en todos los demás aspectos resultábamos totalmente aceptables.

La clave, como es lógico, residía en no permitir jamás que ningún extraño presenciase nuestro ritual del parto. En este aspecto los seres diminutos, que de vez en cuando acudían a nosotros en busca de protección, se convirtieron en nuestros centinelas.

Cuando decidíamos formar el círculo entre las piedras, advertíamos a todos los clanes inferiores de Donnelaith que nuestros sacerdotes sólo podían presidir nuestros ritos familiares en la más estricta intimidad.

A medida que fuimos perdiendo el temor a ser descubiertos, dejamos que participaran otros, pero siempre desde los círculos exteriores más alejados del centro. Jamás llegaron a contemplar lo que los sacerdotes hacían en el centro de la asamblea. Jamás presenciaron un parto. Imaginaban que se trataba de un rito dedicado al cielo, el sol, el viento, la luna y las estrellas. Nos tenían por una familia de magos.

Por supuesto, todo eso dependía de la pacífica colaboración con los que residían en el valle, colaboración que se mantuvo durante siglos.

En resumidas cuentas, pasábamos por ser personas normales y corrientes. Otros Taltos se sumaron a nuestro plan, afirmando que eran pictos, aprendiendo nuestra escritura y llevándola, junto con nuestro estilo arquitectónico y ornamental, a sus fortalezas. Todos los Taltos que deseaban sobrevivir estaban obligados a actuar de ese modo, engañando a los seres humanos.

Sólo los Taltos salvajes seguían haciendo de las suyas en los bosques, poniendo así en peligro nuestro plan. Pero incluso ellos conocían la escritura ogham y nuestros numerosos símbolos.

Por ejemplo, si un Taltos vivía solo en el bosque acostumbraba grabar un símbolo en un árbol para comunicar a otros Taltos que estaba allí, un símbolo que no tenía ningún significado para los seres humanos. Cuando un Taltos se topaba con otro en una posada, solía acercarse a él y le ofrecía un presente, un broche o un alfiler con nuestros emblemas.

Uno de los ejemplos más importantes de esos emblemas es la aguja de bronce con un rostro humano que fue hallada siglos más tarde por unos pueblos modernos en Sutherland. Los humanos no advirtieron, al describir esa aguja, que se trataba de la imagen de un pequeño Taltos abandonando el útero materno, mostrando una cabeza gigantesca y unos pequeños brazos cruzados, aunque prestos a extenderse, como las alas de una nueva mariposa, y a desarrollarse.

Otros símbolos que tallábamos en las rocas, en la entrada de las cuevas o sobre piedras sagradas, representaban unas caprichosas imágenes de animales de la tierra perdida, presidida por la exuberancia tropical. Otras tenían un significado puramente personal. Las imágenes que nos caracterizaban como feroces guerreros eran engañosas, y habían sido hábilmente concebidas para mostrar a unas personas que se saludaban en son de paz.

El arte de los pictos es el nombre común que se ha dado a todo lo que he descrito. Y esa tribu se ha convertido en el gran enigma de Britania.

¿Cuál era nuestro mayor temor, nuestra mayor amenaza? Había transcurrido mucho tiempo y ya no temíamos a los seres humanos, que nada sabían de nosotros. Pero los seres diminutos sí sabían quiénes éramos, y ansiaban unirse con un Taltos y tener descendencia. Aunque necesitaban nuestra protección, todavía nos causaban de vez en cuando problemas.

Pero la verdadera amenaza a nuestra tranquilidad provenía de los brujos y las brujas, esos singulares seres humanos que captaban nuestro olor y podían copular con nosotros, o que eran descendientes de individuos que habían copulado con nosotros. Los brujos —que eran muy raros, por supuesto— transmitían, de madre a hija y de padre a hijo, las leyendas de nuestra especie, así como la absurda idea de que si llegaban a copular con nosotros crearían unos monstruos de gran tamaño y belleza que vivirían eternamente. También sustentaban otra creencia, no menos absurda: si bebían la sangre de los Taltos, los brujos y las brujas se convertirían en seres inmortales; si nos mataban, utilizando las palabras y maldiciones pertinentes, lograrían arrebatarnos nuestro poder.

El aspecto más terrible de eso, y lo único cierto y

tangible, era que los brujos, al vernos, podían descubrir que no éramos unos simples seres humanos, sino unos Taltos.

Nosotros evitábamos que entraran en el valle. Cuando viajábamos al extranjero, procurábamos no tener tratos con la bruja de la aldea o el hechicero que vivía en el bosque. Naturalmente, ellos también tenían motivos para temernos, pues éramos capaces de detectar de modo infalible su presencia y, dado que éramos muy inteligentes y muy ricos, podíamos causarles numerosos problemas.

Pero cuando aparecía un brujo o una bruja, corríamos un gran peligro. Temíamos toparnos con una bruja o un brujo listo y ambicioso que estuviera empeñado en hallar a un auténtico Taltos de las tierras altas de Escocia entre los clanes de individuos de gran estatura que habitaban allí.

Siempre existía la posibilidad de que apareciera un poderoso y cautivador brujo o bruja capaz de atraer a un Taltos, atraparlo con sus hechizos y su música y obligarlo a participar en sus ritos.

De vez en cuando llegaba a nuestros oídos la noticia de que habían hallado a un Taltos en otro lugar. Corrían infinitas historias sobre nacimientos de híbridos, brujos, seres diminutos y magia.

No obstante, nos sentíamos seguros en nuestras fortalezas.

El mundo no conocía la existencia del valle de Donnelaith y, mientras otras tribus peleaban incesantemente entre ellas, en nuestro valle reinaba la paz; ello no se debía a que la gente temiera que habitaran allí unos monstruos, sino a que lo consideraban el bastión de unos respetables nobles.

Durante aquellos años gozamos de una vida cómoda y próspera, aunque cimentada en la mentira. Muchos jóvenes, incapaces de soportarlo, abandonaron el valle para no regresar jamás. En ocasiones, aparecía en Donnelaith un Taltos híbrido que ignoraba por completo sus orígenes.

Poco a poco, fuimos bajando la guardia y cometimos un grave error. Algunos de nosotros contrajimos matrimonio con seres humanos.

Sucedía de la siguiente forma. Uno de nuestros hombres emprendía un largo viaje, en el transcurso del cual conocía a una bruja que vivía sola en un tenebroso bosque. El Taltos se enamoraba de ella, que era perfectamente capaz de darle hijos. El Taltos amaba sinceramente a la bruja, y ésta a él; y, puesto que era una pobre y desgraciada criatura, imploraba al Taltos ayuda y protección. El Taltos la traía a casa, donde, pasado un tiempo, la bruja le daba otro hijo antes de morir. Algunos de esos híbridos se casaban con otros híbridos.

En ocasiones, una hermosa hembra Taltos se enamoraba de un hombre humano y lo abandonaba todo por él. A veces transcurrían años antes de que ella pariera, y entonces nacía un híbrido, el cual unía más a la pareja, pues el padre se veía reflejado en su hijo, un Taltos, a quien exigía lealtad.

Así es cómo aumentó entre los de nuestra especie la sangre humana. Y también cómo nuestra sangre penetró en el clan humano de Donnelaith que nos sobrevivió.

No me referiré a la tristeza que nos invadía a menudo, a las emociones que experimentábamos al celebrar nuestros ritos secretos. No trataré de describir nuestras largas conversaciones, en las que reflexionábamos sobre el significado del mundo y sobre el motivo de que tuviéramos que vivir entre seres humanos. Vosotros os habéis convertido también en unos marginados. Lo sabéis tan bien como yo. Y si no lo sabéis, sin duda podéis imaginarlo.

¿Qué queda hoy en día del valle?

¿Dónde están las numerosas fortalezas y castillos que construimos? ¿Dónde están nuestras piedras con sus curiosas inscripciones y sus extrañas y serpenteantes figuras? ¿Qué fue de los gobernantes pictos de aquella época, que con su apuesta estampa a caballo, y sus gentiles modales impresionaron a los romanos?

Como sabéis, lo que queda de Donnelaith es lo siguiente: una pintoresca posada, un castillo en ruinas, una inmensa excavación que lentamente va revelando una gigantesca catedral, leyendas de brujería y desgracias, de nobles que murieron trágicamente y de una extraña familia que llegó a América desde Europa, portando un maleficio en la sangre, la posibilidad de parir monstruos, un maleficio reflejado en ciertos signos propios de los brujos; una familia cuya sangre y dotes hechiceras atrajeron a Lasher, el astuto e implacable fantasma de uno de nuestra especie.

¿Cómo fueron aniquilados los pictos de Donnelaith? ¿Por qué sucumbieron al igual que los habitantes de la tierra perdida y las gentes de la planicie? ¿Qué sucedió?

No fueron los britanos, los anglos ni los escotos quienes nos conquistaron. No fueron los sajones ni los irlandeses, ni tampoco las tribus germanas, quienes invadieron la isla. Estaban demasiado ocupados destruyéndose entre sí.

Antes bien, fuimos destruidos por unos hombres tan amables como nosotros, con unas normas tan estrictas como las nuestras y unos sueños tan hermosos como los nuestros. El líder al que seguían, el dios que adoraban, el salvador en el que creían se llamaba Jesús. Él fue la causa de nuestra perdición.

Fue el propio Jesús quien puso fin a quinientos años de prosperidad. Fueron sus gentiles monjes irlandeses quienes precipitaron nuestra caída.

¿No adivináis cómo sucedió?

¿Imagináis lo vulnerables que éramos, nosotros, que en la soledad de nuestras torres de piedra nos entreteníamos tejiendo y escribiendo, igual que unos chiquillos, que canturreábamos todo el día, que creíamos en el amor y en el Dios Bondadoso y nos negábamos a considerar que la muerte fuera sacrosanta?

¿Cuál era el mensaje puro de los primitivos cristianos? ¿Y el de los monjes romanos y celtas que llegaron a nuestras costas para predicar el nuevo evangelio? ¿Cuál es el mensaje puro que transmiten hoy en día esos cultos dispuestos a consagrarse de nuevo a Jesús y a sus enseñanzas?

Amor, el mismo en el que nosotros creíamos.

Perdón, una cualidad que nosotros considerábamos muy práctica. Humildad, una virtud que nosotros considerábamos, a pesar de nuestro orgullo, algo mucho más noble que la absurda arrogancia de quienes peleaban continuamente entre sí. Bondad de corazón, comprensión, el goce de los justos, es decir, los valores que nosotros sustentábamos. ¿Y qué era lo que condenaban los cristianos? La carne, lo cual había constituido siempre nuestra perdición. Los pecados de la carne, que habían hecho que nos convirtiéramos en unos monstruos a los ojos de los humanos, al copular en grandes círculos ceremoniales y parir hijos plenamente desarrollados.

Estábamos listos para caer en la trampa. Estaba hecha a nuestra medida.

El truco, el sublime truco, era que en el fondo el cristianismo no sólo abrazaba todas esas cosas, sino que sacralizaba la muerte y al mismo tiempo redimía esa sacralización.

¿Comprendéis mi lógica? La muerte de Jesús no se produjo en el campo de batalla, no fue la muerte del guerrero con la espada en la mano, sino un humilde sacrificio, una ejecución que no podía ser vengada, una rendición total por parte de Dios a fin de salvar a sus criaturas humanas. Pero en definitiva era muerte, y eso era todo.

Resultaba magnífico. Ninguna otra religión habría conseguido hacernos caer en sus redes. Detestábamos los panteones de los dioses bárbaros. Nos reíamos de los dioses de los griegos y romanos. Los dioses de Sumeria y la India nos parecían igualmente ridículos. Pero Jesús venía a colmar el ideal de todo Taltos.

Y aunque no hubiera salido plenamente desarrollado del vientre de su madre, había nacido de una virgen, lo cual resultaba no menos milagroso. El nacimiento de Jesús era tan importante como su aceptada crucifixión. Era el triunfo de lo que siempre habíamos defendido. Era el Dios al que estábamos dispuestos a entregarnos sin reserva.

Por último, permitidme que añada la *pièce de résistance*. Esos cristianos también habían sido perseguidos y amenazados con ser aniquilados. Diocleciano, el emperador romano, los había sometido a una implacable persecución. Los fugitivos acudían al valle en busca del refugio que nosotros les ofrecíamos.

Los cristianos conquistaron nuestro corazón. Al conversar con ellos, llegamos a creer que posiblemente el mundo estaba cambiando. Creímos que se había iniciado una nueva era y que nuestro resurgimiento e instauración resultaban concebibles.

El último estadio de la seducción no pudo ser más simple.

Un monje llegó al valle en busca de refugio. Unos paganos andrajosos lo habían estado persiguiendo, y nos suplicó que le diéramos asilo. Como es lógico, no podíamos negárselo. Lo conduje a mi casa, a mis aposentos, donde le pedí que me hablara del mundo exterior, puesto que hacía tiempo que yo no salía del valle.

Nos hallábamos a mediados del siglo VI d. de J., aunque en aquel entonces yo lo ignoraba. Tratad de visualizarnos: unos hombres y unas mujeres ataviados con largas y sencillas túnicas ribeteadas de piel, bordadas con oro y gemas, los hombres con el cabello hasta los hombros. Llevan unos gruesos cinturones y mantienen la espada siempre a mano. Las mujeres cubren su cabello con velos de seda sujetos por unas simples diademas de oro. Nuestras torres son austeras, aunque cálidas y acogedoras, llenas de pieles de animales, cómodas sillas y fuegos que arden en las chimeneas para proporcionarnos calor. Todos éramos, por supuesto, muy altos,

Tratad de imaginarme a solas en mi torre con ese enjuto monje de cabello amarillo, vestido con un hábito marrón, que se apresuró a aceptar la copa de vino que le ofrecí.

Llevaba un abultado paquete del que no se separó en ningún momento, y más tarde me pidió que le proporcionara un guardia para que lo escoltara hasta la isla de Iona.

Según me dijo, había emprendido viaje con dos compañeros, pero unos bandidos los habían asesinado y él se quedó solo e indefenso. Agregó que era preciso que llevara su preciado paquete a Iona, pues de lo contrario perdería algo más valioso que su vida.

Le prometí ocuparme de que llegara sano y salvo a

Iona. El extraño me dijo entonces que era el hermano Ninian, le habían impuesto el nombre de otro santo, el obispo Ninian; el cual había convertido a numerosos paganos en su capilla, o monasterio, en Whittern. Dicho obispo había convertido a varios Taltos salvajes.

A continuación el joven Ninian, un afable y apuesto celta irlandés, depositó el paquete en una mesa y me reveló su contenido.

Yo había visto muchos libros, pergaminos y códices romanos, que estaban muy en boga. Sabía latín y griego. Incluso había visto algunos tomos muy pequeños llamados *cathachs*, que los cristianos portaban como talismanes cuando se dirigían al campo de batalla. Los escasos fragmentos de escritura cristiana que había visto me habían intrigado profundamente, pero no estaba preparado para el tesoro que Ninian me mostró.

Se trataba de un espléndido tomo bellamente ilustrado y decorado que contenía los Cuatro Evangelios. La cubierta estaba adornada con oro y gemas, estaba encuadernado en seda y sus páginas contenían unos diminutos y exquisitos dibujos.

De inmediato me sentí poderosamente atraído por el libro, que casi devoré. Empecé a leerlo en voz alta, en latín, y aunque presentaba ciertas irregularidades, no tuve ninguna dificultad en comprender su significado. Lo leí apresuradamente, como si estuviera poseído, lo cual, por supuesto, era normal en un Taltos. El texto era de tal belleza que me pareció oírlo cantado.

A medida que pasaba las páginas del libro, me sentí asombrado no sólo por la historia que narraba, sino por los increíbles dibujos que representaban a fantásticas bestias y diminutas figuras. Era un arte que me subyugaba, por cuanto yo también lo había practicado.

Era como todo el arte que se practicaba en aquella

época en las islas. Posteriormente los entendidos lo tacharían de tosco, pero a mí me encantó tanto su complejidad como la ingenuidad que había en él.

Ahora bien, para comprender el impacto que causaron en mí los Evangelios, es preciso tener en cuenta lo distintos que eran de cualquier tipo de literatura que había caído con anterioridad en mis manos. No incluyo el Torah de los hebreos, puesto que no lo conocía, pero en cualquier caso los Evangelios son muy distintos de aquél.

Era un libro diferente a cuantos yo había visto hasta entonces. En primer lugar, se refería a ese hombre, Jesús, el cual había predicado el amor y la paz y había sido perseguido, vejado, torturado y crucificado. Era una historia apasionante. Ese hombre había sido una persona humilde, remotamente emparentada con antiguos reyes. A diferencia de los otros dioses sobre los que yo había oído hablar, Jesús relató a sus seguidores un sinfín de cosas, encomendándoles la tarea de ponerlas por escrito y difundir su palabra en todo el mundo.

El mensaje apuntaba un renacer a la espiritualidad a través de la esencia de la religión. Aprender a ser sencillo, humilde, modesto y amar al prójimo.

Intentad comprender lo que yo sentí en aquellos momentos. No sólo se trataba de ese dios asombroso y su no menos asombrosa historia, sino de la relación de ésta con la forma en que había sido escrita.

Como sin duda habréis adivinado por mi relato, la única cosa que compartíamos con nuestros vecinos bárbaros era el recelo que nos inspiraba la escritura. La memoria era algo sagrado para nosotros, y la escritura no nos merecía ningún respeto, aunque sabíamos leer y escribir. Sin embargo, ese humilde dios citaba pasajes del libro sagrado de los hebreos, vinculándose con sus innumerables profecías referentes a un mesías, y después había encargado a sus seguidores que escribieran sobre él.

Antes de acabar de leer el último Evangelio, mientras me paseaba de un extremo al otro de la estancia leyendo en voz alta, sosteniendo el inmenso tomo entre los brazos, sujetando con los dedos los bordes de las páginas, comprendí que amaba a Jesús por las extrañas cosas que decía, por la forma en que se contradecía y por su paciencia con los que le habían matado. En cuanto a su resurrección, en un principio llegué a la conclusión de que se trataba de un individuo tan longevo como nosotros, los Taltos, y que había logrado engañar a sus seguidores porque no eran más que unos seres humanos.

Nosotros también habíamos tenido que recurrir a toda clase de artimañas, asumir distintas identidades cuando hablábamos con nuestros vecinos humanos, a fin de confundirlos y evitar que descubrieran que existíamos desde hacía siglos.

Pero no tardé en comprender, a través de las palabras llenas de fervor de Ninian —un monje alegre y dicharachero—, que Jesús efectivamente había resucitado de entre los muertos y había ascendido al cielo.

De pronto, como en un arrebato místico, vi todo el cuadro: a ese dios que predicaba el amor, que fue martirizado por ello, y el carácter radical de su mensaje. Me sentía atrapado por aquella historia, quizá porque era absolutamente increíble. La combinación de elementos que contenía resultaba absurda y ridícula.

Existía otro hecho que me intrigaba. Todos los cristianos creían que pronto se produciría el fin del mundo. Según deduje por mi conversación con Ninian, siempre lo habían creído así. Prepararse para el fin del mundo constituía una parte esencial de su religión, y el hecho de que aún no se hubiera producido no había mermado su fe.

Ninian habló apasionadamente de la expansión de la Iglesia desde la época de Jesús, unos quinientos años antes, y me contó que José de Arimatea, amigo de Jesús, y María Magdalena, la cual le había lavado los pies y se los había secado con sus cabellos, se habían desplazado a Inglaterra para fundar una iglesia en la sagrada colina de Somerset. Habían transportado a ese lugar el cáliz de la última Cena, y durante todo el año brotaba un manantial cuyas aguas eran rojas como la sangre debido a la mágica permanencia de la sangre de Jesús que había contenido el cáliz. La vara de José había sido clavada en el suelo de Wearyall Hill, y se había convertido en un espino siempre cubierto de flores.

Yo ardía en deseos de acercarme ahí, de ver el lugar sagrado por el que habían penetrado los discípulos del Señor en nuestra isla.

—Os lo ruego —exclamó Ninian—, mi buen amigo Ashlar, me habéis prometido llevarme a mi monasterio en Iona.

El abad, el padre Columba, esperaba su llegada. En los monasterios de todo el mundo se producían numerosos libros como ése, el cual era muy importante y debía ser llevado a Iona para que lo estudiaran los monjes.

Yo quería conocer a ese Columba. Parecía tratarse de un personaje tan pintoresco como Jesús. Es probable que tú, Michael, conozcas la historia.

Así es como Ninian lo describió: Columba nació en el seno de una acaudalada familia, y pudo haberse convertido en el rey de Tara. Pero decidió tomar los hábitos y fundó numerosos monasterios cristianos. Un día se peleó con Finnian, otro monje, respecto a si él, Columba, tenía derecho a hacer una copia del Salterio de san Jerónimo, otro libro sagrado que Finnian había llevado a Irlanda. ¿Una disputa sobre la propiedad de un libro? ¿Sobre el derecho a copiarlo?

La discusión acabó a puñetazos. Tres mil hombres murieron a causa de la pelea, y todos culparon por ello a Columba. Él aceptó humildemente su culpa y partió hacia Iona, muy cerca de nuestra costa, con el propósito de convertirnos a nosotros, los pictos, a la fe cristiana. Su plan era salvar tres mil almas paganas para compensar los tres mil hombres que habían muerto a consecuencia de la pelea que sostuvo con Finnian.

No recuerdo quién realizó la copia del Salterio.

El caso es que Columba se hallaba en Iona y, desde allí, enviaba misioneros a todos los rincones de Britania. En esos recintos sagrados se realizaban unos libros maravillosos, para invitar a los paganos a abrazar la nueva fe. La iglesia de Jesús representaba la salvación de todos.

Pronto comprendí que aunque Columba y muchos otros sacerdotes y monjes misioneros como él habían sido reyes o personas de sangre real, las normas de los monasterios eran extremadamente severas, pues exigían una constante mortificación de la carne y sacrificios.

Por ejemplo, si un monje derramaba la leche mientras ayudaba a servir las comidas a la comunidad, debía dirigirse a la capilla mientras se cantaban los salmos y postrarse en el suelo, boca abajo hasta que se hubieran terminado de cantar doce salmos. Cuando rompían sus votos de silencio, los monjes eran azotados. Sin embargo, nada podía impedir que los ricos y poderosos de la Tierra se recluyeran en esos monasterios.

Yo no salía de mi asombro. ¿Cómo podía ser posible que un sacerdote que creía en Jesús iniciara una guerra en la que habían muerto tres mil hombres? ¿Cómo era posible que unos hijos de reyes se dejaran azotar por haber cometido una falta? Sin embargo, tenía su lógica.

Partí hacia Iona con Ninian y dos de mis hijos menores. Por supuesto, los Taltos seguíamos fingiendo una identidad humana. Ninian estaba convencido de ella.

Pero cuando llegué a Iona, me quedé aún más asombrado ante el imponente monasterio y la personalidad de Columba.

La isla era magnífica, llena de frondosos bosques y prados, con espléndidas vistas desde sus riscos, que permitían admirar la inmensidad y pureza del mar, lo cual proporcionaba de inmediato paz al espíritu.

Sentí que me embargaba una maravillosa calma. Era como si hubiera hallado de nuevo la tierra perdida, sólo que ahora los pilares eran la penitencia y la austeridad. Experimenté una gran armonía en mi interior, una fe en la bondad de la existencia.

El monasterio era celta, muy distinto a los monasterios benedictinos que más tarde se fundaron en toda Europa. Consistía en un enorme recinto circular —llamado *vallum*—, semejante a una fortaleza, y los monjes vivían en unos pequeños y austeros cobertizos de unos tres metros cuadrados. La iglesia no era suntuosa, sino una humilde estructura de madera.

Yo jamás había contemplado unos edificios que se integraran de forma tan armoniosa con el paisaje que los rodeaba. Era un lugar para escuchar tranquilamente a los pájaros, para pasear, pensar, rezar, para conversar con el encantador y afable Columba. Ese hombre tenía sangre real; yo hacía tiempo que era rey. El nuestro era el país septentrional de Irlanda y Escocia; nos comprendíamos perfectamente. Y algo en mí impresionó también al santo, quizá la sinceridad propia de un Taltos, mi ingenuidad, mi entusiasmo.

Columba no tardó en convencerme de que la dura vida monacal y la mortificación de la carne constituían las claves para alcanzar el amor que el cristianismo exigía a los hombres. No se trataba de un amor sensual, sino de un amor espiritualmente elevado, más allá de la mera expresión carnal.

Columba ansiaba convertir a toda mi tribu o, mejor dicho, clan. Deseaba que me convirtiera en sacerdote y predicara entre mi pueblo.

—No sabes lo que dices —protesté.

Luego, obligándole a guardar el secreto de confesión, le relaté la historia de mi larga vida, de nuestra misteriosa y prodigiosa forma de parir, de que muchos de nosotros parecíamos capaces de vivir una vida de eterna juventud, a menos que un accidente, un desastre natural o una plaga nos destruyera.

Algunas cosas me las callé. No le dije que antiguamente había sido el líder del gran círculo de danzas en Stonehenge.

Sin embargo, le conté todo lo demás. Incluso le hablé sobre la tierra perdida y le expliqué que habíamos vivido cientos de años en el valle, pasando del secreto al engaño de fingir que éramos seres humanos.

Columba me escuchó con gran interés. Luego me hizo una pregunta que me asombró:

—¿Puedes demostrarme que todo lo que me has contado es cierto?

Comprendí que eso era imposible. La única forma en que un Taltos puede demostrar que lo es, era uniéndose con otro y engendrando un hijo.

—No —respondí—. Pero no tienes más que fijarte en nuestra estatura.

Columba replicó que eso no significaba nada, pues en el mundo existían muchos individuos de gran estatura.

—Hace años que la gente sabe que existe vuestro clan; eres el rey Ashlar de Donnelaith, y saben que eres un buen gobernante. Si crees esas cosas sobre ti mismo, es porque el diablo te hace imaginarlas. Haz lo que Dios desea que hagas.

—Pregúntaselo a Ninian, toda la tribu tiene una estatura muy superior a la normal.

Pero Columba contestó que había oído hablar sobre unos pictos extraordinariamente altos que vivían en Escocia. Al parecer, con nuestro plan habíamos conseguido engañarlos a todos.

—Ashlar —dijo Columba—, no dudo de tu bondad. Pero te aconsejo que no hagas caso de esas fantasías, que son producto del diablo.

Al fin accedí a sus ruegos, por un motivo muy sencillo. No importaba que creyera o no las cosas que le había contado sobre mi pasado. Lo importante es que había reconocido que yo poseía un alma.

Como bien sabes, Michael, ése era uno de los puntos más importantes del relato de Lasher, quien en tiempos del rey Enrique había querido convencerse de que poseía un alma y no admitía el hecho de no poder ser un sacerdote de Dios como cualquier otro ser humano.

Comprendo su terrible dilema. Todos aquellos que de algún modo se sientan marginados lo comprenderán. Tanto si hablamos de legitimidad, como de un alma o de sentirse ciudadano de un país o hermano de alguien, el problema siempre es el mismo: anhelamos que nos consideren unos individuos esencialmente tan valiosos como cualquier otro.

Yo también lo anhelaba, y cometí el trágico error de aceptar el consejo de Columba. Me dejé arrastrar por mis deseos, olvidando la realidad.

Allí mismo, en Iona, abracé la fe cristiana, y fui bautizado, al igual que mis hijos. Más tarde, mis hijos y yo seríamos bautizados de nuevo en una ceremonia meramente protocolaria. En aquella isla, alejada de la niebla de Escocia, nos convertimos en unos Taltos cristianos.

Yo solía pasar muchos días en el monasterio. Leí todos los libros de su biblioteca; me fascinaban las ilustraciones, y al poco tiempo comencé a realizar unas copias de las mismas; con la debida autorización, naturalmente. Copié un Salterio y un Evangelio, asombrando a los monjes con mi comportamiento obsesivo, típico de los Taltos. Me pasaba horas dibujando extraños animales de brillante colorido. A veces los monjes se reían de los fragmentos de poesías que copiaba. Les complacía que dominara el griego y el latín.

No existía otra comunidad que se pareciera tanto a la de los Taltos. Pese a ser monjes, se comportaban como chiquillos, renunciando al concepto de sofisticada madurez para servir al abad como su señor, y por extensión a Jesucristo, quien había muerto para salvarlos.

Fue una época muy feliz.

Poco a poco, empecé a comprender lo que muchos príncipes paganos habían visto en el cristianismo: la absoluta redención de todo. Mis sufrimientos cobraban sentido a la luz de las desgracias del mundo y la misión de Jesús de salvarnos del pecado. Todos los desastres que había presenciado no habían sino perfeccionado mi alma, preparándola para este momento. Mi monstruosidad, la monstruosidad de todos los Taltos, no sería obstáculo para que su Iglesia nos aceptara, ya que todos éramos bien recibidos en ella, al margen de nuestra raza; era una fe abierta a todos, y nosotros, al igual que cualquier otro ser humano, podíamos someternos al bautismo del agua y del espíritu, a los votos de pobreza, castidad y obediencia.

Las rígidas reglas, que obligaban incluso a los legos a mantenerse castos, nos ayudarían a controlar nuestra terrible ansia de procrear, nuestra nefasta afición a la danza y a la música. En cualquier caso, no tendríamos que renunciar por completo a la música, sino que, dentro de los límites impuestos por la vida monacal —que para mí, en aquellos momentos, eran sinónimo de la vida cristiana— entonaríamos los cantos más sublimes y gozosos que jamás habíamos interpretado.

En definitiva, si la Iglesia nos aceptaba, si nos acogía en su seno, todos nuestros sufrimientos, pasados y futuros, adquirirían un significado. Nuestro carácter amable y afectuoso afloraría en libertad. No tendríamos que recurrir a más subterfugios. La Iglesia no permitiría que nos siguiéramos sintiendo obligados a llevar a cabo nuestros viejos ritos. Y aquellos de nosotros, como yo mismo, que, por razón de edad y experiencia, habíamos llegado a temer la ceremonia del parto por haber visto morir a tantos jóvenes, nos consagraríamos a Dios en castidad.

Resultaba perfecto.

Regresé de inmediato, acompañado de un pequeño séquito de monjes, al valle de Donnelaith y convoqué a todas mis gentes. Les dije que debíamos entregarnos a Jesús. En un largo discurso, no demasiado rápido para que mis acompañantes humanos pudieran comprenderlo, expliqué el motivo que me había inducido a dar ese paso, refiriéndome con fervor a la paz y armonía que experimentaríamos en nuestros corazones.

También les hablé de la creencia cristiana en el fin

del mundo. Les aseguré que todo aquel horror terminaría muy pronto. Luego les hablé del cielo, que imaginaba semejante a la tierra perdida, excepto que en él ninguno de nosotros sentiría el deseo de hacer el amor, sino que se uniría al canto del coro de ángeles celestiales.

Por último, les insté a confesar sus pecados y disponerse a recibir el Bautismo. Había sido su líder durante mil años, y debían seguirme. ¿Qué mejor ofrenda podía hacer a mi pueblo que la oportunidad de redimirse?

Al término de mi discurso retrocedí unos pasos. Los monjes estaban embargados por la emoción, al igual que los centenares de Taltos que se habían congregado en el valle para oír mis palabras.

De pronto estallaron unas acaloradas disputas, típicas de nuestra especie —todas ellas expresadas en el Arte de la Lengua humana—, unas interminables discusiones sobre esa o aquella otra historia o leyenda, sobre nuestros recuerdos relativos al tema religioso; al fin llegamos a una conclusión: abrazaríamos la fe de Cristo. Él era nuestro Dios Bondadoso. Nuestro Dios. Las almas de mis compañeros se mostraban tan abiertas a Jesús como la mía.

Muchos declararon de inmediato su fe. Otros dedicaron el resto de la tarde y la noche a examinar los libros que yo había llevado, comentando algunas de las cosas que habían oído decir o protestando por tener que mantenerse castos, aspecto que consideraban absolutamente contrario a nuestra naturaleza; no creían que pudiéramos vivir acatando el vínculo del matrimonio.

Entretanto, los monjes y yo reunimos a los seres humanos que habitaban en Donnelaith, a todos los clanes del valle, y ante ellos prediqué mi sermón de redención.

Allí, en medio de nuestro valle, entre las piedras, fueron centenares los que afirmaron su deseo de abrazar la fe cristiana. Algunos de los humanos confesaron que ya se habían convertido a ella, pero que lo habían mantenido en secreteo por miedo a represalias.

Me quedé perplejo, sobre todo al comprobar que algunas familias habían sido cristianas durante tres generaciones. «Os parecéis a nosotros», pensé, pero no dije nada.

Dado que todos parecían dispuestos a convertirse al cristianismo, pedimos a los sacerdotes que empezaran a bautizarlos y a impartir su bendición.

Pero una de las mujeres más importantes de nuestra tribu, Janet, según la llamábamos nosotros, un nombre que en aquel entonces estaba muy en boga, alzó su voz para hablar contra mí.

Janet también había nacido en la tierra perdida, a la cual se refirió sin tapujos ante los seres humanos. Ellos, naturalmente, no sabían de qué se hablaba; pero nosotros, sí. Janet me recordó que ella tampoco tenía canas en el cabello. Dicho de otro modo, ambos éramos jóvenes y sabios, una combinación perfecta.

Yo había tenido un hijo con Janet, a la que amé sinceramente. Había pasado muchas noches en su lecho, sin atreverme a realizar el coito, sólo acariciándole los pechos mientras ella me prodigaba caricias; y de ese modo nos procurábamos mutuamente un exquisito placer sensual.

Amaba a Janet, pero sabía que estaba firmemente convencida de sus creencias.

Janet se adelantó y declaró que la nueva religión constituía un hatajo de mentiras. Resaltó todos sus puntos débiles en términos de lógica y coherencia. Se mofó de ella. Contó algunas anécdotas que dejaban a los cristianos como unos fanfarrones y unos idiotas. Afirmó que el Evangelio resultaba ininteligible.

De inmediato las opiniones de la tribu se dividieron. El vocerío me impedía calcular quiénes estaban de parte de Janet y quiénes en contra. Una vez más, los Taltos trataban de resolver el problema con violentas e interminables disputas. Ningún ser humano podía presenciar aquel espectáculo sin darse cuenta de lo distintos que éramos de ellos.

Los monjes retrocedieron hacia nuestro círculo sagrado, donde consagraron la tierra a Jesús y rezaron por nosotros. Aunque todavía no se habían percatado de las diferencias que nos separaban de los humanos, sabían que no éramos como ellos.

Al fin se produjo el temible cisma. Un tercio de los Taltos se negaron a convertirse, y amenazaron con luchar contra el resto si tratábamos de convertir el valle en un santuario cristiano. Algunos temían el cristianismo y los conflictos que podía acarrearnos con otras gentes. A otros, sencillamente no les convencía, pues preferían conservar sus costumbres en lugar de vivir con austeridad y en penitencia.

La mayoría deseaba convertirse, pero no estaba dispuesta a renunciar a su hogar, es decir, abandonar el valle. Esa posibilidad me resultaba por completo inconcebible. Yo era el gobernante de mi pueblo, del valle.

Como muchos otros reyes paganos, di por sentado que mi pueblo me seguiría en mi conversión a la nueva fe.

Las batallas verbales dieron paso a las agresiones físicas. Al cabo de una hora comprendí que el futuro del valle se hallaba comprometido.

El fin del mundo no tardaría en producirse. Jesús lo sabía y había venido a prepararnos. Los enemigos de la Iglesia de Cristo eran los enemigos de Cristo.

En los prados del valle estallaron unas sangrientas escaramuzas, e irrumpió el fuego.

Se pronunciaron unas acusaciones muy graves. Los seres humanos, que siempre nos habían demostrado lealtad, nos acusaron de ser unos depravados, de resistirnos a contraer matrimonio legal, de ocultar a nuestros hijos y de practicar la magia negra.

Otros declararon que hacía tiempo sospechaban que los Taltos practicaban ritos perversos, y comenzaron a formularnos una serie de preguntas: ¿Dónde ocultábamos a nuestros hijos? ¿Por qué nadie había visto nunca ningún niño entre nosotros?

Algunos individuos, enloquecidos de rabia por motivos personales, declararon la verdad. Una mujer humana que había tenido dos hijos Taltos señaló a su marido y confesó que éste era un Taltos, y que si los Taltos lográbamos acostarnos con las mujeres humanas no tardaríamos en exterminar a su raza.

Los defensores incondicionales, a cuya cabeza me encontraba yo, declaramos que esas cosas ya no tenían importancia. Que nosotros, los Taltos, habíamos sido acogidos en el seno de la Iglesia por Jesús y el padre Columba. Insistimos en que estábamos dispuestos a renunciar a nuestros licenciosos hábitos y a vivir según los preceptos cristianos.

El valle se había convertido en un auténtico caos. La gente no cesaba de pelear y gritar.

En aquellos momentos comprendí perfectamente el hecho de que tres mil personas murieran a causa de una disputa sobre el derecho a copiar un libro. De pronto lo entendí todo.

Sin embargo, por desgracia, era demasiado tarde. La batalla ya había comenzado. Todos corrieron a sus torres para empuñar las armas y defender sus posiciones. Una vez armados, se abalanzaron sobre sus vecinos.

El horror de la guerra, el horror que durante tantos años yo había tratado de mantener alejado de Donnelaith, se había desencadenado fatalmente.

Permanecí de pie, confundido, con la espada en la mano, sin saber qué hacer. Los monjes se acercaron a mí y dijeron:

—Ashlar, debes conducirlos a Jesús.

Yo estaba cegado por el fanatismo religioso, como tantos otros reyes anteriores a mí, y enfrenté a mis seguidores con sus hermanos y hermanas.

Pero aún faltaba lo peor.

Cuando concluyó la batalla, los cristianos seguían siendo mayoría y vi, aunque en aquellos momentos de confusión no acertara a comprenderlo de forma absoluta, que buena parte de ellos eran humanos. La mayoría de Taltos que formaban la élite, cuyo número de integrantes, gracias a nuestro rígido control, nunca había sido muy elevado, habían sido asesinados. Sólo quedaba un grupo de unos cincuenta Taltos, los más viejos y sabios, y en algunos aspectos también los más consagrados, plenamente convencidos de nuestra conversión.

¿Qué podíamos hacer con el puñado de humanos y Taltos que no se habían unido a nuestra causa y que no habían llegado a morir, únicamente porque la matanza cesó antes de que no quedase nadie con vida? Maltrechos, heridos, cojeando, esos rebeldes, encabezados por Janet, nos maldijeron. Se negaron a abandonar el valle, y afirmaron que preferían morir antes que doblegarse ante nosotros.

—¡Mira lo que has conseguido, Ashlar! —me espetó Janet—. Contempla los cadáveres de tus hermanos y hermanas, hombres y mujeres que vivían desde los tiempos anteriores a los círculos. ¡Tú los has matado!

Apenas hubo lanzado Janet esa terrible acusación contra mí, cuando los fanáticos humanos empezaron a preguntar: «¿Cómo es posible que vivierais desde los tiempos anteriores a los círculos? Si no sois humanos, ¿qué clase de extrañas criaturas sois?»

Al fin, uno de los más temerarios, un individuo que hacía años que se había convertido al cristianismo, se acercó a mí y rasgó mi túnica con su espada. Desconcertado por aquel inesperado acto de violencia, me quedé desnudo en medio del círculo.

Luego comprendí el objeto de aquello. Querían contemplar nuestro cuerpo, comprobar si los gigantescos Taltos poseíamos el cuerpo de un ser humano. «Muy bien —dije—, si eso es lo que queréis, os mostraré mi cuerpo.» Me quité la túnica, coloqué la mano sobre los testículos, tal como se hacía antiguamente al formular un juramento —es decir, testificar—, y juré servir a Jesús tan fielmente como cualquier ser humano.

Pero la situación había experimentado un cambio. Los otros Taltos cristianos habían empezado a acobardarse. Impresionados por la matanza, rompieron a llorar y a balbucear en la rápida lengua de nuestra especie, cosa que aterró a los humanos.

Yo alcé mi voz para exigirles silencio y lealtad. Tras ponerme la túnica de nuevo, me dirigí hacia ellos, enfurecido, utilizando el Arte de la Lengua con gran precisión y eficacia.

¿Qué diría Jesús al ver lo que habíamos hecho? ¿Qué delito habíamos cometido, el de atacar a una tribu extranjera o el de haber asesinado a nuestros propios hermanos? Sollocé de rabia, gesticulando y mesándome los cabellos, hasta conseguir que los otros rompieran también a llorar.

Los monjes estaban aterrados, al igual que los cristianos humanos. Lo que siempre habían sospechado, se había confirmado. De nuevo insistieron en saber dónde ocultábamos a nuestros hijos.

De pronto otro Taltos, un hombre al que yo apreciaba mucho, se adelantó para declarar que a partir de ese momento se mantendría, en nombre de Jesús y de la Virgen, célibe. A continuación otros Taltos, hombres y mujeres, hicieron el mismo juramento.

—No tiene importancia lo que fuéramos antes —dijo una de las mujeres—. Desde ahora seremos esposas de Jesús y fundaremos nuestro monasterio en este lugar, siguiendo el ejemplo de Iona.

Sus palabras fueron acogidas con grandes exclamaciones de júbilo. Los humanos que siempre nos habían querido, que me amaban y respetaban como a su rey, se apresuraron a mostrarnos su adhesión.

Pero el peligro no había sido conjurado. Yo sabía que en el momento más inesperado podía surgir de nuevo una refriega.

—Apresuraos, pronunciad vuestros votos de lealtad a Jesús —dije, comprendiendo que nuestra única oportunidad de sobrevivir era comprometernos a mantener la castidad.

Janet me ordenó que pusiera fin a ese absurdo y pérfido plan. Luego, hablando de modo torpe y atropellado, se refirió a nuestras costumbres, nuestros hijos, nuestros ritos sensuales, nuestra larga historia, todo lo que yo estaba dispuesto a sacrificar.

Fue un error fatal.

Los cristianos humanos se abalanzaron sobre ella y la ataron de pies y manos. Los que intentaron defenderla fueron derribados a golpes. Algunos de los Taltos que acababan de abrazar la fe cristiana trataron de escapar, pero los otros se lo impidieron. Estalló otra sangrienta batalla, durante la cual se prendió fuego a numerosas casas y cobertizos mientras la gente trataba de huir despavorida, gritando y pidiendo a Dios que «aniquilara a los monstruos».

Uno de los monjes declaró que había llegado el fin del mundo. Varios Taltos corearon sus palabras y cayeron de rodillas. Los humanos, al verlos en esa postura de su misión, se apresuraron a matar a todos aquellos que no conocían, ni temían ni odiaban, perdonando la vida tan sólo a aquellos pocos por los que sentían gran afecto.

Aparte de mí, sólo un puñado de Taltos se salvaron de la muerte: los que habían desempeñado un papel activo en el gobierno de la tribu y poseían una personalidad carismática. Conseguimos defendernos con nuestras espadas de los pocos que aún tenían fuerzas para atacarnos, frenando a otros con una simple mirada o con una palabra de reproche.

Al fin —una vez que se calmaron los ánimos y los hombres cayeron rendidos al suelo, gritando y llorando al contemplar aquella carnicería—, comprobé que sólo quedábamos cinco Taltos; cinco consagrados a Jesús. Los otros que se habían negado a aceptar a Jesús, excepto Janet, habían sido asesinados.

Los monjes trataron de imponer orden.

—Habla con tus gentes, Ashlar —dijo uno—. Si no lo haces, todo se habrá perdido. Donnelaith desaparecerá del mapa, lo sabes perfectamente.

—Sí, hazlo —dijeron los otros Taltos—, pero procura no enfrentarlas entre sí. Utiliza tu inteligencia.

Estaba hundido, me creía incapaz de cumplir esa misión. Sollozaba de rabia y tristeza al ver el valle sembrado de cadáveres. Muchos de ellos habían nacido cuando construimos el círculo en la planicie, y ahora habían muerto y desaparecido para siempre, o quizá se consumieran entre las llamas del infierno sin la misericordia de Dios.

Caí de rodillas y lloré hasta que ya no me quedaron más lágrimas. Cuando cesé de llorar, se hizo un profundo silencio en el valle.

—Eres nuestro rey, Ashlar —dijeron los seres humanos—. Jura que no eres un diablo, y te creeremos.

Los otros Taltos me miraron aterrados. Su suerte estaba en mis manos. Sin embargo, la comunidad humana del valle sentía un gran afecto y respeto por ellos. Teníamos una oportunidad de salvarnos, siempre y cuando yo no cometiera una torpeza que nos condenara a todos.

Pero ¿qué quedaba de mi pueblo? ¿Y qué problemas y conflictos había llevado yo a mi valle?

Los monjes se acercaron a mí para decirme:

—Ashlar, Dios pone a prueba a quienes ama.

Eran sinceros, sus ojos expresaban también una gran tristeza.

—Dios pone a prueba a quienes desea convertir en santos —dijeron, y haciendo caso omiso de lo que pensaran los otros sobre nuestra monstruosidad, me abrazaron para demostrarme su lealtad, arriesgando así su vida.

Janet, que seguía sujeta por varios hombres, dijo entonces:

—Ashlar, has traicionado a tu pueblo. Has sembrado la muerte en el valle en nombre de un dios extranjero. Has destruido al clan de Donnelaith, el cual ha habitado en este valle desde tiempos inmemoriales.

—¡Haced que calle esa bruja! —gritó alguien.

—¡Quemadla en la hoguera! —exigieron otros.

Mientras Janet seguía hablando, un murmullo se extendió entre los presentes, algunos de los cuales empezaron a preparar una hoguera en medio del círculo de piedra.

Yo observé la escena de reojo, con disimulo, al igual que Janet, quien no flaqueó en ningún momento.

—Yo te maldigo, Ashlar. Te maldigo ante los ojos del Dios Bondadoso.

Yo no podía articular palabra, pero sabía que debía decir algo. Tenía que hablar para salvarme a mí mismo, a los monjes, a mis seguidores. Tenía que hablar para impedir la muerte de Janet.

Transportaron unos troncos hasta la hoguera y añadieron unos trozos de carbón. Los seres humanos, algunos de los cuales siempre habían temido a Janet y a todas las hembras Taltos que no podían poseer, llevaron unas antorchas.

—Habla —dijo Ninian, que estaba junto a mí—. Por el amor de Dios, di algo, Ashlar.

Cerré los ojos, recé, me persigné y luego pedí a todos que me escucharan.

—Veo ante mí un cáliz —dije, expresándome suavemente pero con voz alta y clara para que todos me oyeran—, el cáliz que contiene la sangre de Cristo y que José de Arimatea trajo a Inglaterra. Veo derramarse la sangre de Cristo en el Manantial; veo que el agua se tiñe de rojo, y conozco el significado de eso.

»La sangre de Cristo constituye nuestro sacramento y nuestro alimento. A partir de ahora sustituirá a la leche maldita de las mujeres, que nosotros bebíamos para el goce carnal; será nuestro nuevo sustento.

»Y pido a Jesús que acepte la terrible matanza que se ha producido hoy en el valle como nuestro primer sacrificio. Nos repugna matar. Siempre nos ha repugnado. Sólo matamos a los enemigos de Jesús, para implantar su Reino en la Tierra y que Él reine en ella para siempre.

Utilicé el Arte de la Lengua como mejor sabía, pronunciando las palabras con elocuencia y emoción. Cuando terminé, toda la asamblea, la multitud formada por humanos y Taltos, comenzó a aclamar a Jesús y arrojó sus espadas al suelo, desprendiéndose de sus ricos ropajes y de sus alhajas, brazaletes y sortijas, y declarando su nacimiento a una nueva vida.

En aquel momento, tan pronto como hube pronunciado aquellas palabras comprendí que eran mentira. Esa religión era una falacia; el cuerpo y la sangre de Cristo poseían un poder tan mortífero como el veneno de una serpiente.

Pero los Taltos, a quienes todos consideraban unos monstruos, nos habíamos salvado. Estábamos a salvo, excepto Janet.

La arrastraron entre varios hasta la hoguera. Por más que protesté, lloré y les rogué que la soltaran, los sacerdotes afirmaron que Janet debía morir, como castigo ejemplar para todos aquellos que negaran a Jesús.

A continuación encendieron la hoguera.

Desesperado, me arrojé al suelo. No podía soportarlo. De pronto, me levanté de un salto y eché a correr hacia la hoguera, pero los sacerdotes me detuvieron.

—Tu pueblo te necesita, Ashlar —dijeron.

—¡Dales ejemplo! —gritaron otros.

Janet me miró fijamente. Las llamas empezaron a lamer su traje rosa y su larga cabellera rubia. Janet parpadeó para impedir que el humo la cegara, y de pronto gritó:

—¡Maldito seas, Ashlar! ¡Yo te maldigo! Espero que la muerte te rehúya siempre, que te veas obligado a vagar eternamente sin amor, sin hijos, sin tu pueblo, que nuestro milagroso nacimiento sea el único sueño que anime tu miserable soledad. Yo te maldigo, Ashlar. Espero que el mundo se derrumbe a tu alrededor antes de que tus sufrimientos toquen a su fin.

Las llamas se encresparon, ocultando el rostro de Janet, mientras el fuego devoraba rápidamente los troncos. Luego sonó de nuevo su voz, más fuerte, henchida de sufrimiento y valor:

—¡Maldito sea Donnelaith y sus gentes! ¡Maldito sea el clan de Donnelaith! ¡Maldito sea el pueblo de Ashlar!

De pronto vi que algo se agitaba entre las llamas. No sé si fue Janet en un último espasmo de dolor, o bien un efecto óptico provocado por el juego de luces y sombras.

Me postré de rodillas, sin dejar de llorar. No podía apartar los ojos de la hoguera. Era como si deseara compartir su dolor y sus sufrimientos. Entonces le rogué a Jesús: «Perdónala, porque no sabe lo que dice. En recompensa a su bondad, a su generosidad, condúcela al Cielo.»

Las llamas se alzaron bruscamente para luego empezar a extinguirse y dejar a la vista la pira, un montón de troncos carbonizados, huesos y fragmentos de carne abrasada, los restos de esa maravillosa criatura, más vieja y sabia que yo mismo.

En el valle reinaba un profundo silencio. Lo único que quedaba de mi pueblo eran los cinco varones que habían abrazado la fe cristiana y juraron mantenerse castos.

Eran muchas las vidas que habían existido durante siglos y ahora habían sido salvajemente aniquiladas. Por doquier aparecían miembros amputados, cabezas separadas del tronco, cuerpos mutilados.

Los cristianos humanos lloraban. Todos llorábamos ante aquel triste espectáculo.

En sus últimos momentos, Janet había lanzado su maldición sobre Donnelaith. Pero ¿qué peor desgracia podía sobrevenirnos después de aquel desastre?

Rendido y desesperado, me desplomé en el suelo.

En aquellos momentos no deseaba seguir viviendo. No quería asistir a más sufrimientos ni muertes, no quería saber nada de una religión capaz de provocar aquella abominable catástrofe.

Los monjes se acercaron y me ayudaron a levantarme. Mis seguidores me rogaron que contemplara un milagro que se había producido ante los restos abrasados de la torre que había sido el hogar de Janet y de sus allegados.

Aturdido, incapaz de articular palabra, me condujeron a rastras hasta allí y poco a poco me hicieron comprender que un viejo manantial, que hacía tiempo se había secado, ahora brotaba de nuevo y se abría paso a través de las pequeñas colinas y las raíces de los árboles, hasta alcanzar una zona llena de flores silvestres.

¡Era un milagro!

Un milagro. Durante unos instantes guardé silencio y reflexioné. ¿Acaso no debía hacerles ver que ese manantial había aparecido y desaparecido varias veces en el transcurso del último siglo? ¿Que las flores ya existían ayer y anteayer porque la tierra estaba húmeda, presagio de la pequeña fuente que acababa de brotar de nuevo?

O bien debía exclamar: «¡Un milagro!»

—Es una señal divina —dije al fin.

—Arrodillaos —ordenó Ninian a todos los presentes—. Lavaos con este agua milagrosa. Limpiad vuestros cuerpos de la sangre de quienes no quisieron aceptar la Gracia de Dios y se han condenado para la eternidad.

Imaginé a Janet abrasándose en las llamas eternas del Infierno, la pira que no se apagaría jamás, su voz que no cesaría de maldecirme…

Me estremecí, a punto de desvanecerme, y volví a caer de rodillas.

En el fondo de mi alma, sabía que debía entregarme sin reservas a la nueva fe, dejar que ésta consumiera mi vida; de lo contrario, estaba perdido.

No me quedaban esperanzas, ni sueños ni palabras, nada me interesaba ya. Si esta religión no me salvaba, moriría allí mismo sin mover un dedo para impedirlo, estático, sin probar bocado hasta que la muerte acudiera en mi busca.

Noté que alguien me arrojaba agua en la cara y mi ropa se empapaba. Los otros se estaban lavando también en el manantial. Los monjes empezaron a cantar los etéreos salmos que yo había oído en Iona. Mis gentes, los humanos de Donnelaith, llorosos y apenados, ansiosos de alcanzar la redención, unieron sus voces a las de los monjes, al estilo antiguo, y todos los habitantes del valle cantaron al unísono alabanzas a Dios.

Todos fuimos bautizados en el nombre del Padre, del Hijo y del Espíritu Santo.

A partir de aquel momento, el clan de Donnelaith se convirtió al cristianismo. Excepto cinco Taltos, el resto eran seres humanos.

Antes del amanecer hallamos a otros Taltos, en su mayoría mujeres jóvenes que habían tratado de proteger a dos varones Taltos casi recién nacidos en sus casas, desde las cuales habían presenciado la matanza y la ejecución de Janet. En total eran seis Taltos.

Los cristianos humanos los condujeron ante mí. Los Taltos se negaron a hablar, ya fuese para aceptar o para negar a Cristo; se limitaron a mirarme horrorizados. Los humanos me preguntaron qué debíamos hacer con ellos.

—Dejadlos marchar —respondí—. Dejad que abandonen el valle, si así lo desean.

Nadie tenía valor para derramar más sangre. Por

otra parte, la juventud y el candor de los jóvenes constituía un escudo que los protegía. En cuanto los nuevos conversos retrocedieron, los Taltos huyeron hacia el bosque, sin más pertenencias que la ropa que llevaban puesta.

Durante los días sucesivos, los cinco varones que quedábamos logramos conquistar el afecto de la gente. En el fervor de la nueva religión, nos dieron las gracias por haberles llevado a Jesús y nos mostraron su respeto por nuestro voto de castidad. Los monjes nos instruían día y noche, a fin de prepararnos para recibir las Sagradas Órdenes. Nuestra jornada se repartía entre clases, la lectura de los libros sagrados y la oración.

Al poco tiempo empezamos a construir la iglesia, un imponente edificio de estilo románico en piedra seca, con unas ventanas en arco redondo y una larga nave.

Yo mismo conduje la procesión a través del antiguo círculo, del que borramos todos los símbolos de épocas pasadas para grabar en la piedra nuevos emblemas, esta vez de los Sagrados Evangelios.

Eran las figuras de unos peces, que representaban a Jesús, la paloma, que simbolizaba al apóstol Juan, el león a Marcos, el buey a Lucas y el hombre a Mateo. Para rematar nuestro trabajo, también tallamos unas escenas bíblicas en las piedras lisas. Acto seguido nos trasladamos al cementerio, donde colocamos unas cruces en las antiguas tumbas, al estilo de las cruces que aparecían en el libro, muy barrocas y rebuscadas.

Fueron unos momentos en los que volvió a apoderarse nuevamente de nosotros el fervor que habíamos experimentado en la planicie de Salisbury. Pero, en lugar de una nutrida tribu sólo quedábamos cinco Taltos, que habíamos renunciado a nuestra naturaleza para complacer a Dios y a los humanos cristianos, cinco Taltos que habíamos asumido el papel de santos a fin de no morir ejecutados.

No obstante, yo sentía en mi interior, al igual que mis compañeros, una profunda angustia. ¿Cuánto duraría esta precaria tregua? Cualquier pequeño incidente, cualquier menudencia podía derribarnos de nuestros pedestales.

Mientras rezaba a Dios pidiéndole que me ayudara, que perdonara mis errores y me permitiera ser un buen sacerdote, entendí que mis cuatro compañeros y yo no podríamos permanecer por mucho tiempo en Donnelaith.

Era una tensión insoportable. Durante mis oraciones, mientras cantaba los salmos con los monjes, no cesaba de oír las maldiciones de Janet y ver a mis gentes en un charco de sangre. Supliqué a Jesús que me diera fe, pero en el fondo de mi corazón no creía que el único camino de salvación para mi especie fuera el del sacrificio y la castidad. Era imposible. ¿Acaso pretendía Dios que nos extinguiéramos?

Esto, más que un sacrificio, constituía un acto de renuncia total a nuestra identidad, a nuestra especie.

Sin embargo, yo sentía hacia Jesús un amor abrasador, tenía una sensación personal de mi Salvador tan intensa y profunda como la de los cristianos. Noche tras noche, durante mis meditaciones, imaginaba el cáliz de Jesús, la colina sagrada sobre la que había florecido el espino de José de Arimatea, la sangre en el agua del Pozo del Cáliz. Me juré dirigirme en peregrinación a Glastonbury.

Fuera del valle habían comenzado a circular ciertos rumores. Algunos hombres habían oído hablar de la Batalla Sagrada de Donnelaith, según se la había querido denominar. Habían oído hablar de unos sacerdotes extraordinariamente altos, que habían hecho voto de castidad y poseían extraños poderes. Los monjes habían escrito a otros monjes, comunicándoles lo ocurrido.

Las leyendas de los Taltos cobraron vida. Otros Taltos que vivían como pictos en pequeñas comunidades tuvieron que abandonar sus hogares debido a las amenazas de sus vecinos paganos y a la insistencia de los cristianos, quienes trataban de convencerlos de que debían renunciar a sus perversos ritos y convertirse en «hombres sagrados».

En el bosque, habían sido hallados algunos Taltos salvajes. Corrían rumores de que algunas personas habían presenciado el parto mágico en esa o aquella población. Por si fuera poco, los brujos y las brujas nos acechaban constantemente, jactándose de que podían obligarnos a abandonar nuestros escondites y arrebatarnos así nuestros poderes.

Otros Taltos, ataviados lujosamente, armados hasta los dientes y demostrando abiertamente lo que eran, acudieron al valle en grupo para maldecirme por lo que yo había hecho.

Sus mujeres, vestidas con elegancia y custodiadas por los cuatro costados, dijeron haber oído rumores sobre las maldiciones de Janet, sin duda de labios de los Taltos que habían huido de Donnelaith, y me pidieron que las repitiera delante de ellos para poder juzgarlas.

Yo me negué. No dije una palabra.

Luego, ante mi horror e indignación, repitieron palabra por palabra las maldiciones que Janet había proferido contra mí:

—«¡Maldito seas, Ashlar! ¡Yo te maldigo! Espero que la muerte te rehúya siempre, que te veas obligado a vagar eternamente sin amor, sin hijos, sin tu pueblo, que nuestro milagroso nacimiento sea el único sueño que anime tu miserable soledad. Yo te maldigo, Ashlar. Espero que el mundo se derrumbe a tu alrededor antes de que tus sufrimientos toquen a su fin.»

Habían convertido esas maldiciones en un poema que recitaban cuando les parecía conveniente. Al terminar, me escupieron a la cara.

—¡Cómo pudiste olvidar la tierra perdida, Ashlar! —exclamaron las mujeres—. ¡Cómo pudiste olvidar el círculo de Salisbury Plain!

Los arrogantes Taltos se pasearon entre las ruinas de las viejas torres; los humanos cristianos de Donnelaith los observaron con frialdad y temor, y dieron un suspiro de alivio cuando al fin abandonaron el valle.

A lo largo de los meses sucesivos, fueron llegando al valle unos Taltos que habían aceptado a Jesús y deseaban convertirse en sacerdotes. Nosotros, por supuesto, los acogimos con alegría.

En todo el norte de Britania, los tiempos de paz habían concluido para mi especie.

La raza de los pictos estaba desapareciendo rápidamente. Quienes conocían la escritura ogham me dedicaron terribles maldiciones por escrito, o bien las grababan con fervor en muros y piedras junto a sus nuevas creencias cristianas.

Los Taltos que eran descubiertos tenían la oportunidad de convertirse en sacerdotes o monjes, una transformación que no sólo tenía la virtud de aplacar al populacho, sino que lo llenaba de gozo. Todas las aldeas deseaban contar con un sacerdote Taltos; los cristianos y otras tribus rogaban a los Taltos célibes que acudieran a oficiar las misas. En cambio, los Taltos que no estaban dispuestos a aceptar ese juego, a renunciar a sus costumbres paganas e invocar la protección de Dios, eran cruelmente perseguidos.

Entretanto, en medio de una gran ceremonia, unos cinco Taltos, y otros cuatro que habían llegado posteriormente, recibimos las Sagradas Órdenes. Dos Taltos hembra que habían venido al valle se consagraron como monjas a nuestra comunidad, dedicándose a atender a los necesitados y a los enfermos. Yo fui designado padre abad de los monjes de Donnelaith, con autoridad sobre el valle y las comunidades circundantes.

Nuestra fama se acrecentó.

En ocasiones nos veíamos obligados a atrincherarnos en nuestro nuevo monasterio para huir de los peregrinos que acudían a «comprobar el aspecto que tenía un Taltos» y a tocarnos. Al poco tiempo se extendió la noticia de que éramos capaces de «curar» y de «realizar milagros».

Día tras día, mis fieles me instaban a ir al manantial sagrado y bendecir a los peregrinos que acudían para beber el agua milagrosa.

La torre de Janet también había sido destruida. Las piedras de su hogar, y los fragmentos de metal procedentes de su escudo, brazaletes y anillos que podían ser fundidos se emplearon en la construcción de la nueva iglesia. Junto al manantial erigimos una cruz con una inscripción en latín, para celebrar la ejecución de Janet en la hoguera y el milagro que se había producido.

Yo no salía de mi asombro. ¿Era acaso eso lo que los cristianos llamaban caridad? ¿Era eso amor? Estaba muy claro que para los enemigos de Jesús, la Justicia Divina podía resultar muy amarga.

Pero ¿era eso lo que realmente pretendía Dios?

¿Destruir a mi pueblo, convertir a los pocos que quedábamos en unos animales sagrados? Rogué a los monjes de Iona que desmintieran la opinión que la gente tenía sobre nosotros.

—¡Esas gentes están convencidas de que poseemos poderes mágicos! —protesté.

Pero los monjes respondieron que era la voluntad de Dios.

—¿No lo comprendes, Ashlar? —preguntó Ninian—. Es por eso por lo que Dios salvó a tu pueblo, para que ejercierais este singular sacerdocio.

Todo cuanto yo había soñado había sido en balde. Los Taltos no habían sido redimidos, no habían descubierto la forma de vivir en la Tierra en paz con los hombres.

La fama de la Iglesia se extendió por todas partes, la comunidad cristiana fue ampliándose rápidamente. Yo temía los caprichos de quienes nos reverenciaban.

Al poco tiempo empecé a dedicar una hora diaria, tras encerrarme en mi celda, a la realización de un gran libro ilustrado, en el que apliqué los conocimientos que había adquirido de mis maestros de Iona.

El libro recogía la historia de mi pueblo, al estilo de los cuatro Evangelios, con unas letras doradas en cada página y miniaturas a modo de ilustración.

Era mi libro.

El libro que Stuart Gordon halló en los sótanos de Talamasca.

Cada palabra que escribí, haciendo uso de mis dotes para el verso, la canción y la oración, estaba dedicada al padre Columba. En el libro describía la tierra perdida, nuestro periplo a la planicie de Salisbury y la construcción de nuestro gran círculo, Stonehenge. Relaté con minucioso detalle, en latín, todo cuanto recordaba sobre nuestras luchas en el mundo de los hombres, lo mucho que habíamos sufrido, nuestro afán de sobrevivir, así como el estado al que al fin mi tribu, mi clan, había quedado reducido: cinco sacerdotes, entre un mar de humanos, admirados y respetados por unos poderes que no poseíamos, unos exiliados sin nombre, sin nación y sin un dios propio, que trataban de salvar el alma por medio del dios de un pueblo que nos temía.

«Lee las palabras que he escrito, padre —escribí—, tú que te negaste a escucharlas cuando traté de hablarte. Míralas grabadas aquí en la lengua de Jerónimo, Agustino, el papa Gregorio. Todo cuanto narro aquí es cierto, y deseo entrar a formar parte de la Iglesia de Dios como lo que realmente soy. De otra forma, ¿cómo podría acceder al Reino de los Cielos?»

Una vez finalizada mi labor, contemplé satisfecho la cubierta del libro, que yo mismo adorné con piedras preciosas, la encuadernación, que había realizado con seda, y las letras, que yo mismo había escrito.

Mandé llamar al padre Ninian y le mostré el libro. Mientras éste lo examinaba, guardé silencio.

Me sentía orgulloso de mi labor, convencido de que nuestra historia hallaría un contexto redentor en las vastas bibliotecas de la doctrina e historia eclesiástica. «Pase lo que pase —pensé—, he relatado la verdad. He explicado lo que sucedió, y el motivo por el que Janet sacrificó su vida.»

Al fin, Ninian cerró el volumen y me miró con una expresión que me dejó perplejo.

Tras permanecer unos minutos en silencio, estalló en carcajadas.

—¿Es que has perdido el juicio, Ashlar? —preguntó Ninian—. ¿Pretendes que le lleve este libro al padre Columba?

Su reacción me desconcertó.

—Le he dedicado todos mis esfuerzos —respondí con timidez.

—Es el libro más hermoso que he visto en mi vida

—reconoció Ninian—. Las ilustraciones son perfectas, el texto, escrito en esmerado latín, está repleto de frases conmovedoras. Es inconcebible que un hombre pudiera realizarlo en menos de cuatro años en los *scriptorium* de Iona y el hecho de que tú lo hayas escrito aquí, en la soledad de tu celda, en menos de un año, resulta poco menos que milagroso.

—¿De veras lo crees así?

—Pero el contenido, Ashlar, es una blasfemia. En el latín de las Sagradas Escrituras, utilizando el estilo de los Evangelios, has escrito unos versos paganos rebosantes de lujuria y monstruosidades. ¿Cómo se te ha ocurrido escribir tus frívolas historias de magia haciendo uso del estilo de los Salmos y los Evangelios del Señor?

—Lo he hecho para que el padre Columba vea esas palabras escritas y comprenda que expresan la verdad —contesté.

Pero Ninian tenía razón. Mi argumento no tenía sentido.

Al verme tan abatido, Ninian cruzó los brazos y me miró fijamente.

—Desde el primer día que entré en tu casa —dijo—, reconocí de inmediato tu sencillez y tu bondad. Sólo tú podías cometer un error tan estúpido como éste. Olvídate del libro; olvídate de tu historia. Dedica tu extraordinario talento a otras cosas más útiles.

Durante un día y una noche pensé en el consejo de Ninian.

Luego, tras envolver cuidadosamente el libro, se lo entregué de nuevo a Ninian.

—He sido nombrado abad de Donnelaith, y por tanto soy tu superior —dije—. Ésta es la última orden que te daré. Lleva este libro al padre Columba, tal como te pedí. Y dile de mi parte que he decidido emprender una peregrinación. No sé cuánto tiempo permaneceré ausente, ni dónde iré. Como puedes ver por este libro, mi vida abarca numerosas existencias. Es posible que no vuelva a ver al padre Columba, ni tampoco a ti, pero debo partir. Quiero ver el mundo. Ignoro si algún día regresaré a este lugar o a Nuestro Señor, sólo Él lo sabe.

Por más que Ninian trató de protestar, me mantuve firme. En pocos días Ninian debía trasladarse a Iona, de modo que no tuvo más remedio que ceder, no sin antes advertirme que Columba no me había autorizado a partir, pero eso me tenía sin cuidado.

No volví a ver ese libro hasta que Stuart Gordon lo depositó sobre una mesa en su torre de Somerset.

No sé si el libro llegó Iona.

Sospecho que sí, que permaneció en Iona durante muchos años, hasta que quienes conocían su existencia o sabían quién lo había escrito o por qué estaba allí, desaparecieron.

Jamás logré averiguar si el padre Columba lo llegó a leer. La misma noche en que Ninian partió hacia Iona, decidí abandonar Donnelaith para siempre.

Reuní a los sacerdotes Taltos en la iglesia y les pedí que cerraran las puertas con llave. No me importaba lo que pensaran los humanos, ni que el hecho de que las puertas de la iglesia estuvieran cerradas les preocupara o infundiera recelo, como así sucedió.

Comuniqué a mis sacerdotes que iba a marcharme.

Les confesé que estaba asustado.

—No sé si he obrado bien, pero creo que sí —dije—. Temo a los humanos que nos rodean. Temo que en cualquier momento puedan atacarnos. Cualquier desastre natural, como un terremoto, una plaga, una terrible enfermedad que afectara a los hijos de las familias más poderosas, podría desencadenar una rebelión contra nosotros.

»Éstas no son nuestras gentes. He sido un necio al creer que podíamos llegar a convivir pacíficamente con ellos.

»Podéis hacer lo que gustéis, pero mi consejo, el consejo de Ashlar, vuestro líder desde que abandonamos la tierra perdida, es que os alejéis de aquí. Buscad la absolución de vuestros pecados en un remoto monasterio, donde nadie os conozca, y solicitad permiso para practicar vuestros votos allí. Abandonad este valle.

»He decidido emprender un viaje de peregrinación. En primer lugar iré a Glastonbury para visitar el pozo donde José de Arimatea vertió la sangre de Cristo en el agua. Allí rezaré a Dios para que guíe mis pasos. Luego me dirigiré a Roma, y más tarde quizá a Constantinopla para ver los sagrados iconos que, según dicen, muestran el verdadero rostro de Cristo. Por último iré a Jerusalén para ver la montaña donde Cristo murió por nosotros. A partir de este momento, renuncio a mi voto de obediencia al padre Columba.

Los sacerdotes protestaron y se echaron a llorar, rogándome que no me fuera. Pero no consiguieron hacerme desistir. Fue una forma de poner fin a una situación muy típica de los Taltos.

—Si estoy equivocado, Jesús hará que regrese al redil. Confío en que me perdone. En caso contrario... iré al infierno —dije, encogiéndome de hombros—. Estoy decidido a marcharme.

Al finalizar este discurso, di media vuelta y fui a preparar mi viaje.

Antes de dirigirme con esas palabras de despedida a mis sacerdotes, había sacado de la torre todas mis pertenencias, entre las que se incluían mis libros, mis escritos, las cartas que me había enviado el padre Columba y todos aquellos objetos que tenían algún valor para mí, los cuales oculté en dos cámaras subterráneas que fueron construidas siglos antes. Luego recogí los escasos ropajes elegantes que me quedaban, pues los demás los había sustituido por unos hábitos sacerdotales, y me puse una túnica de lana verde, larga y gruesa, ribeteada en piel negra, me ceñí un cinturón de cuero y oro, me colgué al cinto una espada con la empuñadora cuajada de gemas y me encasqueté una vieja capucha de piel y un casco de bronce muy antiguo. Una vez vestido como un noble —en cualquier caso, un noble empobrecido—, monté en mi caballo y abandoné el valle con mis escasas pertenencias dentro de un pequeño saco. Nada de lo que llevaba puesto era tan espectacular ni oneroso como lo había sido mi reinado, ni tan humilde como los hábitos de un sacerdote. Llevaba una vestimenta buena y cómoda, adecuada para viajar.

Cabalgué durante una hora a través del bosque, siguiendo viejos senderos que sólo conocían los cazadores de la comarca.

Me encaminé por unas cuestas empinadas y boscosas hacia un paso secreto que conducía a la carretera.

La tarde estaba muy avanzada, pero sabía que alcanzaría la carretera antes del anochecer. A la luz de la luna llena, seguiría mi camino hasta que el cansancio me obligara a detenerme.

Aunque a las gentes de hoy en día les cueste creerlo, en esos frondosos bosques reinaba una oscuridad casi total. Por aquellos tiempos todavía no se habían destruido los grandes bosques de Inglaterra, los cuales estaban repletos de tupidos y vetustos árboles. Estábamos convencidos de que esos árboles eran los únicos seres vivos más viejos que nosotros que existían en el mundo, pues no habíamos visto nada que viviera tantos años como un árbol o un Taltos. El bosque nos encantaba, y jamás lo habíamos temido.

Al poco rato de haber penetrado en el sombrío bosque, pude oír las voces de los seres diminutos. Oí sus murmullos, susurros y risas.

Samuel aún no había nacido, por lo que no se hallaba presente, pero sí estaban Aiken Drumm y otros que aún hoy viven. Uno de ellos gritó:

—¡Ashlar, te has dejado engañar por los cristianos y has traicionado a tus gentes!

—¡Únete a nosotros, Ashlar, crearemos una nueva raza de gigantes y dominaremos el mundo! —gritó otro.

Siempre he detestado a Aiken Drumm. En aquel entonces era muy joven, y su rostro no presentaba tantas arrugas como para no poder verle los ojos. Se abalanzó hacia mí a través de los matorrales, blandiendo el puño en actitud amenazadora y mirándome con rencor.

—¿Acaso piensas abandonar el valle después de haberlo destrozado todo, Ashlar? ¡Ojalá que la maldición de Janet se haga realidad! —exclamó rabioso.

Después de unos instantes, él y sus compañeros retrocedieron por un motivo muy simple. Yo me estaba aproximando a una cueva que había en la ladera, y de la cual me había olvidado totalmente.

De forma espontánea, había elegido la senda que solían tomar las antiguas tribus cuando se disponían a celebrar sus ritos en ese lugar. En los tiempos en que los Taltos habitábamos en Salisbury Plain esas tribus había llenado la cueva de calaveras, y más tarde otros pueblos la habían reverenciado como lugar en el que se llevaban a cabo rituales misteriosos y siniestros.

Durante los últimos siglos, los campesinos solían jurar que en la cueva había una puerta abierta a través de la cual podían oírse las voces del infierno, o los cantos celestiales. Numerosos espíritus habían sido vistos merodeando por los bosques de los alrededores y las brujas, desafiando nuestra ira, habían acudido también al lugar. Aunque a veces ascendíamos las colinas en grupos, enfurecidos y dispuestos a arrojarlas de este territorio, durante los últimos doscientos años apenas nos habíamos ocupado de ellas.

Sólo había subido hasta ahí en un par de ocasiones, pero la cueva no me infundía ningún temor. Cuando observé que los seres diminutos estaban aterrados, celebré poder librarme de ellos.

No obstante, a medida que el caballo avanzaba por el viejo sendero y nos aproximábamos a la cueva, divisé unas luces que parpadeaban en la penumbra del bosque. Al cabo de unos minutos avisté una tosca choza en la ladera, construida quizá aprovechando una cueva, cubierta de piedras a través de las cuales se distinguían una pequeña puerta y una ventana, así como un agujero practicado en la parte superior por el que se deslizaba el humo.

La luz parpadeaba a través de las brechas y rendijas de las paredes de la cueva.

Frente a mí, a varios metros de altura, se abría el sendero que conducía a la inmensa cueva, cuya boca quedaba oculta por pinos, robles y tejos.

En cuanto vi la choza decidí evitarla. No quería tratos con quienquiera que viviera cerca de la cueva.

La cueva en sí me intrigaba. Puesto que creía en

Jesús, aunque hubiera desobedecido a mi abad, no temía a los dioses paganos. No creía en ellos. Pero había abandonado mi hogar. Quizá jamás regresara a él. De pronto sentí la tentación de entrar en la cueva para descansar un rato, oculto, a salvo de los seres diminutos.

29

—Escuchadme —dijo Morrigan, sin apartar la vista de la carretera—. Voy a tomar las riendas de la situación. Lo he estado pensando desde que nací, sé exactamente lo que debemos hacer. ¿Se ha dormido la abuela?

—Como un tronco —contestó Mary Jane, que ocupaba el asiento abatible que había entre los asientos trasero y delantero para poder vigilar a Morrigan, que era quien conducía.

—¿Qué quieres decir con eso de que vas a coger las riendas de la situación? —preguntó Mona.

—Pues eso —contestó Morrigan, sujetando el volante por la parte superior con ambas manos. Conducía de forma relajada, pues hacía bastante rato que circulaban a ciento cuarenta y cinco kilómetros por hora y no les había parado ningún guardia—. Lleváis horas discutiendo sobre estupideces, meros tecnicismos morales.

Morrigan llevaba el cabello alborotado y le caía sobre los hombros y los brazos; era de un rojo más intenso, según comprobó Mona, pero de la misma tonalidad que el suyo. El extraordinario parecido entre ambos rostros hacía que Mona se sintiera incómoda después de observar un rato a Morrigan. En cuanto a la voz, el peligro era obvio. Morrigan podía fingir por teléfono que era Mona. Lo había hecho cuando al fin había llamado el tío Ryan desde Fontevrault. Fue una conversación de lo más cómica. Ryan había preguntado a «Mona» con mucho tacto si estaba tomando anfetaminas, recordándole cariñosamente que cualquier cosa que ingiriera podía perjudicar a la criatura. Pero lo más divertido fue que el tío Ryan no sospechase que la jovencita que hablaba a toda velocidad al otro lado de la línea y no cesaba de hacerle preguntas no era Mona.

Iban todas hechas un brazo de mar, según había dicho Mary Jane, incluida Morrigan, a quien habían equipado en las tiendas más elegantes de Napoleonville. Llevaba un vestido camisero de algodón blanco que a Mona y a Mary Jane les hubiera llegado al tobillo, pero que a ella apenas le rozaba la rodilla. Tenía una cintura muy ceñida y un sencillo escote en uve, símbolo del recato burgués, que en virtud de los desarrollados pechos de Morrigan resultaba de vértigo. Era la historia de siempre: le pones un vestido sencillo a una chica espectacularmente atractiva, y éste se convierte en una prenda más llamativa que el papel dorado o las martas cibelinas. Los zapatos no habían supuesto ningún problema, una vez asumido que Morrigan calzaba el cuarenta; de haber calzado una talla más, habrían tenido que acudir al departamento de caballeros. Había elegido un par de zapatos con tacón de aguja y se había puesto a cantar y bailar alrededor del coche durante quince minutos, hasta que Mona y Mary Jane la cogieron con firmeza por el hombro y le ordenaron que cerrara la boca, que dejara de moverse y que se subiera de una vez al coche. Morrigan insistió entonces en que quería conducir. En fin, no era la primera vez…

La abuela, que vestía un elegante traje pantalón de algodón, dormía arropada con una manta eléctrica de color azul celeste. El cielo presentaba un espléndido color azul, las nubes eran de un blanco inmaculado. Por fortuna, Mona ya no se sentía mareada, tan sólo débil. Terriblemente débil.

Faltaba una hora para que llegaran a Nueva Orleans.

—¿A qué tecnicismos morales te refieres? —preguntó Mary Jane—. Se trata de nuestra seguridad, sabes. ¿Qué pretendes con eso de que «vas a tomar las riendas»?

—Se trata de algo inevitable —respondió Morrigan—, pero os lo contaré poco a poco para que lo entendáis.

Mona se echó a reír.

—Mamá, como es muy lista, lo ha comprendido enseguida; supongo que el hecho de ser bruja le permite adivinar el futuro. Pero tú, Mary Jane, insistes en comportarte como una mezcla de tía solterona y quejica y abogado del diablo.

—¿Estás segura de saber el significado de esas palabras?

—Querida, me he tragado dos diccionarios enteros. Conozco todas las palabras que conocía mi madre antes de nacer yo, y muchas de las palabras que sabe mi padre. ¿Cómo iba a saber si no lo que es una llave de tuerca de boca tubular, y el motivo de que llevéis varias en el maletero?

—Volvamos al asunto que nos ocupa en estos momentos, como adónde debemos ir, a qué casa debemos dirigirnos y otras nimiedades por el estilo.

Sin dar tiempo a que las otras contestaran, Morrigan prosiguió:

—En mi opinión, el hecho de que nos dirijamos a una u otra casa no es tan importante. La casa de la calle Amelia no es una buena idea, simplemente porque está atestada de gente, como habéis repetido ya tres veces, y aunque sea la casa de mamá, en realidad pertenece a la tía Evelyn. Fontevrault queda demasiado lejos.

Pase lo que pase, no estoy dispuesta a retroceder. La idea de ocultarme en un pequeño apartamento, alquilado bajo una identidad falsa, francamente no la soporto. Necesito espacio para vivir. La casa de la calle Primera pertenece a Michael y a Rowan, es cierto, pero al fin y al cabo Michael es mi padre. Tenemos que ir a la calle Primera. Necesito el ordenador de Mona, sus archivos, las notas de Lasher y las que tomó mi padre cuando copió el célebre documento de Talamasca; todo lo que se encuentre en estos momentos en aquella casa y a lo que Mona tenga acceso. Sí, ya sé que teóricamente no puede tocar las notas de Lasher, pero ésa es otra cuestión técnica. Reivindico mis derechos a leer esas notas. Y no tengo el menor inconveniente en leer el diario de Michael si consigo dar con él. No empecéis a protestar.

—Haz el favor de frenar un poco —ordenó Mary Jane—. No me gusta nada la forma en que has dicho eso de «coger las riendas».

—Vamos a pensar las cosas con más calma —terció Mona.

—Habéis repetido hasta la saciedad que de lo que se trata es de sobrevivir —replicó Morrigan—. Bien, pues para sobrevivir necesito esa información, diarios, archivos, documentos… En estos momentos la casa de la calle Primera está vacía, de modo que podemos preparar tranquilamente el regreso de Michael y Rowan. Así pues, he decidido que nos quedaremos ahí, al menos hasta que Michael y Rowan regresen y los pongamos al corriente de la situación. Si mi padre decide entonces echarme de su casa, buscaremos otra vivienda, o bien pondremos en marcha el plan que ha ideado mamá para obtener los fondos necesarios con objeto de restaurar Fontevrault como Dios manda. ¿Se os ha quedado todo esto bien grabado en la cabeza?

—Mona te ha dicho que en aquella casa hay varias pistolas —contestó Mary Jane—. Las guardan en cualquier sitio, en el piso de arriba y en la planta baja. Esa gente se asustará al verte. Es su casa. Empezarán a gritar. ¿Acaso no lo comprendes? Creen que los Taltos son unos seres malvados que tratan de dominar el mundo.

—¡Soy una Mayfair! —declaró Morrigan—. Soy hija de mi padre y de mi madre. Me importan un pimiento las pistolas. No van a utilizarlas contra mí. Sería absurdo. Ni siquiera sospechan que estaré allí, no les dará tiempo a reaccionar. Además, vosotras estaréis a mi lado para protegerme, para alzar la voz en mi defensa, para advertirles que no deben hacerme ningún daño. Os agradecería que tuvierais presente que poseo una lengua con la que defenderme yo solita, que esta situación no se parece en nada a otras situaciones anteriores, y que es preferible que nos instalemos allí, donde puedo examinar todo lo que debería examinar, como el famoso Victrola, el jardín trasero… ¡No empecéis a gritar otra vez!

—¡Ni se te ocurra desenterrar los cadáveres! —exclamó Mona.

—Sí, déjalos tranquilos —dijo Mary Jane.

—Vale, vale. No desenterraré los cadáveres. Ha sido una mala idea. Morrigan os pide disculpas. No volveré a insinuarlo, os lo prometo. No es el momento de ponerse a desenterrar cadáveres. Además, a mí qué me importan esos cadáveres —añadió Morrigan, sacudiendo enérgicamente su larga y roja cabellera—. Soy hija de Michael Curry y de Mona Mayfair. Y eso es lo único que importa, ¿no?

—Estamos asustadas, eso es todo —declaró Mary Jane—. Ahora, si damos la vuelta y regresamos a Fontevrault…

—No sin unas bombas, unos andamios, unos gatos y unos tablones para restaurar la casa. Le tendré siempre un cariño muy especial, desde luego, pero en estos momentos no puedo vivir allí. Me muero de ganas de ver mundo, ¿es que no lo comprendéis? El mundo no se limita al almacén de Wal-Mart, Napoleonville y el último número de *Time*, *Newsweek* y *The New Yorker*. No quiero perder más tiempo. Además, puede que Rowan y Michael ya hayan regresado a casa. Tengo ganas de reunirme con ellos cuanto antes. Seguro que pondrán a mi disposición todos los archivos y documentos que necesite, aunque en el fondo de su corazón sientan deseos de liquidarme.

—No han regresado —respondió Mona—. Ryan dijo que volverían dentro de un par de días.

—Bien, ¿pues de qué tenéis miedo?

—No lo sé —contestó Mona.

—Entonces iremos a la calle Primera, está decidido, y no quiero oír ni una palabra más sobre el asunto. ¿Hay un cuarto de huéspedes? Me instalaré en él. No sigamos discutiendo. Más adelante buscaremos un lugar cómodo y agradable donde poder instalarnos de forma permanente. Además, me apetece ver esa casa, quiero ver la casa que construyeron las brujas. ¿Es que no comprendéis hasta qué punto mi persona y mi suerte están vinculadas a esa casa, una casa destinada a perpetuar el linaje de la hélice gigante? Sentimentalismos aparte, resulta obvio que Stella, Antha y Deirdre murieron para que yo pudiera vivir, y que los absurdos sueños de ese perverso espíritu, Lasher, han tenido como consecuencia una encarnación que él jamás pudo imaginar, pero que sin embargo constituye mi destino. Ambiciono vivir, ambiciono alcanzar una posición elevada.

—De acuerdo —dijo Mona—, pero tendrás que

permanecer calladita. No debes hablar con nadie, ni siquiera con los guardias, ni contestar el teléfono.

—Sí, no te lances sobre el teléfono cuando suene —apostilló Mary Jane—. Sería una locura.

Morrigan se encogió de hombros.

—Lo que no comprendéis —respondió—, es que cada día que pasa representa un importante paso en mi desarrollo. No soy la misma chica que era hace dos días —agregó. De pronto hizo una mueca y soltó un pequeño gemido.

—¿Qué pasa, qué ocurre? —preguntó Mona.

—Los recuerdos se agolpan en mi mente. Pon en marcha la grabadora, mamá. Es muy extraño, algunos se desvanecen enseguida, pero otros no. Es como si los recuerdos procedieran de diversas personas, unas personas como yo. Veo a Ashlar a través de los ojos de todo el mundo… El valle es el mismo que figura en el documento de Talamasca, lo sé. Donnelaith. Oigo a Ashlar pronunciar ese nombre.

—Habla más alto para que pueda oírte —protestó Mary Jane.

—Este recuerdo se refiere a las piedras; todavía no hemos llegado al valle, estamos cerca del río. Veo a unos hombres que arrastran las inmensas piedras hacia unos troncos con los que las transportarán hasta el lugar donde van a erigir el círculo. Nada es casual en este mundo, os lo garantizo; la naturaleza es lo suficientemente vasta y rica como para que las cosas sucedan casi de forma inevitable. Quizá os parezca que no tiene sentido, pero os aseguro que el caos y el sufrimiento de esas tenaces y valerosas brujas han hecho que llegue el momento de que esta familia se convierta en una familia de humanos y Taltos. Experimento unas sensaciones muy extrañas. El círculo es más pequeño, pero es nuestro, Ashlar ha consagrado ambos círculos, y las estrellas que brillan en lo alto se encuentran en la configuración invernal. Ashlar desea que los sombríos bosques nos protejan, que se interpongan entre nosotros y el mundo hostil. Estoy muy cansada. Quiero dormir.

—No sueltes el volante —le advirtió Mary Jane—. Describe a ese hombre, Ashlar. ¿Tiene siempre el mismo aspecto? ¿Me refiero, en ambos círculos y en ambas épocas?

—Tengo ganas de llorar. Oigo una música. Cuando lleguemos allí tenemos que bailar.

—¿Cuando lleguemos adónde?

—A la calle Primera, a donde sea. Al valle. A la planicie. Tenemos que bailar formando un círculo. Os mostraré cómo cantaré las canciones. Algo terrible me ha sucedido en más de una ocasión, a mí y a mis gentes. Veo muerte y dolor, ambas cosas se han convertido en algo normal. Sólo los inteligentes consiguen zafarse de la muerte y el dolor; los inteligentes no se dejan engañar por los seres humanos. Los demás estamos ciegos.

—¿Ashlar es el único que tiene nombre?

—No, pero todo el mundo lo conoce. Es como un imán, que atrae las emociones de todos. No quiero…

—Tranquila —dijo Mona—. Cuando lleguemos allí podrás escribir todo lo que has visto. Podrás descansar dos días hasta que lleguen.

—¿Y quién seré entonces?

—Yo sé quién eres —contestó Mona—. Sabía quién eras cuando te llevaba en mi vientre. Eres Michael y yo, y algo más, algo muy fuerte y maravilloso, y también formas parte de las otras brujas.

—Habla, cariño —dijo Mary Jane, dirigiéndose a

Morrigan—. Háblanos de él y de las muñequitas de yeso que fabricaban. Cuéntanos cómo enterraban a las muñequitas al pie de los monolitos. ¿Lo recuerdas?

—Creo que sí. Las muñecas tenían unos pechos y un pene.

—Eso no lo habías mencionado.

—Eran unas muñecas sagradas. Pero todo esto debe de tener un propósito, una redención por este dolor… Yo… Quiero olvidar esos recuerdos, pero no antes de extraer todo cuanto contienen de valioso. ¿Serías tan amable de coger un pañuelo y enjugarme los ojos, Mary Jane? Os cuento esto para que conste, prestad atención. Estamos arrastrando la enorme piedra hacia la planicie. Todo el mundo bailará y cantará alrededor de ella durante un rato, antes de empezar a construir una plataforma con los troncos que nos ayude a levantar el monolito. Todos han confeccionado unas muñequitas. Son diferentes, cada muñeca se parece a uno de ellos. Tengo sueño. Tengo hambre. Quiero bailar. Ashlar nos pide que le prestemos atención.

—Dentro de quince minutos entraremos por la puerta trasera —dijo Mary Jane—. De modo que mantén bien abiertos los ojitos.

—No comentes una palabra a los guardias —dijo Mona—. Yo me ocuparé de ellos. ¿Qué más recuerdas? Quedamos en que estaban arrastrando la piedra hacia la planicie. ¿Cómo se llama esa planicie? Di su nombre en la lengua que empleaban ellos.

—Ashlar la llama simplemente la «tierra lisa», o la «tierra segura», o «la tierra de la hierba». Para pronunciarlo como hacen ellos tengo que hablar muy rápidamente, sonará como un silbido. Todo el mundo conoce esas piedras. Lo sé. Mi padre las conoce, las ha visto. ¿Creéis que existe otra Morrigan idéntica a mí en algún del mundo? ¿Creéis que es posible? ¿Otra que está enterrada debajo del árbol? ¡No es posible que yo sea la única que esté viva!

—Tranquilízate, cariño —respondió Mary Jane—. Tenemos mucho tiempo para averiguarlo.

—Somos tu familia —dijo Mona—. No lo olvides. Prescindiendo de todo lo demás, eres Morrigan Mayfair, a quien he nombrado heredera del legado. Tenemos tu certificado de nacimiento, el certificado de bautismo y quince instantáneas Polaroid con mi palabra de honor estampada en una etiqueta que he pegado al dorso de cada foto.

—Eso no es suficiente —contestó Morrigan, llorando y haciendo pucheros como una criatura—. Son unos documentos sin valor legal.

El coche continuó avanzando por su carril correspondiente. Habían entrado en Metairie y el tráfico era muy denso.

—Quizá necesitaríamos una cinta de vídeo, ¿no crees, mamá? —preguntó Morrigan—. Pero tampoco bastará, lo único que basta y sobra es el amor. ¿Por qué nos molestamos en hablar de cuestiones legales?

—Porque son importantes.

—Pero, mamá, si no aman…

—Grabaremos una cinta de vídeo en cuanto lleguemos a la casa de la calle Primera. Y tendrás todo el amor que necesitas, Morrigan, te lo aseguro. Yo te lo procuraré. No permitiré que esta vez ocurra nada malo.

—¿Por qué estás tan segura, teniendo en cuenta tus reservas y temores así como tu deseo de protegerme de la mirada de los curiosos?

—Porque te quiero. Por eso estoy segura.

Las lágrimas no cesaban de brotar de los ojos de Morrigan. Mona no podía soportarlo.

—Si no me quieren, no tendrán que molestarse en utilizar una pistola —dijo Morrigan.

«Tu dolor me parte el corazón, cariño.»

—No digas tonterías —contestó Mona, tratando de expresarse con calma, como una mujer adulta—. Nuestro cariño es suficiente. Si tienes que olvidarlos, hazlo. Nos bastamos nosotras solas para darnos cariño, no necesitamos a nadie más, ¿me oyes?

Mona miró a la airosa gacela que iba conduciendo y llorando al mismo tiempo, rebasando a todos los vehículos que se interponían en su camino. «No cabe duda de que es hija mía —pensó—. Siempre he tenido una ambición monstruosa, una inteligencia monstruosa, un valor monstruoso, y ahora una hija monstruosa. Pero ¿cómo es exactamente, aparte de brillante, impulsiva, cariñosa, alegre, hipersusceptible ante todo lo que pueda herirla u ofenderla, y dueña de una fantasía y un entusiasmo desbordados? ¿Cómo se las arreglará? ¿Qué significa para ella recordar esas historias y anécdotas tan antiguas? ¿Acaso significa que las posee y que sus conocimientos se derivan de ellas? ¿Qué puede salir de todo esto? En el fondo, no me importa. Al menos, en estos momentos no, cuando acaba de empezar, cuando todo es tan interesante y existen tantas posibilidades.»

De pronto vio a su gigantesca hija caer herida al suelo, mientras ella extendía las manos para protegerla, sujetándole la cabeza y acercándosela a su pecho. «No os atreváis a lastimarla.»

Ahora todo era muy distinto.

—Deja que conduzca yo —terció Mary Jane—. Hay mucho tráfico y así no vamos a llegar nunca.

—Estás loca, Mary Jane —replicó Morrigan, deslizándose hacia el borde del asiento y pisando el acelerador para pasar al coche que tenía a su izquierda. Luego se enderezó y se secó las lágrimas con el dorso de la mano—. No pienso soltar el volante hasta que lleguemos a casa. No me perdería esto por nada en el mundo.

30

Cómo sería la cueva por dentro, me pregunté. No sentía ningún deseo de oír voces del infierno, pero tal vez oyera un coro celestial.

Tras pensarlo detenidamente, decidí pasar de largo. Me esperaba un largo viaje. Era muy temprano para detenerme a descansar. Además, estaba ansioso por alejarme de aquel lugar.

Cuando me disponía a dar un rodeo para evitar la cueva, oí una voz que me llamaba. Era la voz de una mujer, muy suave y etérea, como si no procediera de ningún lugar determinado.

—Te estaba esperando, Ashlar —dijo la voz.

Me volví, pero no vi nada. Reinaba una oscuridad siniestra. «Será una de las mujeres de los seres diminutos —pensé—, que intenta seducirme.» Reemprendí mi camino, pero al cabo de unos momentos volví a oír la voz, suave como un beso.

—Ashlar, rey de Donnelaith, te estoy esperando.

Miré la pequeña choza, con sus luces que parpadeaban en la oscuridad, y vi a una mujer de pie ante la puerta. Tenía el cabello rojo, y una piel muy pálida. Era humana y a la vez una bruja, y de ella emanaba un leve aroma de bruja, lo cual podía significar, o no, que por sus venas corría sangre de los Taltos.

Debí proseguir mi camino sin detenerme. Las brujas siempre causan conflictos. Sin embargo, era una mujer muy bella, y al contemplar su silueta en la sombra creí por unos instantes que se trataba de la desgraciada Janet.

Cuando se acercó vi que tenía los ojos verdes de mirada severa, la nariz recta y una boca que parecía tallada en mármol, al igual que Janet. Tenía sus mismos pechos menudos y redondos, y el cuello largo y esbelto. Todo ello, rematado por una espléndida melena pelirroja, le proporcionaba un encanto irresistible.

—¿Qué quieres de mí? —pregunté.

—Que vengas a vivir conmigo —respondió la mujer—. Te invito a entrar en mi casa.

—Estás loca, jamás lograrás seducirme —afirmé.

La mujer se echó a reír, como ya habían hecho otras muchas brujas antes que ella, y dijo:

—Pariré un gigante, un hijo tuyo.

Yo sacudí la cabeza y respondí:

—Aléjate de mí, y da gracias a Dios que no me dejo tentar con facilidad. Eres muy hermosa. Quizá otro Taltos acepte tu proposición. ¿No tienes a nadie que te proteja?

—Ven, entra en mi casa —insistió la mujer, avanzando hacia mí.

A la luz de los débiles rayos que se filtraban por las ramas, la prolongada y dorada luz del atardecer, observé su dentadura blanca y perfecta, el perfil de sus pechos debajo de su fina blusa de encaje, sostenidos por un ceñido corpiño de cuero.

«No hay nada malo en que yazca un rato con ella —pensé—, en que roce simplemente sus pechos con mis labios. Pero es una bruja. ¿Cómo se me ocurre pensar siquiera en ello?»

—Ashlar —dijo la mujer—, todos conocemos tu historia. Sabemos que eres el rey que traicionó a su pueblo. ¿Deseas preguntar a los espíritus de la cueva qué debes hacer para ser perdonado?

—¿Perdonado? Sólo Jesús puede absolverme de todos mis pecados —respondí—. Me marcho.

—¿Qué poder tiene Jesús para alterar la maldición que lanzó Janet contra ti?

—No me provoques —contesté. La deseaba. Y cuanto más me enfurecía, menos me importaba el hecho de que fuera una bruja.

—Acompáñame —dijo ella—. Bebe un sorbo de la pócima que hay junto al fuego. Luego entra en la cueva y verás a los espíritus que lo saben todo, rey Ashlar.

La mujer se detuvo junto a mi caballo y cuando apoyó su mano sobre la mía sentí un intenso deseo de poseerla. Poseía los penetrantes ojos de una bruja, a través de los cuales parecía asomar el alma de Janet.

Casi sin darme cuenta, la mujer me ayudó a desmontar y echamos a andar cogidos de la mano a través de los espesos matorrales y saúcos.

La atmósfera de la pequeña choza era siniestra e irrespirable. No había ventanas.

Sobre el fuego, observé una caldera que colgaba de un largo palo. Pero el lecho estaba limpio, cubierto con una sábana de lino exquisitamente bordada.

—Un lecho digno de un rey —señaló la mujer.

Eché un vistazo a mi alrededor y vi una puerta abierta, frente a la otra por la que habíamos entrado, que parecía conducir a un tenebroso túnel.

—Es el pasadizo secreto que conduce a la cueva —dijo la mujer.

De pronto me besó la mano y me obligó a tenderme en el lecho. Luego se acercó a la caldera y llenó una tosca taza de arcilla con el brebaje que contenía aquélla.

—Bébelo, majestad —dijo la mujer—, y los espíritus de la cueva podrán verte y oírte.

«O yo los veré y oiré a ellos», pensé. Dios sabe las hierbas y esencias que habría echado en el brebaje; esas que hacían enloquecer a las brujas y bailar como los Taltos a la luz de la luna. Yo conocía bien sus trucos.

—Bébelo, está muy dulce —dijo la mujer.

—Sí, veo que contiene miel —respondí.

Mientras observaba la taza, decidido a no probar ni una gota, la mujer me sonrió y yo le devolví la sonrisa. De pronto me llevé la taza a los labios y, sin darme cuenta, bebí un buen trago del brebaje. Luego cerré los ojos.

—¿Y si... y si fuera realmente mágico? —murmuré sonriendo. Empezaba a ver visiones.

—Acuéstate conmigo —dijo la mujer.

—Por tu propio bien, no me tientes —contesté.

Pero ella me quitó la espada y yo no opuse ninguna resistencia. Tras cerrar la puerta, me tumbé en el lecho y la obligué a situarse debajo de mí. Cuando le quité la blusa y vi sus pechos, casi sentí deseos de llorar. ¡Cómo ansiaba beber la leche de los Taltos! Esa bruja no era madre, no tenía leche de ninguna clase, ni humana ni de Taltos. No obstante, deseaba succionar sus dulces pechos, morderle los pezones y lamerlos.

«No hay ningún mal en ello —pensé—. Cuando la bruja esté excitada y húmeda de deseo, introduciré los dedos entre sus labios cubiertos de vello y haré que se estremezca de placer.»

Empecé a succionarle los pechos, a besarla y acariciarla. Tenía una piel suave y lozana, y desprendía un olor a mujer joven. Gozaba oyéndola suspirar y sintiendo el tacto de su vientre, blanco y liso, contra mi mejilla. Cuando le bajé la falda comprobé que el vello de su pubis era rojo como el de su cabellera, cálido y suavemente rizado.

—Qué hermosa eres, bruja —murmuré.

—Tómame, rey Ashlar —contestó ella.

Lamí sus pechos con pasión, dejando que mi pene sufriera, a la vez que pensaba: «No, no quiero matarla. Es una necia, pero no merece morir por ello.» Pero la bruja guió mi verga entre sus piernas, oprimiendo la punta contra su pubis, y de golpe decidí, como habría hecho cualquier macho, que si realmente quería que la poseyera me esmeraría en complacerla.

La penetré con fuerza, como si se tratara de una hembra Taltos, gozando con el calor de su cuerpo. Ella se echó a llorar e invocó los nombres de unos espíritus desconocidos para mí.

Todo terminó en un instante. La mujer me miró sonriente, medio adormilada.

—Bébete la pócima —dijo— y entra en la cueva.

Luego cerró los ojos y se quedó dormida.

Apuré la taza de un trago. ¿Por qué no?, me dije. Al fin y al cabo, había llegado hasta las mismas puertas de la cueva. ¿Y si sus remotas y tenebrosas entrañas guardasen algo importante, un último secreto que mi tierra de Donnelaith me brindaba? El futuro me reservaba sin duda numerosas desventuras, sufrimientos y desilusiones.

Me levanté, me colgué la espada del cinto por si tenía que defenderme, cogí un tosco pedazo de cera con una mecha, que la bruja conservaba junto al lecho, encendí la mecha y penetré en la cueva por la puerta secreta.

Avancé a través de la oscuridad, palpando los muros de la cueva, hasta que al fin llegué a un lugar fresco y abierto, desde el cual divisé a lo lejos un rayo de luz que procedía del exterior. Me encontraba sobre la entrada principal de la cueva.

Seguí avanzando, con la rudimentaria lámpara en mis manos. De pronto me detuve, sobresaltado. En el suelo, a mi alrededor, había un sinfín de calaveras, algunas tan viejas que eran poco más que un montón de polvo.

Deduje que ese lugar había sido una especie de cámara mortuoria donde ciertas tribus enterraban únicamente las cabezas de los difuntos, en la creencia de que podían comunicarse con los espíritus a través de éstas.

Me dije que resultaba ridículo que me asustara ante la visión de unas calaveras. Al mismo tiempo, me sentí muy débil.

—Debe de ser la pócima que he bebido —murmuré—. Descansaré un rato.

Me senté y apoyé la espalda en el muro que tenía a mi izquierda, y observé la amplia cámara y sus numerosas y grotescas máscaras fúnebres.

La tosca vela se me cayó de la mano, pero no se apagó. Cuando traté de inclinarme para sacarla del pequeño charco de lodo donde había caído, comprobé que no podía moverme.

Lentamente alcé la cabeza y vi a mi Janet.

Ésta se dirigió hacia mí a través de la cámara de las calaveras con paso lento, como si no fuera real, sino el personaje de un sueño.

—Pero estoy despierto —dije en voz alta.

Ella asintió con un leve gesto de la cabeza, sonrió y se detuvo ante la débil luz de la vela que yacía en el suelo.

Lucía la misma túnica de seda rosa que vestía el día en que murió en la hoguera. Comprobé horrorizado que las llamas habían devorado buena parte de la túnica, a través de cuyos jirones relucía la piel blanca y suave de Janet. Su largo cabello rubio tenía las puntas chamuscadas, y sus mejillas, manos y pies estaban manchados de ceniza. Sin embargo estaba ante mí, viva.

—¿Qué quieres de mí, Janet? ¿Qué quieres comentarme?

—¿Qué quieres decirme tú a mí, mi amado rey? Te seguí desde el gran círculo en el sur hasta Donnelaith y tú me destruiste.

—No me maldigas, amable espíritu —contesté, incorporándome de rodillas—. Proporcióname eso que puede ayudarnos a todos. Busqué el camino del amor, y resultó ser el camino de la ruina.

Al principio Janet me miró desconcertada, como si no me comprendiese. Luego se puso seria y, cogiéndome la mano, pronunció las siguientes palabras como si se trataran de nuestro secreto.

—¿Deseas hallar otro paraíso, señor? —preguntó—. ¿Deseas construir otro monumento como el que dejaste en la planicie, y que perdurará eternamente? ¿O prefieres idear un baile tan sencillo y lleno de gracia que todos los pueblos del mundo sean capaces de ejecutarlo?

—Prefiero el baile, Janet. El nuestro será un inmenso círculo vivo.

—¿Te gustaría crear una canción tan dulce que ningún hombre o mujer de raza alguna sea capaz de resistirse a ella?

—Sí —respondí—, y cantarla eternamente.

Janet me miró con cierto estupor. Luego sonrió y dijo:

—Entonces, acepta la maldición que arrojo sobre ti.

Al oír sus palabras rompí a llorar.

Janet me indicó, sin perder la calma, que me tranquilizara. Luego entonó este poema en la suave y rápida lengua de los Taltos:

Tu empresa está condenada al fracaso, tu camino es largo.
Tu invierno acaba de comenzar.
Estos tiempos amargos se convertirán en mito
y la memoria perderá su significado.
Pero cuando al fin veas sus brazos
extendidos en señal de perdón,
no retrocedas ante lo que la Tierra puede ofrecerte
cuando la lluvia y los vientos la alimenten.
La semilla retoñará, las hojas se abrirán,
las ramas se cubrirán de flores,
por más que las ortigas traten de aniquilarlas,
y los hombres de pisotearlas.
El baile, el círculo y la canción,
constituirán la llave del cielo,
y las cosas que antaño despreciaron los poderosos
serán hoy su salvación.

La cueva se oscureció, la pequeña vela se estaba extinguiendo, y con un leve gesto de la mano en señal de despedida, la mujer sonrió una vez más y desapareció.

Sus palabras quedaron grabadas en mi mente como las inscripciones talladas en las piedras que formaban el círculo. Las vi y las fijé en mi memoria mientras se desvanecía el último eco de su voz.

La cueva estaba a oscuras. Lancé un grito de temor mientras buscaba en vano la vela que se había extinguido. Luego me levanté de un salto y vi, al otro lado del túnel por el que había penetrado, el resplandor del fuego que ardía en la choza.

Me enjugué los ojos, conmovido por el amor que sentía hacia Janet y confuso de alegría y dolor al mismo tiempo, y corrí hacia la pequeña y cálida choza. Al entrar vi a la bruja de cabello rojo tendida en el lecho.

Durante unos momentos supuse que era Janet; no

el amable espíritu que me había mirado con amor y había recitado unos versos que prometían redención, sino la mujer que había muerto abrasada en la hoguera, en medio de atroces tormentos, mientras las llamas devoraban su cabello y sus huesos. De pronto arqueó la espalda y se volvió hacia mí, suplicándome que la salvara. Pero al tenderle la mano para rescatarla de las llamas que la consumían, se convirtió de nuevo en la bruja, la mujer pelirroja que me había atraído hacia su lecho y me había dado el brebaje.

Muerta, blanca, silenciosa, sus ropas empapadas en sangre, la pequeña choza convertida en una tumba, el fuego del hogar en una baliza luminosa.

Me persigné y salí de allí.

La oscuridad era tan intensa que no pude hallar mi caballo. Al cabo de unos instantes oí las risas de los seres diminutos.

Desesperado y aterrado por la visión que había tenido, comencé a rezar y a maldecirlos. Los desafié a que salieran de su escondite y pelearan conmigo. Al cabo de unos momentos me vi rodeado por los malévolos seres. Conseguí derribar a dos de ellos con mi espada y el resto salió huyendo, pero no antes de arrancarme la túnica y el cinturón y de robarme mis escasas pertenencias. También se llevaron mi caballo.

Convertido en un vagabundo sin otro bien que mi espada, ni siquiera intenté perseguirlos.

Eché a andar hacia la carretera dejándome guiar por mi instinto, y por las estrellas, como solemos hacer los Taltos. Cuando apareció la luna en el cielo, ya había dejado atrás mi tierra rumbo hacia el sur.

No me volví para contemplar Donnelaith por última vez.

Me dirigí a la tierra del eterno verano, Glastonbury,

y subí a la colina sagrada donde José había plantado un espino. Me lavé las manos en el Pozo del Cáliz. Bebí su agua. Atravesé Europa para reunirme con el papa Gregorio en las ruinas de Roma, fui a Bizancio y, finalmente, a Tierra Santa.

Pero mucho antes de que mi periplo me llevara al palacio del papa Gregorio, entre las escuálidas ruinas de los grandes monumentos paganos de Roma, mi situación había cambiado por completo. Ya no era un sacerdote, sino un viajero, un estudioso que anhelaba conocer mundo.

Podría contaros cientos de anécdotas de aquellos tiempos, como por ejemplo cómo llegué a conocer a los padres de Talamasca. Pero no conozco su historia, no sé de ellos más de lo que sabéis vosotros, cosa que quedó confirmada una vez que Gordon y sus secuaces fueron descubiertos.

En Europa encontré de vez en cuando a algunos Taltos, hombres y mujeres. Supuse que siempre me tropezaría con alguno con el que poder sentarme junto al fuego a charlar sobre la tierra perdida, la planicie y todas las cosas que recordábamos.

Hay algo más que deseo explicaros.

En el año 1228 regresé a Donnelaith. Hacía mucho tiempo que no había visto a ningún Taltos, lo cual empezaba a preocuparme. No cesaba de pensar en la maldición y la poesía que me había dedicado Janet.

Llegué fingiendo ser un viejo y solitario escocés que recorría su tierra, deseoso de conversar con los bardos de las tierras altas sobre sus historias y leyendas.

Me llevé un gran disgusto al comprobar que la vieja iglesia sajona había desaparecido y había sido sustituida por aquella inmensa catedral que se hallaba a la entrada de una importante población mercantil.

Tenía ganas de volver a ver la antigua iglesia. No obstante, ¿quién no se habría sentido impresionado ante esa imponente estructura y el gigantesco castillo de los condes de Donnelaith que custodiaba el valle?

Con la espalda encorvada y estirándome la capucha a fin de disimular mi exagerada estatura, recorrí el valle apoyado en el bastón, dando las gracias de que mi torre siguiera en pie, junto con muchas otras torres de piedra que habían construido mis gentes.

Derramé lágrimas de gratitud cuando comprobé que el círculo de piedras, alejado de las fortalezas, permanecía en pie en medio de la hierba como emblema imperecedero de los bailarines que antiguamente se reunían aquí.

La mayor sorpresa, sin embargo, la recibí al entrar en la catedral y, tras introducir los dedos en la pila de agua bendita, alzar la cabeza y contemplar la vidriera de san Ashlar.

Era mi viva imagen, vestido con ropas sacerdotales y luciendo una larga cabellera como la que yo solía llevar en aquellos tiempos, la que me observaba con unos ojos oscuros tan parecidos a los míos que sentí un escalofrío de temor. Estupefacto, leí la oración que aparecía escrita en latín.

San Ashlar, amado siervo de Jesús
y de la Virgen María,
el cual regresará de nuevo.

Sana a los enfermos,
consuela a los afligidos,
alivia los sufrimientos
de los moribundos.

Sálvanos
de las tinieblas eternas.
Expulsa a los demonios del valle.
Muéstranos el camino
hacia la Luz.

Contemplé la imagen durante largo rato, con los ojos anegados de lágrimas. No comprendía cómo había sucedido aquello. Fingiendo aún ser un pobre jorobado, me acerqué al altar mayor para rezar mis oraciones, y luego me dirigí a la taberna.

Allí pagué al bardo para que interpretara las viejas canciones que yo conocía, pero ninguna me resultó familiar. La lengua de los pictos había muerto. Nadie conocía la escritura que aparecía en las cruces del cementerio.

Le pedí que me hablara sobre ese santo.

El bardo me preguntó si yo era realmente escocés. ¿Acaso no había oído hablar nunca de Ashlar, el gran rey pagano de los pictos que convirtió a todo el valle a la fe cristiana?

¿Ni del mágico manantial en el que realizaba sus milagros? Sólo tenía que bajar la colina para verlo.

Ashlar el Grande había construido en aquel lugar la primera iglesia cristiana, allá por el año 586, y más tarde partió en peregrinación hacia Roma, pero fue asesinado por unos bandidos antes de conseguir abandonar el valle.

En la cripta se guardaban sus sagradas reliquias, los restos de su manto cubierto de sangre, su cinturón de cuero, su crucifijo y una carta nada menos que de san Columba dirigida a Ashlar. En el *scriptorium* podía ver un salterio que el propio Ashlar había escrito según el estilo del gran monasterio de Iona.

—Comprendo —dije—. Pero ¿qué significa esa curiosa oración y las palabras «el cual regresará de nuevo»?

—Es una vieja historia. Le aconsejo que vaya mañana a la iglesia y observe al sacerdote que oficia la misa. Verá a un joven de gran estatura, casi tan alto como usted. Ese tipo de individuos son muy frecuentes en esta región. Pero según dicen, ese sacerdote es el mismo Ashlar, que ha regresado a la Tierra. Cuentan las historias más fantásticas sobre su nacimiento, que nació hablando y cantando, dispuesto a servir a Dios, viendo visiones del gran santo, de la batalla sagrada de Donnelaith y de Janet, la bruja pagana que murió en la hoguera por intentar impedir que el valle se convirtiera al cristianismo.

—¿Es eso cierto? —pregunté, vivamente impresionado.

¿Cómo era posible? Un Taltos salvaje, nacido de padres humanos que ignoraban que portaban la semilla de los Taltos en su sangre. No. Resultaba imposible. ¿Qué clase de humanos eran capaces de crear un Taltos? Debía tratarse de un híbrido, procesado por un misterioso gigante que había aparecido de noche y había copulado con una mujer dotada de poderes hechiceros, dejándola preñada de un monstruo.

—Ha sucedido en tres ocasiones a lo largo de nuestra historia —dijo el bardo—. A veces, la madre ni siquiera sabe que está preñada; otras, está en su tercera o cuarta luna. Nadie sabe cuándo la criatura que lleva en el vientre empezará a crecer y convertirse en la imagen del santo, que ha regresado para salvar a su pueblo.

—¿Quiénes eran los padres de esas criaturas?

—Hombres muy importantes del clan de Donnelaith. San Ashlar fue el fundador del clan. Pero corren unas historias muy extrañas por estos bosques. Cada clan tiene sus secretos. No es prudente hablar aquí de ello, pero de vez en cuando nace un niño gigante que no sabe nada del santo. He visto a uno de ellos con mis propios ojos. En el momento de nacer medía un palmo más que su padre. Murió al poco de nacer, tendido junto al hogar y entre chillidos de terror, aunque no poseído por unas visiones divinas, sino invocando a gritos el círculo pagano de piedras. Pobre infeliz. Decían que era un brujo, un monstruo. ¿Sabe lo que hacen con esas criaturas?

—Las queman en la hoguera.

—Así es —contestó el bardo—. Se trata de un espectáculo espantoso. Sobre todo cuando la criatura es una mujer, a la que consideran hija del diablo y condenan sin juzgarla siquiera, puesto que es imposible que sea Ashlar. Pero esto es Escocia, donde han imperado siempre unos usos y costumbres muy misteriosos.

—¿Ha visto usted alguna vez una de esas criaturas hembras? —pregunté.

—No —respondió el hombre—. Jamás. Pero algunos afirman conocer a personas que las han visto. Se cuentan muchas historias. Dicen que los brujos, así como quienes se aferran a los ritos paganos, sueñan con unir un día al macho y a la hembra. Pero no debemos hablar de estas cosas aquí. Toleramos la presencia de las brujas y hechiceros porque son capaces de curar, pero nadie cree sus historias, ni las considera aptas para los oídos de un buen cristiano.

—Comprendo —dije, dándole las gracias por la información.

No esperé a asistir a la misa del día siguiente para ver al alto y extraño sacerdote.

Percibí su olor en cuanto me acerqué a la rectoría y él, al captar el mío, se apresuró a abrirme la puerta. Yo ya no andaba encorvado, y él tampoco trató de disimular su estatura. Nos miramos frente a frente.

Observé en él un temperamento afable, una mirada casi tímida, los labios suaves y una piel tan viva y tersa como la de un niño. ¿Era realmente hijo de dos seres humanos, de dos poderosos brujos? ¿Creía en su destino?

Por fortuna, había nacido recordando la batalla que nos había cubierto de gloria y la época más feliz de nuestra existencia. Y había elegido la vieja profesión a la que estábamos predestinados desde hacía cientos de años.

El joven sacerdote se acercó a mí. Abrió la boca para decir algo. Quizá no daba crédito a sus ojos al tener ante sí a un ser que era idéntico a él.

—Padre —dije en latín, suponiendo que preferiría que me dirigiera a él en esa lengua—, ¿es hijo de una madre y un padre humanos?

—¡Por supuesto! —respondió, visiblemente asustado—. Ve a ver a mis padres, pregúntaselo a ellos directamente.

El joven sacerdote estaba pálido y tembloroso.

—¿Dónde están las hembras de su especie? —pregunté.

—¡No existe tal cosa! —replicó. Estaba tan aterrado que temí que saliera huyendo—. ¿De dónde vienes, hermano? Pide perdón a Dios por tus pecados.

—¿Nunca ha visto a una hembra de nuestra especie?

El sacerdote sacudió la cabeza en señal de negación.

—Yo soy el elegido, hermano —me explicó—. El elegido de san Ashlar.

Luego agachó la cabeza con humildad y se sonrojó, como si hubiera cometido un pecado de orgullo.

—Adiós —dije, y salí de la rectoría.

Abandoné la población y me dirigí de nuevo al círculo de piedras. Una vez allí, canté una vieja canción, tambaleándome a causa del fuerte viento, y luego me dirigí al bosque.

El sol despuntaba a mis espaldas cuando empecé a ascender la frondosa colina en busca de la vieja cueva. Era un lugar inhóspito, tan siniestro como hacía quinientos años, pero no había ni rastro de la choza de la bruja.

A la luz de aquel amanecer, tan frío como un crepúsculo de invierno, oí una voz que pronunciaba mi nombre.

—¡Ashlar!

Me volví apresuradamente y escudriñé el tenebroso bosque.

—¡Ashlar, el maldito!

—¡Eres tú, Aiken Drumm! —exclamé.

Le oí lanzar una mezquina risotada y de golpe aparecieron los seres diminutos, vestidos de verde con objeto de pasar inadvertidos entre las hojas y los arbustos. Observé sus crueles rostros.

—Aquí no hay ninguna mujer gigante para ti, Ashlar —dijo Aiken Drumm—. Ni la habrá jamás. Tampoco hallarás a ningún hombre de tu especie, salvo a un apocado sacerdote, hijo de unos brujos, que cae de rodillas cada vez que oye el sonido de nuestras gaitas. ¡Acércate! Toma a una de nuestras hembras por esposa, una joven, dulce y arrugada hembra, y date por satisfecho.

Los seres diminutos empezaron a tocar sus tambores y a entonar una canción. Percibí sus notas disonantes, melancólicas, estremecedoras, pero curiosamente familiares. Luego sonaron las gaitas. Era una antigua canción que los Taltos solíamos cantar, y que les habíamos enseñado a ellos.

—¡Quién sabe, Ashlar, quizá uno de los hijos que engendres entre nosotros sea una hembra! Acompáñanos, tenemos muchas hembras diminutas para distraerte. ¡Piensa en ello, majestad, una hija! ¡Los gigantes volverían a gobernar estas colinas!

Di media vuelta y eché a correr a través del bosque, sin detenerme, hasta alcanzar la carretera.

Sin embargo, Aiken Drumm había dicho la verdad. Yo no había hallado ninguna hembra de mi especie en toda Escocia. Y eso era lo que andaba buscando.

Y lo que seguiría buscando durante otro milenio.

Aquella fría mañana estaba convencido de que jamás volvería a ver a una joven y fértil hembra de mi especie. En muchas ocasiones, durante los primeros siglos, cuando me topaba con una hembra Taltos me alejaba de ella. Prudente, reservado, no estaba dispuesto a procrear un joven Taltos que padeciera la confusión que reinaba en ese extraño mundo, ni por todas las dulces caricias que pudiera dispensarme una hermosa hembra en la tierra perdida.

¿Qué había sido de esas bellas criaturas?

Las viejas, las de cabello blanco, las que tenían el aliento dulzón, las que habían perdido su aroma, a ésas sí las había visto en numerosas ocasiones, perdidas, envueltas en los sueños de una hechicera, capaces tan sólo de besarme castamente.

A veces, por las oscuras calles de la ciudad percibía de repente un poderoso aroma, pero no conseguía hallar los suaves, calientes e íntimos pliegues de carne de los que emanaba ese olor.

He seducido a muchas brujas humanas, a veces advirtiéndolas sobre el peligro que corrían al acostarse conmigo, otras no, cuando creía que era una hembra fuerte y capaz de parir un hijo mío.

He recorrido el mundo entero, utilizando todos los medios de transporte imaginables, con el propósito de hallar una mujer misteriosa y eterna, de extraordinaria estatura, cuyos recuerdos se remonten a la noche de los tiempos y que acoja a los hombres que se le acerquen con una dulce sonrisa, sin jamás quedar preñada.

Puede que esa mujer no exista.

O bien yo llegaba demasiado tarde, o no era el lugar indicado, o la peste se había llevado a mi añorada hembra. También podía suceder que la guerra hubiera asolado la ciudad. Quién sabe.

¿Acaso estaba predestinado a no encontrarla?

En el mundo abundan las historias sobre gigantes, sobre individuos altos, hermosos y bien dotados.

No es posible que todas las hembras hayan desaparecido. ¿Qué fue de las que huyeron del valle? ¿Acaso no existe ninguna hembra Taltos nacida de padres humanos?

En algún lugar del mundo, en los bosques de Escocia, en las selvas del Perú o en las estepas nevadas de Rusia, debe de vivir una familia de Taltos, un clan, en su acogedora y bien defendida torre. La mujer y el hombre poseen sus propios libros, sus propios recuerdos, los cuales comparten; juegan, se besan y se acarician sobre su lecho, aunque el coito es algo que debe abordarse siempre con gran cautela y respeto.

Es imposible que mi gente haya desaparecido en su totalidad.

El mundo es inmenso, infinito. No puedo ser el último de mi especie. Ése no podía ser el significado de las terribles palabras de Janet, condenándome a vagar eternamente solo, sin una compañera, a través de los tiempos.

Ahora ya conocéis mi historia.

Podría relataros infinidad de anécdotas. Podría relataros mis andanzas a través de numerosas tierras, mis diversas ocupaciones; podría hablaros sobre los escasos Taltos varones que he conocido a lo largo de los años, de las historias que me han contado sobre nuestra especie, que supuestamente habitaba en esa o aquella otra aldea.

Cada cual cuenta la historia a su modo.

Y ésta es la historia que compartimos, Rowan y Michael.

Ahora ya sabéis cómo se fundó el clan de Donnelaith y cómo llegó a mezclarse la sangre de los Taltos con la de los humanos. Conocéis la historia de la primera mujer que pereció en la hoguera en ese hermoso valle, así como la triste historia del lugar al que los Taltos llevaron el dolor y la desgracia no una, sino muchas veces, suponiendo que todas nuestras historias sean Historia.

Janet, Lasher, Suzanne y todos sus descendientes hasta llegar a Emaleth.

Ahora ya sabes que cuando empuñaste la pistola, Rowan, y disparaste contra esa criatura, contra la muchacha que te había dado su leche, no se trató de un acto sin importancia del cual no tienes motivo para avergonzarte, sino del destino.

Nos has salvado a ambos. Tal vez nos hayas salvado a todos. Me has salvado de un terrible dilema, cuyo significado tal vez nunca consiga descifrar.

En cualquier caso, no llores por Emaleth. No llores por una raza de extraños seres de mirada seductora que hace tiempo fueron expulsados de la Tierra por una especie más fuerte. Ésas son las leyes de la Tierra, y ambos pertenecemos a ella.

¿Qué otras extrañas y anónimas criaturas habitan las ciudades y las selvas de nuestro planeta? He visto muchas cosas. He oído muchas historias. La lluvia y el viento alimentan la tierra, por utilizar palabras de Janet. ¿Qué otra cosa brotará inesperadamente de un jardín oculto?

¿Acaso podríamos Taltos y humanos convivir en un mismo mundo? ¿Cómo sería eso posible? Vivimos en un mundo donde las razas humanas pelean sin tregua entre sí, donde gentes de una fe asesinan a gentes de otra. Estallan guerras religiosas por doquier, desde Sri Lanka hasta Bosnia, desde Jerusalén hasta las ciudades y poblaciones americanas donde los cristianos, en nombre de Jesús, matan a sus enemigos, a sus compatriotas, incluso a niños.

Tribu, raza, clan, familia.

Todos llevamos en nuestro corazón la semilla del odio hacia lo que es distinto. No tienen que enseñarnos esos sentimientos. Lo que tenemos que aprender es a no sucumbir a ellos. Los llevamos en la sangre; pero en nuestras mentes anida la caridad y el amor para superarlos.

¿Qué sería de los de mi especie hoy en día si regresaran a este mundo con su carácter dulce e ingenuo, incapaces de hacer frente a la ferocidad del hombre, pero intimidando a los humanos más inocentes con su pronunciado erotismo? ¿Elegiríamos quizá una isla tropical como lugar donde desarrollar nuestros sensuales juegos, ejecutar nuestras danzas y sumirnos en un trance mientras bailamos y cantamos?

¿O sería el nuestro un reino presidido por artilugios electrónicos, ordenadores, vídeos, juegos de realidad virtual, sublimes problemas matemáticos, estudios adaptados a nuestra mentalidad, tan amante del detalle como incapaz de soportar los estados irracionales como la ira o el odio? ¿Nos dejaríamos seducir por la física cuántica como antiguamente nos dejamos seducir por el arte de tejer? Imagino a mis gentes, en vela día y noche, siguiendo los caminos de las partículas a través de unos campos magnéticos en las pantallas de los ordenadores. ¿Quién sabe qué progresos haríamos si dispusiéramos de esos juguetes con que entretenernos?

El tamaño de mi cerebro es dos veces superior al de un ser humano. No envejezco. Poseo una asombrosa capacidad para aprender las ciencias y la medicina modernas.

¿Y si apareciera entre nosotros un individuo extraordinariamente ambicioso, macho o hembra, una especie de Lasher, que restaurara la supremacía de nuestra raza? En el espacio de una noche, una pareja de Taltos podría engendrar una legión de adultos dispuestos a asaltar las ciudadelas del poder humano, destruir las armas que los humanos saben utilizar con tanta destreza, apropiarse de la comida, el agua, los recursos de este mundo y negárselos a las gentes menos amables, menos bondadosas, menos pacientes, en venganza por todos los siglos durante los que éstas han ejercido un feroz y sangriento dominio.

Por supuesto, no deseo aprender esas cosas.

No he invertido siglos en el estudio del mundo físico, ni de la utilización de la energía. Pero cuando decido alcanzar una victoria —esta empresa que estáis contemplando— el mundo se doblega ante mí como si sus obstáculos fueran de papel. Mi imperio, mi mundo, se compone de juguetes y dinero. Pero podría consistir también en medicinas para aplacar al macho humano, para diluir la testosterona que circula por sus venas y silenciar sus gritos de guerra por siempre.

Imaginad a un Taltos decidido a hacer algo práctico. No un soñador que ha pasado sus breves años en fabulosas tierras alimentándose de poesía pagana, sino un visionario que, siguiendo los principios de Cristo, decide que la violencia debe ser eliminada, que la paz sobre la Tierra merece cualquier sacrificio.

Imaginad a las legiones de recién nacidos comprometidas con esta causa, a ejércitos instruidos para que prediquen el amor en cada aldea y valle y exterminen, literalmente, a todos aquellos que opongan resistencia.

¿Qué soy yo, en definitiva? ¿Un recipiente de genes que podrían hacer que el mundo se derrumbara? ¿Y qué sois vosotros, mis estimados brujos? ¿Acaso las brujas Mayfair han transmitido sus genes a través de siglos y generaciones para que finalicemos el reinado de Cristo con nuestros hijos e hijas?

La Biblia lo nombra, ¿no es así? La bestia, el demonio, el Anticristo.

¿Quién posee el valor para tratar de alcanzar esa gloria? Los estúpidos y viejos poetas que todavía viven en torres y sueñan con ritos llevados a cabo en Glastonbury Tor, destinados a crear un mundo nuevo.

E incluso para ese chiflado, ese viejo loco, ¿acaso no era el asesinato el primer requisito de su visión?

He derramado sangre. Tengo las manos manchadas de sangre por venganza, una patética forma de curar una herida a la que recurrimos en repetidas ocasiones llevados por nuestra desesperación. La orden de Talamasca ha recuperado su integridad. El precio que se pagó por ello era excesivo, pero ya está hecho. Y nuestros secretos, de momento, están a salvo.

Vosotros y yo somos amigos, y jamás nos haremos daño. Sé que puedo recurrir a vosotros si lo necesito. Y vosotros podéis recurrir a mí en la certeza de que no os defraudaré.

Pero ¿y si sucediera algo nuevo, algo imprevisto? A veces me parece verlo, imaginarlo… Pero luego se me escapa.

No tengo la respuesta.

Sé que jamás molestaré a vuestra bruja pelirroja, Mona. Jamás molestaré a ninguna de vuestras poderosas mujeres. Han transcurrido muchos siglos desde que la lujuria o la esperanza me impulsaran a emprender esas aventuras.

Estoy solo, y si estoy maldito lo he olvidado.

Me complace mi imperio de pequeños y exquisitos objetos. Me complacen los juguetes que puedo ofrecer al mundo. Las muñecas de los mil rostros son mis hijas.

En cierto modo, constituyen mi baile, mi círculo, mi canción; unos emblemas del universo de los juegos, tal vez una obra celestial.

31

Y el sueño se repite. Rowan se levanta de la cama y baja la escalera corriendo.

—¡Emaleth! —exclama.

La pala está debajo del árbol. ¿Quién iba a molestarse en retirarla?

Rowan se pone a cavar y al fin encuentra a su hija, una joven con el cabello largo y liso y los ojos azules.

—¡Madre!

—Ven, cariño.

Están juntas en la fosa. Rowan abraza a su hija con fuerza.

—Perdóname por haberte matado.

—No te preocupes, mamá —respondió Emaleth.

Rowan se despertó pálida y sudorosa.

La habitación estaba en silencio. Sólo se oía el leve zumbido del circuito de calefacción que se hallaba instalada debajo del suelo. Michael estaba acostado junto a ella, los nudillos rozándole la cadera mientras ella, sentada en la cama, lo miraba aterrada, cubriéndose la boca con una mano.

«No, no lo despiertes. No le atormentes otra vez con ese tema.» Pero ella lo sabía.

Después de haber hablado, una vez que hubieron terminado de cenar y fueron a dar un largo paseo por las calles nevadas, cuando se sentaron a charlar hasta el amanecer y luego desayunaron y charlaron un rato más y se juraron eterna amistad, ella lo comprendió. No debió haber matado a su hija. No había motivo para ello.

¿Como podría aquella criatura de mirada bondadosa, que la había consolado con su dulce voz —sus pechos rebosantes de leche, una leche deliciosa—, cómo podría aquella temblorosa criatura ser capaz de herir a alguien?

¿Qué lógica la había hecho empuñar la pistola y apretar el gatillo? Era el producto de una violación, una aberración, una pesadilla. No obstante...

Rowan se levantó de la cama, se calzó las zapatillas en la oscuridad y se puso una bata larga y blanca que había sobre la silla, otra de esas extrañas prendas que había metido en la maleta, impregnada del perfume de otra mujer.

Sí, había asesinado a esa dulce e ingenua muchacha, llena de recuerdos de remotas tierras, de valles y planicies y quién sabe qué otros misterios. Que la había tranquilizado en la oscuridad, cuando Rowan permanecía atada a los postes de la cama. «Mi querida Emaleth.»

Al final del oscuro pasillo había una ventana, un enorme rectángulo que mostraba el paisaje nevado del cielo y proyectaba un charco de luz sobre el mármol del suelo.

Rowan se dirigió hacia esa luz con pasos apresurados y sigilosos, el vaporoso bajo de la bata flotando a su alrededor, la mano extendida para oprimir el botón del ascensor.

«Condúceme abajo, llévame al lugar donde se encuentran las muñecas. Sácame de aquí. Si me detengo frente a esa ventana, me arrojaré por ella. Abriré la ventana, contemplaré a mis pies las luces de la ciudad más grande del mundo, me encaramaré sobre el alféizar y me arrojaré al frío y oscuro vacío.

»Iré a reunirme con mi hija.»

Por su mente atravesaron todas las imágenes de esa historia, el sonoro timbre de la voz de él, su amable mirada mientras hablaba. Su hija no era más que un montón de restos descompuestos enterrados a los pies de la encina, un ser que había sido eliminado del mundo sin que nadie estampara su firma en el certificado de defunción, sin que nadie cantara un himno.

Las puertas se cerraron. El viento silbaba a través de la caja del ascensor como si estuviera en lo alto de una montaña. A medida que el ascensor descendía el sonido se fue haciendo más intenso, hasta que Rowan tuvo la impresión de hallarse en una gigantesca chimenea. Deseaba desplomarse en el suelo y permanecer ahí tendida, inerte, sin fuerzas ni ganas para luchar; deseaba hundirse en la oscuridad.

No quedaban más palabras por pronunciar, ni más pensamientos. No quedaba nada por saber ni averiguar. «Debí tomarla de la mano —pensó Rowan—. Debí abrazarla. Hubiera sido muy fácil abrazarla con ternura, estrecharla contra mi pecho. Mi querida Emaleth.

»Todos aquellos sueños que te impulsaron a marcharte con él, unos sueños sobre un tipo de células que ningún ser humano había observado jamás, sobre unos secretos extraídos con manos expertas de los tejidos, unos brazos que se movían con destreza, unos labios apoyados sobre un cristal esterilizado, unas gotas de sangre ofrecidas sin apenas hacer ningún aspaviento, fluidos, mapas, esquemas y radiografías realizadas sin causar el menor daño, para relatar una historia nueva, un nuevo milagro, un nuevo comienzo… Todo eso, con ella, hubiera sido posible. Una joven dócil, femenina, incapaz de herir a nadie, fácil de controlar y de cuidar.»

Las puertas del ascensor se abrieron. Las muñecas la estaban esperando. El resplandor de la ciudad penetraba a través de un centenar de grandes ventanas, quedando atrapado y suspendido en los cuadrados y rectángulos de cristal, mientras las muñecas aguardaban con los brazos alzados. Sus diminutas bocas entreabiertas, como si fueran a saludarla; sus pequeños y exquisitos dedos inmóviles en la oscuridad.

Rowan caminó en silencio por entre las vitrinas que custodiaban a las muñecas, observando sus ojos negros e inexpresivos, fijos en el espacio, o claros y refulgentes. Las muñecas son silenciosas, pacientes; las muñecas prestan atención.

Había regresado junto a la Bru, la reina de las muñecas, la majestuosa princesa de porcelana con ojos almendrados y mejillas redondas y sonrosadas, con las cejas levemente arqueadas en una expresión de constante perplejidad, como tratando de comprender... ¿qué? ¿El incesante desfile de criaturas dotadas de movimiento que se parecen a ella?

Rowan deseó que, siquiera durante unos segundos, las muñecas cobraran vida, para abrazarlas y sentir su calor. Para poseerlas.

«Ojalá pudiera salir de ese maldito hoyo cavado bajo el árbol y caminar de nuevo —pensó Rowan—, como si la muerte fuera una parte de la historia que ella pudiera eliminar, como si aquellos momentos fatales pudieran ser borrados para siempre. Sin tropezar, sin dar un paso en falso.

»Deseo estrecharte entre mis brazos.»

Rowan colocó las manos sobre el frío cristal de la vitrina y apoyó la frente en él. La luz dibujaba dos medias lunas en los ojos de la muñeca. Su larga y tupida cabellera de mohair colgaba, tiesa y apelmazada, sobre su vestido de seda, como si estuviera impregnada de la humedad de la tierra, la humedad de una fosa.

¿Dónde estaba la llave? Rowan no recordaba si Ash la llevaba colgada alrededor del cuello. Ansiaba abrir la puerta de la vitrina, sostener a la muñeca en sus brazos, estrecharla durante unos instantes contra su pecho.

¿Qué pasa cuando el dolor conduce a la locura, cuando el dolor borra todo pensamiento racional, todo sentimiento, esperanza, sueño, anhelo?

Al final se produce el agotamiento. El cuerpo busca volver a dormir, acostarse y descansar, dejar de atormentarse. Nada ha cambiado. Las muñecas contemplan fijamente, como de costumbre, mientras que la tierra devora lo que está sepultado en ella, como de costumbre. Pero de pronto se apodera del alma un infinito cansancio y entonces uno se da cuenta de que hay tiempo para llorar, para sufrir, para morir y yacer junto a ellos, para acabar de una vez, porque sólo así desaparecen los remordimientos y el sentimiento de culpabilidad, cuando uno está tan muerto como ellos.

Él estaba allí, de pie, junto a la ventana. Su silueta era inconfundible. No existía nadie tan alto como él y, al margen de su estatura, Rowan conocía perfectamente cada rasgo de su cara, la línea de su perfil.

Ash la había oído en la oscuridad regresar sigilosamente por el pasillo hacia su habitación. Pero no se movió. Permaneció apoyado contra el marco de la ventana, observando el amanecer, observando cómo se fundían las estrellas y se disipaba la oscuridad, dando paso a una luz lechosa.

¿En qué estaría pensando? ¿Acaso en que ella había accedido a reunirse con él?

Rowan estaba hundida, destrozada, incapaz de decidir lo que debía hacer. Deseaba acercarse a él y contemplar la tenue luz que iluminaba los tejados y las torres, las luces que parpadeaban por las sombrías calles y el humo que brotaba, formando unas espirales, de un centenar de chimeneas.

Al fin se dirigió hacia él.

—Nos amamos —dijo él—, lo sabes, ¿no es cierto?

Su rostro expresaba tanta tristeza que ella sintió una punzada de dolor. Era un dolor distinto, que tocaba una fibra muy sensible, un dolor inmediato capaz de provocar un torrente de lágrimas en medio de aquel vacío y aquel horror.

—Sí —contestó ella—, nos amamos profundamente, con todo nuestro corazón.

—Siempre nos quedará eso —dijo él—. ¿Verdad?

—Sí, siempre. Somos amigos y siempre lo seremos, y nada, absolutamente nada podrá obligarnos a romper las promesas que nos hemos hecho.

—Y yo sabré que tú estás ahí.

—Y cuando no quieras estar solo, no tienes más que venir a vernos.

Ash se volvió despacio, como si se resistiera a mirarla. Empezaba a clarear y la luz invadía la habitación, haciendo que pareciera más amplia y resaltando cada detalle del rostro de Ash, más fatigado que de costumbre y levemente menos perfecto.

Un beso, un casto y silencioso beso, mientras sus manos se unieron durante unos fugaces segundos.

Luego, Rowan dio media vuelta y regresó a su habitación, somnolienta, dolida, alegrándose de que el amanecer derramase su luz sobre el mullido lecho. «Al fin podré dormir —pensó—, podré arrebujarme en el suave edredón, junto a Michael.»

32

Hacía demasiado frío en la calle, aunque el invierno no tardaría en remitir en Nueva York. Si el enano quería que se encontraran en la trattoria, Ash no tenía ningún inconveniente.

No le importaba dar un paseo. No quería quedarse solo en sus habitaciones del rascacielos; además, suponía que Samuel ya habría salido hacia allí y no conseguiría hacerle cambiar de opinión.

Le gustaba observar a la muchedumbre que circulaba apresuradamente por la Séptima Avenida al atardecer, los brillantes escaparates llenos de porcelanas orientales de alegre colorido, suntuosos relojes, estatuas de bronce y alfombras de lana y seda, los elegantes artículos de regalo que se vendían en esa zona de la ciudad. Ash observó a unas parejas que se dirigían con prisas a cenar para llegar a tiempo al Carnegie Hall, donde un joven violinista que había causado sensación en todo el mundo daba un concierto. Ante las taquillas se habían formado unas colas kilométricas. Las elegantes boutiques aún no habían cerrado. La nieve caía en pequeños copos, que no llegaban a cubrir el asfalto ni las aceras debido a la marea humana que las invadía a aquellas horas.

«No, no es mal momento para caminar por las calles. Es un mal momento para tratar de olvidar que has abrazado a tus amigos, Michael y Rowan, por última vez hasta que recibas noticias suyas.» Por supuesto, ellos no sabían que ésas fuesen las reglas del juego, el gesto que su corazón y su orgullo les exigían, aunque probablemente no les habría sorprendido. Habían pasado cuatro días con él, y Ash se sentía tan inseguro respecto al amor de ellos hacia él como cuando los vio por primera vez en Londres.

No, no le apetecía estar solo. El único problema era no haberse vestido con más discreción, para pasar inadvertido, y con prendas más gruesas, para defenderse de aquel viento gélido. La gente miraba con asombro a un individuo de más de dos metros que lucía un *blazer* de seda morado, muy poco adecuado al tiempecito que hacía, y una bufanda amarilla. Había sido una estupidez ponerse esas prendas, más apropiadas para una reunión privada, y salir a la calle vestido de esa guisa.

Ash se había puesto aquella ropa antes de que Remmick le comunicara la noticia: Samuel había hecho el equipaje y se había marchado; se reuniría con él en la trattoria. Samuel había dejado el bulldog, su perro neoyorquino, y confiaba en que a Ash no le molestara. (¿Por qué iba a molestarle a Ash un perro que no cesaba de babear y roncar? Al fin y al cabo, quienes tendrían que apechugar con él serían Remmick y la joven Leslie. La joven Leslie se había convertido en una figura omnipresente en las oficinas y dependencias del rascacielos, cosa de la que se sentía muy complacida.) Samuel compraría otro perro cuando estuviese en Inglaterra.

La trattoria estaba atestada. A través de la ventana Ash vio a los clientes apiñados frente al bar, así como en las innumerables y pequeñas mesas del local.

Allí estaba Samuel, tal como habían quedado, fumándose una húmeda colilla (Samuel, al igual que Michael, apuraba hasta el filtro los cigarrillos), bebiendo whisky en vaso corto y ancho y mirando la puerta fijamente, a la espera de que apareciera Ash.

Ash dio unos golpecitos en la ventana.

El enano lo miró de arriba abajo y sacudió la cabeza. Samuel iba muy elegante con una chaqueta y un chaleco de lana, una flamante camisa y unos zapatos tan lustrosos que parecían espejos. Sobre la mesa había unos guantes de piel marrón que yacían arrugados e inertes, como dos manos fantasmagóricas.

Resultaba imposible adivinar los sentimientos que ocultaban los pliegues y arrugas que surcaban el rostro de Samuel, pero a juzgar por su pulcro y sobrio aspecto nada parecía indicar que fuera a montar otra escena como la que se había producido cuarenta y ocho horas antes.

Afortunadamente, Michael encontraba a Samuel la mar de divertido. Una noche ambos se emborracharon como cubas, dedicándose a contar chistes mientras Rowan y Ash se limitaban a sonreír con benevolencia, tensos y conscientes de que si se acostaban tenían más que perder que de ganar, a menos que Ash pensara única y exclusivamente en sí mismo.

Pero Ash no era así.

«Sin embargo, tampoco soy de los que les gusta estar solos», pensó. Junto a la copa de Samuel había un maletín de cuero. Por lo visto, tenía pensado marcharse.

Ash se abrió paso entre los clientes que entraban y salían, señalando a Samuel con el índice para informar al atribulado portero que le estaban esperando.

Al traspasar el umbral del restaurante, dejando a sus espaldas el frío polar, una algarabía de voces, platos, cacharros y pisadas acogió a Ash, junto con una bocanada de aire cálido. Algunos clientes se volvieron para observarlo con curiosidad, pero lo maravilloso de los restaurantes de Nueva York era que en ellos reinaba un ambiente más animado que en otros lugares y que la gente estaba más pendiente de su pareja que de lo que ocurría a su alrededor. Todas las reuniones tenían un aire serio y crucial; la comida era devorada de forma apresurada; los rostros de los comensales expresaban un evidente entusiasmo, si no ante el compañero de mesa, al menos ante la alegría y el ambiente del local.

Resultaba imposible no fijarse en el gigantesco individuo que lucía una llamativa chaqueta de seda morada y que se sentaba frente al hombre más diminuto que había en la trattoria, un enano enfundado en un grueso traje de lana, pero lo hacían de reojo o con un brusco movimiento de la cabeza capaz de provocar una lesión en la columna vertebral, sin perder el hilo de la conversación. La mesa estaba situada junto a la puerta de entrada, pero los transeúntes eran todavía más hábiles en observar disimuladamente a la gente que los clientes del cálido y acogedor restaurante.

—Dilo de una vez —murmuró Ash—. Te marchas, regresas a Inglaterra.

—Sabías que me marcharía, no tengo ganas de quedarme aquí. Siempre creo que va a ser estupendo, y luego me canso de un lugar y siento deseos de regresar a casa. Tengo que regresar al valle antes de que esos necios de Talamasca empiecen a invadirlo.

—No creo que lo hagan —respondió Ash—. Confiaba en que permanecieras aquí un tiempo. —Le asombraba el tono sereno de su voz—. Me hubiera gustado charlar sobre...

—¿Lloraste al despedirte de tus amigos humanos? —preguntó Samuel.

—¿A qué viene esa pregunta? ¿Qué pretendes, discutir conmigo?

—¿Por qué confiaste en esa gente? El camarero quiere saber qué vas a tomar. Debes comer algo.

Ash cogió la carta, señaló un plato de pasta que solía tomar en los restaurantes italianos y esperó a que el camarero desapareciera antes de reanudar la conversación.

—Si no hubieras estado borracho, Samuel, si no lo hubieras visto a través de una nube de vapores etílicos, conocerías la respuesta a esa pregunta.

—Las brujas Mayfair. Sé cómo son. Yuri me habló de ellas cuando estaba herido y deliraba. No seas estúpido, Ash, no esperes que esa gente te ame.

—Como de costumbre, no dices más que sandeces —le replicó Ash—. Pero ya estoy acostumbrado.

El camarero depositó la botella de agua mineral, la leche y los vasos sobre la mesa.

—Estás trastornado, Ash —dijo Samuel, indicándole al camarero que le sirviera otro whisky, sin agua y sin hielo—. Pero yo no tengo la culpa. —Samuel se repantingó en la silla y añadió—: Sólo trato de prevenirte, amigo mío. Si lo prefieres lo diré de otro modo: no te enamores de esa gente.

—Si insistes en este tema, acabaré perdiendo la paciencia.

El enano lanzó una carcajada sonora, profunda. Sus ojillos, semiocultos por los pliegues y las arrugas de su rostro, mostraban una expresión divertida.

—En tal caso me quedaré un par de horas más en Nueva York —dijo el enano.

Ash no respondió. No quería hablar más de la cuenta ni ante Samuel ni ante ninguna otra persona. Los golpes que había recibido a lo largo de su vida le habían enseñado a ser prudente.

Tras unos momentos, preguntó:

—¿Y, según tú, a quién debo amar? —Formuló la pregunta con un leve tono de reproche—. Me alegraré de que te vayas. Quiero decir… que tengo ganas de acabar de una vez con esta conversación tan desagradable.

—No debiste sincerarte con ellos, Ash, no debiste contarles tu historia. Lo del gitano también fue un error. No debiste dejar que regresara a Talamasca.

—¿Te refieres a Yuri? ¿Qué querías que hiciera? ¿Cómo querías que le impidiera regresar a Talamasca?

—Proponiéndole venir a Nueva York, ofreciéndole un trabajo en tu empresa. Era un hombre con la vida rota, habría aceptado encantado. Pero le enviaste de regreso a casa para que escriba un libro sobre lo ocurrido. Podía haber sido amigo nuestro.

—No, aquél no era lugar indicado para él. Debía regresar.

—Te equivocas. Habría sido un excelente compañero para ti, un marginado, un gitano, una especie de puta.

—Te ruego que no seas vulgar y obsceno. Me asustas. Fue decisión de Yuri. Si no hubiera querido regresar, lo habría dicho. Su vida es la Orden. Tenía que volver, al menos hasta que cicatrizaran las heridas. ¿Y después? No habría sido feliz aquí, en mi mundo. Las muñecas son mágicas para los que las aman y aprecian, pero para los demás no dejan de ser unos simples juguetes. Yuri no es un hombre de gustos refinados, sino de inclinaciones más bien toscas.

—Eso suena bien, pero no deja de ser una estupidez —contestó Samuel. Esperó a que el camarero depositara el vaso de whisky sobre la mesa y luego prosiguió—: Tu mundo está lleno de cosas que Yuri podría haber hecho. Podrías haberle encargado que construyera más parques, que plantara más árboles, cualquiera de esos proyectos tan grandiosos que tienes. ¿Qué les dijiste a los brujos, que ibas a construir unos parques flotantes para que todo el mundo pudiera contemplar lo que tú ves desde tus aposentos de mármol? Podrías haber colocado a ese chico en tu empresa, te habría hecho compañía…

—No sigas. Las cosas son como son.

—Lo que pasa es que deseas la amistad de esos brujos, una pareja casada y rodeada de un inmenso clan, unas personas con un estilo de vida familiar totalmente humano…

—¿Qué puedo hacer para obligarte a callar?

—Nada. Bébete la leche. Sé que estás deseando hacerlo. Te avergüenza beber leche delante de mí, temes que te diga: «Anda, bébete la leche como un buen chico, Ashlar.»

—Ya lo has dicho, aunque todavía no he probado la leche.

—Amas a esos dos brujos. Lo que Michael y Rowan deben hacer es tratar de olvidar esta pesadilla: los Taltos, el valle, los estúpidos asesinos que se infiltraron en Talamasca. Es esencial, si quieren mantenerse en su sano juicio, que regresen a casa y traten de construir una vida adecuada a las expectativas de los Mayfair. Me da rabia que te enamores de gente que te da la espalda, como harán Michael y Rowan.

Ash no contestó.

—Están rodeados de centenares de personas ante las cuales deben mentir sobre esa parte de su vida —prosiguió Samuel—. Tratarán de olvidar que existes; no permitirán que tu presencia empañe su paz familiar y cotidiana.

—Comprendo.

—No me gusta verte sufrir.

—¿De veras?

—¡Sí! Me gusta abrir una revista o un periódico y

leer un artículo sobre tus éxitos empresariales, ver tu sonriente rostro en la lista de los diez multimillonarios más excéntricos del mundo o de los diez mejores partidos de Nueva York. Sé que te atormentarás preguntándote si esos brujos son realmente tus amigos, si puedes acudir a ellos cuando tengas problemas, si puedes utilizarlos para conocerte mejor a ti mismo, si puedes contar con ellos para que te proporcionen el calor y el afecto que todo ser humano necesita...

—Quédate, Samuel, te lo ruego.

Las palabras de Ash pusieron fin al discurso del enano. Éste suspiró, apuró medio vaso de whisky de un trago y se relamió el grueso labio inferior con una lengua de un insólito color rosa.

—Francamente, Ash, no me apetece.

—Acudí en cuanto me lo pediste, Samuel.

—¿Te arrepientes de ello?

—No, ¿cómo podría hacerlo?

—Olvídalo, Ash. De veras, olvida todo el asunto. Olvida que llegó un Taltos al valle. Olvida que conociste a esos brujos. Olvida que necesitas que la gente te quiera y acepte tal como eres. Es imposible. Estoy preocupado por ti. Temo que cometas una locura. Te conozco bien.

—¿Tú crees?

—Sé que eres capaz de destruir todo lo que has construido: la compañía, tu imperio, los Juguetes Sin Límites o Muñecas para Todos, o como quiera que se llame. Te hundirás en la apatía. Te abandonarás. Te marcharás lejos, y las cosas que has construido y creado se derrumbarán. No sería la primera vez que ocurre. Luego te sentirás perdido, al igual que yo, y una fría noche de invierno —y no sé por qué siempre eliges esa época—, te presentarás en el valle para que yo te consuele.

—Esto es muy importante para mí, Samuel —contestó Ash—. Por muchas razones.

—Parques, árboles, jardines y niños —recitó con sorna el enano.

Ash no respondió.

—Piensa en todas las personas que dependen de ti —dijo Samuel, reanudando el sermón—. Piensa en todas las personas que fabrican, venden, compran y aman los objetos que tú produces. El hecho de que existan unas personas de carne y hueso que dependan de nosotros es un buen sustituto para la cordura. ¿No estás de acuerdo conmigo?

—No sustituye la cordura, sino la felicidad —respondió Ash.

—De acuerdo, como quieras. Pero no esperes que tus brujos te llamen, y no se te ocurra ir a encontrarte con ellos en su territorio. Si te ven aparecer en su jardín, lo único que descubrirás en sus ojos es temor.

—¿Estás seguro?

—Sí. Se lo has contado todo, Ash. ¿Por qué lo hiciste? Quizá de no haberlo hecho no te temerían.

—No sabes lo que dices.

—El recuerdo de Yuri y Talamasca te obsesionará.

—No es cierto.

—Esos brujos no son tus amigos, Ash.

—Ya me lo has repetido varias veces.

—Estoy convencido de ello. La curiosidad y el respeto que les inspiras no tardará en convertirse en temor. Es un viejo cliché, Ash, son humanos.

Ash inclinó la cabeza y miró a través de la ventana. La nieve caía con fuerza, obligando a los transeúntes a agachar la cabeza.

—Estoy seguro, Ashlar —dijo Samuel—, porque yo también soy un marginado, lo mismo que tú. Mira la multitud de humanos que pasan por la calle, cada uno de ellos condena a otros por ser unos marginados, unos seres «no humanos». Somos monstruos, amigo mío. Siempre lo seremos. Ellos son más poderosos que nosotros. Demos gracias a Dios por estar vivos —añadió Samuel, apurando el resto del whisky.

—De modo que has decidido regresar al valle con tus amigos.

—Los detesto, tú lo sabes. Pero dentro de poco el valle dejará de ser nuestro. Regreso a él por motivos sentimentales. No es sólo por Talamasca, ni por el hecho de que dieciséis amables eruditos se presentarán con sus grabadoras y me rogarán que les explique todo cuanto sé mientras almorzamos en la posada. Son esos arqueólogos que están excavando la catedral de san Ashlar. El mundo moderno ha descubierto el lugar. ¿Cómo? Gracias a tus malditos brujos.

—No puedes echarnos la culpa de eso a mí ni a Rowan y Michael.

—Al final tendremos que buscar otro lugar más remoto, otra maldición o leyenda que nos proteja. Pero ellos no son mis amigos, de eso puedes estar seguro.

Ash se limitó a asentir con un leve movimiento de cabeza.

El camarero les trajo lo que habían encargado: una enorme ensalada para el enano y un plato de pasta para Ash. Tras servirles la comida les llenó las copas de vino. Olía a rancio.

—Estoy demasiado borracho para comer —dijo Samuel.

—Comprendo que debas marcharte —dijo Ash, suavemente—. Es decir, si estás obligado a hacerlo, es mejor que te vayas.

Ambos guardaron silencio durante unos minutos.

Luego el enano cogió el tenedor y empezó a devorar su ensalada. Pese a sus esfuerzos, cada vez que se llevaba el tenedor a la boca le caían unos pedacitos de comida al plato. Tras dejar el plato limpio, engullendo hasta la última aceituna, trocito de queso y lechuga, bebió un buen trago de agua mineral.

—Pediré otro whisky —dijo Samuel.

Ash soltó una amarga risotada.

Samuel se bajó de la silla, cogió el maletín, se acercó a Ash y le echó el brazo alrededor del cuello. Ash lo besó apresuradamente en la mejilla, de un tacto áspero que le repugnaba, aunque trató de disimularlo.

—¿Volverás pronto? —preguntó Ash.

—No, pero ya nos veremos —respondió Samuel—. Cuida de mi perro. Es un animal muy sensible.

—Lo tendré en cuenta.

—Y procura volcarte en tu trabajo.

—¿Algo más?

—Te quiero.

Y con estas palabras, Samuel se abrió paso a codazos entre un grupo de personas que aguardaban a ocupar una mesa y otras que estaban a punto de marcharse, abandonó el restaurante y pasó frente a la ventana. Unos gruesos copos de nieve le cayeron sobre el pelo, las tupidas cejas y los hombros.

Alzó la mano para despedirse de Ash y desapareció entre la multitud que transitaba por las calles.

Ash levantó el vaso de leche y se la bebió despacio. Luego puso unos dólares debajo del plato, observó la comida como si se despidiera de ella y abandonó también el restaurante, encaminándose hacia la Séptima Avenida.

Cuando llegó a su habitación, en lo alto del edificio, comprobó que Remmick lo estaba esperando.

—Parece que se ha resfriado, señor.

—¿Ah, sí? —murmuró Ash, dejando que Remmick le quitara el *blazer* y la escandalosa bufanda. Luego se puso una chaqueta de franela forrada de raso y, cogiendo la toalla que le ofrecía Remmick, se secó el pelo y la cara.

—Siéntese, señor, para que pueda quitarle los zapatos.

—De acuerdo —respondió Ash.

Se sentía tan cómodo en el sillón, que no tenía ganas de levantarse para meterse en la cama. Todas las habitaciones estaban desiertas. Rowan y Michael se habían ido. «Esta noche no saldremos a dar un paseo y a charlar», pensó Ash.

—Sus amigos llegaron sin novedad a Nueva Orleans, señor —le informó Remmick, quitándole los calcetines húmedos y poniéndole otros secos con tal destreza que sus dedos apenas rozaron los pies de Ash—. Llamaron poco después de que usted saliera a cenar. El avión ha emprendido ya el vuelo de regreso. Aterrizará dentro de unos veinte minutos.

Ash asintió con un gesto distraído. Las zapatillas de cuero estaban forradas de piel. No sabía si eran viejas o nuevas. No recordaba cuándo las había comprado. Era como si de pronto hubiera olvidado todos los detalles. Tenía la mente en blanco y el silencio que le rodeaba le produjo una terrible sensación de soledad.

Remmick se dirigió al armario de forma tan sigilosa como si fuera un fantasma.

«Exigimos que los sirvientes sean discretos —pensó Ash—, y luego no nos sirven de consuelo; lo que toleramos no puede salvarnos.»

—¿Dónde está Leslie? —preguntó Ash a Remmick—. ¿No está en casa?

—Sí, señor, y no para de hacer preguntas. Pero parece usted muy cansado.

—Dile que venga, necesito trabajar. Tengo que distraerme.

Ash atravesó el pasillo y entró en el primer despacho, su despacho privado. Había montones de papeles por doquier, y el archivador estaba abierto, pero nadie estaba autorizado a entrar para limpiarlo ni ordenarlo.

Leslie apareció al cabo de pocos segundos. La expresión de su rostro denotaba entusiasmo, dedicación, devoción y una energía incombustible.

—Señor Ash, la semana que viene se celebra la Exposición Internacional de Muñecas, y acaba de llamar una señora de Japón diciendo que usted quería ver su trabajo, que se lo dijo personalmente la última vez que estuvo en Tokio; mientras estaba usted ausente llamaron unas veinte personas, tengo la lista…

—Siéntate y lo revisaremos.

Ash se sentó a su mesa. Vio que el reloj indicaba las seis cuarenta y cinco de la tarde y decidió no volver a mirarlo, ni siquiera a hurtadillas, hasta deducir que fuese pasada la medianoche.

—Deja eso, Leslie. Se me han ocurrido unas ideas. Quiero que tomes nota de ellas. El orden no tiene importancia. Lo importante es que repasemos la lista todos los días, sin falta, con unas notas sobre el progreso que hayamos hecho respecto a cada una de las ideas. Al lado de las que aún no hayamos puesto en marcha señala la «progreso cero».

—Sí, señor.

—Unas muñecas que cantan. Primero un cuarteto, cuatro muñecas que cantan al unísono.

—Qué idea tan estupenda, señor Ash.

—Los prototipos deberían arrojar una buena relación precio-calidad. Sin embargo, eso no es lo más importante. Las muñecas deberán seguir funcionando bien aunque se las lance al suelo.

—Sí, señor... «lance al suelo».

—Y un museo en la cima de un rascacielos. Quiero una lista de los veinticinco mejores áticos que se hallen disponibles en el centro de la ciudad; precio de compra, precio de arrendamiento, todos los pormenores. Quiero montar un museo flotante para que la gente pueda salir a una terraza acristalada y admirar la vista.

—¿Qué es lo que se exhibirá en el museo, señor? ¿Muñecas?

—Muñecas que respondan a un determinado tema. Facilitaremos a dos mil artesanos la descripción exacta de las muñecas que deben fabricar. El tema versará sobre tres personajes relacionados entre sí pertenecientes a la Familia de la Humanidad. No, cuatro personajes. Uno puede ser un niño. Sí, las descripciones deben ser exactas. Recuérdame... De momento, ocúpate de conseguir el mejor edificio.

—Muy bien, señor —contestó Leslie, tomando notas en su bloc con una pluma estilográfica.

—Convendría notificar al público que dentro de un tiempo existirá en el mercado un conjunto de muñecas que cantan. Cualquier niño o un coleccionista podrán adquirir a lo largo de los años, un coro entero, ¿me sigues?

—Sí, señor...

—Y no quiero ver ningunos bocetos mecánicos; utilizaremos un sistema electrónico, el chip de un ordenador, el sistema más sofisticado... Buscaremos el medio de que la voz de una de las muñecas provoque cierto tipo de respuesta en la voz de otra. Pero más adelante nos ocuparemos de los detalles. Toma nota de ello...

—¿Qué materiales se emplearán, señor? ¿Porcelana?

—No, no quiero que se rompan. Recuerda que no deben romperse jamás.

—Lo siento, señor.

—Yo mismo diseñaré los rostros. Necesito fotografías del trabajo de todos los expertos en muñecas. Si existe una anciana en un pueblecito de los Pirineos que fabrique muñecas, quiero verlas. Y de la India. ¿Por qué no tenemos muñecas de la India? ¿Sabes cuántas veces he hecho esa pregunta a mis colaboradores? ¿Por qué no obtengo respuestas? Envía una nota al vicepresidente y a los del Departamento de Marketing, preguntándoles quiénes son los fabricantes más importantes de muñecas en la India. Creo que debo ir a la India, busca una fecha que me convenga. Puesto que nadie consigue facilitarme información, yo mismo iré a hablar con los fabricantes de muñecas...

La nieve seguía cayendo con fuerza y cubría de copos blancos el cristal de la ventana.

El resto permanecía en oscuridad. Ash percibía unos pequeños sonidos que provenían de las calles, o quizá de las tuberías; quizá los produjese la nieve al caer sobre el tejado, o el cristal y el acero del edificio al respirar, como respira la madera, o bien que el edificio, pese a estar formado por docenas de pisos, oscilara levemente bajo el impulso del viento, como un gigantesco árbol en el bosque.

Ash continuó exponiendo sus proyectos y observando cómo Leslie tomaba buena nota con su pluma estilográfica de cuanto él decía: las copias de monumentos, la pequeña versión en plástico de la catedral de Chartres, en la que podrían entrar los niños, la importancia de la escala, las proporciones. ¿Y si construyeran un parque con un gran círculo de piedras?

—A propósito, quiero que hagas una cosa mañana, o pasado mañana a más tardar. Quiero que bajes al museo privado...

—Sí, señor.

—¿Conoces la muñeca Bru, la muñeca francesa, mi princesa?

—Sí, señor.

—Bru, 14 de junio; noventa y un centímetros de estatura; la peluca, los zapatos, el vestido y las enaguas son originales. Es la pieza número uno de la colección.

—Sí, señor, ya sé cuál es.

—Quiero que la embales tú misma, con cuidado, que suscribas una póliza de seguro a todo riesgo y la envíes a...

¿A quién? ¿No resultaría presuntuoso enviarla a un niño que aún no había nacido? No, debía enviársela a Rowan Mayfair. A Michael le enviaría también un detalle, una exquisita obra de artesanía, uno de los viejos juguetes de madera, el caballero montado a caballo, sí, el cual mostraba todavía la pintura original...

Pero no, no era el regalo apropiado para Michael: Quería enviarle un objeto tan extraordinario y valioso como la Bru.

Ash se levantó de la silla, indicando a Leslie que no se moviera, atravesó el espacioso despacho y se dirigió a su habitación.

Lo había colocado debajo de la cama, indicándole con ello a Remmick que se trataba de un objeto muy valioso y que ningún criado debía tocarlo. Ash se arrodilló, metió la mano debajo de la cama y lo sacó. La hermosa cubierta cuajada de gemas relució bajo la luz de la lámpara.

Ash recordó de pronto una escena que se había producido hacía ya mucho tiempo; el dolor, la humillación, a Ninian mofándose de él y acusándolo de haber cometido una terrible blasfemia al escribir la historia de los Taltos según el estilo de los textos sagrados.

Durante unos momentos Ash permaneció sentado en el suelo, con las piernas cruzadas y la espalda apoyada en el lecho, sosteniendo el libro. Sí, era el regalo perfecto para Michael. Michael, el chico que tanto amaba los libros. Michael. No sería capaz de leerlo, de descifrar la escritura, pero no importaba. Lo conservaría como un tesoro, y sería como si Ash se lo hubiera regalado a Rowan. Ella también se lo agradecería.

Ash regresó al despacho con el libro envuelto en una toalla blanca.

—Quiero que envíes este libro a Michael Curry y la muñeca Bru a Rowan Mayfair.

—¿La Bru, señor? ¿La princesa?

—Sí. Es muy importante que embales esos objetos con gran cuidado. Quizá te pida que los lleves personalmente. No quiero ni pensar que la muñeca pueda romperse, o que ésta o el libro se extravíen. Ahora pasemos a otros asuntos. Si tienes hambre, pide que te hagan llegar lo que te apetezca. Tengo aquí una nota en la que se me comunica que se han agotado en todo el mundo las existencias de la Primera Bailarina. Dime que es mentira.

—No es mentira.

—Toma nota, voy a dictarte. Éste es el primero de los siete fax con relación a la Primera Bailarina…

Ash y Leslie repasaron la lista. Cuando Ash miró de nuevo el reloj, era efectivamente pasada la medianoche; concretamente, la una de la madrugada. Fuera seguía nevando. El joven rostro de Leslie tenía un color macilento. Él mismo se sentía lo suficientemente cansado como para acostarse.

Ash se tumbó en el amplio y mullido lecho, vagamente consciente de que Leslie seguía trajinando de un lado para otro mientras formulaba preguntas que él apenas oía.

—Buenas noches, querida.

Remmick abrió un poco la ventana, tal como Ash le había ordenado. El rugido del viento sofocaba cualquier otro sonido que pudiera colarse a través de los estrechos márgenes entre los oscuros y anodinos edificios. Ash sintió una ráfaga de aire gélido en su mejilla, que contrastaba con el confortable calor que le ofrecía el lecho.

«No sueñes con brujas; no pienses en su cabello rojo; no imagines a Rowan en tus brazos. No pienses en Michael sosteniendo el libro, admirándolo como jamás lo ha admirado nadie, excepto los malvados compañeros de Lightner que lo asesinaron. No pienses en Rowan, Michael y tú sentados junto a la chimenea; no regreses al valle, al menos hasta dentro de un tiempo; no camines entre los círculos de piedras; no visites las cuevas; no sucumbas a la tentación de las bellezas mortales que pueden morir si las tocas… No les llames, no te expongas a oír una respuesta fría, evasiva, en sus voces.»

Cuando Remmick cerró la puerta de la habitación, Ash ya se había quedado dormido.

La Bru. La calle de París; la mujer de la tienda; la muñeca que yacía en su caja, mirándole con sus grandes e inexpresivos ojos. La idea que se le había ocurrido repentinamente, mientras estaba de pie junto a la farola, de que había llegado un momento en la historia en que el dinero hacía posible todo tipo de milagros, que la ambición de un individuo de ganar mucho dinero podía tener grandes repercusiones espirituales sobre miles de personas... Que en el campo de la industria y la fabricación en serie, la adquisición de una fortuna podía resultar muy creativo.

En cierta ocasión Ash se había detenido en una librería de la Quinta Avenida, a pocos metros de su casa, para examinar el Libro de Kells, una reproducción perfecta al alcance de cualquiera, y hojear con devoción el maravilloso ejemplar que habían confeccionado varios monjes en Iona.

«Para el hombre que ama los libros», escribiría Ash en una tarjeta dirigida a Michael. Vio a Michael sonriendo, con las manos en los bolsillos, una costumbre que también tenía Samuel; a Michael tumbado en el suelo, dormido, y a Samuel de pie junto a él, tambaleándose a causa de la borrachera, repitiendo: «¿Por qué no me hizo Dios como él?» Era demasiado patético para reírse. Y aquella extraña declaración pronunciada por Michael mientras se hallaban junto a la valla en Washington Square, ateridos de frío, preguntándose por qué la gente hace cosas tan raras como detenerse en la calle cuando está nevando, y Michael había dicho: «Siempre he creído en lo normal. Suponía que ser pobre era anormal. Pensé que cuando uno podía elegir lo que quería, eso era normal.» Nieve, tráfico, los noctámbulos deambulando por las calles, los ojos de Michael cuando miraba a Rowan. Ella permanecía en silencio, remota, como si le resultara más difícil hablar que a él.

Esto no es un sueño. Son sólo ganas de recrearse en ello, de hacer revivir esos instantes una y otra vez. ¿Qué sienten cuando hacen el amor? ¿Qué expresión muestra el rostro de Rowan? ¿O acaso su rostro está esculpido en hielo? ¿Se comporta Michael como un sátiro? Un brujo acostado con una bruja; un brujo sobre una bruja...

¿Presenciará la Bru esas cosas desde la repisa de la chimenea?

«Recuerdo la forma en que la sostenías», era lo único que Ash escribiría en la tarjeta dirigida a Rowan, acompañando a la maravillosa Bru envuelta en un papel de seda azul, como sus ojos. Era un detalle muy importante. Debía decirle a Leslie que utilizara un papel del mismo color que los ojos de la muñeca.

Luego, Rowan y Michael decidirían si querían conservar esos regalos, tal como había hecho Ash a lo largo de los años, como unos objetos de culto, o legárselos al hijo de Michael y Mona. Quizá los enormes e inexpresivos ojos de la Bru contemplarían al niño y alcanzarían a ver la sangre de los brujos, como él mismo la vería, si alguna vez decidía ir a su casa después de que naciera el niño, si decidía ir a espiar a la Familia de los Brujos desde el legendario jardín donde en un tiempo se paseó el fantasma de Lasher y hoy reposaban sus restos, un jardín que podía ocultar a otro fantasma que los espiaba a través de una pequeña e inadvertida ventana.

33

Pierce los había ido a recoger al aeropuerto. Era demasiado educado para preguntarles quién era el propietario del avión, ni dónde habían estado, sino que se había apresurado a llevarlos a visitar los terrenos del nuevo centro médico.

Pese al calor sofocante, Michael se alegraba de hallarse de nuevo en su ciudad. No obstante, todo era una incógnita: si la hierba crecería mañana, si Rowan volvería a abandonarse en sus brazos, si él lograría permanecer alejado de aquel gigantesco individuo con quien habían pasado unos días en Nueva York y habían entablado una extraordinaria amistad. El pasado no le parecía divertido, sino algo que uno hereda con sus problemas, sus maldiciones y sus secretos.

Aparta la vista de los cadáveres, olvida al anciano tendido en el suelo. Y Aaron, ¿qué había sido de Aaron? ¿Acaso su espíritu se había elevado hacia la luz, donde todas las cosas se arreglan y son perdonadas? El perdón es uno de los dones más importantes con que cuenta la Humanidad.

Se apearon al borde del inmenso rectángulo de tierra removida. Había unos letreros que rezaban: CENTRO MÉDICO MAYFAIR, junto a una docena de nombres y fechas, y unas palabras en letra pequeña que los envejecidos ojos de Michael no acertaron a leer.

Se preguntó si éstos dejarían de ser tan azules cuando perdiera la vista. ¿O, por el contrario, seguiría siendo el apuesto muchacho de ojos azules aun cuando no pudiera ver cómo las chicas le daban un repaso con disimulo o cómo Rowan se derretía de placer con los labios entreabiertos?

Michael trató de concentrarse en la realidad que le circundaba, de asimilar lo que le indicaba su mente; las obras habían avanzado a un ritmo asombroso, había un centenar de hombres trabajando en esos cuatro bloques y el centro médico había empezado a cobrar forma.

¿Eran lágrimas lo que brillaba en los ojos de Rowan? Sí, la fría mujer, perfectamente peinada y vestida con un elegante traje sastre, lloraba en silencio. Michael se acercó a ella, tratando de acortar distancias, transgrediendo la norma de respetar la intimidad y los sentimientos de cada cual. La abrazó con fuerza y la besó en el cuello, hasta que sintió que Rowan se estremecía y se inclinaba levemente hacia atrás, agarrándolo del cuello y murmurando:

—De modo que seguisteis adelante con las obras en mi ausencia. Jamás imaginé que fueseis capaces de esto. Sois maravillosos.

Luego, Rowan miró a Pierce, al tímido Pierce, quien se sonrojó ante esas halagadoras palabras.

—Es un sueño que tú nos proporcionaste, Rowan. Y ahora es también nuestro sueño. Y puesto que todos nuestros sueños se van cumpliendo —tú has vuelto a casa, con nosotros—, éste no podía ser menos.

—Un discurso muy propio de un abogado, con fuerza y unos eficaces golpes de efecto —dijo Michael.

¿Estaba celoso del joven Pierce Mayfair? Desde luego, las mujeres lo miraban embelesadas. Era una lástima que Mona no comprendiera que era el hombre adecuado para ella, sobre todo ahora que, a raíz de la muerte de Gifford, la madre de Pierce, éste se había alejado de su novia Clancy.

De un tiempo a esta parte Pierce buscaba cada vez más la compañía de Mona, aunque no le había dicho una palabra. Tal vez Mona se sintiese también atraída por él...

Michael acarició la mejilla de Rowan y dijo:

—Bésame.

—Sabes que no me gustan esas escenas en público. Es una ordinariez —contestó Rowan—. Nos están mirando todos los operarios.

—Mejor —soltó Michael.

—Regresemos a casa —dijo ella.

—¿Qué sabes de Mona, Pierce? —preguntó Michael.

Los tres subieron al coche. Michael había olvidado lo que se sentía al viajar en un automóvil normal, vivir en una casa normal, tener unos sueños normales. Por las noches, en sueños, oía la voz de Ash tarareando unas canciones: en esos momentos, incluso percibía un murmullo musical en sus oídos. ¿Volverían a encontrarse algún día con Ash? ¿O desaparecería éste detrás de sus suntuosas puertas de bronce, alejándose de ellos, aislándose en su mundo, su imperio, sus millones, para enviarles de vez en cuando una amable nota en la que los invitase a ir a Nueva York, llamar a su puerta en plena noche y decir: «¡Te necesito!»

—Mona se comporta últimamente de forma muy extraña —respondió Pierce—. Cuando papá le habla, contesta en un tono que parece que esté ida. Pero se encuentra bien. Está con Mary Jane. Ayer un equipo de operarios inició las obras de restauración en Fontevrault.

—Me alegro de que hayan decidido salvar la casa —dijo Michael.

—No tenían otra opción, puesto que ni Mary Jane ni Dolly Jean están dispuestas a dejar que sea derruida.

Creo que Dolly Jean está con ellas. Está arrugada como una pasa, pero dicen que sus reflejos permanecen intactos.

—Me alegro de que se encuentre con las chicas —dijo Michael—. Me gustan las personas ancianas.

Rowan soltó una pequeña carcajada, apoyó su cabeza en el hombro de Michael y dijo:

—Si quieres, podemos invitar a tía Viv a que pase unos días con nosotros. A propósito, ¿cómo está Bea?

—Muy bien, gracias a la anciana Evelyn —contestó Pierce—. Cuando Evelyn salió del hospital y regresó a casa, adivina quién corrió a la casa de la calle Amelia para cuidarla. Bea, naturalmente. Papá dice que es el mejor antídoto contra el dolor. Quizá el espíritu de mamá haya tenido algo que ver en ello.

—Me alegra oír tan buenas noticias —dijo Rowan con su profunda voz, sonriendo levemente—. Con las chicas en la casa, el silencio tendrá que aguardar y los espíritus se ocultarán en las paredes.

—¿Crees que todavía siguen allí? —preguntó Pierce con una inocencia conmovedora.

—No, hijo —contestó Michael—. No es más que una casa grande y maravillosa que aguarda nuestra llegada… y la de futuras generaciones.

—Otros Mayfair que aún no han nacido —apostilló Rowan.

En aquel momento enfilaron la avenida de St. Charles. Ante ellos se extendía un maravilloso tapiz verde, las encinas en flor, iluminadas por el sol, el tráfico que circulaba lentamente por la avenida, la hilera de señoriales mansiones. «Todo ha vuelto a la normalidad —pensó Michael—. Estoy en mi ciudad, y sostengo la mano de Rowan entre las mías.»

—Mirad, la calle Amelia —dijo.

Qué aspecto tan elegante tenía la casa de la calle Amelia, construida al estilo de San Francisco, recién pintada de color melocotón con los bordes blancos y sus postigos verdes. Habían desaparecido todos los hierbajos.

Michael sintió deseos de detenerse unos momentos para visitar a Evelyn y Bea, pero antes tenían que ir a ver a Mona, la madre de su futuro hijo. Y tenía que estar con su mujer, charlar tranquilamente con ella en el dormitorio del piso superior, acerca de lo que había ocurrido, las historias que les habían contado, las extrañas cosas que habían presenciado y que probablemente jamás explicarían a nadie... Excepto a Mona.

Al día siguiente visitaría el mausoleo donde estaba enterrado Aaron y, como buen irlandés, le hablaría a Aaron en voz alta, como si éste pudiera responder, y si alguien lo miraba escandalizado, peor para él. Era una costumbre de familia. Michael recordaba que su padre acudía con frecuencia al cementerio de St. Joseph para hablar en voz alta con sus abuelos. Y el tío Shamus, cuando cayó gravemente enfermo, le dijo a su mujer: «No te aflijas, podrás seguir hablando conmigo aunque haya desaparecido. La única diferencia es que yo no podré contestarte.»

De golpe la luminosidad se amortiguó. Los árboles, que parecían extenderse hasta el horizonte, taparon el sol y dividieron el cielo en diminutos y refulgentes fragmentos azules. Atravesaron el distrito del Parque. La calle Primera. Y más allá, en la esquina de Chestnut, se alzaba la casa, rodeada de plátanos, helechos y azaleas en flor, a la espera de darles la bienvenida.

—Entra un minuto, Pierce.

—No, me esperan en la oficina. Os conviene descansar. Llamadnos si queréis algo.

Pierce se apeó y ayudó de forma galante a Rowan a bajar del coche.

Tras abrir la puerta de la verja, se despidió de ellos agitando la mano y partió. Un guardia de uniforme que patrullaba junto a la verja se retiró discretamente.

El coche desapareció entre luces y sombras, en silencio, mientras la tarde languidecía sin oponer resistencia. El aroma del olivo impregnaba todo el jardín. «Esta noche —pensó Michael— volveré a aspirar el perfume de los jazmines.»

Ash había dicho que el perfume era el resorte que activaba con mayor rapidez la memoria, transportándote hacia mundos olvidados. Tenía razón. Era terrible verse privado de los aromas que necesitas aspirar para vivir.

Michael abrió la puerta para que pasara Rowan y, de repente, sintió deseos de cogerla en brazos. ¿Por qué no?

Rowan lanzó una exclamación de gozo y se agarró al cuello de Michael cuando él la cogió en brazos para atravesar el umbral.

Lo importante, cuando uno hacía un gesto de este tipo, era no dejar caer a la señora en cuestión.

—Ya estamos en casa —murmuró Michael, rozando con los labios el suave cuello de su mujer, obligándola a echar la cabeza hacia atrás, y besándola debajo de la barbilla. El aroma del jardín dejó paso al omnipresente olor a cera, al olor de madera vieja y a un perfume intenso, muy caro y exquisito.

—Amén —respondió ella.

Cuando Michael fue a dejarla en el suelo, Rowan permaneció abrazada a él. ¡Qué sensación tan agradable!, pensó entonces Michael, comprobando que su viejo y tronado corazón no se ponía a latir con violencia. Rowan, como experta en medicina, seguramente se daría cuenta si su corazón empezaba a latir de forma alarmante. Michael se quedó inmóvil, sosteniéndola en brazos, aspirando el olor de su pelo y contemplando el suelo recién pulido por Eugenia, el monumental arco de la entrada y los lejanos murales del comedor, iluminados por los rayos del atardecer.

Al fin se encontraban en casa. Aquí. Ahora. Jamás se habían sentido tan unidos como en aquellos momentos.

Al cabo de unos momentos soltó suavemente a Rowan. Al mirarla, vio que tenía el ceño ligeramente fruncido.

—No te preocupes, no me pasa nada —le tranquilizó ella—. No es fácil borrar algunos recuerdos, eso es todo. Pero luego pienso en Ash, en la experiencia que hemos vivido con él, y me olvido de las cosas tristes.

Michael deseaba responder, decir algo sobre su amor por Ash y algo más, algo que le estaba torturando. Era mejor olvidar el tema, es lo que le habrían aconsejado si le hubiera pedido a alguien su opinión. Pero no podía hacerlo. Miró a Rowan a los ojos, abriendo los suyos de forma tan exagerada que parecía enojado, cuando en realidad no lo estaba.

—Rowan, amor mío —dijo Michael—. Sé que pudiste haberte quedado con él. Sé que tuviste que tomar una decisión.

—Tú eres mi hombre —contestó ella con un breve suspiro—, Michael, mi hombre.

Habría sido un gesto muy romántico transportarla arriba en brazos, pero Michael temió no conseguir salvar los veintinueve escalones. ¿Dónde se habían metido las jovencitas y la abuela, la resucitada? No, no, Rowan y él no podían encerrarse ahora en la habitación, a menos que tuvieran la suerte de que toda la tribu hubiera salido a cenar.

Michael cerró los ojos y la besó de nuevo. Nadie podía impedir que la besara una docena de veces. Cuando alzó la vista, vio a la atractiva pelirroja al final del pasillo; en realidad, a dos guapas pelirrojas, una de ellas altísima, y a la rubia y pizpireta Mary Jane, peinada como de costumbre con dos trenzas recogidas en lo alto de la cabeza. Las tres tenían unos cuellos divinos, como cisnes. Pero ¿quién era esa nueva y gigantesca belleza, idéntica a Mona?

Rowan se volvió y miró hacia el otro extremo del pasillo.

Las Tres Gracias estaban apoyadas contra la puerta del comedor. El rostro de Mona parecía ocupar dos espacios distintos. No se trataba de un parecido, sino de una copia exacta. ¿Por qué estaban inmóviles como las figuras de un cuadro, las tres vestidas de algodón, contemplando a Michael y a Rowan fijamente?

Michael oyó a Rowan soltar una exclamación de sorpresa y vio cómo Mona echaba a correr hacia él a través del pulido y resbaladizo suelo.

—No podéis hacer nada. Nada en absoluto. Vais a tener que escucharme.

—Dios mío —exclamó Rowan con voz temblorosa, apoyándose en Michael como si temiera que las piernas no la sostuvieran.

—Es hija mía —dijo Mona—. Mía y de Michael, y no dejaré que le hagáis daño.

Tras unos primeros instantes de perplejidad, Michael pensó, tratando de organizar sus pensamientos: «Esta joven es la criatura que ha nacido. Es obra de la hélice gigante. Es una Taltos, tan seguro como lo es Ash, tan seguro como lo son los dos cadáveres que están enterrados debajo de la encina. Rowan va a desmayarse, y yo siento un intenso dolor en el pecho.»

Michael se apoyó en el poste de la escalera.

—Prometedme que no le haréis ningún daño —dijo Mona.

—¿Cómo iba a hacerle daño? Soy incapaz de lastimarla —replicó Michael.

Rowan rompió a llorar, cubriéndose la boca y balbuceando:

—Dios mío, Dios mío...

La gigantesca desconocida avanzó unos pasos tímidamente y se detuvo. Michael temió que abriera la boca y hablara con aquella voz infantil y desvalida que él pudo oír segundos antes de que Rowan disparara la pistola. Se sentía confuso y mareado. El sol se extinguía, devolviendo a la casa su oscuridad natural.

—Será mejor que te sientes en el escalón, Michael —indicó Mona.

—Está fatal —dijo Mary Jane.

Rowan reaccionó y agarró a Michael por el cuello con sus largos y húmedos dedos.

—Imagino que os habréis llevado una impresión muy fuerte —dijo la gigantesca joven—. Mamá y Mary Jane estaban muy preocupadas, pero me alegro de conoceros al fin y obligaros a tomar una decisión respecto a si yo, la hija de Michael y Mona, puedo y debo permanecer bajo este techo, como suele decirse. Como veis, mamá me ha colgado la esmeralda alrededor del cuello, pero me supedito a vuestra voluntad.

Rowan se quedó atónita, lo mismo que Michael. La joven se expresaba con una voz casi idéntica a Mona, sólo que más vieja y menos enérgica, como si los golpes que le había dado la vida le hubieran restado vigor.

Michael alzó la cabeza y la vio de pie ante él, con su cabellera roja desparramada sobre los hombros, sus desarrollados pechos, sus largas y bien torneadas piernas y sus ojos de un verde encendido.

—Padre —murmuró la joven, cayendo de rodillas y extendiendo una mano para acariciarle la cara.

Michael cerró los ojos.

—Quiéreme, Rowan —suplicó dulcemente la joven—, y él me querrá también.

Rowan sollozó sin dejar de agarrar el cuello de Michael. El corazón de Michael latía de modo tan violento que parecía ir a estallar de un momento a otro.

—Me llamo Morrigan —dijo la joven.

—Es mi hija —dijo Mona—, y la tuya, Michael.

—Creo que va siendo hora de que me dejéis hablar —dijo Morrigan—, a fin de facilitaros la tarea de tomar una decisión.

—Cariño, frena un poco —dijo Michael, parpadeando y tratando de aclararse la vista.

Pero algo desconcertó a la gigantesca ninfa, algo que la obligó a retirar bruscamente la mano y olerse los dedos. Miró a Rowan con curiosidad y luego a Michael. Acto seguido se levantó, se abalanzó sobre Rowan antes de que ésta pudiera impedírselo y empezó a olfatearle las mejillas.

—¿Qué olor es ése? —inquirió la joven—. Lo conozco, lo he olido antes.

—Escucha —dijo Rowan—, vamos a hablar con calma. Acércate.

Rowan se adelantó y soltó a Michael, de forma que éste pudiera desplomarse a gusto y morir de un ataque cardíaco, y rodeó la cintura de la joven mientras ésta la miraba espantada.

—Todo tu cuerpo está impregnado de ese olor.

—¿Qué crees que es? —preguntó Mona.

—Es un olor a macho —murmuró la joven—. Ambos habéis estado con él.

—No, ha muerto —respondió Mona—. El olor que notas proviene de las tablas del suelo y de las paredes.

—No —insistió la joven—. Es un macho vivo.

De pronto, agarró a Rowan bruscamente por los hombros. Mona y Mary Jane se apresuraron a sujetarla por los brazos, tratando de obligarla a soltar a Rowan. Entretanto, Michael se puso de pie y corrió a socorrer a su esposa. ¡Esa criatura era tan alta como él! Tenía el mismo rostro que Mona, pero no era Mona, ni mucho menos.

—Ese olor me enloquece —dijo la joven—. ¿Por qué me lo habéis ocultado? ¿Por qué lo habéis mantenido en secreto?

—Dales tiempo a responder —dijo Mona—. Basta, Morrigan, escúchame.

Mona sujetó la mano de su hija entre las suyas para evitar que volviera a atacar a Rowan. A todo esto, Mary Jane se había puesto de puntillas.

—Tranquilízate un poco —le aconsejó Mary Jane a Morrigan—, y deja que se expliquen.

—No lo comprendéis —contestó Morrigan con voz entrecortada, mirando a Rowan y a Michael con sus inmensos ojos verdes anegados en lágrimas—. Existe un macho, un macho de mi especie. ¿No percibes su olor, mamá? ¡Di la verdad! —gritó—. ¡Por favor, mamá! ¡No lo resisto!

Morrigan rompió en llanto. Sus sollozos resonaron como si un mueble pesado hubiera caído rodando por la escalera. Tenía el rostro crispado en una mueca de dolor y su gigantesco cuerpo no cesaba de balancearse, inclinándose ligeramente como para permitir que los otros la abrazaran e impidieran que se cayera.

—Llevémosla arriba —dijo Mary Jane.

—Juradme que no le haréis ningún daño —dijo Mona.

—Descuida, más tarde hablaremos y...

Rowan empujó a Michael hacia el ascensor y abrió la vieja puerta de madera.

—Entra —le ordenó.

Lo último que vio Michael, apoyado contra la pared del ascensor, fue un remolino de faldas de algodón mientras las Tres Gracias subían corriendo la escalera.

Michael estaba tendido en el lecho.

—No, no pienses ahora en ello. No pienses en nada —dijo Rowan.

El trapo húmedo que Rowan le había aplicado en la frente tenía un tacto desagradable.

—No voy a morirme —dijo Michael suavemente.

Pronunciar esas palabras le había costado un esfuerzo enorme. Michael estaba tan desconcertado que no sabía exactamente qué sentía en aquellos momentos. ¿Acaso de nuevo una sensación de derrota, como si el andamio que sostenía el mundo normal se hubiera venido abajo, como si las previsiones del futuro presentaran el color de la muerte y la Cuaresma, o quizá se trataba de algo que podían abrazar y contener, algo que de algún modo podían aceptar sin caer en la locura?

—¿Qué podemos hacer? —murmuró ella.

—¿Me lo preguntas a mí? ¿Qué quieres que hagamos? —contestó Michael, situándose de costado. El dolor había remitido un poco. Estaba empapado en sudor, una sensación que detestaba, además de sentir el inevitable olor. ¿Dónde se habían metido las Tres Gracias?—. No sé qué podemos hacer.

Rowan estaba sentada en la cama, la espalda ligeramente encorvada, el cabello acariciándole las mejillas, la mirada perdida en el infinito.

—Quizá él sepa lo que debemos hacer —dijo Michael.

Rowan se giró bruscamente.

—¿Él? No podemos decírselo. Si se lo contamos se volverá loco, como ella. ¿Es eso lo que quieres que pase? ¿Quieres que venga aquí? Ten presente que nada ni nadie conseguirá interponerse entre ellos.

—Entonces ¿qué va a pasar? —preguntó Michael, intentando que su voz sonara firme, enérgica, aunque fuese incapaz de proponer ninguna solución.

—No lo sé. ¡Cómo quieres que lo sepa! ¡Dios mío! Ahora hay dos, están vivos y no se trata simplemente de… de…

—¿De qué?

—De un ser diabólico que se ha colado en nuestras vidas, de un ser astuto y manipulador que fomenta la alienación, la locura. Esto es muy distinto.

—Continúa —dijo Michael—. Me gusta oírte decir esas cosas. No es un ser diabólico.

—No, sólo otra forma de lo natural —murmuró Rowan con aire pensativo, apoyando su mano en el brazo de Michael.

Michael estaba tan cansado que no podía pensar con claridad. ¿Cuánto tiempo había permanecido Mona a solas con esa criatura, esa joven recién nacida de cuello de garza y unos rasgos idénticos a los de Mona? ¿Y con Mary Jane? Las dos brujas, juntas.

Michael y Rowan habían estado inmersos en sus asuntos dedicándose a salvar a Yuri, a descubrir a los traidores, a consolar a Ash, el gigantesco ser que no era, jamás lo había sido y nunca sería enemigo de nadie.

—¿Qué podemos hacer? —murmuró Rowan—. ¿Qué derecho tenemos a decir nada?

Michael se volvió, en un intento de verla con claridad. Luego se incorporó con dificultad y sintió una pequeña punzada debajo de las costillas, nada importante. Se preguntó vagamente cuánto tiempo podía vivir una persona con un corazón que empezaba a fallar ante cualquier emoción o impresión fuerte. Claro que la impresión que había recibido con lo de Morrigan no era algo que sucediese todos los días. Morrigan, su hija, que en estos momentos estaba llorando en algún cuarto de la casa con Mona, su madre adolescente.

—Rowan —dijo Michael—, ¿se te ha ocurrido que esto podría ser el triunfo de Lasher? ¿Y si lo hubiera planeado él?

—Es imposible saberlo —contestó ella, cubriéndose la boca con una mano en un gesto que denotaba confusión y seria preocupación—. No puedo volver a matar —murmuró tan suavemente como si se tratase de un suspiro.

—No... no... no me refería a eso. Soy incapaz de eso. Yo...

—Ya lo sé. Tú no mataste a Emaleth. La maté yo.

—No debemos pensar en esas cosas. Tenemos que decidir si vamos a resolver esto solos o junto con otras personas.

—Como si ella fuera un organismo invasor —murmuró Rowan—, y las otras células se apresuraran a rodearla para contenerla.

—Podemos hacerlo sin lastimarla —respondió Michael. Estaba agotado y mareado. Tenía ganas de vomitar. Pero trató de reprimir sus náuseas, no podía dejarla sola en esos momentos—. Rowan, debemos acudir a la familia, eso es lo primero.

—Están asustados. No. No podemos recurrir a Pierce ni a Ryan, ni a Bea o Lauren...

—No estamos solos, Rowan. No podemos tomar

una decisión de este calibre solos. Además, debemos pensar en las chicas, están eufóricas, para ellas es como si caminaran por las misteriosas sendas de la magia y la transformación, ella les pertenece.

—Lo sé —suspiró Rowan—. Del mismo modo en que él me pertenecía a mí, ese abominable espíritu que acudió a mí lleno de mentiras. Ojalá que de alguna forma horrible y cobarde…

—¿Qué?

Rowan meneó la cabeza. De pronto sonaron unos golpes en la puerta.

Ésta se entreabrió y apareció Mona con los ojos enrojecidos y el rostro abotargado a causa del llanto.

—No quiero que le hagáis daño.

—No se lo haremos —contestó Michael—. ¿Cuándo sucedió?

—Hace unos días. Venid conmigo. Tenemos que hablar. No temáis, no puede escaparse. No puede desenvolverse sola, aunque ella lo crea. Se moriría. No os pido que le digáis que existe un macho rondando por ahí, sólo que aceptéis a mi hija, que la escuchéis.

—De acuerdo —contestó Rowan.

Mona asintió con una expresión de gratitud.

—Estás débil, necesitas descansar —dijo Rowan.

—Es a causa del parto, pero me encuentro bien. Ella necesita que le dé de mamar continuamente.

—Entonces no se escapará —dijo Rowan.

—Seguramente no. ¿Es que no lo comprendéis? —preguntó Mona.

—¿Que la quieres? Por supuesto —contestó Rowan—. Naturalmente que lo comprendo.

Mona asintió de nuevo y dijo:

—Bajad dentro de una hora. Supongo que entonces ya se habrá calmado. Le hemos comprado unos vestidos muy bonitos. Le gustan mucho. Quiere que Mary Jane y yo vayamos también elegantes. Le cepillaré el pelo y le pondré un lazo, como solía ponerme yo. Es muy lista. Hasta puede ver...

—¿Qué?

Mona dudó unos instantes antes de responder con timidez:

—El futuro.

Tras estas palabras, Mona salió de la habitación y cerró la puerta.

Michael observó los pálidos paneles rectangulares de la ventana. La luz se desvanecía de forma acelerada para dejar paso al crepúsculo primaveral. Michael oyó el canto de las cigarras en el jardín. ¿Las oía también Rowan? ¿La tranquilizaba ese sonido? Michael se preguntó dónde estaría en estos momentos la extraña criatura, su hija.

Fue a encender la lámpara, pero Rowan se lo impidió.

—No la enciendas —dijo.

Michael contempló su perfil, definido por una línea de luz. En la oscuridad, la habitación parecía extenderse hasta el infinito.

—Quiero reflexionar —dijo Rowan—. Quiero reflexionar en voz alta en la oscuridad.

—Comprendo.

Rowan se giró y, lentamente, con gestos precisos y eficaces, le colocó las almohadas debajo de la cabeza para que pudiera reclinarse. Michael se sentía violento, pero no se resistió. Cuando se hubo tumbado, aspiró hondo. La ventana aparecía cubierta por una fina película blanca. Cuando las ramas de los árboles se movían, parecía como si unas sombras quisiesen penetrar en la habitación para espiarlos, para escuchar su conversación.

—No ceso de repetirme que todos corremos un riesgo —dijo Rowan—. Cualquier niño puede convertirse en un monstruo, en un ser capaz de matar. Imagínate a un bebé, una sonrosada y tierna criatura, y que de pronto aparece una bruja, le impone las manos y dice: «Cuando sea mayor desencadenará guerras, fabricará bombas, sacrificará las vidas de miles, de millones de seres humanos.» ¿Qué harías? ¿Lo estrangularías? ¿O te negarías a aceptar que fuera capaz de hacer unas cosas así?

—Estoy pensando —contestó Michael—, estoy pensando cosas que tienen bastante sentido, que es una criatura recién nacida, que tiene que hacernos caso, que quienes la rodeamos debemos ser sus maestros y que, conforme pasen los años, cuando sea mayor...

—¿Y si Ash muriera sin saber que Morrigan existe? —le interrumpió Rowan—. ¿Recuerdas sus palabras, Michael? «El baile, el círculo, la canción...» ¿O crees acaso el vaticinio de la bruja en la cueva? Si lo crees —confieso que yo no estoy segura—, ¿qué podemos hacer? ¿Pasarnos la vida tratando de impedir que se encuentren?

La habitación estaba completamente oscura. Sobre el techo se dibujaban unas pálidas franjas de luz. Los muebles, la chimenea y las paredes habían desaparecido. Los árboles del jardín, iluminados por la luz de las farolas, todavía conservaban su color, su forma.

El cielo, como sucede algunas veces, presentaba el tono sonrosado de la piel.

—Bajaremos a verla —dijo Michael— y escucharemos lo que tenga que decirnos. Luego llamaremos a la familia y le pediremos que acuda, como cuando tú yacías postrada en esta cama, cuando creíamos que ibas a morir. Necesitamos la ayuda de todos ellos. Lauren, Paige, Ryan, sí, Ryan, Pierce y la anciana Evelyn.

—Quizá tengas razón —contestó Rowan—. Pero ¿sabes qué pasará? Pues que verán su innegable inocencia, su juventud, y luego nos mirarán a nosotros, pensando: «¡Cómo es posible!», y nos exigirán que tomemos una decisión.

Michael se levantó despacio de la cama, temiendo que le sobreviniera otro ataque de náusea, y se dirigió a tientas, apoyándose en los postes de la cama, hacia el baño.

De pronto recordó la primera vez que él y Rowan, por aquel entonces su novia, habían subido a explorar esta zona de la casa. En el suelo aparecían diseminados sobre las blancas baldosas que en estos momentos brillaban bajo la suave y pálida luz, los fragmentos de una estatua que se había roto. Se había desprendido la cabeza de la virgen, tocada con un velo, así como una mano. ¿Se trataba quizá de un presagio?

¡Quién sabe lo que podía ocurrir si Ash daba con ella, o ella con Ash! Pero eso era algo que ellos mismos debían decidir.

—Nosotros no podemos hacer nada —murmuró Rowan en la oscuridad.

Michael se inclinó sobre el lavabo, abrió el grifo y se lavó la cara con agua fría. Durante unos momentos el agua fue tibia, hasta que bruscamente empezó a manar de las entrañas de la tierra, casi helada. Michael se secó la cara con unas palmaditas de toalla para no irritarse la piel, se quitó la chaqueta y la camisa, arrugada y con un fuerte olor a sudor, se enjugó el sudor y se aplicó un poco de desodorante. Michael se preguntó si Ash habría podido hacer eso, eliminar su olor para que los otros no notaran el aroma que había dejado impregnado en las ropas de Michael y Rowan al despedirse de ellos con un beso.

¿Podía antiguamente la hembra de la especie humana captar el olor del macho humano que se aproximaba a ella a través del bosque? ¿Por qué habíamos perdido esa facultad? Seguramente porque el olor había dejado de constituir un indicador de peligro, ya no servía para advertir sobre una posible amenaza. Para Aaron, el asesino a sueldo y el extraño eran una misma cosa. ¿Qué tenía que ver el olor con las dos toneladas de metal que aplastaron a Aaron contra el muro?

Michael se puso una camisa limpia y una sudadera fina. Temía resfriarse.

—¿Bajamos? —preguntó.

Al apagar la luz vio la silueta de Rowan, con la cabeza agachada como si estuviera meditando. Michael creyó advertir un destello de su chaqueta color burdeos y, al girarse hacia él, pudo observar el resplandor de su blusa blanca. Tenía un estilo de vestir típicamente sureño, pulido, impecable.

—Vamos —dijo Rowan, con aquella voz profunda y enérgica que a Michael le recordaba cierto tipo de caramelos y le provocaba el deseo de acostarse con ella—. Quiero hablar con Morrigan.

Estaban en la biblioteca, esperándoles.

Al entrar, Michael vio que Morrigan se hallaba sentada con aire majestuoso ante el escritorio; vestía un elegante traje con el cuerpo de encaje blanco, de estilo victoriano, con cuello alto, mangas vaporosas y falda de tafetán.

Llevaba un broche prendido en el pecho. Parecía la hermana gemela de Mona. Mona, vestida con un traje de encaje color crema, de línea menos severa, estaba sentada en un sillón, como el día en que Michael les había rogado a Ryan y a Pierce que le ayudaran a encontrar a Rowan. Mona no era más que una chiquilla, pensó Michael, y estaba tan necesitada de un padre y una madre como Morrigan.

Mary Jane, instalada en la otra esquina, iba vestida de rosa. «Nuestras brujitas son aficionadas a los colores pastel», pensó Michael. Y la abuela. Michael no se había dado cuenta de que estaba allí, sentada en un extremo del sofá, hasta que observó su diminuto y arrugado rostro, sus perspicaces ojos negros y su alegre sonrisa.

—¡Ya están aquí! —exclamó la abuela, extendiendo los brazos hacia Michael—. Es evidente que tú también eres un Mayfair, un descendiente de Julien. No cabe la menor duda.

Al inclinarse para besarla en la mejilla, advirtió que su bata guateada exhalaba un olor a polvos faciales. «Es la prerrogativa de los ancianos —pensó Michael—, ir vestidos siempre como si se fueran a acostar.»

—Acércate, Rowan —ordenó la abuela—. Quiero hablarte de tu madre. Tu madre sufrió mucho cuando renunció a ti. Todos lo sabemos. El día que te arrancaron de sus brazos apartó la cara para no verte y lloró como una Magdalena. Ya no volvió a ser la misma.

Rowan estrechó sus frágiles manos resecas y se inclinó para recibir un beso.

—¿Estabas presente cuando nació Morrigan, Dolly Jean? —preguntó Rowan mirando a Morrigan de soslayo, pues no se atrevía a hacerlo de frente.

—Desde luego —respondió Dolly Jean—. Me di cuenta de que era un bebé que caminaba en cuanto asomó un pie. Pero, pase lo que pase, tanto si te gusta como si no, ten presente que esta chica es una Mayfair. Si fuimos capaces de soportar a un tipo como Julien, podremos soportar a esta joven de cuello de cisne y rostro como el de Alicia en el País de las Maravillas. Escúchala con atención. Quizá no hayas oído nunca una voz como la suya.

Michael sonrió. Se alegraba de que la abuela estuviera ahí, de que lo hubiera asumido todo con aquella naturalidad. Sintió deseos de coger el teléfono y llamar a todos los Mayfair, pero se limitó a tomar asiento frente al escritorio, junto a Rowan.

Todos dirigieron su mirada hacia la atractiva pelirroja, que de pronto inclinó la cabeza hacia atrás y apoyó las manos firmemente en los brazos de la silla, dejando entrever unos turgentes pechos por el encaje del vestido. Tenía una cintura tan frágil y menuda que Michael sintió deseos de rodearla con sus brazos.

—Soy tu hija, Michael.

—Cuéntame más cosas, Morrigan. Quiero saber lo que nos tiene reservado el destino. Dime qué quieres de nosotros y qué estás dispuesta a ofrecernos.

—Me alegro mucho de oírte pronunciar esas palabras. ¿Habéis oído eso? —preguntó, dirigiéndose a la abuela, a Mona y a Mary Jane. Luego se volvió hacia Rowan y dijo—: Les he dicho que estaba segura de que reaccionarías así. Siento la necesidad de hablar, de declarar, de hacer predicciones.

—Adelante, querida —contestó Michael.

De pronto ya no la veía como a un monstruo, sino como a un ser humano lleno de vitalidad, tan tierna y frágil como todos los que se encontraban en aquella habitación, incluido él mismo, un hombre capaz de matar a alguien con sus propias manos si tenía que hacerlo.

Y ahí estaba Rowan, capaz de matar a un ser humano con el poder de su mente. Pero esa criatura era incapaz de matar.

—Quiero tener profesores privados —dijo Morrigan—, en vez de asistir a la escuela, unos tutores, además de mi madre y Mary Jane; quiero estudiar, aprender. Necesito disponer de la suficiente intimidad y protección para concentrarme en mis estudios, así como de la garantía de que no me arrojaréis a la calle, de que formo parte de la familia, de que algún día… —Morrigan se detuvo bruscamente, como si alguien hubiera pulsado un botón—. Algún día seré la heredera del legado, tal como pretende mi madre, y después de mí otra descendiente suya, quizá una persona humana… si vosotros… si el macho… si el olor…

—Corta el rollo, Morrigan —soltó Mary Jane.

—Continúa, cariño —indicó su madre.

—Deseo todas esas cosas que requiere una niña especial, dotada de una inteligencia excepcional y un carácter dócil y cariñoso, una niña a la que resulta muy fácil querer, educar y controlar.

—¿Es eso lo que quieres? —preguntó Michael—. ¿Unos padres?

—Sí, quiero que los miembros más ancianos de la familia me cuenten viejas historias, como se suele hacer entre nosotros.

—De acuerdo —terció Rowan con firmeza—. Y a cambio aceptarás nuestra protección, lo cual significa nuestra autoridad puesto que todavía eres una niña.

—Sí.

—Y nosotros cuidaremos de ti.

—¡Sí! —respondió Morrigan. Luego hizo ademán de levantarse, pero cambió de opinión y permaneció sentada, con las manos apoyadas sobre el escritorio de caoba. Tenía unos brazos muy largos y esbeltos, capaces de sostener unas alas—. Sí. Soy una Mayfair. Repetid estas palabras conmigo: «Formo parte de esta familia.» Es posible que un día me quede preñada de un hombre y que tenga entonces unos hijos que llevarán sangre de bruja en las venas, como yo; tengo derecho a existir, a ser feliz, a prosperar… ¡Dios, todavía percibo ese olor! No lo soporto. ¡Decidme la verdad!

—¿Y luego? —inquirió Rowan—. ¿Y si te decimos que debes permanecer aquí, que eres demasiado joven e inocente para encontrarte con ese macho, que nosotros fijaremos la entrevista en el momento oportuno…?

—¿Y si prometemos que le hablaremos de ti? —intervino Michael—. ¿Y si te decimos dónde está, pero sólo a condición de que jures…?

—¡Lo juro! —contestó Morrigan—. ¡Estoy dispuesta a jurar lo que sea!

—¿Tan potente es ese olor? —preguntó Mona.

—Me están asustando, mamá.

—Los tienes en la palma de la mano —señaló la diminuta Mona desde su sillón, pálida como la cera—. No pueden herir a ningún ser que se explica tan bien como tú. Eres tan humana como ellos. ¿No lo comprendes? Sígueles el juego. Continúa.

—Quiero ocupar el lugar que me corresponde —dijo Morrigan con ojos implorantes, casi como si estuviera a punto de echarse a llorar—. Dejadme ser como soy. Dejad que me una con quien yo desee. Dejad que sea uno de los vuestros.

—No puedes verte con él. No puedes copular con él —contestó Rowan—. Al menos, hasta que seas lo bastante madura como para tomar esa decisión.

—¡Me ponéis furiosa! —gritó Morrigan.

—Basta, Morrigan —dijo Mona.

—Procura tranquilizarte —dijo Mary Jane, acercándose a Morrigan con cautela y apoyando las manos sobre sus hombros.

—Háblales de tus recuerdos, explícales que los hemos grabado —dijo Mona—. Y háblales sobre las cosas que deseas ver.

Mona trataba de retomar el hilo de la conversación para impedir que su hija estallara en un torrente de lágrimas y gritos.

—Me gustaría ir a Donnelaith —respondió Morrigan con voz temblorosa—, y también visitar la planicie.

—¿Te acuerdas de esas cosas?

—Sí, y recuerdo que todos bailábamos formando un círculo. Lo recuerdo perfectamente. Extiendo los brazos hacia ellos y grito: «¡Socorro, ayudadme!» —dijo Morrigan, cubriéndose la boca con las manos para reprimir unos sollozos.

Michael se levantó y se acercó a ella, indicándole a Mary Jane que se apartara.

—Cuentas con mi cariño —le susurró a Morrigan al oído—. ¿Me has oído? Tienes mi cariño y la autoridad que eso conlleva.

—¡Gracias a Dios! —exclamó Morrigan, apoyando la cabeza en su pecho como a veces hacía Rowan. Luego rompió a llorar sin disimulo.

Michael le acarició el pelo, más suave y sedoso que el de Mona. De pronto recordó su breve unión con Mona en el sofá, en el suelo de la biblioteca, y miró a esa frágil e imprevisible criatura.

—Te conozco —murmuró Morrigan, frotando la frente contra su pecho—. Conozco tu olor y las cosas que has visto. Conozco el olor del viento en la calle Liberty, el aspecto que tenía la casa la primera vez que entraste en ella y cómo la reformaste. Conozco varias clases de madera y diversas herramientas, y sé la sensación que tiene uno al pulir la madera con aceite de palo. También sé que te ahogaste, que tenías mucho frío, y que luego entraste en calor y viste a los fantasmas de las brujas. Ésos son los peores, los más potentes, a excepción de los fantasmas de los Taltos. Debes de llevar el espíritu de una bruja o de un Taltos dentro de ti a la espera de salir, renacer, crear una nueva raza. Los muertos lo saben todo. Deberían hablar. ¿Por qué no viene él, u otro macho Taltos, a mí? Lo único que hacen es bailar en mis recuerdos y decir cosas que en aquella época eran importantes para ellos. Te quiero, padre.

—Yo también te quiero —contestó Michael, acariciándole la cabeza. De pronto notó que estaba temblando.

—Sabes, padre —dijo Morrigan, alzando la cabeza para mirarlo mientras por sus mejillas rodaban unos gruesos lagrimones—, un día conseguiré dominar el mundo.

—¿De veras? ¿Cómo es eso? —preguntó Michael con calma, tratando de controlar su voz y la expresión de su rostro.

—Está escrito —contestó ella con tono vehemente y sincero—. Aprendo muy deprisa, soy muy fuerte, conozco muchas cosas. Cuando tenga hijos, y los tendré, de la misma forma que tú y mamá me tuvisteis a mí, poseerán mi fuerza, mis conocimientos, mis recuerdos, los humanos y los Taltos. Vosotros nos habéis enseñado a ser ambiciosos. Cuando los humanos se den cuenta de quiénes somos huirán de nosotros. Entonces el mundo se derrumbará. ¿No crees, padre?

Michael se estremeció. Oyó la voz de Ash. Miró a Rowan, la cual permanecía impasible.

—Vivir juntos, ése fue nuestro compromiso —dijo Michael, inclinándose para besar a Morrigan en la frente. Su piel olía a bebé, fresca y fragante—. Ésos son los sueños de los jóvenes: gobernar, dominar el mundo. Los tiranos de la historia eran unos individuos inmaduros. Pero tú alcanzarás la madurez. Poseerás todos los conocimientos que podamos darte.

—¡Qué fuerte! —dijo Mary Jane, cruzando los brazos.

Michael la miró, irritado por su inoportuno comentario y la risita que soltó mientras meneaba la cabeza. Luego miró a Rowan, quien contemplaba a la extraña joven y a Mona con los ojos enrojecidos y una profunda tristeza. Michael observó que Mona era la única que no demostraba disgusto o perplejidad, sino temor, un temor frío y calculado.

—Los Mayfair son también mi familia —murmuró Morrigan—, una familia de bebés que caminan. Los poderosos deben juntarse. Examinaremos los archivos informáticos y obligaremos de inmediato a los que posean la doble hélice a emparejarse y copular, al menos hasta que consigamos nivelar el resultado numérico, y entonces estaremos en pie de igualdad… Tengo que trabajar, mamá, quiero volver a entrar en la base de datos de los Mayfair.

—Frena un poco —dijo Mary Jane.

—¿Qué piensas? ¿Qué opinas? —preguntó Morrigan mirando fijamente a Rowan.

—Tienes que adaptarte a nuestras costumbres, y quizá acaben gustándote. En nuestro mundo no obligamos a nadie a copular. El resultado numérico no es nuestra especialidad. Pero ya irás aprendiendo poco a poco. Nosotros te enseñaremos, y tú a nosotros.

—¿No me haréis daño?

—Por supuesto que no —contestó Rowan—. No deseamos hacerte ningún daño.

—Y ese macho que os impregnó con su olor, ¿también está solo?

Tras dudar unos instantes, Rowan asintió con un movimiento de cabeza.

—¿Solo como yo? —preguntó Morrigan, mirando a Michael a los ojos.

—Más solo que tú —contestó Michael—. Tú nos tienes a nosotros, tu familia.

Morrigan se levantó, sacudió su larga cabellera y ejecutó unas rápidas piruetas mientras cruzaba la habitación. Su falda de tafetán crujía al moverse y reflejaba la luz.

—Lo esperaré. Puedo hacerlo. Pero habladle de mí, decidle que existo, os lo ruego. Lo dejo en vuestras manos, lo dejo en manos de la tribu. Vamos, Dolly Jean, venga Mona, ha llegado el momento de que bailemos. ¿Quieres acompañarnos, Mary Jane? Rowan, Michael, deseo bailar.

Morrigan alzó los brazos y empezó a girar sin cesar, con la cabeza inclinada hacia atrás, su hermosa cabellera al compás de sus movimientos. Canturreaba una canción suave y melodiosa, una canción que Michael había oído con anterioridad, quizá de labios de Tessa, recluida para siempre en la casa madre de Talamasca, donde jamás vería a esta niña. Tampoco Ash la vería; él que había recorrido todo el mundo en busca de una compañera, que quizá también habría cantado alguna vez esa canción y que jamás les perdonaría haber mantenido en secreto la existencia de Morrigan.

Morrigan cayó de rodillas junto a Rowan. Las otras dos jóvenes las miraron con inquietud, pero Mona le indicó a Mary Jane que aguardara.

Rowan no hizo nada. Estaba sentada, abrazándose las rodillas. Permaneció así inmóvil mientras la ágil y silenciosa figura se aproximaba a ella, mientras Morrigan olfateaba sus mejillas, su cuello, su pelo. Luego, lentamente, Rowan se volvió y la miró a los ojos.

«No es humana —pensó Morrigan—, pero ¿qué es?»

Sin perder la compostura, Rowan no dio señal alguna de estar pensando aquello mismo acerca de Morrigan. Pero sin duda presentía el peligro.

—Puedo esperar —repitió Morrigan suavemente—. Escribid en la piedra su nombre, y el lugar donde se halla. O grabadlo en el tronco del roble funerario. Escribidlo donde queráis. No me lo enseñéis, pero conservadlo hasta que llegue el momento de conocernos. Puedo esperar. Luego retrocedió y, tras realizar un par de piruetas, salió de la habitación canturreando, cada vez más fuerte, hasta que el sonido se convirtió casi en un silbido. Los demás permanecieron sentados en silencio. De pronto, Dolly Jean, que se había quedado dormida, se despertó bruscamente y preguntó:

—¿Qué ha pasado?

—No lo sé —respondió Rowan.

Se produjo un intercambio de significativas miradas entre Rowan y Mona.

—Será mejor que vaya a ver cómo está —dijo Mary Jane, abandonando con prisa la habitación—, antes de que se tire vestida a la piscina o se tumbe sobre la hierba y empiece a olfatearla para intentar descubrir dónde se encuentran enterrados los cadáveres.

Mona suspiró.

—¿No tiene la madre nada que decirle al padre? —preguntó Michael.

Tras reflexionar unos instantes, Mona respondió:

—No. Es cuestión de observarla y esperar. —Luego miró a Rowan y agregó—: Ahora comprendo por qué hiciste lo que hiciste.

—¿Ah, sí? —preguntó Rowan en voz baja.

—Sí —contestó Mona—. Lo sé. —Se puso en pie lentamente, como si se dispusiera a abandonar la habitación. De golpe se volvió y dijo—: No quise decir... No quise decir que debíamos hacerle daño.

—Lo sabemos —respondió Michael—. También es hija mía, no lo olvides.

Mona lo miró con tristeza, impotente, como si hubiera mil cosas que quisiera decir, preguntar, explicar. Pero meneó la cabeza y se dirigió hacia la puerta.

Antes de salir se volvió, mostrando un rostro radiante. Una chiquilla con el cuerpo de una mujer debajo de su vestido de encaje. «Es mi pecado lo que ha provocado esto —pensó Michael—, lo que ha desencadenado esta situación.»

—Yo también percibo su olor —dijo Mona—. El olor de un macho vivo. ¿No podéis desprenderos de él con agua y jabón? Así Morrigan se calmaría y dejaría de pensar y hablar de él. Temo que por la noche entre en vuestra habitación y empiece a olfatearos. Aunque es incapaz de haceros daño, por supuesto. En el fondo, tenéis todas las de ganar.

—¿A qué te refieres? —preguntó Michael.

—Si no hace lo que le ordenemos, no le hablaréis sobre el macho. Es así de simple.

—En efecto, es un sistema para controlarla —dijo Rowan.

—Existen otros medios. La pobrecita sufre muchísimo.

—Estás cansada, bonita —dijo Michael—. Vete a dormir.

—Sí, dormiré abrazada a Morrigan. Pero si os despertáis y la veis olisqueando vuestra ropa, no os asustéis. Aunque comprenderé que os llevéis un susto.

—Descuida, estaremos preparados —contestó Rowan.

—Pero ¿quién es él? —preguntó Mona.

Rowan se volvió, como si quisiera cerciorarse de haber oído bien la pregunta.

Dolly Jean, con la cabeza inclinada sobre el pecho, soltó un ronquido.

—¿Quién es ese macho? —insistió Mona. Los párpados se le empezaban a cerrar a causa del cansancio y las emociones.

—Si te lo digo —contestó Michael—, debes prometerme que no se lo contarás a Morrigan. Debemos mostrarnos firmes en este asunto. Confía en nosotros.

—¡Madre! —gritó Morrigan desde arriba.

Había comenzado a sonar un vals de Richard Strauss, una de esas maravillosas piezas de música suave y melodiosa que se podrían estar escuchando toda la vida. Por una parte, Michael tenía ganas de verlas bailar, pero por otra, no.

—¿Están informados los guardias de que no deben dejarla salir? —preguntó Michael.

—No —contestó Mona—. Creo que sería mejor que los despidierais. Su presencia la pone nerviosa. Puedo controlarla mejor si ellos no están rondando por aquí. Morrigan no se escapará, me necesita.

—De acuerdo —dijo Rowan—. Los despediremos.

Michael no estaba muy convencido. Sin embargo, al cabo de unos instantes asintió con un gesto y dijo:

—Como quieras. Todos estamos metidos en este asunto.

Morrigan volvió a llamar a su madre mientras el volumen de la música iba en aumento. Mona dio media vuelta y salió de la habitación.

Aquella noche Michael pudo oír risas y, de vez en cuando, el sonido de la música, ¿o acaso soñó con la torre de Stuart Gordon? Luego oyó a alguien teclear al ordenador, más risas y unas sigilosas pisadas en la escalera.

Después percibió el sonido de unas voces juveniles, agudas y melodiosas, tarareando aquella canción.

Era inútil tratar de conciliar el sueño. No obstante, al cabo de un rato se quedó dormido. Su extenuado organismo necesitaba descansar, evadirse de la realidad, sentir el contacto de las sencillas sábanas de algodón y el cálido cuerpo de Rowan junto a él. Debía rezar por ella, por Mona, por todos ellos...

«Padre nuestro que estás en los cielos, santificado sea tu nombre, venga a nosotros tu Reino...»

Michael abrió lo ojos bruscamente. «Venga a nosotros tu Reino.» No. La sensación de desasosiego era inmensa y al mismo tiempo huidiza. Estaba rendido. «...venga a nosotros tu Reino.» Era incapaz de reflexionar. Se volvió y sepultó su cara en el tibio cuello de Rowan.

—Te quiero —susurró ella medio dormida, como si murmurara una oración más reconfortante que aquella que había pronunciado él.

34

La neta monotonía de la nieve, de las interminables reuniones, llamadas telefónicas, documentos de fax repletos de estadísticas y resúmenes de la vida comercial que él había elaborado en su intento de alcanzar el oro y los sueños.

Al mediodía apoyó la cabeza sobre la mesa. Hacía cinco días que Michael y Rowan se habían marchado. No lo habían llamado; ni tan siquiera le habían escrito una nota. Ash se preguntó si sus dotes les habrían entristecido, o desconcertado, o acaso habían decidido olvidarlo del mismo modo en que él mismo intentó apartar de su mente el recuerdo de Tessa, de Gordon, muerto en el suelo, de Yuri balbuceando y estrujándose las manos, del frío invierno en el valle y de las burlas de Aiken Drumm.

¿Y si sus voces sonaban secas e indiferentes y él se quedaba con el aparato en la mano una vez que cortaba la línea tras unos apresurados adioses? No, eso habría sido infinitamente peor.

Mejor dicho, no era lo que él quería.

«Ve a verlos; sólo verlos. —Sin alzar la cabeza, Ash pulsó el botón—. Ordena que preparen el avión. Aléjate del intenso frío de esta ciudad, ve a la tierra perdida del amor. Contémplalos, contempla su casa y sus cálidas luces, asómate a esas ventanas que describieron con todo lujo de detalle y después márchate de forma discreta y sigilosa, sin implorarles que te miren a los ojos. Ve a verlos, nada más.»

Era un pequeño consuelo.

Antiguamente todas las casas eran reducidas, carecían de ventana, y estaban fortificadas. No podías ver a sus ocupantes. Pero ahora era distinto. Uno podía contemplar una vida perfecta como si contemplara un cuadro. El cristal transparente constituía una barrera que impedía la entrada de cualquier extraño y servía para delimitar el territorio secreto del amor de cada uno. Pero los dioses eran generosos, y te permitían asomarte al interior de las casas para contemplar a las personas que echabas de menos.

«Con eso bastará. Hazlo. Ellos jamás lo sabrán.» No deseaba atemorizarlos.

El coche estaba listo. Remmick le bajó las maletas.

—Qué agradable debe de ser marcharse unos días al sur, señor —dijo Remmick.

—Sí, a la tierra del verano.

—Eso es lo que significa Somerset, señor, en Inglaterra.

—Lo sé —respondió Ash—. Nos veremos pronto. Mantén mis habitaciones caldeadas. Llámame de inmediato si... No dudes en avisarme si sucede algo importante.

Un espléndido crepúsculo, una ciudad tan llena de parques y jardines que se oía a multitud de pájaros cantar las melodías del atardecer. Ash se apeó del coche a pocas manzanas de distancia de la casa. Conocía el camino. Había comprobado su ubicación en el mapa de la ciudad. Pasó frente a unas verjas de hierro y unas hermosas madreselvas. Las ventanas estaban iluminadas, aunque el cielo se extendía todavía radiante y cálido en todas las direcciones. Ash oyó el canto de las cigarras y de los estorninos, que de repente descienden en picado pareciendo que van a depositar un beso, cuando en realidad lo que pretenden es devorar.

Ash aceleró el paso mientras contemplaba con admiración las aceras de trazado irregular, las banderas que ondeaban en los edificios, los ladrillos cubiertos de musgo, un sinfín de cosas maravillosas para ver y tocar. Al fin llegó a la esquina donde vivían Michael y Rowan.

Frente a él se alzaba la casa donde había nacido un Taltos. Una auténtica mansión, con muros de estuco que parecían de piedra, y unas majestuosas chimeneas.

Advirtió que su corazón empezaba a latir con fuerza. Ahí vivían sus brujos.

«No pretendo molestar. Ni rogar. Tan sólo veros. Disculpadme por caminar junto a la verja, bajo las ramas de los floridos árboles, y que de pronto, aprovechando que la calle está desierta, me encarame a la verja y aterrice entre los húmedos matorrales.

»No veo a ningún guardia por los alrededores. ¿Significa esto que os fiáis de mí, que confiáis en que jamás penetraré en vuestra casa sigilosamente, sin haber sido invitado, de forma inesperada? No he venido a robar. He venido sólo a hacer lo que cualquiera puede hacer: observaros desde lejos. Nosotros nunca robamos a quienes observamos sin que ellos lo sospechen.

»Ten cuidado. Procura que no te vean. Pégate al seto y a los grandes árboles cuajados de relucientes hojas que se mecen al compás del viento. Este cielo es como el húmedo y suave cielo de Inglaterra, cercano, rebosante de color.»

Aquél debía de ser el laurel bajo el cual se detuvo Lasher, asustando con su presencia a un niño, Michael, al indicarle que se aproximara a la verja; Michael, un niño brujo al que un fantasma era capaz de reconocer, el cual vivía en el mundo real aunque de vez en cuando atravesara unas zonas mágicas y encantadas.

Ash tocó la cérea corteza del árbol, pisó la mullida hierba. El perfume de las flores y las plantas, de los organismos vivos y la tierra, impregnaba el ambiente. Era un lugar de ensueño.

Ash se volvió lentamente para contemplar la casa. Cada piso contaba con porches de hierro forjado. Aquélla debía de ser la habitación de Julien, donde la tupida enredadera alargaba sus tallos como si quisiera atrapar el aire. Y allí, más allá de la mampara, estaba el salón.

¿Donde estáis? Ash no se atrevía a aproximarse. Hubiera resultado trágico que lo descubrieran en esos momentos, cuando la tarde violácea caía sobre las flores del jardín que relucían en los parterres y las cigarras cantaban de nuevo.

En aquel momento se encendieron unas luces en la casa y, detrás de los visillos de encaje, se adivinaron los cuadros que colgaban de las paredes. Al fin Ash decidió acercarse, envuelto en las sombras del atardecer, para mirar a través de las ventanas.

Los murales de Riverbend, ¿no era así como los había descrito Michael? Aunque todavía era pronto, quizá ya se hubieran reunido para cenar. Ash avanzó con sigilo a través de la hierba. ¿Tenía quizá aspecto de ladrón? Los rosales lo ocultaban de la vista de quienes se hallaban detrás de los cristales.

Eran muchos. Mujeres jóvenes y viejas, así como hombres vestidos con elegantes trajes que alzaban la voz como si estuvieran discutiendo. No era eso lo que Ash había soñado, lo que esperaba. Sin embargo, no conseguía apartar los ojos del portón principal. «Permite que vea a los brujos siquiera una vez.»

De pronto, como si alguien hubiera escuchado su

ruego, Ash vio a Michael gesticulando con vehemencia y hablando con otras personas que no parecían estar de acuerdo con él. Al cabo de unos momentos, como si hubiera sonado un gong, de repente todos se sentaron y los criados entraron en el comedor. Ash percibió un aroma a sopa y a carne, una comida que él no probaba nunca.

En aquellos momentos apareció Rowan, insistiendo en algo mientras miraba a los otros, discutiendo, indicando a los hombres que volvieran a sentarse. Una inmaculada servilleta blanca cayó al suelo. Los murales representaban unos cielos estivales perfectamente ejecutados. Ash deseó aproximarse más, pero resultaba demasiado arriesgado.

No obstante, alcanzaba a ver con claridad a Michael y Rowan, e incluso oía el murmullo de los cubiertos al rozar los platos. También percibía el olor a carne, a seres humanos, a… ¿a qué?

«Debe de ser un error», pensó Ash. Pero de golpe se sintió invadido por un olor penetrante, antiguo, tiránico. ¡Un olor a hembra!

Justamente cuando trataba de convencerse de que eso era imposible y buscaba con la mirada a la joven bruja pelirroja, entró en la habitación un Taltos hembra.

Ash cerró los ojos y escuchó los latidos de su corazón. Aspiró el olor que exhalaba la hembra, el cual se filtraba por las rendijas de los muros y los marcos de las ventanas, excitando su miembro, y lo obligó a retroceder, aterrado, deseoso de salir huyendo pero incapaz a la vez de moverse.

Una hembra. Una Taltos. Allí. Su roja cabellera resplandecía a la luz del candelabro. Hablaba rápidamente, como si estuviera inquieta, a la vez que extendía y movía los brazos. Ash percibió las notas agudas de su voz. Observó su rostro, el rostro de una recién nacida, sus delicados brazos, su vestido de encaje, su sexo latiendo de deseo, como una flor que se abriera en la oscuridad exhalando aquel olor que penetraba en su mente y lo trastornaba.

¡Rowan y Michael se lo habían ocultado!

¡Ella estaba ahí, y ellos, sus amigos, los brujos, no se lo habían dicho!

Temblando, sintiendo que el frío le invadía las entrañas, rabioso y enloquecido ante aquel olor, Ash los observó a través de la ventana. Unos seres humanos, que no pertenecían a su especie, le habían dado la espalda y le habían ocultado la presencia de su princesa, la cual seguía discutiendo acaloradamente con los ojos llenos de lágrimas. ¿Por qué lloraba aquella espléndida y bellísima criatura?

Ash salió de detrás de las matas, no impulsado por su voluntad sino por una atracción irresistible. Se situó detrás de un delgado poste de madera, desde donde pudo oír los lamentos y reproches de la joven.

—¡La muñeca estaba impregnada de ese olor! ¡Tirasteis el envoltorio a la basura pero la muñeca olía a él! —se quejó con amargura.

Era frágil como todos los recién nacidos.

¿Y quién componía ese augusto consejo que se negaba a responder a sus súplicas? Michael alzó la mano para imponer orden. Rowan agachó la cabeza. Uno de los hombres se puso en pie.

—¡Si no me lo decís, romperé la muñeca! —gritó la joven.

—¡No! —contestó Rowan, precipitándose hacia ella—. ¡Te lo prohíbo! ¡Michael, ve a buscar la Bru, no dejes que la rompa!

—Morrigan, Morrigan…

La joven continuó llorando suavemente, mientras su olor se concentraba y flotaba en la atmósfera.

«Yo os amaba —pensó Ash—, y durante unos días incluso pensé en convertirme en uno de los vuestros.» Angustiado, rompió a llorar. Samuel tenía razón. Ahí, detrás de esos cristales...

—¿Qué debo hacer? —murmuró Ash—. ¿Romper el cristal de un puñetazo y echaros en cara vuestro silencio, vuestro engaño, el hecho de no haberme comunicado que ella existía? ¡No os creí capaces de traicionarme!

Ash no soportaba contemplar el sufrimiento de la joven. ¿Acaso no lo comprendían? Ella había captado el olor del macho en los regalos que él les había dado a Michael y Rowan. ¡Aquello era una tortura para la pobre recién nacida!

La joven levantó la cabeza. Los hombres, que se habían congregado a su alrededor, no consiguieron que volviera a sentarse. ¿Qué era lo que había atraído su atención? ¿Por qué miraba fijamente la ventana? Ash estaba seguro de que no podía verlo, debido a la luz que se reflejaba en el cristal.

Ash dio un paso atrás. «El olor, sí, trata de captar mi olor, amor mío.» Ash cerró los ojos y retrocedió torpemente a través del césped.

Ella se aproximó a la ventana y apoyó las palmas de sus manos contra el cristal. Sabía que él estaba allí. Había captado su olor.

¿Qué significado tenían las profecías, los proyectos, la razón, cuando durante toda la eternidad él sólo había visto a una hembra como aquélla, joven y fogosa, en sueños, o a una vieja como Tessa?

Ash oyó el estruendo que produjo el cristal de la ventana al romperse. Luego oyó gritar a la joven, y al volverse contempló atónito cómo echaba a correr hacia él.

—¡Ashlar! —gritó ella con su aguda voz.

Acto seguido emitió una retahíla de palabras a gran velocidad, unas palabras que sólo él podía oír acerca del círculo, las canciones, los recuerdos.

Rowan se había aproximado a los escalones del porche, donde se hallaba Michael.

La amistad que había existido entre Ash y ellos había desaparecido y, por tanto, también cualquier obligación que ésta conllevara.

La joven corrió hacia él a través del césped y se arrojó en sus brazos, envolviéndolo con su espesa y flameante cabellera. Al abrazarlo, cayeron al suelo unos fragmentos de cristal que habían quedado adheridos a su pelo y su vestido. Ash sintió sus cálidos pechos e introdujo la mano debajo de la falda para palpar su sexo, húmedo y caliente, mientras ella gemía y le lamía las lágrimas.

—¡Ashlar! ¡Ashlar!

—¡Conoces mi nombre! —exclamó él asombrado, besándola apasionadamente y con el deseo de arrancarle allí mismo la ropa.

Ash no recordaba haber visto ni conocido a nadie como ella. No era Janet, la que había muerto en la hoguera. Era ella misma, su amor, la hembra a la que había estado buscando durante toda su vida.

Los brujos presenciaron la escena en silencio. Los otros también habían salido al porche. Todos eran brujos. Ni uno levantó un dedo para tratar de interponerse entre ellos, para separarlos. Ash observó que Michael tenía un aire pensativo, y Rowan... ¿quizá de resignación?

Deseaba decirles: «Lo siento. Debo llevarla conmigo. No creo que os sorprenda. Lo siento sinceramente. No vine a buscarla. No vine a juzgaros y robaros lo que os pertenece. No vine a descubrir que teníais encerrada aquí a una hembra y luego olvidarme de ella.»

La joven lo devoraba a besos, oprimiendo sus jóvenes y dulces pechos contra él. De pronto Mona; la bruja pelirroja, se precipitó hacia ellos gritando enfurecida.

—¡Morrigan!

—Me voy, madre, me voy.

Morrigan pronunció las palabras tan deprisa que era imposible entenderlas, pero para él fue suficiente. La cogió en brazos, dispuesto a salir corriendo, y vio que Michael levantaba la mano en ademán de despedida, como dándole permiso para marcharse de inmediato, y que su hermosa Rowan asentía. Tan sólo Mona, la pequeña bruja, gritó.

Ash tomó a la joven de la mano y ambos echaron a correr ágilmente por el oscuro césped, a lo largo de unos pasillos empedrados y atravesaron otro fragante jardín, húmedo y frondoso como las antiguas selvas.

—¡Eres tú! ¡El olor que emanaba de los regalos me hizo enloquecer! —exclamó Morrigan.

Tras ayudarla a encaramarse sobre la tapia, Ash saltó a la calle y la cogió de nuevo en brazos. Sentía un deseo casi irresistible. Agarrándola del pelo, la obligó a inclinar la cabeza hacia atrás y la besó en el cuello.

—¡Aquí no, Ashlar! —murmuró la joven, aunque su cuerpo cedía con docilidad—. En el valle, Ashlar, en el círculo de Donnelaith. Sé que todavía existe, lo veo en mi mente.

¡Sí, sí! Ash no tenía la certeza de poder reprimir sus deseos durante el largo viaje en avión hasta Donnelaith. Pero no debía lastimar sus suaves pezones, ni desgarrar su frágil y tersa piel.

Ash echó a correr con ella de la mano, mientras Morrigan lo seguía con pasos ágiles y enérgicos.

Sí, se dirigían al valle.

—Amor mío —murmuró él, volviéndose para contemplar la casa por última vez, la gigantesca mansión que se erguía en la oscuridad llena de secretos, brujos, magia, y desde la cual la muñeca Bru lo observaba todo; el lugar donde residía el libro—. Mi bella y joven esposa...

Las pisadas de Morrigan resonaban sobre los adoquines. Ash la tomó en brazos y echó a correr a toda velocidad.

De pronto oyó la voz de Janet en la cueva, repleta de potes de arcilla, temor, remordimientos y calaveras que relucían en la oscuridad.

La memoria ya no era el estímulo, el pensamiento, la mente que pone en orden la onerosa carga de nuestras vidas: fracasos, errores, momentos de exquisito dolor, humillación. No, la memoria era algo tan suave y natural como los oscuros árboles que se alzaban sobre sus cabezas, como el cielo violáceo, como la luz que declinaba, como los murmullos de la noche.

Una vez dentro del coche, Ash la sentó sobre sus rodillas, le rasgó el vestido, la agarró del pelo y lo restregó contra sus labios, sus ojos. Morrigan lanzó una exclamación de placer y comenzó a canturrear,

—El valle —murmuró ella. Tenía las mejillas arreboladas, los ojos brillantes.

—Antes de que amanezca aquí, el día habrá despuntado en el valle —dijo Ash—. Nos tumbaremos sobre la hierba, entre las piedras, íntimamente abrazados, mientras el sol se eleva sobre nosotros.

—Lo sabía... lo sabía —murmuró Morrigan.

Ash le besó el pezón, succionando el dulce néctar de

su carne, gimiendo mientras sepultaba el rostro entre sus pechos.

El coche se alejó a toda velocidad de la sombría esquina y la majestuosa mansión, dejando atrás las grandes ramas cubiertas de hojas que sostenían la oscuridad como una fruta madura debajo del cielo violáceo. El vehículo parecía un proyectil lanzado hacia el corazón verde del mundo, transportando a los dos Taltos, macho y hembra, que al fin se habían encontrado.

2.30 de la madrugada del 10 de julio de 1993